Claudia Rimkus

Mondlicht auf
kalter Haut

Für alle, die mein Leben bereichern

Ein Orchideenzweig schmückt die Leichen der jungen, nackten Frauen. Es gibt keine Zeugen, keine verwertbaren Spuren. Die Polizei tappt im Dunkeln. Die Gerichtsmedizinerin Antonia hat viel zu tun. Sie muss die brutal zugerichteten Opfer des Orchideenmörders obduzieren, steckt mitten im Umzug aufs Land und lernt Leo, die Liebe ihres Lebens kennen. Für kurze Zeit ist sie glücklich – bis Leo in den Fokus der Ermittlungen gerät. Plötzlich deutet alles darauf hin, dass er der Täter ist. Hat Antonia wochenlang mit einem sadistischen Killer zusammengelebt?

Impressum

| Texte: | © | Copyright | by | Claudia | Rimkus |
| Umschlag: | © | Copyright | by | Claudia | Rimkus |

Druck: epubli ein Service der neopubli GmbH, Berlin

ISBN 978-3-****-***-*

Printed in Germany

Bibliografische Information der Deutschen Nationalbibliothek
Die Deutsche Nationalbibliothek verzeichnet diese Publikation in der Deutschen Nationalbibliografie; detaillierte bibliografische Daten sind im Internet über http://dnb.d-nb.de abrufbar.

Kapitel 1

In der Gerichtsmedizin war es still – totenstill.

Antonia Bredow war professionell genug, das Schicksal der Toten in ihrem Kühlschrank nicht zu nah an sich heranzulassen. Wenn es sich aber - wie bei ihrer letzten Autopsie - um ein ermordetes Kind handelte, konnte sie ihre Gefühle nicht ausschalten. Sie hoffte, das Bild des schwer misshandelten Mädchens bei der Renovierung ihres Hauses loszuwerden.

Antonia war schon fast an der Tür, als das Telefon auf ihrem Schreibtisch läutete. Zuerst wollte sie es ignorieren, doch dann siegte ihr Pflichtbewusstsein. Sie eilte zurück und griff zum Hörer.

„Bredow."

„Gut, dass ich dich noch erwische." Das war ihre Schwester, die Staatsanwältin Franziska Pauli. „Ich weiß, du freust dich aufs Wochenende, aber wir brauchen dich."

„Wofür?"

„Ein Leichenfund am Kanal."

„Ein neues Opfer des Orchideenmörders?"

„Näheres weiß ich noch nicht, aber es sieht ganz danach aus. Kannst du selbst kommen, Toni?"

„Sicher", stimmte sie notgedrungen zu. „Gib mir den genauen Fundort durch."

Eine halbe Stunde später traf die hannoversche Gerichtsmedizinerin am Mittellandkanal ein. Das Gelände war bereits von der Polizei großräumig abgeriegelt. Antonia streifte sich einen dünnen weißen Overall und Handschuhe über, hob das rotweiße Trassierband etwas an und schlüpfte mit ihrer großen schwarzen Tasche darunter hindurch. Einige Beamte nickten ihr zu und sie erwiderte den Gruß auf die gleiche Weise.

„Hallo, Doc!" Mit ernster Miene kam Kommissar Gerlach auf sie zu. „Tut mir Leid, dass wir dir das Wochenende versaut haben."

„Schon gut", winkte sie ab. „Wo liegt sie?"

3

Er zeigte auf die Uferböschung.

„Da unten."

Die ebenfalls in weiße Schutzanzüge gekleideten Leute von der Spurensicherung waren damit beschäftigt, kleine nummerierte Schildchen in den Boden zu stecken, während der Polizeifotograf die Leiche und den Fundort aus verschiedenen Blickwinkeln fotografierte.

Fragend schaute Antonia ihn an.

„Wie weit sind Sie, Harald?"

„Sie können anfangen."

„Okay." Sie stellte ihre Tasche ab und ging in die Hocke. Unverzüglich begann sie mit der ersten Leichenschau.

„Wie sieht es aus, Doc?", fragte Kommissar Gerlach nach einer Weile. „Gibt es Anhaltspunkte über den Todeszeitpunkt?"

„Im Hinblick auf die Körpertemperatur schätzungsweise vor etwa zwölf bis achtzehn Stunden", entgegnete Antonia, während sie sich erhob. „Der Fundort ist nicht der Tatort. Sie wurde misshandelt und erdrosselt, wahrscheinlich auch missbraucht. Näheres kann ich erst nach der Obduktion sagen.– Weiß man schon, wer sie ist?"

„Noch nicht. Wie bei den anderen Opfern haben wir keine Papiere gefunden."

„Nackte Leichen haben selten einen Ausweis bei sich", meinte sie, bevor sie die wartenden Männer mit der Zinkwanne heranwinkte.

„Wann kann ich mit deinem Bericht rechnen, Doc?"

„Wenn er fertig ist, Herr Kommissar. Ein bisschen Geduld musst du schon haben. Ich fahre gleich ins Institut zurück."

Kurz nachdem Antonia sich umgezogen hatte, wurde die Leiche in den Autopsiesaal gerollt. Wie gewöhnlich überprüfte sie zuerst ihr Headset, das mit einem Aufnahmegerät verbundene Mikrofon, in das sie ihre Erkenntnisse noch während der Obduktion diktierte. Dabei erinnerte sie sich an ihre Verabredung zum Abendessen bei ihrem Nachbarn Leo. Aber das war jetzt nebensächlich - der Job ging vor.

Der neue Tag war vor wenigen Minuten angebrochen, als der Kommissar mit ihrer Schwester, der Staatsanwältin Franziska Pauli im Gerichtsmedizinischen Institut eintraf.

„Ihr könnt es wohl auch nicht erwarten", begrüßte Antonia die beiden. Sie wusste, dass Franziska beim Anblick einer obduzierten Leiche regelmäßig übel wurde. Deshalb zog sie rasch ein Tuch über die Tote. Ihre Schwester kommentierte das mit einem dankbaren Blick.

„Was hast du rausgefunden, Toni? Konntest du den Todeszeitpunkt schon eingrenzen?"

„Sie starb gestern zwischen dreiundzwanzig Uhr und Mitternacht. Wie die anderen beiden Opfer wurde sie vergewaltigt. Keine Spermaspuren."

„Gibt es Anzeichen für einen Kampf?", fragte Kommissar Gerlach, der sich eifrig Notizen machte. „Irgendwas unter den Fingernägeln?"

„Keine Hautpartikel oder Faserreste", verneinte Antonia. „Trotzdem muss sie sich heftig gewehrt haben, da zwei Fingernägel der rechten Hand abgebrochen sind."

„Alter?"

„Schätzungsweise zwischen zwanzig und fünfundzwanzig. Der Täter hat sie brutal zusammengeschlagen. Sie hat zahlreiche Prellungen, Platzwunden und Hautabschürfungen - außerdem ein gebrochenes Nasenbein und mehrere Rippenfrakturen. Der Tod trat durch Erdrosseln ein."

„Sonst noch was Besonderes?", fragte Franziska. „Etwas, das von den anderen beiden Opfern abweicht?"

„Nichts", verneinte ihre Schwester abermals. „Kein Alkohol im Blut, aber sie hat einige Stunden vor ihrem Tod was gegessen: Pasta. Wahrscheinlich Spaghetti mit einer Käsesahnesoße."

„Ist das alles, Doc?"

„Am linken Knie hat sie eine Narbe. Innenmeniskusoperation. Was die Identifizierung ebenfalls erleichtern könnte, ist ein

kleines Tattoo auf dem rechten Schulterblatt: eine Rose."
Nachdenklich nickte der Kommissar.

„Sonst noch was? Kein Scrabblespiel-Buchstabe?"
Antonia griff in ihre Kitteltasche, zog ein kleines Klarsichttütchen heraus und reichte es ihm. Interessiert betrachtete er den Buchstaben auf dem Spielstein. Es handelte sich um ein E.

„Wo hast du ihn gefunden?"

„In ihrem Mund. Der Täter muss ihn nach ihrem Tod hineingelegt haben."

„Was treibt er nur für ein Spiel!?", überlegte Franziska. „Wenn wir wenigstens wüssten, was er mit diesen Buchstaben bezweckt."

„Er macht sich lustig über uns", sagte Pit grimmig. „Mit kleinen Holzbuchstaben aus einem Gesellschaftsspiel. Wahrscheinlich hält er die gesamte Polizei für einen Kindergarten ..."

„... und will mit den Buchstaben des Spiels seine Überlegenheit demonstrieren", fügte Antonia hinzu. „Er zeigt uns, wie weit unter seinem Niveau wir rangieren. Deshalb glaube ich, dass die Buchstaben willkürlich gewählt sind. Irgendwann ergeben sie – richtig zusammengesetzt – wahrscheinlich ein Wort. Vielleicht einen Hinweis auf sein Motiv."

„Falls du recht hast, können wir nur hoffen, dass es sich nicht um ein sehr langes Wort handelt", sagte ihre Schwester. „N,S und E ergeben noch keinen Sinn. Also wird er weiter morden."

„Habt ihr noch nichts über die Herkunft der Orchideenzweige rausbekommen, die er bei seinen Opfern hinterlässt?"

„Das ist so gut wie unmöglich", beantwortete der Kommissar die Frage der Gerichtsmedizinerin. „Diese Orchideenart kann man heutzutage fast in jedem Supermarkt kaufen. Sogar zu Schnäppchenpreisen." Seufzend steckte er sein Notizbuch ein. „Wir werden uns jetzt erst mal um die Vermisstenmeldungen kümmern, um die Tote möglichst schnell zu identifizieren. Da wir aber zwischen dem ersten und dem zweiten Opfer keine Verbindung herstellen konnten, bringt uns das wohl auch nicht weiter."

„Dafür sitzt uns die Presse im Nacken", stöhnte Franziska. „Wüsste die Öffentlichkeit inzwischen auch von den Buchstaben, gäbe das nur Anlass zu Spekulationen. Deshalb werden wir das weiterhin geheim halten. Trotzdem müssen wir uns was einfallen lassen, damit die Presse uns nicht noch mehr in der Luft zerreißt."

„Das ist Gott sei Dank nicht mein Problem", meinte Antonia. „Wenn ihr mich nun entschuldigt? Das war ein langer Tag."

Kapitel 2

Am Samstag traf Antonia gegen Mittag mit ihrem Hund Quincy am Deister ein. Seit sie das kleine Haus gekauft hatte, nutzte sie jedes Wochenende für Renovierungsarbeiten, die sie aus Kostengründen selbst durchführte.

Sie ließ das Tier noch im Wagen, überquerte die Straße und läutete bei ihrem Nachbarn. Er reagierte jedoch nicht darauf. Nur das Summen der Kamera über dem Tor verriet, dass jemand die Besucherin im Visier hatte.

„Leo?", sagte Antonia aufs Geratewohl in die Richtung der Gegensprechanlage. „Ich weiß, dass Sie da sind." Keine Reaktion. „Nun seien Sie nicht beleidigt, weil ich Sie gestern versetzt habe. Ich kann Ihnen das erklären."

Unvermittelt wurde das Gartentor geöffnet. Der Blick, mit dem der Gärtner Antonia musterte, war abweisend.

„Offenbar legen Sie keinen Wert auf gute Nachbarschaft", sagte er kühl und drückte ihr ihren Hausschlüssel in die Hand. „Sonst hätten Sie Wort gehalten."

„Es tut mir Leid, Leo. Ich war schon fast unterwegs, als die Meldung über einen neuen Leichenfund kam. Vielleicht haben Sie heute davon in der Zeitung gelesen?"

„In der HAZ stand ein Artikel darüber. Mussten Sie deshalb länger arbeiten?"

„Ich bin erst nach Mitternacht aus dem Institut gekommen", bestätigte sie. „Leider konnte ich Ihnen nicht Bescheid geben, weil ich Ihre Telefonnummer nicht habe."

7

„Sie besitzen doch sicher ein Handy?"

Irritiert hob sie die Brauen.

„Natürlich."

„Darf ich es sehen?"

Obwohl sie nicht wusste, worauf er hinauswollte, zog sie das kleine Telefon aus der Hosentasche. Leo nahm es ihr aus der Hand. Mit flinken Fingern tippte er seine Nummer und seinen Namen ein, speicherte beides und zog sein eigenes Handy aus der Brusttasche seines Hemdes. Von Antonias Telefon wählte er seine Rufnummer und übernahm sie in seine Kontaktliste.

„Problem gelöst", kommentierte er, wobei er Antonia ihr Handy zurückgab. „Nachdem Sie gestern nicht gekommen sind, war ich versucht, die Weinflasche allein zu leeren. Dann hat aber die Vernunft über die Enttäuschung gesiegt. Was halten Sie davon, den Abend heute nachzuholen? Gleicher Ort, gleiche Zeit?"

„Gern", stimmte sie zu. „Bis dahin muss ich aber noch was tun. Funktioniert das heiße Wasser eigentlich wieder?"

„Die Therme war leider nicht mehr zu retten", erklärte Leo, der sich bereit erklärt hatte, den Klempner in ihr Haus zu lassen. „Ein Nachkriegsmodell: völlig veraltet und noch dazu lebensgefährlich."

„Das hat mir gerade noch gefehlt. Was mache ich denn jetzt?"

„Freuen Sie sich doch einfach darüber, dass Sie nun stolze Besitzerin einer funkelnagelneuen Therme sind."

„Was?" Entsetzt weiteten sich ihre Augen. „Sie haben sich von diesem Klempner ein neues Gerät aufschwatzen lassen?" Vor ihrem geistigen Auge tauchte ihr bis auf wenige Euro geschrumpfter Kontostand auf. „Mit Einbau kostet das doch ein kleines Vermögen! Wovon soll ich das bloß bezahlen?"

Innerlich amüsiert schaute er ihr in die Augen.

„Gehe ich recht in der Annahme, dass es um Ihre Finanzen nicht gerade rosig bestellt ist?"

„Da sagen Sie was! Meine gesamten Ersparnisse habe ich in den Hauskauf gesteckt."

„Etwas Ähnliches dachte ich mir, weil Sie die Renovierung selbst durchführen", entgegnete Leo. Er hatte sich auch schon eine plausible Erklärung für die Neuanschaffung ausgedacht. „Zum Glück haben Sie die große Installationsfirma hier im Ort beauftragt. Der Chef schuldete mir noch einen Gefallen. Ich habe ihn gefragt, ob er nicht noch irgendwo im Lager eine übriggebliebene Therme von einem Großauftrag hat. Das ist zwar nicht das neuste Modell auf dem Markt, aber immerhin mit vollelektronischer Steuerung. Noch dazu völlig kostenlos."

„Das glaube ich jetzt nicht", erwiderte sie perplex. „Warum haben Sie das getan? Sie kennen mich doch gar nicht."

„Hätte ich tatenlos zusehen sollen, wie Ihnen das alte Schrott-teil bei nächster Gelegenheit um die Ohren fliegt? Außerdem verstehe ich unter Nachbarschaftshilfe, dass man zupackt, wenn es nötig ist."

Seine Worte rührten Antonia.

„Ich weiß gar nicht, wie ich Ihnen danken soll."

„Seien Sie heute Abend pünktlich", schlug er vergnügt vor. „Ich rechne fest mit Ihnen."

„Darf ich einen Anstandswauwau mitbringen?"

Für einen Sekundenbruchteil erschien Misstrauen in seinen Augen. Oder war es Enttäuschung? Genauso rasch hatte er sich wieder unter Kontrolle.

„Eigentlich hätte ich wissen müssen, dass Sie nicht allein drü-ben einziehen. Als was soll ich Ihren Begleiter einordnen? Als Freund? Lebensgefährten? Oder als Ehemann?"

„Als das, was ich gesagt habe", entgegnete sie mit schelmi-schem Lächeln. „Wenn es Sie nicht stört, käme ich gern mit meinem Hund. In der ersten Zeit möchte ich ihn in der neuen Umgebung noch nicht allein lassen."

„Bringen Sie ihn mit", stimmte Leo erleichtert zu. „Ich werde mich auf Ihren vierbeinigen Freund einstellen."

„Okay", nickte sie. „Dann bis später."

In ihrem Haus begutachtete sie als erstes die Therme. Das Gerät wirkte tatsächlich hypermodern im Gegensatz zu seinem

Vorgänger. Probeweise drehte sie den Warmwasserhahn über der Spüle auf. Im Nu floss heißes Wasser in das Becken.

„Herrlich", murmelte Antonia. Obgleich sie noch nicht so recht wusste, wie sie Leo einschätzen sollte, freute sie sich darüber, wie effektiv er ihr geholfen hatte. Sie kam gar nicht auf den Gedanken, an seiner Geschichte könne etwas nicht stimmen.

In den nächsten Stunden beschäftigte sich Antonia mit dem Lackieren der Fensterrahmen im Obergeschoss. Danach blieb ihr noch Zeit, die Tapeten für das Wohnzimmer zuzuschneiden. Ein Blick zur Uhr mahnte sie zur Eile. Dennoch gönnte sie sich eine heiße Dusche, bevor sie das Haus mit ihrem Hund verließ.

Pünktlich auf die Minute läutete sie beim Nachbarn. Leo empfing sie am Gartentor.

„Schön, dass Sie da sind", sagte er und betrachtete den Hund, der ihn neugierig beschnüffelte. „Ein hübscher Kerl. Was ist das für eine Rasse?"

„Das ist ein Pyrenäen-Schäferhund. Solche kleinen Hirtenhunde wurden in ländlichen Gegenden zum Hüten großer Schafherden gezüchtet. Er besitzt einen ausgeprägten Beschützerinstinkt und ist sehr intelligent."

Verstehend nickte Leo, bevor er in die Hocke ging und über das halblange rehbraune Fell strich. Protestlos ließ sich das Tier die Streicheleinheiten gefallen.

„Ein Genießer", stellte Leo fest. „Hat er auch einen Namen?"

„Quincy."

„Quincy?", wiederholte er, wobei er sich wieder aufrichtete. „So wie der Fernsehpathologe, bei dem die Studenten beim Anblick einer Leiche reihenweise ins Koma fallen?"

„Ist dieser Name nicht passend für einen Hund, dessen Frauchen am Gerichtsmedizinischen Institut arbeitet?", entgegnete Antonia amüsiert. „Außerdem hat mein Vierbeiner mindestens einen so guten Riecher wie das Original."

„Ausgezeichnete Argumente, ihn Quincy zu nennen", stimmte er ihr belustigt zu. Durch den Garten führte er seine Gäste in das imposante Haus. Beeindruckt schaute sich Antonia in dem großen Wohnraum um. Alles, was sie sah, zeugte von erlesenem Geschmack: der Marmorkamin, die davor gruppierten hellen Polster, vereinzelte Antiquitäten, viele Grünpflanzen. In einer Nische war ein runder Tisch für zwei Personen gedeckt. Verwundert wandte sich Antonia zu Leo um, denn sie hatte eher erwartet, in der Gärtnerunterkunft zu Abend zu essen.

„Wem gehört dieses Haus eigentlich?"

„Einem Finanzmanager", erklärte Leo. „Mein Chef ist fast ständig auf Reisen. Damit das Haus nicht monatelang unbewohnt ist, kann ich hier schalten und walten, wie ich will."

„Ihr Chef muss Ihnen sehr vertrauen."

„Wir sind zusammen aufgewachsen. Er hat Karriere gemacht – und ich wurde Gärtner. Letztes Jahr hat er mir diesen Job angeboten. Seitdem kümmere ich mich hier praktisch um alles."

„Beneidenswert", befand Antonia. „Sie leben in diesem tollen Haus, vertreiben sich die Zeit mit Gartenarbeit und werden dafür wahrscheinlich noch gut bezahlt. Was könnte man sich mehr wünschen?"

Er verzog den Mund zu einem freudlosen Lächeln.

„Es kommt nicht so sehr darauf an, wo und wie ein Mensch lebt", sagte er mehr zu sich selbst. „Es gibt wichtigere Dinge: Freundschaft, Vertrauen ..." Abrupt brach er ab und deutete auf die offenstehende Verbindungstür. „In diesem Raum halte ich mich nach der Arbeit am liebsten auf."

Gespannt trat Antonia ein. Außer einer raumhohen Bücherwand und einem mächtigen Schreibtisch gab es noch einen niedrigen Tisch mit einem Schachbrett darauf. Auf der Ablage darunter entdeckte Antonia auch ein Backgammon – und ein Scrabblespiel. Davor standen zwei bequeme Ohrensessel.

„Lesen oder spielen Sie hier?"

„Überwiegend lese ich. Zum Schachspielen fehlt mir leider oft der Partner. Manchmal trete ich zwar gegen mich selbst an, aber das ist keine wirkliche Herausforderung. Ich gewinne immer. So oder so." Das brachte ihn auf einen Gedanken. „Beherrschen Sie das Spiel der Könige, Antonia?"

„Früher war ich mal ganz gut.Viermal hintereinander war ich Jugendmeisterin. Heute komme ich nur noch selten dazu."

Treuherzig schaute er sie an.

„Würden Sie gelegentlich eine Partie gegen mich wagen?"

Wer konnte diesen Augen widerstehen?

„Wenn ich mit der Renovierung fertig bin, lasse ich Sie gern mal verlieren."

„Ist das eine Drohung oder ein Versprechen?"

„Was wäre Ihnen lieber?"

„Habe ich Bedenkzeit?"

„Bis zu meinem Einzug."

„Abgemacht", entgegnete er lächelnd. „Wollen wir jetzt essen? Ich habe eine Kleinigkeit vorbereitet."

Diese Kleinigkeit bestand aus Serranoschinken auf Melonenschiffchen als Vorspeise.

Anschließend servierte Leo seinem Gast zarte Rehmedaillons mit Preiselbeerbirnen, frischen Broccoli und Pellkartöffelchen. Als Dessert brachte er Panna Cotta mit einem Erdbeer – Rhabarbermix auf den Tisch.

Quincy bekam einen großen Kauknochen und eine Schale Wasser auf der Terrasse.

„Das nennen Sie eine Kleinigkeit?", sagte Antonia später in scheinbarem Vorwurf, wobei sie sich leise seufzend zurücklehnte. „Ich habe lange nicht so gut gegessen – und schon gar nicht so viel."

„Was sollte ich tun?", fragte er mit lausbübischem Grinsen. „Sie hatten den Wein vorgegeben. Zu diesem edlen Tropfen konnte ich schlecht Eintopf servieren."

„Der bestimmt auch ausgezeichnet geschmeckt hätte. Haben Sie irgendwann mal in einem Feinschmeckerlokal gearbeitet?"

„Nicht in diesem Leben", verneinte Leo geschmeichelt. „Will

man als Single nicht Dauerkonsument von fertiger Tiefkühlkost oder Fast Food werden, muss man sich was einfallen lassen. Entweder man heiratet eine Frau, die einen mit kulinarischen Köstlichkeiten verwöhnt – oder man lernt selbst kochen. Allerdings macht es für mich allein nur halb so viel Spaß."

„Deshalb haben Sie die Gelegenheit ergriffen, mich zu mästen", fügte Antonia hinzu. „Eigentlich wollte ich heute Abend noch ein paar Bahnen Tapete an meine Wohnzimmerwand kleben. Jetzt wird mir schon das Erklimmen der Leiter Schwierigkeiten bereiten. Dabei möchte ich in spätestens zwei Wochen umziehen."

„Haben Sie denn niemanden, der Ihnen hilft?"

„Meine Freunde sind beruflich stark eingespannt, so dass ich sie damit nicht behelligen möchte. Außerdem ist dieses Haus mein persönliches Projekt, das ich allein gestalten will."

„Auch den Garten?", fragte er mit leisem Zweifel in der Stimme. „Verstehen Sie was davon?"

„Nicht wirklich", gestand Antonia. „Wie man am Zustand meiner Zimmerpflanzen deutlich ablesen könnte, habe ich nicht gerade einen grünen Daumen."

„Auch keine Gartengeräte wie Rasenmäher und Heckenschere", vermutete Leo. „Wenn es Ihnen recht ist, stelle ich Ihnen meinen Maschinenpark, mein Knowhow und meine Muskelkraft gern zur Verfügung, um dem meterhohen Wildwuchs auf Ihrem Grundstück den Garaus zu machen."

„Das würden Sie tun?", freute sie sich, doch dann schüttelte sie den Kopf. „Das kann ich nicht annehmen. Jedenfalls nicht umsonst."

„Offenbar glauben Sie, ich ließe mir Nachbarschaftshilfe bezahlen", erwiderte er befremdet. „Wollen Sie mich beleidigen, Antonia?"

„Natürlich nicht, aber ... aber Sie haben mir schon bei der Therme so effektiv geholfen. Nachher denken Sie noch, dass ich Ihre Hilfsbereitschaft ausnutze."

„Davon kann gar keine Rede sein", wischte er ihren Einwand

vom Tisch. „Hier auf dem Grundstück bin ich mit der Arbeit auf dem Laufenden. Allmählich beginne ich mich zu langweilen. Ich wäre Ihnen wirklich sehr dankbar, wenn Sie mir erlauben würden, bei Ihnen drüben ein wenig Unkraut zu zupfen."

„Machen Sie das immer so?"

„Was?"

„Die Tatsachen so zu verdrehen, als täte ich Ihnen einen Gefallen – und nicht umgekehrt."

„Wovon sprechen Sie eigentlich? Sie werden einem Mann, der am liebsten an der frischen Luft arbeitet, doch nicht diese kleine Freude verwehren?"

„Ich geb's auf", lachte Antonia. „Von mir aus können Sie sich auf meinem Grundstück so lange austoben, wie Sie wollen."

Mit Lausbubenlachen verneigte sich Leo leicht.

„Ich bin Ihnen zu tiefem Dank verpflichtet. Während Sie in der nächsten Woche entspannt alles tippen können, was auf Ihrem Schreibtisch landet, mache ich mich in Ihrem Garten nützlich."

„Ich glaube, ich muss endlich einen Irrtum aufklären, Leo. Als Sie kürzlich annahmen, dass ich als Sekretärin arbeite, bin nicht gleich dazu gekommen, das richtigzustellen. Danach habe ich es einfach vergessen."

Seine braunen Augen nahmen einen überraschten Ausdruck an.

„Sie sind keine Sekretärin? Aber Sie arbeiten am Gerichtsmedizinischen Institut!? Sind Sie Laborantin?"

„Ärztin – Fachrichtung Gerichtsmedizin und Pathologie."

Ungläubig schaute er sie an.

„Sie sind eine von denen, die an Leichen rumschnippeln?"

„Vereinfacht ausgedrückt – ja."

„Macht Ihnen das Freude?"

„Wahrscheinlich ist es für jemanden, der mit lebenden Pflanzen arbeitet, schwer zu verstehen, wenn sich jemand mit toten Menschen beschäftigt. Ich gehe den Dingen gern auf den Grund. Wir sind sozusagen medizinische Detektive. Ohne uns kämen viele Mörder ungeschoren davon. Starb jemand eines unnatürlichen Todes, finden wir es raus. Vorausgesetzt, der

Tote liegt bei uns auf dem Seziertisch. Leider ist das nicht immer der Fall."

„Das klingt spannend", räumte Leo ein. „Anscheinend gibt es auch unentdeckte Morde. Wie ist das möglich?"

„Hier in Deutschland sind beispielsweise im Jahre 2003 etwa 850 000 Menschen gestorben", erklärte sie. „820 von ihnen wurden offiziell Opfer von Mord und Totschlag. In fast 96 Prozent der Fälle ist es gelungen, den Täter zu ermitteln. Schmeichelhaft für die Polizei, aber Rechtsmediziner schätzen die Zahl der Gewaltopfer viel höher. Wir gehen von bis zu 2400 Tötungsdelikten aus."

„Mit welcher Begründung?"

„Ungefähr 60 Prozent der Totenscheine sind nicht korrekt. Haus- und Notärzte sind weder zeitlich noch von der Ausbildung her in der Lage, eine gründliche Leichenschau vorzunehmen. Bei uns ist aber jeder Arzt dazu berechtigt. Ein Augenarzt ebenso wie ein Gynäkologe. Die meisten von ihnen haben ihre letzte Leiche während des Studiums gesehen."

„Das ist einleuchtend", befand Leo. „In der Gerichtsmedizin landen vermutlich nur diejenigen, deren Todesumstände von vornherein auf eine Gewalttat hindeuten."

„Genauso ist es", bestätigte Antonia. „Will jemand einen perfekten Mord begehen, braucht er nur ein gewisses Maß an Intelligenz und Geschick, um unentdeckt zu bleiben. – Es sei denn, er lässt das Messer gut sichtbar in der Brust des Opfers stecken."

„Wahrscheinlich müssen Sie das so ironisch betrachten, weil es nicht nur frustrierend ist, sondern auch erschreckend." Einen Moment lang dachte er nach. „Heute Mittag haben Sie den Leichenfund erwähnt, von dem die HAZ berichtet hat. Bedeutet das, Sie haben das bedauernswerte Opfer obduziert?"

„Ja."

„In der Zeitung stand, dass die junge Frau erdrosselt wurde. Haben Sie das sofort erkannt?"

„Schon am Fundort der Leiche habe ich patechiale Blutungen

in den Augen des Opfers festgestellt. Die drei häufigsten Ursachen dafür sind Strangulation, Ersticken oder Atemwegsverlegung. Wird beispielsweise jemand mit bloßen Händen erwürgt, verraten Würgemale am Hals des Opfers, wie es erstickt ist. Eine Atemwegsverlegung hingegen zeugt von einem Fremdkörper in der Luftröhre."

„Was ist mit einem schnellwirkenden Gift? Erstickt man dann nicht auch?"

„Das nennt man innere Erstickung. Wenn die Erythrozyten – das sind die roten Blutkörperchen – nicht mehr fähig sind, Sauerstoff aufzunehmen und vom Blut ins Gewebe zu transportieren. Etwa bei Vergiftungen mit Kohlenoxyd oder Blausäure. Auf eine Blausäurevergiftung deutet außerdem der Geruch von Bittermandeln hin."

„Zyankali", überlegte Leo. „Davon habe ich schon gehört." Nun wurde er tatsächlich etwas verlegen. „Ich lese gern Krimis – oder ich sehe mir einen Thriller im Fernsehen an."

„Dafür kann ich mich auch begeistern – besonders für Psychothriller."

„Da haben wir ja was gemeinsam", freute sich Leo. „Für mich ist es eine Herausforderung zu ergründen, weshalb beispielsweise ein Serienmörder irgendwelche Zeichen hinterlässt. Am liebsten würde ich dem Fernsehdetektiv dann auf die Sprünge helfen." Leise lächelnd griff er nach seinem Weinglas. „Ehrlich gesagt habe ich mir auch schon Gedanken darüber gemacht, weshalb der Orchideenmörder ausgerechnet diese Blüten bei seinen Opfern zurücklässt. Eine so hässliche Tat mit den wohl bezauberndsten und zartesten Blüten zu schmücken – das ergibt für mich keinen Sinn."

„Irgendein Motiv muss es dafür aber geben."

„Um welche Orchideenart handelt es sich dabei? Davon stand nichts in der Zeitung."

„Da bin ich überfragt. Mit Blumen habe ich es nicht so."

„Haben Sie die Orchideen gesehen?" Und als sie nickte: „Würden Sie die Blüten wiedererkennen?"

16

„Sicher."

„Kommen Sie, Antonia", bat er und erhob sich. „Ich möchte Ihnen was zeigen."

Über die Terrasse führte er sie in den Garten. Quincy folgte ihnen neugierig schnüffelnd um das Haus herum auf die andere Seite des Grundstücks. Es erwies sich als sehr viel weitläufiger, als man auf den ersten Blick erkennen konnte. Versteckt hinter hohen alten Bäumen lag ein großes Gewächshaus. Leo ließ ihr an der Glastür den Vortritt. Erwartungsvoll trat sie ein, blieb aber angesichts der Blütenpracht nach wenigen Schritten überwältigt stehen. Sie fühlte sich wie in eine andere Welt versetzt. Das gesamte Gewächshaus war wie ein exotischer Garten angelegt. Schmale Wege führten vorbei an üppig blühenden Pflanzen. Aber auch Palmenarten, Kakteen und duftende Blumen, die Antonia nicht kannte, wuchsen wie in einer tropischen Landschaft. Sogar ein kleiner künstlich angelegter Wasserlauf plätscherte über bizarr geformte Steine.

„Das ist unglaublich schön", brachte sie beeindruckt hervor. „Haben Sie das alles angelegt?"

„Das ist meine Oase der Ruhe", bestätigte er lächelnd und deutete auf eine Bank unter Palmen. „Ein perfekter Ort, um den Alltagsstress zu vergessen."

„Ist es nicht sehr zeitaufwendig, das alles hier zu pflegen?"

„Einen Großteil davon übernimmt eine ausgeklügelte Technik", erzählte er nicht ohne Stolz. „Computergesteuerte Bewässerung und Regulierung der Luftfeuchtigkeit genau wie Temperatur und Licht. An warmen sonnigen Tagen öffnet sich das Dach automatisch. Ich habe kaum noch was zu tun."

„Sie untertreiben", war sie überzeugt. „Sogar ich sehe, dass hier eine Menge Arbeit drinsteckt. – Und viel Liebe."

„Das ist halt mein Hobby", erwiderte Leo verlegen und führte sie zu den Orchideen. Sie waren einzeln oder in Gruppen gepflanzt; manche hingen in geflochtenen Körbchen oder wuchsen auf einem Stück Baumrinde.

„Diese Orchidee habe ich auch zu Hause", sagte Antonia und

zeigte auf eine weißblühende Pflanze. „Ein Kollege hat sie mir zu meinem letzten Geburtstag geschenkt. Leider war sie sehr schnell verblüht."

„Das ist eine Phalaenopsis-Hybride", erklärte Leo. „Man nennt sie auch Nachtfalterorchidee oder Malaienblume. Bei richtiger Pflege blüht diese Pflanze sehr lange – und immer wieder."

„Wahrscheinlich habe ich sie falsch behandelt. Oft vergesse ich, meine Zimmerpflanzen zu gießen, deshalb lasse ich immer eine ordentliche Pfütze im Übertopf stehen."

„Haben Sie gern ständig nasse Füße? Ihre Phalaenopsis möchte zwar feucht gehalten werden, aber sie mag absolut nicht dauernd im Wasser stehen. Außerdem braucht sie eine hohe Luftfeuchtigkeit, deshalb sollten Sie die Pflanze häufig mit Wasser besprühen – mit einen feinen Zerstäuber, damit sich auf den Blättern keine Pilzkrankheiten ausbreiten können."

Antonias Gesichtsausdruck verriet, dass sie sich damit etwas überfordert fühlte.

„Brlngen Sie das traurige Exemplar am nächsten Wochenende mit. Ich werde es Ihnen wieder aufpäppeln." Mit weitausholender Geste umfasste er die Pflanzen. „Erkennen Sie die Orchideenart, die bei den Opfern gefunden wurde?"

Antonia schaute sich nur kurz um, bevor sie auf eine üppig blühende Art deutete.

„Das ist eine Cymbidium-Hybride", sagte Leo nachdenklich. „Auch Kahnlippe genannt. Normalerweise gelten Orchideen als schwer zu kultivierende Pflanzen, aber diese hier widerlegt dieses Vorurteil. Bei guter Pflege bringt sie bis zu fünfundzwanzig lang anhaltende Blüten hervor. Es gibt Hunderte von Zuchtformen mit Blüten in allen Farbschattierungen."

„Ist diese Art wirklich leicht zu bekommen?"

„Heutzutage: ja – in jedem besseren Blumenladen oder in der Gärtnerei. Neuerdings bieten auch Baumärkte immer wieder Orchideen im Sonderangebot an. – Oder größere Supermarktketten. Cymbidiumblüten findet man dort vor Feiertagen auch oft in Gestecken oder Gläsern." Bedauernd schaute er Antonia an. „Ich fürchte, Ihr Serienmörder wählte absichtlich eine Pflanze aus, deren Herkunft man nicht zurückverfolgen kann."

Kapitel 3

In der nächsten Woche verließ Antonia an der Seite ihrer Schwester einen Gerichtssaal, in dem sie bei einem Prozess als Gutachterin aufgetreten war. Noch auf dem Flur schaltete sie ihr Handy wieder ein. Das Display zeigte zwei entgangene Anrufe. Der erste kam aus dem Institut, der zweite von Leo. War in ihrem Häuschen irgendetwas passiert? Beunruhigt drückte sie die Antworttaste.

„Hallo, Antonia. Ich habe nur eine kurze Frage: Mögen Sie Rosen in Ihrem Garten?"

„Was?"

„Bei mir stehen noch ein paar Ableger herum, die dringend in den Boden müssen. Würden Ihnen duftende Englische Rosen im Garten gefallen?"

„Sehr sogar", gab sie zu. „Aber ..."

„Danke, das war es schon", fiel Leo ihr ins Wort. „Wir sehen uns am Wochenende."

Ehe Antonia noch etwas sagen konnte, unterbrach er die Verbindung.

„Was war das denn?", fragte Franziska, als ihre Schwester das kleine Telefon in der Tasche verschwinden ließ. „Ein Vier-Worte-Gespräch?"

„Das war Leo."

„Dein Gärtner?"

„Er ist nicht mein Gärtner", betonte sie. „Obwohl ... Zu Zeit arbeitet er tatsächlich in meinem Garten."

„Schon die zweite große Hilfsaktion? Als nächstes bringt er wahrscheinlich dein Liebesleben in Ordnung. Dann kannst du endlich auf diese Blitzaffären mit dem Akademikernachwuchs verzichten."

„Mir ist schleierhaft, wovon du sprichst", behauptete Antonia, worauf Franziska behutsam die Hand auf den Arm ihrer Schwester legte.

„Wir wissen beide, weshalb du dir nur hin und wieder einen jungen Liebhaber leistest, Toni", sagte sie ernst. „Weil dabei nicht die Gefahr besteht, dass mehr daraus werden könnte. Ihr Mediziner nennt das, glaube ich, Präventivverhalten."

„Ach, ja?"

„Antonia", sagte Franziska sanft. „Dich hatte es zweimal ernsthaft erwischt. Beide Male ist es schiefgegangen. Seitdem vertreibst du gnadenlos alle Männer, die vielleicht als Partner für dich in Frage kämen nach dem Motto: Vorbeugen ist besser als hinterher zu leiden."

„Du hättest nicht Jura, sondern Psychologie studieren sollen", entgegnete Antonia ebenso ernst. „Wahrscheinlich hast du gar nicht so unrecht", fügte sie nach kurzem Schweigen hinzu. „Allerdings ist der Marktanteil an altersmäßig passenden Kandidaten stark begrenzt. Mir ist jedenfalls schon lange keiner begegnet, der meinen Herzschlag beschleunigt, meinen Puls zum Rasen gebracht oder mir feuchte Hände beschert hätte."

„Vielleicht solltest du deine Ansprüche etwas runterschrauben?", riet Franziska ihr augenzwinkernd. „Fang mit den feuchten Händen an. Ist es erst mal so weit, melden sich erhöhter Herz- und Pulsschlag schon von selbst. Der Auslöser muss ja nicht unbedingt ein Gärtner sein."

„Was hast du gegen Gärtner?", fragte Antonia mit Unschuldsblick. „Nicht standesgemäß? Bei der Schnäppchenjagd auf dem Beziehungsmarkt darf man nicht wählerisch sein, Franzi. Ein einfacher Handwerker kann seine ehelichen Pflichten genauso gut erfüllen wie ein Professor."

„Wenn man ausschließlich Wert auf nonverbale Kommunikation legt, trifft das wahrscheinlich zu", konterte Franziska. „Ansonsten würde ich doch eher nach einem Ausschau halten, der abends nicht nur sein Bierchen vor dem Fernseher trinkt und dessen Gesprächsstoff sich auf Fußball beschränkt."

„Wer von uns beiden ist denn nun anspruchsvoll?", lachte

Antonia, während sie ihr läutendes Handy aus der Tasche zog. „Ja!?", meldete sie sich. „Wo? .... Ja, das kenne ich. In zehn Minuten bin ich vor Ort."

„Etwa schon wieder ein Opfer des Orchideenmörders?", fragte Franziska alarmiert, als ihre Schwester das Telefon abschaltete.

„Normalerweise schlägt der doch im Vollmondrhythmus zu", erinnerte Antonia sie. „Heute haben wir zur Abwechslung eine männliche Leiche mit einer Kugel im Kopf." Flüchtig küsste sie ihre Schwester auf die Wange. „Ich muss los." Schon eilte sie davon.

Kapitel 4

Nach einer arbeitsreichen Woche startete Antonia am Freitagnachmittag wieder in Richtung Deister. Fast wäre sie an ihrem Grundstück vorbeigefahren, denn es wirkte schon von der Straße her völlig verändert. Die Hecke war in Mannshöhe kerzengerade gestutzt; das vorher vom Rost befallene Gartentor leuchtete in sattem Grün. Die vom Unkraut befreite Einfahrt wirkte ungewohnt gepflegt.

„Sieh dir das an, Quincy", sagte Antonia nach dem Aussteigen überwältigt zu ihrem Hund. „Jetzt haben wir einen richtig schönen Vorzeigevorgarten."

Das Tier schien davon wenig beeindruckt. Quincy lief etwas irritiert über den kurzgeschnittenen Rasen, schnüffelte an den Blumen und kehrte zu Antonia zurück. Abwartend schaute der Hund zu seinem Frauchen auf.

„Nun tu bloß nicht so, als hätte dir diese Unkrautplantage besser gefallen", tadelte sie ihn. „Dort hättest du allenfalls buddeln können, ohne dass ich es merke. Aber das kannst du genauso gut im Wald. Der liegt schließlich direkt vor der Haustür."

Als hätte er jedes Wort verstanden, wedelte Quincy freudig mit seinem buschigen Schwanz.

„Einen Spaziergang unternehmen wir später", versetzte sie ihm einen Dämpfer. „Zuerst die Arbeit – dann das Vergnügen."

Nachdem sie den Inhalt des Kofferraums ins Haus geschleppt

hatte, betrat Antonia das Wohnzimmer und öffnete die Terrassentür. Erst dadurch bemerkte sie den Mann, der im hinteren Garten arbeitete. Er war gerade dabei, einen verdorrten Busch aus der Erde zu holen. Quincy erreichte den Gärtner zuerst, so dass er seine Arbeit unterbrach. Auf den Spaten gestützt blickte er Antonia entgegen.

„Hallo, Leo", begrüßte sie ihn freundlich. „Sie haben in meinem Vorgarten ein wahres Wunder bewirkt. Haben Sie hier etwa von morgens bis abends geschuftet?"

„Gefällt Ihnen das Resultat?"

„Sehr. Allerdings plagt mich jetzt mein Gewissen, weil Sie ..."

„Dazu besteht überhaupt kein Grund", winkte er ab. „Immerhin habe ich förmlich darum gebettelt, dass ich mich hier nützlich machen darf."

„Inzwischen haben Sie das sicher bereut."

„Keineswegs. - Und Sie?", wechselte er das Thema. „Hatten Sie in der vergangenen Woche viel zu tun?"

„Es war zu schaffen. Neben der Arbeit im Institut musste ich zweimal als Gutachterin bei Gericht erscheinen. Das war sehr zeitaufwändig, kam aber der Gerechtigkeit zugute. Der Angeklagte muss zwanzig Jahre hinter Gitter."

„Der Gattenmörder", überlegte Leo. „In der HAZ stand, dass er aufgrund Ihrer forensischen Untersuchungen überführt wurde."

„So manch einer glaubt, er hätte das perfekte Verbrechen begangen – bis wir ins Spiel kommen", sagte sie nicht ohne Stolz. „Winzige Faserreste oder kleinste Hautpartikel unter den Fingernägeln des Opfers genügen oft schon, ihn zu überführen."

„Demnach gibt es also doch keinen perfekten Mord?"

„Der perfekteste Mord ist der von einem Gerichtsmediziner verübte, wenn er dafür sorgt, dass er selbst die Obduktion der Leiche durchführt."

„Manche schaffen es aber auch ohne diese optimalen Voraussetzungen", wandte Leo schmunzelnd ein. „Bezahlte Killer beispielsweise. Sie lauern dem Opfer auf, erschießen es vorzugsweise und verschwinden unerkannt."

„Dann ermittelt die Polizei, wem der Tod des Opfers einen Nutzen bringt oder wer es aus anderen Motiven loswerden wollte. Ist der Auftraggeber überführt, wird er oft genauso hart bestraft, als hätte er selbst den Finger am Abzug gehabt."

„Sie wissen gut Bescheid."

„Gerichtsmediziner arbeiten eng mit den Ermittlungsbeamten zusammen." Rasch warf sie einen Blick auf ihre Armbanduhr. „Ich möchte heute noch mit der Renovierung weitermachen. Haben Sie Lust, später zum Abendessen rüberzukommen?"

„Wenn es Ihnen nicht zu viele Umstände macht!?"

„Die Lasagne muss nachher nur noch in den Ofen."

„Klingt verlockend", befand er. „Wann soll ich da sein?"

„Um neunzehn Uhr?"

„Ich werde pünktlich sein. Ist Abendgarderobe erwünscht?"

„Da ich bislang nur einen Klapptisch und Campingstühle hier habe, wäre ein Smoking etwas overdressed", erwiderte sie amüsiert. „Jeans reichen allemal."

Vergnügt zwinkerte Leo ihr zu.

„Dann lasse ich die Lackschuhe besser auch im Schrank. Darf ich einen guten Tropfen mitbringen?"

„Sie dürfen", erlaubte sie und wandte sich ab.

Während Leo sich wieder damit beschäftigte, Wurzeln auszugraben, verschwand Antonia im Haus. Dort zog sie ihre farbbefleckte Latzhose an, band ihr Haar zu einem Pferdeschwanz und griff zum Pinsel. Sie unterbrach ihre Arbeit nur, um die mitgebrachte Lasagne in den Ofen zu schieben. Sie lackierte den Türrahmen noch fertig, ehe sie nach oben ging, um sich frisch zu machen.

Vom Fenster aus sah sie, dass sich Leo nicht mehr im Garten befand. Demnach musste sie mit seinem pünktlichen Erscheinen rechnen. Nun war Eile geboten. Innerhalb der nächsten fünfzehn Minuten war sie geduscht und angezogen. Sie lief nach unten, stellte den Tisch und die Stühle in dem sonst leeren, aber frisch gestrichenen Wohnzimmer auf. Aus einem

Korb nahm sie Teller, Gläser und Besteck. Zurück in der Küche öffnete sie den Backofen. Zuerst war sie irritiert, dass sich die Lasagne seit dem Einschalten des Ofens nicht verändert hatte; dann dämmerte es ihr.

„Verdammt!", fluchte sie. „Funktioniert denn hier überhaupt nichts!?"

Das Klopfen an der Haustür ließ sie in die Diele laufen. Mit einem Seufzer öffnete Antonia die Tür und registrierte mit einem Blick, dass Leo Jeans und Polohemd trug. Seine Füße steckten in modischen Slippern. Außerdem duftete er nach einem herben Duschgel.

„Guten Abend, Frau Nachbarin", begrüßte er sie. In der einen Hand hielt er eine Weinflasche; in der anderen einen Topf mit einer weißen Orchidee, den er Antonia reichte.

„Danke für die Einladung zum Abendessen."

„Aus der Lasagne wird leider nichts."

„Verbrannt?"

„Schlimmer", gestand sie, während er eintrat. „Ich habe die Form pünktlich in den Ofen geschoben und mich nicht weiter darum gekümmert. Als ich wieder in der Küche war, habe ich festgestellt, dass der Backofen nicht heiß geworden ist."

„Ist der Herd kaputt?"

„Die Kochplatten funktionieren", wusste sie, da sie sich an den letzten Wochenenden darauf schon Konserven gewärmt hatte. „Es tut mir Leid, dass es nun nichts zu essen gibt."

„Dann müssen wir eben auf Plan B zurückgreifen", meinte er und ging an ihr vorbei in die Küche. Dort holte er die Auflaufform aus dem Ofen. „Wir gehen einfach zu mir rüber und schieben die Lasagne dort in die Backröhre." Schon beim Eintreten hatte er die verkümmerte Orchidee auf der Fensterbank gesehen. „Bei dieser Gelegenheit können Sie gleich die beiden Pflanzen austauschen. Sie nehmen den Blumentopf und den Wein; ich trage unser Abendessen. – Einverstanden?"

Zustimmend nickte sie.

„Wahrscheinlich halten Sie mich jetzt für völlig unfähig."

24

„Darauf antworte ich erst, wenn ich die Lasagne probiert habe", meinte er, bevor er nach dem Hund rief. „Komm, Quincy!"

Im Haus auf der anderen Straßenseite führte Leo seinen Gast in die Küche. Beeindruckt blickte sich Antonia um. Alles wirkte supermodern und blitzsauber. Sie schaute dabei zu, wie Leo die Form in den in Sichthöhe angebrachten Backofen schob. Auf einem Display tippte er Temperatur und Garzeit ein, bevor er Antonia fragend ansah. Als sie die Zahlen durch ein Nicken bestätigte, schaltete er das Gerät ein.

„Das läuft jetzt vollautomatisch. Um uns die Wartezeit zu verkürzen, könnten wir einen Spaziergang unternehmen. Das wäre sicher ganz im Sinne Ihres Vierbeiners."

„Darauf können Sie wetten", gab Antonia ihm Recht. „Quincy brennt bestimmt schon darauf, die Gegend zu erkunden."

„Dann lassen Sie uns gehen."

Leo schien sich im Deister gut auszukennen. Er zeigte Antonia einen Spazierweg, der hinter ihrem Haus entlang führte und am Ortsausgang endete. Auf halber Strecke schlug er jedoch einen Seitenpfad ein, der zu ihrem Ausgangspunkt zurückführte.

In der Küche warf Leo zuerst einen Blick auf das Display.

„Noch fünf Minuten", teilte er Antonia mit. „Zeit genug, um den Tisch zu decken."

„Kann ich Ihnen helfen?"

„Gleich." Er nahm eine Schale aus dem Schrank, füllte sie mit Wasser und stellte sie für Quincy auf den gefliesten Boden. Danach bestückte er ein Tablett mit Tellern, Gläsern, Servietten, Besteck und einem Untersatz für die heiße Auflaufform.

„Nehmen Sie das schon mit rüber? Ich öffne die Weinflasche."

Im Wohnraum deckte Antonia den Tisch dort, wo sie eine Woche zuvor schon einmal zu Abend gegessen hatte. Leo stellte den Wein und eine Schüssel mit Salat dazu.

„Wo haben Sie den denn so schnell hergezaubert?"

„Ursprünglich sollte der Salat Teil meines Abendessens sein",
erklärte er. „Fehlt nur noch die Lasagne."
Die heiße Form in den durch Kochhandschuhe geschützten
Händen kehrte Leo zurück. Bevor auch er sich setzte, zündete
er noch die Kerze auf dem Tisch an. Ein Druck auf die Fernbedienung ließ leise Musik aus der Stereoanlage erklingen.
„Haben Sie oft Gäste?", fragte Antonia, während sie sich von
den Speisen auftaten. „Oder improvisieren Sie gern?"
„Besucher verirren sich eher selten hierher", erwiderte er mit
ernster Miene und griff nach der Weinkaraffe. „In den elf Mo-
naten, die ich in diesem Haus wohne, konnte ich noch keinen
großen Bekanntenkreis aufbauen."
„Darf ich fragen, wo Sie vorher gelebt haben?"
„In Süddeutschland – in der Nähe von München."
„Ist es Ihnen nicht schwergefallen, in den relativ kalten Norden
zu ziehen?"
„Die Lasagne ist ausgezeichnet", ging er über ihre Frage hin-
weg. „Sie scheinen was vom Kochen zu verstehen."
„Sorry", murmelte sie. „Ich wollte Ihnen nicht zu nahe treten."
Einen Augenblick lang schaute er sie nachdenklich an – und
entschloss sich spontan zur Offenheit.
„Nach dem unerfreulichen Ende einer ... Beziehung brauchte
ich einen Tapetenwechsel", sagte er völlig emotionslos. „Mich
hat absolut nichts mehr in der alten Umgebung gehalten. Wirk-
liche Freunde habe ich nicht viele, und mein Vater lebt in der
Toskana."
„So ein Zufall! Meine Mutter ist gerade in Florenz."
„Beruflich oder privat?"
„Sie wandelt auf den Spuren der Erinnerung", erzählte sie.
„Als meine Eltern frisch verliebt waren, haben sie in den Semesterferien eine Reise in die Toskana unternommen. Um den
Feierlichkeiten zu ihrem 65. Geburtstag zu entkommen, hat sie
sich einfach in einen Flieger Richtung Süden gesetzt. Sie
wohnt sogar wie damals im Hotel Portofino." Nachdenklich
blickte sie in ihr Weinglas. „Als wir vor ein paar Tagen telefo-

niert haben, klang sie ... irgendwie traurig. Sie sagte zwar, dass alles okay ist, aber ich bin trotzdem etwas beunruhigt."

„Weil sie allein geflogen ist? Lebt Ihr Vater nicht mehr, oder sind Ihre Eltern geschieden?"

Ein Schatten flog über ihr Gesicht.

„Paps starb vor 16 Jahren ganz plötzlich an einem Herzinfarkt. Zuerst war es sehr schwer für meine Mutter, nach fast dreißig Jahren Ehe allein dazustehen. Um sich abzulenken, nahm sie ein paar Monate nach seinem Tod ihr Studium wieder auf."

„Sie hat ...", rechnete Leo nach, „... im Alter von neunundvierzig Jahren noch mal studiert?"

„Erstaunlich, nicht?"

„Zweifellos. – Welche Fakultät?"

„Jura. Mam hatte das Studium kurz vor dem Examen abgebrochen, als sie schwanger wurde. Trotzdem waren Recht und Gesetz immer ihre Leidenschaft. Ich kann mich nicht erinnern, dass mal keine juristischen Fachbücher in ihrem Zimmer rumlagen. Während ihrer Ehe hat sie sich eine Menge Wissen angeeignet. Dadurch ist ihr das Studium relativ leichtgefallen."

„Hat Ihre Mutter danach einen Job gefunden?"

„Sie promovierte sogar. Bis zu ihrer Pensionierung war sie Richterin."

„Sie muss ein außergewöhnlicher Mensch sein", sagte Leo beeindruckt. „Meine Mutter starb, als ich noch ein Kind war."

„Hat Ihr Vater nicht wieder geheiratet?"

„Seinen hohen Ansprüchen konnte nie wieder eine Frau genügen. Außerdem hat er wenig Zeit. Er besitzt ein großes Landgut. Dort züchtet er Pferde, baut aber auch seinen eigenen, sehr guten Wein an."

„Stammt Ihre Familie ursprünglich aus Italien? Oder was hat ihn dorthin verschlagen?"

„Mein Vater hatte ein gut gehendes Architekturbüro in Hamburg", erzählte Leo genauso offen, wie Antonia über ihre Mutter gesprochen hatte. „Mit sechzig hat er beschlossen, sich zur Ruhe zu setzen. Seinen Lebensabend wollte er in einem wärmeren Klima verbringen. Für ihn kam nur die Toskana infrage, weil er dort schon häufiger Urlaub gemacht hatte und von der Landschaft fasziniert war. Ein Geschäftsfreund hat ihm geraten, sich nach Objekten umzusehen, die versteigert werden sollten. Dadurch konnte er dieses traumhafte Anwesen relativ günstig erstehen. Das ist jetzt acht Jahre her, in denen er das Haus liebevoll restauriert und den Wert erheblich gesteigert hat. Vielleicht fürchtet er auch, dass eine Frau mehr an dem Landgut als an dessen Besitzer interessiert sein könnte und lebt deshalb allein."

„Sie scheinen ja keine gute Meinung vom schwachen Geschlecht zu haben."

„Für viele Frauen stehen materielle Werte an erster Stelle." Er sagte das so ernst, fast bitter, dass Antonia aufhorchte.

„Schließen Sie das aus Ihren eigenen Erfahrungen oder aus denen Ihres Vaters?"

„Bei mir gibt es nichts zu holen. Würden Sie nicht auch einen reichen Mann einem armen Schlucker vorziehen? Oder könnten Sie sich vorstellen, einen Habenichts zu heiraten?"

„Davon abgesehen, dass ich eine Ehe – mit wem auch immer – noch nicht mal in Erwägung ziehe, steht für mich der Mensch im Vordergrund", erwiderte sie völlig gelassen. „Egal ob er Millionär ist oder seine Brötchen in einer Fußgängerzone verdient. Für mich sind Schwielen an den Händen genauso viel wert wie ein Doktortitel auf der Visitenkarte."

„Was Sie nicht sagen", spottete er. „Dann erzählen Sie mir doch mal, was Ihre Freundinnen beruflich tun."

„Meine beste Freundin Elke ist Friseurin", entgegnete sie ohne zu zögern. „Außerdem gibt es in meinem Freundeskreis noch einen Bäcker, einen Hausmeister – und bald vielleicht sogar einen Gärtner."

Erwartungsvoll beugte sich Leo etwas vor, während ein weicher Ausdruck in seine Augen trat.

„Glauben Sie wirklich, dass wir Freunde werden können?"

„Erfüllen wir nicht die besten Voraussetzungen dafür? Ich mag

Sie – und Sie mögen mich."

„Tue ich das?"

„Sonst würden Sie kaum wie ein Maulwurf in meinem Garten rumbuddeln. Sie würden sich hinter Ihrem meterhohen Zaun verschanzen und zusätzlich die Tür verriegeln, wenn ich auch nur in den Dunstkreis Ihrer Überwachungskamera käme."

„Stimmt." Er griff nach seinem Weinglas und trank ihr zu. „Ich nehme alles zurück, was ich Ihnen unterstellt habe. Allerdings würde mich interessieren, weshalb eine Ehe für Sie nicht in Frage kommt. Schlechte Erfahrungen mit meinen Geschlechtsgenossen?"

„Nur mit einigen. Mit dem Rest verstehe ich mich prächtig."

„Tatsächlich?"

Lächelnd nickte sie.

„Die meisten Männer sind gar nicht so schlecht wie ihr Ruf."

„Die meisten Frauen wahrscheinlich auch nicht."

„Sie lernen schnell", neckte sie ihn, doch dann stutzte sie. Weshalb schaute Leo sie plötzlich so nachdenklich an? „Gibt es ein Problem?"

„Keins, das man nicht lösen könnte. Ich dachte eben darüber nach, wie man Ihnen möglichst kostengünstig zu einem neuen Herd verhelfen könnte."

„Das ist nicht nötig. Meine Einbauküche zieht mit mir um. Und da sie das schon am nächsten Wochenende tut, muss ich mit der Renovierung fertig werden. Deshalb sollte ich mich jetzt verabschieden. Morgen muss ich wieder früh raus."

„Wo schlafen Sie eigentlich, wenn Ihr Mobiliar bislang nur aus einem Klapptisch und zwei Campingstühlen besteht?"

„Auf einer Luftmatratze."

„Das ist doch viel zu unbequem für ein handwerkliches Allroundtalent", wandte er ein. „Sie können gern hier in einem der Gästezimmer in einem richtigen Bett schlafen."

„So ein Angebot kann ich leider erst annehmen, wenn wir wirklich Freunde geworden sind", erwiderte Antonia und erhob sich.

Als sie gegangen war, räumte Leo den Tisch ab, bevor er sich mit einem Glas Wein ins Wohnzimmer setzte. Er hatte plötzlich das Bedürfnis, mit seinem Vater zu sprechen und griff zum Telefon.

„Pronto!?"

„Hallo, Paps. – Wie geht es dir?"

„Ausgezeichnet, mein Junge. – Und wie sieht es bei dir aus?"

„Alles im grünen Bereich. Ich fühle mich hier immer noch sehr wohl. Die Gartenarbeit tut mir gut."

„Das freut mich. Gibt es sonst was Neues?"

„Ich wollte dich was fragen: Fährst du eigentlich montags immer noch in die Stadt?"

„Ja – warum?"

„Kannst du mir einen Gefallen tun? Meine neue Nachbarin sorgt sich um ihre Mutter. Sie ist allein in Florenz, wo sie früher schon mal mit ihrem verstorbenen Mann war. Die Konfrontation mit der Vergangenheit scheint ihr zu schaffen zu machen. Könntest du mal nach ihr sehen?"

„Du erwartest doch nicht etwa, dass ich mich um eine fremde alte Dame kümmere?"

„Natürlich nicht. Aber vielleicht könntest du dich unauffällig erkundigen, ob es ihr gut geht. Das würde meine Nachbarin beruhigen."

„Du magst sie wohl – deine Nachbarin?"

„Ja – sie ist sehr nett."

„Tja dann . Wie heißt denn die Mutter?"

„Da die Tochter nicht verheiratet ist, müsste der Name der Mutter auch Bredow sein. Sie wohnt im Portofino."

„Also gut", sagte sein Vater mit einem Seufzer. „Ich fahre am Montag zum Hotel und versuche, etwas über sie in Erfahrung zu bringen."

„Danke, Paps."

30

„Schon gut. Ich melde mich, wenn ich was weiß. – Gute Nacht, mein Junge"

Kapitel 5

Für ihren Umzug an den Deister hatte Antonia vier Studenten angeheuert. Die jungen Männer beluden am Freitagnachmittag zwei geleaste Lastwagen mit dem Hausrat der Gerichtsmedizinerin. Zeitig am Samstagmorgen trafen sie damit am Häuschen am Waldrand ein. Während zwei der Männer die Möbel ins Haus schleppten, widmeten sich die anderen beiden dem Aufbau der Küchenzeile. Antonia dirigierte ihre Helfer in die verschiedenen Räume. Zwischendurch bereitete sie eine große Schüssel Kartoffelsalat zu. Gegen Mittag stellte sie Getränke auf die Terrasse und legte Bratwürstchen auf den Grill. Nachdem sich die Studenten gestärkt hatten, arbeiteten sie bis zum Abend. Dann fuhren sie mit den Lastwagen nach Hannover zurück.

Nun war Antonia mit Quincy allein. Zwar standen in allen Räumen noch unausgepackte Kartons herum, aber damit würde sie sich am Sonntag beschäftigen. Sie war froh, schon in dieser Nacht im eigenen Bett schlafen zu können.

Den Sonntag verbrachte Antonia, abgesehen von kurzen Spaziergängen mit Quincy, mit dem Auspacken und Einräumen. Leo bekam sie an diesem Wochenende nicht zu Gesicht. Dafür waren die insgesamt 400 Quadratmeter ihres Grundstücks in einem geradezu vorbildlichen Zustand. Antonia plante, sich etwas einfallen zu lassen, um sich bei Leo für seinen unermüdlichen Einsatz erkenntlich zu zeigen.

Wie gewöhnlich traf sich Antonia am Dienstagabend mit Franziska und Elke im Fitnessstudio. Nach dem üblichen Trainingsprogramm saßen sie noch bei einem Saft zusammen. Wie in den vergangenen Wochen kam dabei auch Antonias Umzug zur Sprache.

„Wie weit bist du denn in deinem Knusperhäuschen?", wollte Elke wissen. „Wann dürfen wir dich endlich besuchen?"

„Nächste Woche", lautete die prompte Antwort. „Am Samstag steigt meine Einweihungsparty. Bis dahin könnt ihr in aller Ruhe überlegen, was ihr mir zum Einzug schenken wollt."

„Hoffentlich fällt deine Party nicht dem Orchideenmörder zum Opfer", meinte ihre Schwester mit skeptischer Miene. „Dann sind nämlich genau vier Wochen seit dem letzten Leichenfund verstrichen."

„Seid ihr diesem Wahnsinnigen immer noch nicht auf der Spur?", fragte Elke. „Was tut die Polizei eigentlich, um ihn zu schnappen? Däumchen drehen?"

„Leider hinterlässt der Täter nie brauchbare Hinweise", erwiderte Franziska resigniert. „Er ist so verdammt clever."

„Was ist mit den Orchideen, mit denen er seine Opfer schmückt? Vielleicht solltet ihr alle Züchter der Umgebung unter die Lupe nehmen. Dann könnt ihr gleich mit Tonis Gärtner anfangen. Wohnt der nicht ganz allein in dem großen, einsam gelegenen Haus seines Chefs am Wald? Vielleicht lockt er die ahnungslosen Frauen unter einem Vorwand dorthin, ohne dass es jemand mitbekommt."

„Jetzt hat er aber eine Nachbarin", spann Franziska den Faden weiter. „Die mit der Polizei zusammenarbeitet und seine dunkle Seite entdecken könnte. Deshalb ist er hilfsbereit, freundet sich mit ihr an und murkst sie bei erster Gelegenheit ab."

„Aber nicht vor Ende nächster Woche", bemerkte Antonia trocken. „Oder glaubt ihr etwa, dass er wegen meiner schönen Augen seinen Rhythmus ändert?" Innerlich amüsiert griff sie nach ihrem Saftglas. „Es tut mir Leid, euch enttäuschen zu müssen, aber Leo käme nie auf die Idee, mir meine Einweihungsparty zu verderben."

„Du scheinst wirklich einen Narren an ihm gefressen zu haben, Schwesterherz. Es wird langsam Zeit, dass du mir den Knaben vorstellst."

„Da ich Leo auch einladen werde, kannst du ..." Ihr Blick

wechselte zu Elke. „... könnt ihr schon bald feststellen, wie wenig sich dieser sanftmütige Mann zum Serienkiller eignet.

Kapitel 6

Antonia traf Leo erst in der folgenden Woche zufällig auf der Straße. Sie kehrte mit Quincy von einem Spaziergang zurück, als ihr der Nachbar mit einigen Zeitungen unter dem Arm entgegenkam.

„Guten Abend, Antonia", begrüßte er sie freundlich-distanziert, klopfte dem mit dem Schwanz wedelnden Hund allerdings wohlwollend die Seite. „Lange nicht gesehen."

„Seit meinem Einzug hatte ich viel zu tun", erwiderte sie etwas irritiert über seine unverbindliche Haltung. „Jetzt ist aber alles an seinem Platz. Auch das Zimmer unter dem Dach habe ich schon renoviert."

„Ich dachte schon, dass Sie mir absichtlich aus dem Weg gehen", gestand er, wobei er sich sichtbar entspannte. „Haben Sie sich inzwischen eingelebt?"

„Bislang hatte ich noch keine Zeit dazu. Heute ist sozusagen Premiere für einen gemütlichen Abend im eigenen Heim. – Haben Sie Lust, mir bei einem Glas Wein Gesellschaft zu leisten?", fügte sie spontan hinzu. „Oder haben Sie schon andere Pläne?"

„Noch nicht", verneinte er erfreut. „Wann soll ich kommen? Nach dem Abendessen?"

„Mögen Sie Spaghetti?"

„Jede Art von Pasta übt einen unwiderstehlichen Reiz auf mich aus."

„Haben wir etwa kalorientechnisch die gleiche Schwäche? Dann erwarte ich Sie in einer Stunde."

„Ich bin zu jeder Schandtat bereit. Darf ich eine Flasche Wein vom Landgut meines Vaters mitbringen?"

„Wenn Sie deswegen nicht noch schnell in die Toskana düsen müssen, lasse ich mich gern überraschen, ob der Wein wirklich so gut ist."

Obwohl es ein milder Abend war, deckte Antonia den Tisch in ihrem kleinen Speisezimmer, das ein bogenförmiger Durchgang vom Wohnraum trennte.

Bei Leos Eintreffen zündete sie gerade die Kerzen an.

„Gehen Sie bitte schon rein", forderte sie ihn auf. „Ich muss nur noch die Spaghetti abgießen."

Während Antonia in der Küche verschwand, blickte sich ihr Gast interessiert im Wohnzimmer um. Ihm gefiel die schnörkellose Möblierung: zwei weiße Ledersofas mit einem niedrigen Glastisch davor; eine große Anrichte aus Kirschbaumholz; vor der Fensterfront lud ein Ohrensessel nebst passendem Hocker und Beistelltisch mit Leselampe zum Verweilen ein.

„Sehr geschmackvoll", lobte Leo, als Antonia mit einem Tablett in den Händen eintrat. „Ich mag es, wenn ein Raum nicht so überladen ist."

„Da haben wir schon wieder etwas gemeinsam. Hoffentlich nimmt das nicht überhand."

Bedächtig stellte er die mitgebrachte Weinkaraffe auf dem Tisch ab.

„Wäre Ihnen das so unangenehm?"

„ERs wäre ungewohnt", korrigierte sie ihn. „Die Erfahrung hat mich gelehrt, dass es sich oft nicht lohnt, nach Gemeinsamkeiten zu forschen. Sonst bringt man irgendwann zu viel von sich selbst ein. Das stört das innere Gleichgewicht."

„Bis vor kurzem habe ich ähnlich gedacht", gestand Leo mit entwaffnender Offenheit. „In letzter Zeit zweifle ich allerdings manchmal daran."

Ein wissender Blick streifte Leo.

„Wie schön für Sie", sagte Antonia und deutete einladend auf einen Stuhl, bevor sie sich setzte. „Sind Sie verliebt, Leo?"

„Unsinn!", wies er diese Annahme von sich. „Über derartige Gefühlsduselei bin ich lange hinweg."

34

„Tatsächlich?", fragte sie und reichte ihm die Spaghettischüssel. „Wie alt sind Sie?"

„Vierundvierzig. – Warum?"

Nachdenklich musterte Antonia ihren Gast. Durch seinen dunkelgrauen Vollbart hätte sie ihn einige Jahre älter geschätzt.

„Wollen Sie mir weismachen, dass Sie Ihre Bedürfnisse mit dem Scheitern Ihrer letzten Beziehung begraben haben?"

„Und Sie?", antwortete er mit einer Gegenfrage, während er sich von dem roten Pesto auftat. „Was ist mit Ihren Bedürfnissen? Sie sind doch mit Sicherheit um einiges jünger als ich."

„Zwei Jahre. Aber auch wenn ich zehn Jahre älter als Sie wäre, würde ich nicht wie eine Nonne leben, nur weil ich nicht aus Ehematerial bin."

„Unverbindlicher Sex?", schloss er missbilligend aus ihren Worten. „Was soll das bringen?"

„Es tut einfach gut", erklärte sie. „Man fühlt sich begehrenswert. Es ist immer wieder neu, aufregend. Und hinterher ist man herrlich entspannt. Das ist weitaus prickelnder als die Routinerammelei in einer langjährigen Beziehung."

„Offenbar enden bei uns an dieser Stelle die Gemeinsamkeiten. Ich brauche so was jedenfalls nicht."

„Das reden Sie sich nur ein, Leo." Ihr mitfühlender Blick traf ihn. „Ihre letzte Beziehung muss sehr schmerzhaft für Sie geendet haben. Wie schützen Sie sich seitdem vor der Gefahr, sich wieder zu verlieben? Gehen Sie infrage kommenden Damen weiträumig aus dem Weg?"

„Vielleicht räume ich sie aus dem Weg", erwiderte er herausfordernd. „Wäre das nicht der sicherste Schutz? Eventuell landen sie hinterher sogar bei Ihnen in der Pathologie!?"

„Mit Orchideen geschmückt?", fügte sie spöttisch hinzu. „Von dieser absurden Theorie konnten mich schon meine Freundinnen nicht überzeugen."

„Ihre Freundinnen?", wiederholte er verblüfft. „Sie sprechen mit Ihren Freundinnen über mich?"

„Ich habe vor kurzem meinen hilfsbereiten Nachbarn erwähnt,

der wunderschöne Orchideen züchtet. Unter anderem gab das Anlass zu wilden Spekulationen."

„Die Sie offenbar amüsiert haben", schloss er aus ihrem Minenspiel. „Trauen Sie mir etwa keine dunkle Seite zu?"

„Selbst auf die Gefahr, dass Sie den Wein Ihres Vaters wieder mitnehmen, kann ich Sie mir beim besten Willen nicht als Mr. Hyde vorstellen."

„Wie unaufmerksam von mir", warf er sich vor, griff nach der Karaffe und schenkte die Gläser ein. „Dabei habe ich den Wein vorhin schon dekantiert, damit er sein volles Aroma entfalten kann." Jungenhaft zwinkerte er ihr zu. „Könnte meine Vorliebe für diesen blutroten Tropfen Ihre positive Meinung über mich unter Umständen beeinflussen?"

„Keine Chance", verneinte sie und griff nach ihrem Glas. „Cheers!"

Den ersten Schluck ließ Antonia genüsslich auf der Zunge zergehen.

„Und?", fragte Leo gespannt. „Habe ich zu viel versprochen?"

„Ganz und gar nicht", sagte sie nach einer weiteren Kostprobe. „Er ist trocken und ... kraftvoll ..."

„Außerdem tiefgründig mit ausgezeichnetem Alterungspotential", vollendete er. Fragend hob er die Brauen. „Haben Sie eigentlich mal wieder was von Ihrer Mutter gehört?"

„Ich habe sie noch am gleichen Abend angerufen, nachdem wir über sie gesprochen hatten", erzählte sie. „Es scheint ihr gut zu gehen. Als sie sich das erste Mal gemeldet hatte, war sie nur müde, weil sie den ganzen Tag in der Stadt rumgelaufen war. Anscheinend habe ich mich wieder mal umsonst gesorgt."

Ihre Worte erleichterten Leo, da sein Vater ihm mitgeteilt hatte, dass er ihre Mutter im Hotel nicht angetroffen hätte. Sie schien tagsüber ständig unterwegs zu sein.

„Der Wein ist wirklich gut", sagte Antonia in seine Gedanken hinein. „Daran kann sich gewöhnen."

„Ja, vom Weinbau versteht mein alter Herr eine Menge – und von Pferden."

„Reiten Sie auch?"

„Nur, wenn ich meinen Vater besuche. – Und Sie?"

„Wie die meisten Mädchen waren auch meine Schwester und ich als Kinder oft auf dem Reitplatz. – Bis Jungens für uns interessanter wurden."

„Üben meine Geschlechtsgenossen immer noch die größere Anziehungskraft auf Sie aus?"

Amüsiert blitzte es in ihren Augen auf.

„Das ist, als würde man jemanden in Rom fragen, ob er schon mal was vom Papst gehört hat."

„Warum sind Sie dann solo? Eine Frau mit Ihrem Aussehen und Ihrem Verstand zieht die Männer normalerweise an wie das Licht die Plagegeister der Nacht."

„Bei einem Mann mit Ihrer Erscheinung und Ihrem Intellekt sollte man auch nicht annehmen, dass er allein durchs Leben singelt."

„Ich bin nur ein einfacher Gärtner", erinnerte er sie mit nachsichtigem Lächeln. „Die meisten Frauen interessiert es nicht, ob man Abitur und eine gute Ausbildung hat. Ein Mann muss erfolgreich sein, möglichst auch reich und mächtig."

„Anscheinend sind Sie bisher an die falschen Mädels geraten."

„Haben wir jetzt doch noch was gemeinsam, Antonia? Oder gibt es einen anderen Grund, aus dem Sie nicht längst in festen Händen sind?"

„Ich bin nicht hauptberuflich Single. Deshalb kann ich mich schon aus zeitlichen Gründen nicht mit allen Männern verabreden, die altersmäßig zu mir passen."

Seine dunkelbraunen Augen konzentrierten sich auf Antonias Gesicht.

„Machen wir uns nicht selbst etwas vor, indem wir ständig Erklärungen finden, weshalb wir allein leben? Sehnt sich nicht jeder Mensch tief in seinem Inneren nach einem anderen, dem er bedingungslos vertrauen, dem er sich anvertrauen kann? Wahrscheinlich bilden auch wir beide da keine Ausnahme. Wir wollen es nur nicht wahrhaben."

Der unbestechliche Blick ihrer klaren Augen hielt ihn sekundenlang gefangen.

„Ich weiß", gab sie unerwartet zu. „Andererseits lebe ich gern allein. – Vielleicht habe ich mich auch nur daran gewöhnt", räumte sie nach kurzem Nachdenken ein. „Immerhin hätte ich vor drei Jahren beinah geheiratet."

„Woran scheiterte es?"

„Wahrscheinlich bin ich nicht anpassungsfähig genug", erwiderte sie selbstkritisch. „Bestimmt gibt es viele Frauen, die freudestrahlend ihren Beruf aufgeben, um für den Mann das Hausmütterchen zu spielen. Ich brauche aber eine sinnvollere Beschäftigung als den Gang zum Frisör oder die Beaufsichtigung der Putzfrau. Außerdem hasse ich es, finanziell total abhängig von jemandem zu sein."

Das schien Leo kaum glauben zu können.

„Ist Ihnen das wirklich so wichtig?"

„Wie würden Sie sich dabei fühlen? Stellen Sie sich vor, Sie wären mit einer Frau verheiratet, die beruflich erfolgreicher ist, mehr verdient und von Ihnen verlangt, den Hausmann zu spielen. Das Wirtschaftsgeld bekämen Sie zugeteilt und müssten über die Ausgaben Rechenschaft ablegen. Und natürlich müssten Sie immer adrett aussehen und Ihre bessere Hälfte verwöhnen, wenn sie nach einem anstrengenden Tag nach Hause käme. Selbstverständlich müssten Sie auch im Bett jederzeit zur Verfügung stehen."

„Ich fürchte, in einer solchen Situation bekäme ich Migräne", lachte Leo, worauf Antonia vorwurfsvoll den Kopf schüttelte.

„Unpässlichkeiten wären nun wirklich nicht angebracht. Immerhin können Sie sich den ganzen Tag ausruhen. Das bisschen Haushalt macht sich schließlich von allein."

„So zu leben wäre tatsächlich eine Horrorvorstellung", gab Leo zu. „Da bin ich doch lieber mein eigener Herr."

„Deshalb habe ich es auch nach langen Diskussionen vorgezogen, solo zu bleiben", entgegnete Antonia und griff nach ihrem Weinglas. „Seitdem genieße ich das Leben auf meine Art."

Gespannt beugte sich Leo etwas vor.

„Welche Art ist das denn?"

„Das wüsstest du wohl gern!?", entschlüpfte es ihr vergnügt. Als es ihr bewusst wurde, senkte sie verlegen den Blick.

„Das war doch längst fällig", sagte Leo mit sanfter Stimme und nahm ebenfalls sein Glas. Behutsam ließ er es an ihrem klingen. „Immerhin duze ich mich mit Quincy auch."

„Das hat er mir gar nicht erzählt", tat sie überrascht, lächelte aber dabei. „Habt ihr etwa noch mehr Geheimnisse vor mir?"

„Das wüsstest du wohl gern!?", parierte er. „Man darf Frauen doch nicht alles verraten."

„Männern auch nicht", konterte sie. „Trotzdem erzähle ich dir, dass am Samstag meine Einweihungsparty steigt. Falls du noch nichts Besseres vorhast, bist du hiermit eingeladen."

„Ich würde gern kommen, aber ich habe leider schon andere Pläne. Übermorgen fahre ich zu einer Orchideenmesse, von der ich erst am Sonntag zurück bin."

„Schade." Antonia war selbst überrascht, dass sie eine leise Enttäuschung verspürte. „All meine Freunde haben zugesagt."

„Zählst du mich etwa schon dazu?"

„Das wirst du nun nie erfahren", erwiderte sie und hielt ihm ihr Weinglas zum Nachschenken hin.

Kapitel 7

Am Freitagvormittag saß Antonia im Gerichtsmedizinischen Institut vor dem Elektronenmikroskop. Sie war so sehr in ihre Arbeit vertieft, dass sie das Eintreten des Kommissars nicht bewusst wahrnahm.

„Was gibt es denn da Schönes zu sehen?", fragte Pit Gerlach und blieb hinter ihr stehen.

„Nichts, das die Polizei interessieren dürfte", antwortete sie, ohne aufzusehen, denn sie erkannte seine Stimme sofort. „Was führt dich her, Sherlock Holmes?"

„Meine Ungeduld", gab er zu. „Ist der Autopsiebericht des Toten von gestern schon fertig?"

„Selbstverständlich", bestätigte sie und wandte sich mitsamt ihrem Drehstuhl zu ihm um. „Der Bericht müsste dir vor ein paar Minuten zugefaxt worden sein."

Lässig lehnte er sich gegen einen Labortisch.

„Da war ich schon unterwegs." Sein Blick nahm einen erwartungsvollen Ausdruck an. „Hat sich mein Verdacht bestätigt?"

„Nein."

Überrascht hob er die Brauen.

„Nein?"

„Nein", wiederholte Antonia. „Keine Fremdeinwirkung."

„Sicher?"

Ein spöttisches Lächeln umspielte ihre Lippen.

„Wann wirst du endlich mal eine normale Todesursache akzeptieren? Der Mann ist an einem Herzinfarkt gestorben."

„Könnte es nicht auch Gift gewesen sein? Hast du eine toxikologische Untersuchung durchgeführt?"

Der Blick, mit dem sie ihn bedachte, war geeignet, ihn mehrere Meter tief in den Boden zu versenken.

„Er litt an Arteriosklerose. Ursache und Wirkung – du verstehst? Ursache: krankes Herz, Wirkung: tot." Herausfordernd musterte sie ihn von den blonden Locken bis zu den schwarzen Turnschuhen. „Zweifelst du etwa an meiner Kompetenz?"

„Das würde ich mir nie erlauben", versicherte er ihr hastig. „Man erzählt sich, dass du auf deinem Gebiet eine der Besten im ganzen Land bist."

Scheinbar empört erhob sie sich.

„Wer sagt denn so was?"

„Alle, die das beurteilen können."

„Dann muss es wohl stimmen." Nachdenklich trat sie ans Fenster. „Wie lange bist du jetzt eigentlich hier bei der Kripo?"

„Ungefähr seit acht Monaten."

„Und wie lange bist du schon mit meiner Schwester zusammen?"

„Genau zehn Wochen ..."

„Aber...?"

40

Verlegen blickte er auf seine Schuhspitzen.

„Ich habe manchmal das Gefühl, dass es ihr nicht so ernst ist wie mir. Ich weiß genau, dass Franziska die Frau ist, die ich heiraten will. Aber wenn ich über unsere Zukunft spreche, weicht sie immer aus."

„Franzi ist seit ihrer Scheidung vorsichtig geworden. Wahrscheinlich hat sie einfach Angst, dass es wieder schiefgehen könnte. Lass ihr ein bisschen Zeit."

Verstehend nickte Pit.

„Okay."

„Hast du Lust, sie morgen zu meiner Einweihungsparty zu begleiten?"

„Mit dem größten Vergnügen. – Danke für die Einladung."

Rasch zog er sein läutendes Handy aus der Tasche. Kaum hatte er es am Ohr, erklang auch die Melodie von Antonias Mobiltelefon.

Während beide den Anrufern lauschten, tauschten sie einen vielsagenden Blick.

„Ich komme!", sagten sie unisono und schalteten die Telefone ab.

„Fahren wir zusammen, Doc?"

„Ich folge dir in meinem Wagen."

Der Fundort der Leiche, ein verlassenes Fabrikgelände, wurde gerade großräumig abgesperrt, als Antonia und der Kommissar dort kurz nach den Männern der Spurensicherung eintrafen.

„Wer hat sie gefunden?", wandte sich Pit an einen uniformierten Beamten.

„Ein Spaziergänger", gab ihm der junge Mann Auskunft und deutete zu einem älteren Herrn neben einem Streifenwagen. „Sein Hund hat plötzlich angeschlagen und ihn zu der Toten geführt."

„Okay, nehmen Sie seine Personalien auf. Nachher will ich noch mit ihm sprechen."

Schon eilte er Antonia nach, die sich soeben neben das unbe-

kleidete Opfer kniete, um die erste Leichenschau vorzunehmen. Zunächst streifte sie die dünnen Handschuhe über und
tastete routinemäßig mit zwei Fingern nach der Halsschlagader
der Frau. Dann suchte ihr ungläubiger Blick das Gesicht des
Kommissars.

„Mein Gott, sie lebt ...", flüsterte sie und sprang auf. „Schnell!
Hierher!", rief sie zum inzwischen eingetroffenen Notarztwa-
gen hinüber, worauf sich die Besatzung im Laufschritt in Bewegung setzte.

„Das ist eine verdammte Schweinerei!", wandte sich Antonia
verärgert an den Kommissar, während sich das Notarztteam um
das schwerverletzte Opfer kümmerte. „Sind deine Beamten
nicht in der Lage festzustellen, ob jemand wirklich tot ist?
Dadurch wurde wertvolle Zeit vergeudet!"

Hilflos zuckte Pit die Schultern.

„Darüber sprechen wir noch", sagte sie und griff nach ihrer
Tasche. „Ich fahre auch in die Klinik."

In ihrem Auto folgte sie dem mit Blaulicht und Martinshorn
durch die Straßen rasenden Krankenwagen. Nur wenige Augenblicke nach der Ambulanz traf sie bei der Klinik ein und
sprang aus dem Wagen.

„Wie geht es ihr?", sprach sie den aussteigenden Notarzt an.
„Wird sie durchkommen?"

Bedauernd schüttelte der Mann den Kopf.

„Exitus. – Wir konnten nichts mehr für sie tun."

Einen Fluch unterdrückend, nickte sie.

„Übernehmen Sie den Transport in die Gerichtsmedizin? Oder
soll ich sie abholen lassen?"

„Moment, Frau Kollegin, ich kläre das sofort."

Etwa eine Stunde später lag das vierte Opfer des Orchideenmörders auf dem Sektionstisch. Wie bei den vergangen Taten
des Serienkillers führte Antonia selbst die Obduktion durch.
Die Untersuchungen waren noch nicht abgeschlossen, als ein
junger Pathologe hereinkam.

„Frau Dr. Bredow!?"

Unwillig schaltete sie das Aufnahmegerät ab.

„Was ist denn?", fragte sie verärgert über die Unterbrechung. Durch ihre Schutzbrille fixierte sie den Kollegen. „Hatte ich nicht darum gebeten, nicht gestört zu werden?"

„Tut mir Leid. Kommissar Gerlach ist draußen. Er besteht darauf, Sie zu sprechen."

„Nicht jetzt", bestimmte sie. „Ich brauche noch mindestens zwei Stunden. Sagen Sie ihm, dass er zur Tagesschau wiederkommen soll."

Tatsächlich erschien der Kommissar erst gegen 20.00 Uhr abermals im Gerichtsmedizinischen Institut. Antonia war gerade dabei, den Y-förmigen Schnitt am Körper der Toten zu verschließen.

„Doc?", sprach Pit sie vorsichtig an. „Bin ich zu früh?"

„Jetzt komm schon rein", forderte sie ihn auf. „Wo hast du denn die Staatsanwältin gelassen? Sonst kreuzt ihr doch immer im Doppelpack auf."

„Ich habe sie angerufen; sie wird gleich hier sein."

„Dann warten wir", beschloss sie und zog ein Laken über den Leichnam. „Sonst muss ich alles zweimal erklären."

Obwohl er sehr gespannt auf die Obduktionsergebnisse war, wagte er nicht, zu widersprechen. Erst vor wenigen Stunden hatte er sie das erste Mal zornig erlebt und wollte vermeiden, sie nochmals zu verärgern.

„Hast du inzwischen rausgefunden, wer für die Schlamperei heute Mittag verantwortlich ist?", fragte sie, während sie ihre Instrumente beiseitelegte. „Wie konnte es unentdeckt bleiben, dass die Frau noch gelebt hat?"

„Die Beamten, die als erste am Fundort waren, sahen den Blütenzweig auf ihrem Gesicht. Ihnen war sofort klar, dass es sich um ein Opfer des Orchideenmörders handelt. Um keine Spuren zu verwischen, haben sie sich nicht getraut, etwas anzufassen. Für sie gab es keinen Zweifel am Tod des Opfers, weil bislang noch keins dem Killer lebend entkommen ist."

„Das ist auch keine Entschuldigung."

„Ich weiß", gab er ihr Recht. „Haben deine Untersuchungen ergeben, dass die Frau überlebt hätte, wenn die notärztliche Behandlung eine halbe Stunde früher erfolgt wäre?"

„Nein", musste sie zugeben. „Die Verletzungen waren zu schwerwiegend. Sie ist innerlich verblutet. Selbst eine sofortige Not-OP hätte sie höchstwahrscheinlich nicht retten können."

„Wurde sie nicht wie die anderen Opfer erdrosselt?", fragte Franziska von der Tür her. Sie hatte beim Eintreten die Worte ihrer Schwester gehört. Ernst nickte sie dem Kommissar zu, ehe sie Antonia fragend anschaute. „Hat der Killer sein Tötungsmuster geändert?"

„Nicht wirklich", verneinte Antonia. „Allerdings wird er mit jedem Mord brutaler. Er scheint die Angst und die Qualen seiner Opfer zu genießen."

„Woraus schließt du das, Doc?"

„Aus den zahlreichen inneren Verletzungen. Fast sämtliche Organe sind betroffen: Milzriss, Leberquetschung; eine Rippe durchbohrte die Lunge. Zusätzlich hat der Täter sie vergewaltigt und wollte sie erdrosseln. Wahrscheinlich hielt er sie für tot, als er sie zum Fundort geschafft hat."

„Wie lange lag sie dort, bevor man sie gefunden hat?"

„Schwer zu sagen", überlegte Antonia. „Da der Tod bei den anderen Opfern gegen Mitternacht eingetreten ist, liegt es nahe, dass er sie immer im Schutz der Dunkelheit entsorgt."

„Hast sonst noch was entdeckt?", fragte Pit. „Irgendwelche Fasern oder Hautpartikel?"

„Nur eine Klette, die sich in ihrem Haar verfangen hatte. Vermutlich bringt uns das aber nicht weiter. Ich erinnere mich, dass ich diese Pflanzen meterhoch auf dem Fabrikgelände gesehen habe. Trotzdem lasse ich noch überprüfen, ob es sich um dieselbe Spezies handelt." Nachdenklich wechselte ihr Blick zwischen dem Kommissar und ihrer Schwester. „Noch etwas ist mir aufgefallen: Ihre letzte Mahlzeit war Pasta mit einer roten Basilikumsoße. Auch der Mageninhalt der anderen

44

Opfer hat der Zusammensetzung nach aus einem Nudelgericht bestanden."

„Denkst du an eine Henkersmahlzeit, Toni?"

„Vielleicht lädt der Killer sein nichtsahnendes Opfer zum Essen ein, bevor er es tötet?"

„Zum Italiener", folgerte der Kommissar. Mit zwei Fingern strich er sich über seinen Schnurrbart. „Oder er kocht ein romantisches Dinner als Einleitung für ein grausames Finale."

„Demnach haben wir es mit einem Mörder zu tun, der eine Vorliebe für Nudeln hat", resümierte Franziska. „Das trifft aber auf Millionen Männer zu."

„Da ist noch was", sagte Antonia. „Was mich immer wieder wundert, ist die Tatsache, dass der Täter überhaupt keine Faserspuren hinterlässt. Da wir davon ausgehen, dass er seine Opfer mit dem Auto zum jeweiligen Fundort transportiert, wickelt er sie vorher wahrscheinlich in eine Kunststoffplane oder etwas Ähnliches. Sonst würden kleinste Partikel an der Haut oder der Körperbehaarung haften bleiben."

„Wenn er so gerissen ist, übt er vielleicht auch die Taten schon auf einer Plastikfolie aus", überlegte Pit. „Dadurch verhindert er eine direkte Berührung der Opfer mit dem Tatort. Hinterher muss er die Folie nur loswerden. Abgebrüht, wie er ist, stellt er sie umweltfreundlich in einem gelben Sack zur Abholung vor die Haustür."

„Solche Spekulationen helfen uns leider auch nicht", meinte die Franziska. „Es läuft wieder auf das gleiche Ermittlungsmuster hinaus: Wenn das Opfer identifiziert ist, müssen wir mit der Befragung seines Umfeldes beginnen. Dabei kommt wahrscheinlich auch diesmal nichts raus, das uns weiterbringen könnte. Dafür wird uns die Presse in Stücke reißen. Sollte durchsickern, dass das Opfer noch lebte, als es entdeckt wurde ..." Fragend hob sie die Brauen. „Hast du eigentlich gar keinen Buchstaben gefunden, Toni?"

„Ein i", erwiderte ihre Schwester und reichte ihr einen kleinen Plastikbeutel aus einer Nierenschale. „Ich musste lange danach suchen. Es befand sich im Enddarm."

„Wie unangenehm", brummte Pit erschaudernd. „Lässt dieser Fundort Rückschlüsse darauf zu, welche Zeitspanne das Opfer ungefähr in der Gewalt des Killers war? Wie lange braucht so ein Holzstück vom Moment des Verschluckens bis zum Erreichen der Verdauungsorgane?"

„Falsche Richtung", erklärte Antonia kopfschüttelnd. „Der Buchstabe wurde rektal eingeführt."

„Er hat ihn ihr in ...", brachte er ungläubig hervor. „Sicher?"

Spöttisch verzog Antonia die Lippen.

„Fängst du schon wieder damit an?"

„Sorry", entschuldigte er sich sofort. „Ich will gar nicht hören, woher du das so genau weißt. Wann können wir mit deinem Bericht rechnen?"

„Bevor ich ins Wochenende starte, hast du ihn auf deinem Schreibtisch."

Kapitel 8

Da Antonia erst weit nach Mitternacht ins Bett gekommen war, schlief sie am Samstag länger als gewöhnlich. Die Uhr zeigte fast die zehnte Morgenstunde an, als Quincy beschloss, sie zu wecken. Der Hund sprang vom Fußende des Bettes auf den Teppich und blieb einen Moment unschlüssig stehen. Auf leisen Pfoten schlich er zur Tür, drehte sich wieder herum und kehrte zum Bett zurück. Mit seiner feuchten Nase stieß das Tier sein Frauchen am Arm an.

Amüsiert blinzelte Antonia.

„Na, du alter Gauner. Du glaubst wohl, ich hätte nicht bemerkt, dass du es dir heimlich in meinem Bett bequem gemacht hast?"

Mit schiefgelegtem Kopf schaute Quincy sie treuherzig an.

„Ihr Männer seid doch alle gleich", lachte sie und schwang die Beine aus dem Bett. Ausgiebig kraulte sie den Hund. „Nun ist es genug", bestimmte sie nach einer Weile. „Wir haben heute noch viel zu tun."

Tagsüber war Antonia mit der Vorbereitung der Einweihungsparty beschäftigt. Nach dem Einkaufen stellte sie Getränke kalt und platzierte die Holzkohle neben dem Grill auf der Terrasse. Später bereitete sie nur ihren allseits beliebten Kartoffelsalat zu, weil einige Freunde versprochen hatten, verschiedene Salate beizusteuern.

Beim Eintreffen des Kommissars herrschte auf der Party schon eine fröhliche Stimmung.

„Guten Abend, Sherlock Holmes", begrüßte Antonia den Kommissar. „Schön, dass du da bist."

„Hier ist ja schon ganz schön was los", erwiderte er und reichte ihr ein Geschenk. „Eine Kleinigkeit zum Einzug."

Gespannt wickelte sie es aus dem bunten Papier. Zum Vorschein kam ein Nudelholz.

„Wie originell! Nur schade, dass ich keinen Ehemann habe, bei dem ich es ausprobieren könnte."

„Auch beim Kuchenbacken ist es hilfreich", erklärte Pit vergnügt. „Als Hausbesitzerin musst du außerdem mit ungebetenen Gästen rechnen. Jeder Einbrecher wird panisch die Flucht ergreifen, wenn du das Nudelholz schwingst."

„So ein Universalgeschenk ist eine feine Sache", befand sie. „Danke, Pit." Ihr bittender Blick richtete sich auf ihre Schwester. „Führst du unseren Kommissar ein bisschen rum? Ich muss für den Getränkenachschub sorgen."

Damit verschwand sie zwischen den Gästen.

„Du bist spät", sagte Franziska, nachdem Pit sie auf die Wange geküsst hatte. „Warst du noch im Präsidium?"

„Ich bin noch mal sämtliche Ermittlungsakten durchgegangen", bestätigte er. „Leider habe ich nichts gefunden, was wir übersehen haben könnten."

Unterdessen blieb Leo an der offenen Terrassentür stehen und schaute in den Wohnraum, der wie der Garten von gut gelaunten Gästen bevölkert wurde. Er sah Antonia im Gespräch mit einigen Freunden. Sie trug ein leichtes trägerloses Sommerkleid, das ihre schlanke Figur reizvoll betonte. So weiblich gekleidet gefiel sie ihm ausgesprochen gut, wie er sich zögernd eingestand. Auch war unverkennbar, wie viel Sympathie die Gastgeberin genoss.

„... eigentlich schade, dass sie hier allein eingezogen ist", fing Leo Gesprächsfetzen eines in der Nähe stehenden Paares auf. „Sie sollte endlich wieder Gefühle zulassen."

„Wenn ihr der Richtige begegnet, wird sie hoffentlich auf ihr Herz hören", lautete die Antwort. „Dann erübrigen sich auch ihre sporadischen Bettgeschichten."

In diesem Moment entdeckte Antonias Freundin den an der Terrassentür lehnenden Mann, der eine dunkle Hose mit einem weißen Leinenhemd darüber trug. Er sah gut aus mit seinem gepflegten Vollbart und besaß eine enorme Ausstrahlung. Wie gebannt starrte Elke den Mann an. Allein diese braunen Augen!

„Sie müssen Tonis Gärtner sein", sprach sie ihn lächelnd an. „Stimmt's?"

„Das kann ich nicht leugnen."

„Ich bin Elke."

„Leo Ulrich", stellte er sich vor. „Sind Sie eine Kollegin von Antonia?"

„Statt an Leichen schnippele ich an Haaren", verneinte sie. „Ich bin Shampoo-Psychologin."

„Mein Handwerk ist ähnlich. In meinem Job schneidet man an Pflanzen aller Größen."

„Antonia hat erzählt, dass Sie ihren Garten auf Vordermann gebracht haben. Das, was ich bis jetzt davon gesehen habe, gefällt mir gut. Aber auch das Häuschen ist einfach entzückend. So schön hatten wir es uns nicht vorgestellt."

„Hätten Sie es vor der Renovierung gesehen, hätten Sie wahrscheinlich die Hände über dem Kopf zusammengeschlagen. Es ist wirklich erstaunlich, was Antonia hier alles geleistet hat."

„Zupacken konnte sie schon immer. Früher haben wir uns

immer gegenseitig geholfen, unsere Wohnungen zu renovieren. Aber das hier wollte sie ganz allein schaffen."

Bald bemerkte auch Franziska den Mann, mit dem die Freundin anscheinend angeregt plauderte. Sie machte Pit auf den Gast aufmerksam, der Antonias Beschreibung zufolge nur der Gärtner sein konnte. Zusammen schlenderten sie zu Elke und Leo hinüber. Obwohl sie ihn gern noch eine Weile für sich allein gehabt hätte, machte Elke sie miteinander bekannt.

„Franziska gehört auch zu unserer Truppe", erklärte sie. „Kommissar Gerlach ist heute das erste Mal in unserer Runde."

„Pit", korrigierte er sie und reichte dem Gärtner die Hand. Mit festem Druck umschloss Leo seine Rechte.

„Sie sind bei der Polizei?"

„Ein echter Bulle", bestätigte Pit. „Mordkommission."

„Kein leichter Job", fügte Franziska hinzu. „Mögen Sie zufällig Nudeln, Leo?"

„Die habe ich zum Fressen gern. – Warum fragen Sie?"

„Pit jagt einen Killer, der eine Vorliebe für Pasta hat – und für Orchideen."

„Auf mich trifft beides zu", entgegnete Leo scheinbar erschrocken. „Allerdings verabscheue ich jede Form von Gewalt. Ich könnte einer Frau niemals wehtun."

„So, wie Sie aussehen, haben Sie das auch nicht nötig", erwiderte Franziska trocken. „Wahrscheinlich können Sie sich vor Angeboten kaum retten."

„Dazu verweigere ich die Aussage." Er sah Antonia auf die Gruppe zusteuern und lächelte unwillkürlich.

„Leo", begrüßte sie ihn überrascht. „Wolltest du nicht erst morgen zurückkommen?"

„Was tut man nicht alles für ein gutes nachbarschaftliches Verhältnis", meinte er. „Außerdem muss doch jemand da sein, der sich beschwert, wenn die Musik zu laut wird."

„Ich wusste, dass auf meinen einzigen Nachbarn Verlass ist", parierte sie. „Möchtest du was trinken, essen oder vielleicht tanzen?"

„Tanzen? Vergnügungen dieser Art sind bei mir schon eine Ewigkeit her. Irgendwann im letzten Jahrhundert ..."

„... als die Menschheit noch mit Pferdefuhrwerken unterwegs war", vollendete sie. „Dann hast du einiges nachzuholen."

„Das muss nicht sein", versuchte er sich aus der Affäre zu ziehen, aber so leicht ließ sie ihn nicht davonkommen.

„Als gute Gastgeberin ist es meine Pflicht, mindestens einmal mit jedem männlichen Besucher zu tanzen." Herausfordernd blickte sie ihm in die Augen. „Oder willst du etwa kneifen?"

„Eine so charmante Aufforderung kann ich unmöglich ablehnen", sagte er mit ergebener Miene und griff nach Antonias Hand. „Sie entschuldigen uns?", wandte er sich an die anderen und führte sie auf die Terrasse hinaus.

Behutsam zog er sie dort an sich und passte sich mühelos dem Rhythmus der Musik an.

„Verlernt hast du es jedenfalls noch nicht", sagte Antonia, verwirrt darüber, wie wohl sie sich in seinen Armen fühlte. „Du tanzt wirklich gut." Forschend betrachtete sie sein ernstes Gesicht. „Fühlst du dich auch so?"

„Es ist ungewohnt", entgegnete er. Seit langem vermied er solche Situationen tunlichst. Er wollte sich nie wieder von einer Frau verzaubern lassen. Nun passierte ihm das ausgerechnet bei seiner Nachbarin. Dagegen musste er unbedingt ankämpfen.

„Ist das nicht ein Wahnsinnstyp?", schwärmte Elke, die immer noch mit Franziska und Pit zusammenstand. „Es sollte verboten sein, so unverschämt männlich auszusehen."

„Ich habe mir diesen Gärtner auch völlig anders vorgestellt", sagte Franziska, wobei sie die Tanzenden beobachtete. „Viel schlichter und längst nicht so attraktiv. Den würde sogar ich nicht von der Bettkante schubsen."

„Hey!", tat Elke entrüstet. „Ich habe ihn zuerst entdeckt! Eine Staatsanwältin und ein Gärtner – das passt sowieso nicht."

„Deine Freundin scheint Expertin zu sein", wandte sich Pit an Franziska, um nicht völlig ins Hintertreffen zu geraten. Erwartungsvoll schaute er Elke an. „Was meinen Sie? Staatsanwältin und Kommissar – passt das?"

„Hervorragend", erwiderte Elke prompt. „Diese Konstellation verspricht eine lebenslange Bindung."

Diese Aussage brachte ihr einen strengen Blick der Freundin ein.

„Korrigiere mich, wenn ich was Falsches sage, Elke: Seit der Grundschule sind wir nun schon befreundet. Wir waren immer unzertrennlich. Trotzdem hast du all die Jahre vor mir verborgen, dass du egoistisch bist."

„Du kannst mich ja von deinem netten Kommissar verhaften lassen. Aber vorher solltest du mit ihm tanzen. Spätestens dann wird dir klar, dass die Zusammenarbeit zwischen Staatsanwaltschaft und Polizei nie eng genug sein kann."

Weit nach Mitternacht verabschiedete Antonia die letzten Gäste an der Haustür. Als sie in den Wohnraum zurückkehrte, bemerkte sie Leo, der mit einem mit Gläsern beladenem Tablett aus dem Garten kam.

„Du bist noch da?"

„Irgendjemand muss dir doch bei der Chaosbeseitigung helfen", meinte er und marschierte an ihr vorbei in die Küche. „Das war ein gelungener Abend", fügte er bei Antonias Eintreten hinzu und nahm ihr den Tellerstapel aus den Händen. „Deine Freunde sind sehr nett."

„Haben sie etwa nicht versucht, dich auszuquetschen? Besonders meine Freundinnen haben die Angewohnheit, jeden attraktiven Mann in meiner Nähe genau unter die Lupe zu nehmen." Mit stoischer Gelassenheit öffnete er die Spülmaschine.

„Du findest mich attraktiv?", fragte er wie beiläufig. „Womit habe ich denn das verdient?"

„Ich gebe hier nur die Meinungen meiner Freundinnen wieder", betonte sie, wobei sie in scheinbarer Verzweiflung die

Augen verdrehte. „Du musst komplett verrückt sein, Toni", imitierte sie Elke. „Wieso hast du dieses Prachtexemplar nicht längst in dein Bett gezerrt?"

Leise lächelnd half Leo ihr, das Geschirr in die Spülmaschine zu stellen.

„Ja, warum eigentlich nicht?", fragte er dabei herausfordernd.

„Das wüsste ich auch gern."

„Vielleicht wollte ich mir keinen Korb einfangen", antwortete sie im gleichen Ton. „Immerhin hast du behauptet, dass für so was Nebensächliches wie Sex in deinem Leben kein Platz ist."

„Vielleicht habe ich längst eine Lücke dafür freigeschaufelt!?"

„Diese Info werde ich an meine interessierten Freundinnen weitergeben", lachte Antonia und griff nach dem letzten Glas auf dem Tablett. Im selben Moment fasste auch Leo danach, so dass ihre Finger sich berührten. Ruckartig hoben beide den Kopf; ihre Blicke trafen sich. Antonia fühlte sich völlig überwältigt. Einen so magischen Moment hatte sie noch nie erlebt. Ihre Augen weiteten sich ungläubig, als sie erkannte, dass es Leo ebenso erging. Er schüttelte leicht den Kopf, als könne er nicht begreifen, was da zwischen ihnen vor sich ging. Wie in Trance hob er die Hand und schob sie in Antonias Nacken. Langsam senkte er den Kopf und berührte ihre Lippen mit seinem Mund. Als er keinen Widerstand spürte, vertiefte er den Kuss. Antonia antwortete ihm mit einer Hingabe, die er niemals für möglich gehalten hätte. Wie auf ein geheimes Zeichen lösten sie sich gleichzeitig voneinander.

„Ich will das nicht ...", brachte Leo verwirrt hervor.

Antonia war genauso durcheinander.

„Ich auch nicht ..."

Ungeachtet dieser Worte zog er sie wieder an sich.

„Aber ich kann nicht anders ..."

„Ich auch nicht ...", konnte sie gerade noch flüstern, bevor er sie abermals küsste. Dabei presste er ihren Körper fest gegen den seinen. Sein Kuss wurde nun fordernd, verlangend – und erstaunlich vertraut. Alle Bedenken, alle Zweifel waren vergessen. Das Einzige, das noch zählte, waren sie beide und ihr Begehren. Leo streichelte Antonias Nacken, ihren Rücken, ihre Hüften. Ihr Körper wurde nachgiebig unter seinen sanften Händen.

Auch Antonia blieb nicht untätig. Ihre Finger glitten unter sein Hemd, spürten die harten Muskeln seines Rückens und strichen über seine glatte Brust. Das genügte ihr aber nicht. Sie nestelte an den Hemdknöpfen. Augenblicke später landete das Kleidungsstück neben der Spülmaschine. Wie von selbst schob sich Antonias Daumen unter Leos Gürtel und umkreiste mit aufreizender Langsamkeit seinen Nabel.

Ein tiefer Seufzer entrang sich Leos Kehle. Mit bebenden Fingern tastete er nach dem Reißverschluss ihres Kleides und zog ihn herunter. Leise raschelnd glitt das trägerlose Modell von ihrem Körper auf den Küchenboden. Ohne den Kuss zu unterbrechen, drängte Leo sie gegen die Wand. Seine Hand legte sich auf ihre Brust und reizte die empfindsame Spitze. Er senkte den Kopf, und seine Lippen lösten seine Finger ab, schlossen sich um die Spitze und saugten daran.

„Leo ...", stöhnte Antonia, fuhr unkontrolliert mit den Fingern durch sein Haar und presste seinen Kopf gegen ihre Brust.

Wieder suchte sein Mund hungrig den ihren, während seine Hand über ihre warme Haut strich.

Antonia klammerte sich an ihn und wand sich verlangend unter seiner Berührung. Davon ermutigt glitten seine Fingerspitzen unter den Rand ihres Seidenslips und schoben das störende Hindernis herunter. Ein Schauer durchlief sie, als er sie reizte, bis sie glaubte, vor Erregung schreien zu müssen. Ihr Atem ging heftig und ihr Herz schlug so wild, dass sie meinte, er müsse es hören. Ihre Finger zitterten, als sie abermals zu Leos Hosenbund glitten. Sie öffneten den Gürtel, den Knopf, den Reißverschluss und streiften ihm den Stoff samt seiner Boxershorts über die Schenkel. Mit wenigen heftigen Bewegungen schüttelte er die lästige Kleidung vollends ab und drängte sich an sie. Unweigerlich spürte sie, wie sehr Leo sie begehrte. Sie zog ihn an den Schultern noch dichter zu sich und verschränkte die Hände in seinem Nacken.

„Komm ...", flüsterte sie und rieb ihre Hüften unmissverständlich an seinen Lenden. Mühelos hob Leo sie hoch und küsste sie leidenschaftlich. Während sie die Beine um seine Mitte schlang, drang er tief in sie ein. Schnell fanden sie denselben Rhythmus. Plötzlich hielt Leo inne. Er schüttelte den Kopf und lachte leise, als Antonia ihm atemlos in die Augen schaute.

„Was ist?", fragte sie verwirrt. „Bin ich zu schwer?"

„Ein Sack Blumendünger wiegt auch nicht mehr", neckte er sie, worauf sie ihm in gespielter Empörung einen leichten Schlag auf die Brust versetzte.

„Sehr charmant."

Wieder lachte er.

„Das Ende meiner Abstinenz habe ich mir anders vorgestellt. – Jedenfalls bestimmt nicht mitten in der Küche zwischen schmutzigem Geschirr. Das ist mir nicht romantisch genug." Sprachs und trug Antonia ins Wohnzimmer hinüber. Im Vorbeigehen löschte er die Deckenbeleuchtung, so dass nur noch vereinzelte Kerzen sanftes Licht spendeten.

Leo war noch immer in ihr und erregt wie zuvor, als er sie behutsam auf dem Sofa bettete. Nun hatte er die Hände frei. Er wusste, was er damit tun musste, um ihre Lust bis ins Unermessliche zu steigern. Er küsste sie hungrig und wild.

Antonia bog sich ihm entgegen, passte sich seinem Rhythmus an, als er sich immer schneller in ihr bewegte. Fast gleichzeitig erreichten sie den Gipfel ihrer Leidenschaft. Überwältigt flüsterte er ihren Namen, während er spürte, wie sie unter ihm erbebte.

An seine Brust geschmiegt, kehrte Antonia allmählich in die Wirklichkeit zurück. Befriedigt und entspannt kuschelte sie sich enger an Leo und genoss die Geborgenheit in seinen Armen.

„Du bist unglaublich", murmelte er rau. Seine Lippen streiften ihre Schläfe. „So was Elementares habe ich noch nie erlebt."

Zärtlich schaute sie ihn an. Seine Augen schienen noch dunkler als sonst. Widerstrebend zwang sie sich, den Blick von ihm zu lösen. Ihre Gedanken begannen sich zu klären. Was jetzt, fragte sie sich. Sie hatte es nicht so weit kommen lassen wollen. Dennoch war sie auf dem besten Weg, sich in Leo zu verlieben.

„Woran denkst du?", fragte er mit einer Spur von Unsicherheit in der Stimme. „Bereust du schon, dass du dich mit einem Gärtner eingelassen hast?"

„Und du?", antwortete sie vorsichtshalber mit einer Gegenfrage. „Überlegst du gerade, wie du möglichst heil aus die Nummer rauskommst?"

„Im Gegenteil", verneinte er mit sehr ernster Stimme. Er wusste, er musste zu seinen Gefühlen stehen, sonst würde er sich das nie verzeihen. „Seit ich dich kenne, sehne ich mich wieder nach Nähe und Zärtlichkeit. In Amsterdam habe ich dich so sehr vermisst, dass ich einfach früher zurückkommen musste. Ein sicheres Zeichen, dass ich in dich verliebt bin."

„Das ist ja eine schöne Bescherung", kommentierte sie und schaute ihm wieder in die Augen. „Ausgerechnet wir zwei beziehungsfeindlichen Singles müssen Gefallen aneinander finden. Jetzt haben wir ein Problem."

Sich zur Ruhe zwingend, hielt er ihrem Blick stand.

„Wirst du mir nun schonend beibringen, dass das eben für dich nur unverbindlicher Sex war? Dass du nicht wie ich empfindest, wir aber Freunde bleiben können?"

„Glaubst du, das würde funktionieren?"

„Nein, jetzt nicht mehr." Mit zusammengepressten Lippen richtete er sich auf. „Ich sollte besser gehen."

Rasch legte Antonia die Hand auf seine Brust, um ihn am Aufstehen zu hindern.

„Du kannst jetzt nicht einfach verschwinden, Leo. Wovor fürchtest du dich? Traust du deinen eigenen Gefühlen nicht? Oder denkst du wirklich, dass ich nur mit dir geschlafen habe, weil es sich eben so ergab? - Oder um meinen Freundinnen zu erzählen, wie sensationell der Sex mit so einem Prachtexemplar von Mann tatsächlich ist?"

Ungläubig runzelte er die Stirn, doch dann hellte sich seine Miene auf.

„Ich bin ein Idiot, nicht wahr?"

„Ein bisschen schwer von Begriff bist du schon. Hast du denn nicht gespürt, wie wohl ich mich bei dir fühle? Würde ich nichts für dich empfinden, hätte ich mich in deinen Armen nicht ganz fallen lassen können."

Erleichtert zog er sie wieder dicht an sich. Sanft küsste er sie auf die rechte Schulter. Seit langem hatte er sich nicht so vollkommen zufrieden gefühlt: herrlich entspannt und trotzdem unglaublich lebendig. Diese wundervolle Frau hatte es durch ihre natürliche, unaufdringliche Art geschafft, ihn aus seinem Schneckenhaus zu locken, in das er sich vor mehr als einem Jahr verkrochen hatte, um sich vor Verletzungen und Enttäuschungen zu schützen. Er war wieder glücklich. Dennoch fürchtete er sich vor der Zukunft. Würde auch Antonia eines Tages genug von ihm haben? Wie würde sie reagieren, wenn sie die Wahrheit über ihn wüsste? Der Gedanke, sie könne ihn deshalb verlassen, ließ ihn frösteln. Antonia bemerkte es und schlug einen Standortwechsel in ihr Schlafzimmer vor. Dicht aneinander gekuschelt schliefen sie bald in dem breiten Bett ein.

Kapitel 9

Die Sonnenstrahlen fielen ungehindert ins Zimmer. Wohlig streckte sich Antonia unter der leichten Decke. Sie tastete neben sich und schlug enttäuscht die Augen auf, als ihre Hand ins Leere griff. In Leos Armen hatte sie sich geborgen gefühlt. Sie wünschte, er wäre nicht einfach gegangen. Es wäre schön gewesen, neben ihm zu erwachen. Für ihn bedeutete das aber vermutlich zu viel Nähe. Allerdings gestand sie sich ein, wie ungewohnt auch für sie diese neue Situation war. Mehr als hin und wieder ein kurzes Intermezzo für eine Nacht hatte sie in den letzten Jahren nicht gewollt. Nun war sie im Begriff, sich wieder ganz auf einen Mann einzulassen. Noch vor einiger Zeit hätte ihr dieser Gedanke überhaupt nicht behagt. Plötzlich sah sie jedoch keinen Grund mehr zur Beunruhigung. Sie freute sich darauf, Leo besser kennenzulernen, empfand es als spannend, immer wieder etwas Neues an ihm zu entdecken.

Während sie sich noch einmal streckte, betrat Leo das Schlafzimmer. Erstaunt richtete sie sich etwas auf.

„Du bist noch da?"

Wortlos stellte er das vollbeladene Tablett auf der kleinen Kommode neben dem Bett ab.

„Anscheinend ist dir das nicht recht!?"

„Ich habe befürchtet, dass du dich klammheimlich davongemacht hast."

„Einen Moment lang habe ich tatsächlich daran gedacht", gab er zu. „Aber du hast dich so vertrauensvoll an mich geschmiegt, dass ich es nicht fertig gebracht habe, einfach zu verschwinden."

„Dein Glück", sagte sie, ehe sie das Tablett in Augenschein nahm. „Welchen Kühlschrank hast du denn geplündert?" Diese leckere Auswahl stammte mit Sicherheit nicht aus ihren Vorräten.

„Deine Gäste haben nicht allzu viel übriggelassen", meinte er und setzte sich auf die Bettkante. „Deshalb musste ich für Nachschub aus meiner Küche sorgen. Nur der Kaffee stammt von dir. Allerdings scheint deine Kaffeemaschine etwas überfordert zu sein. Die macht Geräusche - da wird einem Angst und Bange."

„Die hat schon länger eine Macke. Sowie ich finanziell wieder ein bisschen auf die Beine komme, muss ich mir unbedingt eine neue zulegen."

„Dafür funktioniert deine Spülmaschine einwandfrei."

„Hast du die etwa auch getestet?"

„Sie läuft bereits mit der zweiten Ladung. – Und mit Quincy war ich auch schon draußen."

Kopfschüttelnd lehnte sich Antonia zurück, wobei sie Leo wie ein Wesen von einem anderen Stern anschaute.

„Bist du eigentlich real? Nach meiner Erfahrung gibt es solche Männer überhaupt nicht."

„Was ist daran so ungewöhnlich? Als Frühaufsteher nutze ich die Zeit einfach nur sinnvoll, bis die Dame meines Herzens aus ihren Träumen erwacht."

„Normalerweise bin ich auch kein Langschläfer", erwiderte sie schuldbewusst. „Aber die letzte Woche hatte es in sich. Dann noch die Party gestern ... Und der krönende Abschluss durch einen leidenschaftlichen Mann ... Ich habe geschlafen wie ein Baby. Es tut mir Leid, dass du dadurch so viel Arbeit ..."

„Ganz uneigennützig war das nun auch nicht", unterbrach er sie lächelnd. „Wenn die Haushaltspflichten zeitig erledigt sind, kann man umso eher an die Freizeitgestaltung denken."

„Ach, so ist das", ging sie darauf ein. „Dann lass mal hören, wie deine Pläne aussehen."

„Immer vorausgesetzt, dass du einverstanden bist, könnten wir erst mal frühstücken", schlug er vor. „Wenn wir dann irgendwann aus den Federn finden ..."

Antonias Lachen unterbrach ihn.

„Wir? Damit meinst du wohl mich. Du siehst jedenfalls so aus, als hättest du sogar schon deine Morgentoilette hinter dir."

„Stimmt", gab er zu. „Das war eigentlich eine blöde Idee." Wie selbstverständlich zog er sein gelbes Polohemd über den Kopf, streifte rasch Schuhe und Jeans ab, bevor er Anstalten machte, zu Antonia unter die Decke zu schlüpfen.

„Halt! In Socken kommt mir kein Mann ins Bett. So was Unerotisches wirkt total abturnend auf mich."

„Ich dachte, wir wollen zusammen frühstücken", tat Leo verwundert, während er nicht nur seine Socken, sondern auch die Boxershorts ablegte. „Dein Appetit scheint offenbar ganz anderer Natur zu sein."

„Wundert dich das etwa?" Einladend hob sie die Bettdecke, worauf er sich zu ihr legte. „Wir Mediziner sind es gewohnt, eine Diagnose mehrfach zu überprüfen. Ich bin mir ganz und gar nicht sicher, ob ich die Ereignisse der letzten Nacht richtig gedeutet habe."

Wie unabsichtlich rückte er näher.

„Falls du noch irgendwelche Risiken und Nebenwirkungen überprüfen musst, stelle ich mich selbstverständlich in den Dienst der Wissenschaft."

„Ein Austausch des Probanden käme momentan ohnehin nicht infrage", behauptete sie und ließ ihre Hand unter der Decke verschwinden. Sanft strich sie mit den Fingerspitzen über seine Brust, tastete über feste Muskeln bis zu seinen Lenden. Leo lag ganz still und genoss ihre zärtlichen Berührungen.

Als er die Hände nach ihr ausstreckte, schüttelte sie leicht den Kopf, erlaubte ihm nicht, sie zu liebkosen. Sie selbst nahm sich viel Zeit, seinen Körper mit Fingern und Lippen zu erkunden. Er duftete nach einem herben Duschgel – frisch und männlich. Es bereitete ihr große Lust, diese glatte gepflegte Haut zu kosten. Leo schien das nicht anders zu empfinden. Sein leises Stöhnen verriet, wie sehr ihn ihr sinnliches Spiel erregte.

„Antonia ...", murmelte er heiser. „Ich halte das nicht länger aus ..."

Sofort zog sie sich etwas zurück.

„Soll ich aufhören?"

„Nein!" Er versuchte, sie bei den Schultern zu fassen, aber sie entwand sich ihm und knabberte an seinen Brustspitzen.

„Du machst mich wahnsinnig!", stöhnte er. „Bitte, Antonia ..."

„Soll ich dich erlösen? Sag mir, was du möchtest."

„Komm zu mir", bat er und streckte abermals die Hände nach ihr aus. „Ich will dich mehr als alles auf der Welt."

Geschmeidig rutschte sie höher und schob sich über ihn.

Sie verschränkte die Finger mit seinen und ihre Lippen senkten sich auf seinen Mund, während sie die Hüften hob, um ihn in sich aufzunehmen. Ihre Körper passten so perfekt zusammen, als seien sie füreinander geschaffen. Sie bewegten sich in völligem Einklang. Antonia bestimmte das Tempo: langsam

und genussvoll. Sekundenlang steigerte sie den Rhythmus, um dann wieder ruhiger und sanfter zu werden. Dieses Wechselspiel aus purer Leidenschaft und sinnlicher Behutsamkeit brachte Leo an den Rand seiner Beherrschung. Mit einem tiefen Stöhnen bäumte er sich auf und riss sie mit sich auf den Gipfel der Lust. Atemlos schlang er die Arme um ihren erhitzten Körper und hielt sie fest, bis ihr Beben allmählich verebbte.
„Oh, mein Gott ...", murmelte er aufgewühlt. „Du bist wie eine Naturgewalt."

„Du bist auch nicht schlecht", erwiderte sie leise lächelnd und zauste ihm das noch feuchte Haar. „Wenn man bedenkt, dass du erst kürzlich behauptet hast, dass du so was nicht brauchst ."

„Soweit ich mich erinnere, sprachen wir damals über unverbindlichen Sex", korrigierte er sie mit ernster Miene. „Das hier ist etwas völlig anderes, Antonia. Dich liebe ich."

„Geht das bei dir immer so schnell? Wir kennen uns doch erst seit ein paar Wochen."

„Ich hätte dich mit meinen Gefühlen nicht so überfallen dürfen", tadelte er sich selbst. „Anscheinend bin ich dir damit ein großes Stück voraus."

„Nur ein kleines Stückchen. Mir ist schleierhaft, wie es dir gelingen konnte, mein bewährtes Frühwarnsystem auszuschalten. Normalerweise funktioniert meine Alarmanlage sehr gut."

„Vielleicht ist es einfach an der Zeit, sich wieder zu öffnen? Meine eigene Erfahrung lehrte mich, dass der Schutzwall zusammenbricht, wenn man dem Menschen begegnet, den das Schicksal dafür auserwählt hat."

„Damit könntest du Recht haben. Jedenfalls fühle ich mich so gut wie schon lange nicht mehr. – Es gibt allerdings etwas, das mein Wohnbefinden noch steigern könnte."

„Und das wäre?"

Sehnsüchtig schielte sie auf das Tablett.

„Hab schon verstanden", meinte er lachend und holte es auf die Matratze.

Später unternahmen sie mit Quincy einen ausgedehnten Waldspaziergang. Bei ihrer Rückkehr deutete Antonia auf einen Hochsitz zwischen den Bäumen.

„Wird der eigentlich noch genutzt, Leo?"

„Keine Ahnung. Warum fragst du?"

„Von da oben kann man direkt in mein Schlafzimmerfenster schauen, ohne selbst bemerkt zu werden. Ich lasse mich nicht gern beobachten."

„Gibt es bei dir denn was Interessantes zu sehen?"

„Bislang wohl eher nicht", ging sie auf seinen scherzenden Ton ein. „Seit der letzten Nacht bin ich aber mit einem Gärtner verbandelt, der mich zu Doktorspielen verleitet. Wahrscheinlich muss ich mir nun Jalousien anschaffen, damit dem Förster nicht die Augen aus dem Kopf fallen, falls er zufällig das falsche Wild bei der Brunft im Visier hat."

„Beruhigt es dich vorläufig, wenn ich verspreche, dich heute nur noch zum Schachspielen zu verleiten?"

„Wenn du es verkraften kannst, einer Frau zu unterliegen!?"

„Einen unbedarften Gärtner, der sich in eine promovierte Ärztin verliebt, kann nichts mehr aus der Bahn werfen", lautete seine gelassene Antwort. „Hoffentlich kannst du damit umgehen, von einem einfachen Handwerker mattgesetzt zu werden."

„Hast du das nicht schon in der letzten Nacht getan? Ich kann nicht behaupten, dass mir das unangenehm war."

Sich gegenseitig neckend betraten sie das kleine Haus.

Am Mittag gingen sie hinüber und kochten zusammen in Leos Küche. In seinem Wohnzimmer bemerkte Antonia die aufgeschlagene Wochenendausgabe der HAZ auf dem Tisch. Unter der fettgedruckten Schlagzeile wurde über das Auffinden des jüngsten Opfers des Orchideenmörders berichtet. Rasch überflog sie den Artikel.

„Die schreiben nicht gerade schmeichelhaft über die Polizei", bemerkte Leo. „Mich wundert, dass der Killer den Ermittlern nicht den geringsten Hinweis hinterlässt."

„Es gibt etwas fünfzig Arten, einen Mord zu vermasseln, aber dieser Täter hat noch keinen Fehler gemacht. Deshalb hält er sich wahrscheinlich für ein Genie."

„Gibt es denn gar keine Hinweise aus der Bevölkerung?"

„Keine, die die Polizei auch nur einen Schritt weitergebracht hätten. Die Leute beschuldigen jeden, den sie nicht mögen: vom verhassten Ehemann bis zum Finanzminister."

„Der kommt mir auch nicht ganz geheuer vor", meinte er trocken, während sie sich setzten. „Kann man den Kreis der Verdächtigen nicht irgendwie eingrenzen?"

„Wie bei jedem Serienkiller wurde selbstverständlich ein Täterprofil erstellt", wusste Antonia. „Demnach ist der Orchideenmörder männlich, zwischen fünfundzwanzig und fünfzig. Ein eher unauffälliger, höflicher Typ mit wenig Freunden. Vermutlich lebt er zurückgezogen. Seine ungeheure Vorsicht deutet darauf hin, dass er sich der Konsequenzen seiner Taten voll bewusst ist."

„Außerdem hat er ein gestörtes Verhältnis zu Frauen", mutmaßte er nachdenklich. „Kann ein solcher Mensch überhaupt eine ganz normale Beziehung haben?"

„Laut unserem Profiler ist der Killer in sexueller Hinsicht eher verklemmt. Deshalb ist unwahrscheinlich, dass er wie andere Männer mit einer Frau schlafen kann. Er braucht dieses Machtgefühl über sein Opfer. Ihn erregt es, Herr über Leben und Tod zu sein."

„Einerseits ist es bedauernswert, wenn ein Mensch nicht zu normalen Empfindungen fähig ist. Andererseits ärgere ich mich jedes Mal über unsere Rechtsprechung, wenn ein Vergewaltiger oder Serienmörder vor Gericht gestellt wird. Gutachter bescheinigen ihm krankhaftes Verhalten aufgrund einer schweren Kindheit oder einem zu dominanten Elternteil und ebnen ihm dadurch den Weg in die Psychiatrie. Irgendwann wird er dann als angeblich geheilt wieder auf die Menschheit losgelassen und vergewaltigt oder mordet wieder."

„In dieser Hinsicht liegt so manches im Argen", stimmte sie

ihm zu. „Allerdings weicht wohl jeder Mörder in seinem Verhalten von der Norm ab. Während andere Menschen vor dem letzten Schritt zurückschrecken, gibt es bei ihm keine Hemmschwelle, die ihn daran hindert, ein Leben auszulöschen."

„Irgendwann kommen dann die Gerichtsmediziner ins Spiel", fügte Leo hinzu. „Wahrscheinlich habt ihr immer gut zu tun."

„Über einen Mangel an Arbeit können wir uns leider nicht beklagen. Bis vor kurzem haben wir eine Obduktion stets zu zweit durchgeführt. Mittlerweile sind wir permanent unterbesetzt, so dass wir oft allein arbeiten müssen. Ein Kollege ist schon seit langer Zeit krank, und einer von uns ist häufig als Gutachter bei Gericht erforderlich."

„Wäre es dann nicht sinnvoll, das Personal aufzustocken?"

„Im Zuge der allgemeinen Sparmaßnahmen können wir damit nicht rechnen. Im Gegenteil: Es werden immer mehr frei werdende Stellen nicht wieder besetzt. In manchen Städten werden die Gerichtsmedizinischen Institute sogar ganz geschlossen."

„Das klingt fast wie ein Freibrief für alle, die einen unbequemen Mitmenschen loswerden wollen."

„Notwendige Autopsien müssen dann eben in Kliniken durchgeführt werden", erklärte sie. „Aber nun genug davon! – An meinem freien Sonntag möchte ich meinen Beruf eine Weile vergessen."

„Verständlich", sagte er, bevor er sie erwartungsvoll anschaute. „Hast du für diesen Sommer eigentlich schon Urlaubspläne?"

„Meine Urlaubskasse ist für Farben und Tapeten draufgegangen. Deshalb kann ich mir in diesem Jahr beim besten Willen keine Reise leisten."

„Wie wäre es mit Gratisferien? Hast du Lust, ein paar Tage mit mir an die See zu fahren?"

Entschieden schüttelte Antonia den Kopf.

„Nimm es mir nicht übel, Leo, aber ich werde ganz bestimmt nicht auf deine Kosten mit dir verreisen. Du wohnst zwar in diesem Wahnsinnskasten, aber du bist hier nur der Gärtner. So toll ist dein Gehalt sicher nicht, dass du mich mal eben in den

Urlaub einladen kannst."

Er bedachte sie mit einem langen Blick, bevor er sich erhob und an die lange Fensterfront trat.

„Ich dachte, dass du kein Problem mit meinem Beruf hast", sagte er mit einer Stimme, die ungewohnt hart klang. „Würde das alles hier mir gehören, würdest du mein Angebot bedenkenlos annehmen. Immerhin wäre ich dann wer!"

„Du machst es dir ein bisschen zu einfach", erwiderte sie und erhob sich ebenfalls. Einige Schritte von ihm entfernt blieb sie stehen und blickte auf seinen breiten Rücken. „Wer gibt dir das Recht zu solchen Unterstellungen? Mir ist ein Gärtner hundertmal lieber als irgend so ein reicher Typ, der sich mit seiner Kohle jederzeit alles kaufen kann. Ich habe dir schon mal erklärt, dass für mich der Mensch im Vordergrund steht. Das glaubst du mir anscheinend genauso wenig wie das, was ich für dich empfinde."

Als Leo nicht gleich antwortete und sich auch nicht zu ihr herumdrehte, zuckte sie resigniert die Schultern.

„Schade", murmelte sie noch, wandte sich ab und verließ den Raum. Sekunden später fiel die Haustür hinter ihr ins Schloss. Im Freien rief Antonia nach Quincy, der im Schatten eines Baumes lag. Träge stand das Tier auf und trottete zu seinem Frauchen.

Vom Fenster aus beobachtete Leo, wie sie mit dem Hund auf das Gartentor zustrebte. Plötzlich kam Leben in den Mann. Über die Terrasse lief er den beiden nach.

„Antonia! Warte bitte!"

Zögernd blieb sie stehen. Erst als er sie erreichte, drehte sie sich zu ihm herum.

„In den letzten Jahren habe ich bewusst keine Gefühle zugelassen, weil ich wusste, dass es jedes Mal katastrophal endet, wenn ich mich verliebe", sagte sie, noch bevor er zu Worte kam. „Trotzdem war ich so naiv zu glauben, mit uns wäre es anders. Dabei kann das gar nicht funktionieren, weil du überhaupt nicht bereit bist, dich wirklich auf einen Menschen einzulassen."

„Meine letzte Beziehung wurde zur größten Enttäuschung meines Lebens", gestand er mit mutiger Offenheit. „Auch heute muss ich manchmal noch gegen die Gespenster der Vergangenheit ankämpfen." Eindringlich schaute er ihr in die Augen. „Ich weiß, dass ich erst wieder lernen muss, zu vertrauen, Antonia. Auch will ich mit aller Kraft an mir arbeiten – weil ich dich liebe. Du hast die Mauer, die ich vor Monaten um mich errichtet habe, einfach eingerissen. Schon jetzt kann ich mir nicht mehr vorstellen, ohne dich zu sein." Behutsam legte er die Hände auf ihre Schultern. „Bitte verzeih mir. Gib uns eine Chance."

Antonia wusste, dass sie diesen Augen wohl niemals würde widerstehen können. In ihnen lag so viel Wärme, so viel Hoffnung, aber auch unendlich viel Zärtlichkeit.

„Es gibt nichts Schöneres im Leben, als mit dem Menschen zusammen zu sein, den man liebt – und der einen genauso liebt", sagte sie schließlich mit sanfter Stimme. „Wahrscheinlich müssen wir beide die Vergangenheit ruhen lassen, damit wir vorbehaltlos aufeinander zugehen können. Nur auf dieser Grundlage können unsere Gefühle wachsen."

Leo war die Erleichterung deutlich anzusehen. Bewegt zog er sie an sich. Sein Kuss hätte inniger nicht sein können. Arm in Arm kehrten sie in das Haus zurück. Dort setzten sie sich an den kleinen Tisch und widmeten sich dem Schachbrett.

Schon bald wurde Antonia klar, dass in ihrem Gegenüber ein hervorragender Stratege steckte. Nach wenigen Zügen hatte sie bereits mehrere Figuren an Leo verloren. Es bestand kein Zweifel daran, wer diese Partie für sich entscheiden würde.

„Der Gewinner darf sich etwas wünschen", schlug er nicht ohne Hintergedanken vor. „Einverstanden, Antonia?"

„Wieso kommt dir dieser Gedanke erst, wenn du meine Figuren so gnadenlos dezimiert hast?"

Bemüht, ernst zu bleiben, blickte Leo auf.

„Zufall?"

„Taktik", korrigierte sie ihn. „Aber noch habe ich nicht verloren", fügte sie triumphierend hinzu und schlug seinen Turm. Zu spät erkannte sie, dass er diese wichtige Figur absichtlich in eine so ungünstige Position gebracht hatte. Nun war ihre Dame nicht mehr zu retten. Ohne Anstrengung gelang es Leo, sie nach drei weiteren Zügen Matt zu setzen.

„Sorry", entschuldigte er sich sofort.

„Das muss dir nicht leidtun, Leo." Sie war durchaus in der Lage anzuerkennen, wenn jemand etwas besser beherrschte. „Du spielst ausgezeichnet."

„Das war wohl eher Glück. Wäre die ehemalige Jugendmeisterin nicht jahrelang aus der Übung, hätte sie mich bestimmt ziemlich alt aussehen lassen."

„Ich werde heimlich trainieren", versprach sie amüsiert. „Trotzdem darfst du dir nun was wünschen", erlaubte sie gnädig und lehnte sich bequem zurück. „Was darf es denn sein?"

Mit Lausbubenlächeln beugte sich Leo etwas vor.

„Mein Wunsch ist, dass du dir bald ein paar Tage frei nimmst, um mich auf die Insel zu begleiten."

Ungehalten richtete sie sich kerzengerade in ihrem Sessel auf.

„Vergiss es, Leo! Anscheinend habe ich mich vorhin nicht klar genug ..."

„Antonia", unterbrach er sie mit ruhiger Stimme. „Ich habe sehr wohl verstanden, wie sehr es einer unabhängigen Lady widerstrebt, auf fremde Kosten Urlaub zu machen. Das respektiere ich selbstverständlich." In seine Augen trat ein erwartungsvoller Ausdruck. „Wie wäre es aber mit Ferien, die uns beide keinen einzigen Cent kosten werden?"

Skeptisch krauste sie die Stirn.

„Wie soll das funktionieren? Per Anhalter fahren und irgendwo am Strand unter freiem Himmel campieren?"

„Mein Chef besitzt ein Ferienhäuschen auf Usedom. Zu meinen Pflichten zählt es, dort hin und wieder nach dem Rechten zu sehen. Erst gestern hat er mich während eines Telefonats

66

daran erinnert. Er hat das Haus von seiner Lieblingstante geerbt, deshalb bedeutet es ihm sehr viel."

„Dann ist es ihm bestimmt nicht recht, wenn du dort mit einer Fremden aufkreuzt."

„Noch vor dem Frühstück habe ich seine Erlaubnis per E-Mail eingeholt", behauptete Leo. „Er findet es sogar gut, wenn das Häuschen eine Weile von uns bewohnt wird."

„Du hast ihm von mir erzählt?"

„Immerhin ist er mein Freund", bestätigte Leo. „Bei der Gelegenheit habe ich übrigens die letzte Mail meines Vaters gelesen. Er schreibt, dass er die wundervollste Frau der Welt kennengelernt hat."

„Hast du ihm schon darauf geantwortet?"

„Logisch: Habe auch die wundervollste Frau der Welt gefunden! Stelle sie dir bei Gelegenheit vor! Dein glücklicher Sohn. – Seine Antwort kam umgehend ..."

„Darf ich erfahren, was er dazu sagt?"

„Es tut gut zu wissen, dass ein erwachsener Sohn seinem alten Vater noch nacheifert", zitierte Leo die Reaktion seines ehemaligen Erziehungsberechtigten. „Die Frau, der es gelungen ist, deine Mauern zu durchbrechen, muss etwas Besonderes sein. Arrangiere demnächst ein Treffen zu Viert. Bin mindestens so gespannt auf deine Wahl wie du auf meine Auserwählte."

„Ich glaube, ich mag deinen Vater schon jetzt. Ihr scheint euch gut zu verstehen."

„Nach dem Tod meiner Mutter sind wir eng zusammengewachsen. Ich war erst neun und vermisste sie schrecklich. Meinem Vater erging es nicht anders, aber er hat versucht, seinen Schmerz vor mir zu verbergen. Jede Nacht habe ich ihn ruhelos im Haus rumwandern gehört. Eines Abends, es war schon sehr spät, bin ich zu ihm gegangen. Zwar war ich noch ein Kind, aber ich tat wohl intuitiv das Richtige, indem ich ihn tröstend in den Arm genommen habe. In dieser Nacht haben wir zusammen um das Liebste, das uns genommen wurde, geweint und uns versprochen, immer füreinander da zu sein. Wenn einer von uns Hilfe brauchte, war der andere sofort zur Stelle. Das gilt auch heute noch."

„Bei uns gibt es einen ähnlichen Familienzusammenhalt", erzählte Antonia. „Nur neigen wir drei Weiber gelegentlich dazu, uns zu viele Sorgen umeinander zu machen. Meine Mutter um ihre Töchter, wir Schwestern um unsere Mama oder untereinander. Mein Vater hat das manchmal scherzhaft das Bredow-Syndrom genannt."

„Das lässt auf einen Mediziner schließen."

„Paps war Vollblutjurist", verneinte Antonia. „Er lehrte Rechtswissenschaften hier an der Universität. Gleichzeitig war er ein leidenschaftlicher Kriminologe. Verbrechen auf den Grund zu gehen, zählte zu seinen Hobbys - das er übrigens mit meiner Mutter teilte."

„Vielleicht hätte er das Rätsel um den Orchideenmörder längst gelöst", warf Leo ein, worauf Antonia lächelnd nickte.

„Manchmal hat Paps tatsächlich mit der Polizei zusammengearbeitet. Seine Erfahrung wurde dort sehr geschätzt. Wenn es aber wie bei unserem Killer keinerlei Hinweise auf den Täter oder sein Motiv gibt, könnte selbst ein noch so kluger Kopf nichts ausrichten."

„Wollten wir dieses Thema heute nicht meiden?", erinnerte Leo sie. „Mich interessiert jetzt viel mehr, ob du dir vorstellen kannst, mich auf die Insel zu begleiten." Aufmerksam forschte er in ihrem Gesicht. „Oder ist dir unsere Beziehung noch zu jung, um mit mir zu verreisen?"

„Seltsamerweise nicht", erwiderte sie nach kurzem Nachdenken. „Allerdings müsste ich erst die Dienstpläne im Institut einsehen. Zurzeit haben wir viel zu tun - besonders durch den Orchideenmörder."

„In der Zeitung stand, dass der Killer im Vierwochenrhythmus zuschlägt. Da der letzte Leichenfund erst drei Tage zurückliegt, sollten wir unseren Urlaub dazwischen legen."

„Könnten wir Quincy eigentlich mitnehmen?", dachte sie an das Nächstliegende. „In der letzten Zeit habe ich ihn leider etwas vernachlässigt. Deshalb will ich ihn auf keinen Fall ausschließen."

„Selbstverständlich nehmen wir den Burschen mit. Wo lässt du ihn eigentlich, wenn du arbeitest?"

„Als ich noch in Hannover gewohnt habe, war er tagsüber zu Hause. Bevor ich morgens zum Dienst musste, waren wir schon eine Stunde unterwegs. Meine Wohnung lag nicht weit vom Institut entfernt, so dass ich in meiner Mittagspause immer heimgefahren bin, um mit ihm Gassi zu gehen. Nur wenn ich längere Termine hatte, musste ich ihn mitnehmen. Unser Pförtner passte dann auf ihn auf. Seit ich hier lebe, bleibt er immer bis zum Feierabend bei Karl in der Pförtnerloge."

„Fühlt er sich dort denn den ganzen Tag wohl? Der Hund braucht doch Auslauf."

„Das ist auch nur eine Übergangslösung. Ab nächsten Monat bringe ich ihn tagsüber in der Huta unter."

„Huta? Was ist das?"

„Eine Hundetagesstätte. Dort werden Hunde berufstätiger Besitzer von morgens bis abends betreut. Allerdings kostet das monatlich 200 €. Das ist bei mir im Moment einfach nicht drin. Erst wenn mein nächstes Gehalt auf dem Konto ist ..."

„Warum lässt du Quincy nicht bei mir?", unterbrach er sie. „Das wäre die einfachste Lösung."

„Wie könnte ich dir zumuten, stundenlang auf meinen Hund aufzupassen?"

„Was spricht dagegen? Wir mögen uns, hätten beide Gesellschaft und würden uns gemeinsam auf dich freuen. Wenn du abends zurückkämst, würdest du obendrein schwanzwedelnd begrüßt, weil wir dich so sehr vermisst haben."

„Von euch beiden?", lachte Antonia. „Das möchte ich sehen."

„Anscheinend habe ich diese Szene etwas zu farbig geschildert. Alles andere entspricht aber hundertprozentig der Wahrheit."

Da Quincy schon die ganze Zeit über zu Leos Füßen lag, als hätte das Tier ihn längst als Herrchen akzeptiert, bestand für Antonia kein Zweifel daran, wie wohl der Hund sich bei ihm fühlte. Deshalb stimmte sie Leos Vorschlag zu. Bei ihm wusste sie ihren vierbeinigen Liebling in guten Händen.

Kapitel 10

Am Montagvormittag traf die Gerichtsmedizinerin zu einer Lagebesprechung im Polizeipräsidium ein. Außer den in den Fall involvierten Beamten war auch die Staatsanwältin anwesend.

In dem geräumigen Besprechungszimmer befanden sich für alle gut sichtbar Stellwände mit zahlreichen Fotos der bisherigen Opfer des Orchideenmörders. Aufnahmen von den bei den Leichen gefundenen Scrabblespielbuchstaben fehlten ebenfalls nicht. Auf einer Wandkarte der niedersächsischen Landeshauptstadt waren die Fundorte der Leichen durch kleine rote Punkte markiert.

„Inzwischen ist es uns gelungen, das letzte Opfer des Orchideenmörders zu identifizieren", berichtete Kommissar Gerlach. „Nadja Kaminski, dreiundzwanzig Jahre alt, gebürtige Polin. Sie lebte seit neun Jahren in Deutschland." Mit ernster Miene schaute er in die Runde. Seine wachen Augen kamen auf dem Gesicht der Staatsanwältin zur Ruhe. „Frau Dr. Pauli und ich, wir sind nach den neuesten Ermittlungsergebnissen davon überzeugt, dass dem Killer diesmal ein Fehler unterlaufen ist. Während die anderen Opfer entweder studiert haben oder einen soliden Beruf ausübten, war Nadja Kaminski arbeitslos. Jedenfalls offiziell. Tatsache ist jedoch, dass sie ihre Kasse durch Prostitution aufgebessert hat."

Sekundenlang schauten sich die Anwesenden verblüfft an.

„Daraus kann man folgende Schlüsse ziehen", übernahm Franziska. „Der Mörder wusste es nicht. Wahrscheinlich hat er es erst erfahren, als die Frau auf Geld zu sprechen kam. Da war es aber schon zu spät. Ihm wurde klar, dass er sie nicht mehr laufenlassen konnte. Immerhin hatte sie ihn gesehen. Er musste sie töten. – Obwohl Prostituierte wahrscheinlich unter seinem

Niveau sind und deshalb nicht zu seinem Opferprofil passen. Da er sich plötzlich gezwungen sah, gegen seine eigenen Prinzipien zu handeln, ist er völlig ausgerastet. Das würde erklären, weshalb er die Frau sehr viel brutaler misshandelt hat als die anderen Opfer." Fragend schaute sie ihre Schwester an. „Deinem Autopsiebericht zufolge hatte Nadja Kaminski erheblich schwerere innere Verletzungen."

„Das ist korrekt", bestätigte Antonia. „Er muss in unbändiger Wut auf sie eingeschlagen haben." Sekundenlang hielt sie inne. „Geht man davon aus, dass sich alles genauso zugetragen hat, befand sich der Täter in einer extremen Ausnahmesituation. Wie immer hatte er alles bis ins kleinste Detail bedacht, und nun stellte ausgerechnet eine Hure seine Genialität in Frage. Das hat ihn so wütend gemacht, dass ihm ein zweiter Fehler unterlaufen ist: Er hielt sein Opfer für tot, als er es entsorgt hat. Durch die schweren Verletzungen war es aber nur bewusstlos."

„Das könnte passen", stimmte Pit ihr nachdenklich zu. „Laut Bericht der KTU gibt es wie üblich keine verwertbaren Spuren. Weder Reifen – noch Fußabdrücke in der Nähe des Fundortes. In dieser Hinsicht hat unser Killer leider wieder einen klaren Kopf bewiesen." Langsam ging er vor den Stellwänden auf und ab. „Normalerweise verfeinert ein Serienkiller seine Methode mit jedem Mord. Er entwickelt sich. Ihm aber sind zwei entscheidende Fehler unterlaufen. Deshalb wird er seine nächste Tat noch sorgfältiger planen."

„Wir sollten darüber nachdenken, der Presse einen Hinweis in diese Richtung zu geben", schlug einer der Beamten vor. „Wenn der Killer von seiner stümperhaften Arbeit in der Zeitung liest, verunsichert ihn das vielleicht und er macht noch mehr Fehler."

„Besser wäre es, ihn vorher zu stoppen", warf Franziska ein. „Wenn uns das nicht innerhalb der nächsten drei Wochen gelingt, wird er beim nächsten Vollmond weitermorden. – So viel ist sicher."

„Was ist eigentlich mit der Klette im Haar des letzten Op

fers?", fragte ein junger Beamter. „Gibt es darüber schon neue Erkenntnisse?"

„Leider nicht das, was Sie gern hören möchten", antwortete Antonia. „Die Arctium lappa, die sogenannte Große Klette, ist die am häufigsten vorkommende Art in unseren Breitengraden. Sie wächst auf Schuttplätzen, Ödland oder an Wegrändern. Nachweislich auch am Fundort der Leiche, dem verlassenen Fabrikgelände. Die bis zu vier Zentimeter großen rötlichen Blütenköpfchen dieser Pflanze sind von Hüllblättern umgeben, die mit einer hakigen Stachelspitze versehen sind. Damit bleiben sie oft an Kleidung oder in den Haaren hängen."

„Ob sich die Klette beim Transport des Opfers über das Gelände oder durch den Wind in den Haaren verfangen hat, ist kaum zu klären", fügte der Kommissar hinzu. „Die Spurensicherung hat noch einmal die Umgebung aller in Frage kommenden Pflanzen ergebnislos abgesucht." Per Blickkontakt verständigte er sich mit der Staatsanwältin.

„Nach dem derzeitigen Ermittlungsstand haben sich die Opfer untereinander nicht gekannt", ergriff Franziska abermals das Wort. „Dennoch muss es einen Zusammenhang zwischen ihnen geben. Dieser gemeinsame Nenner könnte der Schlüssel zur Lösung um das Rätsel des Orchideenmörders sein. Wir müssen so schnell wie möglich herausfinden, nach welchen Kriterien er seine Opfer auswählt."

„Zunächst müssen wir unsere Ermittlungsarbeit intensiv auf das Umfeld der letzten Toten konzentrieren", wandte sich der Kommissar an seine Leute. „Ihre Mitbewohnerin muss noch mal ausführlich befragt werden. Außerdem Nachbarn und Freunde. Listen Sie sämtliche Gewohnheiten auf: Wo kaufte sie ein!? Wo suchte sie Kontakt zu möglichen Freiern etc. Auch ihr Frisör könnte hilfreich sein. Graben Sie jedes noch so unbedeutend wirkende Detail aus." Aufmunternd schaute er seine Mitarbeiter der Reihe nach an. „Also los: an die Arbeit!"

Nach diesem arbeitsreichen Tag kam Antonia später als gewöhnlich nach Hause. Über die Terrasse betrat sie den Garten. Leo war gerade damit beschäftigt, die zahlreichen Pflanzen zu gießen. Deshalb bemerkte er Antonia erst, als Quincy plötzlich bellend aufsprang, um sein Frauchen zu begrüßen.

„Na, du Stromer ..." Liebevoll kraulte sie ihren Hund, der freudig mit dem buschigen Schwanz wedelte. „Warst du brav?"

Aus ihrer Hosentasche fischte sie eine Kaustange. Derweil sich das Tier mit dem Leckerbissen unter einen Baum zurückzog, stellte Leo die Gießkanne ab, um Antonia in die Arme zu schließen. Forschend glitten seine Augen über ihr Gesicht.

„Du siehst müde aus."

„Kein Wunder nach alldem Stress", seufzte sie. „Gleich nach der ersten Obduktion musste ich zu einem Meeting ins Präsidium. Danach noch zwei Obduktionen, eine Dienstbesprechung und der übliche Schreibkram. Das Gutachten für den morgigen Gerichtstermin musste ich außerdem noch vorbereiten."

„Wahrscheinlich hast du ohne Pause durchgearbeitet", vermutete Leo mit leisem Vorwurf. „Bist du wenigstens zum Mittagessen gekommen?"

„Nicht wirklich", gestand sie. „Heute musste ein Apfel zwischendurch genügen." Erwartungsvoll blitzte es in ihren Augen auf. „Du hast nicht zufällig etwas Leckeres vorbereitet, zu dem du mich verführen möchtest?"

„Hast du dafür überhaupt Zeit? Soweit ich mich erinnere, hast du beim Frühstück gesagt, dass du heute nach Feierabend große Wäsche hast."

„Bügeln müsste ich auch dringend", bestätigte sie lustlos. „Eigentlich wollte ich das alles am Sonntag erledigen. Dummerweise kam mir die Liebe dazwischen."

Herausfordernd zog er sie fester an sich.

„Bereust du das?"

„Nicht die Spur", verneinte sie und hauchte einen Kuss auf seine Lippen. „Aber weil ich jetzt noch weniger Zeit habe, muss ich wohl demnächst ein Ata–Girl engagieren."

„Ein was?"

„Eine Haushaltshilfe."

„Nicht nötig." Er legte den Arm um ihre Schultern und führte sie ins Haus. In der Küche deutete er auf den Herd. „Unser Abendessen ist schon so gut wie fertig. Was hältst du von Fusilli mit einer Räucherlachs – Sahnesoße? Ich muss nur noch die Nudeln kochen. In zehn Minuten können wir essen."

„Klingt verlockend." Erstaunt hob sie die Brauen. Dort, wo gewöhnlich die Kaffeemaschine ihren Platz hatte, stand ein chromblitzendes Etwas. „Was ist das?" fragte sie überflüssigerweise, wobei sie Leo vorwurfsvoll anblickte. „Hast du dieses sündhaft teuer aussehende Teil etwa gekauft?"

Besänftigend hob er die feingliedrigen Hände.

„Kein Grund zur Aufregung: ein Tombolagewinn, der bei mir nur nutzlos herumgestanden hat. Im Haus meines Freundes steht mir alles zur Verfügung. Weil sich deine Kaffeemaschine kurz vor dem Exitus befand, dachte ich, dass du die hier gebrauchen könntest. Damit bekommst du Espresso, Café Crema oder Filterkaffee. Das ist doch sehr praktisch."

„Ein Tombolagewinn", wiederholte sie zweifelnd. „Das soll ich dir abnehmen?"

Treuherzig schaute er sie an.

„Können diese Augen lügen?"

Ein theatralischer Seufzer löste sich von Antonias Lippen.

„Wenn du diesen Dackelblick drauf hast, neige ich dazu, dir alles zu glauben."

„Gut zu wissen", freute er sich mit Lausbubenlächeln. „Dann kümmere ich mich jetzt um unser Abendessen. Den Tisch habe ich übrigens auch schon gedeckt. Vielleicht möchtest du dich inzwischen etwas frischmachen?"

„Okay, ich ziehe mich rasch um."

Auf dem Weg hinaus schlüpfte sie bereits aus der Jacke ihres eleganten Hosenanzugs. Leichtfüßig lief Antonia die Treppe hinauf. In ihrem Schlafzimmer blieb sie verblüfft vor dem Bett stehen. Der Inhalt ihres großen Wäschekorbs war frisch gewaschen und gebügelt fein säuberlich auf der Matratze gestapelt.

Einerseits rührte es sie, wie sehr Leo sich engagierte. Andererseits ging das entschieden zu weit. Sie musste versuchen, ihm das klarzumachen, ohne ihn zu verletzen.

Als sie in Jeans und Shirt wieder herunterkam, gab Leo gerade die Nudeln in eine Schüssel.

„Setz dich bitte schon!", rief er ihr zu. „Ich bin gleich soweit!"
Während des Essens wunderte er sich darüber, wie schweigsam Antonia war.

„Schmeckt es dir nicht?"

„Es ist ausgezeichnet."

„Warum bist du dann so still?"

„Eine Entdeckung eben in meinem Schlafzimmer ist der Grund", entgegnete sie, obwohl sie damit bis nach dem Essen warten wollte. „Wie durch Zauberhand hat sich meine Schmutzwäsche in einen tadellos gebügelten, schrankfertigen Zustand verwandelt. Das kann ich mir gar nicht erklären."

„Heinzelmännchen?", schlug er vor. „Man erzählt sich, dass diese kleinen Wichte manchmal ganz spontan helfen."

„Darum habe ich sie aber nicht gebeten. Ich möchte das nicht."

„Verstehe." Sich zur Ruhe zwingend, legte Leo sein Besteck auf den Teller. „Du willst verhindern, dass jemand zu tief in dein Leben eindringt. Anscheinend möchtest du eine oberflächliche Beziehung, in der man nach Lust und Laune ein bisschen Zeit miteinander verbringt und nach Bedarf Sex hat. Völlig unverbindlich und ohne die geringsten Ansprüche aneinander."

„Da wir uns kaum kennen, nehme ich dir nicht übel, dass du mich so einschätzt", sagte sie ernst. „Genau das ist unser Problem, Leo. Wir lernen uns gerade erst wirklich kennen. Für dich ist unsere Situation genauso neu wie für mich. Seit Jahren lebe ich allein: selbständig und unabhängig. Ich bin es einfach nicht gewohnt, dass mir jemand alles aus der Hand nimmt. Allerdings ist mir auch klar, wie selbstverständlich es für dich ist, helfend zuzupacken, aber das entwickelt sich etwas zu schnell. Lass es uns bitte ein bisschen langsamer angehen."

„Entschuldige, dass ich zu viel Tempo vorgelegt habe", bat er zerknirscht. „Als du sagtest, dass montags durch das Wochenende bei euch im Institut besonders viel zu tun ist, habe ich nur daran gedacht, dich irgendwie zu entlasten, damit du nach Feierabend nicht auch noch einen Berg Wäsche am Hals hast." Sein Lächeln fiel etwas gequält aus. „Vermutlich war auch die Idee, gemeinsam nach Usedom zu fahren, reichlich voreilig. Wahrscheinlich passiert mir das, weil ich mir meiner Gefühle seltsamerweise seit unserem ersten Kuss total sicher bin. Das habe ich auf diese Weise noch nie erlebt. Aber ich verspreche dir, mich künftig mit gut gemeinten Aktionen zurückzuhalten. Du musst dich auch nicht verpflichtet fühlen, mich auf die Insel zu begleiten. Dann fahre ich eben wie immer allein."

„Das ist wirklich ärgerlich", murmelte sie. „Wie soll ich das meinen Kollegen erklären? Während der Dienstbesprechung heute haben sie mich geradezu gedrängt, endlich mal ein paar Tage auszuspannen."

Erfreut griff er über den Tisch hinweg nach ihrer Hand.

„Du kommst mit?"

„Wenn dein Angebot noch gilt, gern. Von Freitag bis Dienstag könnte ich mir freinehmen. Das sind zwar nur fünf Tage, aber mehr ist einfach nicht drin."

„Ich werde dich rund um die Uhr verwöhnen und dafür sorgen, dass du dich gut erholst."

„Du kannst es einfach nicht lassen", tadelte sie ihn amüsiert.

„Was soll ich nur mit dir machen?"

„Nimm meine Liebe einfach nur an. Ich schwöre auch hoch und heilig, mich nie wieder an deiner Wäsche zu vergreifen."

Später unternahmen sie noch einen Spaziergang mit Quincy. Erst als es bereits dämmerte, kehrten sie in ihr Haus zurück. In stummem Einverständnis blieb Leo über Nacht.

Am kommenden Morgen war der Frühstückstisch bereits gedeckt, als Antonia herunterkam.

„Wolltest du mich nicht erst auf der Insel verwöhnen?", neckte sie Leo im Vorbeigehen.

Rasch griff er nach ihr und zog sie in seine Arme.

„Willst du dich etwa beschweren? In der letzten Nacht hatte ich jedenfalls nicht den Eindruck, ein vorzeitiger Beginn meines Verwöhnprogramms würde nicht deine Zustimmung finden."

Scheinbar nachdenklich krauste sie die Stirn, verschränkte aber die Hände in seinem Nacken.

„Letzte Nacht? Was war da noch gleich?"

„Muss ich dir wirklich auf die Sprünge helfen?", flüsterte er an ihrem Ohr. „Erinnerst du dich nicht daran, wie ich jeden Winkel deines wunderschönen Körpers gekostet und gestreichelt habe? Und wie er mir geantwortet hat? Sinnlich und leidenschaftlich."

„Jetzt, wo du es sagst, dämmert es mir", gab sie ebenso leise zurück. „Bei Gelegenheit könntest du mein Gedächtnis aber auffrischen."

„Wie wäre es nach Feierabend?"

„Für heute habe ich schon andere Pläne. Es wird sicher spät. Trotzdem kannst du Quincy abends allein im Haus lassen."

Leo hielt sie etwas von sich, um ihr in die Augen schauen zu können. Die aufkeimende Unsicherheit in seinem Blick entging Antonia nicht.

„Wirst du mir etwa schon untreu? Warum sagst du mir nicht, mit wem du dich triffst?"

Kaum merklich hob sie die Brauen.

„Wird das jetzt ein Verhör?"

„Natürlich nicht", bedauerte er. „Manchmal verhalte ich mich wie ein eifersüchtiger Idiot. Selbstverständlich geht es mich nichts an, mit wem du deine Zeit verbringst, Antonia. Du bist mir keinerlei Rechenschaft schuldig."

„Trotzdem hätte ich dir erzählt, dass ich mich dienstags immer mit meinen Freundinnen im Fitnessstudio treffe." Sanft strich sie ihm über die Stirn. „Da wir diese Sorgenfalte nun geglättet haben, lass uns frühstücken."

Nach einem straffen Arbeitspensum traf Antonia mit geringfügiger Verspätung im Fitnesscenter ein. Ihre Freundinnen kämpften bereits an den schweißtreibenden Geräten. Nach diesem anstrengenden Tag verspürte sie wenig Lust auf ein ausdauerndes Training. Deshalb begnügte sie sich mit dem Fahrradergometer. Das blieb den anderen nicht verborgen.

„Was ist los mit dir, Toni?", wollte Elke nach dem Duschen bei einem Drink wissen. „Heute scheinst du nicht in Bestform zu sein. Hast du dich noch nicht von deiner Party erholt? Wahrscheinlich ist dein ganzer freier Sonntag für die Aufräumaktion draufgegangen. Wir hätten eben doch kommen und dir helfen sollen."

„Ihr hättet gar nichts zu tun gehabt", sagte sie mit geheimnisvollem Lächeln. „Als ich am Morgen nach der Party erwacht bin, war alles aufgeräumt, das Geschirr gespült, und mir wurde das Frühstück am Bett serviert. Da hättet ihr nur gestört."

„Wobei?", fragte Franziska gespannt. „Deine unverhoffte Haushaltshilfe war doch nicht etwa männlich?"

„Unbeschreiblich männlich."

Verblüfft schauten die Freundinnen einander an. Insgeheim ging jede von ihnen sämtliche Gäste auf einen infrage kommenden Kandidaten durch.

„Leo!", ahnte Elke. „Sag bloß, du hast den Gärtner vernascht!"

„Ich kann nicht leugnen, dass es zwischen uns ziemlich heiß hergegangen ist."

„Das habe ich doch schon vor Wochen vorausgesehen", kommentierte ihre Schwester. „Erst hat er deinen Garten auf Vordermann gebracht – und nun auch noch dein Liebesleben. Wie konnte das einem Mann in seinem Alter gelingen? Für gewisse Spielchen bevorzugst du doch sonst eher Jungdynamiker."

„Tja ...", seufzte Antonia nur und zuckte die Schultern.

„Du bist in ihn verliebt!", folgerte Elke. „Gib es zu, Toni! Die-

ser Ausbund an Männlichkeit hat dir mit seinen wunderschönen braunen Augen den Kopf verdreht."

„So was soll vorkommen", meinte Antonia. „Habe ich jedenfalls gehört."

„Das ist ja nicht zu fassen." Franziska konnte es immer noch
nicht so recht glauben. „Hat es dich tatsächlich endlich erwischt? Bist du wirklich in ihn verliebt?"

„Das passiert einem wohl, wenn man am wenigsten damit
rechnet", meinte ihre Schwester nachdenklich. „Leo ist so ganz
anders als die Männer, die ich kenne: sehr sensibel und verletzbar, unglaublich hilfsbereit und pragmatisch. Einerseits ist
er ein kluger, humorvoller Mann mit einem gesunden Selbstbewusstsein. Andererseits ist er manchmal so unsicher wie ein
kleiner Junge."

„Außerdem hast du vergessen zu erwähnen, was für ein großartiger Liebhaber er ist", fügte Elke hinzu. „Oder hält er etwa
nicht, was seine sexy Erscheinung verspricht?"

„Falls du Details erwartest, muss ich dich enttäuschen. Über
unseren sensationellen Sex spreche ich grundsätzlich nicht."

„Wusste ich es doch!", triumphierte Elke, bevor sie sich an
Franziska wandte. „Sieht es bei dir genauso fantastisch aus? „

„Zuerst konnte ich nicht so recht damit umgehen, dass Pit und
ich auch beruflich miteinander zu tun haben." Mit schelmi-
schem Lächeln zwinkerte sie der Freundin zu. „Inzwischen
genieße ich es."

„Wunderbar!", rief Elke begeistert aus. „Wenn sich nun noch
eure Mutter dazu entschließen könnte, einen ihrer zahlreichen
Verehrer zu erhören, hätte ich auf einen Schlag drei Konkur-
rentinnen weniger auf dem Beziehungsmarkt."

Erst gegen Mitternacht bog Antonia in ihre Grundstücksein-
fahrt ein. Seltsamerweise verspürte sie eine leise Enttäuschung
darüber, dass das Haus in völligem Dunkel lag. Es wäre schön
gewesen, hätte Leo auf sie gewartet. Antonia wunderte sich
über sich selbst, wie schnell sie sich nach diesen wenigen ge-

meinsamen Tagen bereits an seine Anwesenheit gewöhnt hatte. Als unabhängigkeitsliebende Frau empfand es beinah schon als unheimlich, wie oft ihre Gedanken tagsüber zu Leo schweiften. Bisher war es noch keinem Mann gelungen, sie innerhalb so kurzer Zeit total für sich einzunehmen.

Nachdenklich betrat sie das Haus. Quincy lag in seinem Körbchen in der Diele. Beim Anblick seines Frauchens wedelte der Hund zwar freudig mit dem Schwanz, kam ihr aber nicht wie sonst entgegen. Lächelnd ging sie bei ihm in die Hocke.

„Leo hat wohl einen langen Abendspaziergang mit dir gemacht", sagte sie und kraulte ihm den Kopf. „Ich bin auch müde. Schlaf weiter, Quincy."

In ihrem Schlafzimmer stellte sie die Sporttasche ab und trat ans Fenster. Schräg gegenüber auf dem Nachbargrundstück sah sie noch Lichtschein hinter einer Scheibe im Obergeschoss. Rasch zog Antonia ihr Handy hervor und griff auf Leos Nummer zu. Nach dem zweiten Läuten meldete er sich.

„Hallo, du Nachtschwärmerin."

„Woher weißt du, dass ich es bin?"

„Mein Handy hat ein Display. - Wie war dein Tag?"

„So anstrengend, dass ich heute trotz der zahlreichen kulinarischen Sünden der letzten Wochen nur noch fähig war, mich auf das Fahrradergometer zu schwingen. Sollte ich mein Training künftig weiter so vernachlässigen, werde ich dank deiner Kochkünste noch dick und rund."

„Ich liebe dich trotzdem."

„Stehst du etwa auf Frauen, die vom Kalorienzählen so wenig Ahnung haben wie eine Nacktschnecke vom Tabledance?"

„Ich stehe auf dich. Dabei sind Äußerlichkeiten nebensächlich. Oder würde es dich etwa stören, wenn ich im Laufe der Jahre einen stattlichen Bauch bekäme?"

„Im Laufe der Jahre?", wiederholte sie scheinbar verwundert. „Das klingt nach einem weitreichenden Konzept. Weihst du mich in deine Pläne ein?"

„Nur Geduld. Wenn die Zeit dafür reif ist, erzähle ich dir von meinen Hoffnungen und Träumen."

„Darauf bin ich schon sehr gespannt", sagte sie, obwohl sie seine Gedanken erahnte. „Wie hast du denn deinen Abend gestaltet?"

„Zuerst bin ich mit Quincy durch den Wald gelaufen. Später habe ich lange mit meinem Vater telefoniert."

„Geht es ihm gut?"

„Ausgezeichnet. – Obwohl er bei seiner Traumfrau nicht so recht vorankommt."

„Woran liegt es? Ist sie nicht interessiert?"

„Nach seiner Beschreibung ist sie nicht nur eine attraktive, sondern auch eine selbstbewusste Frau, die genau weiß, was sie will. Er hat von ihr geschwärmt wie ein Teenager. Sie ist wohl eine richtige Lady, in der aber auch ein Lausbub steckt."

„Klingt sympathisch. Oder hat er ein Problem damit?"

„Nein, ihr vielseitiges Wesen hat ihn verzaubert, aber er traut sich nicht, ihr seine Gefühle zu gestehen."

„Ist dein Vater so schüchtern?"

„Im Gegenteil: Normalerweise fliegen ihm die Herzen seiner Mitmenschen nur so zu. Irgendwie hat er in den Jahren des Alleinseins wohl verlernt, seine Gefühle auszudrücken. Außerdem hat er Angst vor Zurückweisung. Er fürchtet, die Dame zu verscheuchen, wenn er mehr als den Wunsch nach Freundschaft durchblicken lässt."

„Was hast du ihm geraten?"

„Das Risiko einzugehen", entgegnete er prompt. „Außerdem habe ich ihm vorgeschlagen, die Dame auf sein Landgut einzuladen. Solange sie im Hotel wohnt, bietet sich kaum die Möglichkeit, ungestört mit ihr zu sein. Stimmt sie aber zu, einige Ferientage auf dem Lande zu verbringen, ergibt sich vielleicht die Gelegenheit, einander näherzukommen. Dabei muss man ja nicht gleich mit der Tür ins Haus fallen."

„So schnell wie wir beide werden sie sich bestimmt nicht die Kleider vom Leib reißen", sagte Antonia vergnügt. „Du warst ganz schön in Fahrt."

„Nur ich?"

„Du hattest mich in Flammen gesetzt. Was hast du erwartet?"

„So viel leidenschaftliches Feuer mit Sicherheit nicht."

„Überfordert dich das?"

„Nee ...", lachte er. „Ich finde es großartig zwischen uns. – In jeder Hinsicht."

„Mir ergeht es genauso. Es ist lange her, seit ich mich so ausgeglichen und unbeschwert gefühlt habe. Irgendwie ist jetzt alles so ... so stimmig." Ein kurzes Schweigen entstand.

„Leo?", fragte sie irritiert. „Bist du noch da?"

„Ja", vernahm sie seine ernste Stimme. „Mir wurde eben bewusst, was wir beide gerade erleben, Antonia. Es erscheint mir wie ein Wunder, dass unsere Gefühle so sehr im Einklang sind. Noch vor kurzer Zeit wusste keiner von uns von der Existenz des anderen. Und plötzlich sind wir uns so nah."

„Das ist die Magie der Liebe. Dagegen ist man machtlos." Mit Mühe unterdrückte sie ein Gähnen. „Allmählich sollte ich jetzt in mein Bett kriechen. Morgen früh ist die Nacht zu Ende."

„Danke, Antonia."

„Wofür?"

„Für das schöne Gefühl, vor dem Einschlafen noch mal deine Stimme zu hören. Du wirst mich in meine Träume begleiten."

„Okay, treffen wir uns im Traumland. – Gute Nacht, Leo."

„Dir auch, Antonia."

Der Signalton des Weckers drang erbarmungslos in Antonias Bewusstsein. Noch im Halbschlaf tastete sie nach dem Störenfried und schaltete das immer eindringlicher werdende Piepen mit einem treffsicheren Schlag auf die Taste aus.

Obwohl sie am liebsten weitergeschlafen hätte, zwang sie sich, die Augen zu öffnen. Das morgendliche Aufstehen fiel ihr zunehmend schwerer. Ein Zeichen, dass sie sich in den letzten Wochen zu viel zugemutet hatte. Sie war eindeutig urlaubsreif und freute sich auf die Ferientage mit Leo.

Leise seufzend schlug sie die Decke zurück. Dabei wunderte sie sich, dass Quincy, nicht wie gewöhnlich ihr Schlafzimmer stürmte. Normalerweise tauchte ihr Hund spätestens mit dem Klingeln des Weckers auf. Offenbar war auch ihr Vierbeiner reif für die Insel.

Barfuß lief Antonia zum Fenster, zog die leichten Vorhänge zurück und öffnete es weit. Ihr war jedes Mal etwas unbehaglich zumute, wenn sie zum Hochsitz am Waldrand hinüberschaute. Aus einem unerklärlichen Grund fühlte sie sich von dort aus stets beobachtet. Rasch wandte sie den Blick zu Leos Domizil, aber auf dem Grundstück war niemand zu sehen.

Erst als sie später fertig angekleidet herunterkam, rief sie nach ihrem Hund.

„Quincy!? Wo steckst du denn?"

Ratlos blieb sie einen Moment lang vor dem Körbchen in der Diele stehen, bevor sie die Küche betrat. Zwar war ihr Mitbewohner auch hier nicht zu entdecken, dafür fand sie einen liebevoll gedeckten Frühstückstisch vor. Auf der Serviette lag eine duftende gelbe englische Rose; an der Tasse lehnte eine Karte.

> *Guten Morgen, mein Schatz!*
> *Es war wundervoll im Traumland mir dir.*
> *Ich liebe dich - Leo*
> *P.S. Quincy habe ich schon mitgenommen,*
> *damit du in Ruhe dein Frühstück genießen kannst.*

„Dieser Mann ist einfach unglaublich", murmelte Antonia lächelnd, füllte ein Glas mit Wasser und stellte die Rose hinein. Ohne Eile widmete sie sich ihrer ersten Mahlzeit des Tages.

Kapitel 11

In der Toskana war Leos Vater entschlossen, den Rat seines Sohnes zu befolgen. Deshalb brach er schon zeitig mit seinem Verwalter von seinem Landsitz auf und fuhr nach Florenz.

Geduldig wartete er im Foyer des Hotels auf das Erscheinen der Dame, die sich unwissentlich in sein Herz geschlichen hatte. Gegen neun Uhr trat sie aus dem Aufzug. Diese zierliche Lady strahlte eine selbstverständliche Noblesse aus. Dabei wurde ihr attraktives Äußeres durch ihre zurückhaltende Anmut noch gesteigert. Mit einem freundlichen Lächeln trat die blonde Frau an die Rezeption.

„Ist meine Rechnung fertig?", wandte sie sich an den graumelierten Portier. „Nach dem Frühstück reise ich ab."

„Schade, dass Sie uns schon verlassen wollen." In seiner Stimme lag aufrichtiges Bedauern. „Soll ich den Mietwagen auch abrechnen?"

„Nein, damit möchte ich noch ein paar Tage aufs Land fahren und später Freunde besuchen Nach Siena und weiter nach Montepulciano möchte ich auch noch."

Verstehend nickte er.

„Die Rechnung liegt für Sie bereit."

„Danke. – Bis gleich."

Nach wenigen Schritten in Richtung des Restaurants stellte sich ihr ein hochgewachsener Mann in den Weg.

„Guten Morgen, Helen."

„Vincent ..." Ihre geschwungenen Brauen hoben sich überrascht. „Was tun Sie denn hier?"

„Ich habe auf Sie gewartet. Aber wie ich eben hörte, wollen Sie abreisen!?"

„Inzwischen kenne ich beinah jedes historische Fleckchen in dieser wunderschönen Stadt. Bevor ich wieder nach Hause fliege, möchte ich noch die Landschaft genießen und Freunde besuchen."

Seine dunklen Augen nahmen einen fragenden Ausdruck an.

„Wären Sie gefahren, ohne sich von mir zu verabschieden?"

„Sie haben in den letzten Tagen nichts mehr von sich hören lassen. Deshalb dachte ich ..."

„... dass ich Sie vergessen habe?", vollendete er in leicht vorwurfsvollem Ton. „Ich hatte so viel um die Ohren, dass ich Sie bedauerlicherweise vernachlässigt habe. Das hatte nichts mit Gleichgültigkeit oder Desinteresse zu tun. Ich habe häufig an Sie gedacht, Helen."

„Ach, wirklich?" War das leiser Zweifel oder verhaltener Spott in ihrer Stimme? „Warum?"

„Weil ich Sie vermisst habe", gab er sichtlich verlegen zu. „Unsere Gespräche, die Museumsbesuche ... Schon unsere erste Begegnung habe ich wie ein Wiedersehen zwischen alten Freunden empfunden."

„Mit dem alt haben Sie tatsächlich ins Schwarze getroffen. Daran gibt es nichts zu rütteln."

„Das trifft allenfalls auf mich zu. Sie sind doch taufrisch wie ein junges Reh."

„Vincent, Vincent ...", tadelte sie ihn kopfschüttelnd. „Sie sind ein alter Schmeichler."

„Nur ehrlich. – Darf ich Sie zum Frühstück einladen?"
Mit einer Hand deutete sie zum Restaurant.

„Ich wollte ohnehin gerade ...."

„Nicht hier", unterbrach er sie sanft. „Mir wäre ein ländlicher Ort mit einer schönen Aussicht etwas außerhalb von Florenz lieber. Haben Sie Ihre Koffer schon gepackt?"

„Bevor ich runtergekommen bin."

„Würden Sie den Portier anweisen, Ihr Gepäck holen zu lassen? Wir laden es in Ihren Mietwagen und nehmen es gleich mit. Dadurch sparen wir die Fahrt zurück in die Stadt."

Helen kam gar nicht in den Sinn, nach seiner Rückfahrtmöglichkeit zu fragen, wenn sie gleich nach dem Frühstück weiterreise. Sie erklärte sich mit seinem Vorschlag einverstanden und trat noch einmal an die Rezeption. Während sie auscheckte, führte Vincent zwei kurze Telefonate über sein Handy.

Schon bald waren sie auf der Straße 222 aus Florenz hinaus unterwegs. Vincent saß am Steuer und erzählte während der Fahrt durch die toskanische Landschaft von Weinorten und Burgen, die auf ihren Hügeln wie Perlen an einer Schnur aufgereiht schienen. Vorbei an Eichen- und Buchenwäldern, leuchtend gelben Sonnenblumenfeldern und hoch aufragenden Zypressen bog er schließlich von der Hauptstraße ab. Ein schmaler befestigter, von üppig wucherndem rotem Klatschmohn gesäumter Weg schlängelte sich auf ein großes Anwesen zu. Im Näherkommen erkannte Helen mehrere Gebäude, Pferdekoppeln und dahinter wie gemalt einen Weinberg. Durch das steinerne Tor lenkte Vincent den Wagen bis vors Haupthaus.

Beeindruckt schaute sie sich nach dem Aussteigen um. Sämtliche Gebäude waren aus groben Steinen gebaut; in der Mitte des Hofes stand ein mächtiger, Schatten spendender Kastanienbaum. Aber auch Zypressen, breitschirmige Pinien und sogar Mandelbäume wuchsen zwischen den Gebäuden und verliehen dem Anwesen etwas Anheimelndes. Die Luft duftete nach wilden Kräutern.

„Es ist wunderschön hier", sagte sie beeindruckt. „Wie auf einem mittelalterlichen Gut."

„Später zeige ich Ihnen alles", versprach er. „Jetzt wird erst mal gefrühstückt. Sie müssen schon halb verhungert sein."

Behutsam nahm er ihren Arm und führte sie die Steintreppe hinauf ins Haus. Bevor Helen sich noch zu der stilvollen Einrichtung äußern konnte, standen sie bereits auf der Terrasse.

Hier erfreuten üppig blühende Blumen, Olivenbäumchen, Lorbeer und Ginster in Terrakottakübeln das Auge und vermittelten mediterranes Flair. Die Aussicht auf die Pferdekoppeln, Weizenfelder und die Hügelkette mit den Burgen in der Ferne übertraf in ihrer atemberaubenden Farbenpracht jedoch alles zuvor Gesehene.

Erwartungsvoll schaute Vincent seinen Gast an.

„Habe ich Ihnen zu viel versprochen?"

„Dieser Ausblick ist überwältigend", erwiderte sie fasziniert. „Dieses Licht – und die leuchtenden Farben: einfach paradiesisch. Hier würde ich es wahrscheinlich problemlos für den Rest meines Lebens aushalten."

„Dann bleiben Sie", nahm er die Gelegenheit wahr. „Nach dem

Besichtigungsmarathon in Florenz könnten Sie hier wunderbar ausspannen."

„Ein verlockender Gedanke." Fragend wandte sie sich ihm zu. „Glauben Sie, dass man hier ein Zimmer mieten kann?"

„Das wird nicht ganz einfach. Der Besitzer ist ein komischer alter Kauz. Ein Einsiedler, der Ihnen allenfalls seine langweilige Gesellschaft anbieten könnte. Das ist kaum zumutbar."

Sie musterte ihn mit einem forschenden Blick. Das volle, schneeweiße, immer etwas zerzaust wirkende Haar, das wettergegerbte gebräunte Gesicht, das einen häufigen Aufenthalt im Freien verriet, und die dunkelbraunen Augen, in denen es vergnügt funkelte. Obwohl Vincent ihr gegenüber kürzlich erwähnt hatte, er bewohne ein kleines Bauernhaus, ahnte sie plötzlich, wem dieses herrliche Anwesen gehörte.

„Sagen Sie dem alten Kauz, dass ich für derartige Zumutungen sehr empfänglich bin."

Vincent fiel ein Stein vom Herzen. Seine Befürchtung, diese kluge Frau durch seine Überrumpelungsaktion womöglich zu verärgern, erwies sich als unbegründet. Sie reagierte sogar mit Humor auf seine kleine List.

„Ich werde es ihm ausrichten", sagte er mit feinem Lächeln und führte sie zu dem reich gedeckten Tisch unter der aufgespannten Markise. Zuvorkommend rückte er seinem Gast einen Stuhl zurecht, bevor er selbst sich setzte und den Kaffee aus einer Warmhaltekanne einschenkte.

Während sie sich dem Frühstück widmeten, sprachen sie über eine Ausstellung, die Helen in Florenz besucht hatte.

„Fast fünfundvierzig Jahre ist es jetzt her, seit ich das letzte Mal in Florenz war", sagte Helen. „Vieles hat sich überhaupt nicht verändert. Ich bin schon gespannt darauf, ob auch in Siena die Zeit stehen geblieben ist. Damals hatte diese Stadt einen zauberhaft urbanen Charakter durch die hohen Backsteinpaläste und den dazu verhältnismäßig engen Gassen, in denen kaum ein Sonnenstrahl bis aufs Pflaster fiel."

„Werden Sie in Siena von jemandem erwartet?"

„Wie kommen Sie darauf?"

„Sie haben Freunde in der Toskana erwähnt", tastete er sich vorsichtig an die Frage heran, die ihn am meisten beschäftigte. „Vielleicht möchten Sie sich dort sogar mit jemandem treffen, der Ihnen besonders nahe steht? Zwar haben Sie kürzlich gesagt, dass Sie seit dem Tod Ihres Gatten allein leben, aber ich kann mir gut vorstellen, dass eine so attraktive Frau hartnäckig umworben wird."

Sie antwortete nicht sofort, da sie sich fragte, woher das anscheinend immer noch vorhandene Interesse dieses Mannes an ihr rührte. Sie war längst nicht mehr so jung und naiv, zu glauben, dass sie einem Mann noch den Kopf verdrehen konnte. Mit Mitte sechzig machte sie sich keine Illusionen mehr. Zwar traf seine Annahme zu, es gäbe einige Verehrer in ihrem Leben, aber keiner von ihnen weckte etwas anderes als freundschaftliche Gefühle in ihr. In Vincents Gesellschaft hatte sie sich vom ersten Moment an auf seltsame Weise wohl gefühlt. Seit sie Witwe war, hatte sie eine derartige Anziehung nicht mehr verspürt.

Anfang der letzten Woche hatten sie zufällig in einem vollbesetzten Café an einem Tisch gesessen und waren ins Gespräch gekommen. Sie hatte ihn nach dem Weg zu den Uffizien gefragt, und er hatte sie zuvorkommend dorthin geführt. Wie selbstverständlich hatten sie sich die Gemälde dann zusammen angeschaut, ihre Eindrücke ausgetauscht und darüber diskutiert. Später hatte er sie zum Hotel zurückbegleitet und zum Abendessen eingeladen. Seitdem hatte er sie mehrmals auf ihren Exkursionen durch die Stadt begleitet. Als er sich dann nicht mehr gemeldet hatte, war sie entschlossen gewesen abzureisen, weil sie geglaubt hatte, sein Interesse an ihr sei erloschen. Überrascht hatte sie festgestellt, dass sie nicht nur enttäuscht war, sondern immer noch zu Empfindungen fähig, die sie längst nicht mehr für möglich gehalten hätte.

„Ihrem Schweigen entnehme ich, dass meine Vermutung zutrifft", sagte Vincent in ihre Gedanken hinein. Er hätte wissen müssen, wie seine Geschlechtsgenossen auf eine so faszinierende Frau reagierten. „Es gibt in Ihrem Leben ..."

„Nein", unterbrach sie ihn. „Bei mir ist das wie bei einem Orkan: Drumherum viel Wirbel, aber im Zentrum ist es still."

Es gelang ihm nicht, seine Erleichterung zu verbergen.

„Demnach sind Sie völlig ungebunden? Auch zeitlich?" Und als sie lächelnd nickte: „Bestünde die Chance, dass sich Ihr Aufenthalt hier auf Piccolo Mondo nicht nur auf ein gemeinsames Frühstück beschränkt? Ich möchte Sie einladen, länger zu bleiben, Helen. Viel länger."

„Das klingt sehr verlockend, aber wir kennen uns doch kaum."

„Gerade das möchte ich ändern. Wenn sich zwei Menschen begegnen, die viele gemeinsame Interessen verbinden, sollten sie nicht einfach auseinandergehen und die Gelegenheit verpassen, dass sich zwischen ihnen etwas Wundervolles entwickeln könnte." Seine Augen nahmen einen sehr ernsten Ausdruck an. „Ich beabsichtige nicht, Sie zu irgendetwas zu überreden oder zu drängen. Meine Einladung ist für Sie völlig unverbindlich. Es wäre einfach schön, könnten Sie sich dazu entschließen, uns ein wenig Zeit zu schenken."

Um nicht gleich antworten zu müssen, griff sie nach ihrer Kaffeetasse und setzte sie an die Lippen. Sie täte nichts lieber, als zu bleiben, um diesen interessanten Mann näher kennenzulernen. Aber wohin würde das führen? Vincent war bestimmt nicht auf der Suche nach etwas Dauerhaftem. Auch sie hatte seit dem Tod ihres Mannes keinen Gedanken daran verschwendet, sich noch einmal zu binden. Wo lag also das Problem? Es würde höchstens auf eine Urlaubsaffäre hinauslaufen - wenn überhaupt. Vielleicht dachte Vincent aber einfach nur an Freundschaft? Jemand, der so zurückgezogen fernab der Heimat lebte, sehnte sich wahrscheinlich hin und wieder nach Gesellschaft, nach einem Menschen, mit dem er sich austauschen konnte.

„Ein paar Tage Reiseunterbrechung würden mir sicher gut

tun", sagte sie schließlich. „Ich nehme Ihre Einladung unter einer Bedingung an, Vincent: Sollte sich der alte Kauz schon bald von meiner Anwesenheit überfordert fühlen, darf er nicht zögern, mich daran zu erinnern, dass meine Freunde einen Besuch von mir erwarten."

„Abgemacht", stimmte er voller Freude zu, obwohl er schon jetzt plante, alles dafür zu tun, um sie für immer zu halten.

Kapitel 12

Am Donnerstag kam Antonia schon am frühen Nachmittag nach Hause. Ihrer beider Gepäck war von Leo schon im silberfarbenen Mercedes seines Freundes verstaut worden, so dass sie sich nur noch rasch umkleidete, bevor sie mit Quincy in ihren Kurzurlaub starteten.

„Schöner Wagen", sagte sie und streckte die langen Beine aus. „Und so bequem."

„Mein Chef legt Wert auf einen gewissen Komfort", erwiderte Leo mit einem kurzen Seitenblick auf sie. „Davon profitiere ich, seit ich für ihn arbeite."

„Manchmal scheint es tatsächlich vorteilhaft zu sein, wenn man nicht jeden Cent umdrehen muss", meinte sie. „Vielleicht sollte ich mir doch einen Millionär angeln."

„Untersteh dich! - Oder vermisst du bei mir irgendwas?", fügte er verunsichert hinzu.

„Willst du eine ehrliche Antwort?"

„Unbedingt."

„Eine Kleinigkeit vermisse ich schon", sagte sie so ernst, dass er das Lenkrad unwillkürlich fester umfasste.

„Was?"

„Du hast mir heute noch nicht gesagt, dass du mich liebst."
Erleichtert atmete Leo auf.

„Tatsächlich nicht? Wie dumm von mir!" Nach einem schnellen Blick in den Rückspiegel ließ er den Wagen auf dem Grünstreifen neben der Landstraße ausrollen. Er löste seinen Sicherheitsgurt, beugte sich zu ihr hinüber und umrahmte ihr Gesicht mit beiden Händen. Zärtlich schaute er in ihre Augen. „Ich liebe dich. Mehr als ich jemals für eine Frau empfunden habe." Nach einem innigen Kuss trafen sich ihre Blicke abermals.

„Na, also: geht doch", neckte sie ihn zufrieden lächelnd. „Sie dürfen wieder auf die Straße fahren, Herr Chauffeur."

„Sehr wohl, Madame."

Während sie in Richtung Hannover unterwegs waren, berichtete Antonia von einem Prozess, bei dem sie am Morgen als Gutachterin aufgetreten war.

„Fast wäre unentdeckt geblieben, dass er vergiftet wurde. Dann wäre wieder ein Mörder ungestraft davongekommen."

„Hat die Obduktion keine eindeutige Todesursache ergeben?"

„Zuerst nicht. Ich kam zufällig dazu, als mein Kollege Dr. Reinhardt die Autopsie durchführte. Er hat nicht eine so feine Nase wie ich."

Amüsiert lachte er.

„Sag bloß, du kannst riechen, auf welche Weise jemand zu Tode gekommen ist?"

„Manchmal schon", bestätigte sie zu seiner Verblüffung. „Den Geruch von Bittermandeln können nur wenige Menschen wahrnehmen. Das ist eine geschlechtsbedingte, rezessiv vererbte Eigenschaft, die nur etwa 30 % der Bevölkerung besitzen."

„Wirklich? Das wusste ich nicht." Einen Moment lang überlegte er. „Der Geruch genügt wohl nicht. Wie weist man nach, dass ein Mensch tatsächlich durch Zyankali gestorben ist?"

„Man gibt eine Blutprobe des Opfers mit einer Säurelösung in ein Reagenzröhrchen und hängt einen Papierstreifen, das sogenannte Reaktionspapier, hinein. Verfärbt er sich blau, ist das der Nachweis von Blausäure."

„Zyankali ist das Kaliumsalz der Blausäure, nicht wahr?"

„Du scheinst im Chemieunterricht gut aufgepasst zu haben", lobte sie ihn. „Die Blausäure ist der giftige Anteil im Zyankali."

„... der schnell zum Tode führt", vollendete er. „Oder ist es völlig unrealistisch, wie das manchmal im Film gezeigt wird: Man schluckt eine Zyankalikapsel und fällt dann tot um."

„Am schnellsten geht es, wenn man die Kapsel zerbeißt. Dadurch wird die Blausäure im sauren Magen rasch freigesetzt, wird vom Körper aufgenommen, geht ins Blut und blockiert dort in allen Organen die Sauerstoffversorgung. Nach und nach versagen alle Organe, so dass man wenige Minuten nach der Einnahme mausetot ..." Sie unterbrach sich, als sie das Hinweisschild zum Flughafen entdeckte. „Wohin fährst du eigentlich? Bist du sicher, dass es hier nach Usedom geht?"

„Todsicher. – Oder hast du Angst vorm Fliegen?"

„Wir fliegen? Warum erfahre ich das erst jetzt?"

„Habe ich etwa vergessen, das zu erwähnen? Mit dem Flieger brauchen wir allenfalls drei Stunden bis auf die Insel. So sparen wir viel Zeit."

Er passierte eine Schranke und ließ den Wagen auf einem kleinen Parkplatz hinter einem Hangar ausrollen.

„Komm", forderte er Antonia auf. „Wir werden erwartet."

Sprachlos stieg sie aus und nahm Quincy an die Leine, während Leo die beiden Reisetaschen aus dem Kofferraum holte.

Vor dem offen stehenden Tor des Hangars stellte er das Gepäck ab und bat Antonia, einen Moment zu warten. Mit langen Schritten ging er hinein.

„Paul!?"

Aus den Tiefen der Halle tauchte ein Mann in einem beigefarbenen Overall auf. Er wischte sich die öligen Finger an einem Lappen ab, bevor er Leo die Hand reichte.

„Hallo, mein Freund. Wie geht es dir?"

„Ausgezeichnet. Ist die Maschine startklar?"

„Alles tiptop", bestätigte der Mechaniker, wobei er die Frau mit dem Hund bemerkte. „Fliegst du nicht allein? Wer ist die Lady mit dem sensationellen Fahrgestell?"

„Die Frau meiner Träume", erklärte Leo nicht ohne Stolz, worauf Paul überrascht die Brauen hob.

„Dich muss es ganz schön erwischt haben, sonst würdest du sie nicht mitfliegen lassen."

„Stimmt. Ab heute gibt es keine Alleinflüge mehr."

„Du bist ein Glückspilz", meinte der Mechaniker und klopfte ihm auf die Schulter. „Dann lass uns dein Mädchen an Bord bringen."

Zusammen traten sie zu Antonia und Quincy. Leo machte sie miteinander bekannt. Dann nahm Paul das Gepäck und ging auf die Rollbahn voraus.

Ungläubig weiteten sich Antonias Augen, als sie sah, dass er die Reisetaschen in einer kleinen Propellermaschine verstaute.

„Das ist nicht dein Ernst", wandte sie sich an Leo. „Du willst doch nicht wirklich mit diesem Ding fliegen."

„Warum nicht? Der Vogel ist auf dem neuesten technischen Stand."

Skeptisch blieb sie vor dem Flugzeug stehen.

„Angst? Was ist mit deiner Abenteuerlust?"

„Die muss ich zu Hause vergessen haben", erwiderte sie trocken. „Erwartest du wirklich, dass ich da einsteige?"

„Vertrau mir", bat er und drückte sie kurz an sich. Dann nahm er ihr den Hund ab, verfrachtete ihn auf die Rückbank der Maschine und schnallte ihn mit einem Spezialgurt an.

„Jetzt du", forderte er sie auf und zeigte ihr ihren Sitzplatz.

„Ich muss verrückt sein", murmelte sie, während sie auf einen der Vordersitze kletterte. „Wo ist eigentlich der Pilot? Wenn wir noch lange auf ihn warten müssen, habe ich genug Zeit, wieder zur Vernunft zu kommen."

Leo lachte nur und nahm auf dem Pilotensitz Platz.

„Er ist schon zur Stelle."

Beinah entsetzt schaute Antonia ihn an.

„Das glaube ich jetzt nicht! Du willst diese Kiste fliegen?"

„Ich habe eine Fluglizenz. Schon seit zwanzig Jahren ist Fliegen mein Hobby."

„Gehört dieser Vogel etwa dir?"

„Meinem Freund. Wir teilen die Liebe zur Fliegerei."

„Warum ist dann nicht er mit dieser verdammten Maschine unterwegs?"

„Weil er sich momentan in Hongkong aufhält", erklärte Leo geduldig. „Das hier ist kein Langstreckenflugzeug." Behutsam griff er nach Antonias Hand. „Vertraust du mir?"

Mit einem ergebenen Seufzer blickte sie ihm in die Augen.

„Sollten wir abstürzen, werde ich am Himmelstor auf dich warten – und dann gnade dir Gott!"

„Mit so kostbarer Fracht an Bord fliege ich besonders vorsichtig", meinte er und überprüfte die zahlreichen Instrumente.

Paul grinste übers ganze ölverschmierte Gesicht, wünschte den beiden bezeichnender Weise Hals und Beinbruch und schloss von außen die Flugzeugtüren. Daraufhin reichte Leo seiner blass gewordenen Begleiterin Kopfhörer, setzte seine eigenen auf und erbat über Funk vom Tower Starterlaubnis. Minuten später hob die kleine Maschine ab.

Antonia bemühte sich, das flaue Gefühl in der Magengegend zu ignorieren. Sie mochte gar nicht daran denken, was alles passieren könnte. Dennoch tauchten schreckliche Bilder vor ihrem geistigen Auge auf. Vor etwa zwei Jahren waren die Absturzopfer einer kleinen Privatmaschine bei ihr in der Pathologie gelandet. Total verstümmelte Körper. Es war kaum möglich gewesen, die überwiegend verkohlten Leichteile den Opfern zuzuordnen. Damals hatte sie sich geschworen, nie in ein so kleines Flugzeug zu steigen. Und nun saß sie in diesem winzigen fliegenden Käfig.

Ihre verkrampfte Haltung verriet Leo, dass sie sich nicht wohlfühlte. Vielen Menschen erging es so, wenn sie das erste Mal in einem kleinen Flieger reisten. Um sie abzulenken, flog er eine Schleife.

„Liebe Fluggäste", sagte er in sein Mikrofon, so dass sie seine Stimme über die Kopfhörer vernahm. „Mein Name ist Leo Ulrich. Ich bin Ihr Pilot und wünsche Ihnen einen angenehmen Flug. Bitte wenden Sie Ihre Aufmerksamkeit der herrlichen

Landschaft unter uns zu. Dort sehen Sie den im Süden der Region Hannover liegenden Deister. Er ist in der Kreidezeit entstanden und bildet den Ausgangspunkt zur norddeutschen Tiefebene. Heute ist der Deister ein beliebtes Naherholungsgebiet mit Wanderwegen, Trimm-dich-Pfaden und einem Jagdschloss. Vor uns auf der rechten Seite sehen Sie gleich ein kleines Häuschen am Waldrand. Dort wohnt eine ganz außergewöhnliche Frau. Zwar hat sie die etwas makabre Angewohnheit, an Leichen rumzuschnippeln, aber sie ist trotzdem das bezauberndste Wesen, das mir je begegnet ist."

„Bitte beachten Sie auch das Anwesen auf der anderen Straßenseite", übernahm Antonia. „Dort lebt und arbeitet ein Mann, der fähig ist, ein total verwildertes Grundstück in ein blühendes Paradies zu verwandeln. Außerdem ist er der hilfsbereiteste und einfühlsamste Mann, den ich kenne."

Lächelnd wandte sich Leo ihr zu.

„Das hast du schön gesagt."

„Dito", entgegnete sie, sein Lächeln erwidernd. „Und nun schau gefälligst nach vorn", fügte sie streng hinzu. „Du bist jetzt schon auf falschem Kurs. Falls mich meine geografischen Kenntnisse nicht täuschen, liegt Usedom im Norden."

„Über kleine Umwege gelangt man auch ans Ziel", behauptete er und korrigierte den Kurs. „Geht es dir gut?"

„Besser als noch vor wenigen Minuten", nickte sie. „Danke, dass du mir mein Häuschen von oben gezeigt hast. Das war ein ganz lieber Gedanke."

In den nächsten Stunden machte er Antonia jedes Mal aufmerksam, wenn sie Sehenswürdigkeiten überflogen und gab interessante Kommentare dazu ab, so dass sie alle Angst verlor. Am frühen Abend landeten sie auf dem direkt am Stettiner Haff liegenden Usedomer Flughafen Heringsdorf. Dort stand der von Leo geleaste Mietwagen bereit, so dass sie bald auf der Straße in nördlicher Richtung unterwegs waren.

So abwechslungsreich hatte sich Antonia die Landschaft nicht vorgestellt: herrliche Alleen, viele kleine idyllisch gelegene

Seen, dichte Wälder. Kurz nach dem Passieren des Seebades Trassenheide bog Leo in eine schmale Straße ein, die bis zu einem mit hohen alten Bäumen bewachsenen Grundstück führte.

„Ist das schön!", rief Antonia begeistert aus und sprang aus dem Wagen. Das weiße Haus war reetgedeckt, wobei das Dach an einer Seite fast bis auf den Boden reichte. Im Erdgeschoss führten große, mit grünen Läden versehene Türen ins Freie. Die in den Dacherkern eingelassenen Fenster mit den Butzenscheiben wirkten, als trügen sie eine strohgedeckte Kappe.

„Du hast gesagt, dass dein Freund dieses Haus von seiner Tante geerbt hat. Es sieht gar nicht so alt aus."

„Es war in einem ziemlich heruntergekommenen Zustand. Zu DDR-Zeiten wurde kaum etwas daran gemacht. Mein Freund hat das Haus nach der Wende geerbt und meinen Herrn Papa mit dem Umbau beauftragt."

„Dein Vater muss ein großartiger Architekt sein."

„Darauf kannst du wetten. Viel mehr als die Außenwände ist vom ursprünglichen Haus nicht stehen geblieben. Innen wurde total entkernt, neue Wände und Decken wurden gezogen. Dadurch ist die Raumaufteilung nun viel großzügiger. " Lächelnd griff er nach ihrer Hand. „Komm, ich zeige dir alles."

Während Quincy zuerst das Grundstück erkundete, betraten Antonia und Leo das Haus. Auch von innen wirkte es hell und freundlich. Zu ebener Erde befand sich außer einem kleinen Bad nur der geräumige Wohnbereich mit integrierter Küche. Zwei Schlafräume und ein größeres Badezimmer waren unter dem Dach eingerichtet.

Als Leo das Gepäck hereinholte, öffnete Antonia oben eines der Erkerfenster.

„Ich kann das Meer sehen!", freute sie sich wie ein Kind, worauf Leo hinter sie trat und den Arm um ihre Schultern legte.

„Nachts, wenn alles still ist, kannst du sogar die Wellen rauschen hören. Ist das nicht ein wunderschönes Plätzchen, um uns besser kennenzulernen? Ich möchte alles von dir wissen:

Welche Bücher du am liebsten liest, welche Musik du magst, ob du vom Frühstücksbrötchen die obere oder die untere Hälfte vorziehst, ob du dein Steak durch oder medium isst, ob du lieber ans Meer oder in die Berge fährst ..."

„Ein bisschen viel auf einmal." Mit einem schelmischen Lächeln wandte sie sich zu ihm um. „Ein Wunder, dass du keinen lückenlosen Lebenslauf von mir erwartest."

„Würdest du mir denn vorbehaltlos alles erzählen?"

„Das käme darauf an, inwieweit du dazu bereit bist."

Nachdenklich schaute er ihr in die Augen. War nun der richtige Zeitpunkt, Antonia die Wahrheit über sein bisheriges Leben zu sagen? Oder war das noch zu früh?

„Mir scheint, du hast etwas zu verbergen", deutete sie sein Schweigen. „Ich werde schon noch rausfinden, wie viele Leichen du im Keller hast. – Aber zuerst möchte ich auspacken." Sehnsüchtig warf sie einen Blick aus dem Fenster. „Unternehmen wir nachher noch einen Strandspaziergang? Dabei wirst du erkennen, dass ich das Meer den Bergen vorziehe."

„Okay", stimmte er sofort zu. „Anschließend führe ich dich zum Abendessen aus. Bei dieser Gelegenheit teste ich, wie du dein Steak magst."

„Daraus wird nichts", prophezeite sie ihm lachend. „Wenn ich am Meer bin, esse ich frischen Fisch."

Kapitel 13

Nach Dienstschluss erschien Kommissar Gerlach noch einmal bei der Staatsanwaltschaft, um Franziska über den neuesten Stand der Ermittlungen zu informieren.

„Mittlerweile habe ich auch eine Aufstellung über Gemeinsamkeiten der Opfer gemacht", berichtete Pit. „Alle vier waren zwischen zwanzig und fünfundzwanzig Jahre alt. Außerdem waren sie ausgesprochen hübsch und hatten langes blondes Haar. Keines von ihnen hat in einer festen Beziehung gelebt. Dadurch waren sie vermutlich für eine neue Bekanntschaft offen."

„Demnach kann man davon ausgehen, dass der Täter über Eigenschaften verfügt, die Frauen ansprechen", überlegte Franziska. „Wahrscheinlich sieht er gut aus, oder er versteht es, charmant zu plaudern, Komplimente zu machen. Womöglich sucht er auch Situationen, in denen er durch Hilfsbereitschaft Kontakt zu seinen späteren Opfern aufnimmt."

„Ausschließen können wir aber auch nicht, dass die Kontaktaufnahme über die berufliche Tätigkeit der Opfer läuft", gab Pit zu bedenken. „Eines der Opfer hat neben dem Studium an einer Tankstelle gearbeitet. Die Medizinstudentin hat nebenbei in einem Bistro gejobbt."

„Und das dritte Opfer in einer Weinhandlung", fügte Franziska hinzu. „Wie passt aber die arbeitslose Polin in dieses Bild?"

„Bis vor zwei Monaten war sie Verkäuferin in einer Buchhandlung. Von ihrer Mitbewohnerin Mona wissen wir, dass Nadja durch Personaleinsparungen ihren Job verloren hat."

„Also könnte er seine bisherigen Opfer tatsächlich in ihrem beruflichen Umfeld kennengelernt haben. De facto bringt uns das aber nicht wirklich weiter, da es in allen vier Betrieben unzählige Kunden gibt. Es ist zwar nicht sehr wahrscheinlich, dass sich in jedem davon Kollegen an denselben Mann erinnern, trotzdem sollten wir unbedingt in diese Richtung ermitteln. Vielleicht haben wir zur Abwechslung mal Glück und bekommen wenigstens eine Beschreibung."

„Ich habe schon alles Nötige veranlasst. Sollte sich auch nur einer an jemanden erinnern, der besonderes Interesse an einem der Opfer gezeigt hat, reicht die Beschreibung vielleicht für ein Phantombild. Würde das veröffentlicht, gäbe es bestimmt zahlreiche Hinweise aus der Bevölkerung. Sollte nur einer davon eine heiße Spur bedeuten ..."

„So optimistisch bin ich im Augenblick noch nicht." Leicht hob sie die Brauen. „Hat sich durch die Befragung von Nadjas Mitbewohnerin irgendein Anhaltspunkt ergeben? Wie gut waren die beiden befreundet? Haben sie sich alles anvertraut?"

„Du meinst, Nadja hätte ihr erzählt, dass sie einen neuen Verehrer hat", schloss er aus ihren Worten. „Leider Fehlanzeige. Nadja hat ihr auch verschwiegen, dass sie sich gelegentlich prostituiert hat. Das fand Mona nur zufällig raus."

„Es ist doch nicht möglich, dass sämtliche Ermittlungen in einer Sackgasse enden. Uns bleiben nur noch drei Wochen! Dann schlägt der Orchideenmörder wieder zu! Und was haben wir? Nichts! Die Öffentlichkeit erwartet, dass wir ihr zumindest einen Tatverdächtigen präsentieren!"

„Wenn uns wenigstens diese Buchstaben weiterbrächten. Aber die einzigen sinnvollen Worte, die sie bislang ergeben sind: SEIN, EINS oder der Name INES. Wir recherchieren im Moment deutschlandweit, ob es in den letzten Jahren ein Mordopfer mit diesem Namen gab. Bisher leider ohne Ergebnis."

„Ich fürchte, der Orchideenmörder ist zu clever, einfach den Vornamen von jemandem als Botschaft zu benutzen. Zwar ist es nicht völlig ausgeschlossen, dass er sich durch seine Morde für den Tod von jemandem rächen will, aber das endgültige Wort ist vermutlich viel bedeutender – und länger. Immerhin hat er uns mit jedem Opfer seine Überlegenheit demonstriert. Ich wette, diese Holzbuchstaben sind sehr intelligent gewählt."

„Wahrscheinlich hast du recht", stimmte der Kommissar ihr zu. „Lass uns für heute Schluss machen, Franziska. Wollen wir noch irgendwo was essen gehen?"

„Heute nicht", lehnte sie ab. „Ich möchte lieber nach Hause."

Der erwartungsvolle Ausdruck in seinen Augen verwandelte sich in Enttäuschung.

„Schade. Wir haben immer so wenig Zeit für uns. Ich möchte viel öfter mit dir allein sein. Manchmal habe ich das Gefühl, dass du das mit uns nicht ganz ernst nimmst."

„Mich wundert, weshalb einer unserer fähigsten Ermittler nicht an das Nächstliegende denkt, wenn ich sage, dass ich lieber nach Hause möchte. Er ist doch sonst so scharfsinnig."

„Besteht wirklich die Aussicht, dass Staatsanwaltschaft und Polizei heute noch einige Überstunden in privatem Rahmen vor sich haben?"

„Da unser Fall noch lange nicht abgeschlossen ist, bleibt uns wohl nichts anderes übrig", meinte Franziska und griff nach ihrer Tasche.

Zusammen fuhren sie in Hannovers Stadtteil List. Dort besaß Franziska eine Eigentumswohnung im obersten Stockwerk eines Hauses nahe der Eilenriede. Von der Dachterrasse konnte man weit über den Stadtwald sehen.

„Jetzt sollten wir erst mal den Kühlschrank plündern", sagte Franziska in der Diele. „Ich habe den ganzen Tag noch nichts Vernünftiges gegessen."

„Wieso hast du meine Einladung zum Abendessen dann abgelehnt?"

„Was könnte wohl der Grund dafür sein?", fragte sie auf dem Weg in die Küche. „Vielleicht findet unser Super-Ermittler auch das noch raus!?"

„Einen Anfangsverdacht hat er bereits", sagte Pit und folgte ihr. „Sollte er sich erhärten, könnte die Spurensuche die ganze Nacht dauern."

„Als pflichtbewusste Staatsanwältin muss ich das wohl in Kauf nehmen", sagte sie, hauchte einen schnellen Kuss auf seinen Mund und öffnete den Kühlschrank

Kapitel 14

In der Toskana lag nach einem heißen schwülen Tag ein Gewitter in der Luft. Als es plötzlich losbrach, saßen Vincent und sein Gast gerade beim Abendessen.

„Entschuldigen Sie mich", bat er und erhob sich. „Ich muss Luigi helfen, die Pferde von der Koppel zu holen."

Ohne zu zögern stand auch Helen auf.

„Ich komme mit."

„Besser nicht. Es gießt schon in Strömen."

„Bin ich aus Zucker? Nun kommen Sie schon, Vincent. So was

tue ich nicht zum ersten Mal."

Er ahnte, dass es wenig Sinn haben würde, diese energische Lady von ihrem Vorhaben abzubringen. Deshalb reichte er ihr in der Diele eine schützende Jacke, warf sich selbst eine über und öffnete die Haustür. Durch den immer heftiger werdenden Regen liefen sie zur Koppel hinüber. Blitze zuckten vom Himmel und tauchten die Umgebung in gespenstiges Licht, ließen die Panik der Pferde erkennen. Der Verwalter bemühte sich vergeblich, die verschreckten Tiere zusammenzutreiben. Wieder zerriss ein Blitz die Dunkelheit; gleich darauf schien der Himmel unter der Gewalt des Donners zu bersten.

Zu dritt versuchten sie, die Pferde in eine Ecke der Koppel zu treiben, aber sie brachen immer wieder angsterfüllt aus.

„So wird das nichts!", rief Helen ihrem Gastgeber zu und stieg auf den Lattenzaun. Der Regen peitschte ihr ins Gesicht, aber sie schien das gar nicht zu bemerken. Ehe

Vincent klar wurde, was sie vorhatte, begriff der Verwalter ihre Absicht und trieb die Pferde in ihre Richtung. Als sich die Tiere dicht am Zaun vorbeidrängten, griff Helen blitzschnell in die Mähne eines Rappen und schwang sich auf seinen Rücken. Mit angehaltenem Atem sah Vincent, dass Helen durch die Nässe beinah abrutschte und zu stürzen drohte. Kraftvoll zog sie sich wieder hoch und warf den Kopf zurück.

„Macht das Tor auf!", schrie sie gegen das Unwetter an, so dass Bewegung in Vincent kam. Kaum hatte er das Gatter geöffnet, preschte Helen an ihm vorbei in Richtung der Ställe. Instinktiv folgten ihr die anderen Pferde in die Sicherheit bietenden Unterkünfte.

Kurz darauf trafen auch Vincent und Luigi in den Ställen ein. Helen war bereits dabei, den Rappen in seine Box zu führen.

„Wir müssen sie trockenreiben", sagte sie über ihre Schulter. Während draußen weiterhin das Unwetter tobte, versorgten sie die wertvollen Zuchtpferde. Vincent sagte dabei kein Wort. Er stand immer noch unter dem Eindruck von Helens waghalsiger Aktion. Insgeheim malte er sich aus, was ihr alles hätte passieren können. Erst dadurch wurde ihm bewusst, wie tief seine Gefühle für diese Frau inzwischen wurzelten. Unwillkürlich schaute er zu ihr hinüber.

Als hätte Helen es gespürt, wandte sie den Kopf. Ihre Blicke trafen sich quer durch den Stall. Ein Lächeln blühte in ihrem Gesicht auf, das er innig erwiderte. Obwohl ihr Haar nass und zerzaust war, wirkte sie in diesem magischen Moment schöner und attraktiver als jemals zuvor auf ihn. Seit Jahrzehnten hatte ihn keine Frau derart beeindruckt. Jede andere wäre vermutlich bei einem solchen Unwetter im Schutz des Hauses geblieben. Diese zierliche Person hingegen hatte den Naturgewalten getrotzt und tatkräftig zugepackt. Das imponierte ihm ebenso wie ihre enorme Bildung. Helen war wie er selbst vielseitig interessiert, so dass ihnen in den vergangenen Tagen der Gesprächsstoff nie ausgegangen war. In diesem Augenblick wurde Vincent klar, dass er nicht länger zögern durfte, ihr seine Gefühle zu offenbaren.

Durch den etwas nachlassenden Regen liefen sie ins Haus zurück. In der Diele schlüpften sie aus den nassen Jacken. Dabei bemerkte Vincent, wie durchweicht auch Helens übrige Kleidung war. Das Wasser rann aus ihrem Haar bis in den Kragen ihrer weißen Bluse. Spontan hob er die Hand und strich mit den Fingerspitzen die Tropfen von ihrer Wange.

Ein Schauer durchlief ihren Körper. Ursache dafür war allerdings nicht, dass sie erbärmlich fror. Sie erinnerte sich nicht, jemals ein so plötzlich aufkeimendes Verlangen nach einem Mann verspürt zu haben. Verwirrt schaute sie zu Vincent auf. Ihre Augen versanken ineinander.

„Bitte, tu so was nie wieder", sagte er leise. „Mir ist bei deinem gefährlichen Manöver beinah das Herz stehengeblieben."

„Sie wissen doch, dass ich mit Pferden aufgewachsen bin", erinnerte sie ihn an ein Gespräch vor wenigen Tagen. „Es ist zwar schon lange her, seit ich mich auf einen ungesattelten Pferderücken geschwungen habe, aber ..." Erst jetzt wurde ihr der tiefere Sinn seiner Worte bewusst. „Sie ... Du hattest Angst um mich?" Ihre Stimme klang verwundert. „Warum?"

„Weil ..., weil ..." Jetzt oder nie, riet ihm seine innere Stimme. Dennoch zögerte er. „Weil du mir wichtig bist", sagte er vorsichtig. „Sehr wichtig. Ich hätte es mir nie verzeihen können, wenn dir was passiert wäre. Seit unserer Begegnung in dem kleinen Café spüre ich wieder etwas, von dem ich vergessen hatte, dass ich es empfinden kann." Er sah, dass sie zitterte und schüttelte leicht den Kopf. „Entschuldige, das ist nicht der richtige Zeitpunkt. Du brauchst eine heiße Dusche." Damit schob er sie sanft in Richtung des Gästezimmers.

Kapitel 15

Antonia fühlte sich auf Usedom sehr wohl. Mühelos hatte sie den Alltag abgeschüttelt und genoss die Tage mit Leo. Sie unternahmen Ausflüge, auf denen er ihr die Schönheit der Insel zeigte. Häufig holten sie die Fahrräder aus dem Schuppen und radelten durch die Landschaft. Mehrmals täglich badeten sie in den Ostseewellen, lagen träumend im warmen Sand und brachen allabendlich mit Quincy zu einem langen Strandspaziergang auf. Oft saßen sie in den Dünen hinter dem Haus und schauten der langsam im Meer versinkenden glutroten Sonne zu. Nun wurde es rasch dunkel. Unzählige Sterne blühten am Firmament auf.

„Das ist überwältigend", sagte Antonia mit Blick in den Himmel. „Vielleicht sehen wir heute wieder Sternschnuppen."

„Ich muss dir etwas gestehen", erwiderte Leo ernst. „Über mein bisheriges Leben."

„Wird das jetzt eine Beichte über die Leichen in deinem Keller?", fragte sie uns ließ sich zurücksinken. „Dann schieß los. Ich bin ganz Ohr."

Auch er legte sich zurück und verschränkte die Arme hinter dem Kopf. Er fühlte sich unbehaglich, weil er sich vor Antonias Reaktion auf sein Geständnis fürchtete.

„Wie soll ich dir das nur beibringen?", murmelte er, worauf sie sich zu ihm drehte.

„Du kannst mir alles sagen, Leo. Du weißt, wie viel Wert ich auf Ehrlichkeit lege."

Deshalb fiel es ihm ja so schwer, dachte er innerlich aufstöhnend. Er hatte längst den point of no return überschritten. Wenn er jetzt mit der Wahrheit herausrückte, würde Antonia ihm das vielleicht niemals verzeihen. Er würde es nicht ertragen, sie zu verlieren.

„Was ist, Leo? Hat dich plötzlich der Mut verlassen?"

„Vielleicht sollte ich mir mein kleines Geheimnis bis nach der Hochzeit aufsparen", flüchtete er sich in eine ausweichende Bemerkung, die Antonia jedoch veranlasste, sich ruckartig aufzusetzen.

„Welche Hochzeit?"

„Unsere natürlich."

„Vergiss es!"

Diese zwei Worte klangen so endgültig, dass Leo sich enttäuscht aufrichtete.

„Was spricht dagegen? Wir verstehen uns in jeder Hinsicht großartig." Im Licht der Sterne suchte er nach einer Antwort in ihrem Gesicht. „Was mache ich falsch? Bist du nicht glücklich mit mir? Oder liegt es letztlich daran, dass ich eben doch nur ein einfacher Gärtner bin?"

„Ach, Leo ..." Er war so sicher, was seine Empfindungen betraf – und so unsicher, ob sie seine Gefühle wirklich im vollen Umfang erwiderte. „Es ist doch schön mit uns, so wie es ist. Eine gut funktionierende Beziehung muss nicht amtlich abgesegnet sein. Ein Trauschein ist auch keine Garantie für ein dauerhaftes Glück."

„Hast du nie daran gedacht, eine Familie zu gründen? Ist dir dein Job so wichtig?"

„Mein Beruf bedeutet mir tatsächlich sehr viel", gab sie zu. „Es gibt aber noch etwas sehr viel Wichtigeres in meinem Leben." Um Verständnis bittend schaute sie ihm in die Augen. „Bislang habe ich dir noch nicht davon erzählt, weil ich erst abwarten wollte, wie es sich mit uns entwickelt. – Erinnerst du dich an das große Zimmer unter dem Dach in meinem Häuschen?"

„Das du so sorgfältig renoviert hast? – Was ist damit?"

„Es ist für meinen Sohn."

„Du hast ein Kind? Wo ist er jetzt? Lebt er bei seinem Vater?"

„David ist schon erwachsen", erklärte sie lächelnd. „Er studiert in den USA – in Cambridge an der Harvard-University."

„Eine der besten amerikanischen Universitäten", sagte er beeindruckt. „Dein Sohn muss ein sehr intelligenter junger Mann sein, sonst hätte man ihn dort kaum genommen."

„David legte sein Abi mit einem Notendurchschnitt von 0,7 als Jahrgangsbester ab", entgegnete sie stolz. „Danach wollte er unbedingt nach Harvard. Eigentlich hätte ich mir das finanziell gar nicht leisten können, aber er hat ein Stipendium bekommen und meine Mutter hat sich bereit erklärt, ihren einzigen Enkel großzügig zu sponsern. Seitdem teilen wir uns die Kosten. Das ist auch der Grund, aus dem ich mein schwer verdientes Geld nicht nach Herzenslust ausgeben kann. Aber für ihn schränke ich mich gern ein. Man muss nicht immer alles haben, was man sich wünscht. Für mich ist am wichtigsten, dass mein Sohn die bestmögliche Ausbildung bekommt und dabei glücklich ist."

„Hätte sein Vater sich daran nicht wenigstens finanziell beteiligen können?"

„Stephan starb schon vor der Geburt des Jungen", erwiderte sie, wobei ein Schatten über ihre Züge huschte. „Ich war zweiundzwanzig, als ich schwanger wurde. Obwohl wir beide noch studiert haben, freuten wir uns auf unser Kind. Wir dachten, dass wir es schon irgendwie schaffen würden. Als ich im dritten Monat war, hatte Stephan mit einem Freund einen schweren Motorradunfall. Er lag zwei Wochen im Koma, bevor er starb."

„Trotzdem hast du dich für das Kind entschieden", folgerte Leo beeindruckt „Wie konntest du das mit deinem Studium vereinbaren?"

„Mit der Hilfe meiner Eltern. Mam hat mir angeboten, den Kleinen zu betreuen, wenn ich in der Uni war. Damals war sie noch nicht berufstätig und froh, wieder eine Aufgabe zu haben. Ohne ihre Unterstützung wäre ich aufgeschmissen gewesen."

„Ein solcher Familienzusammenhalt ist bewundernswert." Leo rechnete in Gedanken kurz nach. „Dein Sohn ist jetzt zwanzig, nicht wahr? Hast du eigentlich nie daran gedacht, noch mal ein Kind zu haben, Antonia?"

„Diese Frage hat sich für mich nicht wieder gestellt. Zwar war ich gezwungen, David allein großzuziehen, aber im Grunde bin ich der Meinung, dass ein Kind in einer richtigen Familie aufwachsen sollte. Meine Partnerschaften haben aber immer unerfreulich geendet. Wahrscheinlich bin ich einfach nicht geschaffen für eine enge Bindung."

„Eher lag es an deinen bisherigen Partnern, dass es nicht funktioniert hat. Wenn man liebt, muss man bereit sein, sich auf den anderen einzustellen. Du warst noch sehr jung, als du die Verantwortung für deinen Sohn übernehmen musstest. Auch dadurch wurdest du eine selbstbewusste unabhängige Frau. Ein Mann, der von einer so starken Persönlichkeit verlangt, sich ihm unterzuordnen, muss unweigerlich scheitern."

„Meine Männer waren längst nicht so feinfühlig und verständnisvoll wie du, Leo", sagte sie zärtlich und beugte sich zu ihm hinüber, um ihn sanft zu küssen. „Schade, dass wir uns nicht früher begegnet sind. Jetzt bin ich definitiv zu alt, um noch mal ein Kind zu bekommen."

Mit nachsichtigem Lächeln schüttelte Leo den Kopf.

„Als Medizinerin solltest du eigentlich wissen, dass Frauen heutzutage oft erst in deinem Alter das erste Mal schwanger werden", erwiderte er, um einen sachlichen Ton bemüht. „Allerdings nicht unbedingt von einem Gärtner, der vielleicht nicht imstande ist, eine Familie zu ernähren", fügte er bitter hinzu.

„Es ist eben doch fast alles im Leben vom Geld abhängig."

„Allmählich glaube ich tatsächlich, dass du bislang nur an Frauen geraten bist, bei denen finanzielle Aspekte im Vordergrund standen", sagte Antonia mitfühlend. „Dadurch fällt es dir so schwer, meine Sichtweise zu akzeptieren." Behutsam nahm sie seine Hand. „Du bist ein wundervoller Mensch, Leo. Sollte ich wider Erwarten noch mal ein Kind wollen, könnte ich mir keinen besseren Vater als dich dafür wünschen."

„Wirklich?" Dankbar drückte er ihre Hand. „Eine eigene Familie habe ich immer vermisst, aber mir ist nie eine Frau begegnet, die ich mir als Mutter meiner Kinder vorstellen konnte. - Bis ich dich kennenlernte." Während er den Arm um ihre Schultern legte, schaute er sie hoffnungsvoll an. „Wenn unsere Liebe Bestand hat – wovon ich fest überzeugt bin – kannst du dich vielleicht mit dem Gedanken anfreunden, für immer mit mir zusammenzubleiben. Dann sprechen wir noch mal übers Heiraten und Kinderkriegen. – Okay?"

„Einverstanden", nickte sie lächelnd und schmiegte sich an ihn.

Am kommenden Vormittag mähte Leo den Rasen auf dem Grundstück. Antonia saß auf der Terrasse und las in einem Buch über die Insel. Zu ihren Füßen ruhte sich Quincy im Schatten des Sonnenschirms von einem langen Morgenspaziergang aus. Das Geräusch des Rasenmähers überdeckte das Handysignal. Das kleine Gerät vibrierte schon gefährlich nah an der Tischkante. Antonia konnte es gerade noch vor dem Absturz retten. Vom Display las sie den Namen ihrer Schwester ab.

„Hallo, Franzi", meldete sie sich gut gelaunt. „Was gibt es? Möchtest du hören, wie uns der Urlaub vom Alltag bekommt?"

„Da du recht munter klingst, nehme ich an, dass ihr euch ausgezeichnet vertragt."

„Gut kombiniert", lobte sie ihre Schwester. „Wir verstehen uns großartig. Leo ist der erste Mann, mit dem ich über wirklich alles reden kann."

„Aber ihr redet nicht nur, oder? Was macht ihr denn sonst noch?"

„Die Seele baumeln lassen, über die Insel radeln, gemeinsam

Kochen, kuscheln, zusammen träumen, unaussprechliche Dinge tun ...“

„Schon gut, schon gut“, unterbrach ihre Schwester sie. „Das ist ja zu schön, um wahr zu sein.“

„Neidisch?“, lachte Antonia. „Wie sieht denn bei dir die sexuelle Grundversorgung aus? Hast du den netten Bullen inzwischen dauerhaft damit betraut oder lässt du ihn immer noch am ausgestreckten Arm verhungern. Ich glaube, dass er Angst hat, du könntest ihn wieder abservieren.“

„Das habe ich bestimmt nicht vor. Eine enge Zusammenarbeit zwischen Polizei und Staatsanwaltschaft hat eben doch eine Menge für sich.“

„Das kann ich mir lebhaft vorstellen. Ist es nicht herrlich, wieder verliebt zu sein?“ „Wundervoll“, bestätigte ihre Schwester. „Ich weiß, dass dich mein Liebesleben brennend interessiert, aber ich habe noch andere, leider unangenehme Neuigkeiten: Der Orchideenmörder hat wieder zugeschlagen.“

„Er hat seinen Rhythmus geändert? Weißt du schon Näheres?“

„Wahrscheinlich hat er in der Zeitung gelesen, dass es nur noch eine Frage der Zeit ist, wann er geschnappt wird. Immerhin wurde er nachlässig und hat nicht bemerkt, dass sein letztes Opfer noch lebte. Anscheinend wollte er so schnell wie möglich das Gegenteil beweisen.“

„Hat er wieder keinerlei Spuren hinterlassen?“

„Nein. – Nur den Buchstaben E.“

„Wer hat die Obduktion durchgeführt?“

„Dr. Reinhardt. – Siehst du darin ein Problem?“

„Absolut nicht. Er ist ein ausgezeichneter Gerichtsmediziner. Ihm entgeht garantiert nichts.“

„Das erleichtert mich“, gestand Franziska. „Wir dürfen uns nicht den kleinsten Fehler leisten, sonst können wir noch alle unseren Hut nehmen. Pit sitzt der Polizeichef im Nacken, und ich muss täglich zum Appell beim Oberstaatsanwalt antanzen. Von der Presse ganz zu schweigen. Für die ist unsere Soko schon jetzt ein völlig unfähiger Haufen.“

„Wenn die Zahl der Opfer steigt, steigen auch die Chancen, den Killer zu fassen", versuchte Antonia ihrer Schwester Mut zu machen. „Wie allen Mördern wird ihm irgendwann ein gravierender Fehler unterlaufen."

„Obwohl er bei seinem letzten Opfer keine so lange Vorbereitungszeit wie bei den vorigen hatte, hat er auch diesmal keine Spuren hinterlassen", wandte Franziska ein. „Es lag nur eine knappe Woche zwischen den beiden letzten Morden."

„Welchen Todeszeitpunkt hat mein Kollege festgelegt?"

„Mittwoch zwischen zwanzig und dreiundzwanzig Uhr."

„Gibt es eine Verbindung zu den anderen Frauen?"

„Bislang konnten wir keine entdecken. – Noch spielt der Killer Katz und Maus mit uns, aber irgendwann werden wir ihn aufspüren. Dann sorge ich dafür, dass er für immer hinter Gittern verschwindet."

Nach Erledigung der Gartenarbeit gesellte sich Leo zu Antonia auf die Terrasse. Das aufgeschlagene Buch lag vor ihr auf dem Tisch; sie selbst hatte sich mit geschlossenen Augen zurückgelehnt.

„Es ist schön, hier so friedlich zu sitzen", sagte sie, ohne die Augen zu öffnen. „Schade, dass wir schon in ein paar Tagen nach Hause müssen."

„Wir können jederzeit wieder herkommen."

„So bald kann ich nicht noch mal Urlaub nehmen. Zumal ich im nächsten Monat zu einem Kongress der Europäischen Gesellschaft für Pathologie nach Paris fliege."

„Darf ich dich in die Stadt der Liebe begleiten?"

Nun schlug sie doch die Augen auf und schaute ihn an.

„Tagsüber muss ich Vorträgen lauschen, aber man sagt, dass Paris bei Nacht nicht ganz ungefährlich für eine allein reisende Frau sein soll."

„Demnach brauchst du jemanden, der dich vor den draufgängerischen französischen Verführern beschützt. Bestimmt gäbe ich einen brauchbaren Bodyguard ab."

„Okay, du bist engagiert", meinte sie lächelnd. „Jedenfalls für diese Reise."

„Planst du noch eine? Wohin soll es denn gehen?"

„Nach Amerika. Ich möchte unbedingt auf die Bodyfarm."

„Auf eine Schönheitsfarm?", folgerte er irritiert. Das passte nicht zu Antonias natürlicher Ausstrahlung. „So was hast du überhaupt nicht nötig."

„Auch ich werde nicht jünger", scherzte sie. „Allerdings ist die Bodyfarm keine Einrichtung für Leute, die Fältchen oder Hüftspeck eliminieren wollen. Bei der Bodyfarm in Knoxville/Tennessee handelt sich um ein Freiluftgelände, auf dem etwa vierzig Tote mehr oder weniger offen in der Natur liegen. Gerichtsmediziner aus aller Welt können dort unterschiedliche Verwesungsstadien und Knochenüberreste untersuchen, etwas über Zersetzung und Insektenbesiedelung lernen und mit diesen Erkenntnissen die Liegezeit einer Leiche bestimmen."

„Das klingt ziemlich gruselig", meinte er erschaudernd. „Willst du dir das wirklich antun?"

„Auch das gehört zu meinem Job", erklärte sie nachsichtig lächelnd. „Manchmal wird ein Toter erst nach Wochen oder Monaten gefunden. Der Grad der Verwesung und die Insekten in ihren verschiedenen Entwicklungsstadien geben Aufschluss über die Liegezeit der Leiche. Inzwischen kann man den Todeszeitpunkt dadurch enorm eingrenzen."

„Ist es denn so wichtig, ob jemand beispielsweise vor dreißig oder vor einunddreißig Tagen umgekommen ist?"

„Sonst könnte man den Täter nicht überführen. Stell dir vor, du hast einen lästigen Mitmenschen ins Jenseits befördert und ..."

„Ich?", unterbrach er sie in scheinbarem Entsetzen. „Allenfalls bin ich fähig, ein Massaker unter Blattläusen anzurichten. Menschen sind mir definitiv zu groß, um sie mithilfe meiner Sprühflasche in Seifenlauge zu ertränken." Lausbübisch zwinkerte er ihr zu. „Dir zuliebe schlüpfe ich aber gedanklich in die Ripper – Rolle."

„Das ist sehr zuvorkommend von dir – Jack", ging sie darauf

ein. „Du willst also deine Leiche loswerden und schaffst sie in den Wald."

„In unseren schönen Deister?"

„Genau. Dort bedeckst du sie mit Laub, so dass sie nicht mehr zu sehen ist. Dabei bedenkst du nicht, dass durch Witterungseinflüsse wie Wind und Regen, oder durch vierbeinige Waldbewohner das Laub mit der Zeit abgetragen wird. Irgendwann stoßen Pilzsammler auf die Leiche."

„Aber ich war schlau genug, keine Spuren zu hinterlassen", warf er triumphierend ein. „Wie sollte man nach Wochen ausgerechnet einen netten Menschen wie mich verdächtigen?"

„Nachdem der Tote identifiziert wurde, fängt man damit an, Freunde und Bekannte von ihm zu überprüfen. Ein rechtschaffender Staatsbürger erzählt der Polizei, dass ein gewisser Gärtner häufig Streit mit dem Opfer hatte. Da die hervorragend ausgebildete Gerichtsmedizinerin anhand der forensischen Untersuchungen den Todeszeitpunkt bis auf wenige Stunden eingrenzen konnte, wird der mordlustige Gärtner schnell zum Hauptverdächtigen. Bedauerlicherweise hat er für den Tatzeitraum kein Alibi. Nach stundenlangem Verhör gesteht er schließlich seine Untat."

„Der Mörder ist anscheinend tatsächlich immer der Gärtner", kommentierte er. „Dank deiner so farbigen Schilderung ist mir jetzt klar, weshalb du unbedingt auf diese Bodyfarm möchtest. Hoffentlich nimmst du es mir trotzdem nicht übel, wenn ich dir meine Begleitung dorthin nicht anbiete."

„Ich hätte dich ohnehin nicht mitgenommen."

„Ach, nein? Warum nicht?"

„Die Bodyfarm ist nichts für ein so zartfühlendes Wesen."

„Du hältst mich für ein Weichei", seufzte Leo, als hätten ihre Worte ihn gekränkt. „Einen richtigen Mann würde der Anblick von Maden zerfressenen Leichen völlig kalt lassen, nicht wahr!?"

„Von wegen", winkte sie ab. „Bei mir im Institut sind schon stahlharte Burschen umgekippt, kaum dass sie den Autopsiesaal betreten hatten." In einer zärtlichen Geste griff sie nach seiner Hand. „Einen Kerl aus Granit mit einem riesengroßen Ego brauche ich nicht. Ich will einen Mann, der die ganze Palette seiner Empfindungen zulässt. Der nicht nur stark und überlegen, sondern auch sensibel und verletzbar sein kann. Der über seine Gefühle spricht, anstatt sie zu verdrängen. Den genau wie mich manchmal Ängste und Zweifel überfallen."

„Eine starke Frau, wie du es bist, hat Zweifel? Woran?"

„In erster Linie an mir, an meinen Fähigkeiten." Sein ungläubiger Blick veranlasste Antonia, näher darauf einzugehen. „Nimm beispielsweise den Orchideenmörder. Mit jedem neuen Opfer, das ich obduziert habe, frage ich mich, ob ich nicht irgendwas übersehen habe. Vielleicht nur ein winziges Detail, das aber dazu führen könnte, ihn zu fassen. Das sein nächstes Opfer vor einem so grausamen Schicksal bewahren könnte." Resigniert schüttelte sie den Kopf. „Vorhin rief Franziska an. Sie erzählte mir, dass der Killer wieder zugeschlagen hat."

„Sicher? Mordet der Kerl nicht im Vierwochenrhythmus?"

„Jetzt nicht mehr", verneinte sie, bevor sie von den Neuigkeiten berichtete.

„Gibt es auch diesmal keine Spuren?", fragte Leo, und es klang verwundert. „Das erscheint mir fast unmöglich."

„Die Körper der Opfer werden jedes Mal Zentimeter für Zentimeter mit einer Folie abgeklebt, an der jeder noch so winzige Partikel haften bleibt. Schließt man die vom Fundort der Leiche stammenden Spuren aus, findet sich absolut nichts, das Rückschlüsse auf den Täter oder den Tatort zuließe. Weder Haare, Hautzellen, Spermaspuren oder Faserreste. Es ist zum Verzweifeln!"

„Dadurch lassen wir uns den Urlaub aber nicht verderben", sagte Leo in strengem Ton. „Ab sofort ist dein Beruf hier auf der Insel Tabuthema."

„Okay", stimmte Antonia sofort zu. „Erzähl mir stattdessen was Schönes."

Sekundenlang überlegte er.

„Wie wäre es mit einer Liebesgeschichte?"

„Kennst du eine? Sie muss aber ein Happyend haben."

„Darauf läuft es hoffentlich hinaus", erwiderte Leo verschmitzt lächelnd. „Während du heute Morgen unter der Dusche warst, hat mich mein Vater angerufen."

„Und?", fragte sie gespannt. „Macht er Fortschritte bei der Dame seines Herzens?"

„Immerhin ist sie mittlerweile Gast auf seinem Landgut. Laut Paps fühlen sie sich sehr zueinander hingezogen. Allerdings sind sie bislang noch kein Liebespaar."

„Ab einem gewissen Alter ist man wahrscheinlich vorsichtiger, weniger impulsiv. Man lässt sich Zeit, sich kennenzulernen, weil man nicht mehr fürchtet, etwas zu versäumen."

„Meinst du, bei uns hat sich das zu schnell entwickelt?"

Einen Moment lang schaute sie ihn nachdenklich an. Dann schüttelte sie den Kopf.

„Im Nachhinein: nein."

„Im Gegensatz zu mir warst du dir deiner Gefühle anfangs aber nicht so sicher ", gab er zu bedenken, worauf sie abermals den Kopf schüttelte.

„Wahrscheinlich hatte ich nur Angst davor, mich noch mal zu verlieben", gestand sie. „Also habe ich verdrängt, wie sehr ich dich mag. Aber jedes Mal, wenn wir uns begegnet sind, habe ich mich danach gesehnt, mehr Zeit in deiner Nähe zu verbringen." Leicht zuckte sie die Achseln. „Deshalb habe ich dich wohl so oft zum Abendessen eingeladen."

„So, so", kommentierte Leo schmunzelnd. „Das hättest du auch einfacher haben können."

„Von wegen", widersprach sie scheinbar vorwurfsvoll. „Du warst doch genauso beziehungsgeschädigt wie ich. Hätte ich dir sofort signalisiert, dass du der Typ Mann bist, für den ich eine Schwäche habe, hättest du den Lattenzaun um deinen Wohnsitz um einige Meter erhöht und zusätzlich einen Stacheldraht darum gezogen."

„Möglich", gab er ihr leise lächelnd recht. „Wie gut, dass du mir das erspart hast." Impulsiv griff er nach ihrer Hand und zog Antonia von ihrem Stuhl hoch. „Da Liebe bekanntlich durch den Magen geht, werden wir nun zusammen kochen. Was sagst du zu Pasta? Die wirkt bei uns beiden am besten. Das Dessert genießen wir dann im Bett."

„Hältst du Pasta für ein Aphrodisiakum? Um deinen Appetit auf den Nachtisch zu wecken, brauche ich keine Nudeln. Mir schwebt da etwas viel Prickelnderes vor."

„Willst du mich etwa vernaschen?"

„Für einen kriminalistischen Laien kannst du erstaunlich gut kombinieren, Leo." Zielstrebig zog sie ihn in die Richtung der Treppe. „Gleich stellen wir fest, ob du bei der Spurensuche genauso geschickt bist. Vielleicht steckt ein talentierter Detektiv in dir."

„Ich kann es kaum erwarten, die Ermittlungen bei einer so aufregenden Frau aufzunehmen.

Kapitel 16

An ihrem letzten Urlaubstag bereitete Leo schon zeitig das Frühstück vor. Um Antonia nicht zu wecken, vermied er jedes Geräusch. Der Hund wich allerdings nicht von seiner Seite.

Deshalb öffnete er die Terrassentür und verließ mit Quincy das Haus. Nachdem der Vierbeiner alle Geschäfte erledigt hatte, schnitt Leo einen bunten Blumenstrauß für den Frühstückstisch. Auf leisen Sohlen betrat er das Schlafzimmer und setzte sich auf die Bettkante.

Unwillkürlich fragte er sich, weshalb das Schicksal ihm Antonia so lange vorenthalten hatte. Warum war er ihr nicht schon früher begegnet? Mit ihr an seiner Seite wäre sein Leben anders verlaufen. Ohne diese schmerzhafte Enttäuschung, die ihn völlig aus der Bahn geworfen hatte. Antonia hätte ihn niemals so schamlos hintergangen wie die Frau, der er einmal blind vertraut hatte, die dafür verantwortlich war, dass er ein anderer geworden war. Er war aus der Großstadt geflohen und hatte sich in dem kleinen Ort am Deister förmlich vor der Welt versteckt. Niemand hatte sich für ihn und seine Vergangenheit interessiert – bis zu dem Tag, an dem Antonia in seinem Leben aufgetaucht war. Ihr war es nach und nach gelungen, seine Verbitterung und sein Misstrauen in positive Empfindungen zu verwandeln. In Gefühle, von denen er geglaubt hatte, sie nie wieder empfinden zu können. Er hätte ihr schon viel eher reinen Wein über seine wahre Identität einschenken müssen. Dennoch schob er dieses längst fällige Gespräch immer noch vor sich her. Erst vor wenigen Tagen in den Dünen war er entschlossen gewesen, ihr endlich die Wahrheit über sich zu sagen, doch ihn hatte der Mut wieder verlassen, weil er fürchtete, Antonia könne sofort enttäuscht abreisen. Nun musste er sich eine Strategie überlegen, ihr möglichst bald alles zu erklären, ohne sie zu verletzen.

Liebevoll betrachtete er Antonias entspanntes Gesicht. Um ihren Mund lag ein leichtes Lächeln.

„Schläfst du noch oder simulierst du?"

Ohne die Augen aufzuschlagen, tastete sie nach ihm.

„Leg dich noch ein bisschen zu mir."

„Möchtest du mir was Unanständiges ins Ohr flüstern?"

„Nur ein bisschen kuscheln", bat sie, so dass er nicht widerstehen konnte. Rasch schlüpfte er zuerst aus den Schuhen und dann unter die Decke. Behaglich schmiegte er sich an die Frau, die er liebte.

„Zufrieden?"

„Mmmm ... Kannst du nicht die Zeit anhalten? Am liebsten würde ich für immer mit dir hierbleiben."

„Sei vorsichtig mit solchen Wünschen. Sie könnten in Erfüllung gehen."

„Wo ist das Problem?"

„Glaubst du wirklich, dass du es bis an das Ende aller Tage mit mir aushalten könntest?"

„Ja."

Verwundert richtete er sich etwas auf. Seine Augen tasteten

über ihr entspanntes Gesicht.

„Ja?"

„Schlicht und einfach: ja", bestätigte sie. „Ich habe noch nie ein so starkes Zusammengehörigkeitsgefühl verspürt. Aber nicht nur das wurde mir in den letzten Tagen bewusst. Inzwischen weiß ich, wie sehr mir das immer gefehlt hat. Bislang habe ich erfolgreich verdrängt, dass ich mich nach jemandem Verlässliches an meiner Seite sehne. Nach jemandem, der mich akzeptiert, wie ich bin, mit dem ich alt werden möchte."

Ein erwartungsvolles Lächeln glitt über seine Züge.

„Das klingt beinah wie ein Heiratsantrag."

„Und wenn es einer wäre? Würdest du ihn annehmen?"

„Tja ..." Er schien ernsthaft darüber nachzudenken. „Vor ein paar Tagen warst du alles andere als begeistert von meinem Wunsch, dich zu heiraten. Hat sich deine Einstellung dazu so schnell geändert?"

„Wenn ich das so genau wüsste ... Hier auf der Insel erscheint mir alles so anders – so einfach. Jede einzelne Stunde habe ich unendlich genossen. So ausgeglichen und glücklich war ich seit Jahren nicht. Wenn wir erst zu Hause sind, hat der Alltag uns schnell wieder."

„Ich werde schon für Highlights in unserer Beziehung sorgen", versprach er. Vorsichtshalber griff er das Thema Ehe nicht noch einmal auf. Er ahnte, dass sie zu einer Entscheidung für eine lebenslange Bindung noch nicht bereit war. „Du sollst auch unseren letzten Urlaubstag genießen. Wie wäre es für den Anfang mit einem ausgedehnten Frühstück?"

„Klingt gut", meinte sie. „Vorher muss ich mit Quincy raus."

„Schon erledigt." Er strich ihr eine Haarsträhne zurück und küsste sie auf den Nacken. „Willst du im Bett frühstücken?"

„Lieber nicht. Sonst finde ich heute überhaupt nicht aus den Federn." Erwartungsvoll schaute sie ihn an. „Wie ich dich kenne, hast du den Tag schon verplant. Worauf muss ich mich denn nach dem Frühstück einstellen?"

„Lass dich überraschen", bat er und zog ihr mit Schwung die

Decke weg. „Ab mit dir unter die Dusche. In einer halben Stunde beginnt mein letztes Insel-Verwöhnprogramm."

Nach dem Frühstück unternahm Leo mit Antonia und Quincy eine Fahrt in die waldreiche, unter Naturschutz stehende Endmoränenlandschaft zwischen Kamminke und Ahlbeck. Den von Touristen umlagerten Wolgastsee ließen sie hinter sich, um am viel kleineren und stilleren Krebssee spazieren zu gehen. Später fuhren sie über Garz bis zum Golm, dem höchsten Hügel der Insel Usedom. Von dort genossen sie bei strahlendem Sonnenschein einen herrlichen Blick über die Haffküste.

Um die Mittagszeit verspürte Antonia Hunger. Leo versprach ihr ein besonderes Mittagessen und fuhr mit ihr in die Nähe von Morgenitz. Den Mietwagen parkte er am Straßenrand. Obwohl Antonia nirgendwo ein Gasthaus sehen konnte, stieg sie mit Quincy aus. Anscheinend plante Leo vor dem Mittagessen noch einen Spaziergang zu einer weiteren Sehenswürdigkeit. Darauf hätte sie zwar gut verzichten können, aber sie wollte Leo nicht in sein Verwöhnprogramm hineinreden.

„Bist du nun enttäuscht, dass ich nicht bei der erstbesten Futterstelle angehalten habe?", neckte Leo sie, während er um das Fahrzeug herumkam. „Immerhin hätte mir in den letzten Tagen auffallen müssen, wie sich die Seeluft auf deinen Appetit auswirkt."

„Hältst du mich etwa für verfressen?"

„So drastisch würde ich das nicht ausdrücken", lachte er und öffnete den Kofferraum. „Da ich deinen Magen aber schon eine Weile knurren höre, werde ich dir diese Leckerbissen nicht länger vorenthalten", fügte er hinzu und holte einen Picknickkorb aus dem Kofferraum. „Ein kluger Mann sollte auf alles vorbereitet sein."

„Du bist wirklich immer für eine Überraschung gut", erwiderte sie lächelnd und nahm ihm die karierte Decke aus der Hand.

Erst am frühen Abend kehrten sie in das reetgedeckte Haus zurück. Antonia ging gleich nach oben, um sich ein wenig frischzumachen. Unterdessen sorgte Leo für eine romantische Atmosphäre: Kaminfeuer, Kerzenlicht, leise Musik.

„Unser letzter Urlaubstag war herrlich", sagte sie, als sie sich später zu ihm auf das Sofa setzte. „Das waren die kürzesten, aber auch die schönsten Ferien meines Lebens. Dafür möchte ich dir danken." Sie griff nach seiner Hand und legte einen goldgelben Stein hinein. „Vor ein paar Tagen habe ich den Bernstein am Strand gefunden. Er ist zwar nur klein, aber er soll dich immer an unsere Zeit auf dieser Insel erinnern."

„Danke, das wird sofort mein Glücksbringer sein", freute er sich. Behutsam, als sei es zerbrechlich, nahm er ein dunkelblaues Kästchen vom Tisch. „Ich habe auch was für dich."
Abwehrend hob sie die Hände.

„Waren wir uns nicht einig, dass du für mich kein Geld ausgeben sollst?"

„Selbstverständlich halte ich mich an unsere Absprache", versicherte er und öffnete die Schachtel. „Das Armband hat meiner Mutter gehört, vor ihr meiner Großmutter und davor meiner Urgroßmutter. Ich möchte, dass du es jetzt trägst, Antonia."

„Es ist wunderschön", sagte sie, wobei sie den aus Gelb – Weiß – und Rotgold geflochtenen Schmuck betrachtete. „Anscheinend ist das ein Familienerbstück. Das kann ich unmöglich annehmen."

„Du musst es tragen", widersprach er bestimmt. „Die Tradition verlangt, dass der erstgeborene Sohn es der Frau schenkt, die er über alles liebt. So wird es von Generation zu Generation weitergegeben." Er nahm das Armband aus dem Kästchen und legte es um Antonias Handgelenk. „Es ist an der Zeit, dass es nach langer Suche endlich eine neue Besitzerin hat."
Gerührt schaute sie ihm in die Augen.

„Leo, ich ... Das ist das wundervollste und kostbarste Geschenk, das ich jemals erhalten habe. - Ich liebe dich."

Kapitel 17

Auf dem Landsitz Piccolo Mondo in der Toskana unternahm Vincent allmorgendlich einen Ausritt mit seinem Gast. Zu seiner Freude war Helen nicht nur eine ausgezeichnete Reiterin. Auch ihr umfassendes Wissen über Pferde und ihr fachgerechter Umgang mit diesen Tieren imponierte ihm. Seit sie sein Gästezimmer bewohnte, waren sie sich auf freundschaftliche Weise nähergekommen. Obwohl Vincent sich nach mehr sehnte, wagte er nicht, den ersten Schritt in diese Richtung zu tun. Einerseits wollte er nichts überstürzen, andererseits fürchtete er sich ein wenig davor, den Ansprüchen einer so temperamentvollen Frau nicht mehr zu genügen. Seit dem Tod ihres Mannes vor sechzehn Jahren hatte sie bestimmt nicht völlig enthaltsam gelebt. Eine Frau wie sie – intelligent, attraktiv, begehrenswert – zog die Verehrer an wie ein Magnet. Ihm selbst war es schließlich schon Minuten nach ihrem Kennenlernen in dem kleinen Café so ergangen. Zuerst hatte ihn nur ihr Lächeln verzaubert, dazu kamen ihre Anmut, der warme, wache Blick ihrer Augen und ihre klugen Bemerkungen. Aber auch ihre Spontanität, ihr Humor und die Bereitschaft zuzupacken, wann immer es nötig war – das alles zählte er zu Helens liebenswerten Eigenschaften. Er hatte selten einen Menschen getroffen, der so offensichtlich mit sich selbst im Einklang war. All das hielt er sich seit Tagen vor Augen. Dennoch war er sich seines Alters voll bewusst. Nicht einmal im Traum hätte er es für möglich gehalten, sich mit achtundsechzig noch einmal zu verlieben. Er erinnerte sich kaum noch daran, wann er zum letzten Mal eine Frau in den Armen gehalten hatte.

Mittlerweile befand sich Helen seit fast einer Woche auf dem Landgut. Vom ersten Augenblick an hatte sie sich dort Zuhause gefühlt. Das lag aber nicht nur daran, dass Vincent rührend bemüht war, ihr den Aufenthalt so angenehm wie möglich zu gestalten. Er unternahm Ausflüge in die nähere Umgebung mit ihr und ließ sie an seinem Leben teilhaben. Ihre Gespräche betrafen nicht nur die Pferdezucht und den Weinbau, sie er-

119

streckten sich auch über Kunst und Literatur bis hin zu ganz alltäglichen Dingen. Dabei verhielt er sich stets höflich und rücksichtsvoll. Gelegentlich fragte sie sich, ob er durch seine unaufdringliche Art auch die Unverbindlichkeit seiner Einladung betonen wolle. Nach dem schweren Unwetter vor einigen Tagen hatte er ihr fast so etwas wie eine Liebeserklärung gemacht. Bereute er das bereits? Oder weshalb waren darauf keine Taten gefolgt? Als Frau mit sensiblen Antennen spürte sie zwar, dass sie ihm etwas bedeutete. Vielleicht war ihm jedoch bewusst geworden, dass es sich um rein freundschaftliche Gefühle handelte. Gab er seine Zurückhaltung deshalb nicht auf? Dann hatte sie nun ein Problem. Eines, das sie niemals in Erwägung gezogen hätte. Sie empfand inzwischen zu viel für den alten Kauz mit dem ständig zerzausten weißen Haarschopf. Seit sie verwitwet war, gab es Männer, die Interesse an ihr bekundeten, aber keinem von ihnen war es gelungen, ihr Herz im Sturm zu erobern. Keiner hatte den Wunsch nach Nähe und Zweisamkeit in ihr geweckt. Bekam sie vom Schicksal nun die Rechnung für alle Zurückweisungen präsentiert? Sollte sie am eigenen Leib erfahren, wie sehr man unter unerwiderten Gefühlen leiden konnte? Wäre es unter diesen Umständen nicht klüger, mehr Abstand zu Vincent zu wahren? Oder sollte sie besser sofort abreisen, bevor ihre Freundschaft noch enger und dadurch die unvermeidliche Trennung für sie schmerzhafter würde?

Kurz entschlossen griff Helen nach ihrem Handy. Vincent beobachtete vom Wohnzimmer aus, wie sie telefonierte. Erst als sie das Gespräch längst beendet hatte, trat er zu ihr hinaus auf die Terrasse. Mit einem unterdrückten Seufzer setzte er sich zu seinem Gast.

„So nachdenklich?", fragte er, da sie ihn nur schweigend anschaute. „Ich sah dich telefonieren. Irgendetwas Wichtiges?"

„Ich frage mich, ob ich deine Gastfreundschaft nicht schon zu lange strapaziere."

„Du bist doch erst eine knappe Woche hier", verneinte er kopfschüttelnd. Plötzlich fürchtete er, sie könne es kaum erwarten, abzureisen. „Liegt das Gut zu abgeschieden, dass du dich allmählich langweilst?"

„Als Mädel vom Lande fühle ich mich ausgesprochen wohl hier. Ich brauche nicht ständig Trubel um mich herum." Aufmerksam forschte er in ihrem Gesicht. War sie ihm eben ausgewichen?

„Demnach sind deine Freunde der Grund? Haben sie dich baldmöglichst um deinen Besuch gebeten?"

„Birgit und Giovanni sind gerade in Rom", erklärte sie notgedrungen, denn sie war nicht fähig, ihre Freunde als Ausrede zu benutzen. „Giovanni ist Professor für Literatur und Geschichte. Während er in irgendwelchen Archiven recherchiert, stöbert Birgit in Antiquitätengeschäften und auf Flohmärkten. Sie ist eine begnadete Innenarchitektin. Erst Ende nächster Woche sind die beiden zurück."

„Bis dahin musst du wenigstens bleiben", bat er. „Oder zieht dich etwas anderes fort?"

„Nicht wirklich. Allerdings weiß ich, wie viel es auf einem so großen Anwesen zu tun gibt. Meinetwegen sollst du deine Arbeit nicht vernachlässigen."

Erleichtert lehnte er sich zurück.

„Mach dir darum keine Gedanken. Wir sind hier ein gut eingespieltes Team. Erst zur Weinlese gibt es wieder mehr zu tun. Außerdem ist das mein Altersruhesitz. Ich habe mich hierher zurückgezogen, weil der permanente Stress in meinem Beruf wahrscheinlich irgendwann tödlich gewesen wäre."

Helen konnte ihre Betroffenheit nur unzureichend verbergen. Dieser Mann wirkte so vital und energiegeladen.

„Hast du gesundheitliche Probleme?", fragte sie vorsichtig, worauf er beruhigend den Kopf schüttelte.

„Es wäre aber darauf hinausgelaufen. Chronischer Schlafmangel, ungesunde Ernährung und Dauerstress führen oft über kurz oder lang direkt auf den Friedhof. Ein befreundeter Arzt warnte mich, dass bei dieser Lebensweise der Herzinfarkt fast schon vorprogrammiert wäre. Dadurch wurde mir klar, dass ich die Früchte meiner Arbeit noch ein wenig genießen wollte. Da mein Sohn beruflich einen anderen Weg wählte, habe ich meine Firma verkauft und mir hier unter südlicher Sonne einen lang gehegten Traum erfüllt."

Nun war es Helen, die erleichtert aufatmete.

„Nach den Fotos zu urteilen, die in deinem Arbeitszimmer hängen, war das zu diesem Zeitpunkt aber noch kein Traumhaus, sondern eine baufällige Ruine."

„Deshalb konnte ich das ganze Anwesen relativ günstig ersteigern. Das Geld für den Architekten konnte ich obendrein sparen. Den Ausbau des Hauses habe ich dann nur mit drei ortsansässigen Handwerkern durchgezogen."

„Dabei hast du die typische Bauweise der Toskana berücksichtigt. Das Haus wirkt so ursprünglich und fügt sich perfekt in die Landschaft."

„Einfacher wäre es gewesen, alles abzureißen und neu zu bauen. Einige meiner Nachbarn haben befürchtet, ich würde mir einen supermodernen Kasten hinstellen, als bekannt wurde, dass ein deutscher Architekt das Anwesen ersteigert hat. Mir schwebte aber von Anfang an etwas in der traditionellen Bauweise der Region vor." In seine Augen trat ein fragend-interessierter Blick. „Wie wohnst du eigentlich?"

„Nicht so wunderschön wie du", gestand sie neidlos ein. „Nach dem Tod meines Mannes habe ich das Haus verkauft."

Der wehmütige Zug um ihren Mund entging Vincent nicht. Helen hatte ihm erzählt, dass sie ihren Mann von einer Minute zur anderen durch einen Herzinfarkt verloren hatte. Es war spürbar gewesen, wie sehr sie ihn geliebt hatte.

„Zu viele Erinnerungen – du verstehst?", sagte sie nach kurzem Schweigen. „Außerdem gingen meine Kinder längst eigene Wege, und für mich allein war das Haus viel zu groß. Seitdem lebe ich auf 100 Quadratmetern einer hübschen Dreizimmereigentumswohnung."

„Lass mich raten: Mit viel Grün drum herum, hellen hohen

122

Räumen und Stuck an den Decken."

„Kann es sein, dass du mich für altmodisch und verschroben hältst?"

„Absolut nicht. Allerdings passt so eine stilvolle Altbauwohnung zu einer kultivierten Lady deines Formats."

„Ist das Menschenkenntnis? Dann hat sie dich nicht getäuscht. Ich liebe es, durch die Räume zu gehen und bei jedem Schritt das leise Knarren des Dielenfußbodens zu hören." Sie beschrieb eine weitausholende Geste. „So schön es hier auch ist, muss ich allmählich daran denken, wieder nach Hause zu fahren. In ein paar Wochen enden die Semesterferien."

„Ich denke, du bist seit kurzem im wohlverdienten Ruhestand!? Wieso musst du dich dann nach den Semesterferien richten?"

„Zwar bin ich pensioniert, aber das bedeutet nicht, dass ich nun die Hände in den Schoss lege. Ich brauche eine Beschäftigung Deshalb werde ich das Angebot, als Gastdozentin an der Universität zu arbeiten, wohl annehmen. Vielleicht kann ich dort jungen Leuten etwas von meinem Wissen und meiner Erfahrung vermitteln."

„Das ist sicher eine interessante Aufgabe", bemerkte Vincent. Allerdings plante er, Helen schon bald ein verlockenderes Angebot zu unterbreiten. Er würde zu verhindern wissen, dass sie sang und klanglos aus seinem Leben verschwände.

Kapitel 18

Bald nach der Rückkehr in ihr Häuschen am Deister verabschiedete sich Antonia mit der Sporttasche über der Schulter von Leo.

„Dann fahre ich jetzt."

„Muss das sein?", fragte er wenig begeistert. Viel lieber hätte er auch noch den Abend mit ihr verbracht. „Soll ich uns nicht was Leckeres kochen?"

„Ich habe es meinen Mädels versprochen", erinnerte sie ihn. „Mach es mir nicht so schwer, Leo."

„Einen Versuch war es wert", meinte er mit schiefem Grinsen

und scheuchte sie zur Tür. „Ich muss mich sowieso wieder daran gewöhnen, dass ich dich nun nicht mehr rund um die Uhr für mich allein habe. Das wird verdammt hart."

Sacht strich Antonia ihm über die Wange.

„Mein armes Sensibelchen."

„Du nimmst mich nicht ernst", monierte Leo. „Wie soll das erst werden, wenn wir verheiratet sind?"

„Darüber kannst du den ganzen Abend in Ruhe nachdenken", riet sie ihm schelmisch und verließ das Haus.

Während des Trainings im Fitnesscenter hatten die Freundinnen wenig Gelegenheit, Antonia über ihren Kurzurlaub auszufragen. Kaum saßen sie später in fröhlicher Runde beisammen, warteten sie jedoch gespannt auf ihren Bericht.

„Nun erzähl schon", forderte Elke sie ungeduldig auf. „Wie war es? Immer eitel Sonnenschein oder habt ihr euch schon nach kurzer Zeit gefetzt?"

„Es war von der ersten bis zur letzten Minute wundervoll", strahlte Antonia. „Obwohl ich erst etwas skeptisch war, als ich in das Flugzeug steigen sollte."

„Ihr seid nach Usedom geflogen?"

„Mir wurde auch erst am Flughafen klar, was Leo vorhatte. Dort ist mir gar nichts anderes übriggeblieben, als in diese kleine Maschine zu steigen."

„Sag bloß, Leo hat ein Flugzeug gechartert?", fragte Franziska verblüfft. „Kann sich ein Gärtner so was überhaupt leisten? Das kostet doch ein Vermögen."

„Der Flieger gehört seinem Freund", erklärte ihre Schwester. „Aber auch Leo besitzt einen Pilotenschein. Ihr hättet sehen sollen, wie professionell er diesen kleinen Vogel durch die Lüfte steuerte. Das war schon ein tolles Erlebnis."

„Bestimmt nicht dein einziges", vermutete Elke mit vielsagendem Lächeln. „Was habt ihr denn sonst noch getrieben?"

„Was willst du hören? Dass wir jede Nacht übereinander hergefallen sind?"

„Das setze ich bei diesem Wahnsinnsmann mal voraus", lautete

124

die trockene Antwort. „Aber vielleicht wurde dir das ein bisschen viel, Toni!? Immerhin wolltest du auf der Insel endlich mal ausspannen."

„Trotz vieler Aktivitäten habe ich mich wunderbar erholt."

„Das sieht man dir an. Sogar Farbe hast du bekommen. Anscheinend seid ihr viel an der frischen Seeluft gewesen."

„Wir waren jeden Tag unterwegs – meistens mit dem Fahrrad zu den schönsten Plätzen der Insel. Leo weiß eine Menge über Usedoms Geschichte. Einem so vielseitig interessierten Mann begegnet man nicht oft. Ich kann wirklich über alles mit ihm reden."

Liebevoll legte Franziska den Arm um die Schultern ihrer Schwester.

„Kann es sein, dass ich in der Ferne schon die Glocken läuten höre?"

„Gut möglich", sagte sie sehr ernst. „Ginge es nur nach Leo, wären wir schon bald verheiratet. Aber ich möchte das nicht überstürzen."

„Zweifelst du womöglich an seinen Gefühlen?"

„Nein, Elke, ich weiß, dass Leo mich liebt."

„Und du?", fragte Franziska behutsam. „Bist du noch nicht sicher, ob du das gleiche für ihn empfindest?"

„In meinem ganzen Leben war ich mir noch nie so sicher. Das erschreckt mich aber auch ein wenig. Es passt alles so perfekt zwischen uns. Ich habe Angst, dass so viel Glück nicht von Dauer sein könnte."

„Du musst daran glauben, dass diesmal nichts dazwischenkommt", riet Franziska ihr. „Wenn du Leo liebst, dann halte ihn fest, Toni. Gib ihm eine Chance." Verschwörerisch zwinkerte sie ihr zu. „Einen Gärtner habe ich mir schon immer als Schwager gewünscht."

„Ich wäre schon mit einem Bullen als Schwager zufrieden", gab Antonia den Ball zurück. „Wie läuft es denn mit dir und deinem Sherlock Holmes? Mögt ihr euch immer noch oder habt ihr schon genug voneinander?"

„Wir sind beinah Tag und Nacht zusammen und müssen dafür nicht mal in den Urlaub fahren. Das bezahlt alles Vater Staat."

„Von unseren Steuern", fügte Elke hinzu. „So was sollte verboten werden."

„Was du nicht sagst", kommentierte Franziska mit fast überzeugend vorwurfsvollem Blick. „Wer hat denn kürzlich behauptet, dass bei einer Verbindung zwischen Staatsanwältin und Kommissar lebenslänglich rauskommt? Oder war das nur ein Spruch, damit du bei einem nicht unattraktiven Gärtner freie Bahn hast?" Triumphierend schüttelte sie den Kopf. „Dumm gelaufen, meine Liebe. Der Gärtner war schon vergeben, bevor du deine Verführungskünste an ihm testen konntest. Und auch der fesche Bulle ist nicht mehr zu haben. Deshalb musst du wohl oder übel weitersuchen."

Auf dem Parkplatz des Fitnesscenters trennten sich die Freundinnen bald voneinander.

„Hast du in den letzten Tagen eigentlich was von Mam gehört?", fragte Antonia, als Elke bereits abgefahren war.

„Nachdem ich sie über ihr Handy nicht erreichen konnte, habe ich ihr gestern eine SMS geschickt", erwiderte Franziska und blieb neben ihrem Wagen stehen. „Abends kam dann die Antwort. Stell dir vor, unsere eiserne Lady hat einen sehr netten Mann kennengelernt. Trotzdem kommt sie spätestens in zwei Wochen zurück."

„Allein? Oder bringt sie ihn etwa mit?"

„Keine Ahnung. Aber du kennst doch Mam. Sie würde sich nicht Hals über Kopf in eine Affäre stürzen."

„Das würde ihr aber vielleicht gut tun. Sie hat lange genug um Paps getrauert. Sie verdient ein zweites Glück."

„Mit einer Urlaubsbekanntschaft? Erfahrungsgemäß ist so was nicht von Dauer." Fragend hob sie die Brauen. „Arbeitest du morgen wieder?"

„Gezwungenermaßen."

„Kannst du dir den Autopsiebericht des letzten Opfers des

126

Orchideenmörders mal ansehen, Toni? Vielleicht hat dein Kollege doch was übersehen."

„Das glaube ich zwar nicht, aber da ich die anderen Opfer obduziert habe, bleibe ich natürlich am Ball."

„Gut", nickte Franziska. „Dann musst du noch was erfahren: Bei der letzten Leiche wurde ein fremdes Haar gefunden."

„Was?", entfuhr es Antonia erstaunt-vorwurfsvoll. „Wieso sagst du mir das erst jetzt?"

„Am Telefon wollte ich nicht darüber sprechen, Toni. Man kann ja nie wissen ..."

„Verstehe. – Hat die Analyse was ergeben?"

„Mit hoher Wahrscheinlichkeit stammt das Haar vom Täter. Bei der Untersuchung der chemischen Zusammensetzung wurde eine Quecksilberkonzentration nachgewiesen."

„Dann hat der Täter vermutlich Amalgamfüllungen in den Zähnen", schloss Antonia daraus. „Das darin enthaltene Quecksilber setzt sich in den Haaren ab."

„Das hat Dr. Reinhardt auch gesagt."

„Das will ich doch hoffen. Immerhin ging er durch meine Schule."

„Trotzdem bist und bleibst du die Beste deiner Zunft", war Franziska überzeugt. Sie hob abwehrend die Hände, als Antonia etwas einwenden wollte. „Sei nicht immer so bescheiden, Toni. - Und nun sieh zu, dass du zu deinem Gärtner kommst. Leo wartet bestimmt schon sehnsüchtig auf dich."

„So wie Pit auf dich?", erwiderte sie und küsste sie zum Abschied auf die Wange. „Grüß ihn von mir."

„Dito", erwiderte Franziska und drückte sie kurz an sich. „Komm gut nach Hause."

„Gute Nacht, Franzi."

Antonia war ein wenig enttäuscht, dass das Haus bei ihrer Rückkehr in tiefer Dunkelheit lag. Anscheinend war Leo gegangen, weil sie es vorgezogen hatte, den Abend mit ihren Freundinnen zu verbringen. Dennoch hatte sie gehofft, er würde auf sie warten. Nun musste sie eben allein schlafen.

„Selbst schuld ...", murmelte sie und ging mit ihrer Sporttasche über der Schulter hinein. Schon in der Diele stellte Antonia fest, dass Quincy nicht in seinem Körbchen lag. Wahrscheinlich hatte Leo ihn mitgenommen, damit sie an ihrem ersten Arbeitstag länger schlafen könne. Wieder einmal wurde ihr bewusst, wie rücksichtsvoll Leo immer war. Bestimmt waren die letzten Stunden ihres gemeinsamen Urlaubs nicht gerade nach seiner Vorstellung verlaufen: Er musste auf ihren Hund aufpassen, während sie sich mit ihren Mädels traf! Insgeheim schalt sie sich als völlig unsensibel. Wieso hatte sie das Training nicht abgesagt und den Abend mit Leo verbracht?

Verärgert über sich selbst stieg sie die Treppe hinauf und öffnete ahnungslos die Tür zu ihrem Schlafzimmer. Beim Anblick der vielen brennenden Kerzen, die den Raum in romantisches Licht tauchten, stiegen ihr Tränen der Rührung in die Augen. Überwältigt trat sie näher und entdeckte eine große Muschel auf dem Nachtkästchen. Aus dem Gehäuse zog sie eine zusammengerollte Botschaft:

Danke für die unvergesslichen Urlaubstage. In Liebe Leo.

„Ach, Leo ...", seufzte Antonia und hob die Muschel ans Ohr. Sie hörte das Rauschen des Meeres, vernahm aber noch ein anderes Geräusch von der Tür her, so dass sie in diese Richtung schaute.

Leo lehnte lächelnd am Türrahmen und betrachtete sie liebevoll.

Prompt meldete sich ihr Gewissen.

„Es tut mir so leid, Leo. Ich hätte meinen Freundinnen absagen sollen."

„Nein", widersprach er und schloss sie in seine Arme. „Versprechen muss man einhalten. Außerdem hätte ich sonst gar keine Zeit gehabt, unsere letzte Urlaubsnacht vorzubereiten."

„Das verdiene ich gar nicht."

„Das zu beurteilen, kannst du getrost mir überlassen", sagte er, bevor er sie leicht auf die Stirn küsste. „Warum machst du es dir nicht schon bequem? Ich bin gleich wieder da."

„Verrätst du mir vorher, wo Quincy ist?"

„Wir hatten uns in deinem Arbeitszimmer versteckt. Inzwischen liegt er friedlich schlummernd in seinem Körbchen."

Verstehend nickte sie. Es hätte sie auch gewundert, wäre nicht auch ihr Hund von Leo bestens versorgt worden. So schlüpfte sie aus ihren Kleidern und dann unter die Decke.

Wenig später kam auch Leo wieder herein. Seine Aufmachung löste ein herzhaftes Lachen bei Antonia aus. Nicht das Tablett in seinen Händen war der Grund , sondern die Tatsache, dass er nichts als Antonias weiße Rüschenschürze am Körper trug.

Ungeachtet ihrer Heiterkeit, blieb er mit ernster Miene vor dem Bett stehen und setzte das Tablett auf dem Nachtkästchen ab.

„Dreh dich doch bitte mal um", sagte Antonia immer noch lachend, worauf er sich ganz langsam umwandte. „Du siehst sehr reizvoll aus", meinte sie, als sie die sorgsam gebundene Schleife über seinem wohlgeformten Po erblickte. „Das Hausfrauen - Journal würde dich sofort als Modell engagieren."

„Das hat man nun von seiner Gutmütigkeit. Ich bin um dein leibliches Wohl besorgt – und du lachst mich aus."

„Ich lache doch gar nicht", behauptete sie, um einen ernsten Ton bemüht. Es gelang ihr jedoch nicht, das vergnügte Funkeln in ihren Augen zu unterdrücken. „Allerdings frage ich mich, welche der Köstlichkeiten appetitanregender ist."

„Vielleicht sollten wir mit etwas Prickelndem beginnen", schlug er vor und zog eine Flasche aus dem Eiskübel.

„Champagner? Du sollst dich doch meinetwegen nicht in solche Unkosten stürzen, Leo!"

„Die Flasche stammt aus dem Weinkeller meines Freundes", beruhigte er sie. „Dafür entschädige ich ihn mit einem guten Tropfen vom Weingut meines Vaters."

„Eigentlich müssen wir deinem Freund dankbar sein", sagte sie nachdenklich. „Hätte er dir nicht diesen Job angeboten, wären wir uns wohl nie begegnet. Auch die wundervollen Tage auf Usedom verdanken wir im Grunde seiner Großzügigkeit. Wenn er das nächste Mal nach Hause kommt, möchte ich ihn unbedingt kennenlernen."

Ihr entgingen die Zweifel in Leos Blick, als er ihr ein gefülltes Glas reichte.

„Wenn ich euch miteinander bekannt mache, riskiere ich vielleicht, dass er dir besser gefällt. Ein Mann, der dir jeden Wunsch von den Augen abliest, der dir die Welt zu Füßen legen kann ..."

„Ich brauche keine goldene Kreditkarte."

„Er hat eine Platin - Card."

„Noch schlimmer", antwortete sie spöttisch. „Reiche Männer haben mich noch nie interessiert. Was ist denn das für ein Leben, wenn man keine Wünsche und Träume mehr hat, weil sie umgehend erfüllt werden? Ich freue mich über kleine Dinge oder über etwas, für das ich sparen muss, um es mir leisten zu können. Dadurch weiß ich es umso mehr zu schätzen."

„Jede andere Frau wäre glücklich, hätte sie einen Mann, der ..."

„Mit Sicherheit nicht", fiel sie ihm abermals ins Wort. „Hatte dein millionenschwerer Arbeitgeber schon mal eine Freundin, die ihn überallhin begleitet hat?"

„Nein."

„Soll ich dir den Grund dafür verraten? Abgesehen von wenigen Ausnahmen möchte eine Frau nicht ständig aus dem Koffer leben. Sie wünscht sich ein gemütliches Zuhause. – Und einen Mann, der abends nach der Arbeit zu ihr heim kommt, anstatt von einem Ende der Welt zum anderen zu hetzen. Kein noch so großes Vermögen kann Nähe und Geborgenheit ersetzen." Leicht ließ sie ihr Glas an seinem klingen. „Fest steht jedenfalls: Wärst du ein reicher Mann, wären wir heute hundertprozentig nicht zusammen."

Er ließ sich nicht anmerken, was er dachte oder empfand. Sattdessen flüchtete er sich in einen Scherz.

„Sag bloß, dann hätte dich mein unwiderstehlicher Charme völlig kalt gelassen?"

„Eiskalt", bestätigte sie. „Da du aber keine Reichtümer besitzt,

130

darfst du jetzt zu mir ins Bett kommen. – Und bring die Erdbeeren mit", fügte sie mit einem Blick auf das Tablett hinzu. „Ich hatte heute kein Abendessen."

„Allmählich glaube ich, dass du mich hier nur duldest, weil ich immer was Leckeres parat habe", meinte Leo und legte die Schürze ab.

„Du hast mich durchschaut", bekannte sie, wobei sie schuldbewusst den Blick senkte. Aber nur, um schelmisch unter ihren dichten Wimpern hervorzublinzeln. „Mein Appetit ist grenzenlos. Ich werde dich wohl zum Dessert vernaschen müssen."

„Du mich?", lachte er, kniete sich auf die Matratze und hielt Antonia eine Erdbeere in Mundhöhe. „Du kennst meine Pläne noch nicht."

Kapitel 19

Irgendwann in der Nacht schlug Helen die Augen auf. Sie wusste nicht, wodurch sie erwacht war. Als sie jedoch das Knarren der schweren Eingangstür hörte, ahnte sie, wer um diese Stunde das Haus verließ. Rasch sprang sie aus dem Bett und lief barfuß zum Fenster. Im hellen Mondlicht schimmerte der weiße Haarschopf des Mannes, der mit langen Schritten auf die Ställe zuhielt. Helen glaubte auch den Grund für seinen nächtlichen Besuch bei den Pferden zu wissen: bei der trächtigen Stute Aurora hatten wahrscheinlich die Wehen eingesetzt. Es handelte sich um das erste Fohlen dieser wertvollen Zuchtstute, so dass Vincent die Geburt überwachen wollte. Zwar hatte Helen ihn vor einigen Tagen gebeten, dabei sein zu dürfen, falls das Fohlen vor ihrer Abreise zur Welt käme, aber das schien er vergessen zu haben. Kurz entschlossen kleidete sie sich an und verließ ebenfalls das Haus. Sie kannte die Box von Aurora und lief durch die Stallgasse direkt dorthin. Vincent kniete neben der liegenden Stute und sprach beruhigend auf sie ein.

„Ist es schon so weit?", machte Helen sich bemerkbar. „Warum hast du mich nicht geweckt?"

„Ich habe es nicht übers Herz gebracht, dich aus dem Schlaf zu reißen", erwiderte er und kam auf die Beine. „Anscheinend war ich aber nicht leise genug." Mit einer fahrigen Geste, die seine Nervosität verriet, fuhr er sich durchs Haar. „Das wird sicher eine lange Nacht. Das solltest du dir nicht antun. Geh wieder ins Bett. Morgen kannst du dir das Fohlen anschauen." Plötzlich fühlte sie sich unerwünscht, nicht dazugehörig.

„Entschuldige", brachte sie mit unbewegter Miene hervor. „Ich wollte bei diesem besonderen Ereignis nicht stören." Bemüht, sich ihre Enttäuschung nicht anmerken zu lassen, wandte sie sich ab.

„Bitte warte!", hielt Vincent sie auf, als ihm bewusst wurde, wie ablehnend seine Worte auf sie gewirkt haben mussten. „Du störst doch nicht, Helen. Falls das eben so geklungen hat, tut es mir Leid. Beim ersten Fohlen bin ich immer schrecklich nervös - wie ein werdender Vater. Wenn du trotz der späten Stunde bleiben möchtest, würde es mich freuen, dieses Erlebnis mit dir zu teilen."

„Das möchte ich gern", sagte sie mit dankbarem Lächeln. „Obwohl ich mit Pferden aufgewachsen bin, habe ich die Geburt eines Fohlens immer verpasst. Das hier wird eine echte Premiere für mich."

„Für mich auch", entgegnete er weich. „Bislang habe ich mich dabei noch nie in so attraktiver Gesellschaft befunden." Hell lachte sie auf.

„Meinst du damit mich – oder die Stute?"

„Schwer zu sagen. Aurora ist eine Schönheit, intelligent und perfekt gewachsen. Aber selbst ein Pferdenarr wie ich erkennt mühelos, dass du sie in jeder Hinsicht bei weitem übertriffst."

„Allmählich solltest du dir eine Brille anschaffen", riet sie ihm kopfschüttelnd. „Meine besten Jahre liegen längst hinter mir."

„Das wage ich zu bezweifeln", widersprach er nun ernst. „Du zählst zu den wenigen Menschen, denen das Alter nichts anhaben kann."

„Wenn du wüsstest, wie viel Zeit es täglich kostet, diese Wir-

132

kung zu erzielen", winkte sie ab und hockte sich neben den Kopf der Stute. Sanft strich sie dem Pferd über den Hals. „Hab keine Angst, Aurora. Eine Geburt ist etwas ganz Einmaliges. Du wirst einem wunderschönen Fohlen das Leben schenken."

In den nächsten Stunden saßen Helen und Vincent nebeneinander an die Stallwand gelehnt und warteten geduldig. Sie sprachen nicht viel, hingen beide ihren Gedanken nach. Irgendwann fielen Helen die Augen zu; ihr Kopf sank an Vincents Schulter. Behutsam legte er den Arm um sie und genoss ihre vertrauensvolle Nähe. Vor Ablauf der nächsten Stunde war die Geburt so weit fortgeschritten, dass es sich nur noch um Minuten handeln konnte, bis das Fohlen das Licht der Welt erblickten würde.

„Helen", weckte Vincent die Frau an seiner Seite. „Es ist gleich so weit."

Benommen schlug sie die Augen auf.

„Ich muss eingenickt sein", murmelte sie entschuldigend, rückte aber nicht von ihm ab. So beließ er seinen Arm um ihre Schulter, während sie das Schauspiel der Geburt verfolgten.

Zuerst erschien der Kopf des Fohlens; gleich darauf glitt sein Körper aus dem Leib der Stute ins Heu. Helen und Vincent tauschten einen innigen Blick. Sie ließen Mutter und Kind Zeit, einander kennenzulernen.

„Bei den beiden scheint alles in Ordnung zu sein", sagte Vincent nach einer Weile und erhob sich. Er streckte Helen die Hand entgegen, um ihr hochzuhelfen. Während sie sich um die Stute kümmerte, untersuchte er das Neugeborene.

„Es ist ein Hengstfohlen", sagte er zufrieden. „Möchtest du ihm einen Namen geben?"

„Darf ich wirklich?", vergewisserte sie sich mit strahlenden Augen, worauf er lächelnd nickte. Sekundenlang betrachtete sie das kleine schwarze Pferd mit der weißen Blesse an der Brust nachdenklich. Plötzlich tasteten sich die ersten Sonnenstrahlen des neuen Tages durch das Stallfenster zu dem Fohlen, tauchten es in beinah überirdisches Licht.

„Morning Star", sagte sie leise, bevor sie Vincent fragend anschaute. „Oder klingt das zu kitschig?"

„Der Name passt zu dem kleinen Burschen", befand er, bevor er seinen Blick auf den eintretenden Verwalter richtete. „Aurora hat es geschafft. Kümmerst du dich um alles Weitere?"

„Va bene, Padrone", sagte der Italiener. „Sie und la bella Signora jetzt müssen in Bett. - Buona notte!"

„Grazie, Luigi."

Seite an Seite verließen Helen und Vincent den Stall. Im Haus begaben sie sich gleich ins Obergeschoss.

„Was für eine Nacht", sagte Helen, als sie das Gästezimmer erreichten. „Das war ein wundervolles Erlebnis." Spontan stellte sie sich auf die Zehenspitzen und hauchte einen Kuss auf seine Wange. „Danke, Vincent."

„Es war etwas Besonderes, weil wir es zusammen erlebt haben", erwiderte er, wobei er ihr in die Augen schaute. Ihre Blicke tauchten ineinander. Langsam hob er die Hand und legte sie an ihre Wange.

Helen hielt ganz still und genoss seine sanfte Berührung. Sekundenlang standen sie ineinander versunken auf dem Flur.

„Ich glaube, ich muss dich jetzt küssen ..."

Wortlos schloss sie die Augen. Im nächsten Moment spürte sie seine Lippen auf ihrem Mund. Sein Kuss war zuerst zart und vorsichtig, doch als sie ihm antwortete, wurde er kühner, leidenschaftlicher. Dabei hielt er sie umschlungen, als wolle er sie nie wieder loslassen.

Obwohl er sie den Rest der Nacht am liebsten in seinen Armen gehalten hätte, mahnte er sich innerlich zur Vernunft, weil er fürchtete, sie könne sich sonst überrumpelt fühlen. Er durfte jetzt nichts überstürzen.

Vincent ahnte nicht, was Helen bei ihrem ersten Kuss empfand: Sie fühlte sich auf einmal wieder jung, begehrenswert – und sehr lebendig. Die Einsamkeit der vergangenen Jahre wich einer lang vermissten Sehnsucht – nach diesem Mann. In seinen Armen fühlte sie sich zu Hause.

Einen Seufzer unterdrückend, gab er sie unvermittelt frei.

„Wir sollten versuchen, wenigstens noch ein bisschen zu schlafen", sagte er mit belegter Stimme. „Gute Nacht, Helen."

Ehe sie ihm sagen konnte, dass sie sich nun nach etwas völlig anderem als nach Schlaf sehnte, entfernte er sich mit eiligen Schritten und verschwand in seinem Schlafzimmer. So blieb ihr keine andere Wahl, als ebenfalls zu Bett zu gehen. Allerdings gelang es ihr nicht, gleich einzuschlafen. Ihre Gedanken kreisten um den Mann, der sie auf so erregende Weise geküsst hatte. Offenbar hatte er dabei seine Wirkung auf sie gar nicht wahrgenommen. Oder wollte er überhaupt nicht bemerken, dass sie ihm in dieser Nacht vorbehaltlos alles geschenkt hätte, was eine Frau zu geben vermochte? Womöglich hielt er weitergehende Intimitäten in ihrem Alter aber auch für unangemessen? Oder war dieser sonst so selbstbewusste Mann in solchen Dingen einfach nur schüchtern?

All diese Fragen geisterten Helen durch den Kopf, bevor sie endlich in einen tiefen Schlaf fiel.

Kapitel 20

Für Antonia gab es nach ihrem Kurzurlaub viel Arbeit im Institut. Dennoch nahm sie sich die Zeit, den Autopsiebericht über das letzte Opfer des Orchideenmörders eingehend zu studieren. Wie erwartet fand sie keinen Anhaltspunkt dafür, dass ihr junger Kollege etwas übersehen haben könnte. Alle Untersuchungen, die auch sie selbst durchgeführt hätte, waren verzeichnet. Ebenso die Analyse des gefundenen Haares, die den erhöhten Quecksilbergehalt belegte. Die beiliegenden Fotos der äußeren Verletzungen dokumentierten, mit welcher Brutalität der Täter sein Opfer misshandelt hatte. Wie versprochen rief Antonia danach ihre Schwester an.

„An Dr. Reinhardts Obduktion gibt es nichts zu beanstanden", sagte sie nach der Begrüßung. „Er hat sehr präzise gearbeitet."

„Eigentlich schade. Mit dem, was wir bislang haben, kommen wir nicht weiter. Auch die Ermittlungen im Umfeld des Opfers haben wieder keinen Hinweis auf den Täter ergeben. Es ist zum aus der Haut fahren!"

„Bleib lieber drinnen", riet Antonia ihr. „Der kurze Abstand zwischen den beiden letzten Morden deutet darauf hin, dass der Killer nervös wird. Trotzdem will er uns immer noch seine Überlegenheit beweisen. Zwar ist er uns immer einen Schritt voraus, aber bei dem Tempo wird er ins Stolpern geraten."

„Sein erster Fehler war das übersehene Haar an seinem letzten Opfer", stimmte Franziska ihrer Schwester zu. „Wie ich von Pit gehört habe, konnte allerdings keine DNS gesichert werden. Woran liegt das eigentlich? Soviel ich weiß, enthalten doch auch Haare Erbmaterial."

„Nach vierundzwanzig Stunden lösen sich die Blutzellen in den Haarwurzeln auf. Die Zellen des gefundenen Haares waren leider nicht mehr intakt."

„Es wäre auch zu schön gewesen, hätte der Mörder wenigstens seinen genetischen Fingerabdruck hinterlassen. Solange wir allerdings keinen Tatverdächtigen zum Vergleich haben ..." Sie ließ diesen Satz unbeendet. „Danke, dass du den Bericht deines Kollegen noch mal überprüft hast, Toni. Bestimmt hast du nach deinem Urlaub viel zu tun."

„Als Leiterin des Instituts bleibt nun einmal die meiste Arbeit an mir hängen."

„Du hättest den Posten ablehnen können. Aber du wolltest diesen Job."

„Eigentlich war ich nur auf den damit verbundenen Parkplatz scharf. So ein eigener Stellplatz direkt vor der Tür erspart einem enorm viel Zeit."

„Brauchst du die für deinen Beruf oder für dein Privatleben?"

„Das verrate ich dir nicht", lautete die amüsierte Antwort. „Ich muss jetzt Schluss machen. Gleich kommen Studenten, die ihrer ersten Obduktion beiwohnen wollen. Die Kollegen haben schon Wetten abgeschlossen, wie viele diesmal kollabieren."

„Dann will ich dich nicht länger aufhalten. – Ciao, Toni."

„Melde dich, falls es was Neues gibt."

Am späten Nachmittag erhielt Antonia einen Anruf wegen eines Leichenfundes im Stadtwald Eilenriede. Vieles sprach für ein neues Opfer des Orchideenmörders. Als sie am Fundort eintraf, war das Waldstück bereits abgesperrt. Ein uniformierter Beamter führte sie zu Kommissar Gerlach.

„Hallo, Doc", begrüßte er sie und reichte ihr die Hand. „Wenn unser Killer in dem Tempo weiter mordet, kommen wir mit den Ermittlungen überhaupt nicht mehr hinterher."

„Irgendwann kriegen wir ihn", sagte Antonia nur und betrachtete die unbekleidete Tote sekundenlang. „Das ist eine andere Orchideenart", stellte sie mit leiser Verwunderung fest. „Eine Phalaenopsis –Hybride."

„Du kennst sogar den Namen dieser Art?"

„Ich bin mit einem Gärtner verbandelt. Außerdem steht so eine Pflanze bei mir zu Hause auf der Fensterbank."

Neben der Leiche ging sie in die Hocke. Mit ihren behandschuhten Fingern tastete sie zunächst nach der Halsschlagader der Toten.

„So was passiert uns nur einmal", kommentierte Pit, was ihm einen zweifelnden Blick einbrachte. Deshalb hielt er vorsichtshalber den Mund, während sie die erste Leichenschau durchführte. Nachdem sie auch die Temperatur gemessen hatte, erhob sie sich.

„Und?", fragte Pit gespannt, aber sie antwortete nicht gleich. „Was ist los, Doc? Warum guckst du so skeptisch?"

„Irgendwas stimmt hier nicht."

„Inwiefern?"

„Frag mich das nach der Obduktion noch mal", bat sie und streifte die Handschuhe ab. „Sollte meine Vermutung zutreffen ...", fügte sie gedankenverloren hinzu, besann sich dann aber und griff nach ihrer Tasche. „Ich rufe dich an, wenn mein Bericht fertig ist."

Ratlos blickte er ihr nach. Zwar war er erst seit acht Monaten bei der hannoverschen Mordkommission, aber auch während seiner langen Dienstjahre in Hamburg hatte ihn kein Gerichtsmediziner ohne jegliche Information einfach bei der Leiche stehen lassen. Allerdings war ihm klar, dass Antonia stichhaltige Gründe dafür haben musste. Umso ungeduldiger erwartete er später ihren Anruf.

Die letzte Stunde des Tages brach schon an, als er in Begleitung der Staatsanwältin im Gerichtsmedizinischen Institut auftauchte.

„Mir hätte klar sein müssen, dass Geduld nicht gerade eure Stärke ist", sagte Antonia. „Habt ihr nicht längst Feierabend?"

„Nachdem du mich vorhin informationsmäßig im Regen stehen lassen hast ..."

„Tut mir Leid, Sherlock Holmes, aber ich musste sicher sein."

„Wie meinst du das?", fragte ihre Schwester. „Was hast du rausgefunden, Toni?"

„Schaut euch bitte zuerst die Fotos an, die ich von den Verletzungen geschossen habe", sagte sie und führte sie zu einem Tisch. „Was fällt euch auf?"

Nachdenklich betrachteten die Staatsanwältin und der Kommissar die Bilder, konnten aber im Hinblick auf einen solchen Fall nichts Außergewöhnliches entdecken.

„Worauf willst du hinaus, Doc?"

„Du warst am Fundort, Pit. Ist dir ein Unterschied zu den anderen Opfern aufgefallen?"

„Es ist eine andere Orchideenart."

„Sonst hast du nichts bemerkt?"

„Nicht wirklich", gab er zu. „Im Gegensatz zu dir, oder?"

„Das Haar dieser Frau ist dunkel", zählte Antonia auf. „Außerdem ist sie schätzungsweise zwischen Anfang und Mitte dreißig." Mit dem Zeigefinger tippte sie auf ein Foto der Halspartie des Opfers. „Das sind Würgemale. Was bedeutet, sie wurde nicht erdrosselt, sondern erwürgt."

„Offenbar hat der Täter nun doch seine Vorgehensweise geändert", vermutete Franziska. „Wahrscheinlich hatte er nicht genug Zeit, die Tat sorgfältig zu planen."

„Bei der Obduktion habe ich festgestellt, dass ihre letzte Mahlzeit der Zusammensetzung nach aus Hamburger und Pommes bestanden hat", fuhr Antonia fort, ohne auf die Worte ihrer Schwester einzugehen. „Die Hämatome und Kratzer an den Armen sind massive Abwehrverletzungen, wie sie die anderen Opfer nicht aufwiesen. Hinzu kommt, dass sie nicht vergewaltigt wurde. Auch einen Buchstaben konnte ich trotz intensiver Suche nicht finden."

„Spann uns nicht länger auf die Folter, Doc", bat Pit. „Was schließt du daraus?"

„Diese Frau ist kein Opfer des Orchideenmörders."

„Ein Trittbrettfahrer?", lautete Franziskas verwunderte Schlussfolgerung. „Bist du sicher?"

„Es spricht alles für einen anderen Täter. Ich tippe auf eine Beziehungstat. Vielleicht im Affekt. Als dem Täter bewusst wurde, was er getan hatte, richtete er alles so her, um den Anschein zu erwecken, der Orchideenmörder hätte wieder zugeschlagen. Aus der Presse wusste er, dass die Leiche nackt und mit einem Orchideenzweig geschmückt sein muss. Allerdings kannte er weder die betreffende Art noch wusste er von den Buchstaben. Eine Vergewaltigung konnte er wahrscheinlich nicht vortäuschen, weil er es nicht fertig gebracht hat, sich an einer Toten zu vergehen."

„Du bist unglaublich, Doc", sagte der Kommissar anerkennend. „So mancher Bulle würde dich um deine Kombinationsgabe beneiden."

„Das sind nur logische Schlussfolgerungen", winkte sie ab, worauf er grinsend den Kopf schüttelte.

„Wie ich dich einschätze, brauche ich dir nur einen Verdächtigen zu präsentieren – und du sagst mir, ob er definitiv der Täter ist."

„Kein Problem", erwiderte sie unerwartet ernst. „Das funktioniert garantiert."

„Sehr witzig", spottete Franziska. „Oder verfügst du neuerdings über hellseherische Fähigkeiten?"

„Die brauche ich gar nicht", erklärte Antonia triumphierend. „Offenbar habe ich die Epithelyen vergessen zu erwähnen, die ich unter den Fingernägeln des Opfers gefunden habe. Diese winzigen Hautzellen enthalten die DNA des Täters."

„Demnach haben wir seinen genetischen Fingerabdruck?"

„So ist es, Schwesterherz. Das wäre dem Orchideenmörder übrigens nicht passiert. Der scheint die Fingernägel seiner Opfer immer sehr sorgfältig zu reinigen."

„Mich hast du restlos überzeugt", fasste Pit zusammen. „Diesen Fall muss ein Kollege übernehmen. Wir haben schon genug mit dem wirklichen Orchideenmörder zu tun." Unter hochgezogenen Brauen wechselte sein Blick zwischen den nebeneinander stehenden Schwestern. „Wessen Magen hat hier eben so fordernd geknurrt?"

„Meiner", antworteten beide unisono.

„Das scheint bei euch in der Familie zu liegen", schmunzelte Pit. „Darf ich die Damen noch zu einem Mitternachtsimbiss einladen?"

Dagegen hatten weder Antonia noch Franziska etwas einzuwenden. Zusammen verließen sie das Institut. Auf den Vorschlag des Kommissars gingen sie in seine gemütliche Stammkneipe in der Südstadt. Er wusste, dass es im Kalabusch auch um diese späte Stunde noch etwas Warmes zu essen gab.

„Was darf ich zu trinken bestellen?" fragte er, als sie an einem Fenstertisch Platz nahmen. „Bier oder Wein?"

„Für mich ein Wasser", bat Antonia. „Aber gerührt und nicht geschüttelt."

„Ich nehme ein Glas Weißwein", beschloss Franziska. Während Pit die Getränke orderte, schaute sie Antonia fragend an.

„Dir ist die falsche Orchideenart schon am Fundort aufgefallen. Kennst du dich inzwischen so gut mit Pflanzen aus?"

„Leo hat mir einiges über Orchideen beigebracht", bestätigte sie. „Aber nicht nur über die verschiedenen Arten und deren Pflege. Beispielsweise weiß ich von ihm, dass die Maori Neuseelands glauben, diese wunderschönen Orchideen könnten nicht von unserer Erde stammen. Die Götter hätten sie in ihrem Sternengarten gepflanzt. Von dort aus würden sie auf Berge und Bäume ausgeschüttet, um deren Ankunft anzuzeigen."

„Eine schöne Geschichte", meinte Franziska. „Hoffentlich tischt dir dein Leo nicht nur Märchen auf."

„Keine Sorge, Schwesterlein. Leo ist ein grundehrlicher Mensch, der weiß, wie sehr ich Unaufrichtigkeit verabscheue. Er würde mich nie belügen."

„Alle Männer lügen."

„Jetzt muss ich aber protestieren", tat Pit empört. „Was verleitet dich dazu, dem schwachen Geschlecht so was Absurdes zu unterstellen?"

„Das sind Erfahrungswerte", konterte Franziska. „Männer biegen sich die Wahrheit gern zurecht, um leichter durchs Leben zu kommen. Sie neigen zu Übertreibungen und verdrehen die Tatsachen, um Konflikte zu vermeiden."

„Das sind nur Mutmaßungen", widersprach er, bevor er Antonia einen Hilfe suchenden Blick zuwarf. „Habe ich Recht, Doc?"

„Mit Sicherheit nicht", verneinte sie, ein Lächeln unterdrückend. „Es ist genetisch bedingt, dass Männer den Begriff Wahrheit für dehnbarer als ein Gummiband halten."

„Ausgenommen dein Gärtner", seufzte Pit. „Ich wünschte, jemand hier in dieser Runde hätte auch von mir eine so hohe Meinung." Erwartungsvoll blickte er von einer Schwester zur anderen. Beide schwiegen jedoch in stummer Übereinstimmung. „Ich glaube, jetzt bin ich beleidigt", sagte Pit schließlich, wobei er sich bemühte, betroffen auszusehen.

„Hast du ein Taschentuch dabei, falls er gleich in Tränen ausbricht, Franzi?"

„Richtige Männer weinen nicht."

„Noch so ein Vorurteil", beschwerte sich Pit. „Ich habe geheult wie ein Schlosshund, als Julia mir wegen Mark einen Korb gab."

„Wie alt warst du da?"

141

„Fünf", gab er widerwillig zu. „Sie war das süßeste Mädchen im Kindergarten, aber mich fand sie doof. Sie hat nur mit Mark gespielt. Dafür habe ich ihm zweimal die Luft aus seinen Fahrradreifen gelassen."

„Typisch Mann", bemerkte Antonia trocken. „Trotzdem wurde ein ganz passabler Bulle aus unserem verschmähten Jüngling. Eigentlich mag ich ihn sogar. – Was ist mit dir, Franzi?"

„Irgendwie habe ich mich an ihn gewöhnt", parierte ihre Schwester. „Wie es aussieht, werde ich den ohnehin nicht wieder los."

In dieser Nacht kam Antonia sehr spät nach Hause. Im Schlafzimmer traf sie auf Leo, der gerade seine Schuhe auszog.

„Du bist noch auf?", wunderte sie sich. „Warum schläfst du nicht längst?"

„Quincy musste noch mal raus", erklärte er, ohne sie anzusehen. „Außerdem habe ich auf dich gewartet."

„Hätte ich das geahnt, wäre ich gleich nach der Obduktion nach Hause gekommen", bedauerte sie. „Wir waren noch einen Happen essen."

Ungeniert entkleidete er sich bis auf seine Boxershorts.

„Kein Problem. Ich hatte heute auch viel zu tun." Mit Unschuldsblick schaute er sie an. „Kommst du ins Bett?"

„Ich bin hundemüde", sagte sie und schlüpfte aus ihren Kleidern. Erst als sie sich zu Leo legte, bemerkte sie die silberne Kette an seinem Hals. „Der Anhänger kommt mir irgendwie bekannt vor."

„Der kleine Bernstein ist ein Geschenk der Frau, die ich liebe. Ich habe eine Öse anbringen lassen und ihn heute abgeholt. Von nun an wird er mein ständiger Begleiter sein und mich vor der bösen Welt beschützen."

„Glaubst du, das funktioniert? Vielleicht solltest du vorsichtshalber noch einen geladenen Revolver einstecken."

„Wie unromantisch", tadelte er sie. „Bist du mit deinen Gedanken noch bei der Arbeit? In den Nachrichten haben sie vorhin

142

eine kurze Meldung über die gefundene Frauenleiche gebracht. Sie wurde aber kein Opfer des Orchideenmörders, oder!?"

Überrascht richtete sie sich etwas auf.

„Woher weißt du das?"

„Instinkt?", schlug er lächelnd vor und zog sie in seine Arme. „Komm, entspann dich, Antonia. Das war ein langer Tag. Du musst jetzt schlafen."

Mit einem wohligen Seufzer schmiegte sie sich an ihn – und schlief im nächsten Moment ein.

Kapitel 21

Am frühen Donnerstagnachmittag besuchte der Kommissar Antonia im Institut. Überrascht legte sie ihre Unterlagen beiseite, als er den Kopf zur Tür herein steckte.

„Störe ich?"

„Heute bin ich dankbar für jede Ablenkung", verneinte sie. „Schon seit Stunden klebe ich hier am Schreibtisch fest und wühle mich durch den Papierkram." Ihr Blick nahm einen fragenden Ausdruck an, während sie einladend auf einen Stuhl deutete. „Was verschafft mir die Ehre? Habt ihr in der letzten Nacht den Hochzeitstermin festgelegt?"

„So weit sind wir leider noch nicht", bedauerte er, setzte sich und streckte die langen Beine von sich. „Trotzdem habe ich eine positive Neuigkeit für dich, Doc."

Missbilligend hob sie die Brauen.

„Nenn mich nicht immer Doc."

„Okay ... Doc", grinste er. „Kann es sein, dass du froh über jedes freie Fach in deinem Kühlschrank bist?"

„Darauf kannst du wetten."

„Der Frauenmord von gestern ist so gut wie geklärt. Die Mutter hat die Tote vor wenigen Minuten identifiziert."

„Seit wann arbeitet ihr so schnell?"

„Sie hatte ihre Tochter als vermisst gemeldet", ging er über die spöttischen Worte hinweg. „Den Täter haben wir auch schon.

Es war der eifersüchtige Exfreund, von dem sie sich vor kurzem getrennt hatte. Ein Geständnis liegt auch schon vor."

„Also doch eine Beziehungstat."

„Mit jedem Punkt deiner Vermutung hast du ins Schwarze getroffen. Ich bin offiziell beeindruckt. Aus dir wäre ein guter Cop geworden."

„Ich wollte aber lieber eine gute Gerichtsmedizinerin werden."

„Dieses Ziel hast du längst erreicht. Kein Wunder, dass man dich in Stockholm will."

„Funktioniert der interne Flurfunk immer noch so zuverlässig, oder hast du mit Franziska gesprochen?"

„Von ihr weiß ich, was du heute Morgen in der Post hattest", gab er zu. „Wirst du das Angebot annehmen?"

Leicht zuckte sie die Schultern.

„Ich spreche kein Schwedisch."

„Das kann man lernen."

„Willst du mich loswerden?"

„Im Gegenteil", versicherte er ihr rasch. „Wir brauchen dich hier. Ohne dich sind wir aufgeschmissen."

„Dann muss ich natürlich auf das weitaus bessere Gehalt in Schweden verzichten."

„Das klingt, als hättest du einen Wechsel ernsthaft in Erwägung gezogen."

„Nicht wirklich, Pit. Momentan könnte es in meinem Leben gar nicht besser laufen. Warum sollte ich daran etwas ändern wollen? Ich habe ein schönes kleines Häuschen und einen wundervollen Mann, der mich liebt. Auch für ein noch so verlockendes Angebot würde ich das nicht aufgeben."

„Das erleichtert mich", gestand er lächelnd. „Ich würde dich und unsere kleinen Neckereien vermissen."

„Wie schmeichelhaft", erwiderte sie prompt und griff zum Telefon, das eben zu läuten begann. „Bredow."

Der Kommissar beobachtete, wie ihr Gesichtsausdruck während des kurzen Telefonats schlagartig ernst wurde. Im Aufstehen legte Antonia den Hörer zurück.

„Begleitest du mich zu den Leineauen, Pit?"

„Was gibt es denn dort?"

„Da man mich angerufen hat, tippe ich auf eine Leiche", bemerkte sie und griff nach ihrer Tasche. „Kommst du? Du arbeitest doch so gern mit mir zusammen."

„Ich ahne Schreckliches", stöhnte er und folgte ihr zur Tür. „Fährst du mit mir? Mit Licht und Musik kommen wir schneller durch den Feierabendverkehr."

Trotz Blaulicht und Martinshorn brauchten sie zwanzig Minuten bis zum Fundort.

Diesmal zweifelte Antonia schon nach kurzer Untersuchung nicht daran, dass es sich bei der Frauenleiche um ein weiteres Opfer des Orchideenmörders handelte. Antonia schloss ihre große Tasche, ehe sie sich wieder aufrichtete. Den fragenden Blick des Kommissars beantwortete sie durch ein Nicken.

„Wahrscheinlich bist du auch diesmal sicher!?"

„Beinah hundertprozentig", bestätigte sie und streifte die Handschuhe ab. „Sie wurde misshandelt und erdrosselt. – Vor ungefähr fünfzehn bis zwanzig Stunden. Auch die Orchideenart ist wie bei den anderen Opfern eine Cymbidium-Hybride."

„Auch Kahnlippe genannt", erinnerte sich Pit. „Wie lange brauchst du für die Obduktion?"

Rasch warf sie einen Blick auf ihre Armbanduhr.

„Jedenfalls wird es spät werden."

„Allmählich gewöhne ich mich an die nächtlichen Besuche im Institut", brummte Pit. „Ich bleibe noch hier, bis die Spurensicherung fertig ist. Ein Streifenwagen bringt dich zurück."

Daraufhin stieg Antonia die Uferböschung hinauf. Sie stellte ihre Tasche auf einer Bank ab, um aus dem dünnen Overall zu schlüpfen, den sie über ihrer Kleidung trug. Dabei beobachtete sie einen jungen Kollegen von der Spurensicherung, wie er den neben der Bank stehenden Papierkorb untersuchte.

„Was haben wir denn da?", murmelte er, schob einige zerlesene Zeitungen beiseite und zog mit den behandschuhten Fingern weißen, glänzenden Stoff heraus.

„Das sieht aus wie ein Tischtuch oder ein Bettlaken", sagte Antonia und trat interessiert näher.

„Vielleicht wurde die Leiche darin transportiert", meinte der Mann und sicherte den Stoff in einem großen Zellophanbeutel.

„Mit etwas Glück bringt uns das endlich weiter."

„Sollten tatsächlich Spuren des Opfers oder des Täters daran haften, finden wir das im Labor heraus. Immerhin können wir davon ausgehen, dass der Killer es hierher
verbracht hat. Wer sonst hätte einen Grund, es ausgerechnet in einem Papierkorb an der Leine verschwinden zu lassen?"

Im Institut hatte Antonia die Leiche bereits auf dem Tisch, als das Telefon klingelte. Etwas ungehalten über die Störung streifte sie die Handschuhe ab und trat an den Wandapparat.

„Ja ... Bredow!?"

„Hier spricht dein Lieblingsgärtner. Kannst du schon absehen, wann du nach Hause kommst? Zum Abendessen habe ich Tortellini vorbereitet. Wusstest du, dass man sie auch Nabel der Venus nennt? Irgendwie passt ..."

„Leo", unterbrach sie ihn bedauernd. „Heute musst du ohne mich essen. Der Orchideenmörder hat wieder zugeschlagen. Ich habe gerade erst mit der Obduktion begonnen. Vor Mitternacht werde ich kaum zu Hause sein."

Ein enttäuschter Laut wehte an Antonias Ohr.

„Warum musste ich mich eigentlich ausgerechnet in eine vielbeschäftigte Pathologin verlieben?"

„Das kann ich dir auch nicht beantworten."

„Zum Glück weiß ich das ganz genau. Du bist die Quelle, aus der ich schöpfe. Ich brauche dich viel mehr, als du ahnst."

„Das höre ich nicht ungern", erwiderte sie weich. „Trotzdem musst du heute Abend auf mich verzichten."

„Darf ich auf dich warten?"

„Es war schon immer mein Traum, einen Mann um seinen Schlaf zu bringen."

„Dann will ich dich nicht länger von deiner Schneiderei abhalten", entgegnete er leise lachend. „Bis später, meine Geliebte."

Gleich nach dem Telefonat trat Antonia wieder an den massiven Edelstahltisch mit dem eingelassenen Waschbecken am Ende. Sie streifte schnittfeste Handschuhe über und arbeitete in den nächsten Stunden unter äußerster Konzentration.

Beim Eintreffen der Staatsanwältin und des Kommissars war die Autopsie abgeschlossen. Mit einem Becher heißen Tee saß Antonia hinter ihrem Schreibtisch und überflog noch einmal die Laborergebnisse.

„Wie sieht es aus?", fragte Pit statt einer Begrüßung. „Was hast du rausgefunden?"

„Nun setzt euch erst mal", bat sie und wartete, bis die beiden Platz genommen hatten. „Das Opfer ist zwischen zwanzig und fünfundzwanzig Jahre alt. Die Frau wurde brutal vergewaltigt. Es fanden sich Verletzungen in der Vagina, wie ich sie so extrem noch nie gesehen habe. – Zugefügt einige Stunden vor Eintritt des Todes. Sie muss große Schmerzen erlitten haben. Außerdem bin ich bei der inneren Besichtigung auf zwei Rippenfrakturen rechts gestoßen. Der Tod trat durch Erdrosseln ein." Sie nahm ein kleines Plastiktütchen zur Hand und legte es vor ihre Besucher auf den Schreibtisch. „Diesmal hat der Killer ein S hinterlassen."

„Wo hast du es gefunden?", fragte Franziska mit Blick auf den Holzbuchstaben.

„In ihrem linken Nasenloch. Er muss es so grob reingeschoben haben, dass die Nasenscheidewand eingedrückt wurde. – Post mortem, da kein Blutfluss mehr stattgefunden hat."

Mit einer müden Geste strich sich Pit über den Schnurrbart.

„Ist das alles, was wir haben?"

„Das war erst das Vorspiel", erklärte Antonia triumphierend. „Jetzt kommt der Höhepunkt: Spermaspuren!"

Wie auf Kommando sprangen Franziska und Pit von den Besucherstühlen auf.

„Wie konnte das passieren?", fragte der Kommissar einer Eingebung folgend. „So nachlässig war er noch nie. Bislang hat er bei den Vergewaltigungen Kondome benutzt. Wieso riskiert er plötzlich, dass wir ihm auf die Spur kommen?"

„Die Spermaspuren waren nicht an der Leiche", entgegnete Antonia zu beider Verblüffung. „Sie stammen von dem am Fundort gesicherten Laken."

„Damit steht aber nicht zweifelsfrei fest, dass diese Spuren dem Täter zuzuordnen sind", schloss Franziska daraus. „Das Laken kann sonst wer dort entsorgt haben."

„Normalerweise würde ich dir zustimmen, Franzi. Auf dem Laken befand sich aber auch eine winzige, kaum sichtbare Blutanhaftung."

„Die aber vermutlich so minimal war, dass man daraus kein DNA-Profil erstellen konnte", fügte Pit entmutigt hinzu. „So viel Glück wäre ja auch zu schön gewesen."

„Wer wird denn so voreilig resignieren, Sherlock Holmes?", tadelte Antonia ihn. „Mithilfe der PCR-Methode ist es heutzutage möglich, winzige DNA-Proben zu vervielfältigen und analysefähig zu machen."

„Davon habe ich schon gehört", überlegte Franziska. „Wie funktioniert das genau?"

„Wenn man wie in diesem Fall nur eine winzige Blutspur zur Verfügung hat, wird die Probe mit verschiedenen Chemikalien vermischt und dann zunächst erhitzt. Ist sie wieder abgekühlt, kann man die DNA trennen und vervielfachen. Dieses Verfahren wurde im Labor an unserer Probe zweiunddreißig Mal durchgeführt. Dann hatten wir so viel DNA zur Verfügung, dass wir ein Profil erstellen konnten." Zufrieden wechselte ihr Blick zwischen dem Kommissar und ihrer Schwester. „Der Vergleich mit der DNA der Toten war positiv."

„Das bedeutet, das Laken stammt vom Tatort", resümierte Pit. „Der Täter verbrachte es mit der Leiche zum Fundort. Vielleicht war sie darin eingewickelt. Nachdem der Killer den Fundort wie stets inszeniert hatte, musste er nur noch das Laken loswerden. Er versteckte es tief in einem Papierkorb unter alten Zeitungen, weil er es dort auf der Böschung sicher vor

Entdeckung wähnte. Dabei hat er aber die Gründlichkeit unserer Spurensicherung unterschätzt."

„Jetzt kommt endlich Bewegung in den Fall", sagte Franziska erleichtert. „Wir haben durch die Spermaspuren seinen genetischen Fingerabdruck. Zuerst werden wir die DNA des Täters mit allen registrierten Sexualverbrechern vergleichen. Vielleicht wurde er schon mal auffällig und wir finden ihn in unserer Kartei."

„Jetzt seid ihr an der Reihe", sagte Antonia, bevor sie einen Blick zur Uhr warf. „Ich fahre jetzt nach Hause, sonst erkennt mich mein Hund überhaupt nicht mehr. Wahrscheinlich glaubt Quincy schon jetzt, dass Leo sein Herrchen ist."

„Wie ich das beurteile, läuft es doch ohnehin darauf hinaus", meinte Franziska mit schelmischem Lächeln. „Wir informieren dich, sowie es was Neues gibt, Toni."

„Gute Arbeit, Doc", sagte Pit noch, bevor sie sich verabschiedeten.

Kapitel 22

Am kommenden Morgen suchte Franziska Pauli zuerst den Oberstaatsanwalt auf, um ihn über den neuesten Stand der Ermittlungen zu informieren. Zurück in ihrem Arbeitszimmer setzte sie sich lustlos hinter ihren Schreibtisch. Auf fast jeder verfügbaren Stelle stapelten sich Akten, denen Franziska jedoch keine Beachtung schenkte.

Sie dachte an das bevorstehende Wochenende. Vor ein paar Tagen hatte Pit vorgeschlagen, an die Küste zu fahren, um einmal richtig auszuspannen. Diese Pläne hatte der Orchideenmörder durchkreuzt. Das bedeutete statt erholsamer Strandspaziergänge ein arbeitsreiches Wochenende.

Mit einem Seufzer des Bedauerns griff Franziska nach einer Handakte und schlug sie auf. Nach wenigen Minuten wurde sie bei der Durchsicht vom Läuten des Telefons unterbrochen.

„Staatsanwaltschaft Hannover – Pauli."

„Sind Sie doch für den Orchideenmörder zuständig", vernahm sie eine schnarrende Stimme, die verstellt klang. Das veranlasste die Staatsanwältin, einen Knopf am Apparat zu drücken, um das Gespräch aufzuzeichnen.

„Das ist richtig. – Mit wem spreche ich?"

„Das tut nichts zur Sache", bekam sie zur Antwort. „Wenn Sie weiter so schlampig ermitteln, fassen Sie den Killer nie! Warum überprüfen Sie nicht den Mann, der mit Ihrer Schwester schläft? Der hat sich nur an sie rangemacht, um unauffällig an Informationen zu kommen!"

„Wie können Sie so etwas behaupten?"

„Ich habe ihn beobachtet", fuhr der Anrufer eindringlich fort. „Dieser Mann ist nicht das, was er zu sein scheint! Er benutzt sogar einen falschen Namen! Gärtner ist er auch nicht, obwohl er Orchideen für seine Opfer züchtet! Außerdem kann er ausgezeichnet kochen! – Vorzugsweise Nudelgerichte. Vielleicht serviert er Ihrer Schwester schon bald schmackhafte Spaghetti, um sie dann zum Dessert zu erdrosseln? Wollen Sie das riskieren? Stoppen Sie ihn, bevor es zu spät ist!"

Ehe Franziska noch etwas dazu sagen konnte, hatte er die Verbindung unterbrochen. Nachdenklich legte sie den Hörer zurück. Sie beendete den Mitschnitt per Knopfdruck, um das Band zurückzuspulen. Konzentriert hörte sie sich das Gespräch noch einmal an. Woher wusste der Mann, dass die letzte Mahlzeit der Opfer aus einem Nudelgericht bestanden hatte? Diese Information hatte man der Presse vorenthalten. Auch die Behauptung, dass Leo angeblich einen falschen Namen benutzte, beunruhigte Franziska. Sollte das, sowie die anderen Anschuldigungen tatsächlich zutreffen, schwebte Antonia womöglich wirklich in großer Gefahr. Entschlossen nahm Franziska das Band an sich und steckte es in ihre Handtasche.

„Ich fahre ins Präsidium!", teilte sie ihrer Sekretärin im Vorbeigehen mit und eilte hinaus.

Freudig überrascht erhob sich Pit hinter seinem Schreibtisch, als Franziska nach kurzem Anklopfen eintrat.

150

„Endlich ein Lichtblick", begrüßte er sie lächelnd. „Kommst du dienstlich, um zu prüfen, wie hart dein alter Bulle an unserem Fall arbeitet? Oder ist das ein privater Besuch, weil du es nicht länger als zwei Stunden ohne mich aushältst?"

„Beides", erwiderte sie, obwohl ihr nicht nach Scherzen zumute war. Mit ernster Miene reichte sie ihm die kleine Kassette. „Hör dir das bitte an."

Da Franziska ernst und besorgt aussah, kam er ihrer Bitte sofort nach. Während er das Band abspielte, warf er ihr einen erstaunten Blick zu. Mit dem Ende der Aufnahme schaute sie ihn in banger Erwartung an.

„Was hältst du davon, Pit?"

„Schwer zu sagen. Trotzdem müssen wir erst mal jedem Hinweis nachgehen. – Selbst auf die Gefahr, dass sich das alles als Verleumdung rausstellt." Auch er wirkte nun besorgt. „Hast du Antonia über den Anruf informiert?"

„Ich wollte sie nicht unnötig beunruhigen. Immerhin scheint der Anrufer einiges über Leo zu wissen. – Obwohl ich mir eigentlich nicht vorstellen kann, aus welchem Grund er einen falschen Namen benutzen sollte."

„Ob das den Tatsachen entspricht, können wir leicht feststellen", meinte er und nahm wieder hinter seinem Schreibtisch Platz. „Er muss an seinem Wohnort polizeilich gemeldet sein."

Geschickt betätigte er seinen Computer. Dennoch erhielt er vom zuständigen Meldeamt nicht die erhofften Informationen. Deshalb versuchte er es bei der Führerscheinstelle. Aber auch dort existierte kein Eintrag auf den Namen Leo Ulrich, der zum Alter des Gärtners gepasst hätte.

„Damit scheint erwiesen, dass irgendetwas mit diesem Mann nicht stimmt", folgerte er. „Nehmen wir mal an, der Anrufer hätte im Hinblick auf Leos Namen die Wahrheit gesagt. Demnach muss er gut über Leo Bescheid wissen. Aus diesem Grund müssen wir davon ausgehen, dass auch die anderen Behauptungen nicht seiner übersteigerten Fantasie entspringen, sondern den Tatsachen entsprechen. Sogar das Täterprofil würde passen: männlich, zwischen fünfundzwanzig und fünfzig, wenige Freunde, lebt zurückgezogen ..." Eindringlich schaute er Franziska in die Augen. „Als deine Schwester wird Antonia dir am meisten von Leo erzählt haben. Was weißt du über ihn?"

„Nicht viel", gab sie zu. „Zwar schwärmt sie in den höchsten Tönen von ihm, aber ich weiß eigentlich nur, dass er das Haus seines Freundes bewohnt und dort nicht nur für den Garten zuständig ist. Außerdem züchtet er Orchideen, hat eine Vorliebe für Nudelgerichte – und eine Fluglizenz."

„Womöglich glaubt er, dass er auch eine Lizenz zum Töten hat?", warf Pit ein. „Hat Antonia dir zufällig irgendwas aus Leos Vergangenheit erzählt?"

„Einmal hat sie erwähnt, dass er eine große Enttäuschung hinter sich hat. Deshalb hätte er Frauen eigentlich abgeschworen."

„Vielleicht wurde er zum Frauenhasser? Er hat sich unter falschem Namen am Deister eingenistet und begonnen, sich an den Frauen zu rächen. Alle Opfer des Orchideenmörders waren sehr hübsch und hatten langes blondes Haar – wie deine Schwester. Vermutlich haben sie alle Ähnlichkeit mit der Dame aus seiner Vergangenheit." Sekundenlang dachte er nach. „Als er dann Antonia kennengelernt und erfahren hat, dass sie als Gerichtsmedizinerin mit seinen Opfern in Berührung kommt, ist er in die Rolle des hilfsbereiten Nachbarn geschlüpft, um ihr Vertrauen zu gewinnen. Danach war es wahrscheinlich nicht mehr schwer, sie mit seinem Charme einzuwickeln. Davon hat er sich Informationen über den Stand der Ermittlungen aus erster Hand erhofft."

„Das klingt plausibel", musste Franziska eingestehen. „Allerdings ist Antonia kein leichtgläubiger Teenager, der sich durch ein paar nette Worte einfangen lässt. Im Gegenteil: Sie wurde nach einigen Beziehungspleiten sehr vorsichtig. Beispielsweise traf sie sich grundsätzlich nicht mit Männern, die altersmäßig zu ihr passen würden." Bedrückt sank sie auf einen Stuhl. „Ich habe mich so sehr mit Antonia gefreut, dass sie endlich wieder Gefühle zulässt. Wieso hat ihre innere Stimme sie nicht vor

Leo gewarnt? Sie besitzt doch Menschenkenntnis. Hätte sie nicht bemerken müssen, dass er es nicht ehrlich meint?"

„Ein Mann wie Leo ist sich seiner Wirkung auf Frauen bewusst. Auf Antonias Party ward ihr doch alle hingerissen von ihm. So was weiß er sicher geschickt auszunutzen."

„Und was machen wir nun?"

„Bislang ist er unser einziger Tatverdächtiger, deshalb halten wir uns an ihn. Wir nehmen ihn vorläufig fest und verhören ihn. Außerdem kann eine Hausdurchsuchung nicht schaden."

„Aber nicht ohne Durchsuchungsbeschluss."

„Kümmere du dich bitte darum. Inzwischen trommele ich die Jungs vom SEK zusammen."

„Hältst du das für nötig?"

„Da wir davon ausgehen müssen, dass wir es mit einem eiskalten Killer zu tun zu haben – ja."

Gegen Mittag hielten zwei Mannschaftswagen des SEK in der Nähe von Antonias Häuschen. Die kleine Straße lag wie ausgestorben, so dass niemand die schwarzvermummten Männer bemerkte, die sich rund um das Grundstück des vermeintlichen Orchideenmörders verteilten. Um den Tatverdächtigen nicht zu warnen, hantierte einer der Beamten am Eingangsschloss. Sekunden später schlichen die schwarzen Gestalten auf das Anwesen. Kommissar Gerlach zog seine Walther aus dem Schulterhalfter und entsicherte sie im Weitergehen. Als leitende Staatsanwältin folgte Franziska Pauli den Beamten über das Grundstück zum Haus. Die Tür war nicht verschlossen. Mit den Waffen im Anschlag stürmten die Männer hinein, suchten sämtliche Räume nach dem Bewohner ab.

„Nichts", meldete der leitende Beamte dem Kommissar. „Der Vogel scheint ausgeflogen zu sein."

„Antonia hat ein Gewächshaus erwähnt", erinnerte sich Franziska. „Vielleicht hält er sich dort auf."

Über die Terrasse verließen sie das Haus. Während das SEK nach allen Seiten sicherte, kam plötzlich ein Hund laut bellend aus dem hinteren Garten gestürmt. Gefährlich knurrend stellte er sich den Eindringlingen in den Weg. Sofort richtete einer der Polizisten seine Waffe auf das Tier.

„Nicht!", fuhr Franziska ihn an und drängte sich an ihm vorbei. Sie ging in die Hocke und streckte die Hand aus.

„Alles in Ordnung, Quincy", sagte sie mit ruhiger Stimme. „Komm her zu mir." Freudig mit dem Schwanz wedelnd kam der Hund näher. „Brav, Quincy", lobte sie das Tier und fasste es am Halsband. Da ertönte plötzlich ein Pfiff.

„Quincy, du alter Stromer, wo steckst du?", rief Leo. Mit einer Harke in der Hand bog er um die Ecke – und blieb beim Anblick der auf ihn gerichteten Waffen so abrupt stehen, als sei er gegen eine unsichtbare Wand geprallt. Als er jedoch den Kommissar erkannte, setzte er sich wieder in Bewegung.

„Was zum Teufel ...", begann er, worauf einer der vermummten Beamten ihn mit vorgehaltener Waffe stoppte.

„Fallenlassen!", herrschte der Mann ihn an, wobei er mit dem Gewehrlauf auf die Harke deutete. Leo blieb keine Wahl. Seine Finger lösten sich vom Griff; die Harke fiel auf den gepflegten Rasen. Sich zur Ruhe zwingend, hielt er still, als man ihn nach Waffen durchsuchte. Erst als man ihm Handschellen anlegte, platzte ihm der Kragen.

„Was soll das Theater? Das hier ist Privatbesitz!" Seine Augen richteten sich wieder auf den Kommissar. „Wir kennen uns von Antonias Einweihungsparty. Würden Sie mir endlich erklären, was hier los ist?"

„Sie stehen unter Mordverdacht."

„Was?", fragte Leo ungläubig. „Falls das ein Scherz sein soll, finde ich ihn überhaupt nicht komisch."

„Wenn ich scherze, rücke ich nicht gleich mit einem Sondereinsatzkommando an", teilte Pit ihm ungerührt mit. „Sie sind vorläufig festgenommen. Alles, was Sie sagen, kann ..."

„Sparen Sie sich Ihre Sprüche!", unterbrach Leo ihn verärgert. „Ich kenne meine Rechte!"

154

„Umso besser. Dann begleiten Sie uns jetzt ins Präsidium."

„Nur unter Protest!" Im Moment konnte er nichts tun. Widerstrebend ließ er es geschehen, dass man ihn flankiert von bewaffneten Polizeibeamten über das Grundstück auf die Straße führte. Seinem Abtransport fügte er sich mit grimmiger Miene.

Im Präsidium wurde Leo zunächst erkennungsdienstlich behandelt. Man verlangte seinen Ausweis und überprüfte ihn. Unterdessen wurde Leo aus verschiedenen Blickwinkeln fotografiert und seine Fingerabdrücke wurden genommen. Auf Nachfrage erklärte er sich bereit, einen Speicheltest durchführen zu lassen. Dadurch glaubte er, rasch wieder freizukommen.

Nach dieser Prozedur brachte man Leo in den Verhörraum. Während er dort in Anwesenheit eines uniformierten Polizisten wartete, übergab Kollege Brandt vom Erkennungsdienst dem Kommissar die bisherigen Unterlagen.

„Da ist dir ein ziemlich dicker Fisch ins Netz gegangen, Pit."

„Noch steht nicht fest, ob es sich bei ihm tatsächlich um den Orchideenmörder handelt."

„So meinte ich das auch nicht", ließ Brandt ihn wissen. „Du wirst staunen, wenn du den wirklichen Namen deines Tatverdächtigen hörst: Leonard von Thalheim."

Ratlos hob Pit Gerlach die Brauen.

„Müsste ich den kennen?"

„Ist das nicht dieser Finanzmanager?", überlegte Franziska. „Der immer dann seine Finger im Spiel hat, wenn es um richtig viel Geld geht?"

„Er ist weltweit einer der zehn besten Topmanager überhaupt", bestätigte der junge Kollege, bevor er sich wieder an Pit wandte. „Übrigens hat er einem Speicheltest zugestimmt. Die Probe ist schon unterwegs ins Labor."

„Sehr gut", sagte Pit zufrieden. „Dann wollen wir uns das Finanzgenie mal vornehmen."

„Vorher solltest du seine Vita lesen", schlug Martin Brandt vor, wobei er auf die Akte in Pits Händen deutete. „Ich habe dir seine Biografie aus dem Internet gezogen. Es kann nicht schaden, zu wissen, mit wem man es zu tun hat."

„Du bist unbezahlbar", sagte Pit anerkennend. „Danke, Martin."

Sogleich schlug er den Aktendeckel auf und überflog die Informationen aus dem Web. Franziska las über seine Schulter gleich mit.

„Unfassbar", sagte sie und setzte sich auf die Schreibtischkante. „Wieso gibt er hier den einfachen Gärtner, obwohl er ein millionenschweres Vermögen besitzt?"

„Hier steht, er sei zum Bedauern der Finanzwelt vor etwa einem Jahr ausgestiegen", erwiderte Pit nachdenklich. „Offenbar hat er ein ganz neues Leben begonnen, sich einen anderen Namen zugelegt und sich außerdem einen Vollbart wachsen lassen ..."

„Das alles macht ihn aber nicht automatisch zum Killer." Zweifelnd schaute sie ihm in die Augen. „Hoffentlich haben wir mit seiner Verhaftung nicht vorschnell gehandelt. Wie ich das beurteile, taucht hier bald ein Spitzenanwalt auf, der uns in der Luft zerreißt, falls wir nicht mit stichhaltigen Beweisen aufwarten können."

„Zwei der Behauptungen des anonymen Anrufers treffen bereits zu", erinnerte Pit sie. „Er lebt hier unter falschem Namen – und er ist kein mittelloser Gärtner." Schwungvoll erhob er sich. „Lass uns zu ihm gehen und die Wahrheit herausfinden."

Äußerlich ruhig saß Leo am Verhörtisch, als sie den Raum betraten.

„Endlich", brummte der Verdächtige. „Auch meiner Geduld sind Grenzen gesetzt, Herr ...?"

„Hauptkommissar Gerlach", erwiderte Pit, bevor er auf Franziska deutete. „Frau Dr. Pauli ist als leitende Staatsanwältin anwesend."

Natürlich erkannte Leo die Frau, die ihm auf Antonias Einweihungsparty als eine ihrer Freundinnen vorgestellt worden war. Er sprach sie jedoch nicht darauf an, da ihm diese ganze Situation völlig unwirklich erschien.

„Bringen wir es hinter uns", sagte Leo sachlich. „Ich erwarte umgehend eine Erklärung dafür, weshalb ich wie ein Schwerverbrecher behandelt werde."

„Ist es Ihnen recht, dass ich unser Gespräch aufzeichne?"

„Tun Sie, was Sie nicht lassen können, Herr Kommissar", erlaubte er mit großzügiger Geste, worauf Pit das auf dem Tisch stehende Gerät einschaltete.

„Wünschen Sie die Anwesenheit eines Rechtsbeistands Ihres Vertrauens bei dieser Befragung?"

„Ich fühle mich durchaus in der Lage, dieses Missverständnis selbst aus der Welt zu schaffen."

„Also gut. - Fangen wir an: Weshalb benutzen Sie einen falschen Namen, Herr von Thalheim?"

„Wer behauptet das?"

„Sie nannten sich Leo Ulrich."

„Was ist daran verwerflich?", spottete der Tatverdächtige, der nun von einer Verwechselung ausging. „Leo ist die Abkürzung von Leonard – und Ulrich lautet mein zweiter Vorname. Ist es gesetzlich vorgeschrieben, dass ich mich mit meinem kompletten Namen vorstellen muss, wenn ich jemanden kennenlerne?"

„So kommen wir nicht weiter", erwiderte Pit kopfschüttelnd. „Bestimmt haben Sie auch eine Erklärung für die Behauptung, ein Gärtner zu sein."

„Ich arbeite viel im Garten", entgegnete Leo prompt. „Außerdem züchte ich Orchideen. Deshalb ist es durchaus nicht abwegig, mich als Gärtner zu bezeichnen. Übrigens nennt sich sogar jeder Kleingärtner so."

„Sie haben aber noch einen anderen, lukrativeren Job."

„Momentan nicht."

Innerlich aufstöhnend wechselte Pit einen Blick mit Franziska.

„Wer ist Ihr Arbeitgeber, Herr von Thalheim? Wem gehört das Anwesen am Deister?"

„Mir."

Überrascht blickte Franziska ihn an.

„Demnach existiert dieser Freund, für den Sie angeblich arbeiten, überhaupt nicht?"

„Das ist eine etwas komplizierte Geschichte", erklärte Leo. „Aus persönlichen Gründen wollte der Finanzmanager Leonard von Thalheim für eine Weile aus dem Fokus der Öffentlichkeit abtauchen, um sich seinem Hobby, der Orchideenzucht zu widmen. Deshalb erwarb er das abgelegene Haus am Deister und überließ es sozusagen seinem zweiten Ich, dem Gärtner."

Sofort hakte der Kommissar nach.

„Welche persönlichen Gründe waren das?"

Augenblicklich verschloss sich Leos Miene.

„Das geht Sie nichts an."

„Das geht mich sehr wohl etwas an!", wies Pit ihn scharf zurecht. „Immerhin ermitteln wir hier wegen Mordes!"

„Leider erinnere ich mich noch nicht mal daran, in der letzten Zeit eine rote Ampel überfahren zu haben – geschweige denn an einen Mord. Sie müssen mir schon auf die Sprünge helfen, Herr Kommissar. Wen soll ich Ihrer Meinung nach um die Ecke gebracht haben?"

„Sie stehen in dem dringenden Verdacht, der Orchideenmörder zu sein!"

„Donnerwetter!" Unwillkürlich musste Leo schmunzeln. „Welche Ehre! Verraten Sie mir auch, wer Sie auf diesen absurden Gedanken gebracht hat?"

„Wir haben einen Hinweis erhalten. Man hat Sie beobachtet."

„Ach ...", staunte Leo. „Ihr Informant scheint ein Problem mit seiner Sehkraft zu haben. Müsste ich nicht am besten wissen, ob ein heimtückischer Killer in mir steckt?"

„Ihre Witzchen werden Ihnen schon noch vergehen!", fuhr Pit ihn an. „Wo waren Sie am vergangenen Mittwoch zwischen einundzwanzig Uhr und Mitternacht?"

„Zu Hause", knurrte Leo, empört darüber, dass der Kommissar tatsächlich ein Alibi von ihm verlangte. „Nein, ich war bei Antonia", korrigierte er sich nach kurzem Nachdenken. „Bei Frau Dr. Bredow", fügte er mit leisem Spott hinzu. „Sie ist eine seriöse Gerichtsmedizinerin, die bezeugen kann, dass ich ...“

„Daraus wird leider nichts“, unterbrach Pit ihn triumphierend. „Frau Dr. Bredow hat an diesem Abend bis spät im Gerichtsmedizinischen Institut gearbeitet. Anschließend war sie noch bis etwa ein Uhr zum Essen aus. Mit Frau Dr. Pauli und mir. Frühestens gegen halb zwei Uhr in der Nacht kann sie zu Hause gewesen sein.“

„Stimmt“, erinnerte sich Leo. „Demnach bleibt mir nur der Hund als Alibi.“

„Quincy wird kaum für Sie aussagen können“, kommentierte Franziska und warf einen Blick in ihre Unterlagen. „Beginnen wir mit dem ersten Mord.“

An diesem Nachmittag lenkte Antonia ihren Wagen nach Dienstschluss durch die Straßen der hannoverschen Innenstadt. Sie freute sich auf das Wochenende und summte die Melodie aus dem Autoradio mit. Das Läuten ihres Handys unterbrach die musikalisch untermalte Feierabendstimmung. Mit einem Finger betätigte Antonia den Knopf der Freisprecheinrichtung. „Bredow.“

„Hier ist Franziska“, hörte sie die Stimme ihrer Schwester. „Wo steckst du?“

„Ich stehe vor einer roten Ampel am Aegi. Im Übrigen befinde ich mich auf dem Heimweg. Falls du was Berufliches von mir willst, ruf mich am Montag im Institut an. Jetzt freue ich mich nur noch auf meinen Herzbuben.“

„So lange kann das nicht warten“, bedauerte Franziska. „Kannst du dein Wochenende um eine Stunde verschieben und ins Präsidium kommen?“

„Muss das sein?“, fragte Antonia lustlos. „Ich habe Leo versprochen, nicht wieder so spät zu Hause zu sein. In den letzten Tagen hatten wir so gut wie nichts voneinander.“

„Bitte, Antonia, es dauert nicht lange.“

„Also gut“, erwiderte sie halbherzig und setzte den Blinker „In zehn Minuten bin ich da.“

Zu Antonias Überraschung befand sich nur ihre Schwester im Büro des Kommissars.

„Was gibt es denn so Wichtiges? Wieso wolltest du mich unbedingt noch heute treffen?"

„Das erkläre ich dir gleich." Es fiel Franziska schwer, ihr wehzutun, aber sie musste ihr reinen Wein einschenken. „Bitte setz dich."

Antonia kannte ihre Schwester gut genug, um zu erkennen, dass Franziska mit sich rang.

„Was ist los, Franzi?" Beunruhigt nahm sie vor dem Schreibtisch Platz. „Irgendwelche Katastrophen oder der ganz normale Wahnsinn?"

„Sagt dir der Name von Thalheim was?"

Vage zuckte ihre Schwester die Schultern.

„Wieso?"

„Denk nach."

„von Thalheim? – Vincent von Thalheim, der bekannte Architekt, der dieses tolle Wissenschaftszentrum in Berlin gebaut hat? Ich war mal zu einem Kongress dort und ..."

„Ich spreche von seinem Sohn. Leonard von Thalheim."

Abermals dachte Antonia nach.

„Ist das nicht dieser Finanzheini?"

„... der durch geschickte Verhandlungen und Transaktionen ein enormes Vermögen zusammengetragen hat", fügte Franziska hinzu. „Bis vor etwa einem Jahr war er einer der gefragtesten Finanzmanager überhaupt. Dann verschwand er plötzlich von der Bildfläche."

„Soweit ich mich erinnere, soll er irgendwo in der Karibik gesehen worden sein", fiel Antonia nun ein. „Ich glaube, ich habe beim Zahnarzt in einer Zeitschrift gelesen, dass er zwischen den Inseln rumschippert."

„Tut er aber nicht. Ein Aussteiger scheint er dennoch zu sein. Allerdings zog es ihn nicht wie irrtümlich angenommen wurde, in die Karibik." Über den Schreibtisch hinweg blickte sie ihre

160

Schwester fragend an. „Weißt du, wie er aussieht?"

„Nicht wirklich", musste Antonia zugeben. „Was ist an dem Typen so interessant, dass du mich deswegen her zitiert hast?"

„Was ich dir jetzt sagen muss, wird dich umhauen, Toni." Sie drehte den Monitor auf dem Schreibtisch so, dass ihre Schwester einen Blick auf den Bildschirm werfen konnte.

„Kommt dir dieser Mann irgendwie bekannt vor?"

„Das ist Leo!", rief Antonia überrascht aus. „Zwar ohne Bart, aber eindeutig Leo." Ihre Augen kehrten zu Franziska zurück. „Was soll das, Franzi? Ich verstehe nicht, wieso du ..."

„Wirst du gleich." Langsam kam sie um den Schreibtisch herum. „Antonia, wir haben ihn heute festgenommen. Er steht im Verdacht, der Orchideenmörder zu sein."

Empört sprang ihre Schwester auf.

„Du spinnst doch! Wer hat dich auf diese absurde Idee gebracht?" Verächtlich schnaubte sie durch die Nase. „Leo ein Serienkiller! Das ist absolut lächerlich! Steht ihr inzwischen unter so großem Druck, dass ihr unschuldige Bürger verhaftet? Das erinnert mich sehr an das alberne Gespräch im Fitnessstudio, als Elke mich damit aufgezogen haben, dass mein Nachbar der Orchideenmörder sein könnte. Machst du es dir jetzt auch schon so einfach? Oder gönnst du mir nicht, dass ich endlich den Richtigen gefunden habe? Mit dir und deinem Sherlock Holmes läuft es wohl nicht so gut?"

„Traust du mir das wirklich zu?"

„Nein, ich ..." Aufstöhnend sank sie wieder auf den Stuhl. „Entschuldige, aber mir ist unbegreiflich, wie ausgerechnet Leo in Verdacht geraten konnte."

„Leonard von Thalheim", korrigierte ihre Schwester sie. „Er hat sich überall nur Leo genannt, um alle - einschließlich dich – in die Irre zu führen. Seine ..." Sie unterbrach sich, da Kommissar Gerlach eintrat.

„Wir haben ihn", sagte er triumphierend, bevor er Antonia einen bedauernden Blick zuwarf. „Tut mir Leid, Doc. Auch ich konnte es zuerst kaum glauben. Aber man kann in die Menschen nicht hineinsehen – auch wenn sie noch so sympathisch wirken."

„Nun fang du nicht auch noch mit diesem Quatsch an, Pit!", verlangte sie ärgerlich. „Oder ist dieser Schwachsinn etwa auf deinem Mist gewachsen?"

„Hör dir erst einmal den Stand der Ermittlungen an", bat er. „Zugegeben, wir sind einem anonymen Hinweis gefolgt. Allerdings stellte sich schon beim ersten Verhör raus, dass Herr von Thalheim für keinen der Tatzeiträume ein Alibi hat. In den ersten beiden Mordnächten war er angeblich allein zu Hause. In der dritten hat er sich seiner Aussage zufolge in Amsterdam wegen einer Orchideenmesse aufgehalten. Das wird derzeit noch überprüft. In der Mordnacht Nummer vier ..."

„... war er mit mir zusammen auf Usedom", vollendete sie, aber der Kommissar schüttelte den Kopf.

„Ihr seid erst am Freitagnachmittag geflogen. Der Mord geschah aber in der Nacht davor."

Trotzig hob Antonia das Kinn.

„Dann war er eben in dieser Nacht bei mir!"

„Das ist leider auch ein Irrtum", behauptete Pit, obwohl es ihm imponierte, dass Antonia sich immer noch schützend vor diesen Mann stellte. „Am Donnerstag, dem 16. August wurden die beiden Leichen in der Kleingartenkolonie aufgefunden. Du und Dr. Reinhardt, ihr habt bis spätabends obduziert. Ich selbst habe dich nach zweiundzwanzig Uhr im Institut angerufen, um erste Ergebnisse zu erfahren. Der Orchideenmörder schlug zwischen zwanzig und dreiundzwanzig Uhr zu. Da du frühestens eine Stunde vor Mitternacht zu Hause gewesen sein kannst, hat von Thalheim auch für diesen Mord kein Alibi."

Das alles überzeugte Antonia keineswegs.

„Genau wie Tausende anderer Männer! Kein Alibi zu haben, ist nun wirklich kein Beweis, dass jemand ein Serienkiller ist!"

„Wir haben noch mehr", übernahm wieder Franziska. „Bei der Hausdurchsuchung haben wir ein Scrabblespiel gefunden."

Herausfordernd blickte Antonia ihre Schwester an.

„War es unvollständig?"

„Nein. Allerdings befindet sich in seinem Gewächshaus genau die Orchideenart, die der Killer bei seinen Opfern zurückgelassen hat. Außerdem eine große Rolle Plastikfolie. Seitdem drehen die Kollegen von der Spurensicherung jeden Krümel Erde in diesem Gewächshaus um."

„Das alles beweist gar nichts!", erregte sich Antonia aufs Neue. „Ihr könnt euch auch sparen, Leos Schwäche für Nudeln als Beweis anzuführen! Leo hat mit den Morden nichts zu tun! Nicht mal ein Motiv hätte er! Ich kenne ihn und ..."

„Kennst du ihn wirklich?", fiel Franziska ihr ins Wort. „Er hat dir seine wahre Identität verheimlicht und gab sich als einfacher, mittelloser Gärtner aus. Tatsächlich ist er aber einer der gefragtesten Topmanager, sitzt in mehreren Aufsichtsräten und ist Ehrenmitglied im Lions-Club. Der Prachtbau, der angeblich seinem Freund gehört, ist sein Eigentum. Genau wie der Mercedes, der Flieger und das Häuschen auf Usedom. Außerdem besitzt er noch eine Penthousewohnung in New York, einen Porsche und einen Geländewagen. Statt Jeans und Polohemd trägt er normalerweise feinstes italienisches Tuch." Eindringlich blickte sie ihrer Schwester in die fassungslos geweiteten Augen. „Dieser Mann hat dich von Anfang an belogen, Toni! Inzwischen glaube ich sogar, dass er nur eine Beziehung mit dir einging, um sozusagen aus erster Hand zu erfahren, wie die Ermittlungen vorankommen."

„Das ist nicht wahr ...", flüsterte Antonia erschüttert. Plötzlich fühlte sie sich unendlich hilflos. War es tatsächlich möglich, dass sie sich so sehr in Leo getäuscht hatte? War sie auf einen raffinierten Heuchler hereingefallen? „Ihr müsst euch irren ..."

„Toni", sagte Franziska mit sanfter Stimme. „Hat er nie mit dir über den Orchideenmörder gesprochen?"

„Doch", gestand sie widerwillig. „Wir haben öfter darüber geredet. Leo interessiert sich eben für meine Arbeit. Ich kann einfach nicht glauben, dass er mich nur benutzt hat, um an Informationen zu kommen."

„Er hat sich geschickt in dein Leben geschlichen. Schon nach kurzer Zeit ist er bei dir ein - und ausgegangen. Hast du ihm eigentlich einen Hausschlüssel anvertraut?"

„Ja."

„Hat er dir im Gegenzug auch einen von sich gegeben?"

„Nein."

„Liegt es da nicht nahe, dass er etwas zu verbergen hatte?"

„Aber er konnte mir doch nicht einen Schlüssel für das Haus seines Freundes ..." Aufstöhnend brach sie ab. Inzwischen wusste sie, dass das Anwesen Leo gehörte. Demnach sprach einiges für Franziskas Theorie.

„Auch wenn bis hierher nur Indizien gegen ihn sprechen, gibt es inzwischen einen sicheren Beweis, dass es sich bei Leonard von Thalheim um den Orchideenmörder handelt", ergriff Pit wieder das Wort. „Nach der erkennungsdienstlichen Behandlung wurde ihm mit seiner Zustimmung eine Speichelprobe entnommen. Vor wenigen Minuten habe ich einen Anruf aus der Gerichtsmedizin ..."

„Ihr habt eine DNA – Analyse durchführen lassen?", folgerte Antonia aufgebracht. „Warum weiß ich nichts davon?"

„Bedauere, Doc, aber du bist raus aus dem Fall."

„Was?"

„Du bist persönlich involviert", erklärte Franziska unbehaglich. „Wir mussten dich von diesem Fall abziehen."

„Dr. Reinhardt hat die Untersuchung durchgeführt", fügte Pit hinzu. „Mit eindeutigem Ergebnis: Die DNA auf dem Bettlaken stimmt mit dem DNA-Profil des Tatverdächtigen überein."

Kreidebleich geworden starrte Antonia den Kommissar an. Das Entsetzen stand ihr deutlich ins Gesicht geschrieben. Ihr Mund schien wie mit Watte gefüllt und völlig ausgetrocknet.

„Das ist unmöglich ... Dr. Reinhardt muss ein Fehler unterlaufen sein ..."

„Du selbst hast ihn ausgebildet, Antonia."

„Aber ..." Den Tränen nahe erhob sie sich und trat ans Fenster.

„Ich habe einem Mann vertraut, der sechs Menschenleben auf

dem Gewissen hat? Ich habe nicht bemerkt, dass sich hinter seinem sanften Wesen ein skrupelloser Killer verbirgt? Von Anfang an hat er mich getäuscht und benutzt?" Tränenblind wandte sie sich zu ihrer Schwester um. „Bitte sag, dass das alles ein Irrtum ist, Franzi! Ich kann unmöglich wochenlang mit einem eiskalten Mörder geschlafen haben!"

Tröstend schloss Franziska ihre Schwester in die Arme.

„Es tut mir so leid für dich, aber es spricht nun mal alles gegen ihn. Hätte der DNA-Abgleich keine Übereinstimmung ergeben, wäre er aus dem Schneider, aber so ..."

Abrupt löste sich Antonia von ihrer Schwester.

„Ich will nach Hause. Quincy wartet sicher schon." Leicht schüttelte sie den Kopf. „Er war in Leos Obhut. Wahrscheinlich irrt mein Hund jetzt total verstört irgendwo rum."

„Ich habe ihn mitgenommen", beruhigte Franziska sie. „Quincy ist im Büro nebenan."

Sofort wandte sich Antonia zur Tür.

„Wenn wir irgendwas für dich tun können, Doc?", bot Pit ihr an, worauf sie ihm einen beinah verzweifelten Blick zuwarf.

„Ihr habt wahrlich schon genug getan."

Grußlos verließ Antonia das Arbeitszimmer des Kommissars.

„Das war ein verdammt harter Schlag für deine Schwester", sagte Pit mitfühlend. „Aber wir konnten ihr das nicht ersparen."

„Ich weiß", seufzte Franziska. „Trotzdem fühle ich mich hundeelend. Ausgerechnet ich musste ihre Hoffnungen und Träume so grausam zerstören. Das wird sie mir nie verzeihen. Antonia wird mich dafür hassen."

„Das wird sie nicht", widersprach Pit. „Antonia ist eine kluge Frau – und sie liebt dich. Wenn sie diese Geschichte erst mal verdaut hat, wird sie einsehen, dass allein Leonard von Thalheim für diesen ganzen Schlamassel verantwortlich ist."

Während des ersten Verhörs war Leo zunehmend klar geworden, dass es sich bei seiner Verhaftung weder um eine Verwechslung noch um ein Versehen handelte. So einfach, wie er anfangs geglaubt hatte, würde er aus dieser Nummer nicht wieder herauskommen. Deshalb hatte er nach seinem Rechtsbeistand verlangt.

Als Dr. Olaf Salomon endlich eintraf, sprang Leo erleichtert auf.

„Bin ich froh, dich zu sehen, Olaf!"

„Wozu hat man Freunde?", erwiderte Dr. Salomon und klopfte ihm aufmunternd auf die Schulter. „Entschuldige, dass ich dich warten ließ, aber ich war bei deinem Anruf gerade beim Oberstaatsanwalt", fuhr er fort, als sie Platz genommen hatten. „Wir sind alte Bekannte, seit ich in einem spektakulären Prozess den Nebenkläger vertreten habe."

„Demnach weißt du schon, was man mir vorwirft?"

„Inzwischen bin ich grob informiert. Mit Kommissar Gerlach habe ich eben auch kurz gesprochen. Einzelheiten erfahre ich aber erst, wenn ich Akteneinsicht erhalte."

„Wie sind die ausgerechnet auf mich gekommen? Ich lebe doch völlig zurückgezogen. Deshalb ist mir auch schleierhaft, wer mir die Polizei auf den Hals gehetzt haben könnte. Die einzige, mit der ich in den letzten Wochen zusammen war, ist Antonia."

„Antonia? Wer ist das?"

„Das ist die Frau, die ich liebe", erklärte Leo, und für einen Moment trat ein zärtlicher Ausdruck in seine Augen, so dass sein Freund ihn verwundert musterte.

„Du hast dich entgegen deiner festen Vorsätze noch mal auf eine Frau eingelassen? Oder willst du mich auf den Arm nehmen, Leo? Als wir das letzte Mal Schach gespielt haben, und ich dich fragte, ob du dich nicht allmählich wieder unter den Schönen des Landes umschauen möchtest, hast du mich für verrückt erklärt."

„Ein paar Tage später ist mir Antonia begegnet. Sie ist wie ein

Wirbelwind in mein Leben gefegt und hat mich völlig durcheinander gebracht."

„Diese Frau muss etwas ganz Besonderes sein, wenn es ihr gelingen konnte, deine meterhohen Mauern einzureißen. Ist sie eine Zauberin oder eine Hexe?"

„Sie ist Gerichtsmedizinerin."

„Was?", fragte Olaf überrascht. „Doch nicht etwa Antonia Bredow?"

„Du kennst sie?"

„Wenn man oft bei Gericht zu tun hat, kommt man kaum an ihr vorbei. Immerhin ist sie die Leiterin des Instituts für Rechtsmedizin. Sie wird häufig als Gutachterin bestellt, gilt als hochintelligent, intuitiv begabt und soll fähig sein, ein beinah übermenschliches Arbeitspensum zu bewältigen. Außerdem hält sie hin und wieder Vorträge vor Studenten. Sie hat ..." Er hielt inne, als er Leos fassungslosen Blick bemerkte. „Was ist? War dir das nicht bekannt, Leo?"

„Ich wusste nur, dass sie in der Gerichtsmedizin arbeitet."

„Anscheinend hat sie dir gegenüber nicht mit offenen Karten gespielt. Mich wundert ohnehin, dass sie mit dir ..." Verlegen brach er ab.

„Herzlichen Dank", brummte Leo. „Anscheinend hältst du mich für einen Frauenschreck."

„Blödsinn. Allerdings sagt man ihr nach, dass sie eine Schwäche für erheblich jüngere Liebhaber hat. Frei nach dem Motto: Trau keinem über dreißig. Deshalb finde ich es schon etwas merkwürdig, dass sie dich alten Knacker erhört hat." Nachdenklich runzelte er die Stirn. „Es sei denn ..."

„Was?"

„Das klingt wahrscheinlich ziemlich weit hergeholt, aber ..." Aufmerksam schaute er dem Freund in die Augen. „Du weißt doch, dass Frau Dr. Pauli, die leitende Staatsanwältin bei diesen Ermittlungen, die Schwester deiner Antonia ist. Möglicherweise ..."

„Die beiden sind Schwestern?", unterbrach Leo ihn verblüfft.

„Warum hat Antonia mir das verschwiegen?"

„Dafür kann ich mir nur einen Grund vorstellen: Staatsanwaltschaft und Polizei stehen unter enormem Druck. Von allen Seiten wird auf sie gefeuert, weil es ihnen auch nach sechs Opfern nicht gelungen ist, dem Orchideenmörder auf die Spur zu kommen. Die Gemüter würden sich aber sofort beruhigen, wenn man der Öffentlichkeit einen Tatverdächtigen präsentiert. Die Presse wird sich dann mit ihm beschäftigen, so dass man in aller Ruhe nach dem wirklichen Täter fahnden kann."

„Das ist nicht dein Ernst", sagte Leo ungläubig. „Du meinst, Antonia hätte mich sozusagen gejagt und erlegt, um ihrer Schwester aus der Klemme zu helfen?"

„Zumindest wäre ein Deal zwischen den beiden, von dem ja niemand erfahren muss, eine Erklärung, weshalb ausgerechnet du ins Fadenkreuz der Ermittlungen geraten konntest. Vermutlich genügte der Polizei schon ein Hinweis auf den Mann, der einsam am Waldrand lebt und Orchideen züchtet."

„Das glaube ich nicht." Entschieden schüttelte Leo den Kopf. „So viel Leidenschaft und Hingabe kann man nicht heucheln. Antonia ist die erste Frau, bei der ich das Gefühl habe, es könnte für immer sein. Es stimmt einfach alles zwischen uns."

„Womöglich hast du sie durch die viel zitierte rosarote Brille betrachtet", gab der Freund zu bedenken. „Seit der Geschichte mit Larissa lebst du sehr zurückgezogen. Plötzlich kreuzt diese überaus attraktive Frau deinen Weg. Wenn man im siebten Himmel schwebt, verliert man schon mal den Blick für die Realität."

„Nein!", erwiderte Leo kategorisch. „Antonia hat nichts mit meiner Verhaftung zu tun! Da bin ich mir sicher!"

„Fakt ist jedenfalls, dass sie dir gegenüber nicht aufrichtig war. Was dir auch zu denken geben sollte ist, dass sie dir ihre Schwester, die Frau Staatsanwältin verschwiegen hat."

„Das verstehe ich allerdings auch nicht", gestand Leo widerstrebend. „Antonia hat das Haus gegenüber von meinem Grundstück gekauft. Auf ihrer Einweihungsparty habe ich

Franziska kennengelernt und sie für eine von Antonias Freundinnen gehalten. Keine von beiden hat auch nur erwähnt, dass sie Schwestern sind. Auch später hat Antonia kein Wort darüber verloren."

„Vielleicht solltest du nur so viel wissen, wie unbedingt nötig war." Sein Blick nahm einen fragenden Ausdruck an. „Du hast sie also erst vor kurzem kennengelernt?" Und als Leo nickte: „Hat sie gewusst, dass du Orchideen züchtest, bevor sie mit dir geschlafen hat?"

Abermals nickte Leo.

„Eventuell warst du für sie zu diesem Zeitpunkt bereits als Sündenbock auserwählt? Da die Ermittlungen mehr als schleppend vorangekommen sind, war es vermutlich angebracht, sich rechtzeitig vorzubereiten, damit man einen Tatverdächtigen aus dem Hut zaubern kann, wenn der Druck zu groß wird. Falls du heute die Zeitung gelesen hast, weißt du, was ich meine."

„Die Presse hat die Polizei förmlich in der Luft zerfetzt. Man forderte sogar eine Ablösung des gesamten Ermittlungsteams wegen totaler Unfähigkeit."

„Welche Blamage für Polizei und Staatsanwaltschaft. Ohne deine Verhaftung hätte der Oberstaatsanwalt Frau Dr. Pauli den Fall wahrscheinlich entzogen und sie wegen ihres Versagens künftig nur noch mit Bagatellfällen betraut. Das hätte unweigerlich das Ende ihrer Karriere bedeutet."

Noch während sich Leo mit seinem Rechtsanwalt beriet, traten Franziska und Pit ein.

„Sind Sie fertig, Herr Kollege?", fragte die Staatsanwältin. „Wir müssen uns noch einmal mit Herrn von Thalheim unterhalten. Möchten Sie dabei sein?"

„Von nun an spricht mein Mandant nur noch in meiner Anwesenheit mit Ihnen", teilte Olaf Salomon den beiden mit. Daraufhin wechselten der Kommissar und die Staatsanwältin einen bedeutungsvollen Blick, ehe sie sich setzten.

Äußerlich gelassen blickte Leo den Kommissar an.

„Ist Ihnen endlich klargeworden, dass Sie den Falschen verhaftet haben?"

„Vorhin haben Sie behauptet, dass Sie keines der Opfer kannten", ging Pit darüber hinweg. „Bleiben Sie bei dieser Aussage, Herr von Thalheim?"

Leos Augen hefteten sich auf das Gesicht der Staatsanwältin. „Sind Sie wirklich Antonias Schwester?"

Pit reagierte, noch bevor Franziska antworten konnte.

„Das tut nichts zur Sache!"

„Sie habe ich nicht gefragt, Herr Kommissar!"

„Hauptkommissar!", korrigierte Pit ihn ungerührt. „Außerdem stelle ich hier die Fragen!"

Kalt blickte Leo den Mann an, während er sich kerzengerade auf seinem Stuhl aufrichtete.

„Jetzt hören Sie mir mal gut zu – alle beide!" verlangte er in schneidend scharfem Ton. „Ich erkläre Ihnen zum allerletzten Mal, dass ich mit den Morden nicht das Geringste zu tun habe! Es ist Ihr Job, den wahren Täter zu finden! Oder sind Sie so naiv zu glauben, dass er aufhört zu morden, nur weil Sie mich als Killer hinstellen wollen? Der lässt es sich garantiert nicht gefallen, dass ein anderer den Ruhm für seine Genialität erntet! Ihre Unfähigkeit wird ihn bestimmt weniger amüsieren als anstacheln! Was das für sein nächstes Opfer bedeutet, muss ich Ihnen nicht erst verdeutlichen!"

„Sind Sie nun fertig?", spottete der Kommissar.

Als Leo zu einer Erwiderung ansetzte, legte sein Anwalt rasch die Hand auf seinen Arm.

„Jetzt bin ich an der Reihe, Leo." Sekundenlang musterte er die Ermittler mit einem prüfenden Blick. „Zunächst möchte ich eines klarstellen: Herr von Thalheim genießt überall auf der Welt einen ausgezeichneten Ruf. Er hat sich nie etwas zuschulden kommen lassen. Im Gegenteil: Er ist für seine Fairness bekannt. Deshalb kann es sich bei den Anschuldigungen gegen ihn nur um eine Intrige handeln." Seinen freundlichen Ton beibehaltend lehnte er sich etwas zurück. „Ich werde rausfinden, wer in dieses Komplott verwickelt ist. Sollte sich rausstellen, dass Polizei und Staatsanwaltschaft auf Kosten eines unbescholtenen Bürgers ihre Haut retten wollen ..."

„Das ist unerhört!", empörte sich Franziska. „Inzwischen gibt es eindeutige Beweise, dass Herr von Thalheim uns bewusst belogen hat!"

Dr. Salomon ließ sich nicht anmerken, ob ihn das überraschte. „Ich höre!?"

„Laut Ihrer Aussage kannten Sie das erste Opfer nicht", wandte sich Franziska an Leo. „Bei der Durchsuchung Ihres Hauses wurden aber Tankquittungen sichergestellt, die belegen, dass sie die Tankstelle an der Bundesstraße, an der die junge Frau jobbte, in den letzten Monaten mehrmals frequentiert haben."

„Sie hat an der Tankstelle neben dem Gartencenter gearbeitet? Das wusste ich nicht. Allerdings trifft es zu, dass ich dort seit meinem Umzug tanke."

„Bei einer solchen Gelegenheit haben Sie Ihr erstes Opfer kennengelernt", behauptete der Kommissar. „Sie haben sich das Vertrauen der jungen Frau erschlichen, haben vermutlich mit ihr geflirtet und ..."

„Nein!", unterbrach Leo ihn erregt. „Ich bin dieser Frau nie begegnet!"

„Wollen Sie uns einreden, dass Ihnen eine so hübsche junge Frau nicht aufgefallen wäre?"

„Es wird Sie vielleicht wundern, Frau Staatsanwältin, aber ich habe wichtigere Dinge im Kopf."

„Beispielsweise Ihr leibliches Wohl?", nahm der Kommissar die Gelegenheit wahr. „Essen Sie häufiger im Chagall ?"

„Kenne ich nicht. Was soll das sein? Ein Restaurant?"

„Ein Bistro in der Nähe der hannoverschen Universität", half Pit ihm auf die Sprünge. „Man kann dort nicht nur sehr gut essen – beispielsweise Spaghetti – im Chagall gibt es auch hervorragende Baguettes zum Mitnehmen. Dafür gibt es extra angefertigte Baumwollbeutel mit dem hauseigenen Logo. Grüne Schrift auf hellem Grund. – Sie erinnern sich?"

171

„Nicht die Spur", verneinte Leo. „Nach Hannover fahre ich nur selten. Deshalb kenne ich nur ein wenig von der Innenstadt."

„Dann haben Sie sicher eine Erklärung dafür, wie eine dieser Baumwolltaschen aus dem Chagall in den Kofferraum Ihres Wagens gelangen konnte."

„Nein, die habe ich nicht", gestand Leo irritiert. „Falls sie tatsächlich dort gefunden wurde, stammt sie nicht von mir."

„Demnach verleihen Sie einen so teuren Wagen häufiger?", forderte Pit ihn heraus. „An irgendwelche Leute, die ihren Kram in Ihrem Kofferraum zurücklassen?"

Stumm schüttelte Leo nur den Kopf.

„Finden Sie es nicht merkwürdig, dass das zweite Opfer ausgerechnet in dem Bistro gearbeitet hat, in dem man diese Taschen bekommt, wie wir sie in Ihrem Auto unter einer karierten Wolldecke sichergestellt haben?" Eindringlich schaute Franziska dem Tatverdächtigen in die Augen. „Wollen Sie uns nicht endlich die Wahrheit sagen, Herr von Thalheim?"

„Mein Mandant sagt die Wahrheit", antwortete Olaf an seiner Stelle. „Mit ihren lächerlichen Indizien kommen Sie nicht durch. Damit erwirken Sie nicht mal einen Haftbefehl."

„Sie wollen noch mehr Beweise, Herr Kollege?", fragte die Staatsanwältin mit ruhiger Stimme. „Die können Sie haben: Am Fundort des sechsten Opfers des sogenannten Orchideenmörders wurde ein Laken sichergestellt, dem Spermaspuren anhafteten. Herr von Thalheim war so zuvorkommend, sich nach seiner Festnahme mit einem Speicheltest einverstanden zu erklären." Siegessicher wechselte ihr Blick zwischen Leo und seinem Rechtsbeistand. „Die DNA des Spurenmaterials auf dem Laken ist mit der DNA Ihres Mandanten identisch."

Leo fühlte sich, als hätte er einen Fausthieb in den Magen bekommen. Aus seinem Gesicht wich alle Farbe. Fassungslos sprang er auf.

„Das ist eine Lüge! Ich weiß nicht, was hier gespielt wird, aber ich lasse mir das nicht länger bieten!"

Auch Olaf Salomon traf diese unerwartete Beweislage wie ein

Schock. Allerdings hatte er sich besser unter Kontrolle als sein langjähriger Freund.

„Können wir die Befragung an dieser Stelle unterbrechen?", bat er geistesgegenwärtig. „Ich muss mit meinem Mandanten unter vier Augen sprechen."

Nach einem kurzen Blickwechsel mit dem Kommissar stimmte die Staatsanwältin diesem Ansinnen zu.

„Überzeugen Sie Ihren Mandanten davon, dass es an der Zeit ist, ein Geständnis abzulegen", sagte sie noch, ehe sie den Raum mit Pit verließ.

Mit geschlossenen Augen lehnte sich Leo gegen die Wand und schlug mehrmals leicht mit dem Hinterkopf dagegen.

„Verdammt! Verdammt! Verdammt! Wie konnte ich nur in diesen Alptraum geraten?"

Als er die Augen aufschlug, sah er den eindringlichen Blick des Freundes auf sich gerichtet.

„Schau mich nicht so inquisitorisch an, Olaf! Du kennst mich mein halbes Leben lang! Traust du mir wirklich zu, dass ich sechs Frauen vergewaltigt und erdrosselt haben könnte?"

„Mit Sicherheit nicht, Leo. Für dich würde ich meine Hand ins Feuer legen." Nachdenklich kratzte er sich am Kinn. „Wir müssen rausfinden, wie deine Spermaspuren auf dieses verflixte Laken gelangen konnten, sonst haben wir keine Chance. Ein positiver DNA-Vergleich hat vor Gericht größte Beweiskraft."

„Mir ist das alles ein Rätsel. Ich spaziere doch nicht durch die Gegend und hinterlasse überall Spermaspuren, die man nur noch einsammeln muss."

„Normalerweise finden sich solche Spuren nur nach einem Beischlaf – oder nach einer Vergewaltigung."

„Aber die einzige Frau, mit der ich in den letzten anderthalb Jahren geschlafen habe, ist Antonia!"

„Natürlich!", rief Olaf erleichtert aus und schlug mit der flachen Hand auf den Tisch. „Das ist die Lösung! Und der Beweis, dass sie da mit drinsteckt! Entweder verbrachte sie das Laken unbemerkt an den Fundort der Leiche – oder sie hat es vor der forensischen Untersuchung gegen eines aus ihrem Schlafzimmer ausgetauscht! Als Leiterin des Gerichtsmedizinischen Instituts hat sie überall freien Zugang!"

Während Leo diese Möglichkeit erst einmal verdauen musste, kam seinem Rechtsanwalt noch ein Gedanke.

„Hätte sie die Gelegenheit gehabt, den Beutel aus dem Bistro heimlich in deinen Kofferraum zu legen?"

„Möglich wäre das schon", überlegte Leo niedergeschlagen.

„Anscheinend besteht kein Zweifel mehr daran, dass Antonia mich skrupellos benutzt hat. Warum passiert ausgerechnet mir das immer wieder? Hätte ich bloß auf meinen Verstand gehört, anstatt meinen Gefühlen nachzugeben. Ich hätte wissen müssen, wie katastrophal das auch diesmal endet."

„Nun lass den Kopf nicht hängen. Allerdings musst du, mit dem, was sie gegen dich in der Hand haben, damit rechnen, ein paar Tage Staatsgast zu sein. Sowie ich eine Möglichkeit sehe, hole ich dich hier raus. So lange musst du durchhalten. Soll ich deinen Vater inzwischen informieren?"

„Lieber nicht. Paps würde sich nur unnötig sorgen."

„Morgen werden die Zeitungen voll davon sein", gab Olaf zu bedenken. „Soll er aus der Presse erfahren, dass sein Sohn unter Mordverdacht verhaftet wurde?"

„Also gut, ruf ihn an."

„Okay", nickte der Rechtsanwalt und erhob sich. „Ich werde dem Kommissar ... Hauptkommissar mitteilen, dass du vorläufig keine Aussage mehr machst. Lass dich auf nichts ein, Leo. Erst wenn ich Akteneinsicht hatte, können wir unser weiteres Vorgehen abstimmen."

Wie in Trance war Antonia nach Hause gefahren. Vor Leos Grundstück sah sie die ihr wohlbekannten Wagen der Leute von der Spurensicherung. Offenbar suchten die Beamten immer noch nach Beweisen für Leos Schuld.

Müde betrat Antonia mit Quincy ihr Haus. Sie brauchte nun erst einmal einen starken Kaffee, um wieder klar denken zu können. In der Küche setzte sie das von Leo mitgebrachte chromblitzende Gerät in Betrieb. Dabei hallten unaufhörlich die Worte ihrer Schwester in ihrem Kopf wider:

Er hat dich von Anfang an belogen, um an Informationen zu kommen! Nur deshalb hat er mit dir geschlafen!

Irgendetwas in ihr weigerte sich zu glauben, dass Leos Gefühle geheuchelt gewesen waren. Hatte sie nicht hundertmal in seinen Augen gelesen, wie sehr er sie liebte? Konnte sie sich so sehr täuschen? Machte Liebe wirklich blind für die Realität?

Die DNA auf dem Bettlaken stimmt mit dem DNA-Profi des Tatverdächtigen überein, schien die Stimme des Kommissars ihr zuzuraunen.

Gab es einen eindeutigeren Beweis, dass es sich bei Leo um den Orchideenmörder handeln musste? Nein, verdammt!, dachte Antonia. Sie hatte selbst oft genug Gutachten erstellt, die einen Mörder aufgrund ihrer forensischen Untersuchungsergebnisse lebenslang hinter Gitter gebracht hatten. Obwohl sie als Wissenschaftlerin von der unanfechtbaren Beweiskraft menschlicher DNA-Übereinstimmung ausgehen musste, widerstrebte es Antonia, in Leo einen eiskalten Frauenmörder zu sehen. Dieser sanfte Mann sollte mit seinen zärtlichen Händen fähig gewesen sein, wehrlose junge Frauen brutal misshandelt und erdrosselt zu haben? Alles in ihr wehrte sich dagegen. Dennoch schien es eine unabänderliche Tatsache zu sein ... Mit zitternden Fingern nahm sie eine Tasse aus dem Schrank.

„Ich habe nicht mit einem Killer geschlafen!", rief sie gequält aus und schleuderte die Tasse auf den gefliesten Boden, wo sie mit einem lauten Knall zerschellte. Verzweifelt rutschte Antonia am Küchenschrank herunter. Während Tränen über ihr Gesicht rannen, umschlag sie ihre Beine mit den Armen. Ihr hemmungsloses Schluchzen lockte Quincy in die Küche. Leise jaulend stupste das Tier sein Frauchen mit der Nase an. Tränenblind schaute sie in treue Hundeaugen.

„Dich hat er doch auch immer gut behandelt", sagte sie mit erstickter Stimme und strich über sein weiches Fell. „Jetzt haben wir nur noch uns beide."

Kapitel 23

Der Blick von der Terrasse faszinierte Vincent auch nach Jahren noch. An diesem Morgen schenkte er der unverwechselbaren Landschaft jedoch keine Beachtung. Seine Augen schweiften zu der Reiterin, die bei den Ställen geschmeidig aus dem Sattel sprang. Noch immer staunte Vincent über die magische Vertrautheit, die vom ersten Moment an zwischen ihnen entstanden war.

Vor wenigen Tagen hatte er Helen das erste Mal geküsst. Nun musste er befürchten, diese wundervolle Frau zu verlieren, noch bevor er die Chance hatte, ihr seine Gefühle zu gestehen. Bislang hatte er nur Andeutungen in diese Richtung gewagt. Vielleicht hätte er mit seinem Geständnis nicht so lange warten sollen, fragte er sich, wusste aber im gleichen Moment, dass in ihm kein Draufgänger steckte, der eine Frau mit seinen Empfindungen überrannte. Es wollte Helen Zeit lassen, sich mit ihm und seinen Lebensumständen vertraut zu machen. Nur dadurch würde ihr klar werden, ob sie wie er empfinden konnte. Da sie aber den nächtlichen Kuss nach der Geburt des Fohlens am nächsten Morgen nicht zur Sprache gebracht hatte, nahm er an, sie sei noch nicht so weit, sich ihm völlig zu öffnen. Deshalb übte er sich seit Tagen schweren Herzens in Geduld. Nun überfiel ihn panische Angst, die wahrscheinlich letzte große Liebe seines Lebens zu verlieren.

Mit einem erzwungenen Lächeln blickte er Helen entgegen.

„Wie war dein Ausritt?"

„Herrlich!" Mit strahlenden Augen und leicht geröteten Wangen blieb sie bei ihm auf der Terrasse stehen. „Silas ist ein wundervolles Pferd. Morgen musst du mich wieder begleiten."

„Das ist leider unmöglich. Ich habe vorhin einen Anruf erhalten und muss so schnell wie möglich nach Deutschland."

„Ist was passiert?", fragte sie alarmiert und setzte sich zu ihm.

„Du wirkst beunruhigt."

„Eine Familienangelegenheit", erklärte er knapp. Es war undenkbar, ihr zu sagen, dass sein Sohn als verdächtiger Serienkiller in U- Haft saß.

Ratlos schaute Helen ihren Gastgeber an. Seine Besorgnis war unübersehbar. Sollte sie ihm ihre Begleitung anbieten – oder würde das aufdringlich wirken?

„Wenn ich irgendetwas tun kann ...?"

Stumm schüttelte er den Kopf.

„Soll ich hier auf deine Rückkehr warten? Ich könnte ..."

„Auf keinen Fall!", fiel er ihr kategorisch ins Wort. Er konnte ihr nicht zumuten, tage- oder vielleicht wochenlang hier allein auszuharren. Außerdem müsste er ihr dann erklären, aus welchem Grund er seinem Sohn beistehen musste. „Ich weiß noch nicht, wie lange ich fort sein werde. Du solltest wieder deine eigenen Pläne verfolgen und deine Freunde besuchen. Deshalb bist du schließlich in die Toskana gekommen."

Mit Befremden registrierte sie seine Worte. Wieso verhielt er sich plötzlich so abweisend?

„Meine Freunde laufen mir nicht weg", versuchte sie, ihm abermals ihre Unterstützung anzubieten. „Ich könnte hier bleiben und mich ein wenig nützlich machen, während du deine Familienangelegenheit regelst."

„Mein Verwalter kümmert sich während meiner Abwesenheit um alles!", entfuhr es ihm barscher als beabsichtigt. „Du kannst nicht bleiben!" So schwer es ihm auch fiel, er musste nun in erster Linie an seinen Sohn denken und ihm zuliebe seine Wünsche und Bedürfnisse zurückstellen. „Ich fliege heute Mittag. Bis dahin habe ich noch einiges zu erledigen."

„Verstehe", sagte Helen, wobei sie sich keine Gefühlsregung anmerken ließ. Anscheinend wollte er sie so schnell wie möglich loswerden. Demnach hatte sie sich in diesem Mann getäuscht. Er hatte den Eindruck erweckt, er würde etwas für sie empfinden, aber er schien nur ein wenig Gesellschaft gesucht zu haben. Mehr bedeutete ihm ihre Bekanntschaft nicht. Der

Mohr hatte seine Schuldigkeit getan, der Mohr konnte gehen.

Sie murmelte eine Entschuldigung, dass sie sich frischmachen wolle und betrat das Haus. Im Gästebad duschte sie rasch, bevor sie sich in ihrem Zimmer ankleidete und zu packen begann.

Vincent saß noch immer auf der Terrasse und grübelte darüber nach, wie er Helen sein Verhalten plausibel machen konnte. Ihm war nicht nur klargeworden, dass er sich im Ton vergriffen hatte. Er hatte sich auch derart ungeschickt ausgedrückt, dass sie nur annehmen konnte, sie sei ihm gleichgültig. Zwar hatte sich diese außergewöhnliche Frau meisterhaft unter Kontrolle, doch war ihm das leise Aufflackern von Enttäuschung in ihren Augen nicht entgangen. Zweifellos hatte seine abweisende Haltung sie auch verletzt.

Während er überlegte, was er nun tun solle, mischten sich Motorengeräusche in seine Gedanken. Verwundert wandte er den Kopf, sah das rote Auto, das sich durch das steinerne Tor immer schneller von seinem Anwesen entfernte.

Erschrocken sprang Vincent auf.

„Helen!"

Als würde er gejagt stürmte er ins Gästezimmer, um sich davon zu überzeugen, ob sie tatsächlich ohne ein Wort abgereist war. Suchend blickte er sich in dem tadellos aufgeräumten Zimmer um, entdeckte einen Zettel auf der Kommode. Innerlich aufstöhnend las Vincent die geschwungenen Buchstaben:

Danke für die Gastfreundlichkeit
Helen

Nichts weiter, keine Adresse, keine Telefonnummer. Mit hängenden Schultern verließ Vincent das Gästezimmer. Er fragte sich, weshalb er sich auf einmal so müde fühlte, so mutlos und alt.

Antonia hatte in der vergangenen Nacht keine Ruhe gefunden. Das kleine Haus, das kürzlich noch ein anderer mit Leben erfüllt hatte, erschien ihr trostlos und leer. Gegen Morgen fasste sie den Entschluss, Leo in der U-Haft aufzusuchen. Sie wollte Erklärungen, bevor sie einen sauberen, unmissverständlichen Schlussstrich ziehen konnte, der sie endgültig voneinander trennen würde.

Mit zwiespältigen Gefühlen betrat sie den Besucherraum im Untersuchungsgefängnis. Unbehaglich blieb sie vor dem vergitterten Fenster stehen. Erst als die Tür auf der anderen Seite des Raumes aufgeschlossen wurde, wandte sie sich um. Ein Vollzugsbeamter führte Leo herein. Bei seinem Anblick erschrak Antonia. Er wirkte blass und übernächtigt.

„Du?", sprach er sie mit müder Stimme an. „Warum bist du gekommen?"

„Weil ich Antworten will. Weshalb hast du mich von Anfang an belogen? Immer wieder belogen?"

„Du hast es gerade nötig!", versetzte er bitter. „Mit welchem Recht machst ausgerechnet du mir Vorhaltungen? Immerhin verdanke ich dir, dass ich mich in dieser aussichtslosen Lage befinde! Du hast alles daran gesetzt, mich als Killer hinzustellen! Ist das deine Rache?"

„Rache?", wiederholte sie verständnislos. „Wofür?"

„Weil ich dich im Unklaren darüber gelassen habe, wer ich wirklich bin."

„Das ist absolut lächerlich! Erst nach deiner Verhaftung habe ich erfahren, dass du mich schamlos belogen hast! Wahrscheinlich hat sich der geniale Leonard von Thalheim darüber amüsiert, wie naiv die kleine Pathologin auf ihn reingefallen ist!"

„Kleine Pathologin?" Hart lachte er auf. „Man erzählt sich, dass die Leiterin des Gerichtsmedizinischen Instituts eine Kapazität ist! Außerdem sagt man ihr eine Schwäche für junge Liebhaber nach!" Aus zusammengekniffenen Augen fixierte er sie scharf. „Was war ich für dich? Die peinliche Ausnahme, um der Staatsanwältin aus der Klemme zu helfen? Hast du mir deshalb verschwiegen, dass sie deine Schwester ist? Sonst wäre ich ja vielleicht misstrauisch geworden, bevor ihr mich so richtig fertigmachen konntet!"

„Was denkst du eigentlich von mir?", erregte sie sich. Unwillkürlich fröstelte sie, als sie den Ausdruck in seinen Augen sah. Von der einstigen Wärme in ihnen war nichts mehr vorhanden. Es lag nur noch kalte Verachtung in seinem Blick. „Wie kommst du dazu, mir diese ungerechtfertigten Vorwürfe zu machen? Du warst es, der mich benutzt hat!"

„Und wenn es so wäre?", höhnte er, um ihr genauso wehzutun, wie sie es mit ihm getan hatte. „Vom ersten Augenblick an wusste ich, dass ich dich haben kann. Was glaubst du, weshalb ich mir das mit deiner Therme ausgedacht oder deinen Garten in Ordnung gebracht habe? Dazu noch die richtigen Worte – und du warst dort, wo ich dich haben wollte. Es war sogar ganz nett mit dir – obwohl ich eigentlich sensationelleren Sex gewöhnt bin!"

Leo sah ihr an, dass dieser Schlag saß. Antonia wurde weiß wie die Wand in ihrem Rücken und kämpfte mit den Tränen.

„Tja, das ist wohl nicht so gelaufen, wie du dir das vorgestellt hast, du kleines Miststück!", setzte Leo noch eins obenauf. „Und jetzt geh! Ich kann deinen Anblick nicht länger ertragen! Wage es nie wieder, mir unter die Augen zu treten!" Mit grimmiger Miene wandte er sich an den Vollzugsbeamten. „Bringen Sie mich in meine Zelle zurück." Ohne Antonia noch eines Blickes zu würdigen, ließ er sich hinausführen.

In der Stille seiner Zelle verrauchte sein Zorn. Dennoch versuchte er, die wenigen davon übrig gebliebenen Fetzen zu sammeln, weil jenseits dieser Wut eine beängstigende Verzweiflung lauerte. Er wollte nicht wieder in dieses schwarze Loch stürzen...

Helen hatte noch einen Platz in der Vormittagsmaschine bekommen, so dass sie am frühen Nachmittag zu Hause eintraf. Sie hatte gerade einen Koffer ausgepackt, als die Melodie ihres

180

Handys erklang. Vom Display las sie den Namen ihrer Tochter ab.

„Ja, ich lebe noch, mein Kind", meldete sie sich, worauf Franziska leise lachte.

„Das beruhigt mich ungemein, Mam. Noch lieber wäre es mir allerdings, du kämst so bald wie möglich nach Hause."

„Hast du Sehnsucht nach deiner alten Mutter? Oder ist was passiert?"

„Antonia braucht dich", behauptete ihre Tochter. „Sie hat sich verliebt und musste eine derbe Enttäuschung einstecken. Es würde zu weit führen, dir das jetzt in allen Einzelheiten zu erklären. Fakt ist, dass sie sich von mir nicht helfen lassen will. Sie geht nicht an ihr Handy. Zu ihr fahren kann ich jetzt aber nicht, weil wir in dringenden Ermittlungen stecken. Ich mache mir ernste Sorgen, dass ..."

„Gib mir ihre neue Adresse", unterbrach Helen ihre Tochter, so dass Franziska erleichtert aufatmete.

„Brichst du deinen Urlaub ab?"

„Seit ungefähr einer Stunde bin ich wieder in der Stadt."

„Gott sei Dank", sagte Franziska, bevor sie ihrer Mutter Antonias neue Anschrift mitteilte.

In ihrem Haus am Deister saß Antonia grübelnd im Wohnzimmer. Zuerst wollte sie das Läuten an der Haustür ignorieren, erhob sich dann aber doch. Ihr war überhaupt nicht nach Besuch zumute, deshalb öffnete sie die Tür nur ein Stück weit. Der Anblick ihrer Mutter überraschte sie sichtlich.

„Mam! Seit wann bist du zurück?"

„Seit heute." Mit mütterlicher Sorge musterte sie ihre Tochter. „Du siehst mitgenommen aus, Antonia. Was ist los mit dir?"

„Weißt du das nicht längst? Meine neue Adresse kannst du doch nur von Franziska haben. Sicher hat sie dich angestiftet, bei mir nach dem Rechten zu sehen."

„Da du mich anscheinend nicht reinlassen möchtest, komme ich wohl ungelegen. Eigentlich hatte ich nach meinem Urlaub eine herzlichere Begrüßung erwartet."

„Sorry", bat Antonia und trat beiseite. „Bitte, komm rein."

Sie schaute sich interessiert um, während sie ihrer Tochter ins Wohnzimmer folgte. Ohne sich bei einem Kommentar über das Haus aufzuhalten, blieb Helen mitten im Raum stehen.

„Was ist passiert, Kind?"

Impulsiv warf sich Antonia in die Arme ihrer Mutter.

„Ich bin eine blöde, leichtgläubige Kuh!", schluchzte sie. „Warum habe ich sein falsches Spiel nicht durchschaut? Wie konnte ich nur so dumm sein?"

„Also ist ein Mann für deinen Kummer verantwortlich", sagte Helen. Tröstend strich sie ihrer Tochter über den Rücken. Dadurch beruhigte sich Antonia allmählich, so dass Helen sie zum Sofa dirigierte. „Erzähl mir, was dich quält."

„Kannst du dir vorstellen, dich in einen Mann zu verlieben, der behauptet, genauso zu empfinden, der dich in Wirklichkeit aber nur benutzt? Der nur einen Zeitvertreib in dir sieht?"

„Das kann ich mir sogar sehr gut vorstellen", erwiderte Helen, wobei sich ein bitterer Zug um ihre Lippen legte. Sie verdrängte das unerfreuliche Ende ihrer Bekanntschaft mit Vincent jedoch sofort wieder aus ihren Gedanken. „Wer war dieser Schuft, Antonia?"

Mit leiser Stimme berichtete sie von ihrer ersten Begegnung mit dem vermeintlichen Gärtner, von ihrer gemeinsamen Zeit bis hin zu den jüngsten Ereignissen.

„Heute war ich bei ihm in der U-Haft, um ihn zur Rede zu stellen", fügte sie nach kurzem Schweigen hinzu. „Leo hat gar nicht erst versucht zu leugnen, dass seine naive Nachbarin nur ein nützliches Spielzeug für ihn war. Als Krönung hat er mich als Miststück beschimpft, weil ich angeblich zusammen mit der Staatsanwaltschaft für seine Verhaftung gesorgt hätte."

„Tatsächlich hast du aber erst durch Franziska von seiner Festnahme erfahren. – Richtig?"

„Ich war wie vom Donner gerührt. Kommissar Gerlach hat von einem anonymen Hinweis gesprochen – und plötzlich schien

182

alles zu passen ...“

Eindringlich forschte Helen im unglücklichen Gesicht ihrer Tochter.

„Glaubst du, dass dieser Leo der Orchideenmörder ist?“

„Obwohl sämtliche Beweise gegen ihn sprechen, sträubt sich alles in mir, das zu glauben. Wenn ich unsere heutige Begegnung ausklammere, erinnere ich mich nur an wundervolle Stunden. Vielleicht an die glücklichsten meines Lebens. Leo war immer sehr liebevoll und zärtlich.“ Gedankenverloren schüttelte sie den Kopf. „Ich habe die Opfer des Orchideenmörders obduziert, Mam. Sie wurden mit solcher Brutalität misshandelt, zu der Leo gar nicht fähig wäre.“

„Du könntest dich täuschen“, gab Helen zu bedenken. „Offenbar ist dieser Leo ein Meister des sich Verstellens, so dass du ihm den einfachen Gärtner ohne weiteres abgenommen hast. Demnach hat er seine Rolle perfekt gespielt. Kannst du sicher sein, dass sich hinter dieser Maske nicht auch ein psychopathischer Serienkiller verborgen hat? Es wäre nicht das erste Mal, dass man einen als freundlichen Nachbarn beschriebenen Mann als brutale, skrupellose Bestie entlarven würde.“

„Aber Leo ist ein so sanfter, hilfsbereiter Mann, bei dem ich mich geborgen gefühlt habe!“ Ein trauriges Lächeln erschien um ihren Mund. „Anfangs war er so rührend unsicher wie ein unerfahrener Teenager. Wahrscheinlich weil seine letzte Beziehung sehr enttäuschend für ihn war.“

Diese Tatsache ließ Helen aufhorchen.

„Weißt du Näheres darüber?“

„Leo hat nicht gern davon gesprochen. Allerdings muss er so sehr verletzt gewesen sein, dass das Kapitel Frauen für ihn abgehakt war.“

„Solche tiefen psychischen Wunden fördern manchmal eine erschreckende dunkle Seite zutage. Das habe ich in meiner langjährigen beruflichen Praxis schon erlebt. Auch dieser Leo könnte zum Frauenhasser geworden sein.“ Ihren klugen Augen entging nicht, dass ihre Tochter darüber nachdachte. „Da du die Opfer auf deinem Tisch hattest, weißt du sicher, ob sie einander geähnelt haben!?"

„Sie waren alle sehr hübsch mit langem blondem Haar."

„Daraus könnte man schließen, dass es eine gut aussehende blonde Frau war, die ihn so tief enttäuscht hat. Erfahrungsgemäß rächt sich ein solcher Täter an Personen, die demjenigen gleichen, der für ihren Schmerz verantwortlich ist. Wie unter Zwang töten sie den verhassten Menschen auf diese Weise mit jedem ihrer Opfer aufs Neue."

„Das klingt alles so furchtbar plausibel. Trotzdem will ich einfach nicht glauben, dass Leo ein Killer ist."

„Du liebst ihn noch. Solche Gefühle kann man nicht von heute auf morgen abstellen."

„Ich bin total unsicher, was ich empfinde", gestand ihre Tochter. „In meinem Inneren herrscht ein schreckliches Chaos." Sekundenlang hielt sie inne. „Als ich Leo das erste Mal begegnet bin ..." Kopfschüttelnd brach sie ab. „Zu diesem Zeitpunkt wusste er noch gar nicht, dass ich als Gerichtsmedizinerin mit diesem Fall zu tun habe. Wieso hat er mich trotzdem von Anfang an belogen?"

„Männer erzählen dir alles, was du hören willst, wenn sie mit dir zusammen sein wollen", sagte Helen illusionslos. „Glaub mir, ich weiß, wovon ich rede."

„Bei dir ist wohl auch nicht alles wunschgemäß verlaufen? Vor einigen Tagen hat Franzi mir erzählt, dass du einen sehr netten Mann kennengelernt hättest. Wo ist er jetzt? Hat er ..."

„Das war leider alles ein Irrtum", fiel Helen ihrer Tochter ins Wort. „Wenn man in meinem Alter noch mal jemanden kennenlernt, der ..." Hilflos hob sie die schmalen Hände, ließ sie wieder sinken. „Seit dem Tod deines Vaters habe ich mir das erste Mal eingestanden, dass ich etwas Grundlegendes in meinem Leben vermisse: ein wenig Zuneigung, Zärtlichkeit ..."

„... und du dachtest, dass du das alles bei diesem Italiener findest."

„Er war ein Landsmann. Vor einigen Jahren hat er dieses herrliche Anwesen in der Toskana gekauft und sich dort niedergelassen. Heute ist mir klar, dass es nur Einsamkeit war, die ihn veranlasst hat, mich einzuladen. Wahrscheinlich habe ich mehr hinein interpretiert, weil auch ich Angst davor habe, allein alt zu werden."

„Gibt es denn überhaupt noch Männer, die Frauen nicht egoistisch benutzen?"

„Ganz so empfinde ich das nicht", sagte sie zu Antonias Überraschung. „Mir hat die Zeit bei ihm gut getan. Sehr gut sogar. Wir sind täglich ausgeritten und haben wundervolle Gespräche geführt. Einmal hat er offen zugegeben, dass er etwas für mich empfindet und mich eines Abends sogar geküsst. Dabei muss ihm wohl bewusst geworden sein, dass seine Gefühle für mich rein freundschaftlich sind. Jedenfalls verhielt er sich ab diesem Zeitpunkt wieder passiv. Immer freundlich und zuvorkommend, aber irgendwie auch unnahbar. Das hätte mich eigentlich stutzig machen müssen. Dann wäre ich abgereist und hätte mir erspart, dass er mich praktisch vor die Tür gesetzt hat."

Ungläubig weiteten sich Antonias Augen.

„Er hat dich rausgeworfen? Aus welchem Grund?"

„Angeblich wegen irgendeiner Familienangelegenheit, die keinen Aufschub duldet. Es war ihm sichtlich unangenehm, mir klarzumachen, dass ich nicht mehr erwünscht bin. Seine Worte waren nicht nur deutlich, sondern auch verletzend."

„Das tut mir so leid für dich, Mam. Franzi und ich, wir hatten uns schon für dich gefreut."

„Anscheinend ist es den Frauen in unserer Familie nicht vergönnt, noch mal den richtigen Partner zu finden", meinte Helen achselzuckend. „Du und ich, wir hatten sozusagen einen Fallschirmsprung ins Glück gebucht, aber der Schirm öffnete sich nach dem Absprung nicht."

„Künftig sollten wir auf dem Boden bleiben. Aber wenigstens scheint Franzi in dieser Hinsicht ein glücklicheres Händchen zu haben. Hat sie dir schon von ihrem Sherlock Holmes erzählt?"

Erstaunt schüttelte Helen den Kopf.

„Bedeutet das etwa, deine Schwester hat einem Polizisten erlaubt, ihr Herz zu erobern?"

„Hauptkommissar Gerlach von der Mordkommission hat der Frau Staatsanwältin schon vor Wochen den Kopf verdreht."

„Den kenne ich", überlegte Helen. „Ein sympathischer Mann, der kurz vor meiner Pensionierung in einem Prozess als Zeuge gehört wurde, bei dem ich den Vorsitz hatte." Ein schelmisches Lächeln erhellte ihre Züge. „Wie konnte er es nur schaffen, deine Schwester davon zu überzeugen, dass ein Bulle auch im Privatleben ganz brauchbar sein kann?"

„Das musst du sie bei Gelegenheit selbst fragen, Mam. Franzi wird ihn dir bestimmt bald vorstellen."

„Wenigstens kann man bei einem Kommissar davon ausgehen, dass er es ehrlich meint." Betont schwungvoll erhob sie sich. „Jetzt steht erst mal eine Hausbesichtigung auf dem Programm. Ich möchte mich davon überzeugen, ob zumindest die Wahl deiner neuen Bleibe eine positive Veränderung in deinem Leben bedeutet."

„In praktischen Bereichen lasse ich mich nicht so leicht in die Irre führen", versetzte Antonia ironisch. „Komm, ich zeige dir erst das Haus und anschließend den Garten. Dann kannst du auch Quincy begrüßen. Bestimmt liegt er wieder faul an seinem Lieblingsplätzchen unter dem alten Apfelbaum."

Vincent von Thalheim wurde bei seiner Ankunft auf dem hannoverschen Flughafen Langenhagen von Olaf Salomon erwartet. Von dort aus fuhr der Rechtsanwalt den Vater seines Freundes direkt zum Untersuchungsgefängnis. Obwohl Leo seinen Vater lieber aus dieser unerfreulichen Sache herausgehalten hätte, war er erleichtert, ihn zu sehen. Dementsprechend herzlich fiel die Begrüßung aus. Sekundenlang hielten sie einander stumm in den Armen. Dann musterten sie sich gegenseitig.

„Gut siehst du aus, Paps."

„Was man von dir nicht behaupten kann, mein Junge." Erwiderte Vincent, bevor sie Platz nahmen. „Olaf hat mich unterwegs informiert, so dass ich in etwa im Bilde bin." Ernst schaute er seinem Sohn in die Augen. „Was ich allerdings nicht verstehe, ist die Sache mit dieser Frau. Bei unserem letzten Telefonat warst du doch total begeistert von ihr."

„Antonia hat mich verändert", sagte Leo nachdenklich. „Durch sie wurde ich wieder ein Mensch, der fähig war, zu fühlen, der sich dem Leben wieder öffnen konnte. Am meisten habe ich ihr Lachen geliebt, das tief aus ihrem Inneren zu kommen schien. Es hat so echt gewirkt, so frisch und aufrichtig." Ein harter Zug grub sich um seinen Mund. „Sie war die Sonne in meinem Herzen. Jetzt ist alles dunkel – stockdunkel."

„Bist du sicher, dass du deine Verhaftung ihr verdankst?"

„Zuerst habe ich mich geweigert, das auch nur ansatzweise zu glauben, Paps. Aber nachdem der DNA-Vergleich positiv war, musste ich mich damit abfinden, dass nur Antonia dahinterstecken kann. Sie ist die einzige Frau, mit der ich seit damals geschlafen habe."

„War das, bevor sie von deiner Orchideenzucht wusste?"

„Davon habe ich ihr schon bald nach unserem Kennenlernen erzählt. Antonia hatte das kleine Haus auf der anderen Straßenseite gekauft. Erst in der Nacht ihrer Einweihungsparty, auf der übrigens auch ihre Schwester, die Staatsanwältin war, ist das erste Mal etwas zwischen uns passiert."

„Das spricht für Olafs These: Die Schwestern brauchen dringend einen Tatverdächtigen, und zufällig züchtet der Nachbar einer der beiden Orchideen. Eine solche Gelegenheit ergibt sich bestimmt nicht alle Tage. Deshalb beschließen sie, dass deine Nachbarin ein Verhältnis mit dir beginnt. Dadurch sind sie über jeden deiner Schritte bestmöglich informiert und können zuschlagen, wenn der Druck zu groß wird. Das erleichtert später auch die Beweisführung gegen dich."

„Wie es scheint, habe ich die seltene Begabung, immer wieder auf Frauen reinzufallen, die skrupellos ihre eigenen Pläne verfolgen." Der Sarkasmus in seiner Stimme war nicht zu überhören. „Hoffentlich hattest du mehr Glück mit deiner wundervollsten Frau der Welt!?"

Als sein Vater nicht gleich antwortete, erschien ein vorwurfsvoll –fragender Ausdruck in Leos Augen.

„Hast du ihr erzählt, weshalb du den nächsten Flieger nach Deutschland genommen hast? Keine Frau will am Anfang einer Beziehung hören, dass du einen Serienkiller zum Sohn hast."

Schuldbewusst senkte Vincent den Kopf.

„Bitte, Leo ..."

„Was? Sag jetzt nicht, dass sie dich meinetwegen verlassen hat."

„Nein."

„Sondern?"

„Das war alles ein Missverständnis."

„Komm schon. Du willst mir doch nicht einreden, du hättest dir nur eingebildet, dass du sie liebst? Das kaufe ich dir nicht ab, nachdem du jahrelang wie ein einsamer Wolf gelebt hast."

„Ich liebe Helen von ganzem Herzen", gestand Vincent ohne Scheu. Offen berichtete er, was sich zwischen ihnen in den letzten Wochen ereignet hatte. Auch ließ er sein ungeschicktes Verhalten vor seiner Abreise nicht aus.

„Ich habe ihr die Wahrheit nicht verschwiegen, weil ich mich deinetwegen schäme. Immerhin weiß ich, dass du unschuldig bist. Ich dachte, dass ich Helen nicht mit den Problemen belasten darf. Wie falsch das war, wurde mir leider zu spät klar. Sie muss geglaubt haben, dass sie mir nichts bedeutet. Vielleicht dachte sie auch, ich vertraue ihr nicht. Sie ist ein so kluger und feinfühliger Mensch. Bestimmt hat sie gespürt, dass ich versucht habe, mich irgendwie rauszuwinden. Wahrscheinlich hat sie daraus geschlossen, dass sie mir lästig ist. Als Frau mit viel Format hielt sie ihre überstürzte Abreise wohl für die beste Lösung, um uns beiden weitere Peinlichkeiten zu ersparen."

„Denkst du, dass sie dich liebt, Paps?"

„Falls ich die Wärme in ihren wunderschönen Augen nicht fehlinterpretiert habe, glaube ich schon, dass sie etwas für mich alten Knacker empfindet. Sie hat sich nie so verhalten, als wäre ich ihr gleichgültig. Allerdings habe ich sie sehr verletzt. Ob sie mir das verzeihen kann?"

„Du musst das Missverständnis zwischen euch so schnell wie möglich ausräumen!", sagte Leo eindringlich. „Ich will nicht dafür verantwortlich sein, dass du diese Liebe verlierst! Irgendwann möchte ich die Frau kennenlernen, die meinem alten Herrn Herzklopfen bereitet."

„Zu gegebener Zeit werde ich nach ihr suchen. Jetzt ist es vorrangig, alles dafür zu tun, deine Unschuld zu beweisen. Alles andere muss warten."

Um Antonia zu entlasten, unternahm Helen am frühen Abend einen Spaziergang mit Quincy. Der Himmel war grau und diesig; die Luft roch nach Regen. Dennoch schlug Helen den von ihrer Tochter beschriebenen Pfad ein. In der Stille des Waldes versuchte sie sich einzureden, das Ende ihrer Bekanntschaft mit Vincent sei ohnehin nur eine Frage der Zeit gewesen. Er hatte seinen Lebensmittelpunkt in der Toskana, während sie in Hannover lebte. Wäre erst Nähe und Intimität zwischen ihnen entstanden, wäre es unnötig kompliziert geworden. Dennoch würde ihr dieser Sommer unvergesslich bleiben.

Tief in Gedanken versunken bog sie vom Waldrand in die Straße ein, die zu Antonias Haus führte. Von weitem sah sie eine Gestalt unschlüssig am Bordstein stehen. Erst im Näherkommen erkannte sie Vincent in dem wartenden Mann. Mit dem Hund an der Leine blieb sie bei ihm stehen.

„So sieht man sich wieder", sagte sie sachlich-distanziert. „Was führt dich ausgerechnet hierher?"

Obwohl er sich über das überraschende Wiedersehen freute, fühlte er sich unbehaglich in seiner Haut.

„Ich wollte bei meinem Sohn unterschlüpfen, aber ich kann nicht ins Haus." Umständlich stellte er seinen Koffer ab. „Und du? Wohnst du hier in der Nähe?"

„Meine Tochter", verneinte sie, und deutete zum Grundstück

auf der anderen Straßenseite. „Sie hat das Häuschen während meines Urlaubs gekauft."

„Diese durchtriebene Person ist deine Tochter?", brachte er ungläubig hervor. „Sie hat meinen Sohn eiskalt denunziert!"

„Der verlogene Kerl, der im Verdacht steht, der Orchideenmörder zu sein, ist dein Sohn?"

„Leo ist kein Mörder! Deine Tochter hat ihn ans Messer geliefert, obwohl sie wusste, dass er unschuldig ist!"

„So ein Unsinn! Seine Verhaftung traf Antonia völlig unvorbereitet! Erst dadurch hat sie erfahren, dass dein Sohn sie von Anfang an belogen und benutzt hat!"

„Deiner Tochter ... deinen Töchtern", korrigierte er sich, als ihm bewusst wurde, dass auch die Staatsanwältin dazu zählte. „... kam das alles sehr gelegen! Nun haben sie jemanden, dem sie die Morde anhängen können!"

Spöttisch schüttelte sie den Kopf.

„Davon abgesehen, dass das einfach absurd ist, scheinst du völlig falsche Vorstellungen von der deutschen Justiz zu haben. Ohne einen dringenden Tatverdacht wird hier niemand festgenommen. Allerdings habe ich gehört, dass die Beweislage in diesem Fall eindeutig ist."

„Diese sogenannten Beweise sind allesamt gefälscht!", behauptete er verzweifelt. „Leo kann keiner Fliege etwas zuleide tun! Er ist gutmütig und mitfühlend! Ein so sanfter Charakter verwandelt sich doch nicht mal eben in ein brutales Monster! Irgendjemand muss den Verdacht auf ihn gelenkt haben!" Ein flehender Ausdruck erschien in seinen Augen. „Du bist doch vom Fach, Helen. Bitte hilf mir, die Wahrheit rauszufinden!"

Obwohl der Fall ihre Neugier weckte, zögerte sie. Dieser angebliche Gärtner hatte ihrer Tochter durch seine Unaufrichtigkeit sehr wehgetan. Obendrein beschuldigte er sie, Beweismittel manipuliert zu haben, um ihn als Serienkiller hinzustellen.

„Tut mir Leid", kommentierte er ihr nachdenkliches Schweigen. „Warum solltest du ausgerechnet mir helfen, nachdem ich mich heute Morgen so idiotisch verhalten habe? Außerdem hältst du meinen Sohn schon jetzt für den Killer."

„Für mich ist ein Mensch so lange unschuldig, bis ein Gericht seine Schuld zweifelsfrei nachgewiesen hat", erwiderte sie zu seiner Erleichterung. „Allmählich beginnt es mich zu interessieren, was wirklich dahintersteckt. Jedenfalls bin ich felsenfest davon überzeugt, dass meine Töchter nichts Unrechtes getan haben. Genauso sicher scheinst du bei deinen Sohn zu sein. Sollten wir beide unsere Kinder nicht völlig falsch einschätzen, bleibt nur die Möglichkeit ..."

„... dass ein anderer die Fäden in der Hand hält", vollendete er, als sie abbrach. „Leider bin ich nur ein einfacher Weinbauer mit null Erfahrung in kriminalistischen oder juristischen Dingen. Trotzdem werde ich alles in meiner Macht stehende tun, um die Unschuld meines Sohnes zu beweisen."

„Also gut. Meine Unterstützung hast du." Sie warf einen Blick hinüber zum Anwesen seines Sohnes. „Vorhin hast du gesagt, dass du nicht ins Haus kannst. Hast du keinen Schlüssel?"

„Doch, aber auf sämtlichen Schlössern klebt das Siegel der Staatsanwaltschaft. Ich darf nicht rein. Ursprünglich wollte ich in Hannover bleiben, um in Leos Nähe zu sein. Nachdem ich vergeblich eine Reihe von Hotels abgeklappert hatte, meinte ein Taxifahrer, in der Stadt gäbe es wegen einer Messe kein einziges freies Zimmer. Deshalb ließ ich mich hierher fahren. Jetzt bleibt mir nur die Hoffnung, hier im Ort ein Gasthaus zu finden."

„Willst du dich ständig hin und herfahren lassen?", gab sie zu bedenken. „Selbstverständlich würde ich mich für deine Gastfreundschaft revanchieren, aber ich habe leider kein Gästezimmer. Allerdings steht in meinem Arbeitszimmer eine ausziehbare Couch. Falls du damit vorlieb nehmen möchtest?"

„Gern – wenn es dir keine Umstände macht."

„Dann lass uns gehen", sagte Helen und wechselte die Straßenseite. „Ich muss nur noch den Hund bei meiner Tochter abliefern." Vor Antonias Grundstück blieb sie stehen und schaute Vincent bedauernd an. „Entschuldige, aber meine Tochter ist jetzt nicht unbedingt in der Verfassung, den Vater des Mannes kennenzulernen, der sie so tief enttäuscht hat." Rasch zog sie ihren Autoschlüssel aus der Hosentasche und richtete ihn auf den weinroten VW-Beetle am Bordstein. Ein Druck auf die Fernbedienung entriegelte die Schlösser. „Setz dich bitte schon in den Wagen. Ich bin gleich zurück."

Lange musste er tatsächlich nicht auf Helen warten. Ohne dass Antonia etwas vom Beifahrer ihrer Mutter erfahren hatte, lenkte sie den Wagen auf die Landstraße. Die Fahrt in die Stadt verlief überwiegend schweigend.

Vincent freute sich zwar darüber, dass Helen ihn bei sich aufnehmen wollte, aber das tat sie vermutlich wirklich nur, um sich für seine Gastfreundschaft zu revanchieren. Seit sie sich so unverhofft auf der Straße wiedergetroffen hatten, herrschte eine spürbar kühle Atmosphäre zwischen ihnen, die ihm sehr zu schaffen machte.

Helen dagegen fragte sich, ob Vincent ihre Einladung womöglich missverstehen könnte. Vor knapp zehn Stunden hatte er keinen Zweifel daran gelassen, dass ihre Anwesenheit nicht mehr erwünscht war. Zwar hatte er sie nun trotzdem um Hilfe gebeten, aber das geschah nur seinem Sohn zuliebe. Deshalb musste sie sich in den nächsten Tagen um eine möglichst sachliche Atmosphäre zwischen ihnen bemühen. Vincent sollte nicht glauben, dass sie mehr von ihm erwartete.

Während sie durch Hannovers hell erleuchtete Innenstadt fuhren, wurde Helen bewusst, dass sie nichts im Haus hatte, um einen Gast zu bewirten.

„Du hattest doch sicher noch kein Abendessen, Vincent!?"

„Mach dir darum keine Gedanken. Ich habe im Flugzeug eine Kleinigkeit gegessen."

„Wann war das? Am Mittag? Bei mir war das Frühstück die letzte Mahlzeit. Leider bin ich noch nicht zum Einkaufen gekommen."

„Selbstverständlich lade ich dich zum Abendessen ein. Gibt es in der Nähe deiner Wohnung ein gutes Restaurant?"

„Ich habe eine bessere Idee."

Wenige Minuten später ließ sie den Wagen vor einem Geschäft ausrollen.

„Die haben schon geschlossen", sagte er nach einem Blick durch die Seitenscheibe, denn hinter den Schaufenstern schien alles dunkel. „Es ist zu spät zum Einkaufen."

„Abwarten", meinte sie nur und zog den Zündschlüssel ab. „Kommst du mit?"

Nachdem sie einen Weidenkorb vom Rücksitz genommen hatte, folgte Vincent ihr zur Ladentür. Wie vermutet, war bereits abgeschlossen. Nur aus den hinteren Räumen schimmerte ein schwacher Lichtschein.

Unbeirrt klopfte Helen gegen die Scheibe. Augenblicke später flammte Licht im Geschäft auf. Ein rundlicher Mann mit Schürze kam aus den hinteren Räumen zur Ladentür. Seine Miene drückte wenig Begeisterung über die späte Störung aus. Beim Anblick der Frau auf der Straße erschien jedoch ein breites Lächeln auf seinem gebräunten Gesicht. Sofort sperrte er die Tür von innen auf und öffnete sie weit.

„Welche Freude, Euer Ehren!", rief er aus und zog Helen an seine breite Brust. „Seit wann sind Sie zurück?"

„Seit heute Mittag", erklärte sie lächelnd und deutete auf Vincent. „Nun habe ich überraschend einen Gast, aber absolut nichts zu essen im Haus. Bekomme ich bei Ihnen trotz der späten Stunde noch was, Jannis?"

„Sie bekommen bei mir zu jeder Tages – und Nachtzeit alles, was Sie brauchen", versicherte er ihr, bevor er Helen und Vincent hinein bat. „Was darf ich Ihnen geben?", fragte er und verschwand hinter dem Ladentisch. Einladend zeigte er auf die mit Klarsichtfolie abgedeckte große Auswahl in der Kühltheke. Helen wählte griechischen Bauernsalat, Oliven, Peperoni und eingelegten Schafskäse aus.

„Und von den gefüllten Weinblättern", bat sie, bevor sie Vincent fragend anschaute. „Magst du Artischockensalat?"

Als er nickte, gab sie die Bestellung an den Griechen weiter. Während er die Plastikschälchen füllte, holte Helen einige Tomaten aus einer Kiste, legte Zwiebeln und eine Salatgurke auf den Ladentisch und nahm Butter, Milch und Joghurt aus dem Kühlregal.

„Brot brauchen wir auch noch, Jannis."

„Es ist nur noch ein Weißbrot von heute Morgen da ..."

„Das nehmen wir."

„Was ist mit Wein?", erkundigte er sich. „Ich habe noch zwei Flaschen von dem Roten, den Sie das letzte Mal genommen haben."

„Immer her damit", erwiderte sie amüsiert darüber, wie genau er ihre Gewohnheiten kannte. Vor Jahren hatte sie ihm erzählt, dass erst ein Glas Rotwein diese mediterranen Leckerbissen abrundete. Nun erwartete sie noch auf ein bestimmtes Angebot.

„Jetzt brauchen Sie noch was Süßes zum Abschluss", sagte er prompt, schaute sie dann jedoch fragend an. „Oder hat sich daran inzwischen was geändert?"

„Absolut nicht", lachte sie. „Was können Sie mir empfehlen?"

„Meine Schwester Maria hat ein neues Rezept ausprobiert: Tiramisu. Nicht unbedingt eine griechische Spezialität, aber sehr lecker."

„Mit Kalorien ohne Ende", fügte sie hinzu. „Packen Sie mir bitte zwei Portionen davon ein", entschied sie und reichte den Korb über den Ladentisch. „Geht es Ihrer Familie gut?"

„Milena macht nächstes Jahr Abitur", erzählte er stolz. „Mein Sohn Christos ist jetzt in der 8. Klasse auf dem Gymnasium."

„Und Sie, Jannis? Immer noch allein?"

„Genau wie Sie", bestätigte er, warf dann aber einen Blick zu Vincent hinüber, der scheinbar interessiert vor dem Weinregal stand. „Oder ..."

„Nein, nein, alles beim Alten", unterbrach sie ihn rasch. „Was bin ich Ihnen schuldig?"

„Die Kasse ist schon abgerechnet, Euer Ehren. Sie können beim nächsten Mal bezahlen." Mit dem Korb kam er um den

Ladentisch herum und begleitete die späten Kunden bis zur Tür. Dort übergab er den Korb an Vincent.

„Ich wünsche Ihnen noch einen schönen Abend."

„Ihnen auch, Jannis. Danke für Ihr Entgegenkommen."

Unterwegs zu Helens Wohnung brachte Vincent seine Verwunderung zum Ausdruck.

„Nennt dieser nette Grieche dich immer Euer Ehren?"

„Leider ist es mir nie gelungen, ihm das abzugewöhnen. Für ihn ist das ein Ausdruck von Respekt."

„Kennt ihr euch schon lange?"

„Ein paar Jahre. Seine Frau wurde damals auf Straße vor dem Geschäft überfahren. Ich hatte den Vorsitz beim Prozess gegen den Unglücksfahrer. Der Mann hatte mehr als zehn Stunden ununterbrochen am Steuer seines Trucks gesessen. Außerdem hatte er Alkohol im Blut. Er wurde wegen fahrlässiger Tötung und zur Zahlung von Schmerzensgeld verurteilt. Das konnte den Kindern zwar nicht die Mutter ersetzen, aber Jannis war dadurch in der finanziellen Lage, jemanden zur Betreuung der beiden einzustellen. Immerhin musste er von morgens bis abends im Geschäft stehen."

„Tragisch, wie von einer Minute zur anderen eine Familie zerstört werden kann", sagte Vincent mitfühlend. „Eben noch war man glücklich – und dann verändert sich alles. – Wie bei meinem Sohn."

„Sollte er unschuldig sein, wird sich das auch herausstellen."

„Und wenn nicht? Ich darf gar nicht daran denken, dass man ihn aufgrund falscher Beweise verurteilen könnte. Für sechs Morde! Das brächte ihn für immer hinter Gitter! Es würde Leo zerstören, wenn man ihn für den Rest seines Lebens unschuldig einsperrt!"

„So weit ist es noch lange nicht", versuchte Helen, ihn zu beruhigen. „Wir werden die Wahrheit schon rausfinden." Vor ihrer Wohnanlage lenkte sie den Wagen in eine Parkbucht. „So, da wären wir."

Gespannt folgte Vincent seiner Gastgeberin ins Haus. Ein Lift brachte sie in die dritte Etage. Schon der Flur der Wohnung beeindruckte Vincent. Er war hell und wurde er von einem alten, mit Schnitzereien versehenen Bauernschrank beherrscht.

„Hier ist das Gästebad", erklärte Helen. „Gegenüber das Wohnzimmer. – Deinen Koffer stellst du am besten gleich ins Arbeitszimmer", fügte sie hinzu und ging voraus.

Die der breiten Fensterfront gegenüberliegende Wand nahmen bis unter die hohe Decke Bücherregale ein. Außerdem gab es noch einen großen massiven Schreibtisch, auf dem sich nicht nur zahlreiche Unterlagen stapelten, sondern auch die während Helens Urlaub eingegangene Post.

Mit einer bedauernden Geste deutete sie auf das Sofa.

„Mehr kann ich dir leider nicht bieten."

„Für ein paar Nächte wird es schon genügen. Ich bin nicht so anspruchsvoll. So bald es wieder freie Hotelzimmer gibt, ziehe ich ohnehin um. So lange kann das schließlich nicht dauern."

Sie kommentiere seine Worte nicht. Im Stillen glaubte sie jedoch, dass er so schnell wie möglich wieder aus ihrer Nähe verschwinden wollte.

„Bettzeug gebe ich dir nachher. Jetzt kümmere ich mich erst mal um unser Abendessen."

Niedergeschlagen blickte Vincent ihrer schlanken Gestalt nach. Es wäre ihm lieber gewesen, Helen hätte versucht, ihm einen baldigen Wechsel ins Hotel auszureden. Aber das wäre wohl zu viel verlangt gewesen, nachdem er sich so idiotisch verhalten hatte.

Zögernd betrat Vincent die Küche.

„Kann ich dir helfen?", fragte er, als er sah, dass sie die Salate in Porzellanschälchen füllte.

„Du könntest den Wein öffnen", schlug sie vor und reichte ihm einen Korkenzieher.

Geschickt machte er sich an der Flasche zu schaffen. Es tat ihm weh, wie unpersönlich sie plötzlich miteinander umgingen. In der Toskana war das anders gewesen.

„Wollen wir gleich hier essen?", fragte er, um das lastende Schweigen zwischen ihnen zu überbrücken. „Deine Küche ist sehr gemütlich."

Wortlos nickte sie und nahm Teller und Gläser aus dem Schrank. Im Nu war der Tisch gedeckt. Während sie noch das Brot schnitt, schenkte er schon den Wein ein, damit er atmen und dadurch sein volles Aroma entfalten könne.

Zunächst aßen sie schweigend. Unvermittelt legte Vincent sein Besteck auf den Teller.

„Ich halte das nicht mehr aus!"

Irritiert blickte sie ihn an, als erwarte sie eine nähere Erklärung. „Helen, ich habe mich heute Morgen unmöglich benommen. Das konnte nur geschehen, weil ich es nicht übers Herz gebracht ..."

„Du musst dich nicht rechtfertigen", fiel sie ihm hastig ins Wort, weil sie befürchtete, es könne nur noch peinlicher werden. „Ich hatte deine Einladung nur unter der Bedingung angenommen, dass du mir offen sagst, wenn es an der Zeit ist, meine Freunde zu besuchen."

„Aber ich ..."

„Bitte, lass es dabei bewenden. Wenn wir versuchen wollen, die Wahrheit ans Licht zu bringen, sollten wir das nüchtern und sachlich angehen. Alles andere wäre wenig fruchtbar."

„Wie du meinst", stimmte er notgedrungen zu. Nun zweifelte er nicht mehr daran, dass seine verletzenden Worte wie eine kalte Dusche auf sie gewirkt haben mussten. Es würde für ihn keine zweite Chance geben.

Auch in dieser Nacht fand Antonia keine Ruhe. Stundenlang wälzte sie sich grübelnd herum. In der Morgendämmerung ging sie in die Küche hinunter, um sich ein Glas Milch zu holen. Als sie wieder unter die Decke schlüpfte, fiel ihr Blick auf die große Muschel. Behutsam nahm Antonia sie vom Nachttisch und hielt sie an ihr Ohr. Sie glaubte, das Rauschen des Meeres zu hören, wobei Bilder von glücklichen Tagen auf

Usedom vor ihrem geistigen Auge erschienen. Leo und sie Hand in Hand bei einem Strandspaziergang. Wie sie zusammen die Insel erkundeten, wie sie nebeneinander in den Dünen lagen, wie sie sich leidenschaftlich liebten ... Das konnte nicht falsch gewesen sein, dachte Antonia verzweifelt. Es fühlte sich immer noch gut und richtig an.

Aber er hat dich belogen, immer wieder belogen! - Obwohl er wusste, wie sehr du Unaufrichtigkeit verabscheust. Es hat dich über seine Identität, über seinen Beruf, wahrscheinlich sogar über seine Familie belogen.

Die Geschichte vom Weingut seines Vaters stimmte vielleicht auch nicht. Zwar hatte Leo sie einmal zu einem Tropfen von dort eingeladen, aber da der Wein bereits in einer Karaffe gewesen war, hatte Antonia die Flasche nicht gesehen. Der Landsitz in der Toskana schien ebenso ein Schwindel zu sein wie der reiche Freund, dem angeblich das Anwesen, die Luxuslimousine, der Flieger und das Häuschen auf Usedom gehörten. Nicht zu vergessen die kostenlose Therme und die sündhaft teure Kaffeemaschine. Alles Schwindel!

Innerlich zog Antonia schonungslos Bilanz: Leo hatte sich ihr Vertrauen durch Lug und Trug erschlichen. – Aber war er deshalb auch ein Mörder? Ein eiskalter Killer? Fröstelnd zog sie sich die Bettdecke über die Schultern. Noch nie hatte sie sich so zerrissen gefühlt, so ausgenutzt und hintergangen.

Von der Schlafzimmertür her beobachtete Quincy sein Frauchen. Das Tier spürte, wie Antonia litt. Auf leisen Pfoten kam der Hund näher, sprang auf das Bett und rollte sich am Fußende zusammen.

Kapitel 24

Am kommenden Morgen sah Helen ihren Gast erst gegen zehn Uhr. Sichtlich verlegen betrat Vincent das Wohnzimmer.

„Entschuldige bitte, dass ich so spät dran bin, aber ich habe total verschlafen. So was ist mir schon seit Jahren nicht mehr passiert."

„War das Sofa so unbequem, oder hast du wegen deines Sohnes keine Ruhe gefunden?"

„Habe ich dich etwa gestört? Das täte mir sehr leid."

„Hin und wieder habe ich das leise Knarren der Dielen gehört", winkte sie ab, gestand aber nicht ein, selbst nur wenig geschlafen zu haben. „Wollen wir jetzt frühstücken? Bei dem herrlichen Wetter habe ich auf dem Balkon gedeckt."

„Hast du etwa auf mich gewartet?" Das schien ihm sehr unangenehm zu sein. „Seit wann?"

„Bislang hatte ich nur für eine Tasse Kaffee Zeit", erwiderte sie und erhob sich. So leger in Jeans und T-Shirt gekleidet hatte er Helen bislang noch nicht gesehen. Aber es gefiel ihm.

Auf dem großen, mit vielen Grün – und Blühpflanzen dekorierten Balkon schenkte sie den Kaffee aus einer Warmhaltekanne ein, bevor sie auf den Brotkorb deutete.

„Bitte, bedien dich."

„Frische Brötchen. Die stammen aber nicht von Jannis."

„Während du noch geschlafen hast, war ich schon unterwegs", erzählte sie und nahm sich ein Croissant. „In unserem Hauptbahnhof bekommt man auch sonntags so ziemlich alles. Ich habe die Wochenendausgaben der Zeitungen mitgebracht."

„Wahrscheinlich haben sich die Reporter wie die Geier auf die Nachricht von Leos Verhaftung gestürzt."

„Aber nur die von den Boulevardblättern. Seriöse Zeitungen wie unsere HAZ stehen für eine sachliche Berichterstattung."

„Dafür wühlen die anderen umso mehr im Dreck. Schon früher tauchte Leos Name bisweilen in der Presse auf. Aber im Wirtschaftsteil. Seine Verhaftung als angeblicher Orchideenmörder ist doch ein gefundenes Fressen für die Sensationspresse."

„Das lässt sich nun mal nicht ändern. In erster Linie möchte ich mich darüber informieren, welche Fakten von der Kripo an die Presse weitergegeben wurden. Eine andere Informationsquelle haben wir im Augenblick nicht."

„Was ist mit deiner Tochter, der Staatsanwältin?"

„Zu einem laufenden Ermittlungsverfahren darf Franziska

selbst ihrer Mutter keine detaillierten Auskünfte geben."

„Konkretes erfahren wir also erst, wenn Olaf Akteneinsicht hatte."

„Olaf? Ist das der Rechtsbeistand deines Sohnes?"

„Olaf Salomon – ein alter Freund von Leo. Vielleicht hast du schon von ihm gehört?"

„Mit Dr. Salomon hatte ich sogar schon beruflich zu tun."

„Und? Was hältst du von ihm als Anwalt?"

„Salomon ist unumstritten einer der besten Strafverteidiger. Wie viel Erfahrung er mit Mordprozessen hat, kann ich nicht beurteilen. Aber er hat Biss, gilt als hartnäckig und gründlich. Ich denke, dass er keine schlechte Wahl ist."

„Das beruhigt mich. Leo braucht den besten Mann. Notfalls hätte ich noch jemanden zu Olafs Verstärkung engagiert."

„Das wird hoffentlich nicht nötig sein", meinte sie, und für einen kurzen Moment erschien der schelmische Ausdruck, den Vincent so liebte, in ihren Augen. „Immerhin hat er doch uns."

„Bist du gut als James Bond?"

„Das wird sich bald herausstellen, Miss Moneypenny", erwiderte sie in scherzhaftem Ton, wurde aber gleich wieder ernst. „In den letzten Jahren standen unzählige Straftäter vor meinem Richtertisch. Auch welche von der übelsten Sorte. Dadurch kenne ich das Vorgehen der Staatsanwaltschaft. Sollte es eine Schwachstelle in der Ermittlungsarbeit geben, finde ich sie."

Ihre Worte klangen selbstbewusst, aber nicht überheblich. Das imponierte ihm.

Während sie sich später anhand der verschiedenen Zeitungen über die Berichterstattung informierten, läutete das Telefon. Am anderen Ende der Leitung war Franziska.

„Mam, wie geht es Antonia?"

„Als ich vorhin mit ihr telefoniert habe, gab sie sich stark."

„Kein Mensch kann in einer solchen Situation stark sein."

„Du kennst doch deine Schwester. Sie wird diese Beziehung obduzieren, und sie -wenn nötig - in sämtliche Einzelteile zer-

200

legen, bis sie die Todesursache rausgefunden hat."

„Toni wird feststellen, dass diese Beziehung von Anfang an keine Überlebungschance hatte. Sie wurde sozusagen schleichend vergiftet: durch Lügen, durch Betrug und nicht zu vergessen durch sechs grausame Morde."

„Bist du wirklich ganz sicher, dass ihr den Richtigen verhaftet habt?", fragte Helen vorsichtig. „Immerhin genießt dieser Mann einen tadellosen Ruf. Laut Presseberichten hat er sich nie etwas zuschulden kommen lassen."

„Dir muss ich wohl nicht erklären, dass das überhaupt nichts besagt", erwiderte Franziska mit leisem Vorwurf. „Du weißt genau, dass eine Enttäuschung oder ein Missverständnis manchmal schon genügt, um einen braven Staatsbürger in ein gefährliches Monster zu verwandeln."

„Manchmal legt man sich aber vorschnell auf einen Täter fest, weil er zufällig gerade in der Schusslinie steht. – Irgendwie scheint dann alles zusammenzupassen."

„Mam, mir ist klar, du hoffst Tonis wegen, dass Leonard von Thalheim nicht der Orchideenmörder ist. Mir wäre es auch lieber, wir hätten einen anderen Tatverdächtigen. Es fiel mir verdammt schwer, ausgerechnet meiner Schwester alle Hoffnungen und Träume zu zerstören, aber ich hatte keine Wahl. Nach dem derzeitigen Stand der Ermittlungen besteht kein Zweifel daran, dass wir den wahren Täter gefasst haben."

„Wie konnte es euch so plötzlich gelingen, innerhalb dieser kurzen Zeit eindeutige Beweise für seine Schuld zu finden?"

„Du weißt, dass ich nicht darüber sprechen darf", erinnerte Franziska ihre Mutter. „Nur so viel: An einem positiven DNA-Vergleich gibt es nichts zu rütteln. Das musste auch Toni notgedrungen akzeptieren."

„So schwer das auch ist", stimmte Helen ihrer Tochter zu. „Ihre Arbeit wird ihr hoffentlich darüber hinweghelfen."

„Apropos Arbeit: Nimmst du das Angebot der Uni an? Oder hat dein Freund was dagegen? Wann lerne ich den Wunderknaben eigentlich kennen?"

„Gar nicht."

„Wie jetzt? Ist das etwa schon wieder vorbei? Dann war der Kerl es nicht wert, dass du dich überhaupt mit ihm einge ..."

„Da ist nie etwas gewesen", fiel Helen ihr ins Wort. „Das Abenteuer Toskana hat sich erledigt. Zu Semesterbeginn werde ich der Universität wie geplant zur Verfügung stehen."

„Aber du ..."

„Sei mir nicht böse, aber ich muss jetzt auflegen", unterbrach sie ihre Tochter erneut. „Ich melde mich in den nächsten Tagen wieder bei dir."

Obgleich Vincent den Blick immer noch auf die Zeitung in seinen Händen gerichtet hielt, hatte er Helens Telefonat aufmerksam verfolgt. Das Abenteuer Toskana bezog er folgerichtig auf sich. Es tat ihm weh, dass Helen es so nüchtern als erledigt bezeichnet hatte. Sie würde als Dozentin an der Universität anfangen und die wundervollen gemeinsamen Sommertage aus ihrem Gedächtnis streichen.

„Ich habe versucht, meine Tochter ein wenig auszuhorchen", sagte sie in seine Gedanken hinein, so dass er sich nicht länger hinter seiner Zeitung verstecken konnte. Langsam ließ er sie sinken und schaute Helen aus müden Augen an.

„Hat sie dir zu der Einsicht verholfen, dass mein Sohn der Orchideenmörder sein muss?"

„So leicht bin ich nicht zu überzeugen", widersprach sie und setzte sich wieder zu ihm. „Dafür müsste ich erst die konkrete Beweislage kennen. Meine Tochter allerdings zweifelt nicht im Geringsten an seiner Schuld. Das kann nur bedeuten, dass momentan tatsächlich alles gegen deinen Sohn spricht. Franziska ist sehr gewissenhaft. Wegen eines vagen Verdachts hätte sie ihrer Schwester das alles nicht zugemutet."

Kapitel 25

Obwohl sie auch in der vergangenen Nacht kaum geschlafen hatte, erschien Antonia am Montag pflichtbewusst im Gerichtsmedizinischen Institut. Zwar wurde sie von niemandem auf die Ereignisse der letzten Tage angesprochen, aber sie erkannte an den Blicken der Kollegen, dass alle Bescheid wussten.

In ihrem Arbeitszimmer schaltete sie den Computer ein und studierte noch einmal sämtliche Obduktionsberichte der Opfer des Orchideenmörders. Die von ihr selbst dokumentierte enorme Brutalität, mit der die Frauen misshandelt worden waren, ließ auf eine unkontrollierte Wut des Täters schließen. Nicht einmal ansatzweise war Leo in ihrem Umgang miteinander derart ausgerastet, dass man ihn als jähzornigen Menschen, der sich nicht unter Kontrolle hatte, bezeichnen könnte. Auch wenn sie gelegentlich unterschiedliche Meinungen vertreten hatten, war er niemals laut geworden. Stets hatten sie ruhig und sachlich darüber gesprochen. Obgleich Antonia in der letzten Nacht beschlossen hatte, nicht mehr über all diese Widersprüchlichkeiten nachzudenken, schaffte sie es nicht, ihre Zweifel zum Schweigen zu bringen. Sie musste das Ergebnis des DNA- Vergleichs mit eigenen Augen sehen! Von ihrer Sekretärin erfuhr sie, wo sie den Kollegen finden würde. Zielstrebig betrat die Leiterin des Instituts den betreffenden Autopsiesaal. Bei ihrem Eintreten unterbrach der jüngere Pathologe seine Untersuchungen und legte das Skalpell aus der Hand.

„Antonia, ich ..." Unbehaglich kam er um den Tisch herum. „Es tut mir Leid, dass man Ihnen den Fall entzogen hat."

„Sie können doch nichts dafür, Bernd. Die Staatsanwaltschaft hatte gar keine andere Wahl."

„Ihre Schwester hat befürchtet, als meine Vorgesetzte würden Sie trotzdem versuchen, sich einzumischen, aber ich konnte Frau Dr. Pauli davon überzeugen, dass Sie mich niemals in einen solchen Konflikt bringen würden."

Innerlich aufstöhnend nickte Antonia. Unmöglich konnte sie ihn nun noch um seine Untersuchungsergebnisse bitten.

„Keine Sorge, Bernd, ich halte mich raus", sagte sie, obwohl ihr das schwer fiel. „Sie sind einer meiner besten Mitarbeiter.

Deshalb vertraue ich darauf, dass Sie bei eventuell noch anstehenden Analysen nichts übersehen."

„Alles, worauf es in unserem Beruf wirklich ankommt, habe ich von Ihnen gelernt, Antonia", sagte er in einem Ton, der seine Bewunderung für sie ausdrückte. „Trotzdem bin ich noch weit entfernt von Ihrem Wissen und Ihrer Erfahrung. Ich werde mich trotz allem bemühen, Sie nicht zu enttäuschen."

„Das will ich Ihnen auch raten", erwiderte sie scherzhaft und betrat durch die Verbindungstür den zweiten Autopsiesaal. Hier arbeitete der jüngste Pathologe des Instituts, der erst seit wenigen Wochen zum Team gehörte. Bei Antonias Erscheinen wurde er sichtlich nervös. Vor ihm auf dem Tisch lag eine männliche Leiche mittleren Alters mit eröffnetem Brustkorb. Antonia warf nur einen kurzen Blick auf den Verstorbenen, ehe sie fragend die Brauen hob.

„Todesursache?"

„Bislang konnte ich nichts Außergewöhnliches finden", gestand Mark Schuster. „Wahrscheinlich starb er doch eines natürlichen Todes."

„Wahrscheinlich genügt aber nicht, Herr Kollege", sagte Antonia in leicht zurechtweisendem Ton. „Haben Sie schon auf Gift untersucht? Vergiftungen haben die höchste Dunkelziffer von allen Tötungsarten. Wobei die Dunkelziffer ein perfektes Verbrechen bedeutet." Abwartend schaute sie den jungen Mann an. „Was schlagen Sie also vor?"

„Blutanalyse ...!?"

„... und?"

„Gewebeproben der inneren Organe!?"

„Klingt gut", sagte sie zufrieden. „Sie halten mich auf dem Laufenden?"

„Selbstverständlich."

Gegen Mittag tauchte Elke im Arbeitszimmer der Gerichtsmedizinerin auf. Besorgt musterte sie die langjährige Freundin. „Du siehst schrecklich aus, Toni."

„In den nächsten Tagen wollte ich sowieso nicht an einer Miss-Wahl teilnehmen."

„Sehr witzig", erwiderte Elke vorwurfvoll. „Seit ich von Leos Verhaftung gehört habe, versuche ich, dich zu erreichen. Wieso gehst du nicht an dein Handy? Wo hast du dich das ganze Wochenende über verkrochen? Gestern war ich bei dir am Deister, aber du warst nicht zu Hause."

„Ich bin mit Quincy stundenlang durch den Wald gelaufen. Dadurch wollte ich den Kopf freibekommen, aber das hat leider überhaupt nichts gebracht. Ich fühle mich immer noch wie in einem nicht enden wollenden Alptraum."

„Das wundert mich nicht. Du hast endlich wieder einen Mann wirklich an dich rangelassen, ihm vertraut. Und plötzlich entpuppt er sich nicht nur als schamloser Lügner, sondern auch noch als eiskalter Killer. So was ist schwer zu verdauen."

„Im Grunde kann ich es immer noch nicht glauben", gestand Antonia. „Es ist zwar eine Tatsache, dass Leo aus irgendwelchen Gründen als einfacher Gärtner gelten wollte, aber ..."

„... in Wirklichkeit ist er ein millionenschwerer Finanzmann", vollendete Elke. „Man stelle sich das mal vor: Er kann sich alles leisten, sich jeden Wunsch erfüllen, aber er zieht ein anspruchsloses Leben vor. Geld allein macht offenbar doch nicht glücklich."

„Demnach denkst auch du nicht, dass Leo ein Geheimnis um seine wahre Identität gemacht hat, um unerkannt seinen Mordgelüsten nachzugeben?"

„Für unwahrscheinlich halte ich das absolut nicht", überlegte Elke. „Immerhin hört man oft, dass sich Leute, die alles haben, langweilen. Sie brauchen einen besonderen Kick."

„Und welche Rolle habe ich dabei gespielt?"

„Schwer zu sagen." Sekundenlang dachte Elke nach. „Nehmen wir mal an, er inszenierte diese Gärtner-Nummer tatsächlich, um aller Welt zu zeigen, wie genial er ist. So genial, dass er morden kann, ohne Spuren zu hinterlassen. Er führt die Polizei immer wieder an der Nase rum. Aber was nützt ihm seine Genialität, wenn keiner sie bemerkt? Er möchte darüber sprechen, Bestätigung bekommen. Deshalb sucht er sich jemanden aus, der mit seinen Fällen zu tun hat. Jemanden, der ihm seine enorme Überlegenheit bestätigt. Oder waren die Morde kein Thema zwischen euch?"

„Doch", gab Antonia zu. „Leo erklärte sein Interesse damit, dass er gern Detektiv spielt. Ich habe gedacht, er nimmt Anteil an meiner Arbeit, wenn er mir Fragen darüber gestellt hat." Niedergeschlagen schüttelte die den Kopf. „Offenbar war nicht nur das ein Irrtum."

„Es ist nicht schwer, sich auszumalen, wie du dich nun fühlst. Wochenlang hast du Tisch und Bett mit diesem Mann geteilt, ohne zu ahnen, dass mit ihm etwas nicht stimmt."

„Hätte ich das nicht bemerken müssen, Elke?", fragte sie verzweifelt. „War ich so blind vor Liebe, dass ich vielleicht gar nichts erkennen wollte, das mein Glück trüben könnte?"

„Du hast auf seine Aufrichtigkeit vertraut, Toni. Ohne dieses Vertrauen kann man keine Beziehung aufbauen."

„Wir waren so nah dran ...", murmelte Antonia mit tränenverhangenen Augen. „Wie kann man die Gefühle eines anderen so mit Füßen treten? Am liebsten würde ich diese ganze unselige Geschichte für immer von meiner Festplatte löschen."

Nachdem Vincent seinen Sohn mit Olaf Salomon in der Untersuchungshaft besucht hatte, bat er den Rechtsanwalt, ihn in die City zu begleiten. Vincent sagte ihm nur, es gäbe jemanden, der sich bereit erklärt hätte, ihnen bei der Wahrheitsfindung behilflich zu sein, verriet aber nicht, um wen es sich dabei handelte. Diese Person sollten sie im Café Mövenpick treffen. Sie näherten sich dem Café von der Oper her. Noch bevor sie die Straße überquerten, sah Vincent, dass Helen an einem Tisch im Freien saß. Sogleich machte er den Rechtsanwalt auf sie aufmerksam.

„Dort drüben ist sie. Die Dame in dem hellen Kostüm."
Verblüfft fasste Olaf nach seinem Arm, um ihn am Weiterge-

hen zu hindern.

„Das ist Justitia!"

Verständnislos blickte Vincent ihn an.

„Das ist der Spitzname der Richterin, weil sie nicht nur für ihre Ausgewogenheit und Fairness geachtet wird, sondern auch für ihre Menschlichkeit", erklärte Olaf, bevor er Vincent beschwörend anblickte. „Weißt du eigentlich, wessen Mutter sie ist?"

„Das ist mir bekannt. Wir können ihr trotzdem vertrauen."

„Ach, ja!?", zweifelte der Rechtsanwalt, wobei er mit dem Kopf hinüberdeutete. „Kennst du auch den Mann, der gerade bei ihr stehenbleibt?"

Abermals schaute Vincent hinüber, sah einen eleganten Herrn in schwarzem Anzug, der sich galant über Helens Hand beugte. Durch eine Geste forderte sie ihn lächelnd auf, sich zu ihr zu setzen. Im Nu waren sie in ein angeregtes Gespräch vertieft.

„Lass uns gehen", sagte Olaf, aber Vincent schüttelte energisch den Kopf.

„Wir bleiben", bestimmte er. „Wer ist dieser Mann?"

„Oberstaatsanwalt Lindholm. Wie man übrigens hört, einer der hartnäckigsten Verehrer der Richterin. Dieses Treffen ist bestimmt kein Zufall."

„Dann würde er nicht schon wieder gehen", bemerkte Vincent, da der Oberstaatsanwalt sich nun von Helen verabschiedete. „Was er wohl von ihr wollte?"

„Das, was alle Männer von einer attraktiven Frau wollen", spottete Olaf. „Es kann nie schaden, das Angenehme mit dem Nützlichen zu verbinden. Die beiden haben garantiert über Leos Verhaftung gesprochen, vielleicht sogar irgendwas ausgeheckt."

„Das glaube ich nicht. Komm, lass uns zu ihr gehen."

„Hältst du das jetzt noch für besonders klug?"
„Ja."

Als Helen die beiden auf sich zukommen sah, erhob sie sich rasch und griff nach ihrer Handtasche. Mit einem schnellen Griff schob sie die Sonnenbrille aus ihrem Haar auf die Nase und blieb nur kurz bei den beiden Männern stehen.

„Man sollte uns hier nicht zusammen sehen", raunte sie ihnen zu. „Wir treffen uns in meiner Wohnung." Schon ging sie weiter. Vincent und Olaf blieb nichts anderes übrig, als in die Tiefgarage der Oper zurückzukehren.

„Mir gefällt das nicht", sagte Olaf im Wagen. „Warum will Frau Dr. Bredow nicht mit uns gesehen werden? Das kann nur bedeuten, dass sie was zu verbergen hat."

„Du siehst Gespenster, weil du weißt, wessen Mutter sie ist."

„Blut ist bekanntlich dicker als Wasser. Möglicherweise will sie ihre Töchter unterstützen, indem sie uns ausspioniert."

„Das halte ich für ausgeschlossen. Dazu ist sie viel zu rechtschaffen und gradlinig."

„Das glaubte auch Leo von ihrer Tochter", erinnerte Olaf ihn.

„Zugegebenermaßen habe ich die Richterin bislang für über jeden Zweifel erhaben gehalten. Nicht umsonst gilt sie als klug, absolut loyal und charakterfest. Dies ist aber für sie eine besondere Situation, in die ihre beiden Töchter verstrickt sind. Woher kennst du die Richterin überhaupt?"

„Wir sind uns in der Toskana begegnet. Am Tag meiner Ankunft haben wir uns zufällig vor Leos Haus getroffen."

„Also eine flüchtige Urlaubsbekanntschaft", folgerte Olaf nicht ohne Vorwurf, „... die dir zufällig nach Leos Verhaftung vor seinem Haus über den Weg gelaufen ist? Wahrscheinlich hat sie dir sofort ihre Unterstützung angeboten!?"

„Im Gegenteil", verneinte Vincent. „Sie hat nicht besonders erfreut auf unser Wiedersehen reagiert. Trotzdem habe ich sie um Hilfe gebeten."

Nachdem Olaf die Limousine vor Helens Haus in einer Parkbucht abgestellt hatte, zog er bedächtig den Zündschlüssel ab.

„Bist du wirklich sicher, dass wir das Richtige tun, Vincent? Wir dürfen uns keinen Fehler erlauben."

„Zwar verstehe ich nicht viel von Gesetzen – aber von Menschen. Diese Frau ist nicht nur Juristin. Sie verfügt über einen

scharfen Verstand und besitzt ein enormes Einfühlungsvermögen. Nach meiner Überzeugung ist sie genau die richtige Person, um uns zu helfen."

„Also gut", nickte der Rechtsanwalt. „Reden wir mit ihr."

Absichtlich verschwieg Vincent ihm vorläufig, dass er vo-
rübergehend bei Helen wohnte. Er hatte nur erwähnt, privat
untergekommen zu sein, um Olafs Vorbehalte nicht zusätzlich
zu nähren.

Da Helen wenige Minuten vor den Männern zu Hause eingetroffen war, hatte sie eine Kanne starken Kaffee gekocht.

Die Begrüßung zwischen ihr und dem Rechtsanwalt fiel von
seiner Seite merklich zurückhaltend aus. Helen ahnte den
Grund dafür. Sie konnte ihm nicht verdenken, dass er ihr miss-
traute. Immerhin war sie die Mutter der beiden Frauen, die er
für die Verhaftung seines Freundes verantwortlich machte.

Mit stoischer Gelassenheit lehnte sie sich in ihrem Sessel zurück und schlug die Beine übereinander.

„Zuerst sollten wir darüber sprechen, weshalb mir genauso viel
wie Ihnen daran liegt, alle diesen Fall betreffenden Ungereimt-
heiten auszuräumen, Herr Dr. Salomon. Sie zweifeln an der
Schuld Ihres Mandanten und unterstellen meinen Töchtern, den
Verdacht gegen ihn forciert zu haben. Ich hingegen bin absolut
davon überzeugt, dass keine meiner Töchter so etwas tun würde. Wie Ihr Mandant genießen beide einen tadellosen Ruf und
gelten als integer. Irgendjemand muss aber ein Interesse daran
haben, Ihrem Mandanten zu schaden, sonst hätte es nicht diesen anonymen Hinweis auf ihn gegeben. Gehen wir also von
seiner Unschuld aus. Dann muss es folgerichtig eine weitere
Person geben, die die Fäden in der Hand hält."

Nachdenklich musterte Olaf die Richterin. Ihre offenen Worte
hatten ihn nicht nur beeindruckt, sie klangen auch logisch. Nun
gestand er sich wieder ein, ihr seit ihrer ersten Begegnung bei
Gericht großen Respekt zu zollen. Sie galt als Frau mit der
seltenen Gabe, beinah alles zu verstehen. Ihre Umgangsformen
waren angenehm, zwanglos und kultiviert. Außerdem besaß sie

die beneidenswerte Fähigkeit, auch komplizierte Probleme auf kristallklare Formen zu vereinfachen. Jetzt, da er ihr gegenübersaß, waren alle Zweifel an einem aufrichtigen Motiv ihres Engagements verschwunden.

„Welche Vorgehensweise schlagen Sie vor, Frau Kollegin?"

„Wie sollten diesen Fall vom Zeitpunkt des ersten Leichenfunds her aufrollen", erwiderte sie ohne zu zögern. „Das bedeutet: Befragung im näheren, auch beruflichen Umfeld der Opfer und Auflistung ihrer Gewohnheiten etc. Vielleicht haben Staatsanwaltschaft und Polizei etwas übersehen, das uns weiterhilft. Das gleiche gilt für Ihren Mandanten. Wir müssen etwas finden, das seine Angaben und Alibis untermauert. Da sich die Ermittler nach dem positiven DNA-Vergleich sicher sind, den Killer gefasst zu haben, halte ich es für denkbar, dass ihre Motivation, Entlastungsmaterial zu sammeln, etwas nachließ. Deshalb müssen wir umso gründlicher recherchieren."

„In diesem besonderen Fall verfügen Sie über mehr Erfahrung als ich", gestand er ihr zu. „Soviel ich weiß, hatten Sie in den letzten Jahren den Vorsitz der Großen Strafkammer. Mit Fällen von Totschlag hatte auch ich schon zu tun, aber nicht mit sechsfachem Mord. Da wird einiges auf uns zukommen."

„Zunächst orientieren wir uns an den Ermittlungsergebnissen der Gegenseite", formulierte Helen der Einfachheit halber. „Sie hatten doch mittlerweile Akteneinsicht. Können Sie mir Kopien der Unterlagen zur Verfügung stellen?"

Man sah dem Rechtsanwalt an, wie er mit sich rang, da er die Akten seiner Mandanten nicht an Dritte weitergeben durfte.

„Ihre Bedenken sind durchaus berechtigt", sie verständnisvoll. „Ich habe mir auch schon Gedanken darüber gemacht, wie wir den geltenden Gesetzen Genüge tun." Ihre Augen nahmen einen schelmischen Ausdruck an. „Wie wäre es mit einer Art Beratervertrag, Herr Kollege? Da ich nicht mehr im Staatsdienst bin, können Sie mich bedenkenlos einstellen. – Wobei ich selbstverständlich auf ein Honorar verzichte. Allerdings arbeite ich dann völlig legal für Ihre Kanzlei und darf offiziell für Sie Ermittlungen anstellen."

Während Vincent den Rechtsanwalt triumphierend anblickte, konnte auch Olaf ein Schmunzeln nicht unterdrücken.

„Mir scheint, Vincent hatte vollkommen Recht. Wir könnten uns keine bessere Unterstützung wünschen. Der Vertrag geht Ihnen umgehend zu. Es tut mir Leid, dass ich zunächst Vorbehalte gegen Ihre Mitarbeit hatte, Frau Dr. Bredow."

„Helen", korrigierte sie ihn lächelnd. „Im Übrigen hätte es mich gewundert, wären Sie mir gegenüber nicht skeptisch gewesen. Man kann schließlich nie wissen, was eine Glucke alles für ihre Küken tun würde. Außerdem geht es hier um Ihren Freund, Herr Dr. Salomon."

„Olaf", korrigierte nun er sie. „Ehrlich gesagt hat es mich stutzig gemacht, dass Sie nicht mit uns gesehen werden wollten."

„Dafür gibt es eine einfache Erklärung: Bevor Sie gekommen sind, ist mir der Herr Oberstaatsanwalt im Café über den Weg gelaufen. Leider hat er sich nur dazu herabgelassen, mir zum Ermittlungserfolg meiner Tochter Franziska zu gratulieren. Ansonsten wollte er sich nicht zu dem Fall äußern. Stattdessen hat er wieder mal Süßholz geraspelt." Sie bemerkte nicht, dass Vincents Miene sich verfinsterte. „Da in der Öffentlichkeit bekannt ist, wer Leonard von Thalheims Anwalt ist, und auch Vincents Foto in diesem Zusammenhang heute in der Presse war, sollte nicht zusätzlich publik werden, dass ich in diesem Fall mitmische. Das könnte unsere Ermittlungen möglicherweise unnötig erschweren."

„Handeln Sie immer so vorausschauend, Helen?"

„Leider nicht", bedauerte sie mit einem kurzen Seitenblick auf Vincent. „Sonst würde mir so Manches erspart bleiben."

Von nun an hörte Vincent nur noch mit halbem Ohr zu. Zum einen hatte er zu den juristischen Details, die Helen und Olaf erörterten, nichts beizutragen. Zum anderen wurde ihm klar, dass er so bald wie möglich aus dieser Wohnung und somit aus Helens Nähe verschwinden sollte. Das wäre bestimmt auch in ihrem Interesse.

Irgendwann in der Nacht beschloss Helen, ein klärendes Gespräch mit Vincent zu führen. Die angespannte Atmosphäre zwischen ihnen bedurfte einer offenen Aussprache. Sonst würde sich nicht nur ihre künftige Zusammenarbeit als schwierig erweisen. Auch ihrer beider Schlafdefizit würde sich bald bemerkbar machen.

Das leise Knarren der Fußbodendielen verriet ihr, dass auch Vincent in dieser Nacht wieder keine Ruhe fand. Deshalb erhob sie sich und schlüpfte in ihren Morgenmantel. Barfuß ging sie zu ihrem Arbeitszimmer hinüber und klopfte an die Tür.

„Vincent? Darf ich reinkommen?"

Obwohl sie keine Antwort erhielt, drückte sie die Klinke herunter und öffnete die Tür. Ihr Blick fiel auf den Mann, der in Boxershorts und offenem Hemd auf dem Schlafsofa saß und hektisch in einer Tageszeitung blätterte. Mehrere Zeitungsseiten lagen achtlos auf dem Boden verstreut.

„Was tust du denn da mitten in der Nacht?", fragte sie und begann die Seiten aufzuheben.

„Lass das! Das räume ich selbst wieder auf!"

Irritiert blickte Helen ihn an.

„Suchst du was Bestimmtes?"

„Einen Hinweis, wann diese verflixte Messe zu Ende ist", brummte er, ohne aufzusehen und blätterte weiter. „Das muss doch hier irgendwo geschrieben stehen!"

„Du kannst es wohl nicht erwarten, von hier fortzukommen", erwiderte sie mit unbewegter Miene. „Am liebsten würdest du wahrscheinlich noch heute Nacht in ein Hotel umziehen."

„Wundert dich das? Ich ertrage es einfach nicht mehr, in deiner Nähe zu sein ..."

„Danke, genau das habe ich gebraucht!"

Als würde sie gejagt, floh Helen in ihr Schlafzimmer. Laut fiel die Tür hinter ihr ins Schloss.

„... ohne dir wirklich nah sein zu dürfen", vollendete er automatisch, doch dann schleuderte er die Zeitung aufgebracht von sich. „Verdammt, ich bin ein Idiot!", tadelte er sich und sprang auf. Unvollständig bekleidet, wie er war, lief er zum Schlafzimmer seiner Gastgeberin. Energisch klopfte er an die Tür.

„Helen!"

„Lass mich in Ruhe!"

„Das werde ich nicht tun", murmelte er und trat unaufgefordert ein. Helen stand ihm abgewandt am Fenster.

„Bitte, lass mich dir erklären, weshalb ich mich in den letzten Tagen so unmöglich benommen habe."

„Wozu soll das gut sein?", erklang ihre spröde Stimme, wobei Helen sich jedoch nicht zu ihm herumdrehte. „Schon in der Toskana hast du mir deutlich demonstriert, wie lästig ich dir bin. Nur deinem Sohn zuliebe nahmst du in Kauf ..."

„Das ist nicht wahr!", unterbrach er sie eindringlich. „Ich wollte doch nur vermeiden ..."

„Das habe ich sehr wohl verstanden!", fiel nun sie ihm ins Wort, drehte sich zu ihm herum und blickte ihn aus ernsten Augen an. „Dir wurde klar, dass du ausschließlich Freundschaft für mich empfinden kannst. Deshalb wolltest du vermeiden, dass ich womöglich mehr von dir erwarten könnte. – Nur war es zu diesem Zeitpunkt leider schon zu spät", fügte sie offen hinzu. „Seit dem Tod meines Mannes habe ich erfolgreich verdrängt, was ich in meinem Leben am meisten vermisse. Erst als wir uns kennenlernten, waren wieder Gefühle in mir, die ich längst vergessen hatte. Mit ihnen wuchs die Sehnsucht nach Nähe, nach Zärtlichkeit und Geborgenheit."

„Aber mir ..."

„Lass mich das jetzt bitte zu Ende bringen. Es fällt mir schon schwer genug. Ich sage dir das auch nur, um dir einen Gewissenkonflikt zu ersparen. Im Verdrängen bin ich unbestritten geübt, deshalb werde ich meine Gefühle als letztes Aufbegehren gegen die Einsamkeit ad acta legen. Es besteht also kein Grund für dich, meine Hilfe im Falle deines Sohnes als unangenehm zu empfinden."

„Darf ich jetzt auch was dazu sagen?", bat er beeindruckt von ihrem Geständnis. „Der einzige Grund, aus dem ich ins Hotelumziehen wollte war, weil ich dachte, ich hätte dich an jenem Morgen in der Toskana so sehr verletzt, dass du mir nicht verzeihen kannst. Seit ich von Leos Verhaftung weiß, habe ich einen Fehler nach dem anderen gemacht. Um dich nicht mit unseren Familienproblemen zu belasten, habe ich mich so idiotisch verhalten, dass deine hastige Abreise nur die logische Konsequenz war. Seit unserem unverhofften Wiedersehen herrscht eine so kühle Atmosphäre zwischen uns, die mir sehr zu schaffen macht. Ich kann es einfach nicht mehr ertragen, in deiner Nähe zu sein, ohne Hoffnung, ohne diese wundervolle Vertrautheit zwischen uns." Zögernd kam einen Schritt näher. „Weißt du denn nicht, wie lange ich schon auf dich warte, Helen? Ich kannte dich bereits, bevor wir uns begegnet sind. Ich habe dich schon geliebt, bevor ich dich das erste Mal sah."

„Warum hast du nie wirklich offen mit mir über deine Gefühle gesprochen? Jedes Mal, wenn ich gedacht habe, dass wir uns näherkommen, hast du einen Rückzieher gemacht."

„Ungeübt wie ich in diesen Dingen bin, hatte ich Angst, dich zu überfordern. Ich wollte dir Zeit lassen, dir darüber klar zu werden, ob du wie ich empfinden kannst."

„Wie könnte ich meine Gefühle jetzt noch glaubhaft leugnen?", sagte sie lächelnd. „Dieser alte Kauz hatte sich längst in mein Herz geschlichen, bevor er mich durch eine List in sein Haus gelockt hat. Je länger ich in seiner wundervollen Welt leben durfte, umso tiefer wurden meine Empfindungen für ihn. Deshalb tat es doch so weh, als er mich fortgeschickt hat."

„Diesen Fehler begeht er bestimmt kein zweites Mal", versprach Vincent und zog sie behutsam an sich. Nach einem langen Blick in ihre Augen senkte er den Mund auf ihre Lippen, die sich bereitwillig teilten.

Sein Kuss war von einer Innigkeit, die Helen in seinen Armen erschauern ließ. Sie fühlte sich wie von einer Zentnerlast befreit und spürte, dass es ihm ebenso erging.

Als er sich schließlich von ihr löste, wirkte er verlegen. So als wisse er nicht, was er nun sagen solle.

214

„In einer ähnlichen Situation haben wir uns schon einmal befunden", ergriff sie die Initiative. „Wirst du mich nun wieder mit all diesen wundervollen Gefühlen allein lassen?"

„Am liebsten würde ich dich die ganze Nacht in meinen Armen halten. Aber ich habe Angst."

„Eigentlich sollte ich diese Angst haben. Was könnte ein Mann an einer alten Frau noch begehrenswert finden."

„Du bist nicht alt", widersprach er mit Nachdruck. „Auf mich wirkst du so unwiderstehlich wie eine reife Frucht. Trotzdem habe ich Angst, zu versagen."

„Wir müssen uns doch nicht unter Druck setzen", sagte sie verständnisvoll. „Möchtest du heute Nacht bei mir schlafen?"

„Ich könnte mir nichts Schöneres vorstellen."

Liebevoll legte sie die Hand an seine Wange. Während sie ihm dann das Hemd über die Schultern abstreifte, lachte sie leise.

„Amüsierst du dich über mich?"

„Nicht die Spur", verneinte sie mit Schalk in den Augen. „Mir wurde nur gerade bewusst, dass du der erste Mann bist, der mir eine Liebeserklärung in einem so ... unkonventionellen Aufzug gemacht hat."

Scheinbar erschrocken blickte Vincent an sich hinab. Nun trug er nur noch Unterhemd und Boxershorts.

„Ich hätte mir wenigstens einen Schlips umbinden sollen. Was musst du nur von mir denken?"

„Woher soll ich wissen, was ich denke, bevor ich höre, was ich sage?", erwiderte sie mit Schalk in den Augen und schlüpfte aus ihrem Morgenmantel. Darunter trug sie ein ärmelloses, bodenlanges Seidenhemd, das bestens dazu geeignet war, die Fantasie eines Mannes zu beflügeln. „Kommst du?", fragte sie und legte sich nieder. Vincent zog noch sein Unterhemd aus, bevor er auf der anderen Seite des breiten Bettes zu ihr unter die Decke schlüpfte. Ohne Scheu schmiegte Helen sich an ihn und bettete den Kopf an seiner Brust.

„Auch das habe ich unsagbar vermisst", sagte sie mit einem zufrieden klingenden Seufzer. „Einfach nur nah beieinander liegen und sich geborgen fühlen."

Mit den Fingerspitzen strich er über ihren Arm.

„Mir ergeht es genauso. Leo war erst neun, als meine Frau starb. Neben meinem Beruf musste ich mich um den Jungen kümmern. Ich hatte gar keine Zeit, an eine neue Partnerschaft zu denken. Irgendwann ist Leo dann eigene Wege gegangen und für mich wurde die Arbeit zum Lebensinhalt. Plötzlich war meine Agentur über die Landesgrenzen hinaus gefragt. Mein weitester Auftrag führte mich bis nach Dubai. Zwar habe ich mehrere Architekten zu meiner Entlastung eingestellt – zuletzt waren wir acht – trotzdem hatte ich kaum ein Privatleben. Hin und wieder eine Episode für eine Nacht, die nur ein körperliches Bedürfnis stillte, das Herz aber nicht berührte. Vor meinem Umzug in die Toskana habe ich schon lange nicht mehr daran geglaubt, noch mal der wahren Liebe zu begegnen."

„Wenn man einmal eine erfüllte Partnerschaft gelebt hat und plötzlich allein dasteht, ist es schwer vorstellbar, noch mal so tief empfinden zu können", sagte Helen nachdenklich. „Auch ich habe nach dem Tod meines Mannes dringend eine Aufgabe gebraucht, die mich forderte. Deshalb nahm ich bald mein Studium wieder auf. Vormittags war ich in der Uni, nachmittags habe ich meinen Enkel betreut und abends musste ich lernen."

Verwundert richtete er sich etwas auf.

„Du hast einen Enkel?"

„Bist du jetzt schockiert, dass du mit einer Großmutter im Bett liegst?"

„Maßlos", lachte er. „Da du aber die bezauberndste Großmutter bist, die ich kenne, habe ich kein Problem damit. Welche deiner Töchter ist die Mutter des Jungen?"

„David ist Antonias Sohn. Auch er half mir über meinen Verlust hinweg. Es dauerte lange, aber irgendwann hatte ich wieder Freude am Leben."

„Und an der Liebe", vermutete Vincent. „Bestimmt gab es viele Interessenten, die die schöne Witwe trösten wollten. Die

Männer in deiner Umgebung waren sicher nicht blind."

„Einige waren sogar sehr hartnäckig. Wahrscheinlich hätten sie mir ein abwechslungsreiches Liebesleben beschert. Dummerweise bin ich aber sehr wählerisch, so dass keiner der Kandidaten meinen Ansprüchen genügen konnte."

„Bedeutet das, du hast nie wieder ...?", schloss er ungläubig aus ihren Worten. „Du warst noch so jung – keine fünfzig."

„Empfindest du es als Makel, dass ich nie wieder einen Mann in mein Bett gelassen habe? Wahrscheinlich hältst du mich jetzt für eine verklemmte alte Schachtel."

„Ich halte dich für eine außergewöhnliche Persönlichkeit", widersprach er mit tiefem Ernst. „Für eine Frau, die in ihrem Gefühlsleben keine Kompromisse eingeht, weil sie weiß, dass nur ein bitterer Nachgeschmack zurückbleibt, wenn sie versucht, sich selbst zu belügen, indem sie mit einem Mann schläft, den sie nicht lieben kann. Ich finde das bewundernswert – und sehr ehrlich."

„Der Preis dafür ist die Einsamkeit – aber manchmal wird man dafür belohnt, ihn bezahlt zu haben." Mit einem zärtlichen Blick schaute sie ihm im Schein der kleinen Nachttischlampe in die Augen. „Ich liebe dich, Vincent."

„Helen ...", murmelte er überwältigt und eroberte ihren Mund mit einem stürmischen Kuss. Vorbehaltlos ließ sie sich von seiner Leidenschaft mitreißen und drängte sich hingebungsvoll an ihn. Nun, da alle Missverständnisse zwischen ihnen ausgeräumt waren, strebten ihre Körper wie von selbst zueinander...

Kapitel 26

Für Helen erwies es sich weder als fremd noch als unangenehm, morgens neben einem Mann zu erwachen. Liebevoll betrachtete sie Vincent: das energische Kinn, die gerade Nase und die feinen Linien in seinem gebräunten Gesicht. Sein weißer Haarschopf wirkte noch zerzauster als gewöhnlich, was sie zu einem Lächeln veranlasste.

Unvermittelt schlug Vincent die Augen auf. Sein Blick heftete sich so ernst auf ihr Gesicht, dass sie unwillkürlich zurückzuckte.

„Bitte, sag jetzt nichts", brachte sie hilflos hervor und wandte sich hastig ab. „Ich weiß selbst, wie zerknittert ich morgens aussehe. Das ist kein zumutbarer Anblick." Ehe sie jedoch aus dem Bett flüchten konnte, hielt er sie am Arm fest.

„Hiergeblieben!", befahl er mit sanfter Stimme und zog sie zu sich heran. „So was will ich nie wieder hören. Oder bereust du schon, was zwischen uns geschehen ist?"

„Wie könnte ich das? Ich hätte nie gedacht, dass ich zu solchen Empfindungen überhaupt fähig bin."

„Dann haben wir dasselbe gefühlt."

„Warum bist du dann so ernst, als täte es dir im hellen Licht des Tages Leid, mit einer alten ..."

„Stopp, stopp, stopp ...", unterbrach er sie sofort. „Die letzte Nacht habe ich zwar mit einer Großmutter verbracht, aber ich erinnere mich nicht, dass ich jemals eine so leidenschaftliche und hingabefähige Frau in den Armen gehalten habe. Ich liebe dich, Helen, ob du nun elegant gestylt, patschnass von einem Gewitterregen oder derangiert nach einer Liebesnacht bist." Immer noch ernst schaute er ihr in die Augen. „Ich liege schon eine Weile wach und genieße deine Nähe. Plötzlich hat sich mein Gewissen gemeldet, weil ich so unbeschreiblich glücklich bin, während mein Sohn einsam und allein in einer kargen Gefängniszelle sitzt."

„Ihr seid sehr eng miteinander verbunden, nicht wahr!?"

„Deshalb war ich so durcheinander, als Olaf mir von Leos Verhaftung berichtet hat. Das brachte mich völlig aus dem Gleichgewicht. Sonst wäre ich kaum so unsensibel gewesen, dich aus meinem Haus zu vertreiben."

„Du dachtest nur an deinen Sohn, dass er dich braucht. Für dich war es selbstverständlich, ihm zuliebe deine eigenen Wünsche zu verdrängen."

„Wir waren immer füreinander da. Ich hätte ihn nie im Stich lassen können. Aber es tat höllisch weh, als ich dich dadurch verloren glaubte." Beinah verzweifelt zog er sie in seine Arme. „So etwas darf nie wieder geschehen, Helen! Bitte, verlass mich nie wieder! Noch einmal ertrage ich das nicht!"

„Dann muss ich mich wohl daran gewöhnen, morgens neben einem alten Kauz aufzuwachen", neckte sie ihn zärtlich, bevor sie ihn sacht auf die Lippen küsste. „Wollen wir deinen Sohn heute Nachmittag zusammen besuchen?"

„Leo wird sich freuen. Er hat mich nach dir gefragt, deshalb blieb mir nichts anderes übrig, als ihm die Umstände deiner überstürzten Abreise zu erklären. Der Junge hat sich dafür verantwortlich gefühlt und mich gedrängt, die Missverständnisse zwischen uns so schnell wie möglich auszuräumen. Außerdem möchte er die Frau kennenlernen, die seinen alten Herrn verzaubert hat. Allerdings bin ich unsicher, ob ..." Nachdenklich brach er ab.

„Er weiß nicht, wessen Mutter ich bin", vermutete Helen mit sicherer Intuition. „Solange er glaubt, dass Antonia und Franziska ihn vorsätzlich zum Killer gestempelt haben, sollte er nicht erfahren, dass sie meine Töchter sind. Das würde die Lage nur komplizieren."

„Dein Einfühlungsvermögen ist bewundernswert", sagte Vincent dankbar. „Macht es dir wirklich nichts aus, wenn ich dich meinem Sohn nur mit dem Vornamen vorstelle?"

„Absolut nicht", verneinte sie lächelnd. „Nun sollten wie aber allmählich aufstehen. In einer Stunde kommt der Bote der Kanzlei mit den Unterlagen."

„Bis dahin bleibt uns noch viel Zeit ...", behauptete er mit Lausbubenmiene und drückte sie an den Schultern sanft in die Kissen.

Kurz vor Ablauf der nächsten Stunde läutete es an der Tür.
Eilig knöpfte Helen ihre Bluse zu und lief aus dem Schlafzimmer. Auf dem Flur begegnete sie Vincent, der das Gästebad

benutzt hatte. Sein einziges Kleidungsstück bestand aus einem um die Hüften geschlungenen Frotteetuch.

„Zieh dich an!", sagte sie eindringlich. „Ich wusste, dass wir nicht rechtzeitig fertig sind, wenn wir so lange trödeln."

„Soweit ich mich erinnere, hast du das Trödeln genauso genossen wie ich."

„Das hat man nun davon, wenn man schlafende Hunde weckt", meinte sie und scheuchte ihn ins Arbeitszimmer, bevor sie den Summer betätigte.

Der Bote hatte nicht nur Kopien der Ermittlungsakten, sondern auch einen Anstellungsvertrag der Kanzlei Dr. Salomon dabei, den Helen unterschrieb und ihm wieder mitgab.

Nachdem sie die Tür hinter dem jungen Mann geschlossen hatte, begab sie sich in die Küche, um das Frühstück vorzubereiten. Minuten später gesellte sich auch Vincent dazu. Während sie bei Tisch saßen, besprachen sie ihr weiteres Vorgehen.

„Zuerst möchte ich mir anhand der Akten einen Überblick verschaffen", sagte Helen und schenkte noch einmal Kaffee nach. „Wenn wir am Nachmittag deinen Sohn besuchen, möchte ich soweit informiert sein, dass ich gleich bei dieser Gelegenheit eventuell offene Fragen mit ihm besprechen kann."

„Damit du in Ruhe die Unterlagen durchsehen kannst, mache ich mich nützlich. Ich räume hier auf. Zum Supermarkt an der Ecke könnte ich auch gehen und uns was zum Mittagessen einkaufen. Das Kochen übernehme ich später."

„Kochen kannst du auch? Wann hast du denn das gelernt?"

„Nach dem Tod meiner Frau haben Leo und ich zusammen oft die abenteuerlichsten Speisen fabriziert. Mit der Zeit wurden wir ein richtiges gutes Küchenteam. Besonders unsere Pasta-Kreationen sind legendär."

„Okay, dann überlasse ich dir protestlos meine Küche", stimmte sie zu und erhob sich. Bevor sie sich in ihr Arbeitszimmer zurückzog, vertraute sie Vincent einen Wohnungsschlüssel an. Konzentriert studierte sie die vor ihr liegenden Unterlagen. Sowie sie auf Ansatzpunkte für eigene Ermittlungen stieß, machte sie sich Notizen.

Bei seiner Rückkehr stellte Vincent durch einen kurzen Blick in das Arbeitszimmer fest, wie intensiv Helen in die Akten vertieft war. Um sie nicht zu stören, verschwand er in der Küche und schloss die Tür hinter sich. Zuerst räumte er den Frühstückstisch ab und stellte das Geschirr in die Spülmaschine. Die Vorbereitung des Mittagessens nahm nicht viel Zeit in Anspruch. So deckte er den Tisch und stellte die Vase mit dem mitgebrachten Rosenstrauß dazu, ehe er sich mit der Lektüre der Morgenausgabe der HAZ beschäftigte. Gegen ein Uhr mittags war er dann mit der Zubereitung einer schmackhaften Mahlzeit fertig.

„Helen!?", sagte er beim Betreten des Arbeitszimmers. „Wenn es dir recht ist, können wir jetzt essen."

„Ich komme", entgegnete sie und zog die Lesebrille von der Nase. Wortlos folgte sie ihm in die Küche und setzte sich an den gedeckten Tisch. Die Speisen waren schon appetitlich auf Tellern angerichtet.

„Pochierte Lachssteaks, Penne mit Sahnesoße und frischer Brunnenkresse", erklärte Vincent, worauf sie abwesend nickte.

„Lass es dir schmecken." Beunruhigt schaute er sie an, als sie mechanisch zu essen begann. „Was ist, Helen? Habe ich deinen Geschmack nicht getroffen?"

Irritiert blickte sie auf ihren Teller, so als hätte sie bislang gar nicht wahrgenommen, was sie aß.

„Doch, doch. Es ist ausgezeichnet."

„Aber? Irgendetwas scheint dich stark zu beschäftigen. Hängt es mit den Unterlagen zusammen?"

Ohne ihn anzusehen, zuckte sie hilflos die Schultern.

„Es sieht nicht gut aus für deinen Sohn."

„So schlimm beurteilst du seine Lage?", fragte er betroffen, denn er hatte insgeheim gehofft, sie würde auf Anhieb auf etwas Entlastendes stoßen. „Bitte sag mir die Wahrheit!"

Mit einem tiefen Seufzer hob sie den Kopf und schaute ihn aus ernsten Augen an.

„Wäre ich der Haftrichter, und die Staatsanwaltschaft hätte mir diese Ermittlungsergebnisse vorgelegt, hätte ich den Haftbefehl ohne zu zögern ausgestellt", gab sie offen zu. „Momentan spricht bedauerlicherweise wirklich alles gegen deinen Sohn. Zwar habe ich einiges gefunden, wo wir mit unseren Recherchen ansetzen können, aber es ist fraglich, ob wir dadurch tatsächlich auf Entlastungsmaterial stoßen."

„Das klingt, als sei das unmöglich", folgerte er betrübt. „Können wir überhaupt etwas für ihn tun?"

„Wir werden wie geplant vorgehen", sagte sie entschlossen. „Selbst wenn wir noch so tief graben müssen."

Niedergeschlagen legte er sein Besteck auf den Teller; der Appetit war ihm gründlich vergangen.

„Trotzdem werden wir nichts finden. Es ist aussichtslos."

„Dreht man ein paar Steine um, dann zeigen sich die Würmer", widersprach sie betont zuversichtlich, um ihm Mut zu machen. „Die Staatsanwaltschaft geht bei ihren Ermittlungen in erster Linie von der Schuld deines Sohnes aus. Wir packen die Sache von der anderen Seite an. Wahrscheinlich müssen wir dabei viele kleine Puzzleteilchen zusammentragen, die dann hoffentlich ein Bild ergeben. Voraussetzung dafür ist allerdings auch, dass dein Sohn mir gegenüber schonungslos offen ist. Immerhin bin ich eine völlig Fremde für ihn."

„Leo wird dich lieben", sagte er im Brustton der Überzeugung. „Und er wird dir vertrauen."

Trotz dieser Prophezeiung stand Helen unter innerer Spannung, als sie an Vincents Seite das Untersuchungsgefängnis betrat. Im Besucherraum warteten sie auf seinen Sohn. Kaum wurde er hereingeführt, eilte er sofort auf seinen Vater zu, so dass er Helen, die im Schatten der Tür stand, nicht bemerkte.

„Es tut so gut, dich zu sehen, Paps!", sagte Leo erleichtert und ließ sich von Vincent umarmen. „Dieses ständige Eingesperrtsein macht mich fertig! Lange halte ich das nicht mehr aus!"

„Du musst durchhalten, mein Junge. Wir werden deine Unschuld beweisen!"

„Wie denn? Es ist doch jetzt schon völlig aussichtslos!"

„Das ist es nicht", vernahm er eine wohlklingende weibliche Stimme in seinem Rücken und wandte sich um. Verwundert musterte er die zierliche blonde Frau, die ein modisches cremefarbenes Kostüm trug.

„Ich bin Helen", sagte sie und streckte ihm die Hand entgegen. „Wenn es Ihnen recht ist, möchte ich Ihnen gern helfen."

Ein verstehendes Lächeln erschien auf seinen müden Zügen, während er ihre Hand mit festem Druck umschloss.

„Sie sind also die wundervollste Frau der Welt", bemerkte er, wobei seine Augen ihr Gesicht mit Interesse erkundeten. Was er sah, schien ihm zu gefallen. „Es tut mir Leid, dass wir uns in dieser schrecklichen Umgebung kennenlernen müssen. Mich nennt man übrigens Leo." Sein Blick wechselte zu Vincent. „Ich hätte nicht gedacht, dass mich hier mal etwas wirklich freuen könnte, Paps."

„Ich habe nur deinen Rat befolgt, mein Sohn", sagte Vincent, bevor er zum Tisch deutete. „Wollen wir uns nicht setzen?"

Trotz der außergewöhnlichen Umgebung vergaß Leo seine Kinderstube nicht. Höflich wartete er ab, bis Helen und sein Vater Platz genommen hatten. Erst dann setzte er sich ihnen gegenüber.

„Sie sagten, Sie wollen mir helfen, Helen", ergriff Leo das Wort. „Sind Sie Anwältin?"

„Eigentlich befinde ich mich schon im Ruhestand. Besondere Umstände führten dazu, dass ich sozusagen reaktiviert wurde. Jetzt bin ich offiziell für die Kanzlei von Dr. Salomon tätig."

„Meinetwegen", folgerte Leo. „Und meinem Vater zuliebe. Das ist zwar gut gemeint, aber in meiner aussichtlosen Lage kann mir niemand mehr helfen."

Unbefangen musterte Helen ihr Gegenüber. Trotz der Blässe und den Spuren von Müdigkeit in seinem Gesicht, wirkte Leo immer noch anziehend. Sie konnte verstehen, dass sich ihre

Tochter in diesen Mann verliebt hatte.

„Geben Sie immer so rasch auf?", forderte sie ihn heraus. „Was ist von Ihrer Stärke und Ihrem scharfen Verstand geblieben, von dem die Zeitungen geschrieben haben?"

„Das alles nützt mir hier drinnen herzlich wenig. Seit meiner Verhaftung zermartere ich mir das Hirn, wie ausgerechnet ich in diese fatale Lage geraten konnte."

„Ist man selbst betroffen, wird man meist von seinen Emotionen beeinflusst. In mir hätten Sie jemanden, der die Dinge nüchterner betrachtet."

„Hat mein Rechtsanwalt Ihnen Akteneinsicht gewährt?"

„Ich habe mich eingehend mit dem Fall beschäftigt."

„Als Juristin muss Ihnen doch spätestens dann klargeworden sein, dass die Polizei den Orchideenmörder gefasst hat."

Rasch legte Helen die Hand auf Vincents Arm, als er zu einem Protest ansetzen wollte.

„Beweisen Sie mir, dass Sie der Killer sind", provozierte sie ihn. „Haben sich Ihre Opfer gewehrt? Haben sie um ihr Leben gefleht oder nur geröchelt? Haben Sie die Angst und die Panik in ihren Augen gelesen? Was haben Sie dabei empfunden? War es schwer, einen Menschen zu erdrosseln? Was ist das für ein Gefühl, Herr über Leben und Tod zu sein?" Abwartend fixierte sie ihn. „Erzählen Sie, Leo! Ihrer Kreativität sind keine Grenzen gesetzt."

Er war viel zu verblüfft, um sofort antworten zu können. Wieso glaubte diese Frau trotz der erdrückenden Beweise an seine Unschuld? Sie kannte ihn doch überhaupt nicht. Oder waren ihre Gefühle für seinen Vater der Grund, aus dem sie nicht wahrhaben wollte, dass sein Sohn ein Killer sein könnte? Eindringlich schaute er ihr in die Augen.

„Sie halten mich trotz allem nicht für den Orchideenmörder?"

Völlig ruhig hielt sie seinem Blick stand.

„Sagen Sie mir, ob Sie der brutale Killer sind."

„Nein, das bin ich nicht", antwortete Leo kopfschüttelnd. „Weder bin ich ein Psychopath noch neige ich zu Gewalttätigkeiten.

Trotzdem habe ich in meinem Leben bestimmt viele Fehler gemacht, aber mich immer bemüht, daraus zu lernen. Deshalb ist mir unbegreiflich, was ich falsch gemacht haben könnte, dass ich nun so hart dafür bestraft werde. Vielleicht war ich einfach nur zu gutgläubig? Ich hätte nicht zulassen dürfen, dass meine Gefühle noch mal die Oberhand gewinnen."

„Sie sprechen von der Frau, mit der Sie in den letzten Wochen zusammen waren!? Was haben Sie für sie empfunden?"

„Ich Idiot habe sie geliebt", lautete seine sarkastische Antwort. „Zuerst habe ich mich gegen diese Gefühle gewehrt, aber sie waren stärker als ich, so dass ich nicht mehr auf meinen Verstand gehört habe. Wie konnte ich nur so dumm und verblendet sein? Während ich an die Zukunft dachte, plante sie systematisch meinen Untergang."

Helen widerstand der Versuchung, ihre Tochter sofort zu verteidigen.

„Es ist nicht erwiesen, ob sie etwas mit Ihrer Verhaftung zu tun hat", sagte sie dennoch. „Obwohl aus Ihrer Sicht jetzt noch alles gegen sie spricht, sollten Sie noch mal darüber nachdenken, wer sonst noch in Frage käme. Irgendjemand gab der Polizei den Tipp, dass Sie der gesuchte Killer sind. Auch dass beinah alles auf Sie hindeutet, spricht für eine sorgfältige Vorbereitung des Denunzianten. Er wollte, dass Sie aus dieser Sache nicht wieder rauskommen. Deshalb kann es sich nur um jemanden handeln, der Sie abgrundtief hasst." Sekundenlang hielt sie inne. „Mir wird gerade bewusst, dass derjenige und der Killer ein und dieselbe Person sein könnte. Dazu hätte er Sie wochenlang beobachten müssen, um Ihre Gewohnheiten zu studieren. Die Opfer wählte er dann so aus, dass man sie auf irgendeine Weise mit Ihnen in Verbindung bringen konnte. Er plante und manipulierte alles bis ins kleinste Detail, um von vornherein auszuschließen, dass der Verdacht auf einen anderen fällt. Der anonyme Hinweis auf Sie genügte schon, den Stein ins Rollen zu bringen."

„Das klingt plausibel", schloss Vincent sich ihrer These an. „In deinem Beruf hast du bestimmt auch Neider, Leo. Es könnte jemand sein, dem du einen lukrativen Job vermasselt hast."

„Oder beispielsweise jemand, der sein gesamtes Vermögen in ein Geschäft investiert hat, das dann aber nicht zustande kam, weil Sie woanders zu günstigeren Bedingungen abgeschlossen haben", meinte Helen. „In der freien Wirtschaft kommt so was doch häufiger vor. Es wäre nicht das erste Mal, dass sich jemand, der alles verloren hat, an dem vermeintlichen Verursacher seiner Pleite rächen will."

„Auf Anhieb fällt mir niemand ein, der einen Grund haben könnte, mich so zu hassen. Aber ich werde darüber nachdenken. Was anderes kann ich hier ohnehin nicht tun."

„Ständiges Grübeln tut Ihnen aber auch nicht gut", behauptete sie und musterte ihn besorgt. „Haben Sie seit Ihrer Verhaftung überhaupt geschlafen, Leo?"

„Nicht wirklich. Ich finde einfach keine Ruhe. Meine einzige Ablenkung ist die Fliege, die freiwillig meine Zelle mit mir teilt. Ich habe sie Esmeralda getauft. Ihr scheint sogar das ungenießbare Knastessen zu schmecken."

„Auch dagegen können wir was unternehmen. Gemäß § 116 StPO können Ihnen in der Untersuchungshaft zwar Beschränkungen auferlegt werden, aber wir stellen einen Antrag, damit Sie wenigstens Lesestoff und etwas zur Selbstbeschäftigung erhalten. Beköstigung von außen beantragen wir ebenfalls."

„Darauf hätte auch Olaf längst kommen können", brummte Vincent. „Du kannst froh sein, dass wir durch Helen so kompetente Unterstützung haben."

„Das bin ich", sagte sein Sohn dankbar. „Ist es möglich, dass der Himmel Sie geschickt hat?"

„Wer sonst?", erwiderte sie lächelnd. „Gute Kontakte können nie schaden. Deshalb werde ich noch heute bei der Staatsanwaltschaft auf den Busch klopfen. Vielleicht erfahre ich dort etwas, das noch nicht in den Akten steht."

Natürlich ahnte Vincent, dass Helen mit ihrer Tochter Franziska sprechen wollte, sagte aber nichts. Stattdessen berichtete er seinem Sohn von einem Telefonat mit Olaf Salomon, der ihm mitgeteilt hatte, sein Haus sei von der Staatsanwaltschaft freigegeben worden. Daraufhin bat Leo seinen Vater, dort bald nach dem Rechten zu sehen.

Als sie sich voneinander verabschiedeten, umarmte Vincent seinen Sohn.

„Lass dich nicht unterkriegen, mein Junge. Zusammen schaffen wir das."

„Wir halten Sie auf dem Laufenden", versprach Helen und reichte ihm die Hand.

„Danke für Ihre Hilfe", sagte Leo, wobei er ihr mit warmem Blick in die Augen schaute. „Für meinen Vater ist das alles auch nicht leicht", fügte er leiser hinzu. „Es beruhigt mich, dass Sie bei ihm sind."

„Ich passe schon auf ihn auf."

Wie geplant fuhr Helen direkt vom Untersuchungsgefängnis zur Staatsanwaltschaft. Nachdem sie den Wagen geparkt hatte, trennte sie sich von Vincent, der inzwischen in der Nähe einige Besorgungen erledigen wollte.

„Guten Tag, Frau Wöller", begrüßte Helen die Sekretärin im Vorzimmer der Staatsanwältin. „Ist meine Tochter im Haus?"

„Frau Dr. Pauli ist in einer Besprechung", teilte ihr die rundliche Vorzimmerdame freundlich mit. „Es wird aber nicht mehr lange dauern." Rasch erhob sie sich und kam um ihren Schreibtisch herum. „Möchten Sie in ihrem Zimmer auf sie warten, Frau Dr. Bredow?"

„Gern", nickte Helen und ließ sich in das Arbeitszimmer ihrer Tochter führen. Den angebotenen Kaffee lehnte sie dankend ab, so dass die Sekretärin sie allein ließ und die Tür schloss.

Während Helen auf einem der Besucherstühle Platz nahm, schweifte ihr Blick über den Aktenstapel auf dem Schreibtisch. Obenauf befand sich die Handakte, die sie brennend interessierte. Sie zögerte nur einen Moment. Dann griff sie danach und schlug den Aktendeckel auf. Hastig überflog sie die Seiten.

Dabei überblätterte sie die Passagen, die sie als Kopien besaß. Erst als sie Stimmen von nebenan vernahm, legte sie die Unterlagen geschwind wieder zu den anderen, lehnte sich bequem zurück und schlug die Beine übereinander. Im nächsten Augenblick wurde die Tür bereits geöffnet. Franziska trat in der Begleitung des Kommissars ein.

„Mam!", begrüßte sie ihre Mutter erfreut, worauf Helen sich erhob und sie in die Arme schloss. „Wartest du schon lange?"

„Nur ein paar Minuten. Ich will auch gar nicht stören. Aber weil wir uns seit meiner Rückkehr noch nicht gesehen haben, wollte ich mich davon überzeugen, dass es dir gut geht."

„Es könnte nicht besser sein", erwiderte Franziska, wobei sie ihre Mutter lächelnd musterte. „Du siehst fantastisch erholt aus, Mam", kommentierte sie die leichte Bräune in ihrem Gesicht. „Dein Urlaub scheint dir gut bekommen zu sein."

„Die Toskana ist traumhaft", bestätigte Helen, bevor ihr wacher Blick zu dem Mann wechselte, der sich bislang im Hintergrund gehalten hatte. „Guten Tag, Herr Kommissar."

Geschmeichelt trat Pit Gerlach näher.

„Sie erinnern sich an mich, Frau Dr. Bredow?"

„Obwohl ich mich mittlerweile im Ruhestand befinde, versehen meine grauen Zellen ihren Dienst noch sehr aktiv", ließ sie ihn wissen. „Sie waren im Mai Zeuge beim Messerstecherprozess." Ihre Brauen hoben sich leicht. „Arbeiten Sie in einem aktuellen Fall mit meiner Tochter zusammen?"

„Wir beide sind für den Orchideenmörder zuständig", bestätigte Pit. „Unsere Zusammenarbeit ist ausgesprochen fruchtbar."

„Und sonst?"

Sekundenlang hielt er ihrem forschenden Blick stand. Er wusste, dass die Richterin immer bestens informiert war. Deshalb entschloss er sich zur Offenheit.

„Ansonsten liebe ich Franziska", erklärte er ohne eine Spur von Verlegenheit. „Deshalb müssen Sie damit rechnen, dass ich bald mit Blumen bei Ihnen auftauche, um Sie um die Hand Ihrer Tochter zu bitten."

„Ach, ja?", tat Helen verwundert. „Glauben Sie wirklich, dass Sie vor meinen gestrengen Augen bestehen könnten?"

Entgeistert schaute der Kommissar sie an, während Franziska ein Lachen unterdrückte.

„Lass dich bloß nicht von ihr ins Bockshorn jagen. Meine Mutter hat manchmal einen etwas seltsamen Humor."

„Dafür bin ich gelegentlich schwer von Begriff", sagte Pit erleichtert. „Mir scheint, ich bekomme bald eine Schwiegermutter nach meinem Herzen."

„Freuen Sie sich nur nicht zu früh", warnte Helen ihn. „Ich habe Haare auf den Zähnen – und bin sehr neugierig. Deshalb interessiere ich mich auch für euren Orchideenmörder. Seid ihr überhaupt sicher, dass ihr den richtigen Mann verhaftet habt?"

„Zweifellos", bestätigte Pit. „Wir konnten zu jedem seiner Opfer eine Verbindung herstellen."

„Machte Sie das nicht stutzig?"

„Worauf willst du hinaus, Mam?", fragte Franziska dazwischen. „Denkst du, weil Toni sich in ihn verliebt hat, kann er kein Killer sein? Mir tut es auch Leid, dass ausgerechnet meine Schwester auf ihn reingefallen ist. Das ändert aber leider nichts an der Tatsache ..."

„Du irrst dich", unterbrach Helen ihre Tochter. „Es ist nicht Antonias wegen. Mein Instinkt sagt mir, dass der Mörder immer noch frei herumläuft."

„Kannst du das auch begründen?"

„Sicher", nickte Helen und nahm wieder Platz. „Ein Killer, der seine Taten so exakt vorbereitet, der keinerlei Spuren an den Opfern hinterlässt, ist kaum so dumm, zu Hause Quittungen zu sammeln, die man mit seinen Opfern in Zusammenhang bringen kann."

„Wenn man es jahrelang gewohnt ist, aus steuerlichen Gründen sämtliche Belege aufzubewahren ..." Stirnrunzelnd brach Franziska ab. „Woher weißt du überhaupt davon?"

„Trotz Ruhestand verfüge ich immer noch über ausgezeichnete Kontakte", erklärte ihre Mutter knapp. „Fakt ist, dass ein überdurchschnittlich intelligenter Mann, als der Leonard von Thalheim allgemein bezeichnet wird, bestimmt keine Beweise aufheben würde, die ihn mit den Opfern in Verbindung brächten. Jemandem, der seine Taten bis ins kleinste Detail plant und ausführt, passiert so was auch nicht. Schon gar nicht bei jedem seiner Opfer. Mir sind die Spuren, die ihr wahrscheinlich ohne große Mühe entdecken konntet, viel zu offensichtlich."

„Er fühlte sich eben zu sicher", war Pit überzeugt. „Jeder Serienmörder begeht irgendwann Fehler – manchmal sogar unbewusst, weil er gefasst werden will."

„Aus meiner Sicht sind die Beweise sehr signifikant", sagte Franziska. „Besonders an der DNA-Übereinstimmung gibt es nichts zu deuten. Für eine Anklage reicht es allemal."

„Du musst wissen, was du tust", erwiderte Helen und erhob sich. „Vielleicht bin ich einfach nur übersensibilisiert, aber je wasserdichter eine Sache scheint, umso skeptischer werde ich eben. – Nun will ich euch aber nicht länger von der Arbeit abhalten." Liebevoll umarmte sie ihre Tochter. Dem Kommissar nickte sie zu. „Wann, sagten Sie, muss ich damit rechnen, dass Sie bei mir auftauchen, Herr Gerlach?"

„Sobald ich Ihre Tochter von meinen Qualitäten als Ehemann überzeugt habe."

„Hoffentlich erlebe ich das überhaupt noch", sagte Helen trocken und ließ die beiden allein.

Vincent wartete bereits bei Helens Wagen, als sie das Gebäude verließ. Er beobachtete, wie sie von einem Herrn mit einer schwarzen Robe über dem Arm herzlich begrüßt wurde. Der Mann musterte sie von Kopf bis Fuß und schien ihr ein Kompliment zu machen, was Helen mit einem strahlenden Lächeln kommentierte. Sie wechselten noch einige Worte, ehe sie sich voneinander verabschiedeten. Nach wenigen Schritten wurde Helen von einer eleganten Frau aufgehalten. Während des kurzen Gesprächs begrüßten Helen noch einige vorbeieilende Leute. Daraus schloss Vincent, dass sie sich in Justizkreisen großer Beliebtheit erfreute. Gewiss hatte sie viele Freunde in dieser Stadt. Außerdem lebten ihre Töchter hier. Würde es ihm überhaupt gelingen, sie für immer in die Toskana zu locken?

Endlich überquerte sie die Straße. Mit einem bedauernden Lächeln blieb sie vor ihm stehen.

„Entschuldige, ich wurde aufgehalten." Interessiert betrachtete sie die Tragetaschen mit dem Aufdruck eines bekannten hannoverschen Herrenausstatters in seinen Händen. „Hast du den ganzen Laden leergekauft?"

„Nur ein bisschen Wäsche, Socken und Hemden. Ich hatte nur das Nötigste gepackt, weil ich annahm, Leos Unschuld würde sich rasch rausstellen. Da das aber offenbar länger dauert, musste ich meine Garderobe aufstocken."

„Und das alles in weniger als einer Stunde", sagte Helen und verstaute die zahlreichen Tüten im Kofferraum. „Eine Frau hätte dafür mindestens einen halben Tag gebraucht."

„Wenigstens in dem Punkt haben wir Männer dem schwachen Geschlecht etwas voraus."

„Ihr seid das schwache Geschlecht. – Komm, lass uns nach Hause fahren."

Wie an jedem Dienstagabend trafen sich die Freundinnen im Fitnesscenter. Normalerweise war auch Helen oft dabei, aber obwohl sie wieder in der Stadt war, blieb sie Vincent zuliebe zu Hause.

Antonia bat den Besitzer, Quincy an der Anmeldung lassen zu dürfen, aber der Studiobesitzer nahm den Hund mit in sein Büro, da es dort ruhiger war.

Mit wachsender Besorgnis beobachtete Franziska bald, wie sehr Antonia sich an den Geräten verausgabte. Sie trainierte so verbissen, als gelte es, sämtliche Rekorde zu brechen.

Später saßen die Freundinnen noch bei einem Drink zusammen. Über den Rand ihres Glases hinweg schaute Franziska ihre Schwester an.

„Alles in Ordnung?"

„Alles okay."

„Alles okay sieht anders aus", widersprach Franziska. „Du hättest das Training heute ausfallen lassen sollen."

„Wieso?", versetzte Antonia gereizt. „Nur weil sich mein Liebhaber als absolute Fehlbesetzung entpuppt hat?" Der Versuch eines unbeschwerten Lachens misslang gründlich. „Hey, was soll's? Jeden Tag gehen Beziehungen kaputt. Das ist völlig normal."

„Warum macht es dir dann derart zu schaffen?", fragte Elke sanft. „Wir wissen doch, wie dir zumute ist, Toni."

„Das wisst ihr nicht!", widersprach Antonia heftig. „Niemand kann nachempfinden, was man fühlt, wenn der Mann, mit dem man alles geteilt hat, plötzlich eine abscheuliche Bestie sein soll! Wenn sich alles, jedes Wort, jede Geste, jede Zärtlichkeit als Lüge rausstellt! Das ist, als befände man sich in einem riesigen Vakuum, in einem abgrundtiefen schwarzen Loch!" Sich zur Ruhe zwingend schüttelte sie den Kopf. „Außerdem zermartere ich mir ständig das Hirn darüber, ob ich nicht hätte merken müssen, dass mit Leo etwas nicht stimmt."

„Wie denn?", warf Elke ein. „Auch wir haben ihn auf der Party als sympathischen Zeitgenossen kennengelernt."

„Er beherrschte seine Rolle perfekt", fügte Franziska hinzu. „Trotzdem ist er uns ins Netz gegangen. Ich habe selten erlebt, dass ein Täterprofil so exakt zutrifft."

„Hattet ihr schon vorher eine Beschreibung von ihm?"

„Als klar war, dass es sich um einen Serienkiller handelt, haben wir ein Täterprofil erstellt. Laut unserem Profiler ist der Orchideenmörder männlich, zwischen fünfundzwanzig und fünfzig. Er ist höflich, mit wenig Freunden und er lebt zurückgezogen. Der vermutete frühe Tod der Mutter trifft ebenso zu, wie die manchmal spürbare Unsicherheit, von der Toni sprach. Außerdem ist er ein ausgezeichneter Stratege, überdurchschnittlich intelligent und gebildet. Hinzu kommt noch die Vorliebe für Nudelgerichte und seine Orchideenzucht."

„Etwas Ähnliches habe ich in der Zeitung gelesen", erinnerte sich Elke. „Allerdings stand dort nicht, weshalb er sich als Gärtner ausgab. Dafür muss es doch einen Grund geben."

„Auch das beschäftigt mich seit Tagen", gestand Antonia. „Ich erinnere mich, dass Leo erst dachte, ich wäre als Sekretärin am Institut beschäftigt. Dieses Missverständnis habe ich bei erster Gelegenheit aufgeklärt. Hätte nicht auch er mir spätestens zu diesem Zeitpunkt sagen müssen, wer er wirklich ist? Dafür war ich ihm wohl nicht wichtig genug. Mehr als einen willigen Zeitvertreib hat er nicht in mir gesehen."

„Auch als mögliche Informationsquelle wird er dich betrachtet haben", bemerkte Franziska. „Durch dich hoffte er zu erfahren, ob die Polizei bei den Ermittlungen Fortschritte macht."

„Wahrscheinlich hältst du mich jetzt für verblendet, aber ich kann mich einfach nicht mit dem Gedanken anfreunden, dass Leo ein Serienkiller ist. Ein Lügner ist er zweifellos, aber ..."

„Antonia!", unterbrach Franziska ihre Schwester eindringlich, wobei sie sich etwas vorbeugte. „Mir ist klar, wie schwer es für dich ist, die Wahrheit zu akzeptieren! Es wird bestimmt nicht leichter, wenn du die Tatsachen verdrängst! Die Beweise gegen Leonard von Thalheim sind erdrückend!"

„Ich weiß", seufzte Antonia. „Das macht mich ja so fertig. Vom Verstand her habe ich keinen Zweifel, dass alles hundertprozentig zusammenpasst. Trotzdem sagt mir mein Gefühl etwas anderes. Dagegen bin ich machtlos."

Am späten Abend lag Franziska dicht an Pit geschmiegt in ihrem Bett. Nachdenklich blickte sie durch das gläserne Dachfenster ihres Penthouses in den Sternenhimmel.

„Ich mache mir Sorgen um meine Schwester. Antonia klang heute beinah wie meine Mutter. Auch sie kann nicht glauben, dass Leo der Orchideenmörder ist."

„Das ist doch verständlich. Niemand gesteht sich ohne weiteres ein, dass er sich so sehr in einem Menschen täuschen konnte. Noch schwerer ist das wahrscheinlich, wenn man diesen Menschen geliebt hat."

„Ich fürchte, sie liebt ihn immer noch. Ihre Gefühle kämpfen gegen ihren Verstand. Immerhin kennt sie unsere Beweise und weiß dadurch, dass Leonard von Thalheim für immer hinter Gittern verschwinden wird."

„Mit der Zeit wird deine Schwester das akzeptieren müssen. Spätestens wenn beim Prozess noch einmal sämtliche Grausamkeiten zur Sprache kommen, mit denen er seine Opfer quälte, wird ihr bewusst werden, dass das nicht der Mann ist, dem sie ihre Liebe geschenkt hat. So weh das auch tut, sie wird darüber hinwegkommen."

Kapitel 27

Gleich nach dem Frühstück fuhren Helen und Vincent in Richtung Deister. Ihr erstes Ziel war die Tankstelle am Gartencenter. Helen stellte den Wagen abseits der Zapfsäulen ab.

„Halt dich bitte im Hintergrund", sagte sie nach dem Aussteigen zu Vincent. „Nachdem dein Foto in der Presse war, könnte man dich trotz deiner Tarnung erkennen."

„Jawohl, Chefin!", erwiderte er und tippte an die schwarze Baseballkappe auf seinem Kopf, die ihrem Enkel gehörte. Außerdem trug er eine dunkle Sonnenbrille.

Helen hingegen war mit Jeans, Sneakers und einer leichten Lederjacke bekleidet. Forsch trat sie auf einen älteren Mann in grauem Kittel zu.

„Sind Sie Herr Hasse, der Pächter dieser Tankstelle?" Als er nickte, hielt sie ihm kurz eine kleine Plastikkarte unter die Nase. „Im Zuge der Ermittlungen müssen wir Ihnen noch einige Fragen stellen."

„Ich denke, der Killer ist gefasst!?"

„Trotzdem müssen wir noch mal sämtliche Aussagen überprüfen." Sie steckte den Ausweis in die Jackentasche und zog ein Foto von Leo hervor, das sie ihm zeigte. „Kennen Sie diesen Mann?"

„Sicher", bestätigte Herr Hasse. „Das ist der Orchideenmörder.

Sein Bild ist doch seit Tagen in allen Zeitungen."

„Ich möchte wissen, ob Sie den Mann auf dem Foto persönlich kennen", präzisierte sie ihre Frage. „Haben Sie ihn hier schon mal gesehen?"

„Das nicht", gab er zu, bevor er sich an einen etwa achtzehnjährigen Jungen wandte, der nur wenige Meter entfernt stand und wie gebannt herüberschaute. „Hast du nichts zu tun, Holger? Geh an deine Arbeit!" Er unterstrich seine Worte durch eine unmissverständliche Geste. „Fürs Rumlungern wirst du nicht bezahlt!"

Zögernd drehte sich der Junge herum und setzte sich in die Richtung der Waschanlage in Bewegung.

„Wer ist der junge Mann?", fragte Helen intuitiv. „Arbeitet er schon lange für Sie?"

„Seit etwa einem Jahr ist Holger hier als Aushilfe beschäftigt. Scheiben waschen, Wasser nachfüllen und andere einfache Arbeiten zählen zu seinen Aufgaben. Er ist übrigens taubstumm."

Nachdenklich nickte sie.

„Ist Ihnen besonders in der Zeit vor dem Mord irgendjemand aufgefallen, der ein tieferes Interesse an Kerstin Glaser hatte?"

„Ein so hübsches Mädchen hat viele Bewunderer", meinte der Tankstellenpächter achselzuckend. „Außerdem war Kerstin immer freundlich und hilfsbereit. Jeder mochte sie."

„Wie lange war sie bei Ihnen als Kassiererin beschäftigt?"

„Fast sieben Monate."

„Gab es in dieser Zeit nie Ärger? Vielleicht mit einem Kunden, der mit ihr anbandeln wollte?"

„Nicht, dass ich wüsste."

Helen wurde klar, dass sie von diesem Mann nichts Neues erfahren würde.

„Das war es vorläufig", sagte sie und gab Vincent ein Zeichen, ihr zu folgen.

„Das ist doch alles sinnlos", meinte er niedergeschlagen, als sie ihren Wagen erreichten. „Wir können Leo nicht helfen."

„Dachtest du, wir würden auf Anhieb etwas erfahren, das die Polizei noch nicht rausgefunden hat?", tadelte sie ihn milde.

„So einfach ist das ganz bestimmt nicht." Sie sah den jungen Mann mit einem Eimer in der Hand in der Nähe herumstehen. Das Paar bei dem weinroten VW-Beetle schien ihn sehr zu interessieren.

„Bevor wir fahren, möchte ich noch den Jungen befragen."

„Hast du vergessen, dass er taubstumm ist? Er kann uns nicht weiterhelfen."

„Möglicherweise dachte das die Polizei auch", erwiderte sie hoffnungsvoll und winkte den Jungen heran. Sich nach allen Seiten umsehend, kam er näher.

„Darf ich Ihnen ein paar Fragen stellen?", sprach Helen ihn an, wobei sie nicht nur jedes Wort langsam und deutlich formulierte, sondern auch ihre Hände zu Hilfe nahm. Der Junge schien genauso erstaunt darüber wie Vincent, dass sie die Gebärdensprache beherrschte. Helen zeigte auch ihm das Foto.

„Kennen Sie diesen Mann, Holger?"

Eifrig nickte er, stellte seinen Eimer ab und antwortete mit einigen Zeichen.

„Das ist Leo", übersetzte Helen. „Sie kennen ihn?"

Wieder nickte der Junge.

„Er hat hier ... ein paar Mal getankt?", las sie seine Zeichen.

„Die anderen Kunden ... machen sich oft lustig über Sie, aber Leo war immer sehr nett zu Ihnen?"

Abermals er ihre Worte, indem er nickte.

„War er auch zu Kerstin sehr nett?"

Kopfschütteln.

„Woher wissen Sie das?"

Seine erneuten Zeichen verblüfften Helen.

„Er kannte sie nicht?"

Diesmal schüttelte er mehrmals den Kopf, wobei er aufgeregt gestikulierte.

„Nicht so schnell", bat Helen. „Sonst kann ich Ihnen nicht folgen."

236

Verstehend nickte der junge Mann, bevor er seine Antwort langsamer wiederholte.

„Kerstin arbeitete immer abends ... Leo kam immer vormittags?" Blitzschnell überlegte Helen, bevor sie Vincent anblickte. „Auf Tankquittungen wird doch außer dem Datum auch die Uhrzeit angegeben. Wenn wir jetzt noch nachweisen können, dass Kerstin Glaser ausschließlich abends arbeitete, Leo aber tatsächlich nur vormittags hier war ..." Sie unterbrach sich, als der Junge sie behutsam am Ärmel berührte. Fragend schaute sie ihn an. Daraufhin formten seine Finger nur ein Wort.

„Ist das wahr?", vergewisserte Helen sich lächelnd. „Sie benutzen hier eine Stechuhr mit Stempelkarten?"

Mit breitem Grinsen nickte der Junge.

„Warum haben Sie das alles nicht schon längst ausgesagt?"

„Mich hat keiner gefragt", antwortete er in der Gebärdensprache. „Nur weil ich anders bin, denken alle, ich bin dumm."

„Sie sind ein Genie", widersprach Helen. Man sah dem Jungen an, wie sehr er sich über ihr Lob freute. Unerwartet wandte er sich an Vincent.

„Sie sind Leos Vater", übersetzte Helen seine Worte. „Ihr Foto war in der Zeitung."

„Das stimmt", bestätigte Vincent so deutlich, dass der junge Mann die Worte von seinen Lippen ablesen konnte. „Ich danke Ihnen für Ihre Hilfe, Holger."

„Leo ist kein böser Mensch", interpretierte Helen seine Gestik. „Sie müssen sich die Stempelkarten vom Chef holen. – Das machen wir", fügte sie hinzu. „Wenn wir Sie vor Gericht als Zeugen brauchen, werden Sie für Leo aussagen?"

„Jederzeit", signalisierte er ihr. „Sie sind nicht von der Polizei", fuhr er fort. „Was steht auf der Karte, die Sie dem Chef gezeigt haben?"

Bereitwillig zog Helen die Plastikkarte noch einmal aus der Tasche und zeigte sie ihm. Es handelte sich um ihre Zugangskarte für die Gerichtsbibliothek, die sie noch nicht zurückgegeben hatte. Beeindruckt las der Junge, dass er es mit einer Richterin zu tun hatte.

„Gut." Er griff nach seinem Eimer und schlenderte davon.

„Ein außergewöhnlicher Junge mit einer guten Beobachtungsgabe", sagte Vincent anerkennend. „Mir scheint, er wird hier wegen seiner Behinderung ausgenutzt. Man müsste etwas für ihn tun, ihn irgendwie fördern. Sowie diese Sache ausgestanden ist, kümmere ich mich darum."

„... kümmern wir uns darum", korrigierte sie ihn lächelnd, denn er hatte ihre Gedanken ausgesprochen. „Oder willst du mich etwa ausschließen?"

„Auf keinen Fall. Ohne dich bin ich hilflos, wie ich eben feststellen musste. Wo hast du die Gebärdensprache gelernt?"

„Eine Cousine von mir verlor vor Jahren durch einen Unfall ihr komplettes Gehör", erzählte sie. „Außerdem war sie seitdem auf den Rollstuhl angewiesen und versank in tiefen Depressionen. Irgendwie ist es meinem Mann und mir gelungen, ihr neuen Lebensmut zu geben. Dazu gehörte auch, mit ihr zusammen die Gebärdensprache zu lernen. Wir haben das scherzhaft Fummelfunk genannt. Seit ihrem Tod im letzten Herbst bin ich allerdings aus der Übung."

„Dafür wirkte es aber sehr professionell. – Sollen wir Herrn Hasse jetzt um die Stempelkarten bitten? Oder muss das über die Ermittlungsbehörden laufen?"

„Die bekommen unser Entlastungsmaterial noch früh genug zu sehen. Da der Junge dich erkannt hat, solltest du dich schon ins Auto setzen. Womöglich geht sonst auch Herrn Hasse ein Licht auf und er verweigert die Herausgabe der Karten."

„Okay."

Schon nach kurzer Wartezeit stieg Helen zu Vincent in den Wagen. Triumphierend zeigte sie ihm die Stempelkarten.

„Unser erster Ermittlungserfolg, Miss Moneypenny."

„Das verdanken wir allein Ihrer Kompetenz, Mister Bond. Ich bin wohl eher ein lästiges Anhängsel."

„Anscheinend glaubst du, ich hätte das durchziehen können - ohne dich in der Nähe zu wissen? Habe ich dir etwa nicht erzählt, dass ich im Grunde ein Feigling bin?"

„Ein Feigling, der in einer tosenden Gewitternacht meine Pferde durch eine waghalsige Aktion in Sicherheit brachte", bemerkte er. „Du bist ein Teufelsweib, meine Liebe."

„Auch in jener Nacht waren wir ein gutes Team", behauptete sie und startete den Wagen.

Ihr nächstes Ziel war Leos Anwesen. Als Vincent die in den Zaun eingelassene Tür öffnen wollte, hielt Helen ihn zurück.

„Warst du schon mal hier?"

„Im Frühjahr. – Warum fragst du?"

„Um dich darauf vorzubereiten, dass es im Haus nicht mehr so ordentlich aussieht wie bei deinem letzten Besuch. Die KTU ist bei der Spurensicherung nicht besonders vorsichtig."

„Mittlerweile bin ich durch nichts mehr zu erschüttern."

Das sollte sich schon bald als Trugschluss erweisen. Das Durcheinander im Wohnzimmer war noch einigermaßen überschaubar. Im Arbeitszimmer seines Sohnes herrschte allerdings ein heilloses Chaos. Bücher schienen wahllos aus den Regalen gefegt, sämtliche Schubladen standen offen und waren durchwühlt oder auf den Boden entleert. Unzählige Papiere lagen im gesamten Raum verstreut. Während Vincent noch fassungslos dastand, begann Helen, einige Bücher aufzuheben.

„Es ist eine Frechheit, ein Haus so zu hinterlassen", sagte er missbilligend. „Nur gut, dass Leo nicht sehen kann, was die mit seinem gemütlichen Heim angestellt haben."

„Deshalb werden wir jetzt erst mal aufräumen", schlug Helen vor, was ihm sehr unangenehm schien.

„Das kann ich dir unmöglich zumuten."

„Sind wir ein Team, oder nicht? Als ich sagte, wir ziehen das gemeinsam durch, meinte ich das mit allen Konsequenzen."

„Okay", stimmte er zu, denn sie würde sich ohnehin nicht daran hindern lassen. „Packen wir's an."

Unermüdlich bückte sich Helen nach den Büchern und stellte sie in die Regale zurück. Unterdessen sammelte Vincent die Papiere auf. Plötzlich stutzte er.

„Schau dir das an, Helen", bat er und zeigte ihr eine Mappe, in der Ausdrucke aus dem Internet abgeheftet waren. Es handelte sich um Informationen über Gehörlose, Taubstumme sowie um Förderungsmöglichkeiten für Menschen mit diesen Behinderungen. „Es sieht so aus, als hätte auch Leo geplant, dem Jungen zu helfen."

„Er ist dein Sohn. Ihr seid aus demselben Holz geschnitzt."

Die Tatsache, dass Leo sich die Mühe gemacht hatte, im Internet zu recherchieren, um nach Wegen zu suchen, dem Jungen von der Tankstelle bessere Lebensbedingungen und berufliche Perspektiven zu eröffnen, imponierte Helen. Es bestätigte ihr, dass sich dieser Mann Gedanken um seine Mitmenschen machte. Ein eiskalter Killer käme bestimmt nicht auf die Idee, sich für seine Nächsten einzusetzen.

Sie benötigten mehr als vier Stunden, um das Haus wieder wohnlich zu gestalten. Sogar die Schachfiguren standen ordentlich auf dem Spielbrett.

„Jetzt zeige ich dir Leos Schmuckstück", beschloss Vincent und nahm Helen bei der Hand. Durch den Garten führte er sie zu dem imposanten Gewächshaus. „Bist du bereit, in ein kleines Paradies einzutauchen?", fragte er lächelnd und öffnete die Tür. Das Lächeln gefror auf seinem Gesicht, als er statt der erwarteten Blütenpracht das destruktive Werk der Spurensicherung sah. Offenbar hatten diese Leute nicht davor zurückgeschreckt, die liebevoll angelegte Pflanzenwelt umzupflügen. Es sah aus, als sei ein Tornado durch das Gewächshaus gefegt. Auf der Suche nach Beweisen hatten sie die Erde wie die Maulwürfe umgegraben.

„Man sollte diese Leute verklagen", brachte Vincent ärgerlich hervor. „Hier wurde die liebevolle Arbeit von Monaten zerstört."

240

„Bei dringendem Tatverdacht sind sie dazu leider berechtigt", wusste Helen. „Bedauerlicherweise fehlt mir das nötige Know-how, um auch hier den ursprünglichen Zustand wiederherzustellen."

„Ich kenne mich nur mit Weinstöcken aus", seufzte er. „Lass uns von diesem Ort der Zerstörung verschwinden."

Da wegen der Aufräumungsarbeiten das Mittagessen ausgefallen war, lud Vincent seine Begleiterin zum Abendessen in ein italienisches Restaurant ein. Nach der Rückkehr in Helens Wohnung verschwand sie sofort in ihrem Arbeitszimmer und setzte sich an den Schreibtisch. Dort verglich sie die Uhrzeiten auf den Tankquittungen mit den auf den Stempelkarten verzeichneten Arbeitszeiten des ersten Opfers.

„Bingo!", rief sie schließlich aus, worauf Vincent seine nervöse Wanderung unterbrach. „Der Junge hatte Recht! Kerstin Glaser arbeitete nur in den Abendstunden. Dein Sohn hat ausschließlich am frühen Vormittag dort getankt. Demnach kann er ihr nicht begegnet sein. Sie war ihm völlig unbekannt."

„Die Aussage des Jungen wird das noch untermauern", sagte er erleichtert. „Dadurch kann man Leo mit dem ersten Mord nicht mehr in Verbindung bringen."

„Gehen wir weiter davon aus, dass jemand existiert, der Leo die Taten in die Schuhe schieben will, so ist ihm schon beim ersten Opfer ein Fehler unterlaufen. Wir können nur hoffen, dass das nicht seine einzige Nachlässigkeit war."

„Bislang war ich skeptisch, ob wir überhaupt etwas ausrichten können. Inzwischen bin ich optimistischer."

Im Laufe des Abends schickte Helen eine E-Mail an ihren Chef, in der sie Olaf Salomon bat, sich am nächsten Vormittag zu einer Lagebesprechung in ihrer Wohnung einzufinden.

Kapitel 28

Sie waren gerade mit dem Frühstück fertig, als der Rechtsanwalt läutete. Helen führte den Gast ins Wohnzimmer. Während

Olaf seinen Aktenkoffer öffnete, legte Vincent die Unterlagen aus dem Arbeitszimmer auf den Tisch.

„Gibt es was Neues, Herr Kollege?"

„Da Leo zum Zeitpunkt des dritten Mordes außer Landes war, habe ich dort angesetzt", berichtete Olaf. „Für ein hieb und stichfestes Alibi müssen wir seinen jeweiligen Aufenthaltsort zeitlich so detailliert wie möglich rekonstruieren. Leo flog am Donnerstag gegen elf Uhr morgens nach Amsterdam. Dort landete er um Vierzehnuhrdreißig. Beide Zeiten wurden von der Flugsicherung bestätigt. Sein Flieger stand nachweislich bis zu seinem Rückflug am Freitag um Fünfzehnuhrachtundvierzig auf dem Amsterdamer Airport. Die Annahme der Polizei, dass Leo innerhalb weniger Stunden heimlich hierher zurückgekehrt sein könnte, den Mord begangen hätte und wieder nach Amsterdam gefahren sein könnte, ist durch nichts zu belegen. Weder war er auf eine Linienmaschine gebucht noch benutzte er einen Leihwagen. Alle diesbezüglichen Anfragen bei Fluglinien und Autovermietern waren negativ." Konzentriert blätterte er in seinen Unterlagen. „Laut Leos Aussage war er am Donnerstagabend mit zwei Gärtnerkollegen zusammen, die er auf der Orchideenausstellung kennengelernt hat. Ein gewisser Klaus aus Berlin und ein Mann namens Curd aus Zürich. Über Klaus wissen wir, dass er im Tropenhaus des Botanischen Gartens in Berlin-Dahlem arbeitet. Ich habe bereits jemanden beauftragt, ihn dort aufzusuchen, damit er Leos Aussage bestätigt. Von Curd aus Zürich wissen wir bislang nur, dass er Banker und Hobbyorchideenzüchter ist. Deshalb habe ich in allen Züricher Zeitungen großformatige Suchanzeigen geschaltet. Nun müssen wir abwarten, ob er sich meldet."

„Das klingt vielversprechend", meinte Vincent angesichts der Möglichkeit, dass sich auch die Anschuldigung, Leo könne den dritten Mord trotz seines Auslandaufenthalts begangen haben, als haltlos erweisen könnte. „Hoffentlich haben wir bei der Suche nach Schwachstellen der restlichen vier Morde genauso viel Glück."

„Fünf", korrigierte Olaf ihn. „Insgesamt wirft man Leo sechsfachen Mord vor."

„Trotzdem sind es nur noch vier. Das Dreamteam war auch nicht untätig." Fragend schaute er Helen an. Als sie lächelnd nickte, erzählte Vincent von ihren Ermittlungsergebnissen und legte dem Rechtsanwalt die Beweisstücke vor.

„Das ist einfach großartig!", rief Olaf begeistert aus, nachdem er die Tankquittungen mit den Stempelkarten verglichen hatte. „Ihr seid wirklich ein tolles Team."

„Eigentlich verdanken wir diesen Erfolg ausschließlich Helen", gestand Vincent. „Ich war dabei nur Statist."

Anerkennend blickte Olaf seine Gastgeberin an.

„Das war ausgezeichnete Arbeit."

„Kommen Sie zur Mitternachtsshow wieder", scherzte sie. „Dann zaubere ich Kaninchen aus dem Hut."

„Auch das traue ich Ihnen inzwischen zu. Wie kamen Sie darauf, ausgerechnet den taubstummen Jungen zu befragen?"

„Zuerst habe ich nur sein auffälliges Interesse an uns bemerkt", erwiderte sie nachdenklich. „Ich dachte, falls der Junge immer so aufmerksam ist, könne er vielleicht schon früher etwas beobachtet haben, das uns weiterhilft. Außerdem hielt ich es für möglich, dass man seitens der Polizei wegen seiner Behinderung auf seine Vernehmung verzichtet hat."

„Zugegebenermaßen war ich auch der Meinung, dass eine Befragung des Jungen nicht nur sinnlos, sondern auch unmöglich sei", fügte Vincent hinzu. „Dabei habe ich das exzellente kriminalistische Gespür der Dame meines Herzens völlig außer Acht gelassen."

„Man sollte niemals den Fehler begehen, eine Frau zu unter ..." Stirnrunzelnd brach Olaf ab. „Der Dame deines Herzens?", wiederholte er verblüfft. „Verstehe ich das richtig?"

„Als Anwalt solltest du eigentlich zu logischen Schlussfolgerungen fähig sein."

„Ihr seid wirklich ein Paar? Seit wann?"

Rasch warf Vincent einen Blick auf seine Armbanduhr.

„Seit genau drei Tagen, acht Stunden und exakt zwölf Minuten", erklärte er glücklich lächelnd, aber sein Gegenüber hob statt einer Antwort nur skeptisch die Brauen. „Was muss ich dir zahlen, damit du dich für uns freust, Olaf?"

„Du weißt, wie sehr ich es immer bedauert habe, dass du allein in deinem kleinen Paradies lebst." Sein ernster Blick wechselte zu Helen. „Mir ist auch bewusst, dass Sie sich über einen Mangel an Verehrern nicht beklagen können. Auf dem letzten Juristenball war das unübersehbar. Sie sind zweifellos eine tolle Frau ..." Verlegen schob er seine Unterlagen zusammen. „Was ich damit sagen will ..." Fest schaute er Helen an. „Ihnen ist vermutlich nicht bekannt, dass ich nach dem frühen Tod meines Vaters immer zu Vincent kommen konnte, wenn ich einen väterlichen Rat brauchte. Ohne seine Unterstützung wäre wahrscheinlich nichts aus meinem Jurastudium geworden. Vincent hat nicht nur die kleine Studentenwohnung bezahlt, in der ich mit Leo gelebt habe, sondern er sorgte auch dafür, dass der Kühlschrank immer gefüllt war. Ihm verdanke ..."

„Jetzt ist es aber genug", winkte Vincent ab. „Du hättest deinen Weg auch ohne mein Zutun gefunden."

„Durch deine Großzügigkeit konnte ich mich ausschließlich auf das Studium konzentrieren", widersprach Olaf. „Ich habe immer gehofft, dass dir irgendwann noch mal eine Frau begegnet, eine ebenbürtige Partnerin, die ihr Leben mit dir teilt. Jetzt hast du nicht nur eine attraktive, sondern auch eine kluge Frau an deiner Seite, aber ..." Hilflos brach er ab. Helen verstand ihn aber auch ohne, dass er es aussprach.

„Sie sorgen sich darum, wie Leo darauf reagiert, wenn er erfährt, dass ich Antonias Mutter bin", sagte sie sachlich. „Fürchten Sie, das könne das gute Verhältnis zwischen ihm und seinem Vater trüben?"

„Nun ja, Leo befindet sich momentan in einer Ausnahmesituation. Als sein bester Freund weiß ich, wie sehr ihm das alles zu schaffen macht. Besonders die Sache mit Ihrer Tochter hat ihn tief getroffen. Ich darf gar nicht daran denken, dass ich im Grunde die Verantwortung für diesen Schlamassel trage."

Vincent schaute ihn ebenso verwundert an, wie Helen das tat.

„Als Leo damals beschloss, eine Auszeit zu nehmen, war ich es, der ihm vorgeschlagen hat, hierher zu ziehen", erklärte Olaf schuldbewusst. „Nach dieser leidigen Geschichte mit Larissa war er völlig am Boden zerstört. Deshalb wollte ich ihn in meiner Nähe haben, ihn auf andere Gedanken bringen. Zuerst schien mir das sogar gelungen zu sein. Leo lebte zwar sehr zurückgezogen, aber der Abstand von allem tat ihm gut. Allerdings wollte er nach wie vor keine Beziehung mehr eingehen."

„Leo wollte nicht wieder verletzt werden", vermutete Helen verständnisvoll. „Doch dann lernte er meine Tochter kennen."

„Antonia muss ein ganz besonderer Mensch sein", war Vincent überzeugt. „Sonst hätte Leo sich nicht in sie verliebt. Gäbe es nicht dieses verfluchte Laken mit seinen Spermaspuren, hätte Leo sicher nicht an ihrer Aufrichtigkeit gezweifelt."

„Da sie aber die einzige Frau ist, mit der Leo seit damals geschlafen hat, ist es eine logische Schlussfolgerung, dass sie irgendwie ihre Finger im Spiel hat", fügte Olaf mit bedauerndem Blick auf Helen hinzu. „Deshalb wird er verständlicherweise nicht begeistert reagieren, wenn du ihm ihre Mutter als Dame deines Herzens vorstellst, Vincent."

„Wir waren schon vorgestern zusammen bei Leo. Allerdings kennt er bislang nur Helens Vornamen und weiß, dass sie Juristin ist. Näheres soll er erst erfahren, wenn wir seine Unschuld bewiesen haben. Das ändert aber nichts an der Tatsache, dass er die Frau an meiner Seite schon jetzt mag. Für mich war unverkennbar, dass mein Sohn Helen bereits ins Herz geschlossen hat. Daran wird sich auch nichts ändern, wenn er erfährt, dass Antonia ihre Tochter ist."

„Das hoffe ich für euch alle", sagte Olaf, bevor er wieder auf die Unterlagen zurückkam. „Habt ihr schon Pläne für weitere Ermittlungen?"

„Da Sie mit dem dritten Mord befasst sind, werden wir uns den zweiten vornehmen", sagte Helen und blätterte in der Akte. „Bianca Stoll arbeitete neben dem Studium im Bistro Chagall. Von dort stammt der Baumwollbeutel, den die Polizei im Kofferraum von Leos Wagen sichergestellt hat. Leo behauptet jedoch, das Chagall sei ihm unbekannt." Fragend blickte sie auf. „Richtig?"

„Vollkommen", bestätigte der Rechtsanwalt. „Wenn man die Lage des Bistros kennt, ist das nicht verwunderlich. Was sollte Leo in der Nähe der Universität zu suchen haben?"

„Es wird nicht leicht werden, nachzuweisen, dass Leo niemals dort war", überlegte Helen. „In einem Bistro gehen viele Leute ein und aus. Für die Staatsanwaltschaft ist der Baumwollbeutel jedenfalls ein sicheres Indiz, dass Leo zu den Kunden des Chagall zählte. Wir müssen rausfinden, wer die Tasche in Leos Kofferraum gelegt hat. Am besten noch, wann und wo das gewesen ist."

Kapitel 29

Auf der Suche nach Helen betrat Vincent am Freitagmorgen die Küche. Verwundert registrierte er, dass der Frühstückstisch nicht wie erwartet vorbereitet war. Wahrscheinlich hatte Helen auf dem Balkon gedeckt, dachte er und verließ die Küche.

„Bist du fertig?", sprach sie ihn in der Diele an, wobei sie in eine leichte Jacke schlüpfte. „Wir können sofort fahren."

Irritiert schaute er sie an. Offenbar wollte sie die erste Mahlzeit des Tages ausfallen lassen.

„Willst du wirklich mit leerem Magen recherchieren?", vergewisserte er sich, denn er benötigte zum Tagesbeginn mindestens eine Tasse Kaffee. „Gesund ist das nicht."

„Keine Sorge, mein Lieber. Du bekommst schon noch ein ordentliches Frühstück. Ich lade dich in ein Bistro ein."

„Daher weht der Wind. Du möchtest mit mir im Chagall frühstücken und so ganz nebenbei James Bond spielen."

„Sie sind ein kluges Mädchen, Miss Moneypenny", neckte sie ihn und hakte ihn unter.

Das Bistro erwies sich mit seinem französischen Flair als sehr gemütlich. An den kleinen runden Tischen saßen überwiegend junge Leute.

„Als ich noch studiert habe, war unser Treffpunkt auch ein kleines Café", erzählte Helen, als sie das Frühstück bestellt hatten. „Oft sind meine Kommilitonen auch zu mir nach Hause gekommen. Ich war die einzige, die nicht nur eine winzige Studentenbude bewohnt hat. Manchmal haben wir nächtelang zusammen gesessen und über Gott und die Welt diskutiert."

„Deine Mitstudenten waren sicher gern bei dir."

„Zuerst fragten sie sich allerdings, was so ein spätes Mädchen in den Vorlesungen zu suchen hatte. Immerhin war ich schon neunundvierzig. Als sie dann erkannt hatten, wie ernst ich mein Studium nahm, war das Eis rasch gebrochen. Ich hoffe, dass ich auch heute noch Zugang zu den jungen Leuten finde, wenn ich demnächst Seminare abhalte."

Dazu sagte Vincent nichts. Anscheinend machte sie sich trotz ihrer Gefühle füreinander keine Gedanken über die Zukunft ihrer Beziehung. Glaubte sie, er würde – egal wie ihre Spurensuche auch enden mochte – allein in die Toskana zurückkehren? Er musste sobald wie möglich mit ihr über einen gemeinsamen Lebensabend sprechen. Dies war jedoch weder der richtige Ort noch der passende Zeitpunkt dafür.

Nach dem ausgezeichneten Frühstück befragte Helen das durchweg weibliche Bedienungspersonal des Bistros. Die Angestellten brachten Leos Foto jedoch nur mit den Presseberichten der letzten Tage in Verbindung. An ihn persönlich erinnerte sich keine von ihnen. Helen wurde bald klar, dass sie an dieser Stelle mit den Ermittlungen nicht vorankämen.

So kaufte sie noch ein Baguette und trug es in einer Baumwolltasche mit grünem Logo aus dem Bistro.

„Was machen wir denn jetzt?", fragte Vincent im Wagen mutlos. „Wir sind nicht einen Schritt weiter."

„Ganz so negativ würde ich das nicht betrachten. Im Grunde ist es sogar positiv zu bewerten, dass sich im Chagall niemand an deinen Sohn erinnert. Dadurch hat die Staatsanwaltschaft keinen Zeugen, der Leo im Bistro gesehen haben könnte."

„Trotzdem gehen sie wegen des gefundenen Beutels davon aus, dass Leo hier gewesen sein muss. Möglicherweise nur ein einziges Mal. An Laufkundschaft erinnert man sich nicht."

„Dagegen könnte man folgendermaßen argumentieren ...", überlegte Helen. „Da dein Sohn eine sehr attraktive Erscheinung ist, weckt ein solcher Mann im allgemeinen Interesse beim weiblichen Geschlecht. Schon aus diesem Grunde würde man ihn wiedererkennen." Sie warf Vincent einen vergnügten Blick zu. „Oder würdest du dich umgekehrt nicht an eine außergewöhnlich hübsche und gutgebaute Frau erinnern? Selbst wenn du sie nur relativ kurz bewundern durftest?"

„Früher wäre mir ein solches Wesen vielleicht im Gedächtnis geblieben", entgegnete Vincent leise lächelnd. „Kürzlich ist mir aber meine Traumfrau begegnet. Seitdem habe ich nur noch Augen für diese bezaubernde Lady."

„Das kommentiere ich besser nicht", spöttelte Helen und startete den Motor. „Heute Nachmittag möchte ich deinen Sohn besuchen. Vielleicht findet er eine Erklärung, wie der Baumwollbeutel in seinen Kofferraum gelangen konnte."

Im Besucherraum der Strafvollzugsanstalt warteten Helen und Vincent auf das Erscheinen des Untersuchungshäftlings. Ein uniformierter Vollzugsbeamter führte Leo herein. Diesmal bemerkte er Helen sofort. Leo überbrückte die Distanz zu ihr mit zwei langen Schritten. Dabei beschrieb er eine Geste, als wolle er sie umarmen – zögerte dann jedoch.

„Darf ich?"

„Nur zu", sagte sie lächelnd. „Ich beiße nicht."

Behutsam umfing Leo ihre schmalen Schultern und zog Helen an seine Brust.

„Danke ...", war alles, was er sagte.

„Wofür?"

„Für alles, was Sie für mich getan haben", erwiderte er, bevor er auch seinen Vater begrüßte. „Olaf war gestern Nachmittag hier. Von ihm weiß ich, dass man Dank Ihrer großartigen Ermittlungsarbeit keine Verbindung mehr zwischen dem ersten Opfer und mir herstellen kann. Das gibt mir wieder Hoffnung."

„Auch das war Ziel der Übung."

„Sie sind unbezahlbar, Helen", sagte Leo, während sie sich setzten. „Nicht mal die Polizei kam auf den Gedanken, einen taubstummen Jungen zu befragen."

„Ich bin eben wie ein alter Hund, der unter jedem Baum schnüffelt."

„Alt sind Sie mit Sicherheit nicht. Auf mich wirken Sie jedenfalls erfrischend jung – und sehr anziehend. Das hören Sie aber bestimmt nicht zum ersten Mal."

„Vergiss es, Leo", tadelte Vincent ihn in scheinbarer Strenge. „Das ist mein Mädchen. Such dir deine eigene Herzdame."

Abwehrend hob Leo die feingliederigen Hände, während sich in seinen Augen Resignation spiegelte.

„Wenigstens etwas habe ich auch dieser leidigen Sache gelernt: Selbst wenn ich hier irgendwann wieder rauskommen sollte, lasse ich garantiert keine Frau mehr an mich ran. Die unvermeidliche Enttäuschung ist zu schmerzhaft, als dass ich mir das noch mal antun würde." Mit einer Mischung aus Bedauern und Mitgefühl blickte er seinen Vater an. „Ich weiß, dass du dir Enkelkinder wünschst, aber du musst die Hoffnung darauf endgültig begraben, Paps."

„Mit der Zeit wirst du dich wieder für eine Frau öffnen", sagte Vincent zuversichtlich. „Von einer Familie und Kindern hast du immer geträumt, Leo. Eines Tages ..."

„Nein, Paps!", unterbrach er ihn bestimmt, und für einen Moment lag ein gequälter Ausdruck auf seinem Gesicht. Aber er bekam sich sofort wieder unter Kontrolle. „Das ist definitiv vorbei. Meine Hoffnungen und Träume sind mit einem ohrenbetäubenden Knall zerplatzt. Ich will das nicht noch mal durchstehen müssen." Sein entschuldigender Blick wechselte zu Helen. „Tut mir leid, ich wollte nicht auch noch mein verpfuschtes Liebesleben vor Ihnen ausbreiten. Deshalb sind Sie schließlich nicht gekommen."

„Wir haben noch Fragen, weil wir im Hinblick auf den zweiten Mord in einer Sackgasse stecken", sagte Vincent so sachlich wie möglich. „Irgendwie muss diese Baumwolltasche in deinen Wagen gekommen sein."

„Die reizende Staatsanwältin fand eine ganz einfache Erklärung dafür. Seit meinem Umzug habe ich mehrmals das Orchideenhaus in den Herrenhäuser Gärten besucht. Angeblich führt der Weg dorthin direkt an der Universität und somit auch am Bistro Chagall vorbei."

Vor ihrem inneren Auge vergegenwärtigte sich Helen die Wegstrecke von Leos Haus bis zu den Herrenhäuser Gärten.

„Sind Sie tatsächlich jedes Mal auf die Bundesstraße 217 und dann quer durch die ganze Stadt gefahren?", fragte sie skeptisch. „Das dauert doch ewig."

„Der Ansicht war mein Navi wohl auch", meinte Leo. „Deshalb lotste er mich über die A 2 bis zur Anschlussstelle Herrenhausen, und dann weiter über den Westschnellweg auf die Herrenhäuser Straße."

„Diese Strecke würde auch ich vorziehen. Sie ist definitiv kürzer und weniger zeitaufwändig als der Weg durch die Stadt." Abermals schwieg sie sekundenlang. „Zwar würde Ihr Navigationssystem von Ihrem Wohnort aus auch der Staatsanwältin diesen Weg anzeigen. Leider können wir dadurch aber weder beweisen, ob Sie tatsächlich diese Strecke gefahren sind noch, dass Sie auf demselben Weg direkt nach Hause zurückkehrten. Sie könnten bei dieser Gelegenheit ebenso gut noch in die Innenstadt gefahren sein, um beispielsweise Einkäufe zu tätigen. – Jedenfalls wird das die Staatsanwaltschaft behaupten."

„Woher wussten die überhaupt von deinen Besuchen im Orchideenhaus?", wollte Vincent zu wissen. „Etwa von dir?

„Nachdem sie bei der Hausdurchsuchung meinen Ordner mit den Quittungen und Belegen gefunden hatten, konnte ich schlecht leugnen, dass ich dort gewesen bin."

„Dieser Ordner scheint sich als wahre Fundgrube für die Ermittlungsbeamten erwiesen zu haben", mutmaßte Helen. „Da würde ich auch gern mal einen Blick reinwerfen."

„Wahrscheinlich nicht nur, weil es Sie brennend interessiert, wofür ich mein Geld ausgebe oder ob ich zur Verschwendung neige", sagte Leo mit einem Anflug von Humor. „Vielleicht könnten Ihnen die Unterlagen tatsächlich weiterhelfen. Jetzt muss ich meinem Steuerberater sogar dankbar sein, dass er mir nicht nur riet, sämtliche Belege zu sammeln, sondern auch, sie zu kopieren. Für den Fall einer Reklamation oder falls etwas verloren geht." Triumphierend wechselte sein Blick zwischen Helen und seinem Vater. „Die Staatsanwaltschaft beschlagnahmte den Ordner mit den Kopien. Die Originale habe ich ein paar Tage vor meiner Verhaftung an meinen Steuerberater geschickt."

„Ist das immer noch Dr. Kellermann?"

„Genau der, Paps. Setz dich bitte mit ihm in Verbindung. Er soll euch die Unterlagen per Kurier schicken. Die Kosten dafür soll er mir auf die Rechnung setzen."

„Okay", nickte Vincent. „Trotzdem haben wir immer noch keine Erklärung für den Beutel aus dem Bistro in deinem Wagen. Fällt dir dazu nicht irgendwas ein?"

„Die einzige Person, die Zugang zu meinem Auto hatte, und die auch hin und wieder mitfuhr, ist Antonia Bredow", erwiderte sein Sohn ohne zu zögern. „Olaf ist zwar seltsamerweise davon abgerückt, ihr zu unterstellen, dass sie den Beutel in meinen Kofferraum gelegt haben könnte, aber es gibt keine andere Erklärung dafür. Der Wagen stand sonst immer in der Garage. Außerdem wäre mir aufgefallen, wenn sich jemand am Kofferraum zu schaffen gemacht hätte."

„Verfügt der Wagen über eine Alarmanlage?"

„Das kommt noch dazu", beantwortete er Helens Frage. „Genauso wenig hätte jemand unbemerkt auf das Grundstück gelangen können. Das gesamte Anwesen ist durch Videoüberwachung und ein ausgeklügeltes Alarmsystem gesichert." Seine

Augen nahmen einen besorgten Ausdruck an. „Warst du schon dort, Paps? In welchem Zustand befindet sich das Haus, nachdem die Spurensicherung wahrscheinlich alles auf den Kopf gestellt hat?"

„Es herrschte ein ziemliches Chaos. Durch Helens Hilfe sieht jetzt aber alles wieder ordentlich aus. – Jedenfalls im Haus", schränkte er ein. „In deinem Gewächshaus konnten wir leider nichts ausrichten. Die scheinen jeden Krümel Erde umgedreht zu haben. Ich fürchte, das haben die Pflanzen nicht überlebt."

Ungläubig blickte Leo seinen Vater an.

„Sie haben alles zerstört, was ich in monatelanger Arbeit angelegt habe?" Nach einem Moment betroffenen Schweigens wirkte Leo plötzlich ganz ruhig. „Das ist jetzt auch schon egal. Ich habe sowieso beschlossen, das Haus zu verkaufen. Sowie sich meine Unschuld rausgestellt hat, verschwinde ich. Hier hält mich absolut nichts mehr."

Erst nach dem gemeinsamen Abendessen in ihrer Wohnung betrat Helen ihr Arbeitszimmer. Am Schreibtisch fiel ihr Blick auf den Anrufbeantworter. Das Display zeigte vier entgangene Gespräche. Bei zweien handelte es sich um Freundinnen, die um Rückruf baten. Eine Anruferin war Antonia, die versprach, sich wieder zu melden. Die vierte Nachricht stammte von einem Mann:

„Hallo Helen, hier spricht Johannes", erklang eine dunkle Stimme. „Wie ich hörte, bist du von deiner Reise zurück. Ich warte immer noch auf deine endgültige Zusage. Kannst du es einrichten, morgen so gegen zehn Uhr zur Vertragsunterzeichnung in die Uni zu kommen? Dann können wir gleich alle Details besprechen. Ich rechne fest mit dir. – Ciao!"

Obwohl Vincent die Aufzeichnung mitgehört hatte, kommentierte er sie nicht. Allerdings dachte er noch lange darüber nach. Auch als sie später im Wohnzimmer bei einem Glas Wein zusammensaßen, beschäftigten sich seine Gedanken noch immer damit.

Während Helen allerlei Theorien über den Baumwollbeutel in Leos Kofferraum anstellte, wurde Vincent zunehmend stiller.

„Wir sollten schlafen gehen", sagte sie schließlich. „Du scheinst müde zu sein."

„Was?", fragte er irritiert. „Nein, nein." Schuldbewusst schüttelte er den Kopf. „Verzeih, ich habe gerade darüber nachgedacht, wie lange sich das alles hier noch hinziehen mag."

„Sehnst du dich nach deinem kleinen Paradies? Wahrscheinlich wirst du dort dringend gebraucht."

„Nein, nein ...", wiederholte er. „Selbstverständlich bleibe ich, so lange es nötig ist. Aber die Semesterferien sind bald vorüber. Du freust dich auf diesen Job, nicht wahr!?"

„Das ist mehr als nur ein Job. In meinem Alter bekommt man eine solche Chance gewöhnlich nicht mehr. Für mich bedeutet es eine Herausforderung, mich noch mal zu beweisen. Ich war immer ein aktiver Mensch. Wäre ich durch meine Pensionierung zum Nichtstun verurteilt, würde ich verkümmern."

„Das klingt, als wollest du dich mit aller Kraft dieser neuen Aufgabe widmen."

„Hättest du dich vor einigen Jahren davon abhalten lassen, dein gutgehendes Architekturbüro zu verkaufen, um in der Toskana was völlig Neues anzufangen?"

„Sicher nicht."

„Hast du das jemals bereut?"

„Nicht eine Sekunde lang. Es war eine der besten Entscheidungen, die ich je getroffen habe." Sein ernster Blick konzentrierte sich auf ihre Augen. „Wenn die ganze Sache hier vorüber ist, Helen, was wird dann aus uns?"

Hilflos zuckte sie die Schultern.

„Ich weiß es nicht." Sie wusste nur, dass Vincent dann wieder abreisen würde. „Dein Lebensmittelpunkt ist in der Toskana, während ich hier in Hannover zu Hause bin. Das lässt sich wohl kaum miteinander vereinbaren."

„Eine Beziehung über eine so große räumliche Distanz kann auf die Dauer nicht funktionieren", stimmte er ihr zu. „Das ist auch nicht das, was ich will."

„Man kann eben nicht alles haben", sagte sie so ruhig wie möglich, obwohl es sie schmerzte, dass er offenbar schon bald aus ihrem Leben verschwinden wollte. Sich keine Regung anmerken lassend, erhob sie sich. „Wir sollten für heute Schluss machen. Das war ein langer Tag."

Bald lagen sie nebeneinander in Helens breitem Bett, doch es kam keinerlei Vertrautheit zwischen ihnen auf. Sie kehren einander den Rücken zu und ließen den anderen in dem Glauben, bereits zu schlafen. Tatsächlich fand aber keiner von beiden wirklich Ruhe. Dafür waren ihre Gedanken zu aufgewühlt.

Helen war enttäuscht, dass Vincent kein Problem mit ihrer baldigen Trennung zu haben schien. Hätte er sonst nicht nach einer Alternative gesucht? Womöglich überforderten ihn ihr Temperament und ihr Tatendrang? Sprach er deshalb plötzlich nicht mehr von Liebe? War es ihm auf die Dauer zu anstrengend mit einer Frau, die seinen wohlverdienten Ruhestand durcheinanderbrachte?

Auf der anderen Seite der Matratze grübelte Vincent darüber nach, weshalb Helen überhaupt keinen Kompromissvorschlag gemacht hatte, um ihrer Beziehung langfristig eine Chance zu geben. War ihr in den letzten Tagen klargeworden, dass er nicht mehr mit ihr mithalten konnte? Empfand sie ihn als Klotz am Bein? Während er einen gemeinsamen Ruhestand genießen wollte, suchte sie eine neue Herausforderung. War ihr das wichtiger als ihre wundervolle Nähe?

Kapitel 30

„Guten Morgen", sagte Vincent tags darauf beim Betreten der Küche. Helen saß bereits am Frühstückstisch. Sie schien die erste Mahlzeit des Tages ohne ihn zu sich genommen zu haben. „Hast du gut geschlafen?"

„Danke, ausgezeichnet", behauptete sie. „Und du?"

„Wunderbar", gab er vor und setzte sich zu ihr. „Anscheinend

254

aber zu lange, sonst wärst du nicht schon fertig. Müssen wir heute wieder so zeitig aus dem Haus?"

„Du kannst in Ruhe frühstücken", verneinte sie und schenkte ihm eine Tasse Kaffee ein. „Inzwischen habe ich etwas zu erledigen. Macht es dir was aus, auf den Kurier zu warten?"

„Selbstverständlich nicht."

Ohne ein weiteres Wort erhob sie sich.

„In spätestens zwei Stunden bin ich zurück", teilte sie ihm noch mit, bevor sie die Küche verließ. Wenige Augenblicke später fiel die Wohnungstür hinter ihr zu.

Vincent zweifelte nicht daran, wohin sie fahren wollte. Sie war auf dem Weg in die Universität, um den Vertrag zu unterzeichnen. Das bestärkte ihn in seinem in der letzten Nacht gefassten Entschluss.

Bei Helens Rückkehr saß er zeitungslesend unter der aufgespannten Markise auf dem Balkon. Sorgsam faltete er die Wochenendausgabe zusammen und ging hinein.

„Ich muss dir etwas sagen ...", begrüßten sie sich unisono und brachen gleichzeitig ab.

„Du zuerst", bat Helen, worauf Vincent tief durchatmete.

„Um es kurz zu machen: Ich habe eine Entscheidung getroffen. So wie wir Leos Unschuld beweisen können, fliege ich in die Toskana."

Nun unter Aufbringung ihrer ganzen Disziplin gelang es ihr, ihre Enttäuschung vor ihm zu verbergen.

„Du scheinst es sehr eilig zu haben, von hier fortzukommen."

„Aber nur, um so schnell wie möglich hierher zurückzukehren", sagte er zu ihrer Überraschung. „Ich werde Piccolo Mondo verkaufen."

„Du willst was?", brachte sie fassungslos hervor. „Das darfst du nicht tun, Vincent! An diesem herrlichen Fleckchen Erde hängt dein Herz!"

„Mein Herz hängt an dir", widersprach er sanft, worauf sie ihn eindringlich anblickte.

„Du darfst Piccolo Mondo nicht meinetwegen verkaufen! Das wundervolle Haus, der Weinberg, die Pferde – damit hast du dir einen Traum erfüllt! Das alles ist dein Leben!"

„Du bist mein Leben", widersprach er abermals. „Ohne dich kann ich nicht mehr sein. Ich weiß, wie viel dir diese Dozentenstelle bedeutet. Was wäre meine Liebe wert, würde ich dafür kein Verständnis aufbringen? Für mich ist nicht wichtig, wo ich lebe, sondern mit wem. – Es sei denn, du möchtest mich auf die Dauer nicht in deiner Nähe haben."

„Ach, Vincent... Glaubst du wirklich, dass ein alter Kauz hier in der Großstadt glücklich würde?" Leicht schüttelte sie den Kopf. „Du würdest dein kleines Paradies schrecklich vermissen: die Weite des Landes, die Arbeit mit den Pferden, die täglichen Ausritte ... Nach kurzer Zeit würdest du es bereuen, dass du das alles für mich aufgegeben hast. Deshalb kann ich dein liebgemeintes Opfer nicht annehmen."

Niedergeschlagen senkte er den Kopf. Er glaubte, Helens Beweggründe zu verstehen. Das tat verdammt weh.

„Du willst also partout nicht, dass ich für immer nach Hannover ziehe. Beurteile ich das richtig?"

„Das möchte ich tatsächlich nicht", gab sie unumwunden zu.

„Wahrscheinlich weißt du, wo ich vorhin war?"

„In der Universität", lautete seine deprimierte Antwort. „Wenn du dort erst deine Arbeit aufgenommen hast, bin ich überflüssig. Das habe ich sehr wohl begriffen."

„Das hast du nicht", widersprach diesmal sie. „Was wäre meine Liebe wert, wenn ich egoistisch meine Pläne weiterverfolgen würde? Manchmal muss man vom vorgezeichneten Weg abweichen, um dauerhaft glücklich werden zu können."

In banger Erwartung schaute er in ihre Augen.

„Du hast diesem Mann von der Uni einen Korb gegeben?"

„Begeistert war er davon jedenfalls nicht. Natürlich hat er versucht, mich wortreich umzustimmen. Immerhin gäbe es keine Garantie, dass diese Beziehung dauerhaft funktioniert. Besonders wenn man sein Leben seit Jahren allein meistert, sei es gefährlich, in der ersten Verliebtheit unüberlegte Schritte zu tun. Erst als ich Johannes klargemacht hatte, welch tiefe Gefühle uns verbinden, konnte ich ihn überzeugen."

„Obwohl du zu diesem Zeitpunkt noch gar nicht wusstest, wie es mit uns weitergeht?"

„Dieses Risiko musste ich eingehen. Nun wirst du dich damit abfinden müssen, mir in deinem kleinen Paradies Asyl zu gewähren. Meine Wohnung möchte ich aber trotzdem nicht aufgeben. Wir können sie nutzen, wenn wir hin und wieder meine Töchter besuchen."

„So oft du willst", sagte Vincent erleichtert. „Bitte verzeih mir, dass ich überhaupt in Erwägung gezogen habe, dass du unsere Liebe diesem Job opfern könntest. Manchmal fürchte ich immer noch, dass ich aus einem wunderschönen Traum erwachen könnte – und du bist nicht mehr da."

„Von nun an werde ich dich täglich kneifen, um dich daran zu erinnern, wie real ich bin."

„Ich habe eine viel bessere Idee", prophezeite er und schloss sie behutsam in die Arme. Nach einem Blick in ihre Augen legte er den Mund auf ihre Lippen. Sein Kuss war zunächst zärtlich, wurde aber mit ihrer Erwiderung zunehmend leidenschaftlicher. Vincent erinnerte sich nicht, eine Frau jemals so sehr geliebt und begehrt zu haben. Unwillkürlich zog er sie enger an sich, so dass sie ihre Wirkung auf ihn deutlich spürte. Eine sinnliche Erregung durchflutete Helen bei dem Gedanken, noch fähig zu sein, bei einem Mann diese prompte Reaktion hervorzurufen. Ihre Hände lösten sich aus seinem Nacken und schlüpften unter sein Polohemd. Dort begannen ihre Fingerspitzen ein gefährliches Spiel auf seiner warmen Haut.

„Du bringst mich völlig um den Verstand ...", murmelte er an ihrem Mund. Seine Lippen strichen liebkosend über ihren Hals, während seine Finger nach den Knöpfen ihrer Bluse tasteten. Ungeduldig schob er den Seidenstoff bald von ihren Schultern und vergrub den Mund in ihrem Dekolleté. Helens leises Stöhnen erregte und ermutigte ihn. Mit beiden Händen schob er ihren Rock hoch, bevor er sie sanft gegen den schweren Eichentisch drängte. Stürmisch küsste er sie erneut, wobei sich seine sanften Finger den Weg zu ihrem Slip bahnten. Plötzlich löste er sich jedoch etwas von ihr und blickte ihr in die Augen.

„Wage es nicht, jetzt aufzuhören", beantwortete sie seine stumme Frage mit belegter Stimme und zog ihn wieder dichter zu sich heran...

Nachdem sie sich leidenschaftlich vereinigt hatten, hielten sie einander eng umschlungen, bis sich ihr heftiger Atem allmählich beruhigte. Unerwartet lachte Helen leise.

„Ich hätte auf meine Freundinnen hören sollen ..."

„Warum?", flüsterte er, ohne sie aus seinen Armen zu lassen.

„Haben sie dich vor Männern mit eindeutigen Absichten gewarnt?"

„Im Gegenteil: Sie konnten nie verstehen, dass ich mir nach dem Tod meines Mannes nicht wenigstens hin und wieder einen Liebhaber geleistet habe. Sie behaupteten, dass man mit zunehmendem Alter viel intensiver empfindet und es dadurch unglaublich genießen würde."

„Und?", murmelte er mit den Lippen an ihrer nackten Schulter. „Hatten sie Recht?"

„Sie haben maßlos untertrieben! Allerdings kenne ich ihre Ehemänner. Wahrscheinlich sind die nicht so fantasievoll und leidenschaftlich wie ein alter Kauz aus der Toskana."

„Unter südlicher Sonne erwachen eben unerwartete Talente. Vielleicht sollten wir deine Freundinnen mit ihren Männern mal in unser kleines Paradies einladen. – Aber erst nach der Hochzeit."

„Du willst also geheiratet werden", stellte sie fest, wobei sie sich etwas von ihm löste, um ihm in die Augen schauen zu können. „Seit wann verspürst du denn diesen Wunsch?"

„Seit ich dich von deinem Hotel in Florenz auf meinen Landsitz entführt habe", gestand er mit entwaffnender Offenheit. „Zu diesem Zeitpunkt wusste ich bereits, dass ich dich für immer um mich haben möchte. Ich bin so schrecklich gern mit dir zusammen, weil du einer der wenigen Menschen bist, mit denen ich mich nie langweile. Außerdem liebe ich dich fast vom ersten Augenblick an. Lass uns heiraten und gemeinsam alt werden, Helen."

In ihre braunen Augen schlich sich ein kecker Ausdruck.

„Sind wir nicht schon alt?"

„Im Gegenteil", verneinte er in scheinbarer Empörung. „Oder glaubst du, alte Leute sind noch so verrückt nacheinander, dass sie am hellen Tag auf dem Esstisch übereinander herfallen?"

„Das hätte selbst ich in meinen kühnsten Träumen nicht erwartet", verneinte sie amüsiert. „Vermutlich würden mich meine Töchter sofort einweisen lassen, wenn sie wüssten, auf welche Weise ihre Mutter ihren Ruhestand genießt."

„Sie werden sich daran gewöhnen, dass wir beide kein müdes Rentnerpärchen sind." Lausbübisch zwinkerte er ihr zu. „Gibst du mir nun endlich dein Jawort – oder muss ich mich erst ordentlich anziehen und bei irgendeiner höheren Instanz um deine Hand anhalten?"

„Nicht nötig, mein Lieber. Da ich jetzt arbeitslos bin, brauche ich schließlich jemanden, der mich beschäftigt."

„Ist das ein Ja?"

„Ich kann mir nichts Schöneres vorstellen, als deine Frau zu werden."

Antonia war nach dem Öffnen der Haustür mehr als überrascht, da sie überhaupt nicht mit dem Besuch ihrer Schwester gerechnet hatte.

„Was willst du denn hier?"

„Ich freue mich auch, dich zu sehen", erwiderte Franziska trocken. „Darf ich reinkommen?"

Wortlos gab Antonia den Weg frei.

Ihre Schwester spazierte mit einem großen Weidenkorb an ihr vorbei direkt in die Küche. Dort öffnete sie als erstes den Kühlschrank. Der Inhalt bestätigte ihre Befürchtung.

„Dachte ich es mir doch", sagte sie vorwurfsvoll. „Wann hast du das letzte Mal anständig gegessen?"

„Bitte, Franzi ...", begann Antonia genervt, wurde aber sofort von ihrer Schwester unterbrochen.

„Immer wenn du Kummer hast, vergisst du so was Banales wie regelmäßige Mahlzeiten. Bei dem, was du im Haus hast, sind sogar die Mäuse in deinem Keller auf Carepakete ihrer Artgenossen von der anderen Straßenseite angewiesen."

Mit stoischer Gelassenheit packte sie ihre Einkäufe aus. Zwischendurch musterte sie Antonia mit einem missbilligenden Blick. In der ausgebeulten grauen Jogginghose und dem weiten T-Shirt wirkte sie schmal und zerbrechlich.

„Wieso kannst du dir nicht wie jeder vernünftige Mensch Kummerspeck anfuttern, anstatt allen Magersüchtigen Konkurrenz zu machen?"

„Warum fährst du nicht nach Hause und mästest deinen Sherlock Holmes?"

„Pit wird ohne mich nicht gleich verhungern", winkte Franziska ab. Ungeniert inspizierte sie die Küchenschränke, förderte eine Pfanne und Töpfe zutage. „Ausnahmsweise darfst du mir helfen", bemerkte sie, als Antonia ihr reglos zusah, und schob eine Schale frischer Champignons in ihre Richtung. „Putzt du die Pilze?"

„Wozu? Ich habe keinen Appetit."

Tief holte Franziska Luft, bevor sie Antonia entschlossen in die Augen blickte.

„Jetzt hör mir mal gut zu, Schwesterherz: Du wirst mich erst wieder los, wenn wir zusammen gegessen haben! – Auch wenn du noch so sauer auf mich bist!"

„Wieso sollte ich sauer auf dich sein?"

„Weil ausgerechnet ich es war, die dir das alles eingebrockt hat. Wäre ich diesem anonymen Hinweis nicht nachgegangen."

„Das ist dein Job", unterbrach Antonia ihre Schwester. „Es ist nicht deine Schuld, dass sich die Behauptungen dieses Anrufers als wahr rausgestellt haben. Anscheinend kennt er Leo sehr viel besser als ich."

„Trotzdem fühle ich mich irgendwie mitverantwortlich für das, was du jetzt durchmachst, Toni. Es tut mir so leid, dass ich dir das nicht ersparen konnte."

„Besser ein Ende mit Schrecken ...", zitierte Antonia, wobei sie nicht verhindern konnte, dass Tränen in ihre Augen stiegen. „Ich bin so wütend! Auf mich, weil ich so leichtgläubig war – und auf Leo, weil er mich immer wieder belogen und mit meinen Gefühlen gespielt hat! All die hilfsbereiten und liebevollen Gesten dienten nur einem Ziel: die naive Gerichtsmedizinerin auszuhorchen! Wie konnte ich nur auf ihn reinfallen?"

„Er ist attraktiv, sieht gut aus", zählte Franziska auf. „Verstand und Humor besitzt er auch. Dazu ausgezeichnete Umgangsformen. Von einem solchen Mann lässt sich jede Frau gern vereinnahmen. Mit diesen Eigenschaften gelang es ihm auch, seine Opfer zu beeindrucken. Vermutlich haben sie sich durch sein Interesse an ihnen sogar geschmeichelt gefühlt. Als er zunehmend in den Focus unserer Ermittlungen rückte, wurde mir plötzlich klar, in welcher Gefahr du geschwebt hast, Toni. Du hättest jederzeit sein nächstes Opfer werden können."

Geistesabwesend blickte Antonia auf die auf der Arbeitsplatte ausgebreiteten Einkäufe, während sie über die Worte ihrer Schwester nachgrübelte.

„Leo hätte mir nie wehgetan", sagte sie schließlich, und es klang sehr überzeugt. „Seit seiner Verhaftung versuche ich mir alles, was wir miteinander erlebt haben, in Erinnerung zu rufen. In der ganzen Zeit, die ich ihn kenne, gab es nicht den geringsten Hinweis darauf, dass Leo gewalttätig sein könnte. Das entspricht einfach nicht seinem Wesen."

Ein besorgter Blick traf Antonia.

„Du kannst doch nicht die Augen davor verschließen, dass ..."

„Ich weiß, was du sagen willst", fiel Antonia ihr ins Wort. „Sämtliche Indizien sprechen gegen ihn. – So eindeutig, dass man schon stutzig werden könnte. Ein Killer, der alles bis ins kleinste Detail plant, um keine Spuren zu hinterlassen, wird mit

Sicherheit auch den Fall einkalkulieren, dass er zufällig in Verdacht gerät. Deshalb wird er in seinem Umfeld nichts aufbewahren, das ihn auch nur annähernd mit den Opfern in Verbindung bringen könnte. Sollte er tatsächlich mal was übersehen haben, passiert ihm das bestimmt nicht im Hinblick auf alle Morde. Dazu ist er viel zu clever."

„Du klingst schon wie Mam", sagte Franziska nicht ohne Vorwurf. „Als sie mich vor ein paar Tagen in meinem Amtszimmer besucht hat, äußerte sie die gleichen Bedenken. Und ich fürchte, aus den gleichen Motiven wie du. Sie zweifelt deinetwegen. Außerdem vermisst sie wahrscheinlich ihre Arbeit bei Gericht. Auch deshalb interessiert sie sich für diesen Fall."

„Was für einen Eindruck hat Mam auf dich gemacht?", wollte Antonia wissen. „Wirkte sie deprimiert?"

„Du meinst, wegen der Pleite, die sie mit ihrer Urlaubsbekanntschaft erlebt hat? Niedergeschlagen wirkte sie eigentlich nicht. Im Gegenteil: eher heiter und gelöst. Vielleicht geht ihr diese leidige Geschichte doch nicht so nahe."

„Gerade du solltest sie besser kennen. Das Verhalten dieses Mannes traf sie tiefer, als sie sich anmerken lässt. Ich glaube, sie hatte sich wirklich in ihn verliebt. – Und sie weiß, dass es wohl das letzte Mal in ihrem Leben war, auf diese Weise für einen Mann zu empfinden. Ist es nicht schrecklich, fürchten zu müssen, allein alt zu werden – ohne liebevollen Partner. Muss man sich mit diesem Wissen nicht furchtbar einsam fühlen?"

„Dann müssen wir uns eben mehr um sie kümmern", erwiderte ihre Schwester entschlossen. „Durch ihre Pensionierung muss sie ihren Alltag ohnehin neu einrichten. Ich habe immer bewundert, wie Mam ihr Leben nach Paps Tod in die Hand genommen hat. Sie wirkte immer so stark. Offen gestanden, habe ich gar nicht darüber nachgedacht, dass sie keine andere Wahl hatte. Ihre Reise in die Toskana war wohl auch eher eine Flucht, um die Zeit bis zum Ende der Semesterferien zu überbrücken."

„Und dann musste sie im Urlaub diesen Reinfall erleben. Aber sie wird auch diesmal diszipliniert nach vorn schauen. Es käme Mam nie in den Sinn, ihren Töchtern was vorzujammern. Der Job an der Universität wird ihr hoffentlich helfen, mit der Enttäuschung fertigzuwerden."

„Leider ist Arbeit auch kein Allheilmittel", meinte Franziska. „Allerdings hindert sie einen daran, ständig zu grübeln. Oder ergeht es dir nicht so?"

„Im Institut bin ich zwar abgelenkt, aber die Abende und die Nächte erscheinen mir endlos lang", gestand ihre Schwester. „Früher hat es mir gut getan, wenn ich mich allein in meine vier Wände zurückzuziehen konnte. Ich hätte nie gedacht, wie schnell man sich daran gewöhnen kann, dass abends jemand wartet. Wenn ich jetzt nach Feierabend heimkomme, ist das Haus dunkel und leer – und sehr still."

„Irgendwann wirst du wieder jemanden kennenlernen", versuchte Franziska ihr Mut zu machen. „Du darfst nicht um etwas trauern, das keine Zukunft gehabt hätte. Eines Tages wirst auch du wieder glücklich sein."

„Vielleicht", sagte Antonia nur. Zu diesem Zeitpunkt vermochte sie sich nicht vorzustellen, dass sie noch einmal so vorbehaltlos für einen Mann empfinden könnte. Ihr Vertrauen in die Liebe war tief erschüttert. „Wenigstens habe ich noch Quincy", fügte sie betont heiter hinzu. „Und dich, Franzi. Mein Hund schleicht sich nachts in mein Bett, wodurch ich mich nicht ganz so verloren fühle. Meine liebe Schwester kommt hier reingeschneit, damit ich nicht verhungere. Was könnte ich mir mehr wünschen? Wenn du mir jetzt noch verrätst, womit du mich kulinarisch verwöhnen möchtest, darfst du das nächste Mal sogar deinen Bullen mitbringen."

„Es gibt Schnitzel mit Rahmchampignons, grünem Salat und Pellkartöffelchen", erwiderte Franziska prompt, wobei sie das Fleisch aus dem Papier wickelte.

„Vier riesengroße Schnitzel", staunte Antonia. „Glaubst du nicht, dass du das Fassungsvermögen meines Magens überschätzt?"

„Habe ich etwa nicht erwähnt, dass wir zwei Hübschen nicht allein speisen?"

„Du hast noch jemanden eingeladen?" Man sah Antonia an, dass sich ihre Begeisterung darüber in Grenzen hielt. „Wen? Mam und Elke?"

„Lass dich überraschen", bat Franziska geheimnisvoll. „An deiner Stelle würde ich aber vorsichtshalber den Gammellook gegen etwas weniger Bequemes tauschen."

„Muss ich jetzt etwa fürchten, dass du ein Essen mit der Prominenz der Stadt arrangiert hast? Nun sag schon, Franzi! Für wen soll ich mich rausputzen?"

„Es kommt ein VIP für dich – und einer für mich", lautete die Antwort. „Du hast genau zehn Minuten."

„Manchmal wäre ich lieber ein Einzelkind", grummelte Antonia und verließ die Küche.

Genau acht Minuten später tauchte sie in eleganten dunkelblauen Hosen und weißer Bluse wieder auf.

Das blonde Haar hielt im Nacken eine große Spange zusammen. Auf Makeup hatte Antonia jedoch gänzlich verzichtet. Ihr Gesicht bedurfte keiner kosmetischen Hilfsmittel, um natürlich und frisch zu wirken.

„Na, also", kommentierte Franziska die veränderte Erscheinung ihrer Schwester. „Geht doch."

„Kannst du dich jetzt überwinden, mir zu sagen, für wen ..." Beim Läuten der Türglocke brach sie ab. „Okay, dann sehe ich eben selbst nach."

„Perfektes Timing", sagte Franziska nur und folgte ihr in die Diele. Gespannt öffnete Antonia die Tür – und erblickte die hünenhafte Gestalt ihres Lieblingskommissars.

„Hallo, Doc", begrüßte er sie grinsend. „Meine Ermittlungen haben ergeben, dass es hier heute was Leckeres für einen halb verhungerten Bullen gibt."

„Komm rein", erwiderte sie nur, wobei sie ihrer Schwester einen vorwurfsvollen Blick zuwarf. „Tolle Idee."

„Das ist mein VIP", erklärte Franziska ungerührt. „Deiner

muss noch irgendwo da draußen stehen."

Resolut fasste sie nach der Hand ihres Lebensgefährten und zog ihn in die Diele. Erst dadurch sah Antonia den zweiten Besucher. Ihr Gesichtsausdruck wechselte von maßloser Überraschung zu einem strahlenden Lächeln.

„David!"

Schon flog sie in die ausgebreiteten Arme ihres Sohnes.

„Anscheinend hast du mich auch ein bisschen vermisst", sagte er, während er seine Mutter fest an sich gedrückt hielt. „Fünf Monate sind eine lange Zeit."

„Mir erscheint es wie eine Ewigkeit, seit wir uns das letzte Mal gesehen haben", erwiderte Antonia, wobei sie ihren Sohn zärtlich betrachtete. „Gut schaust du aus, mein Junge."

„Was man erstaunlicherweise auch von dir behaupten kann, Ma. Du siehst viel besser aus, als ich erwartet hätte."

Einen Moment lag Verwunderung in den Augen seiner Mutter, dann nickte sie verstehend.

„Du weißt schon, was in den letzten Wochen passiert ist!? Von wem?"

„Zuerst rief mich Franzi an", erklärte David. „Kurz darauf hat sich Granny gemeldet. Sie klang sehr besorgt und meinte, dass du mich brauchen würdest. Am liebsten hätte ich mich sofort in den nächsten Flieger gesetzt, aber mein Geld reichte nicht. Deshalb hat Granny mir am Airport von Boston ein Ticket hinterlegen lassen."

„Das ist typisch deine Großmutter", sagte Antonia gerührt. „Ich freue mich riesig, dass du da bist. Wie lange bleibst du?"

„Das erzähle ich dir später", wich er aus. „Hast du in deinem schmucken Häuschen überhaupt ein Plätzchen für deinen Filius einkalkuliert?"

„Darauf kannst du wetten. Komm, ich zeige dir alles."

Mit seinem Gepäck betraten sie das Haus. Dort warf Antonia zuerst einen Blick in die Küche. Ihre Schwester und der Kommissar waren bereits mit der Vorbereitung des Mittagessens beschäftigt.

„Ich danke euch."

„Falsche Adresse", winkte Franziska ab. „Mam hat das eingefädelt. Sie hätte David auch vom Flughafen abgeholt, aber ihr kam was dazwischen. Deshalb sind wir eingesprungen."

„David war der einzige Passagier, der nach der Abfertigung von Staatsanwaltschaft und Polizei erwartet wurde", fügte Pit schmunzelnd hinzu. „Nun kümmere dich um deinen Sohn, Doc. Das Kochen übernehmen wir."

„Danke", sagte Antonia abermals und verließ die Küche. Bei einem Rundgang zeigte sie David alle Räume. Zuletzt betraten sie den Garten über die Terrasse. Sofort hob Quincy, der unter seinem Lieblingsbaum geschlafen hatte, den Kopf. Bei Davids Anblick sprang er auf und flitzte schwanzwedelnd auf ihn zu.

„Da bist du ja, du alter Stromer", begrüßte der junge Mann den Hund und ging in die Hocke. Ausgiebig kraulte er das weiche Fell. „Du hast mir auch gefehlt, Quincy."

Erst als der Hund die Witterung der anderen Besucher aufnahm und im Haus verschwand, richtete David sich zu seiner vollen Größe auf und ließ den Blick durch den Garten schweifen.

„Toll, was du hier in den letzten Monaten alles geschaffen hast, Ma. Franzi hat auf dem Weg vom Flughafen erzählt, dass du das Haus ganz allein renoviert hast. Damit hast du dich selbst übertroffen. Aber auch der Garten ist prima in Schuss. Hast du etwa plötzlich deinen grünen Daumen entdeckt?"

„Auf dem Grundstück hatte ich Hilfe von ..." Vergeblich versuchte sie die aufsteigenden Tränen zurückzublinzeln. „Einem Nachbarn ..."

„Etwa derjenige, welcher ...?", entnahm er ihrer Reaktion und schloss sie in die Arme. „Es tut mir so leid, Ma. Am liebsten würde ich diesem Mistkerl den Hals umdrehen. Wie konnte er nur so gemein ..."

„Nicht jetzt", bat Antonia. „Lass uns nachher darüber reden. Das Essen ist sicher gleich fertig."

Später bei Tisch war offensichtlich, wie gut Antonia die Anwesenheit ihres Sohnes tat. Zum ersten Mal, seit die bittere Wahrheit ans Licht gelangt war, lachte Antonia wieder. Trotz des Schmerzes, der immer noch tief in ihrem Inneren bohrte, fühlte sie sich nicht mehr so alleingelassen. Allerdings spürte sie, dass David noch irgendetwas bedrückte. Sie sprach ihn aber erst darauf an, als Franziska und Pit gegangen waren.

„Was beschäftigt dich, David?", fragte sie ohne Umschweife. „Macht dir irgendwas zu schaffen? Du wirkst so ernst."

„Vielleicht bin ich einfach nur erwachsen geworden?", wich er aus. „Wollen wir nicht ein Stück laufen? Wir müssen reden."

Mit Quincy verließen sie das Haus und hielten auf den Waldrand zu. Inzwischen kannte das Tier den Weg der täglichen Spaziergänge und lief voraus. Bald nach dem Hund tauchten auch Antonia und David in die Tiefe und Stille des Waldes ein. Hier war es angenehm schattig und kühl.

„Erzähl mir von ihm", bat David plötzlich. „Als du dich vor ungefähr drei Jahren kurz vor der Hochzeit von Benno getrennt hast, sagtest du, dass du dich um nichts in der Welt noch mal so einem Beziehungsstress aussetzen würdest. Damals konnte ich nicht glauben, dass du tatsächlich Single bleiben würdest, denn ich kenne keinen Menschen, der so viel zu geben hat wie du, Ma. Trotzdem gab es nie wieder einen Partner an deiner Seite. Wie konnte es ausgerechnet so ein mieser Typ schaffen, dich einzuwickeln?"

„Leo ist ... war etwas Besonderes", erwiderte Antonia nachdenklich. „Anders als die meisten Männer mit ihrem Imponiergehabe, die eine Frau ständig mit ihren Heldentaten beeindrucken wollen. Leo war immer bescheiden und zurückhaltend, aber auch hilfsbereit und humorvoll. Wir haben uns auf Anhieb gemocht. Trotzdem hatte ich anfangs nichts anderes als ein gutes nachbarschaftliches Verhältnis erwartet."

„Wieso hast du dich dann auf mehr eingelassen?"

„Je öfter wir uns trafen, umso stärker haben wir uns zueinander hingezogen gefühlt", bekannte sie ohne Scheu. „Plötzlich entwickelte es sich zwischen uns rasend schnell auf einen Punkt zu, von dem aus es kein Zurück mehr gab." Aus ernsten Augen blickte sie ihren Sohn von der Seite an. „Wahrscheinlich kannst du das nicht verstehen, aber die wenigen Wochen mit Leo waren mit Abstand die glücklichsten meines Lebens."

Verwundert blieb er stehen. Sein Blick richtete sich vorwurfsvoll auf seine Mutter.

„Wie kannst du das jetzt noch so empfinden?"

„Weil es die Wahrheit ist. Sie zu verdrängen, bringt mich nicht weiter. Ich habe mich bei einem Mann noch nie so sehr zu Hause gefühlt. Daran gibt es nichts zu rütteln."

Verständnislos schüttelte er den Kopf.

„Obwohl er dich von Anfang an belogen und benutzt hat?"

„Das habe ich doch erst nach seiner Verhaftung erfahren. Die Erkenntnis, dass ich nur ein Spielball in einer verlogenen Inszenierung gewesen bin, war so, als hätte mir jemand einen Dolch ins Herz gestoßen." Mit Mühe drängte sie die aufsteigenden Tränen zurück. „Ich habe Leo geliebt, wie ich nie zuvor einen Mann geliebt habe!", stieß sie verzweifelt hervor. „Wäre ich meinen Vorsätzen treu geblieben, würde ich mich jetzt nicht so benutzt und hintergangen fühlen! Verdammt, warum habe ich ihn in mein Leben gelassen? Ich hätte wissen müssen, dass es auch diesmal schrecklich endet!"

„In der Liebe gibt es keine Garantie, dass es dauerhaft funktioniert", sagte David und legte den Arm um die Schultern seiner Mutter. „Wenn man sich ganz auf einen anderen einlässt, glaubt man immer, dass es für die Ewigkeit ist. Ohne dieses Vertrauen in die Liebe wäre jede Beziehung völlig sinnlos."

„Wahrscheinlich hast du recht", entgegnete sie beeindruckt von den reifen Worten ihres Sohnes. „Das ist wohl auch der Grund, aus dem es so furchtbar weh tut."

David kannte seine Mutter gut genug, um zu wissen, wie sehr sie unter dem Verhalten dieses Mannes litt. Sie ging stets offen und unvoreingenommen auf ihre Mitmenschen zu. Wenn sie jemandem vertraute, dann uneingeschränkt. Intrigen oder Machtspielchen entsprachen nicht ihrem Wesen. Dazu war sie zu rechtschaffen. Von einem Partner erwartete sie die gleiche Aufrichtigkeit, die sie auch ihm entgegenbrachte. Nachdem, was er über Leonard von Thalheim wusste, hatte dieser Mann seine Mutter schamlos ausgenutzt, Gefühle geheuchelt und sie in jeder Hinsicht belogen. Da David ohne Vater aufgewachsen war, war die Bindung zu seiner Mutter sehr ausgeprägt. Er glaubte, sie beschützen zu müssen und fühlte sich unendlich hilflos, weil er ihr nicht wirklich helfen konnte.

Minutenlang gingen sie schweigend nebeneinander her, hingen ihren Gedanken nach.

„Ist dir eigentlich nie in den Sinn gekommen, dass dieser Leo der gesuchte Killer sein könnte?", fragte David schließlich. „Immerhin soll er doch Orchideen gezüchtet haben."

„Da deine Tante dir offenbar alles erzählt hat, weißt du bestimmt auch, wie schwer es mir immer noch fällt, Leo als eiskalten Mörder zu sehen. Er ist ein so sanfter und ausgeglichener Mensch. Zwischen uns gab es nie einen Streit. Auch bei Meinungsverschiedenheiten wurde er niemals laut oder aggressiv. Wir haben immer ruhig über unterschiedliche Ansichten gesprochen."

„Du kanntest aber nur den Mann, den er dir vorgespielt hat. Inzwischen muss dir doch klar sein, dass er sich aus gutem Grund so verhielt." Liebevoll drückte er seine Mutter an sich. „Ich kann mir vorstellen, wie schwer es einem fällt, sich einzugestehen, dass man mit einer solchen Bestie in Menschengestalt zusammen war. Aber da laut Franzi alle Beweise gegen ihn sprechen ..."

„Indizien", korrigierte sie ihren Sohn. „Außerdem gilt jemand so lange als unschuldig, bis ein Gericht das Gegenteil nachweisen kann."

„Ma! Du glaubst doch nicht wirklich, dass dieser Mann unschuldig ist!?"

Ein tiefer Seufzer entfloh ihren Lippen.

„Allmählich weiß ich überhaupt nicht mehr, was ich glaube. Vielleicht bin ich tatsächlich blind für die Realität. In den letzten Tagen frage ich mich ständig, ob ich mir selbst was vormache, weil es dann leichter zu ertragen ist. Andererseits konnte ich mich bislang immer auf meinen Instinkt verlassen."

„Wahrscheinlich brauchst du einfach mehr Abstand", überlegte ihr Sohn. „Es dauert, das alles zu verarbeiten. Dabei möchte ich dir gern helfen."

„Das ist lieb von dir", entgegnete sie dankbar. „Aber damit muss ich allein fertig werden. Außerdem darfst du meinetwegen dein Studium nicht vernachlässigen." Fragend hob sie die Brauen. „Übrigens hast du mir immer noch nicht verraten, wann du zurückfliegen musst."

„Anscheinend willst du mich so schnell wie möglich wieder loswerden", scherzte er, aber Antonia verzog keine Miene.

„Sei nicht albern, David."

„Tut mir Leid." Ihm war bewusst, dass auch er offen darüber sprechen musste, was ihn bewegte. „Ich möchte hierbleiben."

„Das kommt überhaupt nicht infrage!", versetzte seine Mutter impulsiv. „Falls das auch deine Großmutter eingefädelt hat, weil sie meint, dass ich einen Aufpasser brauche, dann vergiss es gleich wieder."

„Granny hat mit meinem Entschluss nichts zu tun", beteuerte er. „Amerika ist toll, aber das ist einfach nicht meine Welt. Hätte ich den Mut aufgebracht, wäre ich schon nach dem ersten Semester wieder nach Hause gekommen."

Abrupt verhielt Antonia ihren Schritt. Der Vorwurf in ihren Augen war nicht zu übersehen.

„Warum zum Teufel hast du nie mit mir darüber gesprochen?"

„Ich wollte dich nicht enttäuschen", bekannte er mit gesenktem Blick. „Du hast auf so vieles verzichtet, um mir den Traum vom Harvardstudium zu ermöglichen. Zu spät habe ich erkannt, dass dieser Traum nichts mit der Realität zu tun hatte." Um Verständnis bittend schaute er seine Mutter an. „Ich habe euch alle so schrecklich vermisst. Vor allem dich, aber auch Granny, Franzi, meine Freunde – und sogar diesen verrückten Hund", fügte er hinzu, wobei er auf den durchs Unterholz streifenden Quincy deutete. „In den Staaten haben mir nicht nur vertraute Ansprechpartner gefehlt, sondern auch meine überschaubare Welt."

„Ach, David ...", sagte Antonia und strich ich ihm zärtlich über die Wange. „Mir ist doch nicht wichtig, wo du studierst, sondern dass du glücklich bist."

„Bist du nicht sauer, weil ich nach Hause kommen möchte?"

„Im Gegenteil", verneinte sie lächelnd. „Ich bin stolz auf dich, weil du eine für dich richtige Entscheidung getroffen hast. Allerdings muss ich mich erst noch daran gewöhnen, dass du jetzt tatsächlich erwachsen bist. Du wirst deinen Weg finden."

„Danke, Ma."

„Bedank dich nur nicht zu früh", neckte sie ihn. „Wenn du wieder bei mir einziehst, musst du damit rechnen, von deiner Mutter zur Mithilfe im Haus verdonnert zu werden."

„Ich wusste, dass die Sache einen Haken hat", parierte er und drückte ihr einen Kuss auf die Wange. „Wir waren schon immer ein tolles Team. Das kriegen wir auch nach einer Pause wieder hin."

Helen war unzufrieden mit sich selbst. Mehrmals hatte sie den Ordner mit den von Leo gesammelten Quittungen durchgesehen, jedoch nichts entdeckt, das ihnen weiterhalf. Sie wusste, dass sie irgendetwas übersehen hatte, konnte es aber nicht zuordnen. Unsanft warf sie den Ordner am Sonntagabend schließlich auf den Schreibtisch und sprang auf.

„Ich muss hier raus! Sonst werde ich noch irre! Inzwischen sehe ich schon den Wald vor lauter Bäumen nicht mehr!"

„Wundert dich das? Seit Tagen beschäftigst du dich fast ausschließlich mit der Suche nach Entlastungsmaterial. Du musst auch mal abschalten."

„Eine Ablenkung täte mir wirklich gut", stimmte sie ihm zu.

„Normalerweise würde ich jetzt unter Menschen gehen ..."
Bedauernd zuckte sie die Schultern. „Aber mit dir kann ich
mich ja nirgendwo sehen lassen."

Im ersten Moment war er irritiert, doch plötzlich verstand er.

„Da man uns nicht zusammen sehen soll, müssen wir uns eben
ein dunkles Plätzchen suchen. Wie wäre es mit Kino?"

Erwartungsvoll blitzte es in ihren Augen auf.

„Mit Popcorn und Händchenhalten?"

„Und Knutschen. Wenn schon, denn schon."

„Ich bin dabei", versetzte sie mit strahlendem Lächeln. „Zur
Spätvorstellung schaffen wir es noch."

Diesmal fuhren sie in Leos Mercedes. Der Wagen war noch am
Freitag durch die Staatsanwaltschaft freigegeben worden, so
dass Vincent die Limousine umgehend abgeholt hatte.

In einem der Kinos am Raschplatz lief der Film Casablanca.
Vincent erwarb zwei Karten und einen großen Becher Popcorn.
Während sie bald das Geschehen auf der Leinwand verfolgten,
parkte er seine Hand auf Helens Knie. Damit hatte sie nun doch
nicht gerechnet. Ihre Augen suchten sein Gesicht. Er schaute
jedoch weiterhin scheinbar gebannt auf die Leinwand. Nur das
feine Lächeln um seinen Mund verriet, dass er die Situation
genoss. So wunderte Helen sich auch nicht, als er sich nach den
ersten Tönen der bekannten Filmmelodie As time goes by zu
ihr hinüberbeugte und sie leidenschaftlich küsste.

„Nun schau dir die beiden Alten an", vernahmen sie eine ge-
dämpfte Stimme aus der Reihe hinter ihnen. „Die scheinen es
ja nötig zu haben."

Ohne Eile löste sich Vincent von Helen und warf einen Blick
über seine Schulter.

„Man ist schließlich nur einmal jung", bemerkte er, bevor er
sich wieder auf den Film konzentrierte.

In den nächsten Minuten steigerte sich die Spannung zwischen
den Hauptdarstellern. Im Kino herrschte atemlose Stille. Plötzlich sprang Helen impulsiv auf.

272

„Ich wusste es!", entfuhr es ihr dabei laut und deutlich.

„Wir auch!", ertönte es von weiter hinten. „Setz dich wieder hin, Mädchen! Wir wollen den Film trotzdem zu Ende sehen!"

Unbeeindruckt vom einsetzenden Gelächter des Kinopublikums griff Vincent nach ihrer Hand und zog sie wieder neben sich.

„Du wolltest doch abschalten", flüsterte er ihr zu. „Entspann dich, Liebes."

Das gelang ihr nun aber nicht mehr. Wie aus dem Nichts war ihr eingefallen, was sie die ganze Zeit vor Augen, aber immer wieder übersehen hatte. Den Rest der Vorstellung saß sie wie auf heißen Kohlen.

Kaum lief der Abspann des Films über die Leinwand, erhob sich Helen und drängte zum Ausgang, so dass Vincent Mühe hatte, ihr zu folgen. Vor dem Kino fasste er sie behutsam am Arm, um sie am Weitergehen zu hindern.

„Ursprünglich wollte ich irgendwo noch ein Glas Wein mit dir trinken, aber das kann ich wohl vergessen."

„Bitte, verzeih", entgegnete sie schuldbewusst. „Ich wollte dir den Abend nicht verderben."

„Das hast du ganz und gar nicht", widersprach er sanft. „Es war ungeheuer prickelnd, mein Mädchen im dunklen Kino zu küssen. Aber das sollte erst der Anfang sein. Eigentlich wollte ich wenigstens noch ein bisschen fummeln."

„Du bist noch verrückter, als ich dachte", lachte sie und schmiegte sich an seinen Arm. „Wie konntest du die Leute hinter uns nur so schockieren?"

„Das waren Gruftis in den Zwanzigern. Die haben doch gar keine Ahnung, wie aufregend eine junge Liebe ist."

„Du musst es ja wissen", meinte sie vergnügt. Mit einer Kopfbewegung deutete sie zu der Bar auf der anderen Straßenseite.

„Möchtest du dort noch einen Schlummertrunk nehmen?"

Diese Frage überraschte Vincent.

„Wolltest du nicht so schnell wie möglich zu deinen Akten?"

„Die laufen mir nicht weg", sagte sie unternehmungslustig.
„Jetzt möchte ich den Abend mit meinem Jüngling genießen."
„Das deckt sich genau mit meinen Wünschen", freute er sich
und führte sie über die Straße.

In der kleinen Bar setzten sie sich in eine Nische und bestellten
Rotwein. Lange hielt es Vincent jedoch nicht an seinem Platz.
Die einschmeichelnde Musik veranlasste ihn, sich zu erheben
und Helen die Hand entgegenzustrecken.
„Schenkst du mir einen Tanz, meine Geliebte?"
Mit strahlenden Augen ließ sie sich von ihm hochhelfen.
Auf der schwach beleuchteten Tanzfläche zog er Helen an sich
und begann sich mit ihr im Rhythmus der Musik zu bewegen.
„Das klappt besser, als ich dachte", gestand er. „Insgeheim
habe ich befürchtet, ich hätte es mit den Jahren völlig verlernt."
Erstaunt schaute sie zu ihm auf.
„Warum wolltest du dann ausgerechnet tanzen?"
„Weil es für mich nichts Schöneres gibt, als dich im Arm zu
halten", flüsterte er an ihrem Ohr und zog sie noch dichter an
sich. Zärtlich streiften seine Lippen ihren Hals. „Mir erscheint
es immer noch wie ein Wunder, dass wir beide zueinanderge-
funden haben."
„Man kann seinem Schicksal nicht entwischen", gab sie ebenso
leise zurück. „Erstaunlich, wie vertraut man innerhalb so kurzer Zeit miteinander werden kann."
„Das ist der Zauber der Liebe. Ich weiß gar nicht, wie ich all
die Jahre ohne dich sein konnte. Mir ist, als hätte ich nicht
wirklich gelebt."
„Das ist die schönste Liebeserklärung, die ich je gehört habe",
gestand sie, während sie ihn selbstvergessen im Nacken kraulte. „Dabei musst du mich doch mitunter als anstrengend empfinden. Manchmal geht leider immer noch mein Temperament
mit mir durch."
„Das ist ein Teil deines bezaubernden Wesens, der sehr anziehend auf mich wirkt." Sein leises Lachen wehte an ihr Ohr.

„Wenn du dich allerdings weiterhin so hingebungsvoll an mich schmiegst, gerate ich in Versuchung, dort weiterzumachen, wo ich im Kino aufgehört habe."

Scheinbar erschrocken löste sie sich von ihm.

„Dann lass uns besser nach Hause fahren, sonst verhaftet man uns noch wegen Erregung öffentlichen Ärgernisses."

„Mit dir eine Zelle zu teilen, stelle ich mir sehr aufregend vor", bemerkte er, trat aber an die Bar und bat um die Rechnung.

In ihrer Wohnung suchte Helen zu Vincents Verwunderung nicht ihr Arbeitszimmer auf. Er war sicher gewesen, dass sie sich sofort in die Unterlagen vertiefen würde, um ihre plötzliche Eingebung im Kino zu überprüfen. Stattdessen suchte sie ohne ein Wort das Bad auf. Dort entkleidete sie sich und verschwand unter der Dusche. Nur wenige Minuten später öffnete Vincent, so wie die Natur ihn schuf, die Kabinentür einen Spalt.

„Darf ich?"

„Ich habe mich schon gefragt, wo du bleibst."

Kapitel 31

Helen war noch im Morgenmantel, als es morgens an der Haustür läutete. Aus der Küche eilte sie in die Diele und warf einen Blick durch den Spion. Der draußen stehende Besucher veranlasste sie, die Tür freudig überrascht zu öffnen.

„David, mein Junge", begrüßte sie ihren Enkel mit strahlendem Lächeln, worauf er sie stürmisch umarmte.

„Ich habe dich schrecklich vermisst, Granny!"

Ehe sie wusste, wie ihr geschah, hob er sie hoch und schwenkte sie übermütig herum. Dabei fiel sein Blick ins Schlafzimmer seiner Großmutter. Für einen Sekundenbruchteil sah er eine nur mit Boxershorts bekleidete Gestalt an der Tür vorbeihuschen. Verblüfft setzte David seine leichte Last ab.

„Spinne ich, oder ist da tatsächlich ein Mann in deinem Schlafzimmer, Granny?"

„Das erkläre ich dir später", sagte sie verlegen. „Tust du mir einen Gefallen? Deckst du bitte den Frühstückstisch im Wohnzimmer, während ich mich anziehe? In der Küche steht schon ein vorbereitetes Tablett."

„Für dich tue ich doch alles." Er schaute ihr amüsiert nach, während sie in ihrem Schlafzimmer verschwand.

Aus der Küche holte er das vollbeladene Tablett und trug es in die Essecke im Wohnzimmer. Leise vor sich hin pfeifend deckte er den Tisch. Nach seiner überraschenden Beobachtung wunderte er sich nicht über die zwei bereitstehenden Gedecke. „Granny, Granny ...", murmelte er vergnügt. „Wer hätte das gedacht!?"

Seine Großmutter trat schon bald mit einer Kaffeekanne in der einen und mit einem weiteren Gedeck in der anderen Hand ein. Sie stellte alles auf dem Tisch ab und rückte geschäftig die Frühstücksutensilien zurecht.

„Toll siehst du aus", bemerkte David, wobei er die in engen weißen Jeans steckende Gestalt seiner Großmutter vielsagend betrachtete. „Wie ein junges Mädchen."

„Hast du endlich mit deiner Mutter gesprochen?", ging sie darüber hinweg. „Weiß sie inzwischen, dass du Amerika den Rücken kehren willst?"

„Alles im grünen Bereich." Er fasste seine Großmutter um die schmale Taille und schaute ihr liebevoll in die Augen. „Ma hat mich auf dem Weg zur Arbeit hier abgesetzt, weil ich unbedingt so schnell wie möglich zu dir wollte, um dir für das Ticket zu danken – und weil du mich ermutigt hast, Ma zu sagen, wie gern ich zurückkommen möchte. Willst du mir nicht endlich verraten, woher du das überhaupt weißt?"

„Ich kenne dich, mein Junge", entgegnete sie mit mütterlichem Lächeln. „Zwar hast du versucht, es geschickt zu verbergen, aber schon bei deinem Osterbesuch habe ich gespürt, dass dich irgendwas bedrückt. Außerdem habe ich bei deinen Erzählungen über dein Leben in den Staaten Begeisterung vermisst. Das konnte nur bedeuten, dass du dort nicht glücklich bist."

„Meine kluge, einfühlsame Granny." Sanft küsste er sie auf die Wange. „Vor dir kann man auch nichts verheimlichen."

„Dem kann ich nur zustimmen", sagte jemand von der Tür her. Während der hochgewachsene Mann näher kam, musterte David ihn interessiert. Seine Bewegungen wirkten sportlich, sein freundliches Lächeln offen, sein weißer Haarschopf anscheinend schwer zu bändigen.

„Hallo, ich bin David", sagte er und streckte ihm die Hand entgegen. „Grannys missratener Enkel."

„Vincent", stellte sich der Ältere vor und umschloss die dargebotene Hand mit festem Druck. „Grannys alter Kauz."

Angesichts dieser schlagfertigen Erwiderung beschloss David, den Freund seiner Großmutter zu mögen.

„Setzt euch bitte", forderte sie die beiden auf und schenkte den Kaffee ein. Als auch sie Platz nahm, schaute David sie erwartungsvoll an.

„Okay, Granny, dann beichte mal, was hier zwischen euch läuft."

„Ist das so schwer zu erraten?"

„Typisch Juristin. So kommen Sie mir nicht davon, Frau Vorsitzende. Was haben Sie zu Ihrer Verteidigung vorzubringen?"

„Ist die Beweislage nicht eindeutig genug?"

Seufzend wechselte Davids Blick zu Vincent.

„Sind Sie auch vom Fach und beantworten jede Frage mit einer Gegenfrage?"

„Dafür ist ein alter Bauer zu schlicht gestrickt."

„Sie sind Bauer? Wie ist es Ihnen gelungen, diesen Hochsicherheitstrakt zu überwinden? Normalerweise trägt Granny eine eiserne Rüstung, die bislang kein noch so edler Ritter auch nur ankratzen konnte."

„Wahrscheinlich besitze ich einfach nur bessere Pferde."

„Die sind Grannys Schwachstelle", sagte David verstehend. „Züchten Sie auch?"

„Sogar erfolgreich", bestätigte Vincent. „Im Grunde bin ich

aber nur ein altmodischer Mensch, der sich mit dem Verkehrsmittel des 19. Jahrhunderts beschäftigt."

„Kann man damit Geld verdienen?"

„Das Decken einer Stute von einem Vollbluthengst kostet etwa 30 000 Euro."

„Wow!", entfuhr es David. „Scheint ein lohnendes Geschäft zu sein. Vielleicht sollte ich mir auch irgendwann einen Hengst anschaffen."

„Ganz so einfach ist das dann doch nicht", sagte Vincent mit feinem Lächeln. „Ihr Hengst müsste erst eine Prüfung, die sogenannte Körung, bestehen. Dabei untersucht eine spezielle Kommission, ob Ihr Gaul überhaupt zur Zucht geeignet ist. Charakter, Temperament, Konstitution, Leistungsbereitschaft, Rittigkeit, Springverhalten, um nur einiges zu nennen, werden nach strengen Richtlinien geprüft. Im Idealfall erhält Ihr Pferd das begehrte Zertifikat."

„Eine Lizenz zum Decken", grinste der junge Mann. „Darf ich mir Ihre Pferde irgendwann ansehen?"

„Sie können uns jederzeit in der Toskana besuchen."

„Da hast du doch deinen Urlaub verbracht, Granny. Habt ihr euch dort kennengelernt?"

„Vor ein paar Wochen", bestätigte Helen. „Das bleibt vorläufig aber bitte unter uns, David."

„Wieso? Gibt es einen Grund, das geheimzuhalten?"

Abermals nickte seine Großmutter. Diesmal wirkte sie dabei jedoch ein wenig schuldbewusst.

„Wegen Ma und Franzi? Fürchtest du ihre Reaktion?"

„So könnte man sagen."

„Aber warum?", fragte er verständnislos. „Hast du etwa Angst, dass Vincent bei ihnen auf Ablehnung stößt?"

„Leider wäre das durchaus möglich", sagte sie zu seiner Verwunderung. „Sein vollständiger Name ist Vincent von Thalheim. Der Mann, mit dem deine Mutter zusammen war, ist sein Sohn."

„Was?"

Unwillkürlich zuckte David zurück. Diese Neuigkeit musste er erst mal sacken lassen. Für ihn war unfassbar, dass der sympathische Freund seiner Großmutter offenbar einen Killer zum Sohn hatte. Außerdem handelte es sich bei ihm ausgerechnet um den Mann, der seiner Mutter so viel Kummer bereitet hatte.

Helen beobachtete, wie es hinter Davids Stirn arbeitete. Sie kannte ihren Enkel nur zu gut, wusste, in welchem Konflikt er nun steckte. Rasch wechselte sie einen Blick mit Vincent, bevor sich ihre ernsten Augen auf David richteten.

„Ich kann mir gut vorstellen, was nun in dir vorgeht."

„Kannst du das wirklich?", gab er heftig zurück. „Ma ist völlig neben der Spur und du ..." Aufstöhnend brach er ab. „Sie ist deine Tochter, Granny!", fuhr er anklagend fort. „Ich habe sie noch nie so deprimiert erlebt! Zwar tut sie so, als wäre alles in Ordnung, aber nachts höre ich sie weinen! Weißt du, was das für ein Gefühl ist, nichts für sie tun zu können? Sie hat diesen Kerl geliebt, verdammt noch mal! Wie soll ich sie da trösten?"

„Besser, ich lasse euch allein", murmelte Vincent und erhob sich. „Es tut mir Leid, David."

„Nein, bleiben Sie", forderte er ihn unerwartet auf. „Sie können ja nichts dafür, dass Ihr Sohn so ein skrupelloser Mistkerl ist." Aufmerksam forschte er in Vincents unbewegtem Gesicht. „Sie werden Granny doch nie so wehtun!?"

Während er sich wieder setzte, schüttelte der Ältere den Kopf.

„Ich liebe Ihre Großmutter. Nichts und niemand kann mich daran hindern, Helen glücklich zu machen."

Er sagte das so ernst, dass David keine Zweifel an der Aufrichtigkeit seiner Worte hegte.

„Okay, ich glaube Ihnen. Ihr erwartet jetzt aber hoffentlich nicht von mir, dass ich es Ma beibringe."

„Das tue ich selbst", verneinte Helen. „Noch etwas solltest du aber wissen, David: Wir halten Leo für unschuldig."

Darauf reagierte ihr Enkel nun nicht mehr verwundert.

„Eine logische Konsequenz, wenn man bedenkt, dass er

Vincents Sohn ist. Allerdings verstehe ich nicht, wie man bei den Beweisen, von denen Franzi gesprochen hat, noch zweifeln kann. In dieser Hinsicht seid ihr wahrscheinlich genauso wenig objektiv wie meine Mutter. Auch sie tut sich verflixt schwer damit, die Wahrheit zu akzeptieren. Wahrscheinlich eine reine Schutzmaßnahme."

„Dir sollte eigentlich bekannt sein, dass ich schon durch meinen Beruf dazu neige, die Dinge aus verschiedenen Blickwinkeln zu beleuchten. Ich bin immer skeptisch, wenn sich etwas so perfekt zusammenfügt wie in diesem Fall." Behutsam legte sie die Hand über die Rechte ihres Enkels. „Was weißt du über diese ganze Sache?"

„Das, was Franzi und Pit mir sagen durften, ohne Geheimnisse auszuplaudern."

„Ist dir auch etwas über den Menschen Leonard von Thalheim bekannt?"

„Nur das wenige, das Ma erwähnt hat."

„Dann solltest du dich in meinem Arbeitszimmer an den Computer setzen und nachlesen, was im Internet über ihn steht."

„Wozu soll das gut sein?"

„Mach einfach", bat sie. „Danach sprechen wir weiter."

Ohne noch Fragen zu stellen, erhob sich ihr Enkel und verließ den Raum.

„Was bezweckst du damit, Helen?"

„Ich möchte, dass er sich selbst ein Bild von Leo macht. – Um zu verstehen: in erster Linie seine Mutter, aber auch uns. David ist ein intelligenter Junge ...“

„ ... der seine Granny über alles liebt", fügte Vincent mit weichem Lächeln hinzu. „Euch verbindet ein sehr inniges Verhältnis, nicht wahr!?"

„Gut beobachtet. Von klein auf habe ich David täglich ein paar Stunden betreut, damit Antonia ihr Studium fortsetzen konnte."

„Was ist mit seinem Vater? Hat er sich vor der Verantwortung gedrückt, oder haben sich Davids Eltern getrennt?"

„Stephan starb durch einen Verkehrsunfall, noch bevor der

280

Junge geboren war. Antonia war damals noch sehr jung – gerade zweiundzwanzig – und im dritten Monat schwanger."

„Demnach hätte sie das Kind aber nicht bekommen müssen", überlegte er, worauf sie nachsichtig lächelte.

„Du kennst meine Tochter nicht. Von allen Seiten wurde sie gewarnt, sich ihre Zukunft nicht zu verbauen. Auch mein Mann und ich rieten ihr, alle Möglichkeiten gründlich abzuwägen. Für sie hat jedoch von Anfang an festgestanden, das Baby zu bekommen. Sie hatte schon immer ihren eigenen Kopf."

„Immerhin konnte sie auf deine Hilfe zählen."

„Das hat ihre Entscheidung nicht im Geringsten beeinflusst. Antonia hätte das auch ganz allein geschafft. Dieses Baby war ein Kind der Liebe. Um nichts in der Welt hätte sie sich von ihm getrennt. Seit Davids Geburt hat sie immer wieder auf vieles verzichtet. Und sie hat jede freie Minute mit ihrem Kind verbracht. Das schweißte die beiden eng zusammen. David würde alles für seine Mutter tun."

Beeindruckt hatte Vincent ihr zugehört.

„Das erinnert mich ein wenig an meine damalige Situation. Zwar war Leo schon neun, als wir plötzlich allein zurechtkommen mussten, aber auch wir waren entschlossen, uns nicht unterkriegen zu lassen. Wir sind zu einem guten Team zusammengewachsen, in dem einer jederzeit für den anderen da war. Daran hat sich bis heute nichts geändert."

„Diese Sicherheit, sich in jeder Situation aufeinander verlassen zu können, ist ein großes Geschenk."

Helen und Vincent waren eben mit dem Frühstück fertig, als David wieder hereinkam. Wortlos setzte er sich an den Tisch.

„Was hast du für einen Eindruck gewonnen, mein Junge?"

„Wenn man seinen beruflichen Werdegang kennt und liest, wie positiv er charakterisiert wird, fällt es schwer zu glauben, dass ein solcher Mann plötzlich zum Killer mutiert", befand ihr Enkel. „Dieser Leo hat wirklich alles erreicht, was man erreichen kann. Demnach scheint er sehr intelligent zu sein. Das müsste ihm aber plötzlich abhandengekommen sein, wenn man ihm ohne weiteres sechs Morde nachweisen kann. So viel Dummheit passt eigentlich nicht zu dem, was ich im Internet über ihn gelesen habe."

„Eben", sagte Helen nachdrücklich. „Aus dir wird mal ein guter Jurist, mein Junge. Du besitzt eine instinktsichere Kombinationsgabe." Leicht lehnte sie sich zurück. „Zum einen würde ein Mann mit Leos Fähigkeiten nicht diese signifikanten Spuren hinterlassen. Zum anderen besteht aber nachweisbar eine Verbindung zwischen Leo und jedem Opfer des Orchideenmörders. Wie passt das zusammen?"

„Gar nicht", sagte David spontan. „Es sei denn ..." Einen Moment lang dachte er nach. „ ... jemand hat diese Spuren absichtlich gelegt, um Leo zu belasten", vollendete er mit einem unsicheren Blick auf seine Großmutter. „Der Killer könnte noch eine Rechnung mit ihm offen haben."

„Weiter ...!?"

Wieder überlegte der junge Mann sekundenlang.

„Damit sein Plan aufging, musste er seine Opfer gezielt auswählen. Das konnte aber nur funktionieren, wenn Leos Kontakte kannte." Triumphierend schaute er sie an. „Der Killer muss ihn ständig observiert haben, um sicher zu sein!"

„Perfekt", sagte seine Großmutter anerkennend. „Somit führen sämtliche Spuren zu Leo. Unterdessen ist der Killer vollkommen sicher, nicht erwischt zu werden."

„Ein sadistischer Irrer?"

„Nein, David. Vermutlich funktioniert sein Gehirn besser als die meisten. Aber er hat nicht die leisesten Skrupel. Mit so was Banalem wie Gewissen oder Reue hält er sich nicht auf. Nach meiner Überzeugung geht es ihm nur um Rache."

„Aber wofür?"

„Keine Ahnung. Bislang sind wir noch nicht dahintergekommen. Trotzdem haben wir Fortschritte gemacht."

„Welche?"

„Ich zeige dir gleich unsere Ermittlungsergebnisse", versprach sie. „Lass mich erst den Tisch abräumen."

„Das übernehme ich", bot Vincent an, wobei er einen innigen Blick mit ihr tauschte. „Wenn ich mit der Küchenarbeit fertig bin, stoße ich wieder zu euch."

„Danke, mein Lieber."

Obwohl Helen vor dem Hinausgehen nur kurz die Hand auf Vincents Schulter legte, spürte David, wie viel dieser Mann seiner Großmutter bedeutete. Im Arbeitszimmer sprach er sie ohne Umschweife darauf an.

„Du magst ihn sehr, oder?"

„Wen?", fragte sie und griff nach den Unterlagen auf dem Schreibtisch.

„Komm schon, Granny!", drängte er sanft. „Warum gibst du es nicht einfach zu?"

Sie nahm auf dem Sofa Platz und klopfte einladend neben sich auf das Polster, worauf David sich zu ihr setzte und sie abwartend anschaute.

„In all den Jahren wäre es mir nie in den Sinn gekommen, dass es nach dem Tod deines Großvaters noch mal einen Mann in meinem Leben geben könnte", sagte sie mit der ihr eigenen Offenheit. „Bis mir Vincent begegnet ist. Durch ihn wurde mir erst wieder bewusst, wie wundervoll es ist, alles miteinander zu teilen." Ein zärtliches Lächeln erhellte ihr Gesicht. „Ja, ich liebe diesen Mann von ganzem Herzen."

„Genau das wollte ich hören", sagte er zufrieden und legte den Arm um ihre Schultern. „Ich glaube, der Mann ist schwer in Ordnung. Jedenfalls finde ich ihn sehr sympathisch. Im Internet steht, dass er früher ein bekannter Architekt war. Vielleicht baut er euch bald ein Liebesnest."

„Das haben wir schon. Wenn die Sache hier überstanden ist, ziehe ich zu Vincent in die Toskana. Auch auf die Gefahr, dass ich dir dann häufiger ein Ticket spendieren muss, wenn ich Sehnsucht nach meinem Enkel habe."

In den nächsten Minuten berichtete Helen ihm, was sie bislang zu Leos Gunsten herausgefunden hatten.

Bei Vincents Eintreten lag der Ordner mit Leos gesammelten Quittungen auf dem Tisch.

„... hatte ich der Rechnung der Autowerkstatt zu wenig Bedeutung beigemessen", sagte sie gerade und blätterte in den Unterlagen. „Leo brachte den Wagen am Montagnachmittag gegen 15.30 Uhr zur Inspektion. Laut Obduktionsbericht hat deine Mutter den Todeszeitraum zwischen 22.00 Uhr und Mitternacht bestimmt. Außerdem war der Fundort nicht der Tatort. Auf der Rechnung steht, dass Leo seinen Wagen am nächsten Tag um 11.54 Uhr wieder abgeholt hat. Die Werkstatt liegt an seinem Wohnort. Deshalb hat er auf einen Leihwagen verzichtet." Sie klappte den Ordner zu und legte ihn auf den Tisch zurück. „Zusammenfassend bedeutet das ..."

„ ... Leo war zur Tatzeit nicht motorisiert", vollendete David. „Deshalb kann er das Opfer gar nicht vom Tatort zum Fundort transportiert haben. Er wird ja wohl kaum mit einer Leiche über der Schulter durch die Gegend spaziert sein."

„So beurteile ich das auch", stimmte sie ihm zu. „Leider erklärt das nicht, wie der Baumwollbeutel in den Kofferraum seines Wagens gelangen konnte."

„Unternimmt nicht einer von der Werkstatt nach der Reparatur eine Probefahrt?", dachte er an das Nächstliegende. „Vielleicht hat derjenige die Gelegenheit zum Einkaufen genutzt und den Beutel dann im Kofferraum vergessen."

„Das wäre zumindest eine Möglichkeit", meinte Vincent. „Wir sollten diese Werkstatt auf alle Fälle überprüfen."

„Eine gute Idee", lobte Helen ihn, obgleich ihr dieser Gedanke bereits vor dem Frühstück nach Durchsicht der Quittungen gekommen war. „Aus dir wird noch ein Topermittler."

„Danke, James Bond."

„Es war mir eine Freude, Miss Moneypenny."

„Ihr seid echt ein tolles Gespann", lachte David, doch dann blickte er seine Großmutter beunruhigt an. „Hast du eigentlich

284

schon darüber nachgedacht, was du Franzi mit deinem Detektivspiel antust? Hast du keine Angst, dass sie dir vorwirft, ihren bislang größten Fall gnadenlos torpediert zu haben?"

„Hier geht es um Wahrheitsfindung. Dabei müssen persönliche Interessen oder Gefühle außen vor bleiben. Außerdem kennt Franziska die Spielregeln: Ein Verteidiger wird immer alles tun, um seinen Mandanten zu entlasten. Er macht seinen Job – und sie den ihren."

„Trotzdem wird Franzi nicht begeistert über deine Ermittlungen sein. Reichen eure Beweise eigentlich noch nicht aus, um Leo wenigstens auf Kaution freizubekommen? Ich würde ihn trotz allem gern kennenlernen, um herauszufinden, warum er Ma so wehgetan hat."

„Gegen eine Freilassung auf Kaution spricht hauptsächlich die Schwere der Verbrechen", erklärte Helen. „Die Anklage lautet auf sechsfachen Mord, wobei die Opfer mit großer Brutalität misshandelt wurden. Nur wenn wir beweisen können, dass Leo mit absoluter Sicherheit auf keine Weise mit einem der Opfer in Verbindung steht, fällt der Tatvorwurf in sich zusammen."

„Und was ist mit den verbleibenden fünf?", fragte Vincent stirnrunzelnd. „Müssen wir nicht nachweisen, dass Leo auch mit den anderen nichts zu tun hat?"

„Nicht unbedingt", erklärte Helen ihm. „Der Killer legte Spuren, die zwar zu Leo führen, ihn aber nicht zwingend als Täter überführen. Wir beide haben dazu beigetragen, dass man Leos Täterschaft zunächst mal in Frage stellen kann. Vor Gericht ist das aber kein sicherer Beweis für seine Unschuld. Könnten wir nun, etwa anhand eines hieb – und stichfesten Alibis nachweisen, dass Leo einen der Morde unmöglich begangen haben kann, ist er von jedem Verdacht befreit, weil es sich beim Orchideenmörder zweifellos um einen Serienkiller handelt."

„Jetzt verstehe ich", sagte Vincent. „Aber kann es uns überhaupt gelingen, eine plausible Erklärung für die DNA-Spuren zu finden? Die sind immerhin der größte Trumpf der Staatsanwaltschaft."

„Deshalb werden wir den letzten Mord als nächstes unter die Lupe nehmen", beschloss Helen. „Vorher recherchieren wir aber noch in der Autowerkstatt."

„Kann ich euch dabei helfen, Granny?"

„Später vielleicht. Du solltest dich jetzt vorrangig um dein Studium kümmern. Hast du dich schon erkundigt, ob du problemlos von Harvard an unsere Uni wechseln kannst?"

„Das habe ich schon von Boston aus übers Internet erledigt", sagte David. „Sogar eine Zusage habe ich bereits. Wahrscheinlich haben sie mich nur genommen, weil ich einen in Juristenkreisen hochgeachteten Namen trage."

„Unsinn", widersprach seine Großmutter. „Deine ausgezeichneten Noten sind der Grund. – Und dafür musstest du dich noch nicht mal besonders anstrengen."

„Für meine außergewöhnlichen Gene kann ich nun wirklich nichts", sagte David mit breitem Grinsen. „Trotzdem werde ich mich jetzt in den nächsten Bus schwingen und zur Uni fahren. Ich brauche noch einige Studienunterlagen."

„Wenn du möchtest, kannst du mein Auto nehmen. Bei Vincents Größe fährt es sich für ihn in Leos Mercedes bequemer."

„Echt? Du vertraust mir dein schnuckeliges Wägelchen an?"

„Nur unter der Bedingung, dass du Strafzettel selbst bezahlst."

„Dann muss ich mir wohl sofort einen Job suchen. Irgendeine Fastfood – Kette wird mich schon nehmen."

„So war das nicht gemeint

„Lass nur, Granny. Das ist okay. In Boston habe ich schließlich auch in einem Burgerladen gejobbt. Ich möchte Ma so wenig wie möglich auf der Tasche liegen."

„Aber ich bin doch auch noch ..."

„Du hast dir schon die Kosten für Harvard mit Ma geteilt", fiel er ihr energisch ins Wort. „Und damit Ende der Diskussion." Verschmitzt zwinkerte er ihr zu. „Dein Auto darfst du mir aber trotzdem leihen."

„Sehr großzügig von dir", kommentierte sie und erhob sich, um den Schlüssel und die Wagenpapiere zu holen. Unterdessen verabschiedete sich David von Vincent.

„Es war echt ein Erlebnis, Sie kennenzulernen", sagte der junge Mann und reichte ihm die Hand. „Es ist schön, dass Granny jetzt wieder jemanden hat. Sie lebt schon viel zu lange allein. Ich glaube, Sie tun ihr richtig gut."

„Danke, David. Es erleichtert mich, dass Sie keine Vorbehalte gegen mich haben. Immerhin möchte ich in absehbarer Zeit Ihr Großvater werden."

„Meinen Segen habt ihr. Und der Rest der Familie wird Sie auch mögen – auch wenn das vielleicht etwas länger dauert."

Am Nachmittag fuhren Helen und Vincent Richtung Deister. Nach kurzem Suchen fanden sie die Autowerkstatt. Vincent lenkte den Mercedes direkt auf den Hof. Kaum waren sie ausgestiegen, kam ein Mann mittleren Alters aus der Werkstatt.

„Was kann ich für Sie tun?", fragte er, wobei er sich die ölverschmierten Hände an einem fleckigen Lappen abwischte.

„Wir möchten den Chef sprechen", erwiderte Helen freundlich. „Können Sie uns sagen, wo wir ihn finden?"

„Steht vor Ihnen", erklärte der Mann, während er sie interessiert musterte. „Ich bin Uwe Kreutzer. Worum geht es?"

Mit der Hand deutete Helen auf den silberfarbenen Mercedes. „Kennen Sie diesen Wagen, Herr Kreutzer?"

Er warf nur einen kurzen Blick auf das Nummernschild.

„Polizei?", vermutete er, als er Helen wieder ansah. „Klar kenne ich den Wagen. Ich weiß auch, wer der Besitzer ist." Sein plötzlich abweisender Blick wechselte zwischen dem hochgewachsenen Mann und der eleganten Frau. „Falls ihr jetzt von mir erwartet, dass ich irgendwas sage, das Leo schaden könnte, seid ihr bei mir an der falschen Adresse. Ich helfe euch nicht, einen Unschuldigen für immer hinter Gitter zu bringen."

Als sei damit alles gesagt, wandte er sich ab. Vincent stellte sich ihm jedoch rasch in den Weg.

„Moment bitte, Herr Kreutzer. Wir sind nicht von der Polizei."

„Dann eben von der Staatsanwaltschaft", spottete der Werkstattbesitzer. „Das kommt aufs selbe raus."

„Wir ermitteln nicht gegen Leo", sagte Vincent eindringlich. „Ich bin sein Vater."

Zweifelnd taxierte der Mann ihn.

„Können Sie sich ausweisen?"

„Selbstverständlich", nickte Vincent und zog seine Brieftasche hervor.

Nachdem sich der Werkstattbesitzer anhand des Ausweises überzeugt hatte, mit wem er es tun hatte, entschuldigte er sich.

„Tut mir Leid, aber seit Leos Verhaftung bin ich nicht gut auf die Polizei zu sprechen. – Wie kann ich Ihnen helfen?"

Jetzt übernahm wieder Helen.

„Hat Leo sich Ihnen mit seinem richtigen Namen vorgestellt?"

„Sicher doch", nickte er. „Wenn jemand seinen Wagen zu uns bringt, muss er auch die Papiere dalassen. Aber ich habe niemandem verraten, wer er ist. Wir hatten einen Deal. Ich stehe immer zu meinem Wort."

„Um was für einen Deal hat es sich dabei gehandelt?", fragte Vincent nach einem beunruhigten Blickwechsel mit Helen.

„Keine Sorge, das war nicht illegal", sagte Herr Kreutzer mit einer beschwichtigenden Geste. „Vor ungefähr einem Jahr war der Wagen das erste Mal bei mir in der Werkstatt. Als Leo ihn abholen wollte, war sein Schmuckstück noch nicht ganz fertig." Mit dem Lappen in der Hand deutete er zum Imbissstand auf der anderen Straßenseite. „Ich habe Leo da drüben zu einem Kaffee eingeladen. Dabei sind wir ins Gespräch gekommen. Er wollte wissen, wie das Geschäft läuft. Also habe ich ihm von meinen Modernisierungsplänen erzählt. Und von den Schwierigkeiten, die ich hatte, das von der Bank verlangte Konzept zu erstellen, damit ich den Kredit kriege." Verlegen zuckte er die Schultern. „Davon verstehe ich nicht viel."

„Aber Leo kennt sich damit aus", fügte Helen hinzu. „Hat er Ihnen gesagt, was Sie tun müssen, um den Kredit zu bekommen?"

„Nicht nur das, Frau von Thalheim", sagte er, ohne das feine Lächeln auf Vincents Gesicht zu bemerken. „Nachdem Leo sich angehört hat, was ich mir ungefähr vorstelle, hat er meine Bücher mit nach Hause genommen und ein seitenlanges Konzept ausgearbeitet. Wahrscheinlich hat er stundenlang daran gesessen." Er verzog das Gesicht zu einem anerkennenden Grinsen. „Das Konzept war so genial, dass ich den Kredit sofort bewilligt bekommen habe."

„Im Gegenzug durften Sie niemandem verraten, von wem das Konzept stammt", schlussfolgerte Vincent, was der Mann mit einem Kopfnicken bestätigte.

„Davon abgesehen, dass ich mir sein übliches Honorar sowieso nie hätte leisten können, hat Leo jegliche Bezahlung rigoros abgelehnt. Er hat mich nur gebeten, für mich zu behalten, dass er hier lebt. Ihr Sohn ist wirklich ein feiner Kerl."

„Das ist er", stimmte Helen ihm zu, bevor sie auf das Datum der letzten Inspektion zu sprechen kam. Auch zeigte sie dem Mann eine Kopie der damals ausgestellten Rechnung.

„Erinnern Sie sich daran, Herr Kreutzer?"

„Sogar sehr genau, weil in der Nacht, als Leos Mercedes hier stand, bei uns eingebrochen wurde. Als ich das am nächsten Morgen entdeckt habe, war meine größte Sorge, dass die Einbrecher Leos teuren Wagen beschädigt haben könnten. Gott sei Dank war aber alles in Ordnung."

„Stand der Wagen über Nacht hier auf dem Hof?"

„In der Halle", gab er Helen Auskunft. „Es musste nur noch der Ölwechsel gemacht werden."

„War der Wagen verschlossen?"

„Natürlich."

„Darf ich fragen, wo Sie den Schlüssel aufbewahrt haben?"

„In meinem Büro", antwortete der Mann etwas irritiert, da er nicht wusste, worauf sie hinauswollte. „Wenn wir einen Wagen annehmen, wird sofort ein Formular mit den Daten ausgedruckt: Datum, Uhrzeit, Fahrzeugtyp, Fahrzeughalter, Auftrag und so weiter... Das kommt dann mit dem Fahrzeugschein und dem Schlüssel an ein Klemmbrett. Während der Reparatur wird es in den Wagen gelegt, damit es keine Verwechslung gibt. Nach Feierabend schließe ich alles in meinem Büro ein."

„Wurde dort auch eingebrochen?"

Seufzend nickte Uwe Kreutzer.

„Es war alles durchwühlt, aber es fehlte nur die Kassette mit dem Wechselgeld. Die Einnahmen bringe ich abends immer zur Bank."

„Haben Sie den Einbruch bei der Polizei angezeigt?"

„Schon wegen der Versicherung musste ich Anzeige erstatten."

Nachdenklich schwieg Helen sekundenlang.

„Sie müssten von der Polizei ein Schreiben mit dem zugehörigen Aktenzeichen erhalten haben, Herr Kreutzer. Würden Sie uns davon eine Kopie überlassen?"

„Wenn Ihnen das weiterhilft", nickte er. „Moment, ich kümmere mich sofort darum."

Am Nachmittag kam Leos Rechtsanwalt zu einer Besprechung in Helens Wohnung. Bei einer Tasse Kaffee tauschten sie den derzeitigen Stand ihrer Ermittlungen aus.

„Wir haben die Aussage von Leos Messebekanntschaft", berichtete Olaf Salomon. „Klaus Gottschalk, der Mann aus dem Berliner Tropenhaus hat bestätigt, dass er in Amsterdam mit Leo aus Hannover und Curd aus Zürich zusammen war. Anhand eines Fotos hat er Leo zweifelsfrei identifiziert. Allerdings gab er an, sich gegen achtzehn Uhr von den beiden getrennt zu haben, weil er noch eine Verabredung hatte."

„Was ist mit dem Mann aus Zürich?", fragte Vincent. „Hat er sich aufgrund deiner Anzeigen gemeldet?"

„Leider nicht", bedauerte Olaf. „Auch Klaus Gottschalk ist nur sein Vorname bekannt. Deshalb habe ich noch einmal Anzeigen geschaltet. Wir brauchen diesen Curd für Leos Alibi ab achtzehn Uhr. Möglicherweise meldet sich der Mann aber trotzdem nicht. Wenn es sich um ein Verbrechen handelt, wirkt das oft abschreckend."

„Warten wir es ab", schlug Helen vor. „Vielleicht hat der Mann die Anzeigen noch gar nicht gelesen. Geduld ist zwar auch nicht meine Stärke, aber manchmal hat man keine Wahl."

„Wir sind heute auch ein Stück weitergekommen", ergriff Vincent das Wort, bevor er von ihrem Besuch in der Autowerkstatt berichtete.

„Viel können wir damit leider nicht anfangen", sagte Olaf, als Vincent schwieg. „Oder beurteilen Sie das anders, Helen?"

„Zumindest können wir die Behauptung der Staatsanwaltschaft, dass nur Leo als Täter für diesen Mord in Betracht kommt, in Frage stellen. Zum einen war Leo im Tatzeitraum nicht motorisiert. Wie hätte er die Leiche entsorgen sollen? Zum anderen wurde ausgerechnet in der Nacht, in der Leos Wagen in der Werkstatt stand, dort eingebrochen." Fragend hob sie die Brauen. „Halten Sie das für einen Zufall?"

„Worauf wollen Sie hinaus?"

„Könnte der Einbruch nicht erfolgt sein, weil Leos Wagen in der Werkstatt stand? Unter normalen Umständen war es so gut wie unmöglich, den Baumwollbeutel aus dem Bistro unbemerkt in Leos Kofferraum zu legen. Sein Grundstück ist optimal gesichert. Außerdem verfügt der Wagen über eine Alarmanlage. Bei dem Einbruch in die Werkstatt musste der Killer nur den Autoschlüssel aus dem Büro benutzen, um den Beutel im Kofferraum zu verstecken. Um sein wahres Motiv zu kaschieren, hat der Täter die Wechselgeldkasse mitgenommen."

„Aber warum hat er das noch in der Mordnacht getan?", gab Olaf zu bedenken. „Er hatte doch alle Zeit der Welt."

„Eben nicht", widersprach Helen. „Jemandem, der alles bis ins kleinste Detail plant, muss klargewesen sein, dass eine so günstige Gelegenheit kaum so bald wiederkehrt. Hinzu kommt, dass er nach meiner Ansicht immer darauf vorbereitet sein musste, Leo jederzeit denunzieren zu können. Aus diesem Grund musste er nach jeder Tat schnellstmöglich eine Verbindung zu Leo herstellen."

Die Augen des Rechtsanwalts waren nachdenklich auf Helen gerichtet. Unbestritten verfügte diese Frau über weitaus mehr Erfahrung mit Mordfällen. Dennoch erschien ihre Schlussfolgerung Olaf nicht stimmig. Es widerstrebte ihm jedoch, sie darauf aufmerksam zu machen.

Seine skeptische Miene entging ihr aber nicht.

„Was ist?", fragte sie direkt. „Wenn Sie anderer Meinung sind, dann sagen Sie es bitte. Ich bin nicht so vermessen, mich für unfehlbar zu halten."

„Okay." Langsam lehnte er sich zurück. „Der Orchideenmörder hat bei jedem seiner Opfer einen Buchstaben hinterlassen. Wir gehen ebenso wie die Staatsanwaltschaft davon aus, dass sie eine sinnvolle Botschaft ergeben sollen. Welchen Grund hätte dann der Killer, Leo bereits nach dem zweiten Mord bei der Polizei anzuschwärzen?"

Mit kaum wahrnehmbarem Lächeln lehnte auch sie sich entspannt zurück.

„Musste der Killer nicht einkalkulieren, dass Leo das zurückgezogene Leben von heute auf morgen aufgeben könnte, um wieder an der Spitze der Hochfinanz mitzumischen? Ohne sofort hergestellte Verbindungen zu den Opfern wäre diese ganze mühsame Morderei völlig sinnlos gewesen. – Allerdings ...", fuhr sie fort, als der Rechtsanwalt verstehend nickte. „ ... ergeben die Buchstaben auch nach sechs Morden noch keinen Sinn. Trotzdem gab der Killer der Polizei zu diesem Zeitpunkt den anonymen Hinweis ..." Unvermittelt stand sie auf und verließ wortlos den Raum. Daraufhin bedachte der Rechtsanwalt Vincent mit einem fragenden Blick.

„Das tut sie häufiger. Inzwischen habe ich mich daran gewöhnt, dass Helen plötzlich einer Eingebung folgt. Egal, wo sie sich gerade befindet."

Erwartungsvoll blickte er zur Tür. Mit einer Akte in den Händen trat Helen wieder ein, setzte sich und blätterte darin. Sie fand die gesuchte Seite und reichte sie an Olaf weiter.

„Das ist eine Abschrift der Aufzeichnung des anonymen Anrufs. Fällt euch daran etwas auf?"

Olaf hielt das Blatt so, das Vincent gleich mitlesen konnte.

„Der Anrufer hat Leos Namen nicht genannt", sagte Olaf nach kurzem Nachdenken. „Aber sonst ..."

„Sag schon, Helen", bat Vincent. „Auf was bist du gestoßen?"

„Bislang habe ich diesem Anruf nicht viel Beachtung geschenkt, dabei sagt er eine Menge aus: Der Anrufer hat sich nicht, wie allgemein üblich, an die Polizei gewandt. Er hat die zuständige Staatsanwältin für Tötungsdelikte angerufen. Auch wusste er, dass sie die Schwester der Frau ist, mit der er Leo zusammen gesehen haben muss. Das bedeutet, er hat sich vorher genau erkundigt. Ihm war nicht nur bekannt, dass Leo gern kocht, sondern auch, dass die Opfer des Orchideenmörders ein Nudelgericht gegessen haben, bevor sie erdrosselt wurden."

„Du bist unglaublich", sagte Vincent beeindruckt. „Was schließt du daraus, Helen?"

„Zunächst wollte der Killer sichergehen, dass sein Hinweis nicht nur irgendwann zu einer Routineüberprüfung führt. Deshalb rief er nicht bei der Polizei, sondern bei der Staatsanwältin an. Er hat sich Franziskas Verbundenheit mit ihrer Schwester zunutze gemacht, auf ihre Sorge um Antonia gesetzt. Allerdings konnte er nicht abwägen, wie schnell Franziska handelt. Hätte sie gezögert und Leo nicht verhaftet, hätte der Killer vermutlich noch einen Mord nachgeschoben. Mit einem unverkennbaren Beweis für Leos Schuld. – Und mit einem weiteren Buchstaben."

„Klingt überaus logisch", befand Olaf. „Mir scheint, der Killer kennt Leo und seine Gewohnheiten sehr genau. – Und das nicht nur, weil er ihn observiert hat. Ich bin davon überzeugt, dass er Leo persönlich kennt."

„Das vermute auch ich schon seit längerem", sagte Helen. „Leider gibt es nicht den geringsten Hinweis auf seine Identität. Fest steht jedenfalls, dass derjenige nicht mit uns gerechnet hat. Immerhin konnten wir Leos Täterschaft im Hinblick auf die ersten drei Morde in Frage stellen."

„Werden Sie sich als jetzt mit dem vierten Mord befassen?"

„Nein, mit dem letzten."

„Ich fürchte, da kannst selbst du mit deinem phänomenalen Spürsinn nichts ausrichten", warf Vincent ein, und es klang resigniert. „Der Killer wusste genau, dass dieses verfluchte Laken Leo das Genick brechen wird. Alles, was wir zu seiner Entlastung rausgefunden haben, ist im Gegensatz zu der Beweiskraft der DNS-Spuren völlig bedeutungslos. Womöglich war diese Entwicklung sogar absichtlich geplant, um letzte Zweifel auszuräumen, dass Leo der brutale Killer ist. Deshalb macht es überhaupt keinen Sinn, weiter zu ermitteln."

Herausfordernd blickte Helen ihn an.

„Demnach möchtest du unsere Ermittlungen einstellen? Dann geh zu deinem Sohn und sag ihm, dass wir kapitulieren! Nimm ihm das bisschen Hoffnung, das ihn in seiner Zelle am Leben erhält! – Und vergiss nicht, ihm zu erzählen, dass wir uns gar nicht erst die Mühe machen, eine Erklärung für seine DNA-Spuren zu finden! Sag ihm, dass wir ihn aufgegeben haben!"

Aufgewühlt erhob sich Vincent. Ohne ein Wort durchmaß er den Raum. Seine gewöhnlich elastischen Schritte wirkten müde, beinah schleppend. Durch die offene stehende Tür trat er auf den Balkon hinaus. Er stützte beide Hände auf die geschmiedete Brüstung und starrte in den begrünten Innenhof – ohne jedoch wirklich etwas wahrzunehmen.

Helen sah, wie er dastand: reglos und mit gesenktem Kopf. Umgehend meldete sich ihr Gewissen. Rasch stand sie auf und ging zu ihm. Ihre Hand legte sich auf seine Schulter.

„Bitte verzeih mir. Ich wollte dir nicht wehtun."

„Das weiß ich." Langsam wandte er sich zu ihr um. „Plötzlich ist die Angst wieder da, Leo nicht wirklich helfen zu können. Obwohl ich weder über juristische noch über medizinische Kenntnisse verfüge, ist mir klar, was diese DNA-Spuren bedeuten: Als hätte man Leos Ausweis neben der Leiche gefunden! Glaubhaft dagegen zu argumentieren, ist unmöglich."

„Trotzdem müssen wir es deinem Sohn zuliebe zumindest versuchen", sagte sie eindringlich. „Mit Sicherheit wird es sehr schwer werden, eine alternative Erklärung zu finden. Deshalb müssen wir so sachlich wie möglich vorgehen." Liebevoll schaute sie ihm in die Augen. „Okay?"

„Ich weiß nicht, wie ich das ohne dich durchstehen sollte." Er legte den Arm um ihre Schultern und führte Helen wieder hinein. „Entschuldige, Olaf", wandte er sich dort an den Rechtsanwalt. „Mir geht das alles ziemlich an die Nieren."

„Diese Spermaspuren machen uns allen zu schaffen", sagte Olaf verständnisvoll. „Im Grunde gibt es nur eine Erklärung, woher sie stammen – und wie sie an den Fundort der Leiche gelangen konnten." Sein bedauernder Blick streifte Helen, bevor er einen imaginären Punkt an der Wand fixierte. „Unbestrittene Tatsache ist jedenfalls, dass Leo in den letzten anderthalb Jahren mit nur einer Frau ... zusammen war ..."

„Deshalb möchte ich Antonia mit ins Boot nehmen", verkündete Helen zum Erstaunen ihrer Gesprächspartner. „Sie ist nicht nur unmittelbar betroffen; sie verfügt auch über die meiste Erfahrung bei DNA-Spuren und deren Auswertung."

Beide Männer schwiegen zunächst. Helens Argumentation für die Einbeziehung ihrer Tochter klang logisch und durchdacht. Während Vincent mit einer strikten Weigerung der jungen Frau rechnete, ihnen zu helfen, war Olaf noch nicht völlig frei von Vorbehalten gegen die Gerichtsmedizinerin. Sie musste irgendwie in den Fund des Lakens verwickelt sein!

„Davon abgesehen, dass ich es nicht für klug halte, noch jemanden hinzuzuziehen, glaube ich kaum, dass Ihre Tochter bereit wäre, sich darauf einzulassen", formulierte er vorsichtig. „Es muss einen anderen Weg geben."

„Das lassen Sie bitte meine Sorge sein. Ich weiß, was ich tue."

Später rief Helen ihre Tochter an und bat sie um einen Besuch.

Antonia versprach, am nächsten Abend nach ihrem Vortrag in der Universität zu kommen.

Kapitel 32

Je näher der Besuch von Helens Tochter rückte, umso nervöser wurde Vincent. Er befürchtete, Antonia würde ihm mit Ablehnung begegnen. Zwar brachte er Verständnis dafür auf, aber es verunsicherte ihn. Was sollte er ihr sagen? Immerhin war ihm bekannt, dass Leo ihr gegenüber nicht mit offenen Karten gespielt hatte. Nach allem, was er über diese Frau wusste, schien sie sehr unter Leos Verhalten zu leiden. Sie musste ihn tatsächlich geliebt haben! Aber diese Gefühle waren tief enttäuscht worden. Aus welchem Grund sollte ausgerechnet sie sich bereit erklären, ihnen zu helfen? Für sie als Expertin dürfte durch die DNA-Analyse ohnehin kein Zweifel an Leos Schuld bestehen...

Das Läuten an der Tür ließ Vincent zusammenzucken.

„Bleib ganz ruhig", sagte Helen und erhob sich. „Du wirst meine Tochter mögen." Aufmunternd nickte sie ihm zu und ging hinaus, um zu öffnen.

„Hallo, Mam", begrüßte Antonia ihre Mutter und umarmte sie flüchtig. „Tut mir leid, dass es später geworden ist. Ich bin in der Uni aufgehalten worden."

„Wie war dein Vortrag?"

„Anscheinend gar nicht so übel. Jedenfalls hat keiner so laut geschnarcht, dass ich unterbrechen musste."

„Ein gutes Zeichen", sagte Helen lächelnd. Sie wirkte auf Antonia nicht wie jemand, der erst kürzlich eine herbe Enttäuschung hinnehmen musste.

„Geht es dir gut, Mam?"

„Ausgezeichnet", bestätigte sie, wobei sie ihre Tochter forschend musterte. „Aber du siehst erschöpft aus."

„Kein Wunder, wenn man schon eine siebenstündige Sektion hinter sich hat. – Und dann auch noch der Vortrag. Nach einem so langen Tag bin ich nicht mehr taufrisch."

„Ist das der einzige Grund? Oder findest du nachts immer noch keine Ruhe?"

„Das wird schon wieder", wich Antonia aus und betrat arglos das Wohnzimmer. Im gleichen Moment sah sie den Mann, der sich bei ihrem Erscheinen erhob. Zuerst malte sich Erstaunen über den männlichen Besucher auf ihr Gesicht, das jedoch rasch von einem fassungslosen Ausdruck abgelöst wurde. Sie hatte sein Bild in den letzten Tagen mehrfach in der Zeitung gesehen und wusste sofort, um wen es sich handelte.

„Das glaube ich jetzt nicht ...", kam es beinah tonlos über ihre Lippen. Abrupt wandte sie sich um. Beim Verlassen des Raumes wäre sie fast mit Helen zusammengeprallt. „Das ist nicht fair", sagte Antonia vorwurfsvoll und flüchtete in die Diele, so dass Helen ihr wieder hinausfolgte. „Ich weiß nicht, was du mit diesem Mann zu schaffen hast, Mam, aber ich will nichts mit ihm zu tun haben! Ich gehe!"

„Bitte warte", sagte Helen eindringlich. „Ich wollte dich mit seiner Anwesenheit nicht überrumpeln. Vincent von Thalheim ist der Mann, den ich in der Toskana kennengelernt habe."

„Der dich so schäbig behandelt hat?", schloss Antonia ungläubig aus der Erklärung ihrer Mutter. „Wieso sitzt er jetzt seelenruhig in deinem Wohnzimmer?"

„Weil wir uns ausgesprochen haben. Vincent wollte mich in der Toskana nicht mit der Verhaftung seines Sohnes konfrontieren. Das führte zu einigen Missverständnissen zwischen uns, die nun aber ausgeräumt sind. Seitdem sammeln wir Entlastungsmaterial für Leo."

„Weiß Franziska davon?"

„Nein. – Vorläufig möchte ich auch nicht, dass sie davon erfährt." Ein flehender Ausdruck erschien in ihren Augen. „Bitte bleib. Ich möchte, dass du Vincent kennenlernst und dir den Stand unserer Ermittlungen anhörst. Außerdem brauchen wir dein Fachwissen, weil wir in einer Sackgasse stecken."

Skeptisch schüttelte Antonia den Kopf.

„Was ist das hier? Ein Workshop für individuelle

Gerechtigkeit?"

„Tu es für mich", bat Helen eindringlich. „Niemand wird davon erfahren. – Auch Leo nicht."

Hin und hergerissen zwischen dem immer noch bohrenden Schmerz in ihrem Innern und dem Wunsch, ihrer Mutter zu helfen, schaute Antonia sie an. Es schien ihr wichtig zu sein, sonst hätte sie sich nicht ausgerechnet an ihre Tochter gewandt. Auch brauchte sie jemanden, dem sie bedingungslos vertrauen konnte. Andererseits ahnte Antonia, dass nun alles, was sie vergessen wollte, wieder aufgewühlt würde. Trotzdem nickte sie in stummem Einverständnis.

„Danke, mein Kind", sagte Helen erleichtert und führte sie in den Wohnraum zurück.

Vincent blickte ihr ernst und befangen entgegen. Er hatte jedes in der Diele gesprochene Wort gehört und fühlte sich dementsprechend unbehaglich.

„Vincent von Thalheim", stellte er sich vor, unterließ es aber, der jungen Frau die Hand zu reichen, weil er befürchtete, sie würde keinen Wert darauf legen.

„Antonia Bredow", erwiderte sie mit ernster Miene, streckte ihm aber zu seiner Überraschung die Hand entgegen. Beschämt umschloss er ihre Rechte. Dabei lag ein schuldbewusster Ausdruck in seinen Augen.

„Es tut mir Leid, dass wir uns unter diesen Umständen kennenlernen, Frau Dr. Bredow. Sie müssen es als Zumutung empfinden, ausgerechnet Leos Vater hier anzutreffen. Wäre ich nicht so verzweifelt, hätte ich Ihnen diese Begegnung erspart."

So viel Offenheit verschlug Antonia zunächst die Sprache.

„Damit sollte ich umgehen können", sagte sie schließlich. „Ich muss mich für meine erste Reaktion entschuldigen, Herr von Thalheim. Bislang habe ich mich immer bemüht, meinen Mitmenschen vorbehaltlos zu begegnen. Sie sind für die Unaufrichtigkeit Ihres Sohnes nicht verantwortlich."

Vincent nickte betreten. Er fragte sich schon jetzt, weshalb er sich vor der Begegnung mit Antonia gefürchtet hatte. Diese

Frau besaß genug Format, um unvoreingenommen auf ihn zuzugehen. Das imponierte ihm.

„Setzt euch doch", bat Helen. Sie war erleichtert, dass Antonia noch so reagiert hatte, wie sie ihre Tochter kannte.

Auf dem Eichentisch standen schon Gläser und eine Karaffe Rotwein bereit, so dass Helen nur noch einschenken musste.

Unmerklich betrachtete Vincent die junge Frau unterdessen. Helens Tochter war ausgesprochen hübsch; das hochgesteckte blonde Haar verlieh ihr etwas Aristokratisches.

„Ich weiß, dass mein Sohn Sie sehr enttäuscht hat", sprach er sie an. „Leo war Ihnen gegenüber nicht aufrichtig, was seine wahre Identität betraf. Halten Sie ihn deshalb auch für einen mehrfachen Mörder?"

„Nein."

Dieses eine Wort kam so klar und überzeugt, dass er erstaunt die Brauen hob.

„Darf ich fragen, weshalb Sie das nicht glauben?"

„Es mag paradox klingen: Obwohl ich mich von Leo täuschen ließ, vertraue ich immer noch auf meine Menschenkenntnis. Man kann sicher über einen längeren Zeitraum in die Rolle eines anderen schlüpfen, aber ich glaube nicht, dass man dabei sein wirkliches Wesen verleugnen kann. Jedenfalls nicht, wenn man ständig mit jemandem zusammen ist. Das könnte niemand durchhalten." Ihr ernster Blick konzentrierte sich auf Vincents braune Augen, die denen seines Sohnes so sehr ähnelten. „Ich habe Leo als einen Mann kennengelernt, der sensibel ist, einfühlsam. Er hat sich immer rücksichtsvoll verhalten, war hilfsbereit und zuvorkommend – aber nie laut oder aggressiv. Manchmal war er unsicher und verletzbar. Auch diese Seite seines Wesens hat er nicht vor mir versteckt. Das alles war echt. Davon bin ich überzeugt. Allerdings ist mir rätselhaft, warum er mir nicht offen gesagt hat, wer er wirklich ist."

„Leo hatte die wahrscheinlich größte Enttäuschung seines Lebens hinter sich, als er hierher gezogen ist", versuchte Vincent, eine Erklärung für das Verhalten seines Sohnes zu finden. „Er wollte einfach nur noch als Mensch gesehen werden – und keinesfalls noch mal über sein Vermögen definiert werden."

„Dann verstehe ich sein Verhalten noch weniger", sagte Antonia nachdenklich. „Schon zu Beginn unserer Bekanntschaft hat Leo von den Nachteilen gesprochen, ein einfacher Gärtner zu sein, der keine großen Sprünge machen könne, der nichts darstellt. Ich habe ihm klar und deutlich gesagt, dass bei mir der Mensch im Vordergrund steht. Leo wusste, wie sehr ich meinen Beruf und die damit verbundene Unabhängigkeit schätze."

„Hast du ihm auch von deiner Abneigung gegen reiche Männer erzählt, Antonia?"

„Ja, weil Leo sich manchmal in Frage gestellt hat. Offenbar konnte er nicht glauben, dass ich mit einem Mann, der keine Reichtümer besitzt, glücklich sein kann. Einmal habe ich sogar gesagt, dass wir gar nicht zusammen wären, wenn er die Taschen voller Geld hätte."

„Halten Sie Armut für ein Qualitätsmerkmal?"

„So drastisch würde ich es nicht bezeichnen. Die Erfahrung lehrte mich aber, dass Männer ab einem bestimmten finanziellen Background oft von einer Frau verlangen, sich ihren Wünschen unterzuordnen. Ich verstehe unter einer Partnerschaft vor allem Gleichberechtigung und wechselseitiges Geben und Nehmen. Geld spielt dabei absolut keine Rolle für mich."

Beeindruckt nickte Vincent.

„Fehlte in Ihrer Beziehung zu Leo etwas, das man für Geld kaufen kann?"

„Mit Sicherheit nicht."

„Ist es dann nicht unwichtig, ob er arm oder reich ist?"

„Sie meinen, dass eigentlich gar kein Grund für mich besteht, Leo sein Schweigen übelzunehmen?", brachte Antonia es auf den Punkt. „Primär geht es darum aber gar nicht, Herr von Thalheim. Mich hat am meisten sein mangelndes Vertrauen getroffen. Eine Beziehung ohne Vertrauen ist doch nichts weiter als eine Luftnummer." Traurig schüttelte sie den Kopf.

„Können Sie sich vorstellen, wie man sich fühlt, wenn man dem anderen alles erzählt, wenn man keine Geheimnisse vor ihm hat und irgendwann feststellen muss, dass der Mensch, den man gut zu kennen glaubt, einen Großteil seines Lebens absichtlich verschwiegen hat? Der sich statt offen und ehrlich zu sein, immer neue Lügen ausgedacht hat? Was ist das für eine Beziehung, in der das Wichtigste, das Vertrauen fehlt? Wie kann ein Mensch leichtfertig von Liebe sprechen und Zukunftspläne schmieden, wenn er nicht bereit ist, sich dem anderen ganz zu öffnen? Man kann ein gemeinsames Leben nicht auf Lug und Betrug aufbauen."

„Sie haben recht", gestand Vincent ihr zu. „Ich habe das zu einseitig gesehen. Mir ist leider nicht bekannt, was Leo davon abgehalten hat, reinen Tisch zu machen, als Sie einander nähergekommen sind. Womöglich hängt es mit seiner Biografie zusammen, dass er übervorsichtig wurde. Die Frauen haben es ihm immer leicht gemacht. Leider stellte sich meistens heraus, dass sein Vermögen die größte Anziehung ausübte. Das kann sehr verletzend sein."

„Hat Leo in der Hinsicht nur schlechte Erfahrungen gemacht?", fragte Helen. „Auch als er noch nicht erfolgreich war?"

„Schon als Student haben seine Beziehungen nie lange gehalten", erzählte Vincent. „Leo hat sein Studium sehr ernst genommen. Dadurch ist ihm nicht viel Zeit für eine Freundin geblieben. Nebenbei hatte er auch noch einen studentischen Hilfsjob an der Uni. Junge Frauen möchten aber etwas erleben, Tanzen oder ins Kino gehen. Was nützt einem ein gut aussehender Freund, den man nirgends vorzeigen kann, weil er immer beschäftigt ist?" Gedankenverloren blickte er in sein Weinglas. „Nach seinem ausgezeichneten Abschluss fand Leo sofort eine gut bezahlte Anstellung. Von diesem Zeitpunkt hat er wirklich hart gearbeitet, um an die Spitze zu gelangen. Wenn ich ihn ermahnt habe, sein Privatleben nicht völlig auszublenden, hat er gesagt, er träume davon, eine Familie zu gründen, wolle aber erst eine sichere Existenz aufbauen." Ein tiefer

Seufzer brach über seine Lippen. „Irgendwann ist ihm dann Larissa begegnet ..."

„Sehr begeistert schienst du nicht von ihr gewesen zu sein. Konntest du sie nicht leiden?"

„Nun, sie war wunderschön, besaß eine blendende Figur, war parkettsicher und hatte außerdem noch Köpfchen", beschrieb Vincent sie völlig emotionslos. „Mir erschien sie irgendwie zu ... glatt. Was ich bei ihr vermisst habe, waren Herzlichkeit und Wärme. Aber Leo war so verliebt, dass er sie geheiratet hat."

„Leo war verheiratet?", wiederholte Antonia fassungslos. „Wie konnte er mir sogar das verschwiegen?"

„Wahrscheinlich, weil diese Ehe zum dunkelsten Kapitel seines Lebens wurde", mutmaßte Vincent. „Leo wollte nur noch vergessen, dass diese Frau ihn drei Jahre lang benutzt, belogen und betrogen hat." Es fiel ihm nicht leicht, darüber zu sprechen. Erst nach einem tiefen Schluck aus seinem Weinglas fuhr er fort: „Man sagt, dass der Ehepartner es meistens zuletzt erfährt. So ist es auch Leo ergangen. Während er seinem anstrengenden Job nachging, hat seine Frau das Leben in jeder Hinsicht genossen, sein Geld mit vollen Händen ausgegeben, ihren nichtsnutzigen Bruder finanziert und obendrein teure Geschenke für ihre zahlreichen Liebhaber gekauft." Ein harter Ausdruck trat in seine Augen. „Dabei hat sie aber nicht vergessen, regelmäßig ein hübsches Sümmchen beiseite zu schaffen. Man muss schließlich für den Fall vorsorgen, dass einem der gutgläubige Ehemann auf die Schliche kommen könnte."

„Auch solche Frauen gibt es ", sagte Helen voller Mitgefühl für Leo. „Hat er sich sofort von dieser Person getrennt!?"

„Ja– und er war am Boden zerstört. So habe ich ihn noch nie erlebt. Als diese Geschichte endlich vorbei war, hat er sich von allem zurückgezogen, um wieder zu sich selbst zu finden."

„Er ist in die Rolle des einfachen Gärtners geschlüpft, um sich vor neuen Enttäuschungen zu schützen", fügte Helen verstehend hinzu. „Als er sich in Antonia verliebt hat, wagte er nicht, ihr seine wahre Identität zu offenbaren. Seine Furcht, noch einmal verletzt zu werden, hinderte ihn daran, ihr uneingeschränkt zu vertrauen."

„So wird es gewesen sein", pflichtete Vincent ihr bei, bevor er Antonia direkt ansprach. „Ich hoffe, dass Leo die Gelegenheit bekommt, Ihnen das alles eines Tages selbst zu erklären. – Möglichst in Freiheit."

„Dafür müssen wir aber erst mal seine Unschuld beweisen", sagte Helen. In groben Zügen setzte sie Antonia über ihre bisherigen Ermittlungsergebnisse in Kenntnis. „Begreifst du jetzt, was für eine perfide Intrige das ist?", schloss sie. „Wie geplant haben sich Polizei und Staatsanwaltschaft auf Leo als Täter eingeschossen. Dadurch sind ihre weiteren Ermittlungen ziemlich einseitig verlaufen. Wir waren gründlicher. Was uns immer noch Kopfzerbrechen bereitet, sind die von Leo gesicherten DNA-Spuren auf dem gefundenen Laken."

„Da kann ich euch nicht weiterhelfen", bedauerte Antonia. „Man hat mir den Fall gleich nach Leos Verhaftung entzogen."

„Davon bin ich ausgegangen, sonst hätte ich mich gar nicht an dich wenden dürfen."

Dieser Aspekt war neu für Vincent.

„Du wusstest das?"

„Ein bisschen kenne ich mich mit unseren Gesetzen aus. Wenn jemand persönlich in einen Fall involviert ist, gilt er als befangen. Um objektive Ermittlungen zu gewährleisten, muss derjenige ausgeschlossen werden."

„Verstehe, Euer Ehren", schmunzelte Vincent. Das Lächeln verschwand aus seinem Gesicht, als er sich an Antonia wandte.

„In juristischen Dingen bin ich ein totaler Laie. In medizinischen leider auch. Deshalb weiß ich auch nicht, ob eine DNA – Bestimmung absolut sicher ist, oder ob zumindest eine geringe Möglichkeit besteht, dass die Spuren nicht von Leo stammen."

Antonia wechselte einen kurzen Blick mit ihrer Mutter. Helens Augen baten sie, offen zu antworten.

„Die DNA-Analyse ist heutzutage ein perfektes Verfahren,

303

einen Täter zu bestimmen oder auszuschließen", erklärte Antonia sachlich. „Vereinfacht ausgedrückt wird bei einer DNA-Analyse ein Zahlencode ermittelt. Die Zahlencodes der verschiedenen DNA-Proben werden dann miteinander verglichen. Stimmen sie nicht überein, kann die betreffende Person die Spur nicht gelegt haben. Bei einer Übereinstimmung kann populationsstatistisch berechnet werden, wie wahrscheinlich es ist, dass die Spur vom Tatverdächtigen stammt oder wie wahrscheinlich eine rein zufällige Übereinstimmung des Zahlencodes und somit der DNA-Profile ist. Es gibt also immer eine, wenn auch extrem geringe Chance, dass das Tatverdächtigen-DNA-Profil rein zufällig mit dem Spuren-DNA-Profil übereinstimmt. Gibt es sonstige Ermittlungsergebnisse, die ebenfalls auf die Verdachtsperson als Tatperson hinweisen, deutet der DNA-Beweis allerdings außerordentlich stark auf die Verdachtsperson als Spurenleger hin. Nach einem Grundsatzurteil des Bundesverfassungsgerichts darf der DNA-Beweis jedoch nicht als einziger Ermittlungshinweis zur Überführung der Verdachtsperson als Täter dienen."

„Da aber bei jedem Opfer eine Verbindung zu Leo nachweisbar ist, werden die Spuren auf dem Laken als sicherer Beweis gewertet", folgerte Vincent. „Ich möchte Ihnen nicht zu nahe treten, Frau Dr. Bredow, aber seit der Geschichte mit Larissa waren Sie die einzige Frau, mit der Leo ... intim war ..."

Empört zuckte Antonia zurück.

„Unterstellen Sie mir, ich hätte Beweismittel manipuliert?"

„Ich gebe zu, dass es auch für mich zunächst diesen Anschein hatte", antwortete er völlig ruhig. „Mittlerweile bin ich jedoch davon überzeugt, dass der Killer diese Spuren gelegt hat, um Leo zu vernichten. Ich verstehe nur nicht, wie er an Leos Sperma gelangen konnte. Vielleicht haben Sie mit Ihrer langjährigen Erfahrung als Gerichtsmedizinerin eine Idee?"

„Ganz auszuschließen ist es nicht, dass jemand an fremdes Sperma gelangen kann", überlegte Antonia. Sie griff nach ihrem Weinglas, nippte aber nur daran. Dabei bemerkte Vincent das Armband an ihrem Handgelenk. Natürlich erkannte er den Familienschmuck. Er sprach Antonia aber nicht darauf an. Allerdings fragte er sich, aus welchem Grund sie es trotz der Enttäuschung durch Leo noch tragen mochte. Empfand sie doch noch etwas für seinen Sohn, so dass womöglich eine Chance zur Versöhnung bestand? Ganz anders als seine ehemalige Schwiegertochter war diese Frau von einer anmutigen, unaufdringlichen Schönheit. Dazu strahlte sie ein gesundes Selbstbewusstsein aus, wirkte warmherzig und offen.

Bevor er weiter darüber nachdenken konnte, sprach Antonia ihre Schlussfolgerungen aus.

„Sperma könnte beispielsweise aus einer Samenbank gestohlen werden. Studenten fungieren oft als Samenspender, um ihr Studium zu finanzieren. Dabei kennt nur das betreffende Institut oder Labor die Identität des Spenders. Für den Empfänger bleibt er anonym."

„So was würde Leo nie tun. Er wünscht sich eine eigene Familie."

„Samenraub in einer Wäschekammer kommt wohl auch nicht infrage", meinte Antonia mit vielsagender Miene. „Bliebe noch die Möglichkeit der Samenspende für eine künstliche Befruchtung der Partnerin. Manchmal lassen Männer ihr Sperma einfrieren, wenn sie krank sind und befürchten müssen, unfruchtbar zu werden." Schelmisch blitze es in ihren blauen Augen auf. „Sonst kann ich nur noch ein Hotelzimmer nach einer turbulenten Liebesnacht anbieten. Normalerweise klauen die Gäste allerdings eher Handtücher oder Bademäntel als Souvenir, anstatt ein verschwitztes Laken mitgehen zu lassen."

„Ich fürchte, das alles bringt uns nicht weiter", sagte Vincent deprimiert. „Es muss noch eine andere Möglichkeit …"

„Moment!", unterbrach Helen ihn abrupt. „Das ist es!"

„Was?", fragten Antonia und Vincent wie aus einem Munde.

„Das Laken nach einer turbulenten Liebesnacht!", erklärte sie triumphierend, wobei sie ihre Tochter erwartungsvoll anschaute. „Antonia, warst du irgendwann mit Leo in einem Hotel?"

„Was soll das, Mam?", empörte sich ihre Tochter. „Verdächtigst du mich jetzt auch schon?"

Nachsichtig lächelnd schüttelte sie den Kopf.

„Mit Sicherheit nicht, mein Kind. Da du aber die einzige Frau bist, mit der Leo zusammen war, liegt die Vermutung nahe, dass die Spermaspuren entstanden sind, als..."

„Jetzt verstehe ich, was du meinst!", fiel sie ihrer Mutter ins Wort. Auch Vincent wusste, worauf Helen hinauswollte. Er glaubte allerdings, es sei Antonia peinlich, in seiner Anwesenheit näher darauf einzugehen.

„Ich glaube, ich sollte mir mal die Nase pudern", scherzte er. „Dann könnt ihr unbefangen darüber reden."

„Nicht nötig", sagte Antonia, wobei sie ihm einen dankbaren Blick zuwarf. Es wunderte sie nicht, dass Vincent offenbar ein ebenso rücksichtsvoller Mensch wie Leo war. „Wir sind erwachsen und wissen alle, dass man in einer Beziehung nicht nur Händchen hält. Es ist mir nicht unangenehm, darüber zu sprechen." Ihre Augen konzentrierten sich auf Helen. „Was willst du wissen, Mam?"

„Wo genau hast du mit Leo das getan, was geschlechtsreife Erwachsene miteinander anstellen?"

„Bei mir in meinem Häuschen."

„Auch in Leos Haus?"

„Nein." Darüber schien sie selbst erstaunt. „Mir wird gerade bewusst, dass ich sein Schlafzimmer noch nie betreten habe. Ich war nur selten in seinem Haus und kenne nur das Erdgeschoss." In einer hilflosen Geste zucke sie die Schultern. „Warum wundert mich das eigentlich? Offensichtlich wollte Leo verhindern, dass ich einen tieferen Einblick in seine Lebensumstände erhalte. Und ich dummes Schaf habe es nicht mal bemerkt, geschweige denn hinterfragt. Ich muss total blind gewesen sein, sonst wäre mir doch aufgefallen, dass sich immer alles in meinem Haus abgespielt hat."

Mitfühlend tätschelte Helen ihrer Tochter die Hand.

„Das hat allerdings den Vorteil, dass die Möglichkeiten des Täters enorm eingeschränkt waren." Sekundenlang dachte sie nach. „Merkwürdig ... Demnach müsste das Laken aus deinem Haus stammen. Aber hättest du dann nicht Einbruchsspuren entdecken oder das Fehlen eines Lakens bemerken müssen?"

„Das ist völlig ausgeschlossen", sagte Antonia kopfschüttelnd. „Wie du weißt, steht in meinem Schlafzimmer ein Französisches Bett. Deshalb besitze ich nur Spannbettlaken in dieser Spezialgröße. Soweit ich weiß, war an dem gefundenen Laken aber keine Spannumrandung. Aus meinem Haushalt kann dieses Beweisstück unmöglich stammen."

„Verflixt noch mal!", entfuhr es Helen. „Warum landen wir immer wieder in einer Sachgasse?" Sich zur Ruhe zwingend stand sie auf. „Wir brauchen eine Pause. Wie wäre es mit einem kleinen Imbiss? Du hast doch bestimmt noch nichts gegessen, Antonia!?"

„Meinetwegen musst du dir keine Umstände machen, Mam."

„In der Küche ist schon alles vorbereitet. – Bleib sitzen", fügte sie hinzu, als ihre Tochter aufstehen wollte, um ihrer Mutter zu helfen. „Du hast heute schon genug gearbeitet. Ich bin gleich wieder da. Vincent leistet dir inzwischen Gesellschaft."

Nun, da sie allein waren, fühlten sich beide ein wenig befangen. Antonia stellte insgeheim fest, dass der Mann, der ihr gegenüber saß, tatsächlich Leos Beschreibung entsprach – bis hin zu seinem widerspenstigen weißen Haarschopf. Allerdings hatte Leo nicht erwähnt, dass sein Vater die gleichen warm blickenden braunen Augen besaß.

„Sie haben meine Mutter in der Toskana kennengelernt, nicht wahr?", sagte sie, um das peinliche Schweigen zu beenden. „Darf ich fragen, bei welcher Gelegenheit?"

„Eigentlich habe ich das Ihnen zu verdanken", erzählte er zu ihrer Verwunderung. „Leo rief mich an und sagte, dass sich seine Nachbarin Sorgen um ihre Mutter machen würde. Er bat mich, mal nach ihr zu sehen, wenn ich nach Florenz reinfahre. Ich habe sie aber nicht angetroffen. Bei meinem zweiten Besuch in ihrem Hotel, hatte sie es kurz vorher verlassen. Also bin ich ihr nach, habe sie dann aber aus den Augen verloren. Erst später, als ich in einem Café saß, habe ich sie wiedergesehen. Alle Tische waren besetzt. Ihre Mutter wirkte ein wenig verloren, wie sie barfuß mit ihren Schuhen in der Hand nach einem freien Stuhl Ausschau hielt. Da habe ich ihr einen Platz an meinem Tisch angeboten."

„Vermutlich hatte sie einen Besichtigungsmarathon hinter sich", sagte Antonia amüsiert. „Ein Wunder, dass sie ihre schmerzenden Füße nicht in einem Brunnen versenkt hat."

„Ach, deshalb ist mir der feuchte Saum ihres Kleides aufgefallen", schmunzelte Vincent. „Tut sie so was häufiger?"

„Mam ist eben nicht immer die perfekte Lady, die andere in ihr sehen. Sie kann auch herrlich unkonventionell sein. – Wie ein Lausbub", fügte sie spontan hinzu, denn sie erinnerte sich daran, dass er seinem Sohn ihre Mutter so beschrieben hatte.

„Auch das hat mich vom ersten Moment an fasziniert", gestand Vincent, wobei ein zärtlicher Ausdruck in seinen Augen lag. „Helen ist die Frau, auf die ich seit Ewigkeiten gewartet habe. Sie sollen wissen, dass ich Ihre Mutter von ganzem Herzen liebe, Frau Dr. Bredow."

„Antonia", korrigierte sie ihn lächelnd. „Ich bin froh, dass die Missverständnisse zwischen Ihnen geklärt sind. Nach ihrer Rückkehr hat Mam zwar nur beiläufig darüber gesprochen und ist dann scheinbar gelassen zur Tagesordnung übergegangen. Aber ich habe gespürt, wie nahe ihr das alles ging."

„Männer verhalten sich manchmal ziemlich idiotisch. Anstatt offen miteinander zu reden, glauben sie, alle Probleme allein lösen zu müssen. Für diese zweite Chance bin ich sehr dankbar." Insgeheim wünschte er, auch Leo bekäme sie bei Antona. Wie zufällig streifte sein Blick ihr Handgelenk. „Schönes Armband ..."

Verlegen zupfte sie am Ärmel ihrer Bluse, um das Schmuckstück zu verdecken. Oder hatte Vincent es bereits erkannt?

„Ich trage es nur noch aus Gewohnheit", versuchte sie nicht
nur ihn, sondern auch sich selbst zu überzeugen. „Leo hat darauf bestanden, dass ich es nehme." Es klang wie eine Entschuldigung. „Wahrscheinlich war die Geschichte der damit
verbundenen Tradition auch nur eins von seinen Märchen."

„Was hat Leo Ihnen über das Armband erzählt? Dass es der
erstgeborene Sohn unserer Familie seiner großen Liebe
schenkt? Es wird Sie überraschen, aber auf diese Weise wird es
bereits seit vier Generationen weitergegeben."

Beschämt senkte sie den Blick.

„Dann hätte er es seiner Frau schenken sollen."

„Seltsamerweise hat er das nie getan", sagte Vincent, selbst ein
wenig verwundert darüber. „Seit dem Tod seiner Mutter hat es
niemand getragen."

„Sie möchten es bestimmt zurückhaben." Umständlich machte
sie sich am Verschluss zu schaffen, aber Vincent legte rasch
seine warme Hand über ihre Finger.

„Mein Sohn hat es der Frau geschenkt, die er liebt. Es gehört
jetzt Ihnen, Antonia."

„Aber ..."

„Das ist auch gut so", sagte er und zog seine Hand zurück.
„Leo mag Fehler in Ihrem Umgang miteinander gemacht haben, aber das war ganz gewiss keiner."

Da Helen nun mit einem großen Tablett in den Händen eintrat,
stand Vincent auf und nahm es ihr ab. Der Tisch war rasch
gedeckt.

„Frische Krabben", sagte Antonia freudig überrascht, als Helen
das Schälchen in ihre Reichweite schob. „Hast du die etwa
meinetwegen besorgt, Mam?"

„Die isst du doch so gerne. – Greif zu, mein Kind."

Eine Weile war es still am Tisch. Jeder hing beim Essen seinen
Gedanken nach. Antonia führte das halbierte Krabbenbrötchen

zum Mund und öffnete in Erwartung der Köstlichkeit die Lippen. Ohne jedoch hineinzubeißen, starrte sie geistesabwesend auf den Belag.

„Usedom", murmelte sie plötzlich und legte das Brötchen auf den Teller zurück.

„Büsum", korrigierte Helen ihre Tochter. „Das sind Büsumer Krabben. Frisch vom Fischhändler auf dem Wochenmarkt."

Irritiert schüttelte Antonia den Kopf.

„Usedom", wiederholte sie. „Ich war mit Leo auf Usedom."

Sofort wurde Vincent hellhörig.

„In Leos Ferienhaus?"

„Ja. – Er hat mir erzählt, dass es seinem Freund gehört."

„Es stammt aus dem Nachlass einer Cousine seiner Mutter", erklärte Vincent. „Leo hat das Haus nach der Wende geerbt."

„Und Sie haben es umgebaut. Es ist wunderschön, Herr von Thalheim."

„Könnten Sie sich vielleicht dazu entschließen, mich Vincent zu nennen? Das klingt nicht so schrecklich förmlich."

„Gern."

Helen freute sich über diese Entwicklung. Antonia war schon immer die offenere, umgänglichere ihrer beiden Töchter gewesen. Franziska dagegen war zurückhaltender im Umgang mit Menschen, die sie noch nicht lange kannte. Obwohl Vincent ein anziehendes Wesen hatte, würde es vermutlich sogar ihm schwer fallen, Franziskas Sympathie zu gewinnen. Darüber wollte Helen zu diesem Zeitpunkt aber nicht nachdenken. Sie konzentrierte ihre Gedanken auf das, was Antonia gesagt hatte.

„Seid ihr über Nacht auf der Insel geblieben?", fragte sie, worauf ihre Tochter nickte. „Und habt ihr dort auch ...?"

„ ... das getan, was geschlechtsreife Erwachsene miteinander anstellen? Das kann ich nicht leugnen."

„Sehr gut", sagte Helen zufrieden. „Da das Laken mit dem Spurenmaterial nicht aus deinem Haus stammt, kann es logischerweise nur aus dem Ferienhäuschen sein. Oder steht dort etwa auch ein Französisches Bett?"

„Nein, ein solides Holzbett mit zwei Matratzen. Schön altmodisch mit Besucherritze."

„Sollte das Laken tatsächlich dort gestohlen worden sein, müsste es folglich ein Pendant dazu geben", überlegte Helen. „Erinnerst du dich an die Bettwäsche? Farbe und Material?"

„Weiß", sagte sie nach kurzem Nachdenken. „Sehr edel. Es waren glänzende Streifen eingewebt, auch in den Laken. Beinah wie Seide hat sich der Stoff angefühlt."

„Hast du das am Fundort gesicherte Laken gesehen?"

„Es ist auch weiß, aber ich war nicht nah genug, um es genau zu erkennen. Es wurde dann im Labor auf Spuren untersucht. Mir hat man nur die Ergebnisse mitgeteilt."

„Angenommen es stammt von der Insel", spekulierte Helen. „Das bedeutet, der Killer wusste, wo ihr euch aufhaltet. Er hat euch beobachtet und sich nach eurer Abreise Zugang zum Haus verschafft, um eines der Laken zu stehlen. Diese Gelegenheit konnte er sich nicht entgehen lassen. Es war die erste und einzige Möglichkeit, genetisches Spurenmaterial von Leo zu finden, um es an einem Leichenfundort zu hinterlassen. – Das ist auch der Grund, aus dem Leos genetischer Fingerabdruck erst beim sechsten Mord gesichert werden konnte. Vorher stand dem Killer nichts Gravierendes zur Verfügung."

„Letzteres trifft nur bedingt zu", widersprach Antonia. „Bei der Obduktion des fünften Opfers wurde ein Haar gefunden, bei dem die Zellen aber nicht mehr intakt waren, so dass keine DNA sichergestellt werden konnte."

„Ist dieses Haar mittlerweile Leo zugeordnet worden?"

Ratlos zuckte Antonia die Schultern.

„Darüber bin ich nicht informiert. Die Obduktion wurde von einem Kollegen durchgeführt, als ich mit Leo auf Usedom war. Ich weiß nur aus dem Autopsiebericht, dass in dem Haar eine Quecksilberkonzentration nachgewiesen wurde, die auf Amalgamfüllungen in den Zähnen hindeutet."

„Gibt es eine Möglichkeit nachzuweisen, ob das Haar von Leo

stammt – obwohl es keine DNA enthält?", fragte Vincent.

„Ein Haarvergleich", beantwortete sie seine Frage. „Dabei werden Beschaffenheit, Struktur, Schädigungen etc. des sichergestellten Haars untersucht und mit einer Haarprobe des Tatverdächtigen verglichen. Falls das noch nicht geschehen ist, werde ich mich gleich morgen darum kümmern."

„Sie sind doch nicht mehr mit dem Fall betraut, Antonia", gab er zu bedenken. „Ich möchte nicht, dass Sie deswegen womöglich in Schwierigkeiten geraten."

Ein listiger Ausdruck erschien auf ihrem Gesicht.

„Wissen Sie, Vincent, als Leiterin des Instituts für Gerichtsmedizin trage ich eine enorme Verantwortung. Hin und wieder muss ich meinen Mitarbeitern Anregungen geben, was sie besser machen könnten. Gewöhnlich verpacke ich das so, dass der Betreffende überzeugt ist, es sei allein seine Idee gewesen."

„Das ist eindeutig deine Tochter, Helen", sagte er anerkennend. „Ihr seid einander sehr ähnlich."

„Das haben wir schon öfter gehört", meinte Helen, wobei sie die Hand auf den Arm ihrer Tochter legte. „Während du morgen einen Haarvergleich anleierst, besuchen wir Leo. Er muss wissen, dass er eine Haarprobe nicht verweigern darf." Unternehmungslustig schaute sie Vincent an. „Außerdem möchte ich in den nächsten Tagen mit dir verreisen."

„Das habe ich geahnt. Zieht es dich zufälligerweise auf die Insel Usedom, James Bond?"

„Ich wollte schon immer mal mit dir ans Meer, Miss Moneypenny." Zunächst entlockte dieses Wortgeplänkel Antonia ein Lächeln. Die Namen, mit denen die beiden sich neckten, machten ihr bewusst, dass ihre Ermittlungen riskant sein könnten.

„Mam, du hast vorhin gesagt, dass der Killer Leo wochenlang beobachtet hat, um seine Lebensgewohnheiten zu studieren. Was ist, wenn er noch in der Nähe ist? Wenn er eure Aktivitäten bemerkt hat? Glaubst du nicht, dass er alles verhindern würde, das seine Pläne jetzt noch gefährden könnte?" Eindringlich blickte sie ihrer Mutter in die Augen. „Sag jetzt nicht, dass ich dir damit was Neues erzähle! Du bist lange genug dabei, um zu wissen, wie gefährlich das für euch werden kann, wenn du überall deine Nase reinsteckst!"

„Du machst dir zu viele Gedanken. Wieso sollte der Killer ausgerechnet in einem Seniorenpärchen eine Gefahr wittern?"

„Mam! Durch seinen anonymen Anruf bei Franziska ist bewiesen, dass er von ihrer Verbindung zu mir weiß! Der Kerl hat seine Hausaufgaben sehr gründlich gemacht! Dabei hat er bestimmt nicht übersehen, wer und was du bist!"

„Bei den letzten Morden war ich doch gar nicht in der Stadt", versuchte Helen ihre Tochter zu beruhigen. „Außerdem musste der Killer damit rechnen, dass zumindest Leos Rechtsbeistand Entlastungsmaterial für seinen Mandanten zusammenträgt. Wahrscheinlich hat er das sogar eingeplant, sonst wären wir kaum fündig geworden. Der Killer wird sich hüten, seine Deckung zu verlassen, um nicht zu riskieren, dass man womöglich doch noch auf ihn aufmerksam wird."

„Bist du wirklich überzeugt davon?", fragte Vincent beunruhigt. „Du darfst dich weder Leos noch meinetwegen irgendeiner Gefahr aussetzen."

„Sei unbesorgt, Vincent. Ich weiß, was ich tue. Wir bringen das zusammen zu Ende. – Jetzt lasst uns aber erst einmal unser Abendessen genießen."

Bald nachdem Antonia sich verabschiedet hatte, begaben sich Helen und Vincent zu Bett. Wie an jedem Abend schmiegte sie sich an ihn und legte den Kopf an seine Brust.

„Ich mag deine Tochter", sagte er, wobei er den Arm um ihre Schulter legte. „Antonia ist nicht nur ausgesprochen hübsch und intelligent; sie besitzt eine natürliche Herzenswärme. Ich kann verstehen, dass Leo sich in sie verliebt hat. Ob die beiden noch eine Chance haben?"

„Schwer zu sagen. Antonia hatte nie wirklich Glück mit Männern. Außerdem ist sie nach einer Trennung erfahrungsgemäß sehr konsequent. – Besonders wenn sie so tief verletzt wurde."

„Man merkte ihr gar nicht an, wie sehr sie unter Leos Verhalten leidet. Sie hat erstaunlich nüchtern über ihn gesprochen."

„Weil sie sich meisterhaft unter Kontrolle hat", wusste Helen. „Antonia ist wie ein stolzer Schwan: ein wunderschönes Gefieder über Wasser, während er unter der Wasseroberfläche verzweifelt mit den Füßen paddelt, um nicht unterzugehen."

Erst nach Mitternacht erreichte Antonia ihr Häuschen am Deister. Bei ihrem Eintreten kam Quincy sofort aus seinem Körbchen, um sein Frauchen schwanzwedelnd zu begrüßen.

„Hallo, mein Liebling", sagte Antonia, ging in die Hocke und kraulte das Tier. „Ich habe dich auch vermisst. Morgen gehen wir wieder zusammen Gassi."

Sie erhob sich, als David nur mit Boxershorts bekleidet die Treppe herunterkam.

„Da bist du ja endlich, Ma. Ich habe mir schon Sorgen gemacht. Warum hast du dein Handy nicht dabei?"

„Entschuldige", bat seine Mutter. „In der Uni hatte ich es ausgeschaltet und dann vergessen, es wieder anzustellen. Ich war noch bei deiner Großmutter."

Mit erwartungsvollem Lächeln schaute David sie an.

„Und? Wie findest du ihn?"

„Wen?"

„Grannys alten Kauz: Vincent."

„Du weißt von ihm?"

„Er war gestern schon da, als ich bei ihr war. Cooler Typ."

„Mmm ...", ließ Antonia nur verlauten, bevor sie die eingegangene Post von der Kommode nahm und durchsah.

„Was meinst du mit: mmm?", fragte er irritiert. „Hast du ein Problem damit, dass er Leos Vater ist?"

„Nicht wirklich. Ich mag ihn sogar. Vincent war mir gegenüber sehr offen. – Und dieser Mann ist bis über beide Ohren in deine Granny verliebt, sonst wäre nicht so viel Wärme in seinen Augen, wenn er sie anschaut. Vielleicht entwickelt sich tatsächlich was Ernstes zwischen den beiden."

„Das ist doch längst passiert. Oder glaubst du, dass er auf der Besuchercouch übernachtet? Als ich gestern Morgen so früh bei Granny aufgetaucht bin, habe ich Vincent halb nackt in ihrem Schlafzimmer gesehen. Zwischen den beiden läuft eine ganz heiße Nummer!"

„David!", tadelte sie ihren Sohn mit unterdrücktem Lächeln. „Du sprichst von deiner Großmutter!"

„Na und? Denkst du, in dem Alter hat man keinen Sex mehr? Das ist doch heutzutage ganz normal. Außerdem sieht Granny immer noch sensationell aus. Sie hat eine Figur wie ein junges Mädchen. Und Vincent scheint auch ein sportlich-vitaler Typ zu sein. Ich finde es toll, dass die beiden zusammen sind."

„Noch toller wäre es, wenn Vincent hier in der Stadt wohnen würde", sagte Antonia mit einem erneuten Seufzer. „Was soll denn aus den beiden werden, wenn er in die Toskana zurückkehrt? Eine Beziehung über eine so große Entfernung am Leben zu erhalten, ist erfahrungsgemäß schwierig. Zwar hat Granny durch ihren Job an der Uni eine Aufgabe, aber sie wird trotzdem darunter leiden, wenn sie wieder allein ist."

„Granny hat den Job an der Uni abgesagt", erklärte David zur Überraschung seiner Mutter. „Wenn die Sache mit Leo vorbei ist, zieht sie zu Vincent in die Toskana. Er hat mir verraten, dass er mein Großvater werden möchte."

Das erstaunte Antonia noch mehr.

„So weit sind die beiden schon? Mir gegenüber haben sie das mit keinem Wort erwähnt."

„Wahrscheinlich, weil es erst mal wichtiger ist, Leos Unschuld zu beweisen. Wirst du den beiden dabei helfen?"

„Vielleicht", antwortete sie vage. „Jetzt möchte ich nur noch in mein Bett. Das war ein langer Tag." Liebevoll küsste sie ihren Sohn auf die Wange. „Gute Nacht, mein Junge."

„Schlaf gut, Ma."

Kapitel 33

Antonia überlegte sich ihr Vorgehen genau, ehe sie ihren Kollegen am nächsten Morgen im Gerichtsmedizinischen Institut bat, um elf Uhr zu einer Besprechung in ihrem Arbeitszimmer zu erscheinen. Kurz vor dem verabredeten Zeitpunkt nahm sie ihr Handy zur Hand und öffnete die Bürotür. Als sie Dr. Reinhardt kommen hörte, trat sie rasch ans Fenster und hob das kleine Telefon, ohne eine Verbindung herzustellen, ans Ohr. Durch die Spiegelung in der Fensterscheibe sah sie, wie ihr Kollege unschlüssig an der Tür stehenblieb.

„Nein, darüber bin ich nicht informiert", sagte sie zu einem fiktiven Gesprächspartner. „Wie ich den Kollegen kenne, wird er mit Sicherheit noch einen Haarvergleich durchführen. Sie haben mir den Fall entzogen, also mische ich mich auch nicht ein." Nun tat sie, als höre sie einen Moment zu. „Okay, wir sehen uns morgen bei Gericht."

Erst als sie sich herumdrehte, trat der Kollege ein.

„Oh, Sie sind schon da", tat sie überrascht und nahm hinter ihrem Schreibtisch Platz. „Lassen Sie uns bitte gleich zur Sache kommen, Bernd."

In der nächsten halben Stunde besprachen sie die Obduktionen vom Vortag, bei denen jeder von ihnen eine der aufgefundenen Leichen untersucht hatte. Anschließend begleitete Antonia den Kollegen noch zur Tür. Dort blieb Dr. Reinhardt stehen.

„Glauben Sie, ich kriege heute noch einen Gerichtsbeschluss?"

Rasch warf sie einen Blick auf die große Wanduhr.

„Wenn Sie sich beeilen. Wozu brauchen Sie den denn?"

„Für eine Vergleichsanalyse in einem anderen Fall", erwiderte er knapp. „Ich setze mich sofort mit der Staatsanwaltschaft in Verbindung, damit das heute noch klappt."

Unterdessen warteten Helen und Vincent im Besuchsraum der Strafvollzugsanstalt. Nach wenigen Minuten wurde der Untersuchungshäftling hereingeführt. Helen erschrak bei Leos Anblick. Er wirkte bleich, fast grau im Gesicht; unter seinen Augen lagen dunkle Schatten. Stumm umarmte er zuerst Helen, dann Vincent, bevor sie sich setzten.

„Sie gefallen mir überhaupt nicht, Leo", sagte Helen, wobei sie einen besorgten Blick mit Vincent tauschte. „Was ist los?"

„Allmählich stoße ich an meine Grenzen", sagte Leo mit müder Stimme. „Ich fühle mich wie lebendig begraben. Lange stehe ich das nicht mehr durch. Dieses ständige Eingesperrtsein, die endlosen Verhöre... Bald glaube ich schon selbst, dass ich der Orchideenmörder bin."

„Knastkoller", diagnostizierte sie. „Sie müssen noch eine Weile durchzuhalten. Man wird Sie in den nächsten Tagen um eine Haarprobe bitten, die Sie nicht verweigern dürfen."

„Vergessen Sie es", erwiderte Leo kopfschüttelnd. „Hätte ich nicht diesem Speicheltest zugestimmt, befände ich mich jetzt nicht in dieser ausweglosen Lage! Von mir bekommt die Staatsanwaltschaft absolut nichts mehr!"

Mit ruhiger Stimme erklärte Helen ihm, wozu die Haarprobe benötigt wurde.

„Es ist sehr wahrscheinlich, dass dieses Haar vom Killer stammt", schloss sie. „Zum Zeitpunkt des Fundes hatte er noch kein genetisches Spurenmaterial von Ihnen zur Verfügung."

„Woher wissen Sie das so genau? Dieser Killer hat doch alles bis ins kleinste Detail geplant."

„Es ist nicht vorhersehbar, ob man beim Ablegen einer Leiche ein ausgefallenes Haar verliert. Wenn wir nachweisen, dass dieses Haar nicht von Ihnen stammt, haben wir ein weiteres Indiz für Ihre Unschuld. Sollten wir dann auch noch auf Usedom erfolgreich sein, sind die Haftgründe kaum noch haltbar."

Verständnislos wechselte Leos Blick zwischen Helen und seinem Vater.

„Ihr wollt nach Usedom? Warum?"

„Bist du nicht mit ... deiner Freundin dort gewesen?"

Erstaunt nickte Leo.

„Woher wisst ihr davon?"

„Das haben wir recherchiert", behauptete Vincent, aber Helen schüttelte den Kopf.

„Es ist an der Zeit, dass wir Leo reinen Wein einschenken", sagte sie, bevor sie seinen Sohn aus ernsten Augen anschaute. „Wir haben Ihnen etwas vorenthalten, Leo. Mein vollständiger Name lautet: Helen Bredow. Ich bin Antonias Mutter."

„Damit sagen Sie mir nichts Neues", entgegnete er zu beider Überraschung. „Ich habe mich schon gefragt, wann Sie mich wohl damit konfrontieren werden."

„Seit wann wissen Sie das? Und vor allem, von wem?"

„Seit Sie das zweite Mal mit Paps hier waren", sagte Leo mit der Andeutung eines Lächelns. „Der Vollzugsbeamte kündigte den Besuch mit den Worten an: Ihr Vater ist mit der Richterin da. Plötzlich fiel mir ein, dass Antonia mal erzählt hatte, dass ihre Mutter Richterin war und ihren Urlaub in der Toskana verbringt. Das konnte kein Zufall sein."

„Warum haben Sie uns das nicht längst gesagt? Es wäre nur verständlich gewesen, wenn Sie sich deswegen mir gegenüber ablehnend verhalten hätten."

„So kleinkariert bin ich nicht. Hätte ich von Anfang an gewusst, wer Sie wirklich sind, hätte ich mich vielleicht noch geweigert, Ihre Hilfe anzunehmen. Nun war es zu spät, mir einzureden, dass Sie möglicherweise mit der Staatsanwaltschaft unter einer Decke stecken. Immerhin hatte ich Sie als klugen, aufrichtigen Menschen kennengelernt, der mich sehr beeindruckt hat. Das konnte ich nicht ignorieren."

„Ich bin froh, dass die Karten jetzt offen auf dem Tisch liegen", sagte Helen erleichtert. „Mir war bei diesem Versteckspiel nicht ganz wohl, aber wir wollten verhindern, dass Sie vielleicht falsche Schlüsse ziehen."

„Vergessen wir es einfach", schlug Leo vor. „Ihr wollt also nach Usedom. Was hofft ihr, dort zu finden?"

Helen überließ es Vincent, seinem Sohn zu berichten, was sie sich von dieser Reise versprachen.

„Ihr wisst das alles von Antonia?", fragte Leo verwundert, als sein Vater schwieg. „Das verstehe ich nicht. Ihr müsste doch

318

daran gelegen sein ..."

„Leo", unterbrach Helen ihn mit sanfter Stimme. „Sämtliche belastende Spuren wurden vom Killer gelegt. Meine Tochter hat nichts damit zu tun. Sie war außerdem nie davon überzeugt, dass Sie der Orchideenmörder sind."

Leo brauchte einen Moment, bis er die Tragweite ihrer Worte begriff.

„Oh, mein Gott ...", flüsterte er entsetzt. „Was habe ich getan?" Mit einer fahrigen Geste fuhr er sich mit allen zehn Fingern durchs Haar. „Ich habe sie beschuldigt und beschimpft! Wie sehr muss sie das getroffen haben? Das wird Antonia mir niemals verzeihen. – Schon gar nicht, nachdem ich ihr verschwiegen habe, wer ich wirklich bin!"

„Darf ich fragen, aus welchem Grund Sie sogar meiner Tochter Ihre wahre Identität bis zuletzt verheimlicht haben?"

„Sie wissen sicher von Paps, warum ich mich in dieses kleine Nest am Deister zurückgezogen habe", vermutete Leo. „Als ich Antonia kennengelernt habe, sah ich nur die Nachbarin in ihr. Mit der Zeit haben wir uns etwas angefreundet." Überwältigt von der Erinnerung schloss er kurz die Augen. „Es fühlte sich so verdammt gut an, dass plötzlich jemand nur den Menschen in mir sah. Dann hat es sich rasend schnell zwischen uns weiterentwickelt." Um Verständnis bittend blickte er Helen an. „Diese neuen Gefühle haben mich völlig verunsichert. Ich mochte kaum glauben, dass sich eine so tolle Frau in einen einfachen Gärtner verlieben kann. Als mir klar wurde, dass ich für immer mit Antonia zusammen sein möchte, wollte ich ihr endlich die Wahrheit über mich sagen. Aber es war immer irgendwie falsches Timing. Inzwischen wusste ich, wie sehr sie Unaufrichtigkeit verabscheut – und dass sie nicht viel von reichen Männern hält. Ich schob ein klärendes Gespräch immer wieder vor mir her, weil ich den Point of no return längst überschritten hatte. Außerdem hatte ich panische Angst davor hatte, dass Antonia mich verlässt."

„Etwas Ähnliches habe ich vermutet", sagte Helen. „Ich wünschte, es stünde in meiner Macht, in dieser Hinsicht etwas für Sie zu tun. Aber als ich Antonia gestern Abend noch zu ihrem Wagen begleitet habe, sagte sie, dass sie das alles nur für die Gerechtigkeit tut. – Nicht für Sie, Leo. Dieses Kapitel hätten Sie selbst beendet, weil Sie ihr nicht vertraut hätten."

„Was bin ich nur für ein Mensch? Ich spreche fünf Sprachen, berate Konzerne in aller Welt, kann ein Milliarden-Dollar-Geschäft durchziehen, aber ich bin unfähig, meine große Liebe zu halten. Es geschieht mir ganz recht, dass ich hier in einer Zelle sitze. So viel Dummheit muss bestraft werden."

„So darfst du nicht reden, Leo", beschwor Vincent seinen Sohn. „Wenn du erst frei bist, musst du das Gespräch mit Antonia suchen. Erklär ihr schonungslos offen ..."

„Lass es gut sein, Paps", winkte er müde ab. „Ich hatte meine Chance und habe sie vertan. Damit muss ich leben. Ich weiß nur noch nicht, wie mir das gelingen soll."

„Wir sollten jetzt einen Schritt nach dem anderen tun", schlug Helen vor, um Leo abzulenken. „Wenn wir nach Usedom fahren, brauchen wir eine genaue Beschreibung der Bettwäsche, die ... Sie während Ihres Aufenthalts dort benutzt haben."

Gedankenverloren zuckte Leo die Schultern.

„Die weiße Bettwäsche aus Hongkong."

„Bist du sicher?"

Mit Mühe konzentrierte sich Leo.

„Ja, Paps. Damals war ich ein halbes Jahr in Hongkong, während du dich um den Umbau des Hauses gekümmert hast. Ich habe die Bettwäsche von dort mitgebracht. Ein Geheimtipp eines Geschäftsfreundes: handverarbeitete chinesische Seide."

„Demnach dürfte sie zumindest in unseren Breiten einmalig sein", überlegte Helen. „Haben Sie die Betten vor Ihrer Abreise abgezogen?"

„Sie kennt Frau Bader nicht", meinte Leo, wobei er einen vielsagenden Blick mit Vincent tauschte. „Die gute Seele würde mich lynchen, wenn ich auf die Idee käme, ihr ins Handwerk zu pfuschen."

„Frau Bader kümmert sich während Leos Abwesenheit um das Haus", erklärte sein Vater. „Eine resolute, verlässliche Person."

„Folglich konnte sie es kaum erwarten, sich nach eurer Abreise dort auszutoben", ahnte Helen. „Nach einem gründlichen Hausputz werden wir kaum noch verwertbare Spuren finden."

„Seit wann bist du so pessimistisch? Sollte Frau Bader tatsächlich sofort geputzt haben, könnten nur die Spuren eines möglichen Einbrechers zu finden sein. Das würde uns die Arbeit unter Umständen sogar erleichtern."

Ein anerkennendes Lächeln malte sich auf Helens Gesicht.

„Du denkst schon fast wie ein Bulle, Miss Moneypenny."

„Das ist deine Schule, James Bond."

Eine Weile blieben Helen und Vincent noch bei Leo und leisteten Aufbauarbeit. Beim Abschied umarmte Leo die zierliche Frau und drückte sie impulsiv an sich.

„Ihr werdet mir fehlen, wenn ihr auf Usedom seid. Außer Olaf habe ich nur noch euch."

„Wir bleiben nur so lange es nötig ist", versprach sie. „Nach unserer Rückkehr erstatten wir Ihnen sofort Bericht."

Spontan hauchte Leo einen zarten Kuss auf ihre Wange.

„Danke, Helen. Ohne Sie wäre ich verloren."

„Versuchen Sie, ein wenig Ruhe zu finden."

„Ich fürchte, ich werde erst wieder richtig schlafen, wenn diese Sache ausgestanden ist. Obwohl ich abends in meiner Zelle bis zur Erschöpfung Liegestütze mache, um einschlafen zu können, bin ich spätestens nach zwei Stunden wieder wach. Den Rest der Nacht grübele ich darüber nach, wer mich so sehr verabscheuen könnte, dass er mich vernichten will. Leider finde ich keine Antwort darauf."

„Es dauert nicht mehr lange", sagte Vincent zuversichtlich. „Irgendetwas werden wir auf der Insel finden. Das verspreche ich dir."

Beim Verlassen der Justizvollzugsanstalt hielten sich mehrere

Journalisten vor dem großen Tor auf, um die Ankunft eines Mannes zu erwarten, der des Doppelmordes verdächtigt wurde. Einer der Reporter erkannte Helen und Vincent. In der Hoffnung auf ein Interview mit dem Vater des Orchideenmörders eilte er ihnen nach.

„Harry Franke", stellte er sich vor und hielt ihm ein kleines Aufnahmegerät unter die Nase. „Sie haben soeben Ihren Sohn besucht, Herr von Thalheim. Hat er Ihnen gegenüber die Taten, die man ihm vorwirft, eingeräumt?"

„Aus welchem Grund sollte mein Sohn mich belügen?", antwortete Vincent äußerlich ruhig. „Man wollte der Öffentlichkeit unbedingt einen Täter präsentieren, selbst um den Preis, dass ein Unschuldiger hinter Gittern landet."

„Die Staatsanwaltschaft scheint das aber anders zu sehen. Offenbar ist die Beweislage erdrückend."

„Herr Dr. Salomon, der Rechtsanwalt meines Sohnes, wird diese angeblichen Beweise schon bald ad absurdum führen", sagte Vincent mit Nachdruck. „Verlassen Sie sich darauf."

„Frau Dr. Bredow", wandte sich der Reporter an Helen, die er von mehreren großen Strafprozessen her kannte. „Sie werden dafür gerühmt, den Dingen stets mit sehr viel Feingefühl auf den Grund zu gehen, so dass Sie vor Gericht schon so manchen verstockten Angeklagten zum Reden gebracht haben. Ermitteln Sie jetzt auch im Falle des Orchideenmörders?"

Kühl blickte Helen den Mann an.

„Kein Kommentar."

„Helfen Sie Herrn von Thalheim in seinem Bemühen, die Unschuld seines Sohnes zu beweisen? In welchem Verhältnis stehen Sie zueinander?"

„Das dürfte Sie kaum etwas angehen, Herr Franke."

So leicht gab sich der Reporter nicht geschlagen.

„Die Öffentlichkeit hat das Recht zu erfahren, auf welcher Seite Sie stehen, Frau Dr. Bredow."

„Ich stehe schon immer auf der Seite der Gerechtigkeit."

„Müssten Sie dann nicht Ihre Tochter, die Frau Staatsanwältin

322

unterstützen?"

„Ihnen sollte eigentlich bekannt sein, dass ich mich inzwischen im Ruhestand befinde, Herr Franke. Alles, was ich jetzt tue, ist meine Privatangelegenheit." Knapp nickte sie ihm zu. „Und nun entschuldigen Sie uns."

Sie nahm Vincents Arm und ließ den Reporter einfach stehen.

Unbehelligt erreichten sie den geparkten Mercedes.

„Du scheinst Erfahrung mit aufdringlichen Reportern zu haben", sagte Vincent im Wagen. „Hoffentlich schreibt er jetzt nicht irgendeinen Unsinn über uns."

„Dazu war das Gespräch nicht ergiebig genug", beruhigte Helen ihn und schnallte sich an. „Trotzdem würde ich am liebsten noch heute nach Usedom fahren."

„Warum tun wir es dann nicht? Dadurch sparen wir wertvolle Zeit. Allerdings würden wir erst spät auf der Insel eintreffen."

„Aber wir haben doch gar nichts für eine Übernachtung dabei."

„Eine Zahnbürste und das bisschen Wäsche zum Wechseln könnten wir unterwegs kaufen", schlug Vincent vor. „Ich kenne ein hübsches, verschwiegenes Hotel auf der Insel."

Amüsiert hob Helen die Brauen.

„Du möchtest mit mir in ein Hotel?"

Verschwörerisch nickte er.

„An der Rezeption werde ich uns sogar als Ehepaar von Thalheim eintragen."

„So, so ... Und du glaubst, da spiele ich mit?"

„Du hast auch nicht protestiert, als dich der Werkstattbesitzer mit Frau von Thalheim ansprach. In meinen Ohren hat das gut und richtig geklungen. Außerdem ist es nur noch eine Frage der Zeit, bis ich dich vor den Traualtar schleppe."

„Du musst mich nicht schleppen. Ich folge dir freiwillig."

„Auch in ein Hotel? Ich halte es tatsächlich für besser, nicht in Leos Haus zu übernachten. In der Dunkelheit würden wir sonst womöglich irgendwelche Spuren verwischen."

„Du verblüffst mich schon wieder, Miss Moneypenny. Soweit

habe ich noch gar nicht gedacht."

„Ein blindes Huhn findet manchmal auch ein Korn." Unternehmungslustig zwinkerte er ihr zu. „Also, was ist?"

„Nun fahr schon, du Meisterdetektiv!"

Nach mehreren Reiseunterbrechungen zwecks Tanken, Fahrerwechsel und Einkauf erreichten sie am Abend über die B 111 das Städtchen Wolgast. Vincent saß am Steuer und lenkte den Wagen zur Brücke, die das Festland mit der Insel verband.

„Da vorn geht es nicht weiter. Offenbar ein Stau."

„Wahrscheinlich ist die Brücke gerade gesperrt", sagte Vincent und ließ den Mercedes am Straßenrand ausrollen. „Das wird fünfmal am Tag für eine halbe Stunde gemacht, um den Schiffsverkehr passieren zu lassen. Wir könnten die Wartezeit zum Abendessen nutzen."

Mit diesem Vorschlag war Helen einverstanden. Sie ließen den Wagen stehen und schlenderten zu Fuß in die Richtung der malerischen Altstadt. In einem kleinen Restaurant entschieden sie sich für ein schmackhaftes Fischgericht. Bei ihrer Rückkehr war die Brücke freigegeben; der Stau hatte sich aufgelöst.

Vincent fuhr über die Insel zu einem idyllisch gelegenen Hotel im Seebad Karlshagen. Wie angekündigt bat er an der Rezeption um ein Doppelzimmer für sich und seine Frau. Nach dem Einchecken unternahmen sie noch einen Spaziergang am Wasser, bevor sie sich in ihr Zimmer zurückzogen. Nicht ohne Hintergedanken ließ Vincent seiner Begleiterin beim Duschen den Vortritt. Während Helen im Bad verschwand, traf er in aller Eile einige Vorbereitungen. Er bestellte telefonisch eine Flasche Champagner und bat um viele Kerzen. In Minutenschnelle wurde das Gewünschte aufs Zimmer gebracht.

Helen war völlig ahnungslos, als sie in einen hoteleigenen Bademantel gehüllt aus dem Bad kam.

Zu beiden Seiten des Bettes leuchteten Kerzen unterschiedlicher Größe und tauchten den Raum in gedämpftes Licht. Auf dem Tisch stand ein Kübel Champagner auf Eis. Aus unsichtbaren Lautsprechern erklang leise Musik.

Dieses liebevoll erdachte Arrangement verschlug Helen die Sprache. Vincent erkannte jedoch an ihrem Lächeln und dem Strahlen ihrer Augen, was sie empfand. Wortlos reichte er ihr einen der Kelche mit perlendem Champagner.

„Auf uns", sagte er und ließ sein Glas an ihrem klingen. „Und auf eine erfolgreiche Mission."

Helen nippte nur an ihrem Champagner, bevor sie Vincent dankbar anschaute.

„Das hast du wundervoll arrangiert. So was Liebes hat sich noch nie jemand für mich ausgedacht."

„Das ist nur ein kleiner Vorgeschmack auf das, was dich als meine Frau erwartet", prophezeite er lächelnd. „Du sollst jeden Tag aufs Neue spüren, wie sehr ich dich liebe, Helen."

„Das fühle ich auch ohne Kerzen und Champagner", sagte sie gerührt und stellte ihr Glas ab. „Immerhin habe ich mit dir das große Los gezogen." Ganz dicht blieb sie vor Vincent stehen. „Ich erinnere mich nicht, dass ich jemals so glücklich war."

Ihr Kuss war von einer Innigkeit, die Vincent zu überwältigen drohte. Ungeduldig nestelten seine Finger auf der Suche nach warmer Haut am Gürtel ihres Bademantels. Urplötzlich zog er sie jedoch zurück.

„Entschuldige", murmelte er an ihrem Hals. „Ich kann gar nicht genug von dir bekommen, aber du bist sicher von der langen Fahrt müde!?"

„Kein bisschen ...". flüsterte sie und eroberte seinen Mund zurück.

Ohne den Kuss zu unterbrechen, zerrten sie sich gegenseitig die störende Kleidung vom Körper und sanken in inniger Umarmung auf das breite Bett.

Vincent wusste genau, was er tun musste, um Helens Leidenschaft zu entfachen.

Kein Mann hatte jemals solche Gefühle in ihr ausgelöst. Ihre sinnliche Lust überwältigte Vincent. Helen war so empfänglich für jede Berührung, dass ein Zittern sie durchlief. Sie überließ sich ganz seiner Erfahrung, seiner Stärke. Dabei blieb sie aber nicht untätig. Mit Lippen und Händen reizte und lockte sie Vincent. Allein das trieb ihn schon an die Grenzen seiner Selbstbeherrschung. Helen ließ ihn spüren, was sie wollte und erfüllte gleichzeitig seine Bedürfnisse. Instinktsicher und sehr erregend. Gemeinsam erklommen sie den Gipfel der Ekstase und hielten sich umschlungen, bis sich ihre hitzige Leidenschaft allmählich in Entspannung verwandelte.

In seinem ganzen Leben hatte sich Vincent noch nie so verbunden, so eins mit einer Frau gefühlt.

Für Helen war diese Art von Losgelöstsein etwas Neues, etwas nie zuvor Erlebtes. Sie wollte diese warme Sicherheit in Vincent Armen nie wieder missen. Ein Seufzer entschlüpfte ihr.

„Stimmt etwas nicht?", fragte er beunruhigt. „Du bist so nachdenklich."

„Ich musste fünfundsechzig Jahre alt werden, um so was Elementares zu empfinden."

„Du warst doch viele Jahre verheiratet. Ich meine ..."

„Das war was anderes", unterbrach sie ihn, abermals seufzend. „Damals haben wir getan, was von uns erwartet wurde, als ich schwanger wurde: Wir haben geheiratet."

„Ich dachte, deine Ehe sei glücklich gewesen!?"

„Zwar waren wir verliebt ineinander, aber es war nicht die große Liebe", zog sie Bilanz. „Jedenfalls nicht für mich. Richard war ein wundervoller, aufmerksamer Mann. Mit den Jahren verband uns eine stille Liebe, ohne Höhen und Tiefen, in der sich jeder auf den anderen verlassen und gut aufgehoben fühlen konnte."

„Trotzdem hast du etwas vermisst?"

„Wie hätte ich etwas vermissen können, das ich nicht kannte? Richard war mein erster und einziger Mann. Ich war völlig unerfahren, vielleicht auch zu unsicher, um es richtig genießen zu können. Richard hat wohl nie bemerkt, dass Sex für mich so was wie eine Pflichtübung war. Er gehörte eben dazu, hat aber in unserer Ehe nie eine große Rolle gespielt."

„Man sollte Sex zwar nicht überbewerten, aber wenn man liebt, möchte man einander doch nahe sein – sehr nahe. Man möchte, dass auch der Partner das Zusammensein genießt und Erfüllung findet. Ich könnte mir nicht vorstellen, egoistisch nur an mich ..." Erschrocken unterbrach er sich. „Willst du mir damit zu verstehen geben, dass ich dich überfordere, Helen? Ich hätte selbst nicht gedacht, dass ich alter Kauz noch mal ein solches Verlangen nach einer Frau verspüren könnte. Dabei habe ich überhaupt nicht bedacht ..."

„Spürst du nicht, wie sehr ich es genieße?", fiel sie ihm sanft ins Wort. Seine Rücksicht und sein Feingefühl rührten sie. „Seit ich dich kenne, ist alles so aufregend. Manchmal schaust du mich auf eine Weise an, die mir Herzklopfen bereitet, die mir das Gefühl gibt, noch begehrenswert zu sein. Und dann diese Leidenschaft, wenn wir miteinander schlafen. So was habe ich noch nie erlebt. Du hast etwas in mir geweckt, von dem ich gar nicht wusste, dass es in mir vorhanden ist." Hingebungsvoll schmiegte sie sich an ihn. „Mit dir fühle ich mich stark und gleichzeitig schwach – und sehr lebendig. Plötzlich erscheint es mir, als hätte ich all die Jahre nur existiert, aber nicht wirklich gelebt. Das muss die oft zitierte einzigartige große Liebe sein."

Bewegt umschloss Vincent ihre schmale Gestalt mit beiden Armen und drückte sie an sich.

„Ich empfinde das genau wie du, Helen", bekannte er ohne Scheu. „Bislang habe ich mich nicht getraut, es auszusprechen, weil ich fürchtete, es klänge zu pathetisch. Jetzt muss ich dir gestehen, dass ich noch niemals so vorbehaltlos, so allumfassend geliebt habe. Die letzten Jahre war ich immer allein, hatte mich damit abgefunden, dass es für all das, was ich mit einem geliebten Menschen teilen möchte, keinen Empfänger mehr geben wird. – Bis du so unerwartet bezaubernd und barfuß in mein Leben getreten bist. Seitdem sind so warme, fast vergessene Gefühle in mir. Das ist so überwältigend, dass ich manchmal Angst habe, es könne irgendjemand kommen, der dich mir wieder fortnimmt, weil ich dieses Glück gar nicht verdiene."

„Ich werde immer dort sein, wo ich hingehöre: in deinen Armen."

Kapitel 34

Mit ihrem vollbepackten Fahrrad kam Lina Bader am nächsten Morgen vom Einkaufen. Sie sah das vor dem Haus wartende Paar, erkannte Vincent aber erst auf den zweiten Blick.

„Herr von Thalheim!", rief sie erleichtert aus und lehnte ihr Rad gegen den Gartenzaun. „Sie können sich gar nicht vorstellen, wie froh ich bin, Sie zu sehen. Ich habe Ihrem Sohn schon ein paar Mal auf die Mailbox gesprochen, aber er hat mich nie zurückgerufen. Erst vorgestern habe ich zufällig beim Frisör gelesen, dass er verhaftet wurde. Wir waren nämlich ein paar Tage in Dänemark, deshalb wusste ich nichts davon. Ich kann mir auch gar nicht vorstellen, dass ein so netter Mensch zu so grausamen Taten fähig sein soll. Das alles muss ein Irrtum ..."

„Frau Bader", unterbrach Vincent den Redefluss der etwas übergewichtigen Insulanerin. „Wir möchten uns gern im Haus meines Sohnes umsehen."

„Wegen der Versicherung?", vermutete sie. „Ich hole gleich den Schlüssel."

„Augenblick", bat Vincent. „Wegen welcher Versicherung?" Verständnislos schüttelte sie den Kopf.

„Hat Ihr Sohn Sie nicht wegen dem Schaden geschickt? Ich habe ihm doch alles auf Band gesprochen."

„Sein Handy steht ihm momentan nicht zur Verfügung", erklärte Vincent, bevor er auf seine Begleiterin deutete. „Das ist übrigens Frau Dr. Bredow, meine Lebensgefährtin."

„Freut mich", sagte Helen und reichte ihr die Hand. „Was genau ist denn passiert, dass Sie Herrn von Thalheim so dringend erreichen wollten, Frau Bader?"

„In sein Haus ist eingebrochen worden!", entfuhr es ihr erregt. „Die haben die Terrassentür aufgehebelt und alles mitgenommen: die Stereoanlage, den DVD - Player, sogar den schönen Flachbildschirm haben sie von der Wand montiert! Auch sonst haben die alles nach Wertsachen durchwühlt!"

„Wann haben Sie den Einbruch entdeckt?"

„Am Dienstag ist Herr von Thalheim abgereist", überlegte sie. „Ich wollte dann am Freitag klar Schiff machen. Da habe ich gleich gesehen, was passiert ist und wollte Ihren Sohn sofort informieren. Als er sich nicht gemeldet hat, habe ich die Polizei gerufen. Man muss das doch anzeigen, sonst zahlt die Versicherung nicht."

„Das haben Sie sehr gut gemacht", lobte Helen die Frau. „Hat die Polizei etwas über die Einbrecher rausgefunden?"

„Mir sagen die ja nichts", monierte sie mit gekränkter Miene. „Aber die sind gleich mit der Spurensicherung angerückt und haben nach Fingerabdrücken gesucht. Wie im Tatort! Das war vielleicht eine Aufregung!"

„Haben Sie im Haus inzwischen etwas verändert?", fragte Helen. „Aufgeräumt oder geputzt?"

„Der Mann von der Polizei hat mir geraten, alles so zu lassen, bis ein Gutachter von der Versicherung den Schaden aufgenommen hat."

Diese Antwort erleichterte Helen. Demnach müsste sich die Bettwäsche noch an Ort und Stelle befinden. Sie ließen sich von Frau Bader den Schlüssel aushändigen, beschlossen dann aber, zuerst zur Polizei zu fahren. Im örtlichen Polizeikommissariat mussten sie sich ausweisen, bevor sie in das Dienstzimmer eines Vorgesetzten geführt wurden. Vincent überließ es der in solchen Dingen erfahreneren Helen, dem Beamten ihr Anliegen vorzutragen.

Hauptkommissar Krüger war ein drahtiger Mann um die sechzig mit schütterem grauen Haar und wachen Augen. Ihn beeindruckte nicht nur Helens Sachkenntnis, sondern auch die offene Art der ehemaligen Richterin, mit der sie ihn ins Vertrauen zog. Er empfand ihren Besuch als willkommene Abwechslung zu den überwiegenden Bagatellfällen, mit denen er es gewöhnlich zu tun hatte.

„Wie kann ich Ihnen helfen?", fragte er, als er grob informiert war und zog sich die Ermittlungsakte des Einbruchs heran.

„Konnten Sie im Haus Fingerspuren sichern?"

„Es gab unzählige Fingerabdrücke", berichtete der Beamte, wobei er sich ausschließlich auf Helen konzentrierte. „Überwiegend von zwei Personen. Da diese auch im Bad zu finden waren, stammen sie höchstwahrscheinlich vom Hausbesitzer und seiner Begleitung. Die übrigen konnten der Zugehfrau zugeordnet werden. Daraus ist zu schließen, dass der oder die Einbrecher Handschuhe trugen."

„Sonstige Spuren, die einen Hinweis auf den Täter zulassen?"

„Nichts", verneinte Kommissar Krüger, während er in der Akte blätterte. „Keine verwertbaren Spuren." Leicht lehnte er sich zurück und ließ seine Augen wohlgefällig über die attraktive Erscheinung der Besucherin schweifen. „Wissen Sie, normalerweise passiert hier auf der Insel nicht viel. Die Kriminalitätsrate ist gering. Meistens haben wir es mit Routinefällen zu tun. Als Frau Bader den Einbruch gemeldet hat, wurde ich sofort hellhörig. Immerhin hatten auch unsere Zeitungen über Herrn von Thalheims Verhaftung berichtet. Deshalb witterte ich einen möglichen Zusammenhang und wies meine Leute an, besonders gründlich vorzugehen."

„Und?" Gespannt beugte sich Helen etwas vor. „Auf was sind Sie gestoßen?"

Ein breites Lächeln erschien auf seinem kantigen Gesicht, so dass sich seine zahlreichen Fältchen vertieften.

„Wer sagt, dass wir was gefunden haben?"

„Menschen, die Verbrechen begehen glauben, dass sie besonders klug sind – und dass die Polizei ziemlich dumm ist", entgegnete Helen, sein Lächeln erwidernd. „Meistens ist es genau umgekehrt."

„Oft handelt es sich nur um eine Kleinigkeit, die ein Täter übersieht", stimmte Kommissar Krüger ihr zu. „Ein solcher

Fehler genügt oft schon, ihn zu überführen."

„Gehe ich recht in der Annahme, dass auch unser Einbrecher seine Fähigkeiten überschätzt hat?"

„Auf den ersten Blick wirkte alles wie ein sauberer Bruch eines Profis. Bei einem Rundgang durchs Haus konnte Frau Bader sehr präzise angeben, was fehlte. Es waren ausschließlich Gegenstände, die sich gut verkaufen lassen. Im Schlafzimmer war es ein hochwertiger CD-Player. Allerdings wunderte sich Frau Bader darüber, dass die Betten abgezogen waren. Sie sagte, Herr von Thalheim wisse genau, dass das zu ihren Aufgaben zähle. Sie hätten deswegen eine klare Absprache, über die er sich niemals hinwegsetzen würde."

Helen konnte ihre Enttäuschung nur unzureichend verbergen.

„Das bedeutet dann wohl, dass der Einbrecher auch die gesamte Bettwäsche mitgenommen hat. Somit stehen wir wieder am Anfang. Wir können nicht beweisen, dass das am Fundort der Leiche gesicherte Laken bei einem Einbruch gestohlen wurde."

„Vielleicht doch", sagte der Kommissar zu ihrer Überraschung. „Ich habe mich gefragt, was den Einbrecher dazu bewogen haben mochte, neben all den Wertgegenständen ausgerechnet benutzte Bettwäsche mitgehen zu lassen. Das ist doch unlogisch. Es sei denn, er verfolgt einen bestimmten Zweck damit."

„Ich ahne, worauf Sie hinaus möchten", sagte Helen. „Leider werden wir vor Gericht damit nicht durchkommen, weil wir nicht sicher beweisen können, dass eine Verbindung zwischen dem Lakenfund in Hannover und dem Einbruch auf Usedom besteht. Die Dame, die Herrn von Thalheim hierher begleitet hat, könnte das Laken vielleicht identifizieren, aber man wird sie wegen Befangenheit als Zeugin ablehnen."

Insgeheim bewunderte der Kommissar die Instinktsicherheit, mit der diese zierliche Lady Schwachpunkte erkannte.

„Es sei denn, man hat noch ein As im Ärmel", sagte er triumphierend, worauf Helen erwartungsvoll lächelte.

„Sie haben also doch was gefunden, Herr Hauptkommissar. Bitte spannen Sie uns nicht länger auf die Folter. Um was handelt es sich?"

„Bei der gründlichen Spurensicherung entdeckte einer meiner Männer etwas, das unter einigen Holzscheiten im Kamin verborgen war", berichtete er nicht ohne Stolz. „Es handelte sich um einen Bettbezug, in dem sich ein weiterer Bezug, zwei Kissenbezüge und ein Bettlaken befanden. Der Einbrecher muss es vor Verlassen des Hauses angezündet haben. Vermutlich hatte er keine Erfahrung mit einem Kamin, denn das Feuer ist nach kurzer Zeit von selbst erloschen. Der Stoff war nur an einigen Stellen angesengt."

„Großartig! Was haben Sie mit der Bettwäsche gemacht? Sie haben sie doch sichergestellt!?"

„Selbstverständlich. Irgendwas musste daran zu finden sein, sonst hätte sich der Einbrecher kaum die Mühe gemacht, die Bettwäsche im Kamin zu entsorgen. Wir sind hier für solche Untersuchungen nicht ausgerüstet, deshalb habe ich die Wäsche ins kriminaltechnische Labor nach Berlin geschickt."

Ungeduldig schaute Helen ihn an. Es gelang ihr kaum noch, stillzusitzen.

„Haben Sie den Laborbericht schon?"

Gemächlich blätterte der Kommissar einige Seiten weiter.

„Die Untersuchungsergebnisse kamen gestern Nachmittag per Fax", sagte er dabei. „Ich habe die zuständigen Kollegen in Hannover noch nicht erreicht, um zu hören, ob unsere Ermittlungen für seinen Fall relevant sind."

„Verraten Sie mir, was man im Labor festgestellt hat?"

Sein wissendes Lächeln bezeugte, dass er mit dieser Frage gerechnet hatte.

„Hauptspurenträger war das Bettlaken. Man hat darauf identifizierbares biologisches Material zweier Personen sichergestellt. Vom männlichen Spurenverursacher befanden sich Sperma – und Schweißanhaftungen daran; vom weiblichen Verursacher Vaginalsekret und ebenfalls geringe Schweißspuren. Von beiden Personen wurde ein genetischer Fingerabdruck erstellt."

Er drehte die Akte so, dass Helen die gedruckten DNA-Profile mit eigenen Augen sehen konnte.

„Man muss wohl davon ausgehen, dass diese DNA-Profile Herrn von Thalheim und seiner Begleiterin zugeordnet werden können", fuhr er fort, als Helen noch schwieg. „Allerdings beweist das nur, dass sich diese beiden Personen im Haus aufgehalten haben – und dass Geschlechtsverkehr zwischen ihnen stattgefunden hat."

„Mit etwas Glück halten Sie genau das Puzzleteilchen in den Händen, nach dem wir gesucht haben", widersprach Helen. „Können Sie veranlassen, dass man die Bettwäsche sowie Ihren Ermittlungsbericht über den Einbruch so schnell wie möglich an die hannoversche Staatsanwaltschaft weiterleitet?"

„Darauf wäre es vermutlich ohnehin hinausgelaufen. Ich werde gleich alles Nötige in die Wege leiten."

Ein strahlendes Lächeln belohnte ihn für sein Entgegenkommen.

„Würden Sie mir noch einen Gefallen tun, Herr Krüger? Um das alles zu beschleunigen, wäre es hilfreich, wenn Sie die Laborberichte vorab an das Gerichtsmedizinische Institut in Hannover faxen könnten."

Es schien ihn plötzlich Mühe zu kosten, sich auf ihre Worte zu konzentrieren.

„Mit ... mit welcher Begründung?"

„An dem am Fundort sichergestellten Laken fanden sich ebenfalls Spermaspuren, von denen ein DNA-Profil erstellt wurde", erklärte Helen. „Nachdem es mit den DNA-Merkmalen des Tatverdächtigen übereinstimmte, hat man möglicherweise darauf verzichtet, andere vielleicht noch vorhandene biologische Spuren zu analysieren. Ich halte es für notwendig, dass man das Laken noch einmal genau unter die Lupe nimmt. Sollte ihm auch nur eine winzige Spur genetischen Materials der Frau anhaften, mit der Herr von Thalheim hier einige Urlaubstage verbracht hat, ist das der Beweis, dass der Einbrecher mit dem Killer identisch ist: Er hat das gestohlene Laken an den

Fundort der Leiche verbracht. Mithilfe der beiden DNA-Codes aus dem Berliner Labor könnte ein Vergleich schnellstmöglich erfolgen. Das wäre nicht nur im Interesse des Beschuldigten, sondern auch der Staatsanwaltschaft. Würde es doch bedeuten, dass der Killer immer noch frei herumläuft."

Beeindruckt schaute der Kommissar sie an. Offenbar konnte diese Frau hinter ihrer sanften Erscheinung spontane Entschlossenheit und blitzschnelle Intelligenz hervorzaubern. Eigenschaften, die ihr gewiss nicht nur im Amt der Richterin Respekt verschafft hatten. Außerdem war sie sehr attraktiv. Er wünschte, sie würde länger auf der Insel bleiben. Sie näher kennenzulernen, musste ein besonderes Erlebnis sein.

„Okay", besann sich der Kommissar auf ihre Bitte. „Wenn es der Wahrheitsfindung dient, bin ich zu vielem bereit."

„Danke", sagte Helen erleichtert und zog ihr Handy aus der Tasche. „Sie sind sehr zuvorkommend, Herr Krüger. Ich kenne die Leiterin des Gerichtsmedizinischen Instituts und werde sie telefonisch unterrichten. – Entschuldigen Sie mich bitte einen Moment."

Unter den Blicken der beiden Männer erhob sie sich und ging hinaus. Erst im Freien wählte sie die Rufnummer ihrer Tochter. Knapp und präzise berichtete sie Antonia von den Ermittlungsergebnissen der örtlichen Polizei und von der Bedeutung des in Kürze bei ihr eingehenden Faxes.

„Dr. Salomon muss sofort einen Gerichtsbeschluss erwirken, damit noch einmal jeder Millimeter Stoff dieses Lakens nach genetischen Spuren abgesucht wird", sagte sie schließlich. „Aber achte darauf, dass du damit in keiner Weise in Berührung kommst!"

„Mam, ich arbeite lange genug in diesem Job, um zu wissen, was ich tun muss."

„Entschuldige", bat Helen. „Aber wir sind so nah dran. Jetzt darf einfach nichts mehr schiefgehen."

„Dein Schützling kann froh sein, dass du dich in die Ermittlungen eingeschaltet hast."

„Apropos Leo: Wurde inzwischen ein Haarvergleich durchgeführt, Antonia?"

„Das Ergebnis liegt sogar schon vor", bestätigte ihre Tochter. „Da ich aus bekannten Gründen nicht informiert wurde, habe ich Dr. Salomon angerufen. Er gab mir die gewünschten Auskünfte nur, weil du ihn gestern noch über meine Mitarbeit informiert hast."

„Und?"

„Der Haarvergleich ist positiv ausgefallen."

„Verflixt!", entfuhr es Helen. „Ich hatte so sehr gehofft, dass das gefundene Haar vom Killer stammt."

„Es entlastet Leo trotzdem", sagte Antonia zur Überraschung ihrer Mutter. „In der Haarprobe von Leo konnte kein Quecksilber nachgewiesen werden."

„Wie ist das möglich?"

„Leo hat sich vor seinem Umzug sämtliche Amalgamfüllungen aus den Zähnen entfernen lassen. Das bedeutet, das gefundene Haar ist mindestens anderthalb Jahre alt."

„Demnach kann nur der Täter es bei der Leiche platziert haben", fügte Helen hinzu. „Olaf muss sich die Zahnarztunterlagen besorgen und einen Haftprüfungstermin beantragen, sowie die neuen Untersuchungen an dem Laken abgeschlossen sind. Ich rufe ihn gleich an."

„Dann nimm ihm bitte das Versprechen ab, Leo nichts von meiner Mithilfe zu sagen. Ich will auf keinen Fall, dass er eines Tages reumütig daherkommt und versucht, mich wieder um den Finger zu wickeln. Das funktioniert nicht mehr."

„Antonia", sagte Helen sanft. „Hör auf dein Herz – nicht auf dein Hirn. Dann wirst du ..."

„Nein, Mam!", unterbrach sie ihre Mutter energisch. „Bitte, misch dich da nicht ein. Leo hat mich belogen, beleidigt und sogar beschuldigt, ihn ins Gefängnis gebracht zu haben. Das alles zeigt deutlich, dass er sich weder die Mühe gemacht hat, mich wirklich kennenzulernen, noch dass ihn irgendwas mit mir verbindet. Als ich ihn in der U-Haft zur Rede gestellt habe, sagte er, dass ich ihm nie wieder unter die Augen treten soll. Und ich habe mit Sicherheit nicht das Bedürfnis, ihm noch mal zu begegnen. Ich will diese leidige Episode nur noch so schnell wie möglich vergessen."

„Eines Tages wirst du anders darüber denken", prophezeite Helen. „Bis dahin werden wir Leo aus seiner Zelle geholt haben. Ich telefoniere jetzt noch mit Dr. Salomon. Anschließend schicken wir dir das Fax ins Institut."

„Werdet ihr noch länger auf Usedom bleiben?"

„So schön diese Insel auch ist, möchte ich noch heute zurückfahren. Vielleicht braucht Olaf noch mal meine Hilfe, um durch den Haftprüfungstermin zu kommen."

Im Laufe der nächsten Stunde hatte Helen alles Notwendige veranlasst. Sie verabschiedeten sich von dem hilfsbereiten Hauptkommissar und waren auf dem Weg zu Leos Haus.

„Was ist eigentlich los mit dir?", fragte Helen unterwegs, wobei sie Vincents Profil beunruhigt betrachtete. „Seit dem Betreten der Polizeistation hast du kaum ein Wort gesagt."

„Du hattest die Situation doch meisterhaft im Griff."

„Habe ich was falsch gemacht?"

„Du bist eben wie du bist", brummte er und lenkte den Mercedes auf das Grundstück seines Sohnes. „Damit muss ich mich abfinden."

Kaum hatte er den Motor abgestellt, öffnete Helen ihren Sicherheitsgurt.

„Könntest du mir bitte klar und deutlich sagen, was du damit meinst, Vincent!?"

Auch er löste seinen Gurt, ehe er sich Helen zuwandte. In seinen Augen lag ein deutlicher Vorwurf.

„Dich scheint es überhaupt nicht zu stören, wenn sich die Augen eines wildfremden Mannes förmlich an dir festsaugen! Dieser Kommissar war so fasziniert von dir, dass er sich kaum noch auf das Gespräch konzentrieren konnte! Und als du zum

Telefonieren rausgegangen bist, hat er nicht nur auf deine Beine geschielt!"

„Ach, du liebe Güte", spottete sie. „Deshalb warst du so stumm wie ein Fisch? Wäre es dir lieber gewesen, er hätte dir auf den Hintern gestarrt?"

Vincent beschrieb eine ärgerliche Geste.

„Mir wäre es lieber gewesen, er hätte gar keinen Grund gehabt, derart auf dich zu reagieren! Der hätte dich doch am liebsten gleich dabehalten und in sein Bett gezerrt! Tu nur nicht so, als hättest du das nicht bemerkt!"

„Wenn du ein Problem damit hast, dass ich manchmal noch den interessierten Blick eines Mannes auf mich ziehe, solltest du dir ein unförmiges altes Weib als Partnerin suchen!", versetzte sie, verließ den Wagen und knallte die Autotür zu.

Ohne sich noch einmal nach Vincent umzudrehen, marschierte sie los. Seine vorwurfsvollen Worte hatten geklungen, als hätte sie den Kommissar absichtlich herausgefordert, die Frau in ihr zu sehen. Natürlich war auch ihr nicht entgangen, auf welche Weise dieser Mann sie angeschaut hatte. Welche Frau würde diese offenkundigen Blicke nicht bemerken? Deshalb hatte sie sich aber nichts vorzuwerfen. Es hatte immer Männer gegeben, die sich für sie interessierten. Manchmal hatte sie das als schmeichelhaft empfunden, gelegentlich als lästig. Sie hatte es jedoch niemals darauf angelegt, einem Mann zu gefallen. Oder glaubte Vincent etwa, dass sie sich zu reizvoll kleidete? Und obendrein zu freundlich auf ihre Mitmenschen zuging? Sollte sie sich seinetwegen in meterweise Stoff hüllen? Sollte sie sich anderen gegenüber kühl und distanziert verhalten? Gedankenverloren schüttelte Helen den Kopf. Sie konnte nicht etwas darstellen, das absolut nicht ihrem Wesen entspräche. Auch Vincent zuliebe konnte die nicht plötzlich ein völlig anderer Mensch werden. Sie fühlte sich mit sich selbst im Einklang, denn das Leben hatte sie zu dem geformt, was sie war: zu einer selbstbewussten Frau, die wusste, wo sie stand.

Vincent hatte Helens Reaktion auf seine Worte wie erstarrt

verfolgt. Er saß immer noch hinter dem Steuer. Fassungslos darüber, dass er Helen praktisch die Schuld an ihrer Wirkung auf den Kommissar gegeben hatte. Dabei war ihr Verhalten nicht anders als sonst gewesen. Ihre gewinnende Art hatte den Kommissar vom ersten Augenblick für sie eingenommen. Sonst hätte er ihr kaum sofort seine Unterstützung zugesagt. Auch ihr Verstand und ihre Kompetenz schienen ihn beeindruckt zu haben. Der Mann hätte blind sein müssen, hätte er außerdem nicht die attraktive Frau in ihr gesehen. Plötzlich wurde ihm bewusst, dass der Kommissar nicht anders auf Helen reagiert hatte, als er selbst bei ihrer ersten Begegnung vor wenigen Wochen.

„Ich bin ein alter Trottel ...", murmelte er und sprang aus dem Wagen. Hastig lief er in die Richtung, in der Helen verschwunden war. Schon bald sah er sie vor sich in den Dünen sitzen. Sonst war weit und breit kein Mensch in der Nähe, so dass ihre zusammengekauerte Gestalt seltsam verloren wirkte. Im Näherkommen bemerkte er, dass sie ihre angezogenen Beine mit den Armen umschlungen hielt und auf das Meer hinausschaute. Ihre eleganten Pumps lagen nicht weit von ihr wie achtlos hingeworfen. Innerlich aufstöhnend setzte er sich neben sie.

„Es tut mir leid", sagte er bedauernd. „Ich wollte dich nicht verletzten, Helen."

Keine Reaktion; sie wandte nicht einmal den Blick.

„Ich weiß, ich habe mich idiotisch verhalten", fügte er hinzu, als sie weiterhin schwieg. „Plötzlich habe ich etwas gespürt, das ich zuerst nicht einordnen konnte. Jetzt ist mir klar, dass ich eifersüchtig war. Das ist mir schon ewig nicht passiert. Deshalb habe ich völlig überzogen reagiert." Vorsichtig, als wagte er nicht, sie zu berühren, tastete er nach ihrem Arm. „Bitte, sag doch was, Helen!"

Langsam wandte sie ihm ihr Gesicht zu. In ihren Augen lag ein trauriger Schimmer.

„Du hast vorhin im Wagen gesagt, du müsstest dich damit

abfinden, dass ich so bin, wie ich bin. Daraus schließe ich, dass ich deinen Maßstäben nicht entspreche. Unter diesen Umständen kann ich nicht ..."

„Nein!", fiel er ihr erschrocken ins Wort. Urplötzlich war die Angst wieder da, Helen zu verlieren. „So habe ich das ganz bestimmt nicht gemeint! Damit wollte ich ausdrücken, dass es wohl immer Männer geben wird, die die attraktive Frau in dir sehen. Eben weil du so bezaubernd bist, wie du bist. Ich selbst war doch auch vom ersten Augenblick fasziniert von dir."

„Aber vielleicht wünschst du dir, dass ich zurückhaltender wäre, weniger temperamentvoll, mich anders kleide oder ..."

„Das wäre nicht mehr die Frau, die ich liebe", unterbrach er sie kopfschüttelnd und nahm ihre Hände. „Du hast absolut nichts falsch gemacht, Helen. Der Fehler lag ausschließlich bei mir. Es ist noch so neu für mich, dass wieder jemand zu mir gehört. Deshalb muss ich erst lernen, ruhig zu bleiben, wenn ein anderer dir heiße Blicke zuwirft."

Ein zärtliches Lächeln legte sich um ihre Lippen.

„In der Vergangenheit habe ich allen Anfechtungen widerstanden. Nur bei dir bin ich schwach geworden. Dafür muss es doch einen Grund geben."

„Kannst du einem alten Kauz verzeihen, dass er sich durch einen Dorfsheriff verunsichern ließ?"

„Nur wenn er genau wie ich daran glaubt, dass unsere Liebe durch nichts zu erschüttern ist."

„Das tut er", sagte Vincent sehr ernst, wobei er ihre Hände an seine Lippen hob. „Bis an sein Lebensende."

„Genau das wollte ich hören." Sanft küsste sie ihn auf den Mund. „Wir werden noch eine sehr lange Zeit sehr glücklich miteinander sein."

„Das deckt sich exakt mit meinen Plänen", erwiderte er lächelnd. „Möchtest du noch ein Weilchen hier sitzen? Oder wollen wir uns nun im Haus umsehen?"

„Wenn wir nicht zu spät zurück sein wollen, sollten wir bald aufbrechen", schlug sie vor, worauf er sich erhob und ihr die

Hand entgegenstreckte, um ihr hochzuhelfen. Kaum stand Helen vor ihm, zog er sie impulsiv an sich.

„Das war heute unsere erste Auseinandersetzung", sagte er zerknirscht. „Und ich bin dafür verantwortlich. Es tut mir leid, dass ich mich nicht besser unter Kontrolle hatte."

„Das haben wir doch jetzt geklärt", sagte die verständnisvoll. „Ich betrachte deine anklagenden Worte vorhin einfach als ungeschickt verpacktes Kompliment. – Okay?"

„Man soll einer klugen Frau nie widersprechen", sagte er dankbar, hob ihre Schuhe auf und legte den Arm um ihre Schultern. „Komm, ich zeige dir das Haus."

Wie schon Wochen zuvor ihre Tochter, war auch Helen begeistert von Leos Feriendomizil. Zwar herrschte in den Räumen nach dem Einbruch ein ziemliches Durcheinander, aber man konnte sich dennoch mühelos vorstellen, wie geschmackvoll und gemütlich es ursprünglich hergerichtet gewesen war.

Nachdem sie sich ein wenig umgeschaut hatten, beschlossen Helen und Vincent nach Hannover zurückzufahren. Vorher kehrten sie zum Mittagessen noch einmal in einem Fischrestaurant der Insel ein.

Unterdessen saß Pit Gerlach im Arbeitszimmer der Staatsanwältin. Seit dem letzten Verhör vor wenigen Stunden glaubte er nicht mehr daran, dass Leonard von Thalheim die ihm vorgeworfenen Taten jemals gestehen würde. Auch das Ergebnis des Haarvergleichs beurteilte der Kommissar nicht als unbedingt entlastend für den Tatverdächtigen. Das sichergestellte Haar hätte sich nach Pits Auffassung schon monatelang unbemerkt an irgendeinem seiner Kleidungsstücke befunden haben können. Dass es sich ausgerechnet beim Ablegen einer Leiche verselbständigt hatte, wertete der Kriminalist als Zeichen dafür, dass sogar eine bis in kleinste Detail geplante Tat keine Garantie bot, dem Schuldigen nicht auf die Spur zu kommen.

„von Thalheim scheint tatsächlich zu glauben, dass er damit

durchkommt", sagte Pit seufzend. „Wir haben ihm eine Verbindung zu jedem seiner Opfer nachgewiesen – und er tut immer noch, als wisse er überhaupt nicht, wovon wir sprechen."

„Das hat ihm wahrscheinlich Dr. Salomon eingeimpft", vermutete Franziska. „Als Rechtsanwalt sollte ihm eigentlich klar sein, dass es für seinen Mandanten besser wäre, ein umfassendes Geständnis abzulegen. Mir ist schleierhaft, weshalb auch er den Eindruck vermittelt, als hätte er mindestens noch einen Trumpf im Ärmel." Ihr fragender Blick heftete sich auf sein Gesicht. „Wir haben doch nichts übersehen – oder?"

„Wirst du durch die zermürbenden Verhöre etwa unsicher?", fragte er irritiert und trat zu ihr ans Fenster. „Niemand kennt die Beweislage besser als du. Zu dem positiven DNA-Abgleich haben wir Verbindungen zu allen Opfern nachgewiesen. So viele Zufälle gibt es nicht. Ein weiteres Indiz ist die Tatsache, dass mit seiner Festnahme kein Mord mehr geschehen ist, der auf das Konto des Orchideenmörders gehen könnte. Zuletzt hatten wir jede Woche eine Leiche. Gäbe es einen anderen Täter, hätte derjenige die unfähige Polizei längst durch eine weitere Tote bloßgestellt. Diese Blamage hätte er uns mit Sicherheit nicht erspart."

„Damit hast du wohl Recht. Trotzdem wünschte ich, dass wir den Gerichtstermin schon hinter uns hätten."

Behutsam zog er sie in seine Arme.

„Wir stehen das bis zum Schluss zusammen durch." Sein zärtlicher Blick suchte ihre Augen. „Wenn dieser Fall endgültig abgeschlossen ist, werde ich dir eine Frage stellen. – Und ich möchte, dass du sie mit ja beantwortest."

„Ich sage zu allem ja – sofern das nicht vor irgendeinem Standesamt endet."

„Was hast du gegen Standesämter?", fragte er, wobei er seine Enttäuschung verbarg. „Viele Paare lassen dort ihr Glück besiegeln."

„Das habe ich bereits hinter mir. Eine Scheidung genügt mir vollkommen."

341

„Es wird keine zweite geben. Damals war es der falsche Mann. Das konnte auf die Dauer nicht gut gehen. Jetzt hast du aber den Richtigen gefunden."

„Das dachte ich seinerzeit auch. Wahrscheinlich denkt man das immer, wenn man verliebt ist."

„Gestern hast du noch gesagt, dass du seit deiner Scheidung das erste Mal mehr als nur verliebt bist", erinnerte er sie. „Du weißt, was ich für dich empfinde, Franziska. Sind das nicht optimale Voraussetzungen für eine Ehe?"

„Fast die gleichen Worte hat mein Ex vor der Hochzeit gebraucht", sagte sie mit einer Spur von Bitterkeit in der Stimme. „Trotzdem hat er sich nach vier Jahren in eine andere verliebt." Eindringlich blickte er in ihre blauen Augen.

„Dein Ex hat dich sehr verletzt. Ich werde dir nie wehtun. Das schwöre ich dir bei allem, was mir heilig ist."

„Dir glaube ich sogar", sagte sie mit zärtlichem Lächeln. „Trotzdem brauche ich etwas Zeit. Lass uns noch mal darüber sprechen, wenn dieser Fall beendet ist."

Verständnisvoll nickte Pit. Er würde sie nicht drängen. Allerdings würde er sie auch nicht wieder gehen lassen.

„Aber dann machen wir Nägel mit Köpfen", sagte er in scherzhaftem Ton. „Wie stehe ich denn sonst vor meiner reizenden Schwiegermutter da, nachdem ich ihr angekündigt habe, bald mit einem Blumenstrauß bewaffnet bei ihr zu erscheinen?"

„Mam ist hart im Nehmen", behauptete sie amüsiert. „Sie würde dich bestimmt nicht vor Gericht zerren, wenn aus deinem Besuch bei ihr nichts werden sollte."

Auf der Fahrt zurück nach Hannover wechselten sich Helen und Vincent wieder am Steuer ab. Da das Navigationsgerät von der Polizei ausgebaut worden war, richteten sie sich nach den Hinweisschildern. Während sie den ersten Teil der Strecke gefahren war, lenkte nun er den Wagen. Aus Mangel an Ortskenntnissen war er jedoch eine Autobahnabfahrt zu früh abgebogen, so dass sie sich nun in der Abenddämmerung auf der Landstraße befanden.

Mit geschlossenen Augen saß Helen neben ihm auf dem Beifahrersitz. Sie dachte darüber nach, dass es sich angesichts der neuesten Beweislage nicht allzu schwierig erweisen dürfte, einen Haftrichter davon zu überzeugen, Leo auf freien Fuß zu setzen. Voraussetzung dafür war allerdings das erhoffte Ergebnis der nochmaligen Untersuchung des sichergestellten Lakens.

„Der hat es aber eilig", murmelte Vincent neben ihr, als er im Rückspiegel ein rasch näherkommendes Fahrzeug sah. „Hier darf man 70 fahren. Der hat mindestens 100 drauf."

Nun warf auch Helen einen Blick über ihre Schulter.

„Ein Verrückter", kommentierte sie. „Wenn der so weiter rast, landet er noch an einem Baum."

„Zumal die Schilder eben eine Baustelle mit Fahrbahnverengung angekündigt haben", sagte er missbilligend. Kaum hatte er das ausgesprochen, setzte der schwere Geländewagen hinter ihnen zum Überholen an. „Der ist entweder lebensmüde oder betrunken!", schimpfte Vincent und nahm etwas Gas zurück, damit der andere Fahrer das Überholmanöver beenden konnte. Der schwarze Geländewagen blieb jedoch auf gleicher Höhe mit dem silberfarbenen Mercedes. „Verdammt, was macht der Idiot da?" Unwillkürlich umfasste er das Lenkrad fester. Die Baustelle befand sich bereits in Sichtweite. Die rechte Fahrspur war gesperrt; der Verkehr wurde über die Gegenfahrbahn geleitet. Rasch warf er einen Blick nach links, erhaschte sekundenlang einen Blick auf das verzerrte Gesicht des Geländewagenfahrers. Die Erkenntnis traf ihn wie ein Blitz. „Der will uns abdrängen!", schrie er entsetzt. Gleichzeitig wurde ihm klar, dass er auf die Planierraupe der Baustelle auffahren würde, wenn er nicht sofort reagierte. „Halt dich fest, Helen!" Hart trat er auf die Bremse und riss das Lenkrad nach rechts.

Mit quietschenden Reifen schlingerte der Mercedes knapp an einem Baum vorbei, schoss auf den Straßengraben zu, prallte gegen das Hindernis und überschlug sich. Erst auf einem Acker kam das Fahrzeug zum Stehen. Eine beinah unnatürliche Stille breitete sich im Wageninneren aus. Benommen hob Vincent den Kopf vom ausgelösten Airbag. Durch die Seitenscheibe sah er, dass der Mercedes auf allen vier Rädern gelandet war.

„Das scheint noch mal gutgegangen zu sein", flüsterte er. „Alles in Ordnung, Helen?" Keine Antwort. Alarmiert blickte er zu ihr hinüber. „Helen?" Sie rührte sich nicht. Panik stieg in ihm auf. „Helen!", schrie er, löste hastig seinen Gurt und berührte sie an der Schulter. „Kannst du mich hören, Liebes? Bitte sag doch was!"

Helen gab kein Lebenszeichen von sich. Mit geschlossenen Augen und entspannten Gesichtszügen saß sie angeschnallt neben ihm. Unbewusst registrierte er, dass sich der Airbag auf der Beifahrerseite nicht geöffnet hatte. Dennoch konnte er keine äußeren Verletzungen an Helen feststellen. Das milderte aber nicht seine Angst um sie. Davon getrieben sprang er aus dem Wagen und umrundete ihn. Die Beifahrertür war eingedrückt und ließ sich nicht öffnen. Mit aller Kraft zerrte er am Türgriff. Schließlich stemmte er einen Fuß gegen den Wagen und zog erneut. Endlich gab die Tür nach. Mechanisch öffnete er den Sicherheitsgurt und zog Helen aus dem Fahrzeug. Er bettete sie behutsam auf dem Acker und kniete sich neben sie. Mit bebenden Fingern griff er nach ihrem Handgelenk, um den Puls zu fühlen, war aber viel zu aufgewühlt, um ihn zu ertasten. Plötzlich hörte er Stimmen. Hilflos blickte er den beiden näherkommenden jungen Männern entgegen.

„Sind Sie okay?", sprach einer von ihnen Vincent an, worauf er automatisch nickte. „Was ist mit Ihrer Frau? Lebt sie?"

„Ich ... ich weiß es nicht ... Sie bewegt sich nicht."

„Wahrscheinlich ist sie bewusstlos", urteilte der kaum Zwanzigjährige. „Wir waren hinter Ihnen und haben alles gesehen. Rettungswagen und Polizei haben wir schon über Handy informiert. Die müssten gleich hier sein."

Stumm nickte Vincent nur. Unterdessen hockte sich der andere junge Mann neben Helen. Er öffnete den mitgebrachten Verbandskasten und entnahm eine Rettungsdecke aus glänzender Folie, die er über die Bewusstlose ausbreitete. Minuten später war das Einsatzteam am Unfallort.

„Was ist passiert?", fragte der Notarzt, aber Vincent war nicht in der Lage, ihm Auskunft zu geben. Deshalb berichtete einer der jungen Männer vom Unfallereignis. Wie erstarrt stand Vincent dabei.

„Holen Sie besser Ihre Wertsachen aus dem Autowrack", riet ihm einer der Polizeibeamten. „Hier können Sie im Moment nichts tun."

Wie in Trance nahm Vincent Helens Handtasche aus dem Fußraum vor dem Beifahrersitz. Dabei hörte er die knappen Worte des Notfallteams.

„Verdacht auf Schädel-Hirn-Trauma ... Kreislauf stabilisieren ... Zugang legen ... Wo bleibt die Infusion ...?" Als auch noch der Befehl: „Beatmen!", erklang, stützte sich Vincent Halt suchend an der Autotür ab. Sekundenlang wurde ihm schwarz vor Augen; seine Beine zitterten.

Einer der Sanitäter erkannte, dass der Mann unter Schock stand. Rasch holte er eine Decke herbei und legte sie Vincent um die Schultern, bevor er ihn in den Rettungswagen dirigierte. Im nächsten Augenblick wurde Helen auf einer Trage hereingeschoben. Während die Ambulanz mit Blaulicht und Martinshorn losraste, kümmerte sich das Rettungsteam um die Verletzte. Wie apathisch saß Vincent dabei. Er war immer noch nicht imstande, einen klaren Gedanken zu fassen. Seine Augen waren ununterbrochen auf Helens Gesicht gerichtet. Es wirkte so schmal, so bleich – beinah leblos.

Antonia hatte einen angenehmen Abend mit ihrer Freundin Elke verbracht. Sie hatte sich gerade in ihr Auto gesetzt, um nach Hause zu fahren, als ihr Handy klingelte. Vom Display las sie den Namen ihrer Mutter ab.

„Hallo, Mam!", meldete sie sich. „Du kannst es wohl kaum

erwarten zu erfahren ..."

„Antonia!", unterbrach sie eine männliche Stimme. „Ich muss Ihnen etwas sagen ..."

„Ach, Sie sind es, Vincent", erwiderte sie vergnügt. „Ist es Ihnen gelungen, Mam zu überreden, doch noch ein paar Tage auf der Insel zu bleiben?"

„Nein, ich ... Antonia, wir hatten einen Unfall."

„Oh, mein Gott!" Da Vincent sie mit dem Handy ihrer Mutter anrief, konnte das nur bedeuten, dass sie dazu nicht in der Lage war. „Was ist mit Mam? Ist sie verletzt?"

Ein Stöhnen wehte an ihr Ohr.

„Ich warte schon seit fast zwei Stunden, aber die sagen mir nichts!", brachte er verzweifelt hervor. „Das halte ich nicht mehr aus!"

„Wo sind Sie?", fragte sie mit erzwungener Ruhe. „Welche Stadt? Welches Krankenhaus?"

„Hannover", antwortete er automatisch. „Medizinische Hochschule."

„MHH", wiederholte sie ein wenig erleichtert darüber, schnell dort sein zu können. „In zwanzig Minuten bin ich bei Ihnen. Wo finde ich Sie?"

„Neurologie ..."

„Okay. Bleiben Sie ganz ruhig. Ich bin schon unterwegs."

Antonia schaffte es, innerhalb von siebzehn Minuten in der Klinik zu sein. Dort fragte sie zuerst nach dem Chefarzt der Neurologischen Station und führte ein langes Gespräch mit dem Professor.

Im Warteraum unterbrach Vincent seine nervöse Wanderung bei Antonias Eintreten.

„Endlich!", sagte er erleichtert. „Bitte, Antonia, Sie müssen in Erfahrung bringen, warum das so lange dauert! Mir geben sie keine Auskunft!"

„Ich habe schon mit dem Professor gesprochen. Er war ein Freund meines Vaters."

Fürsorglich fasste sie Vincent am Arm und navigierte ihn zu der Sitzgruppe des Warteraumes. Schwer ließ er sich auf einen Stuhl fallen.

„Was ist mit Helen?", fragte er in banger Erwartung. „Ist sie schwer verletzt?"

„Mam hatte eine Hirnblutung", gab Antonia ihm so sachlich wie möglich Auskunft. „Durch einen minimal invasiven Eingriff ist die Blutung jetzt unter Kontrolle. Trotzdem sieht es nicht gut aus."

Er schluckte mehrmals hart und räusperte sich, bevor er fähig war, wieder mit einigermaßen normal klingender Stimme zu sprechen.

„Wie stehen ihre Chancen?"

Nun gelang es Antonia kaum noch, die Tränen zurückzuhalten.
„Nur 40:60 ..."

Sekundenlang schloss er die Augen.

„Ich muss zu ihr ..."

„Das ist jetzt nicht möglich." Mit dem Handrücken wischte sie sich über die Wange. „Mam liegt im Koma."

„Im Koma?", wiederholte er entsetzt. „Bedeutet das, sie wird vielleicht nie wieder wach?"

„Es besteht immer noch akute Lebensgefahr. Deshalb liegt Mam auf der Intensivstation."

„Wird sie wieder aufwachen?", wiederholte er seine Frage eindringlich, aber Antonia zuckte nur hilflos die Schultern.
„Ich weiß es nicht."

Mit aller Kraft versuchte er, seinen Verstand zu mobilisieren.

„Wenn Helen aus dem Koma erwacht, wird dann irgendwas zurückbleiben?"

„Ich weiß es nicht", sagte sie abermals. Mit dieser Antwort gab er sich nicht zufrieden.

„Sie sind Ärztin, Antonia! Bitte, sagen Sie mir die Wahrheit!"
Müde blickte sie ihm in die Augen.

„Punktieren und Absaugen einer Hirnblutung mittels minimal invasiver Chirurgie entlastet und rettet Hirngewebe. Die

Blutung wird gewebeschonend entfernt. Wenn fachgerechte Hilfe innerhalb weniger Stunden erfolgt, bleibt sie meist folgenlos oder führt nur zu geringen bleibenden Ausfällen."

„Welche Ausfälle können das sein?"

„Von Koordinationsstörungen über Erinnerungslücken und Sprachstörungen bis hin zu Lähmungen ist alles möglich."

„Dann muss ich mich eben darauf einstellen", sagte er mit neuer Entschlossenheit. „Selbst wenn irgendeine Einschränkung zurückbleiben sollte, werde ich immer für Helen da sein." Gerührt legte Antonia ihre Hand über seine wie zum Gebet verschlungenen Finger.

„Sie lieben Mam sehr, nicht wahr!?"

„Ich habe noch nie so tief für eine Frau empfunden. Wie konnte ich ihr Leben nur so leichtfertig aufs Spiel setzen?"

Auf Antonias Stirn bildete sich eine kleine steile Falte.

„Am Telefon sagten Sie, dass es ein Unfall war!?"

„Von mir verursacht", stöhnte er, bevor er ihr die Einzelheiten erzählte. „Was hätte ich denn tun sollen? Nach rechts auszuweichen war die einzige Möglichkeit, nicht auf die Planierraupe zu rasen!" Verzweifelt schlug er die Hände vors Gesicht. „Trotzdem bin ich schuld, dass Helen im Koma liegt. Ich hätte diese verfluchten Ermittlungen gar nicht erst zulassen dürfen!"

„Vincent", sagte sie sanft. „Ich glaube, Sie kennen meine Mutter inzwischen gut genug, um zu wissen, dass sie sich nicht davon hätte abhalten lassen, die Wahrheit rauszufinden. Meine Bedenken hat sie doch auch nicht ernstgenommen."

„Dann hätte ich mich eben von ihr fernhalten müssen, bis sich Leos Unschuld herausstellt."

„Dann wären Sie beide jetzt bestimmt um so manche wundervolle Erfahrung ärmer."

Ungläubig schüttelte er den Kopf.

„Warum machen Sie mir keine Vorwürfe? Sie ist Ihre Mutter, Antonia. Es wäre nur zu verständlich ..." Ihr warmes Lächeln ließ ihn innehalten. Beschämt senkte er den Blick. „Schon als wir uns kennengelernt haben, hat mir dein Format imponiert.

Mir hätte klar sein müssen, wie du ..." Verlegen räusperte er sich. „Pardon – ich wollte Ihnen nicht zu nahe treten."

„Das ist schon in Ordnung, Vincent. Meinetwegen können wir gern beim Du bleiben. Immerhin verbindet uns etwas Besonderes: Wir lieben beide denselben Menschen."

Ein dankbares Lächeln vertrieb für einen Augenblick die Sorgenfalten aus seinem Gesicht.

„Glaubst du, dass wir kurz zu ihr dürfen? Ich möchte sie wenigstens einen Moment sehen."

„Mir ergeht es genauso", sagte sie und erhob sich. „Komm, wir fragen den Professor."

Wenige Minuten später betraten sie in steriler Kleidung die Intensivstation. Eine Schwester führte sie zu einer Scheibe, durch die man in das Zimmer der Patientin schauen konnte.

Vincent erschütterte Helens Anblick weit mehr als Antonia, die in ihren ersten Berufsjahren an einer Klinik tätig gewesen war. Zwar ging es näher, die eigene Mutter als Patientin auf der Intensivstation zu sehen, aber Antonia machten die vielen medizinischen Geräte, an die Helen angeschlossen war, keine Angst. Im Gegensatz zu Vincent, dem man seine Betroffenheit deutlich ansah.

„Helen ...", flüsterte er gequält und legte die Hände gegen die Scheibe, als wolle er die geliebte Frau berühren. „Was habe ich dir angetan?"

Antonia sah die Tränen, die über sein Gesicht rollten. Mitgefühl durchströmte sie. Unwillkürlich bedauerte sie, dass sein Sohn nicht zu solch tiefen Empfindungen fähig gewesen war. Warum hatte Leo sie nicht wirklich aufrichtig lieben können? Ihre Mutter und Vincent verband eine Liebe, die so spürbar war, dass es einem beinah das Herz zerriss mitanzusehen, wie sehr dieser Mann litt.

Kapitel 35

Die ganze Nacht über blieben Antonia und Vincent im Krankenhaus. Beide verdrängten ihre Müdigkeit, um in Helens Nähe zu sein.

Gegen Morgen bemerkte Antonia, wie erschöpft Vincent war. Er weigerte sich jedoch, eine Ruhepause einzulegen. Fast ununterbrochen stand er vor der Glasscheibe, als fürchte er sich davor, Helen noch einmal aus den Augen zu lassen.

Erst als der Professor nach seiner Patientin sah, gelang es Antonia, Vincent zu einer Kaffeepause zu überreden. Sie selbst sprach nach der Untersuchung noch einmal mit dem Professor.

„Helens Zustand ist unverändert", gab er ihr Auskunft. „Aber sie hat die Nacht gut überstanden. Auch der Kreislauf ist stabil, und sie atmet selbständig. Nun können wir nur abwarten."

„Wann dürfen wir zu ihr?"

„Im Grunde spricht absolut nichts gegen einen Besuch. Zwar gehen die Meinungen darüber immer noch auseinander, ob Komapatienten etwas wahrnehmen, aber ich bin überzeugt davon. Solange ein Mensch lebt, nimmt er etwas wahr und ist über Empfindungen mit seiner Umwelt verbunden." Aufmunternd nickte er ihr zu. „Sprechen Sie mit Ihrer Mutter, Antonia. Alles, was ihre Sinne anregt, kann sich positiv auswirken."

„Ich glaube, der Mensch, den Mam jetzt am meisten braucht, ist ihr ... Lebensgefährte. Darf er auch zu ihr?"

„Selbstverständlich", erwiderte der weißhaarige Mediziner. „Jeder, der Helen nahe steht, könnte wichtig für ihre Genesung sein."

Vincent wirkte am Ende seiner Kräfte, als er mit müden Schritten den Flur entlang kam. Seine sonst so lebhaften braunen Augen blickten resigniert und waren glanzlos geworden.

„Was hat der Professor gesagt, Antonia?"

„Mams Zustand ist zwar unverändert, aber sie ist stabil. Wir dürfen jetzt zu ihr."

Erleichtert nickte er nur und setzte sich sofort wieder in Bewegung. Eine Schwester versorgte sie mit steriler Kleidung. An der Tür des Intensivzimmers ließ er Antonia den Vortritt. Sie streifte die vielen medizinischen Apparate nur mit einem kurzen Blick, bevor sie sich über ihre Mutter beugte und einen Kuss auf ihre blasse Wange hauchte.

„Hallo, Mam", sagte sie mit liebevoller Stimme und setzte sich auf den Hocker neben dem Bett. „Wir waren die ganze Nacht in deiner Nähe. Du musst jetzt schnell gesund werden, sonst verpasst du noch das Finale. Wenn sich unsere Erwartungen erfüllen, wird Leo bald frei sein. Bestimmt rechnet er damit, dass du bei seiner Entlassung dabei bist. Du willst deinen Schützling doch nicht enttäuschen." Behutsam strich sie über Helens Arm. „Ich habe dir jemanden mitgebracht, Mam." Lächelnd gab sie Vincent ein Zeichen und erhob sich, so dass er auf dem Hocker Platz nehmen konnte.

Erschüttert betrachtete er die Frau, die er mehr als alles auf der Welt liebte. Man hatte Helen ein weißes Klinikhemd angezogen; am Halsausschnitt verschwanden mit Überwachungsmonitoren verbundene Kabel unter dem Stoff. Eine Tropfinfusion war an Helens linker Hand angebracht. Auf ihrem blonden Haar war ein Verbandstreifen sichtbar.

Vorsichtig, als sei sie zerbrechlich, griff er nach Helens rechter Hand und umschloss sie mit seinen bebenden Fingern.

„Es tut mir so leid", sagte er mit belegter Stimme. „An unserem letzten Tag in der Toskana habe ich einen großen Fehler gemacht. Trotzdem hast du mir deine Liebe geschenkt und mich dadurch zum glücklichsten alten Kauz der Welt gemacht. Ich habe mir geschworen, dass ich nie etwas tue, das unsere wundervolle Verbundenheit zerstören könnte. Wie konnte ich dann so blind sein, die Gefahr nicht zu sehen? Warum war mir nicht klar, dass ich riskiert habe, dich für Leos Rettung zu verlieren? Das werde ich mir nie verzeihen."

Ergriffen verstummte Vincent und hob ihre kraftlose Hand an seine Lippen.

Unterdessen bemerkte Antonia etwas Erstaunliches, das sie nur aus medizinischen Abhandlungen kannte: Die Kurven, die Puls- und Herzfrequenz auf den Überwachungsmonitoren anzeigten, veränderten sich bei Vincents Worten. Das bedeutete, dass Helen auf Vincents Stimme reagierte, auf seine Anwesenheit. Antonia wertete das als gutes Omen. Ihre Mutter brauchte diesen Mann. So viel war sicher.

Leicht berührte Antonia ihn an der Schulter.

„Lass uns gehen, Vincent. Wir brauchen alle eine Pause."

„Aber ich kann Helen jetzt nicht allein lassen!"

„Du kannst am Nachmittag wieder zu ihr. Mam braucht noch viel Ruhe."

Obwohl es ihm schwer fiel, nickte er einsichtig, stand auf und küsste Helen zart auf die Lippen.

„Ich bin bald wieder bei dir."

Antonia drückte ihrer Mutter einen sanften Kuss auf die Wange und strich ihr liebevoll übers Haar.

„Bis später, Mam."

In einem Raum der Intensivstation streiften sie die sterile Kleidung ab. Mitten in der Bewegung hielt Vincent inne.

„Am liebsten würde ich bleiben, um in Helens Nähe sein."

„Du solltest dich ein wenig ausruhen. Immerhin bist du schon mehr als vierundzwanzig Stunden auf den Beinen. Dich hat der Unfall doch auch mitgenommen. Versuch ein bisschen zu schlafen, sonst klappst du uns noch zusammen. Mam braucht jetzt deine ganze Kraft."

„Wahrscheinlich hast du recht", gab er widerstrebend nach.

„Wenigstens jetzt muss ich alles richtig machen."

„Vincent", sagte sie eindringlich. „Du hast dir nichts vorzuwerfen! Es ist nicht deine ..."

„Lass nur", bat er mit müder Stimme. „Niemand kann mich von meiner Schuld freisprechen. Damit muss ich ganz allein fertigwerden."

Antonia fuhr ihn zu Helens Wohnung. Auf dem Weg dorthin

sprach er kein Wort. Das beunruhigte sie.

„Hast du einen Schlüssel?", fragte sie, als sie den Wagen vor dem Haus ausrollen ließ.

„Ja", murmelte er und zog ihn aus der Tasche. „Du fährst doch jetzt nicht etwa zur Arbeit? Auch du bist die ganze Nacht nicht ins Bett gekommen."

„Ich muss meine Schwester informieren. Das tue ich lieber persönlich. Franziska wird es mir sowieso übel nehmen, dass ich sie nicht schon gestern Abend angerufen habe."

„Wenn sie hört, welche Rolle ich dabei gespielt habe, wird sie bestimmt nicht begeistert reagieren", vermutete er. „Sie weiß doch gar nichts von der Verbindung zwischen Helen und mir. Vielleicht sollte ich mitkommen und ihr alles erklären."

„Es ist besser, ich spreche erst mal allein mit ihr. – Soll ich dich heute Nachmittag wieder abholen?"

„Nicht nötig. Ich nehme ein Taxi."

„Okay, dann treffen wir uns später in der Klinik."

Bevor Vincent ausstieg, tätschelte er etwas unbeholfen ihre auf dem Lenkrad ruhende Hand.

„Danke, Antonia."

„Wofür?"

„Für deinen Beistand – und für dein Verständnis. Ohne dich hätte ich in der letzten Nacht wahrscheinlich durchgedreht. Du bist ein wundervoller Mensch."

„Jetzt aber raus!", forderte sie ihn mit bewegtem Lächeln auf.

„Bis nachher, Vincent."

Nach einem Blick zur Uhr beschloss sie, gleich zur Staatsanwaltschaft zu fahren. Um diese Morgenstunde saß Franziska gewiss schon über Aktenbergen an ihrem Schreibtisch. Mit gemischten Gefühlen betrat Antonia bald nach kurzem Anklopfen das Dienstzimmer der Staatsanwältin. Überrascht erhob sich Franziska hinter ihrem Schreibtisch.

„Toni! Wo kommst du denn schon so früh her?"

„Ich muss dringend mit dir reden, Franziska. Hast du einen

Moment Zeit?"

„Für dich immer." Lächelnd deutete sie auf den Besucherstuhl, bevor auch sie wieder Platz nahm. Mit kritischem Blick musterte sie ihre Schwester, die blass und übernächtigt wirkte. „Ist was passiert, Toni? Du siehst aus, als hättest du die Nacht durchgemacht. Oder findest du immer noch keine Ruhe?"

„Im Bett war ich noch gar nicht. Ich war die ganze Nacht im Krankenhaus."

Beunruhigt beugte sich Franziska etwas vor.

„Deshalb siehst du so mitgenommen aus! Was war los mit dir? Du bist doch nicht etwa ernsthaft krank?"

„Mir fehlt nichts. Ich war wegen Mam in der Klinik. Sie hatte gestern einen Autounfall."

„Was?", entfuhr es Franziska fassungslos. „Wieso erfahre ich das erst jetzt?"

„Du hättest nichts tun können. Mam liegt im Koma."

Entsetzt sprang ihre Schwester auf.

„Wie konnte das passieren? Mam ist doch eine besonnene Fahrerin!" Ungeduldig fixierte sie Antonia. „Nun sag schon: Was war das für ein Unfall? Wie schwer ist Mam verletzt?"

Ausführlich berichtete Antonia ihrer Schwester von den Ereignissen seit Helens Urlaub in der Toskana. Mit jedem Detail wurde Franziska fassungsloser. Sie konnte kaum glauben, was sie von ihrer Schwester erfuhr.

„Seit wann weißt du das alles, Toni?"

„Seit ein paar Tagen. Ich habe ihn bei Mam kennengelernt."

„Hast du dich nicht über seine Anwesenheit gewundert?"

„Zuerst schon, aber dann habe ich die beiden zusammen erlebt. Zwischen ihnen ist eine so spürbare Liebe. Oft genügt nur ein Blick oder eine kleine Geste, um das zu erkennen. Ich habe Mam noch nie so von innen heraus strahlen sehen. Auch nicht, als Paps noch lebte."

„Willst du etwa behaupten, Mam liebt diesen Mann mehr als sie Paps geliebt hat?", fragte Franziska vorwurfsvoll. „Das ist doch absurd!"

Mit wissendem Lächeln schüttelte ihre Schwester den Kopf.

„Ich selbst habe die Erfahrung gemacht, dass man nie auf die gleiche Weise liebt. Manchmal gehen die Gefühle viel tiefer. Außerdem denke ich, je reifer man ist, umso intensiver können sich die Empfindungen entwickeln."

„Möglich. Trotzdem glaube ich, dass dieser Mann Mam nur benutzt hat. Sie war doch völlig ausgehungert nach männlicher Zuneigung. Da war es bestimmt nicht schwer, sie zu erobern."

„Unsinn!", widersprach Antonia heftig. „Vincent liebt Mam! Er ist ein grundehrlicher, warmherziger Mann!"

Mit einem mitleidigen Blick schaute Franziska sie an.

„Entschuldige, wenn ich das so unverblümt sage, aber das zu beurteilen, bist du kaum prädestiniert. Du hattest auch an Leos Aufrichtigkeit keinen Zweifel. Ich werde zu verhindern wissen, dass ein von Thalheim nun auch noch meiner Mutter wehtut!"

Ärgerlich hielt Antonia dem Blick ihrer Schwester stand.

„Musst du immer so misstrauisch sein? Meine Beziehung zu Leo hat nichts damit zu tun, wie ich seinen Vater einschätze!"

„Denk doch mal logisch", forderte Franziska sie auf. „In der Toskana war Mam ihm noch lästig. Aber als ihm klar wird, wie nötig er sie braucht, um Entlastungsmaterial für seinen Sohn zu sammeln, fällt ihm plötzlich ein, dass sie ihm doch was bedeutet. Das stinkt doch zum Himmel!"

„Glaub doch, was du willst", winkte Antonia müde ab. „Wenn du Vincent erst kennenlernst, wirst du anders über ihn denken. Du kannst ihn ja im Krankenhaus unter die Lupe nehmen."

„Dieser Mann hätte Mam fast ins Grab gebracht! Ich will nicht, dass er noch mal zu ihr geht!"

„Ich habe dir doch erklärt, dass er keine Schuld an dem Unfall hat."

„Das ist seine Version. Wie kannst du sicher sein, dass sich alles genau so abgespielt hat, wie er es dir weismachen wollte? Möglicherweise ist er auch einfach nur am Steuer eingenickt und will das jetzt vertuschen! Wahrscheinlich hat er Angst, dass Mam wieder aufwacht und dann rauskommt, dass er allein den Unfall verschuldet hat! Ich will nicht, dass er ihr noch mal zu nahe kommt!"

„Franziska, du kannst Vincent nicht verbieten ..."

„Und ob ich das kann!", fiel sie ihr aufgebracht ins Wort. „Dieser Kerl hätte Mam beinah umgebracht!"

„Das war ein Anschlag auf sie beide! Vincent leidet doch am meisten unter dem, was passiert ist – weil er Mam liebt!"

„So wie sein Sohn dich geliebt hat?", spottete Franziska. „Er hat Mam benutzt, wie Leo dich benutzt hat! Ich werde dafür sorgen, dass er nie wieder in ihre Nähe kommt!"

„Das wird dir nicht gelingen", sagte Antonia und erhob sich. „Und wenn doch, wirst du das noch bitter bereuen."

Vincent fühlte sich in Helens Wohnung völlig verloren. Unruhig wanderte er durch die Räume. Im Schlafzimmer blieb sein Blick an dem breiten Bett haften. Hier hatten sie sich leidenschaftlich geliebt. Es war ihm unvorstellbar, sich allein in dieses Bett zu legen. Er würde sowieso keinen Schlaf finden, solange Helen in der Klinik um ihr Leben kämpfte. Dennoch entkleidete er sich und verschwand im Bad, um zu duschen. Während der Wasserstrahl seinen Körper traf, lehnte er sich gegen die gefliste Wand und schloss die Augen. Sofort produzierte seine Erinnerung Bilder der gemeinsamen Dusche vor wenigen Tagen. Er war zu Helen in die Kabine gestiegen und hatte das Duschgel hingebungsvoll auf ihrer Haut verteilt. Helen besaß immer noch einen schönen, begehrenswerten Körper. Trotzdem schien es sie immer wieder zu erstaunen, wie unwiderstehlich sie auf Vincent wirkte. Zum ersten Mal in ihrem Leben war sie fähig, die Liebe mit jeder Faser zu genießen. Das durfte nicht nur eine kurze Erfahrung bleiben. Diese wundervolle Frau verdiente noch viele, in jeder Hinsicht glückliche Jahre. Unwillkürlich ballte er die Hände zu Fäusten.

„Du darfst nicht sterben", flüsterte er beschwörend, während sich seine Tränen mit dem über sein Gesicht laufenden Wasser vermischten. „Lass mich nicht allein, Helen. Ohne dich ist alles sinnlos."

Etwa eine Stunde später saß er wieder an Helens Krankenbett. „Ich habe es in deiner Wohnung nicht ausgehalten", sagte er mit müder Stimme. „Du fehlst mir so sehr." Seine warmen Finger schlossen sich um ihre Hand. „Der alte Kauz kann einfach nicht mehr ohne dich sein. Hoffentlich nimmt es mir Antonia nicht übel, dass ich nicht geschlafen habe. Aber wenigstens geduscht und rasiert habe ich mich. Sonst erschreckst du dich noch, wenn du aufwachst und einen ungepflegten alten Kerl an deinem Bett sitzen siehst."
Zärtlich glitten seine Augen über ihr entspanntes Gesicht. Ihm war vorher nie aufgefallen, wie lang und seidig ihre Wimpern waren. Auch die winzigen Fältchen in ihren Augenwinkeln, die sich vertieften, wenn Helen lachte, und ihre geschwungenen Lippen betrachtete er so intensiv, als wolle er jede Einzelheit in sein Gedächtnis einbrennen.
„Ich schäme mich so, dass ich am Morgen des Unfalls unsere erste Auseinandersetzung provoziert habe. Könnte ich doch alles, was ich falsch gemacht habe, auslöschen."

Gegen Mittag betrat eine Frau das Zimmer auf der Intensivstation. Noch ehe sie ein Wort sagte, wusste Vincent, dass es sich um Helens Tochter Franziska handelte.
„Herr von Thalheim", sprach sie ihn mit frostiger Stimme an. „Kommen Sie bitte mit auf den Flur."
Zögernd legte er Helens Hand auf die Bettdecke zurück und erhob sich.
„Ich bin gleich wieder bei dir, Liebes", versprach er und folgte ihrer Tochter hinaus.
„Franziska Pauli", stellte sie sich vor. Statt ihm die Hand zu geben, musterte sie ihn kühl. „Sie werden sich künftig von meiner Mutter fernhalten, Herr von Thalheim."
Irritiert hob Vincent die Brauen. So viel offensichtliche Feind-

seligkeit hatte er nicht erwartet.

„Ich kann verstehen, dass Sie mich ablehnen, Frau Dr. Pauli. Darauf kann ich aber keine Rücksicht nehmen. Ich muss in erster Linie daran denken, was für Helen gut ist."

„Sie sind ganz bestimmt nicht gut für meine Mutter", versetzte sie hart. „Immerhin sind Sie dafür verantwortlich, dass sie im Koma liegt! Wie konnten Sie die Gefühle meiner Mutter ausnutzen, um sie für Ihre Zwecke einzuspannen?"

Für einen Moment starrte er die Staatsanwältin entgeistert an. Dann straffte er seine Gestalt.

„Sie können mir vieles vorwerfen. Das tue ich selbst auch. – Aber nicht, dass ich Helen benutzt habe. Es mag Ihnen schwer fallen, das zu glauben: Ich liebe Ihre Mutter. Wenn ich könnte, würde ich sofort den Platz mit ihr tauschen."

„Mich können Sie nicht täuschen. Zu gegebener Zeit werde ich rechtliche Schritte gegen Sie einleiten, damit Sie für Ihr verantwortungsloses Handeln zur Rechenschaft gezogen werden."

„Tun Sie, was Sie für richtig halten." Es interessierte ihn nicht im Geringsten, ob Helens Tochter ihn verklagen würde. Für ihn zählte Wichtigeres. „Jetzt entschuldigen Sie mich. Ich möchte wieder zu Helen."

Rasch versperrte Franziska ihm den Weg.

„Sie werden nicht noch mal zu meiner Mutter gehen!"

„Daran werden Sie mich kaum hindern können!"

„Irrtum, Herr von Thalheim!", triumphierte sie. „Vor einer Stunde habe ich mir in einem Eilverfahren die Betreuung meiner Mutter übertragen lassen. Solange sie im Koma liegt, bestimme ich, wer zu ihr darf."

Derweil er ungläubig den Kopf schüttelte, ließ Franziska sich nicht aus der Ruhe bringen.

„Außerdem habe ich eine einstweilige Verfügung erwirkt, die es Ihnen gerichtlich untersagt, die Intensivstation dieser Klinik zu betreten, solange meine Mutter hier Patientin ist. Bei Zuwiderhandlung werden Sie zur Zahlung eines hohen Ordnungsgeldes oder ersatzweise Ordnungshaft bis zu sechs Monaten verurteilt. Draußen wartet ein Gerichtsvollzieher, der Ihnen das Schriftstück offiziell zustellt."

Vincent fühlte sich, als würde alle Energie aus seinem Körper entweichen.

„Warum tun Sie uns das an?", fragte er resigniert. „Ich liebe Helen von ganzem Herzen – und sie liebt mich! Sie braucht mich jetzt mehr denn je!" Seine Augen nahmen einen flehenden Ausdruck an. „Bitte, lassen Sie mich zu ihr!"

Unnachgiebig schüttelte sie den Kopf.

„Sie haben schon genug angerichtet, Herr von Thalheim! Gehen Sie, sonst muss ich Sie hinauswerfen lassen!"

Am Nachmittag war Antonia wieder in der Klinik. Neben der großen Glastür, die zur Intensivstation führte, sah sie Vincent auf dem Flur sitzen.

„Du hättest nicht auf mich warten müssen", sagte sie im Näherkommen. „Warum bist du nicht allein zu Mam gegangen?"

Ohne ein Wort reichte Vincent ihr das von einem Gerichtsvollzieher überbrachte Schriftstück. Beim Lesen weiteten sich ihre Augen ungläubig.

„Das darf doch nicht wahr sein! Damit ist Franziska eindeutig zu weit gegangen! Ich werde sie sofort zur Rede stellen! Anschließend kannst du zu meiner Mutter! Verlass dich drauf!"

„Ich fürchte, da kannst selbst du nichts ausrichten", sagte er deprimiert. „Deine Schwester hat sich in einem Eilverfahren die Betreuung für Helen übertragen lassen."

„Ohne sich mit mir abzusprechen? Das kläre ich auf der Stelle! Bleibst du solange hier?"

„Mich bringen keine zehn Pferde von hier fort."

Mitfühlend nickte sie. Vermutlich würde Vincent tagelang hier vor der Intensivstation ausharren, um in der Nähe ihrer Mutter zu sein.

In steriler Kleidung betrat sie kurz darauf das Krankenzimmer. Ihre am Bett sitzende Schwester beachtete sie zunächst kaum.

Sie beugte sich über Helen und küsste sie auf die Wange.

„Hallo, Mam. Bitte nimm es mir nicht übel, aber ich muss dir Franziska für ein Weilchen entführen. Wir sind aber gleich wieder bei dir." Energisch fasste sie ihre Schwester am Arm. „Komm mit nach draußen", sagte sie mit leiser, aber fordernder Stimme. „Ich muss mit dir reden!"

„Das kannst du auch hier tun."

„Mam muss nicht mitbekommen, wozu du fähig bist."
Gereizt machte sie sich von Antonia los.

„Hast du vergessen, dass sie uns gar nicht hören kann?"

„Du bist kaum prädestiniert, das zu beurteilen", gebrauchte Antonia fast die gleichen Worte wie ihre Schwester am Morgen. „Was ist jetzt?"

„Okay", gab Franziska nach und verließ mit ihr den Raum.

„Wie kommst du dazu, ohne mein Wissen die Betreuung für Mam zu beantragen? Sie ist auch meine Mutter!"

„Hier war rasches Handeln erforderlich. Mam ist zurzeit nicht in der Lage, ihre Belange selbst zu regeln. Jemand musste das schließlich in die Hand nehmen."

„Ach, und dafür kamst nur du infrage? Hätten wir das nicht zusammen entscheiden sollen?"

„Momentan bist du doch gar nicht in der Verfassung, das alles zu überblicken. Im Gegensatz zu dir sehe ich die ganze Angelegenheit nüchterner. Ich lasse mich nicht manipulieren."

„Soll das eine Anspielung auf Vincent sein? Du hast das alles doch nur seinetwegen getan! Weil du ihn mit allen Mitteln von Mam fernhalten willst! Wie konntest du nur so grausam sein, eine einstweilige Verfügung gegen ihn zu erwirken?"

„Genau das habe ich gemeint", erwiderte Franziska völlig ruhig. „Während du dich wieder mal von deinen Gefühlen leiten lässt, behalte ich einen klaren Kopf. Hast du eigentlich schon mal darüber nachgedacht, dass Mam es nicht schaffen könnte? Setzt du dich dann auch noch für ihren Mörder ein?"

„Das wäre gar nicht nötig, denn ich glaube nicht, dass Vincent das überleben würde. Es würde ihn zerbrechen."

„Wie theatralisch!", spottete Franziska. „Offenbar hast du

absolut nichts aus Leos Verlogenheit gelernt! Bei den von Thalheims scheint es in der Familie zu liegen, Frauen nach Lust und Laune für sich einzunehmen und zu täuschen, um sie dann fallenzulassen, wenn sie nicht mehr gebraucht werden! Es ist meine verdammte Pflicht, zu verhindern, dass dieser Mann noch mal in Mams Nähe kommt!"

Verständnislos schaute Antonia ihrer Schwester in die Augen.

„Du hast Vincent doch vorhin kennengelernt! Dann musst du gespürt haben, dass er Mam aufrichtig liebt! Sie braucht ihn! Du musst ihn zu ihr lassen! Wenn es jemandem gelingt, Mam zurückzuholen, dann ist er es!"

„Das ist Unsinn. Er kann genauso wenig tun wie du und ich."

„Verstehst du so viel von Medizin, um das beurteilen zu können? Inzwischen ist wissenschaftlich erwiesen, dass Komapatienten taktile und andere Reize wahrnehmen, verarbeiten und beispielsweise mit einer Herzfrequenzänderung beantworten. Mit jedem veränderten Herzschlag verändern sich auch Atmung, Blutdruck und Körperspannung, was wiederum durchaus ein Erwachen anregen kann. Komapatienten brauchen das. Es hilft ihnen, am Leben zu bleiben. Das habe ich erst heute noch mal nachgelesen."

„Zugegebenermaßen hatte ich davon keine Ahnung", gestand Franziska. „Demnach müsste Mam aber wohl am ehesten auf ihre Familie reagieren. Du und ich und David, wir stehen ihr am nächsten. Wir sind ihr vertraut."

„Mit Vincent ist sie auf eine sehr viel intimere Weise vertraut." Der fassungslose Ausdruck in Franziskas Augen war nicht zu übersehen.

„Willst du damit etwa andeuten, dass er sie dazu gebracht hat, mit ihm zu schlafen? Das kann ich nicht glauben! Mam hat seit Paps Tod nie wieder was mit einem Mann gehabt! Da wird sie kaum nach ihrer Pensionierung damit anfangen."

„Franziska", unterbrach Antonia ihre Schwester. „Jetzt hat sie noch mal die Liebe gefunden. Wenn man liebt, möchte man dem anderen uneingeschränkt nahe sein. Oder ist das mit dir und Pit etwa nicht so?"

„Das ist doch etwas völlig anderes", meinte Franziska, und es klang ein wenig hilflos. „Ich habe mal gehört, wie Mam am Telefon zu einer Freundin gesagt hat, was sie seit Paps' Tod am wenigsten vermisst, ist Sex."

„Vielleicht war Paps kein besonders guter Liebhaber."

„Toni! Wie kannst du so über Paps reden?"

„Weil es möglicherweise stimmt", gab Antonia gelassen zurück. „Erfahrungsgemäß sind nicht alle Männer so einfühlsam, die Bedürfnisse der Partnerin in jeder Hinsicht zu berücksichtigen. Paps war ein Kopfmensch. Es ist ihm immer schwergefallen, Gefühle zu zeigen. Mir hat außer Leo auch noch kein Mann ein so erfülltes Liebesleben beschert."

„Der hatte ja auch allen Grund, dich bei Laune zu halten!"

Darauf antwortete Antonia nicht. Sie erinnerte sich daran, wie Leo bei ihrem Besuch in der U-Haft eiskalt behauptet hatte, er sei normalerweise sensationelleren Sex gewöhnt. Das, was sie als einzigartig und beglückend empfunden hatte, schien für ihn nichts Besonderes gewesen zu sein. Das hatte sie tief getroffen.

„So kommen wir nicht weiter", sagte Antonia. „Wir müssen jetzt alles dafür tun, damit Mam aus dem Koma erwacht."

„Du hast Recht. Dafür brauchen wir aber keinen Außenstehenden. Mam wird spüren, dass ihre Familie für sie da ist."

Niedergeschlagen winkte Antonia ab.

„Du wirst noch erkennen, dass du einen Fehler machst. Dann wirst allein du die Verantwortung dafür übernehmen müssen."

„Die habe ich schon mit Mams Betreuung übernommen", sagte Franziska, bevor sie einen Blick zur Uhr warf. „Kannst du noch bleiben? Zwar habe ich mir ein paar Tage freigenommen, aber ich muss noch mal in meinem Büro anrufen."

„Ich gehe inzwischen zu Mam", sagte Antonia und verschwand im Zimmer ihrer Mutter.

Nachdem sie die sterile Kleidung abgelegt hatte, verließ Franziska die Intensivstation durch die große Glastür. Mit einer

Mischung aus Erstaunen und Verärgerung registrierte sie, dass Vincent auf einem der Besucherstühle saß.

„Es ist sinnlos, hier zu warten", sagte sie und blieb kurz stehen. „Gehen Sie nach Hause."

Nachdrücklich schüttelte er den Kopf.

„Mit Ihrer einstweiligen Verfügung können Sie mich daran hindern, Helen zu sehen, aber nicht, in ihrer Nähe zu bleiben."

„Das bringt doch nichts", versuchte sie an seine Vernunft zu appellieren. „Sie sind hier völlig überflüssig."

Ein mitleidiger Ausdruck schlich sich in seine Augen.

„Obwohl ich nicht an Helens Bett sitzen darf, spürt sie hoffentlich, dass ich da bin. Wenn sie aus dem Koma erwacht, wird sie nach mir fragen. Dann möchte ich so schnell wie möglich bei ihr sein."

„Wenn meine Mutter erwacht, weiß sie vor allem, wem sie das alles hier verdankt. Dann legt sie bestimmt keinen Wert auf Ihre Anwesenheit."

„Das wird sich noch zeigen, Frau Dr. Pauli. Bis dahin sollten wir solche Streitgespräche vermeiden. Jetzt glauben Sie noch, dass Sie Ihre Mutter vor mir beschützen müssen. Eines Tages werden Sie anders darüber denken."

„Das bezweifle ich", erwiderte Franziska und wandte sich ab.

Knapp zehn Minuten später kehrte sie mit zwei Kaffeebechern in den Händen zurück.

Obwohl sie dafür verantwortlich war, dass er nicht zu Helen durfte, erhob sich Vincent und öffnete ihrer Tochter die Glastür. Mit dieser schlichten Geste der Höflichkeit irritierte er Franziska so sehr, dass sie wortlos an ihm vorbei die Intensivstation betrat.

Antonia blieb bis zu Davids Eintreffen am frühen Abend bei ihrer Mutter. Sie sprach noch kurz mit ihrem Sohn, ehe sie das Krankenzimmer verließ. Sie hatte schon gehört, dass Vincent immer noch auf dem Flur saß. Allmählich machte sie sich Sorgen um ihn. Wie lange würde er das durchhalten können?

Auch er verfügte nicht über unbegrenzte Kraftreserven.

Durch die Glastür verließ Antonia die Intensivstation. Sofort sprang Vincent auf.

„Wie geht es Helen? Gibt es irgendeine Veränderung?"

„Keine", verneinte sie kopfschüttelnd. „Es tut mir leid, dass ich meine Schwester nicht umstimmen konnte. Sie ist stur wie ein Maulesel. Vielleicht gelingt es David, seine Tante davon zu überzeugen, dass Mam dich braucht."

„Ich fürchte, das schafft auch dein Sohn nicht. Deine Schwester hält mich in jedem Sinne für schuldig. Sie wird mich nicht zu Helen lassen." Deprimiert stöhnte er auf. „Dieses stundenlange Warten bringt mich noch um den Verstand."

Voller Mitgefühl strich sie ihm über den Arm.

„Ich weiß, was in dir vorgeht. Davids Vater lag zwei Wochen im Koma, bevor er starb. In meinem ganzen Leben habe ich mich noch nie so hilflos gefühlt. Dazusitzen und nichts tun zu können, um dem geliebten Menschen zu helfen, ist mit das Schlimmste, was man durchstehen muss."

„Diese Erfahrung mache auch ich zurzeit." Mit einer müden Geste fuhr er sich durch sein zerzaustes Haar. „Lange halte ich das nicht mehr aus."

„Das kannst du sowieso nur, wenn du bei Kräften bleibst. Wann hast du das letzte Mal was gegessen?"

„Keine Ahnung ... Gestern Mittag auf Usedom."

„Das dachte ich mir." Resolut hakte sie ihn unter. „Meine letzte Mahlzeit liegt auch schon viel zu lange zurück. Begleitest du mich zum Italiener?"

„Eigentlich habe ich überhaupt keinen Appetit."

„Der kommt beim Essen", behauptete sie und zog ihn mit sich zum Lift. „Was hältst du von Pasta?"

„Normalerweise viel", gab er zu. „Wahrscheinlich ist es aber keine gute Idee, wenn man uns zusammen sieht."

„Hast du heute noch keinen Blick in die Zeitung geworfen?", fragte sie im Fahrstuhl. „Über einen so schweren Unfall wird immer berichtet. Die Tatsache, dass Mam bei dir im Wagen saß, gab Anlass zu den wildesten Spekulationen."

„Mir hätte klar sein müssen, dass die Presse von dem Unfall Wind bekommt", erwiderte er niedergeschlagen. „Ich kann mir die Schlagzeile gut vorstellen: Vater des Orchideenmörders fährt beliebte Richterin fast in den Tod."

„Es wurde ganz sachlich über den Unfall berichtet", beruhigte sie ihn. „Auch darüber, dass Mam im Koma liegt."

Im Erdgeschoss verließen sie den Aufzug und durchquerten die Klinkhalle. Die dort wartenden Journalisten bemerkten sie erst im Eingangsbereich. Als Vincent daraufhin umkehren wollte, hakte Antonia ihn wieder unter.

„Lass mich nur machen", raunte sie ihm im Weitergehen zu. Vincents verschlossene Miene verhieß keine Auskunftsbereitschaft, deshalb wandte sich ein Reporter gleich an Antonia.

„Frau Dr. Bredow. Wie geht es Ihrer Mutter?"

„Ihr Zustand ist unverändert."

„Als sich der Unfall ereignete, war sie mit Herrn von Thalheim unterwegs. Ihre Schwester leitet als Staatsanwältin die Ermittlungen gegen seinen Sohn. Gibt es da einen Zusammenhang?"

„Nein."

„Vorhin beim Betreten der Klinik ließ Frau Dr. Pauli keinen Zweifel daran, wer für sie der Schuldige an dem Unfall ist. Immerhin liegt Ihre Mutter im Koma, während ... der Fahrer offensichtlich unverletzt blieb. Sehen Sie das genauso?"

Ohne eine Miene zu verziehen, schüttelte Antonia den Kopf.

„Absolut nicht."

Diese Antwort schien den Reporter zu überraschen. Insgeheim fragte er sich bestimmt, aus welchem Grund sich der Unfallverursacher in ihrer Begleitung befand.

„Können Sie uns sagen, weshalb Sie nicht einer Meinung mit Ihrer Schwester sind?"

„Als Staatsanwältin ist meine Schwester es gewöhnt, einen Schuldigen zu suchen. Ich verlasse mich lieber auf meine eigene Wahrnehmung. Herr von Thalheim war gezwungen, in Sekundenschnelle eine Entscheidung zu treffen. Hätte er nicht so beherzt reagiert, hätte wahrscheinlich keiner der Insassen den unvermeidbaren Zusammenprall mit der Planierraupe überlebt. Ich bin sicher, meine Mutter beurteilt das genauso, wenn sie aus dem Koma erwacht." Die Andeutung eines Lächelns legte sich auf ihre Züge. „Jetzt entschuldigen Sie uns bitte. Sie haben sicher Verständnis dafür, dass wir nach den Aufregungen der letzten Stunden alle ein bisschen Ruhe brauchen."

Ohne eine Reaktion abzuwarten, verließ Antonia mit Vincent an ihrer Seite die Klinik.

Auf der Fahrt durch die abendliche Stadt saß er dumpf vor sich hinbrütend auf dem Beifahrersitz. Auch in dem kleinen italienischen Restaurant blieb er wortkarg. Sogar die Bestellung überließ er Antonia.

„Was ist los, Vincent?", fragte sie direkt, als die Getränke serviert waren. „Habe ich der Presse was Falsches gesagt?"

„Im Gegenteil", verneinte er. „Du warst großartig." Gedankenverloren starrte er in sein Weinglas. „Es ist das erste Mal in meinem Leben, dass ich mich so rettungslos verloren fühle – völlig handlungsunfähig. Bislang habe ich immer meinen Mann gestanden, jede noch so schwierige Situation irgendwie gemeistert. Jetzt fühle ich mich wie ein Fisch auf dem Trockenen. Permanent quält mich die Angst, Helen zu verlieren. Wir hatten doch erst so wenig Zeit miteinander." Verzweifelt blickte er Antonia in die Augen. „Kannst du dir vorstellen, was es bedeutet, in meinem Alter die ganz große Liebe zu finden? Das ist wie ein Wunder. Wie kann das Schicksal nur so grausam sein, uns so brutal voneinander zu trennen?"

„Du darfst die Hoffnung nicht aufgeben!", sagte sie mit Nachdruck. „Mam ist stark! Sie wird es schaffen!"

„Und wenn nicht?", versetzte er leise. „Wie soll ich ohne Helen weiterleben können?"

„Vincent!" Über den Tisch hinweg griff sie nach seiner Hand und drückte sie. „Mam weiß, dass du auf sie wartest! Wenn sie an etwas glaubt, gibt sie nicht so leicht auf! – Und sie glaubt an eure Liebe! Deshalb wird sie dafür kämpfen! Daran darfst du niemals zweifeln!"

„Ach, Antonia", sagte er bewegt. „Weißt du eigentlich, wie ähnlich du deiner Mutter tatsächlich bist? Als Helen mir zum ersten Mal von ihren Töchtern erzählt hat, sagte sie, dass du nach ihr kämst, während deine Schwester im Wesen mehr eurem Vater gleicht."

„Das stimmt. Verständlicherweise haben Franziskas heutige Aktionen nicht dazu beigetragen, deine Sympathie zu gewinnen. Aber sie ist nicht immer so hart. Sie hat genau wie wir Angst, Mam zu verlieren. Deshalb musste sie etwas tun, um sich von dieser Angst abzulenken. Wahrscheinlich fürchtete sie, dass sie Mam etwas schuldig bleibt, wenn sie nichts unternimmt. Dabei ist sie leider übers Ziel hinausgeschossen."

Verwundert hob Vincent die Brauen.

„Du nimmst ihr das eigenmächtige Handeln nicht übel?"

„Zuerst war ich ziemlich wütend. Inzwischen ist mir klar, dass Franziska das alles nicht getan hat, um jemandem wehzutun oder um sich aufzuspielen, sondern einzig und allein, um Mam zu beschützen. Manchmal versteckt sie ihr großes Herz, um ihre eigene Verletzbarkeit und ihre Unsicherheit zu verbergen. Wie ich sie kenne, wird sie schon bald einsehen, dass sie einen Fehler gemacht hat. Dann wird sie dich nicht mehr daran hindern, Mam zu besuchen."

Nachdem sie beide nicht viel, aber gut gegessen hatten, verließen Antonia und Vincent das Restaurant.

„Ich fahre dich jetzt nach Hause", sagte sie auf dem Weg zu ihrem Wagen.

Nach Hause ..., dachte Vincent. Helen war sein Zuhause.

„Viel lieber würde ich wieder in die Klinik zurück. Allein in Helens Wohnung fühle ich mich schrecklich verloren."

„Dann kommst du eben mit zu mir", bot sie ihm spontan an. „Du kannst in Davids Zimmer übernachten. Er hat bestimmt nichts dagegen, für seinen zukünftigen Großvater auf dem Sofa zu schlafen.“

„Das ist lieb von dir, aber ich möchte in Helens Nähe sein.“

„Kein Problem. Dann fahre ich dich zu Mams Wohnung. Wie ich das beurteile, hast du dich heute Morgen nicht hingelegt. Was glaubst du, wie lange du noch durchhalten kannst – ohne zu schlafen? Was würde Mam dazu sagen, wenn sie wüsste, dass du unaufhaltsam auf einen Zusammenbruch zusteuerst, weil du dir nicht wenigstens ein paar Stunden Schlaf gönnst?“

„Okay, du hast gewonnen“, gab er mit einem kleinen Lächeln nach. „Helen wäre stolz auf dich.“

„Ich bin nur das Produkt ihrer Erziehung“, behauptete sie erleichtert. „Mam hat uns schon frühzeitig beigebracht, dass man sich auch mal durchsetzen muss.“

Kapitel 36

Im Morgengrauen betrat Vincent das Krankenhaus. Der Lift brachte ihn Stockwerk für Stockwerk näher zu Helen. Vorbei am Schwesternzimmer schlich er den Flur entlang auf die große Glastür zu. Dort angekommen zögerte er nur einen Moment und blickte sich um. Niemand war zu sehen. Hastig öffnete er die Tür und schlüpfte auf die Intensivstation. Nun trennten ihn nur noch wenige Schritte von der geliebten Frau. Unbemerkt ging er weiter, erreichte das Fenster zu ihrem Krankenzimmer und schaute hinein. Er sah den Professor, der sich wie bei einer Untersuchung über das Bett beugte. Als er sich wieder aufrichtete, zog er mit ein weißes Laken über die Patientin.

Fassungslos starrte Vincent durch die Scheibe. Seine Augen suchten die Überwachungsmonitore, erkannten, dass sie abgeschaltet waren. Er brauchte einige Sekunden, um zu begreifen, was das bedeutete. Voller Verzweiflung schlug er mit den Fäusten gegen die Glasscheibe.

„Helen!“

Schweißgebadet fuhr Vincent von seinem Lager hoch. Seine Hände waren immer noch zu Fäusten geballt; sein Atem ging stoßweise. Aus tränenblinden Augen schaute er sich gehetzt um. Nur allmählich kam er zu sich.

„Oh, mein Gott ...", flüsterte er, als ihm klar wurde, dass er in Helens Wohnzimmer auf dem Sofa saß. Erschüttert schlug er die Hände vors Gesicht. In der vergangenen Nacht hatte er mithilfe des Inhalts einer Rotweinflasche versucht, seine aufgewühlten Nerven zu beruhigen. Irgendwann muss er erschöpft auf dem Sofa eingeschlafen sein.

In aller Eile erledigte er seine Morgentoilette, kleidete sich an und verließ ohne Frühstück das Haus. Ein Taxi brachte ihn zur Klinik. Auf dem Flur vor der Intensivstation traf er auf Antonias Sohn.

„David!" Mit sorgenvoller Miene blieb er vor ihm stehen. „Was ist passiert, dass Sie schon so früh hier sind?"

„Ich war die ganze Nacht bei Granny", erwiderte der junge Mann mit müder Stimme. „Ich dachte, wenn ich ihr so viel wie möglich davon erzähle, was wir zusammen erlebt haben, wacht sie vielleicht auf." Seine Augen füllten sich mit Tränen, während er den Kopf schüttelte. „Granny reagiert einfach nicht."

David ahnte nicht, wie sehr seine Worte Vincent trotz allem erleichterten. Er hatte bereits das Schlimmste befürchtet.

„Sie wird wieder aufwachen, mein Junge", sagte er zuversichtlich. „Wir müssen ganz fest daran glauben."

„Neben Ma ist Granny der wichtigste Mensch in meinem Leben. Ich werde die Hoffnung niemals aufgeben." Fahrig wischte er sich über die Augen. „Trotzdem brauche ich jetzt erst mal eine Mütze voll Schlaf. Heute Nachmittag bin ich wieder hier."

„Ist jetzt jemand bei Ihrer Großmutter?"

„Ma hat mich vor ein paar Minuten abgelöst. Sie ist extra so früh gekommen, um Granny zu waschen."

Verstehend nickte Vincent nur.

Offenbar sah David ihm an, wie gern er selbst nun an Helens Bett sitzen würde. Spontan umarmte er den Älteren kurz.

„Granny weiß mit Sicherheit, dass Sie in der Nähe sind, Vincent. Sie weiß immer alles." Ein trauriges Lächeln erschien auf dem Gesicht des jungen Mannes. „Als Kind habe ich mich oft gewundert, dass Granny immer auf jede Frage eine Antwort wusste. Sie hatte eine einfache Erklärung dafür: Man lernt viel, wenn man eine gute Lesebrille besitzt. Auf diese Weise hat sie mich ermuntert, öfter mal ein Buch in die Hand zu nehmen."

„Ihre Granny ist eine kluge Frau", sagte Vincent. „Auch ich habe ihr kürzlich eine Frage gestellt, auf die sie mir genau die richtige Antwort gegeben hat."

„Dann ist ja alles klar", meinte David voller Zuversicht. „Sie steht immer zu ihrem Wort. Darauf können Sie sich hundertprozentig verlassen. Meine Granny wird Sie heiraten und mit Ihnen in der Toskana leben."

Gerührt klopfte Vincent ihm auf die Schulter.

„Danke, David."

Gegen Mittag verließ Vincent das Krankenhaus, um zu seinem Sohn zu fahren. Im Besuchsraum musste er nur wenige Minuten warten, bis Leo hereingeführt wurde. Stumm umarmte er seinen Sohn.

„Du kommst allein, Paps?" Suchend schaute Leo sich um. „Wo hast du deinen James Bond gelassen?"

Schwer ließ Vincent sich auf einen Stuhl fallen.

„Helen konnte nicht mitkommen."

„Warum nicht?", fragte Leo, während er sich ihm gegenüber setzte. Erst jetzt bemerkte er, wie mitgenommen sein Vater aussah. „Was ist los, Paps? Ich sehe dir doch an, dass etwas nicht stimmt. Seid ihr wegen der Ermittlungen aneinander geraten? Wollte Helen dich deshalb nicht begleiten?"

„Ich wünschte, es wäre so." Wie unter Schmerzen stöhnte er. „Ich hätte Helen auf keinen Fall in diese Sache hineinziehen dürfen. Das werde ich mir nie verzeihen."

„Was meinst du damit?", fragte Leo alarmiert. „Wo ist Helen?"

„Im Krankenhaus", erwiderte er zu Leos Entsetzen. „Sie hatte eine Hirnblutung und liegt im Koma." Unter Tränen berichtete er seinem Sohn von den jüngsten Ereignissen. „Ich habe nicht einen Kratzer abbekommen, aber Helen ..." Verzweifelt senkte er den Kopf. Es war das erste Mal seit dem Tod seiner Mutter, dass Leo seinen Vater weinen sah.

„Entschuldige", bat Vincent, als er sich wieder gefasst hatte. „Das alles setzt mir furchtbar zu. Wenn ich wenigstens irgendetwas für sie tun könnte."

„Was sagen denn die Ärzte?"

„Sie haben die Blutung unter Kontrolle, aber es besteht immer noch akute Lebensgefahr."

„Sie wird es trotzdem schaffen", versuchte er, seinem Vater Mut zu machen. „Die Helen, die ich kennengelernt habe, ist eine Kämpfernatur."

Resigniert blickte Vincent seinem Sohn in die Augen.

„Ich könnte es nicht ertragen, sie zu verlieren. Wie sollte ich mit dieser Schuld weiterleben können?" Ein harter Ausdruck erschien auf seinem Gesicht, so dass es wie in Stein gemeißelt wirkte. „Warum hat es nicht mich getroffen? Warum ausgerechnet Helen? Sie ist ein so besonderer Mensch!"

„Sie wird es schaffen, Paps!", wiederholte Leo eindringlich.

„Erkundige dich bei den Ärzten, ob es irgendwo einen Spezialisten gibt. Egal wo auf der Welt. Wenn nötig, sollen sie ihn einfliegen lassen. Die Kosten spielen keine Rolle."

„Aber ..."

„Auch ich habe einiges gutzumachen. Hätte ich geahnt, worauf eure Ermittlungen hinauslaufen, hätte ich Helens Hilfe strikt abgelehnt. Selbst auf die Gefahr, hier nie wieder rauszukommen."

„Dich trifft keine Schuld. Ich habe Helen da reingezogen."

„Wir werden ihr zusammen helfen, Paps. Sprich so bald wie möglich mit den Ärzten."

„Das ist sinnlos. Mir sind die Hände gebunden. Ich darf nicht zu ihr."

„Warum nicht? Soviel ich weiß, ist es für Komapatienten wichtig, die nächsten Angehörigen um sich zu haben."

„Ihre Tochter hat eine einstweilige Verfügung erwirkt, um mich von Helen fernzuhalten."

„Was?" Verwundert schüttelte Leo den Kopf. „Das passt nicht zu Antonia. Dafür hat sie zu viel Herz. Sie würde dich nicht für meine Fehler bestrafen. Oder weiß sie gar nicht ..."

„Ihre Schwester ist für den Gerichtsbeschluss verantwortlich", fiel Vincent ihm ins Wort. „Frau Dr. Pauli glaubt, dass ich Helen nur benutzt habe."

„Um mir zu helfen", fügte Leo verstehend hinzu. „Du solltest mit Olaf darüber sprechen. Gegen einen solchen Beschluss kann man sicher Widerspruch einlegen."

„Das würde auch nichts nutzen. Sie hat sich zusätzlich die Betreuung für ihre Mutter übertragen lassen. Ohne ihre Erlaubnis darf ich die Intensivstation nicht betreten."

Sekundenlang dachte Leo nach.

„Demnach müsste Antonia der Betreuung durch ihre Schwester zugestimmt haben. Sollten sie das nicht gemeinsam regeln? Oder gibt Antonia dir auch die Schuld an dem Unfall?"

„Ganz und gar nicht", verneinte Vincent. „Deine Antonia ist ein außergewöhnlicher Mensch. Obwohl sie selbst große Angst um ihre Mutter hat, kümmert sie sich geradezu fürsorglich um mich. Sie war seit dem Unfall mein einziger Halt. Ohne sie wäre ich längst durchgedreht."

Für einen Moment trat ein zärtliches Leuchten in Leos Augen.

„Du scheinst sie sehr zu mögen!?"

„Antonia wäre eine Schwiegertochter nach meinem Herzen."

„Das habe ich gründlich vermasselt. Ich bin froh, dass sie dir trotzdem zur Seite steht."

Nachdem Vincent sich verabschiedet hatte, wurde Leo zu seiner Zelle zurückgeführt. Plötzlich blieb er stehen.

„Veranlassen Sie bitte, dass jemand bei der Staatsanwaltschaft anruft", sagte er zu seinem Vollzugsbeamten. „Frau Dr. Pauli soll so schnell wie möglich kommen – am besten sofort."

„Ich fürchte, da muss Ihr Rechtsanwalt erst einen Termin vereinbaren, Herr von Thalheim."

„Das wird nicht nötig sein", widersprach Leo. „Man soll ihr

ausrichten, dass ich eine Aussage machen will. Falls sie hier nicht umgehend erscheint, überlege ich es mir wahrscheinlich anders."

Unterdessen war Vincent unterwegs zur Kanzlei von Dr. Salomon. Eine Sekretärin führte ihn sogleich in das Arbeitszimmer des Rechtsanwalts.

„Vincent!", begrüße Olaf ihn. „Es tut mir so leid, was mit Helen passiert ist. Seit ich von dem Unfall erfahren habe, versuche ich, dich auf deinem Handy zu erreichen."

„Ich war seitdem fast ununterbrochen in der Klinik", erklärte Vincent und nahm in dem dargebotenen Sessel Platz. „Dort sind Handys verboten."

„Wenn ich irgendetwas tun kann, musst du es nur sagen. Offen gestanden habe ich ein schlechtes Gewissen, weil Helen aufgrund unserer Ermittlungen in diese lebensbedrohliche Lage geraten ist."

„Dafür trage allein ich die Verantwortung", betonte Vincent. „Ich komme gerade von Leo. Wieso hast du ihn eigentlich nicht von dem Unfall unterrichtet?"

„Weil ich Leo ziemlich genau kenne. Seine eigene Situation macht ihm schon sehr zu schaffen. Ich wollte vermeiden, dass er sich zusätzlich mit Selbstvorwürfen quält, weil er Helens Hilfe angenommen hat."

„Verstehe." Er zog ein Schreiben aus der Sakkotasche, das er Olaf reichte. „Kann man dagegen was unternehmen?"

Rasch überflog der Rechtsanwalt das Papier. Es war nicht schwer, die Zusammenhänge zu begreifen.

„Frau Dr. Pauli macht dich für den Unfall und dessen Folgen verantwortlich. – Richtig?"

Mit ernster Miene nickte Vincent.

„Wahrscheinlich war es für sie als Staatsanwältin kein Problem, mich so schnell ins Aus zu schießen."

„Dazu muss man kein Jurist sein", erklärte Olaf. „Die einstweilige Verfügung ist ein beschleunigter zivilgerichtlicher Rechtsbehelf im Privatrecht. Die Vorteile für den Antragsteller bestehen darin, dass eine einstweilige Verfügung vom Gericht ohne mündliche Verhandlung durch Beschluss erlassen werden kann und so innerhalb von wenigen Tagen, manchmal auch Stunden, ein Titel erwirkt werden kann. Von rechtlicher Bedeutung ist weiterhin, dass für die vorläufige Gerichtsentscheidung die Behauptungen nicht bewiesen, sondern lediglich glaubhaft gemacht werden müssen."

„Was kann ich dagegen tun, Olaf?"

„Wir können mittels Widerspruch erreichen, dass das Gericht über die einstweilige Maßnahme mündlich verhandelt und durch Urteil entscheidet."

„Wie lange kann das dauern?"

„Schwer zu sagen", überlegte Olaf. „Bei der permanenten Überlastung der Gerichte ist eine mündliche Verhandlung sicher nicht von heute auf morgen zu erwarten."

„Leg trotzdem Widerspruch für mich ein", bat Vincent entschlossen. „Wer weiß, wie lange Helen noch im Koma liegt. Womöglich Wochen oder Monate. Frau Dr. Pauli soll mich nicht ewig von ihr fernhalten können."

„Da sich diese einstweilige Verfügung als ungerechtfertigt erweisen wird, kannst du gegen die Antragstellerin außerdem Schadensersatzansprüche geltend machen", schlug Olaf vor, aber Vincent schüttelte sofort den Kopf.

„Daran habe ich kein Interesse. Alles, was ich will ist, dass ich wieder zu Helen darf. Es gibt es noch ein weiteres Hindernis: Frau Dr. Pauli hat auch die Betreuung für ihre Mutter übernommen. Sollte ein Gericht zu meinen Gunsten entscheiden, kann sie mir dann trotzdem untersagen, Helen zu besuchen?"

„Betreuungsrecht ist leider nicht mein Fachgebiet", bedauerte der Rechtsanwalt. „Aber ich werde mich mit einem Kollegen in Verbindung setzen, der uns sicher weiterhelfen kann."

„Danke, Olaf." Nun fühlte sich Vincent etwas besser. „In der ganzen Aufregung habe ich Leos Fall ein wenig aus dem Blick verloren. Gibt es Neuigkeiten im Hinblick auf das Laken?"

„Bislang liegen die Untersuchungsergebnisse noch nicht vor. Gestern war Sonntag, da wurde in den Labors vermutlich nicht daran gearbeitet. Wir müssen noch ein wenig Geduld haben." Triumphierend blickte er sein Gegenüber an. „Dafür gibt es positive Nachrichten aus Zürich. Nachdem ich in den Wochenendausgaben der dortigen Presse noch mal großformatige Suchanzeigen geschaltet hatte, erhielt ich heute Morgen einen Anruf von Carl Sprüngli. Er hat Leos Angaben bestätigt. Einer meiner Mitarbeiter ist schon auf dem Weg in die Schweiz, um seine Aussage aufzunehmen."

„Endlich ein Lichtblick! Bekommen wir Leo dadurch frei?"

„Besser wäre es, wir könnten zusätzlich die erhofften Untersuchungsergebnisse des Lakens vorlegen. Trotzdem sitze ich seit dem Anruf an einer Strategie für den Haftprüfungstermin. Sowie die Laborergebnisse vorliegen, beantrage ich ihn."

Franziska war gerade im Begriff, das Haus zu verlassen, um in die Klinik zu fahren, als ihr Handy läutete.

„Franziska, Oberstaatsanwalt Lindholm war gerade hier", hörte sie Pits Stimme. „Leonard von Thalheim will eine Aussage machen. Wir sollen sofort zu ihm fahren."

„Kann das nicht jemand anderes übernehmen? Ich will zu meiner Mutter. Deshalb habe ich mir schließlich freigenommen."

„Lindholm besteht darauf, dass du dabei bist. Immerhin ist das dein Fall."

„Okay, ich komme. Treffen wir uns dort?"

„Ich bin schon unterwegs."

Gespannt warteten Franziska und Pit im Untersuchungsgefängnis auf das Erscheinen ihres Tatverdächtigen. Mittlerweile hatten sie die Hoffnung auf ein Geständnis schon aufgegeben. Was mochte seinen plötzlichen Sinneswandel ausgelöst haben? Die Begrüßung zwischen den Ermittlern und dem Untersuchungshäftling fiel knapp und distanziert aus.

„Wo bleibt denn Ihr Rechtsbeistand?", fragte Franziska mit

einem ungeduldigen Blick zur Uhr. „Ich habe nicht viel Zeit."
Gelassen lehnte sich Leo auf seinem Stuhl zurück.
„Dr. Salomon hat Wichtigeres zu tun."
„Was soll das heißen?"
„Wir brauchen ihn nicht. Sie sind hier, weil ich Ihnen einen Deal vorschlagen möchte."
Entgeistert blickte sie ihn an.
„Einen Deal? Was soll das? " Sie bemerkte selbst, wie begriffsstutzig das klang. Das Räderwerk in ihrem Kopf drehte sich eindeutig langsamer als gewöhnlich.
„Wir brauchen keinen Deal", ließ Pit ihn wissen. „Die Beweislage ist eindeutig."
„Ich habe weder um Ihren Besuch noch um Ihre Meinung gebeten, Herr Kommissar. Sie sind hier völlig überflüssig. Ich spreche nur mit Frau Dr. Pauli."
Als Pit zu einer Erwiderung ansetzte, schnitt Franziska ihm durch eine Geste das Wort ab.
„Ich höre, Herr von Thalheim. Was haben Sie anzubieten?"
„Ich werde Ihnen all Ihre Fragen wahrheitsgemäß beantworten", schlug Leo vor, obgleich er seit seiner Festnahme nichts anderes getan hatte. „Im Gegenzug lassen Sie meinen Vater ab sofort wieder zu Ihrer Mutter."
„Das ist doch der Gipfel!", empörte sich Franziska. „Glauben Sie etwa, dass ich für ein fragwürdiges Geständnis von Ihnen meine Mutter verkaufe!? Wofür halten Sie mich?"
„Wollen Sie das wirklich wissen?" Langsam beugte sich Leo vor und schaute ihr mit festem Blick in die Augen. „Ich halte Sie für eine Frau, die zu voreiligen Schlüssen neigt", sagte er mit ruhiger Stimme. „Schon in meinem Fall sind Ihnen Fehler unterlaufen. Und weil Sie mich für ein skrupelloses Monster halten, setzen Sie bei meinem Vater das gleiche voraus. Sie weigern sich, auch nur in Erwägung zu ziehen, dass er nur aus einem Grund zu Helen will: weil er sie liebt! Mit welchem Recht verbieten Sie ihm, zu ihr zu gehen? Haben Sie überhaupt kein Herz?"

„Das sagen ausgerechnet Sie? Wären Sie nicht zu feige gewesen, gleich nach Ihrer Festnahme ein umfassendes Geständnis abzulegen, hätte Ihr Vater meine Mutter nicht zu diesen wahnwitzigen Ermittlungen überreden können! Sie und Ihr Vater haben nur Unglück über meine Familie gebracht! Wenn Mam es nicht schafft, haben Sie sie auf dem Gewissen!"

„Ich weiß selbst, dass Helen meinen Vater bei der Suche nach Entlastungsmaterial niemals hätte unterstützen dürfen. Deshalb mache ich mir die größten Vorwürfe. Allerdings ändert das nichts an der Liebe der beiden."

„Ihr Vater hatte schon in der Toskana kein Problem damit, die Gutgläubigkeit meiner Mutter auszunutzen!", hielt Franziska ihm entgegen. „Mir ist schleierhaft, wie ihm das hier noch mal gelingen konnte, aber ich werde verhindern, dass er noch mehr Schaden anrichtet!"

„Das Missverständnis in der Toskana war doch längst geklärt! Seitdem sind sie ein Paar! Nur weil er ausgerechnet mein Vater ist, unterstellen Sie ihm unlautere Motive! Sind Sie wirklich so herzlos, die Liebe zweier Menschen zu torpedieren? Dann haben Sie weder etwas mit Ihrer Mutter noch mit Ihrer Schwester gemeinsam!"

„Jetzt reicht es!" Erregt sprang Franziska auf. „Das höre ich mir nicht länger an! Werden Sie nun eine Aussage machen – oder nicht?"

„Werden Sie meinen Vater zu Helen lassen – oder nicht?"

Entschlossen wandte sich Franziska an den Kommissar.

„Wir gehen, Pit!"

Erst als sie ihre Autos erreichten, machte Franziska ihrem Ärger Luft.

„Was bildet sich dieser Kerl eigentlich ein? Der hätte nie ein Geständnis abgelegt! Das war alles nur ein Vorwand, um seinem Vater zu helfen! Die haben doch nur Angst, dass ich ihn verklage, weil er meine Mutter fast umgebracht hätte!"

Beruhigend legte Pit die Hand auf ihre Schulter.

„Und wenn es stimmt? Vielleicht lieben sich die beiden wirklich? Dann braucht deine Mutter seinen Vater jetzt."

„Fängst du nun auch noch damit an? Ich kenne meine Mutter. Sie würde nie mit jemandem zusammen sein wollen, der beinah ihr Mörder geworden wäre." Flüchtig küsste sie ihn auf die Wange. „Ich fahre jetzt ins Krankenhaus."

Auf dem Weg dorthin erreichte Franziska ein Anruf der Staatsanwaltschaft. Es blieb ihr keine andere Wahl, als sofort bei ihrem Vorgesetzten zur Berichterstattung zu erscheinen.

Am späten Nachmittag erschien Franziska in der Klinik. Schon beim Verlassen des Fahrstuhls sah sie den Mann, der am Ende des Flures in der Nähe der Glastür saß. Ohne ihn noch eines Blickes zu würdigen, marschierte sie grußlos an ihm vorbei und verschwand auf der Intensivstation. Nachdem sie in einem kleinen Raum einen sterilen Kittel übergezogen hatte, ging sie zum Zimmer ihrer Mutter. Antonia lehnte mit einem Kaffeebecher in der Hand neben der Tür an der Wand.

„Wo bleibst du denn, Franzi?" Der Vorwurf in Antonias Stimme war nicht zu überhören. „Du wolltest mich doch schon mittags ablösen."

„Hör bloß auf", stöhnte Franziska, wobei sie einen Blick durch das Fenster in Helens Zimmer warf. „Das ist einfach nicht mein Tag."

„Ist was passiert?"

„Dein Leo wollte mich an der Nase rumführen", stieß sie verächtlich hervor. „Aber nicht mit mir!"

„Das ist nicht mein Leo", korrigierte Antonia ihre Schwester sofort. „Bist du bei ihm gewesen?"

„Auf Befehl von oben." Mit grimmiger Miene erzählte sie von Leos Versuch, sie dazu zu bringen, seinen Vater zu Helen zu lassen. „Anschließend musste ich bei unserem Herrn Oberstaatsanwalt antanzen", schloss sie. „Lindholm war so begeistert von meinem Bericht, dass er mir den Fall mit sofortiger Wirkung abgenommen hat."

„Über kurz oder lang hätte er das sowieso tun müssen", sagte Antonia nüchtern. „Immerhin ist der Vater deines Tatverdächtigen der Liebhaber deiner Mutter."

„So ähnlich hat es Lindholm auch ausgedrückt. Du hättest sein Gesicht dabei sehen sollen. Mein Chef hat sich immer noch eingebildet, dass Mam ihm eines Tages in die Arme sinkt."

„Dumm gelaufen. Er hätte in all den Jahren, die er schon hinter ihr her ist, akzeptieren sollen, dass sie kein Interesse an ihm hat. Wahrscheinlich ärgert er sich nun darüber, dass es einem alten Kauz aus der Toskana in so kurzer Zeit gelungen ist, ihr Herz zu erobern."

„Fang nicht wieder damit an! Wegen dieser blöden Gerüchte bin ich meinen bislang größten Fall los! Ich wünschte, Mam hätte ihren Urlaub in Bayern oder an der Nordsee verbracht. Dann gäbe es diese ganzen Verwicklungen nicht. Mam würde sich bester Gesundheit erfreuen und ich ..." Achselzuckend brach sie ab. „Ich gehe jetzt zu ihr."

Obwohl Antonia bald versuchte, Vincent zum Gehen zu bewegen, blieb er den Rest des Tages und die ganze Nacht im Krankenhaus. Er hatte Angst davor, noch eine Nacht in Helens Wohnung zu verbringen und dort womöglich wieder einzuschlafen. Die Bilder des Alptraums waren noch zu gegenwärtig. Er vertrat sich nur hin und wieder die Beine; ansonsten saß er in der Nähe der Glastür und hoffte auf ein Wunder. Eine mitfühlende Krankenschwester versorgte den wartenden Mann mit einer Tasse Kaffee und etwas Gebäck. Mitten in der Nacht brachte sie ihm sogar ein Käsebrot.

Kapitel 37

Helens Töchter trafen am Morgen zusammen in der Klinik ein. Während Franziska auf der Intensivstation verschwand, blieb Antonia bei Vincent stehen und musterte ihn besorgt.

„Bist du so früh schon wieder hier – oder immer noch?"

„Mach dir um mich keine Gedanken", wich er aus. „Die nette

philippinische Schwester hat sich rührend um mich gekümmert. Vorhin hat sie mir sogar eine Dusche ermöglicht. Wahrscheinlich aus Mitleid mit einem alten Mann."

„So kann das nicht weitergehen! Ich sorge dafür, dass du zu meiner Mutter darfst! Und wenn es das letzte ist, was ich tue!"
Beunruhigt stand er auf.

„Was hast du vor, Antonia?"

„Meine Schwester zur Vernunft bringen", sagte sie nur und trat durch die Glastür. „Franziska, warte!", rief sie ihr nach, als sie gerade im Begriff war, das Zimmer ihrer Mutter zu betreten. „Ich muss mit dir reden!"

Abwartend blieb Franziska stehen.

„Liebst du deinen Pit?"

„Sicher. – Wieso fragst du mich das jetzt?"

„Liebst du ihn sehr?"

„Das weißt du doch! Worauf willst du hinaus?"

„Stell dir vor, er wird bei der Verbrecherjagt schwer verletzt. Würdest du ihn im Stich lassen?"

„Natürlich nicht!"

„Würdest du Tag und Nacht bei ihm wachen, selbst wenn keine Besserung in Sicht ist?"
Wortlos nickte Franziska.

„Wäre deine größte Angst, den Menschen, den du mehr als alles andere liebst, zu verlieren? Würdest du dich von irgendjemandem davon abhalten lassen, in seiner Nähe zu sein?" Mit dem ausgestreckten Zeigefinger deutete sie auf die Glastür. „Der Mann da draußen tut das alles für den Menschen, den er liebt. Stunde um Stunde sitzt er dort bis an den Rand der eigenen Erschöpfung. Trotzdem lässt er sich nicht vertreiben. Aber mit jeder Minute vor dieser Tür leidet er mehr, fühlt sich alleingelassen – ausgesperrt von jemanden, mit dem ihn doch etwas verbindet: die Angst um Mam und die Liebe zu ihr."

„Hör auf!", bat Franziska gequält, aber Antonia war noch nicht fertig.

380

„Mit jedem Tag, den Mam im Koma liegt, verringern sich ihre Chancen! Du musst Vincent zu ihr lassen!"

„Das bringt doch nichts", erwiderte Franziska halbherzig. „Wir beide und auch David haben stundenlang an ihrem Bett gesessen und geredet. Du hast gesagt, sie würde darauf reagieren. Ich habe die Monitore nicht aus den Augen gelassen. Es hat sich absolut nichts verändert!"

„Vielleicht ist es einfach nur zu selbstverständlich, die Familie um sich zu haben. Vincent ist jetzt der wichtigste Teil in Mams Leben. Sie wartet auf ihn." Antonias Augen waren flehend auf das Gesicht ihrer Schwester gerichtet. „Bitte, Franziska! Spring über deinen Schatten! Du kannst zwei Liebende nicht durch einen Gerichtsbeschluss voneinander fernhalten! Gib Vincent eine Chance! Mam braucht ihn!"

„Das glaube ich zwar nicht, aber bitte ...", gab sie widerstrebend nach. „Sag ihm, dass er Mam kurz sehen darf."

Erleichtert atmete Antonia auf, machte auf dem Absatz kehrt und öffnete die Glastür. Mit aufmunterndem Lächeln streckte sie Vincent die Hand entgegen.

„Komm!"

Um Fassung ringend ergriff er ihre Hand, sein Blick suchte ihre Augen. Es waren keine Worte nötig, zu erklären, was er in diesem Moment empfand.

Auf der Intensivstation half Antonia ihm in einen blauen Kittel, streifte selbst einen über und führte Vincent zum Zimmer ihrer Mutter. Franziska stand am Fußende des Bettes.

„Sie haben zehn Minuten, Herr von Thalheim."

„Danke", sagte er mit belegter Stimme und setzte sich auf den Hocker neben dem Bett. Liebevoll betrachtete er die Frau, die in tiefer Bewusstlosigkeit lag. Mit den Fingerspitzen strich er zart über ihre Wange.

„Da bin ich wieder, Helen", sagte er sanft. „Ich wäre schon viel früher gekommen, aber ich ..." Unwillkürlich zögerte er. Er brachte es nicht übers Herz, ihr zu erzählen, dass ihre Tochter ihn daran gehindert hatte. „Nun ja, ich hatte so viel um die Ohren – wegen Leo. Glaub mir, ich vermisse dich schrecklich. Ich möchte deine Stimme hören, dein Lächeln sehen, deine Hände auf meiner Haut spüren ..."

Während Vincent sprach, machte Antonia ihre Schwester durch eine Geste auf die Monitore aufmerksam. Die dort angezeigten Frequenzen veränderten sich mit Vincents Worten.

„Mam spürt, dass er bei ihr ist", flüsterte Antonia. „Sie reagiert auf ihn. Das ist ein gutes Zeichen."

Obwohl sie es mit eigenen Augen sah, obgleich sie die liebevollen Worte hörte, gestand Franziska sich noch nicht ein, dass sie einen Fehler gemacht hatte.

„Heute Morgen habe ich mit Luigi telefoniert", hörte sie Vincent sagen. „Morning Star entwickelt sich prächtig. Erinnerst du dich noch an die Geburt des Fohlens? Die ganze Nacht haben wir im Stall gesessen. Irgendwann hast du dich an mich gelehnt und bist eingeschlafen. Erst als die Geburt unmittelbar bevorstand, habe ich dich geweckt. Es war ein so wundervoller Moment, mit dir zusammen zu erleben, wie der kleine Kerl das Licht der Welt erblickt hat." Mit seinen warmen Fingern umschloss er Helens auf der Bettdecke ruhende Hand. „Bevor wir schlafen gingen, habe ich dich zum ersten Mal geküsst. In mir herrschte ein totaler Aufruhr. Am liebsten hätte ich dich nie wieder aus meinen Armen gelassen, aber der alte Kauz hatte Angst." Ein trockenes Schluchzen löste sich aus seiner Kehle. „Jetzt habe ich wieder Angst – große Angst, dich zu verlieren. Die wenigen Tage, die wir uns so nah waren, dürfen nicht alles gewesen sein ..." Nur noch mit Mühe gelang es ihm, nicht die Fassung zu verlieren. „Wir haben doch noch so viele Pläne ... Vor ein paar Tagen hast du gesagt, dass wir eine sehr lange Zeit sehr glücklich miteinander sein werden ... Du hast für Leos Unschuld gekämpft. Jetzt musst du für dich kämpfen – für mich – für unsere Liebe – für unsere Zukunft ... Die Toskana wartet auf uns mit ihren Kompositionen aus Farben und Gerüchen ..." Unbewusst zog er ihre Hand an seine Brust, damit sie seinen Herzschlag spürte. „Eines Tages sind wir ins Dorf gefahren. Da war dieses ausgelassene Hochzeitsfest auf der Piazza. Die Musik wehte zu uns herüber, und auf deinem Gesicht lag ein verträumtes Lächeln. Für mich warst du tausendmal schöner als die junge Braut." Seine Worte lösten ein leises Summen ab: die Melodie eines italienischen Liebeslieds von Eros Ramazoti. Più bella cosa....

Als Antonia bemerkte, dass Vincent dabei Tränen über das Gesicht rollten, griff sie nach dem Arm ihrer Schwester und zog sie mit sich auf den Flur hinaus.
„Zweifelst du immer noch daran, dass dieser Mann unsere Mutter von ganzem Herzen liebt?"
Verstohlen wischte sich Franziska über die Augen.
„Wie könnte ich das jetzt noch?" An ihrer Schwester vorbei blickte sie durch die Scheibe in Helens Krankenzimmer, sah, wie Vincent verzweifelt den Kopf hängen ließ. Seine Schultern zuckten. „Offenbar habe ich mich völlig idiotisch verhalten", sagte Franziska voller Mitgefühl für den Mann am Bett ihrer Mutter. „Wie konnte ich nur denken, dass ich Mam unter allen Umständen vor ihm beschützen muss?"
„Weil er Leos Vater ist?"
„Wahrscheinlich", räumte Franziska ein. „Ich konnte schon nicht verhindern, was Leo dir angetan ..." Ihre Augen weiteten sich ungläubig. „Toni!" Aufgeregt deutete sie auf die Scheibe. „Mams Finger bewegen sich! – Komm, wir müssen zu ihr!"
„Noch nicht", hielt Antonia ihre Schwester zurück. „Wir sollten da jetzt nicht dazwischenfunken. Mam reagiert offenbar nur auf Vincent. Hier draußen von unserem Logenplatz können wir alles mitansehen."

Unterdessen versuchte Vincent vergeblich, seine Fassung wiederzugewinnen. Die Angst um die geliebte Frau saß so tief, dass es beinah körperlich schmerzte. Plötzlich spürte er eine unerwartete Berührung. Helens Finger tasteten nach seiner

Hand, ergriffen sie mit mattem Druck.

„Oh, mein Gott ...", flüsterte er erschüttert; seine Augen füllten sich erneut mit Tränen. „Helen, kannst du mich hören?"

Ihre Lippen bewegten sich; die Lider flatterten. Wie unter großer Anstrengung schlug sie die Augen auf.

„Vincent ..." Es war nicht viel mehr als ein Wispern. „Wo ... warst ... du ...?"

„Ich war immer in deiner Nähe ..." Seine Stimme mochte ihm kaum gehorchen. Überwältigt hob er ihre Hand und vergrub seine Lippen in der zarten Innenfläche.

Vor der Tür fielen sich die Schwestern unsagbar erleichtert in die Arme. Antonia bat eine vorbeieilende Krankenschwester, den Professor zu informieren.

„Ich möchte genauso schnell wie du zu Mam", hielt sie Franziska noch einmal zurück. „Wahrscheinlich wird das aber ein bisschen viel für sie. Lass uns bitte warten, bis sie untersucht wurde." Lächelnd deutete sie durch die Scheibe. Die Hand ihrer Mutter lag an Vincents Wange, während sich die beiden unverwandt in die Augen schauten. „Da würden wir jetzt nur stören."

Minuten später betrat der Professor mit einer Schwester das Krankenzimmer und bat Vincent, draußen zu warten.

„Bis gleich, Liebes", sagte er, erhob sich und ging hinaus. Auf dem Flur schloss er Antonia wortlos in die Arme. Dabei schwankte er leicht, so dass sie ihn festhalten musste.

„Du wirst doch jetzt nicht schlappmachen?"

Dankbar blickte er ihr in die Augen.

„Es geht schon wieder."

Trotz dieser Worte führte Antonia ihn vorsichtshalber zu der Stuhlreihe auf der anderen Seite des Flurs und setzte sich neben ihn. Nach anfänglichem Zögern gesellte sich auch Franziska zu ihnen. Das schlechte Gewissen stand ihr deutlich ins Gesicht geschrieben. Unbehaglich trat sie von einem Fuß auf den anderen.

„Ich muss mich bei Ihnen entschuldigen, Herr von Thalheim. Ich dachte wohl, dass ich leichter mit der Situation umgehen kann, wenn ich mich auf logische Schlussfolgerungen beschränke. Es tut mir leid, dass ich nicht schon eher auf meine Schwester gehört habe. Dadurch hätte ich Ihnen und wahrscheinlich auch meiner Mutter einiges erspart."

„Das ist nun nicht mehr wichtig, Frau Dr. Pauli. Wir müssen jetzt nach vorn schauen. Sollte der Professor irgendwelche Ausfallerscheinungen bei Helen feststellen, braucht sie unser aller Unterstützung." Spontan erhob er sich. „Vielleicht sollten wir beide noch mal bei null anfangen." In einer versöhnlichen Geste streckte er ihr die Hand entgegen. „Es freut mich, Sie kennenzulernen. Ich bin Vincent."

Mit einem gerührten Lächeln ergriff sie seine Hand.

„Franziska", stellte sie sich vor. „Willkommen in der Familie."

Zufrieden beobachtete Antonia diese Entwicklung. Allerdings fragte sie sich, wie ihre Schwester reagieren würde, wenn sich Leos Unschuld herausstellte. Bestimmt würde es ihr schwerfallen, auch ihn in der Familie willkommenzuheißen. Erst in diesem Augenblick wurde Antonia bewusst, dass sie selbst dann ein Problem hätte. Wenn Helen und Vincent heirateten, würde sie seinem Sohn zwangsläufig hin und wieder begegnen. Wie sollte es ihr unter diesen Umständen gelingen, ihn aus ihrem Gedächtnis zu streichen?

Helens Untersuchung dauerte länger als angenommen. Der Professor bemerkte den besorgten Ausdruck in den Gesichtern der Angehörigen seiner Patientin, als er zu ihnen trat.

„Ihre Mutter erholt sich schneller als erwartet", wandte er sich beruhigend an die Schwestern. „Nicht nur ihre Werte sind zufriedenstellend. Sie hat mich auch schon mit unzähligen Fragen gelöchert. Jetzt weiß sie, wie knapp das war."

„Können Sie zum jetzigen Zeitpunkt schon beurteilen, ob die Blutung bleibende Schäden verursacht hat?", fragte Antonia. „Haben Sie Ausfallerscheinungen diagnostiziert?"

Lächelnd schüttelte der Professor den Kopf.

„Helen ist zäh, Antonia. Es sind keine neurologischen Störungen aufgetreten. Trotzdem möchte ich Ihre Mutter über Nacht noch zur Beobachtung hier auf der ITS behalten. Morgen kann sie dann wahrscheinlich auf die Station verlegt werden."

Nicht nur Vincent fiel ein Stein vom Herzen.

„Danke, Herr Professor", sagte er und reichte ihm die Hand. „Dürfen wir wieder zu ihr?"

„Aber nicht zu lange. Helen braucht viel Ruhe." Seine Stimme wechselte zu einem strengen Ton. „Sollten Sie beabsichtigen, auch die kommende Nacht wieder auf dem Flur zu verbringen, muss ich energisch einschreiten. Sie lenken meine Schwestern nur unnötig von der Arbeit ab, Herr von Thalheim. Als Helens Lebensgefährte sollten Sie ohnehin an ihrem Bett sitzen."

„Danke", sagte Vincent nur, worauf der Professor mit wehendem Kittel davoneilte.

Zusammen betraten sie das Zimmer. Sogleich streckte Helen die Hand nach Vincent aus. In stummem Einverständnis mit ihren Töchtern setzte er sich auf den Hocker. Helen wirkte noch sehr blass und erschöpft. Dennoch erschien die Andeutung eines Lächelns auf ihrem Gesicht, als sie ihre Töchter am Fußende des Bettes erblickte.

„Es tut mir leid, dass ich euch so viel Kummer gemacht habe."

„Das ist doch jetzt nicht mehr wichtig", sagte Franziska. „Hauptsache, du wirst wieder ganz gesund, Mam." Vorsichtig setzte sie sich auf der anderen Seite auf die Bettkante. „Hast du eigentlich was davon mitbekommen, wenn wir hier waren?"

„Genau weiß ich das nicht", überlegte Helen. „Ich erinnere mich nur, dass ich geträumt habe ..." Einen Moment hielt sie nachdenklich inne. „Zuerst war alles dunkel ... stockfinster und totenstill ... Irgendwann wurde die Dunkelheit von einem dichten Nebel abgelöst. Ich habe gespürt, dass ihr in der Nähe seid: Antonia, Franziska und auch David ..." Auf ihrer klaren Stirn erschien eine kleine steile Falte. „Nur Vincent fehlte. Ich habe überall nach ihm gesucht, aber ich konnte ihn nirgends finden.

Da hatte ich große Angst, dass ihm etwas Schreckliches zugestoßen ist. Ich fürchtete, ihn in der Dunkelheit zurückgelassen zu haben und wollte zu ihm. Auf dem Weg dorthin hörte ich plötzlich seine Stimme hinter mir aus dem Nebel – und dann eine leise Melodie ... Obwohl ich nichts sehen konnte, bin ich ihr gefolgt ..." Ihr Blick wechselte von einem zum anderen. „Das klingt ziemlich verrückt, oder?", interpretierte sie die Erschütterung auf den Gesichtern ihrer Lieben. „Wahrscheinlich hat mir mein Unterbewusstsein einen Streich gespielt."

„Das war nicht nur ein Traum, Mam", widersprach Franziska sichtlich bewegt. „Vincent hat dich zurückgeholt. Ohne ihn hättest du es vielleicht nicht geschafft."

„Das verstehe ich nicht." Ihr hilfloser Blick wechselte zu Vincent. „Kannst du mir das bitte erklären?"

„Nun ja, ich konnte nicht immer bei dir sein", erwiderte er vage. „Nach dem Unfall war ich vollkommen durcheinander. Dann musste ich Leo informieren. Bei Olaf war ich auch." Schuldbewusst wich er ihrem aufmerksamen Blick aus. „Vielleicht hast du gespürt, dass ich nicht da war. Ich hätte dich nicht im Stich lassen dürfen, aber es war..."

„Glaub ihm kein Wort, Mam", unterbrach Franziska ihn. „Es ist meine Schuld, dass du nach Vincent suchen musstest. Dieser Mann hat Tag und Nacht draußen auf dem Flur gesessen, um in deiner Nähe zu sein. Ich habe ihn nicht zu dir gelassen, weil ich ihn für den Unfall verantwortlich gemacht habe." Unwillkürlich stiegen ihr Tränen in die Augen. „Wäre es Toni heute nicht gelungen, mich davon zu überzeugen, wie sehr du Vincent brauchst, wärst du vielleicht wieder in die tiefe Dunkelheit abgetaucht. Dann hätten wir dich für immer verloren."

„So einfach werdet ihr mich nicht los", versuchte Helen einen Scherz, wobei sie ihrer Tochter tröstend das Knie tätschelte. „Ich hätte dir nicht verschweigen dürfen, dass ich ihn liebe. Auch solltest du vorläufig nicht erfahren, dass wir zwei Alten ermitteln, um Leo zu entlasten, weil ich fürchtete, dass du es mir übel nimmst, wenn ich dir ins Handwerk pfusche."

„Begeistert hätte ich darauf gewiss nicht reagiert", ahnte Franziska. „Aber auch das ist jetzt nicht mehr relevant. Lindholm hat mir den Fall heute abgenommen." Ein kleines Lächeln huschte über ihr Gesicht. „Übrigens hat ihm deine Verbindung zu Vincent das Herz gebrochen."

„Er wird es überleben", meinte Helen leichthin. „Immerhin habe ich ihn nie im Unklaren darüber gelassen habe, dass eine neue Partnerschaft für mich nicht in Frage kommt."

„Jetzt hast du aber wieder einen Mann an deiner Seite. Offen gestanden hätte auch ich nicht gedacht, dass das bei dir so schnell gehen könnte."

„Wozu Zeit verlieren, wenn man sich seiner Gefühle sicher ist, Franziska? Mit deinem Kommissar scheinst du doch auch nicht lange gefackelt zu haben."

Unterdessen verließ David den Fahrstuhl zur Intensivstation.

Die Tatsache, dass der Mann, der sein Großvater werden wollte, nicht wie erwartet in der Nähe der Glastür saß, versetzte ihm einen Schrecken. Wo war Vincent? Was war passiert, dass er seine Anwesenheit offenbar nicht mehr für notwendig hielt? War er gegangen, weil...? Hastig betrat David die Intensivstation und streifte einen sterilen Kittel über. Je näher er dem Zimmer seiner Großmutter kam, umso beklemmender wuchs die Angst in ihm. Er traute sich kaum, einen Blick durch die Scheibe zu werfen, musste sich regelrecht dazu zwingen. Seine Befürchtung schien sich zu bestätigen, als er seine Mutter und seine Tante am Fußende des Bettes stehen sah. Dadurch wurde der Blick auf seine Großmutter verdeckt. Auch Vincents Anwesenheit beruhigte ihn nicht im Geringsten. Franziska hätte ihm nie erlaubt, am Bett zu sitzen - es sei denn, um Abschied zu nehmen. Seine Augen erfassten die Überwachungsmonitore, registrierten, dass sie dunkel waren – abgeschaltet.

„Granny ...", flüsterte er verzweifelt, lehnte sich gegen die Wand und schloss die Augen. Er brauchte einen Moment, um sich zu sammeln. Dann griff er nach der Klinke und trat mit unbewegter Miene ein. Seine Augen waren vorwurfsvoll auf seine Mutter gerichtet.

„Warum hast du mich nicht sofort angerufen, Ma?"

„Entschuldige", bat Antonia. „Aber es ging plötzlich alles so schnell." Um Verständnis bittend strich sie ihm über die Wange. „Schau mich nicht so finster an, David. Auch für dich muss es eine Erlösung sein, dass Großmutter es überstanden hat."

„Wie kannst du so reden?", brachte er mit mühsam gebändigter Stimme hervor. „Sie war meine Granny! Ich wollte ihr noch so vieles sagen!"

Durch diese Worte wurde Antonia klar, dass David glaubte, seine Großmutter hätte es nicht geschafft. Deshalb legte sie einen Arm um seine Schultern und führte ihn neben das Bett.

„Dann sag es ihr jetzt, mein Junge."

Er sollte mit seiner toten Großmutter sprechen? Er wagte kaum, sie anzusehen. Als er es tat, begegnete er ihrem liebevollen Blick.

„Granny!" Unsagbar erleichtert sank er auf die Bettkante, fasste sie bei den schmalen Schultern und drückte sie an sich.

„Nicht so stürmisch", ermahnte Antonia ihren Sohn gerührt, worauf er Helen behutsam wieder auf das Kissen bettete.

„Tut mir leid ...", stammelte er. „Ich dachte ... weil Vincent nicht auf dem Flur saß ... und ihr hier alle versammelt seid ..." Vernehmlich küsste er sie auf die Wange. „Mensch, Granny, ich bin so froh, dass du wieder bei uns bist! Es war verdammt hart, dich hier liegen zu sehen und nichts tun zu können!"

Mit einem Blick voll mütterlicher Zärtlichkeit schaute Helen ihren Enkel an.

„Ich hab dich auch lieb, mein Junge."

Eine Weile blieben sie noch gemeinsam an Helens Bett. Schließlich war es Antonia, die ihren Sohn und ihre Schwester zum Aufbruch drängte, damit Helen die nötige Ruhe bekäme. Nur Vincent blieb noch an ihrem Bett sitzen. Nachdem er Helen sekundenlang nachdenklich betrachtet hatte, seufzte er tief.

„Was ist mit dir?", fragte sie beunruhigt. „Du hast die ganze Zeit kaum was gesagt."

Sein ernster Blick konzentrierte sich auf ihre Augen.

„Kannst du mir jemals verzeihen? Du hättest es fast mit dem Leben bezahlt, dass ich dich in Leos Fall reingezogen habe."

„Es war meine eigene Entscheidung, euch zu helfen", widersprach sie, aber er schüttelte den Kopf.

„Du warst emotional beeinflusst. Außerdem habe ich den Unfall verursacht."

„Soweit ich mich erinnere, war das kein Unfall, sondern ein Anschlag. Du konntest überhaupt nicht anders reagieren, als nach rechts auszuweichen. Sonst wären wir beide jetzt wahrscheinlich tot. Dir verdanke ich mein Leben – und das anscheinend sogar in zweifacher Hinsicht." Sie nahm seine Hand und umschloss sie mit ihren schmalen Fingern. „Was war das für eine Melodie, die mich zu dir zurückgeführt hat?"

Leise begann Vincent zu summen.

Während in Helen Erinnerungen an einen warmen Sommertag in der Toskana erwachten, fielen ihr die Augen zu. Noch im Schlaf lag ein Lächeln auf ihren Lippen.

Vincent rührte sich nicht von der Stelle. Er blieb nicht etwa sitzen, weil sie seine Hand weiterhin festhielt. Offenbar fürchtete sie unbewusst immer noch, dass er plötzlich wieder verschwinden könnte, so dass sie wieder nach ihm suchen müsste.

„Ich lasse dich nie wieder allein", flüsterte er, wobei er ihr entspanntes Gesicht zärtlich betrachtete. „Nichts und niemand wird uns je wieder trennen, Liebes. Das verspreche ich dir."

Nach etwa drei Stunden Schlaf schlug Helen die Augen auf.

„Schön, dass du noch da bist ..."

„Wo sollte ich sonst sein? Du hast mich doch am Weglaufen gehindert."

Mit einem Blick erkannte sie, dass sie Vincents Hand fest an ihre Brust gedrückt hielt. Dadurch musste er bereits stundenlang in einer wenig bequemen Position an ihrem Bett sitzen.

Schuldbewusst gab sie seine Hand frei.

„Was habe ich dir jetzt wieder zugemutet? Du musst ja schon ganz steif sein."

„Mir geht es so gut wie schon seit Tagen nicht mehr", behauptete er lächelnd, erhob sich aber, um einige Schritte durchs Zimmer zu gehen. „Diese endlosen Stunden der Ungewissheit waren das Schrecklichste, das ich je erlebt habe. Jetzt fühle ich mich wie befreit."

„Ich verstehe nicht, warum Franziska so hart war. So kenne ich sie gar nicht. Normalerweise handelt sie klug und überlegt."

„Bitte, nimm ihr das nicht übel. Wenn jemand aus der eigenen Familie betroffen ist, gelten andere Regeln. Aus der Sicht deiner Tochter schien die einzige Möglichkeit, dich beschützen zu können, mich von dir fernzuhalten."

„Aber sie kann dir doch keine Vorschriften machen. Wieso hast du überhaupt auf sie gehört?"

„Das erzähle ich dir, wenn du dich etwas erholt hast. Du sollst dich nicht unnötig aufregen."

„Ich möchte es aber jetzt wissen. Bitte, sag es mir."

„Mir blieb keine andere Wahl, als mich nach Franziskas Wünschen zu richten. Deine Tochter ist hier gleich am ersten Tag nach dem Unfall mit einer einstweiligen Verfügung angerückt. Außerdem hat sie sich die Betreuung für dich übertragen lassen. Offenbar fürchtete sie, dass ich genauso gefährlich wie Leo bin, den sie ja immer noch für den Orchideenmörder hält."

„Warum hat Antonia das zugelassen? Sie wusste, dass uns nicht nur die gemeinsamen Ermittlungen verbinden. Wieso hat sie Franziska nicht davon abgehalten, dich wie einen Verbrecher zu behandeln? Antonia hat sich vorher noch nie verantwortungslos oder gefühllos verhalten. Ich dachte immer, ich kenne sie in und auswendig, weil wir uns so ähnlich sind, aber anscheinend habe ich mich getäuscht."

„Das hast du nicht", widersprach er und setzte sich wieder zu ihr, um ihr zu erklären, was tatsächlich geschehen war. „Deine Antonia ist ein ganz außergewöhnlicher Mensch", schloss er.

„Obwohl wir uns vorher erst einmal begegnet waren, hat sie sich geradezu rührend um mich gekümmert, mir Mut gemacht, über meine Ängste mit mir gesprochen. Ohne ihre liebevolle Fürsorge hätte ich diesen Alptraum kaum überstanden."

„Mein armer Liebling", sagte Helen mitfühlend. „Was musstest du meinetwegen alles durchmachen?"

„Es war die Hölle." Sein nachdenklicher Blick schweifte in die Ferne. „Als ich vor Jahren meinen Traum in der Toskana verwirklicht habe, war mir klar, dass ich meinen letzten Lebensabschnitt allein verbringen werde. Irgendwie gelang es mir, erfolgreich zu verdrängen, dass ich mich nach einem Menschen sehne, mit dem ich alles teilen möchte. Mit der Zeit gewöhnte ich mich sogar an die Einsamkeit. Sie wurde mein ständiger Begleiter. – Bis ich in einem Café in Florenz eine Frau bemerkt habe, die nach einem freien Platz Ausschau hielt. In dem Moment, in dem ich sie sah, geschah etwas Merkwürdiges: Ich hatte das Gefühl, ich sei nur in dieses Café gegangen, um dort auf sie zu warten." Sein ernster Blick kehrte in die Realität zurück, suchte Helens Augen. „Für mich war unsere erste Begegnung wie ein lang ersehntes Wiedersehen. Du warst mir gleich so vertraut. Dieses wundervolle Gefühl hat mich aber auch verunsichert, wie du weißt. Seit wir einander so nah sind, ist alles so einfach und klar. Umso tiefer hat es mich getroffen, als das alles von einer Minute zur anderen vorbei zu sein drohte. Wenn ein so lebendiger, temperamentvoller Mensch plötzlich reglos daliegt und nicht ansprechbar ist, wenn man nichts tun kann, als zu hoffen und zu beten, wenn man von fassungsloser Angst gepackt wird, geht man durch die Hölle." Impulsiv griff er nach ihren Händen. „Ohne dich habe ich mich so unvollständig gefühlt. So als hätte man einen Teil von mir ohne Narkose brutal amputiert. Ich hatte entsetzliche Angst, nie wieder deine Stimme und dein Lachen zu hören, nie wieder deine Wärme und deine Umarmung zu spüren, nie wieder deine Haut zu kosten ..." Seine Gefühle drohten ihn noch immer zu überwältigen.

392

Helen sah, dass seine Augen in Tränen schwammen. Wie sehr musste dieser Mann sie lieben? Langsam richtete sie sich auf.

„Komm her ...", bat sie und schloss ihn in die Arme. Sie hielt ihn einfach nur fest. „Es ist vorbei", flüsterte sie an seinem Ohr. „Jetzt wird alles gut."

„Wir werden eine sehr lange Zeit sehr glücklich miteinander sein", murmelte er, bevor er sich etwas von ihr löste. Mit den Händen umrahmte er sanft ihr noch blasses Gesicht. „Wie sehr ich dich tatsächlich liebe und brauche, ist mir erst in den letzten Tagen richtig bewusst geworden."

Seine Lippen legten sich zart auf ihren Mund. Sein inniger Kuss drückte all das aus, was er für Helen empfand. Obwohl ihre Lippen ihm hingebungsvoll antworteten, war er bemüht, sie nicht zu überfordern. Sie brauchte nun vor allem Ruhe, um sich von dem Unfall und dem Eingriff zu erholen. Behutsam, als sei sie zerbrechlich, half er ihr, sich zurückzulegen.

Überwältigt von seinen Worten, schloss Helen die Augen.

„Du musst dich noch schonen, Liebes", sagte er und strich die leichte Decke glatt. „Möchtest du etwas trinken? Oder hast du vielleicht Hunger?" Besorgt runzelte er die Stirn. „Du hast doch nicht etwa Schmerzen, Helen?"

Lächelnd schlug sie die Augen wieder auf.

„Ich fühle mich wundervoll geborgen und bin sehr glücklich, dass ich dich wiedergefunden habe. Mehr brauche ich nicht. Du kannst ganz beruhigt nach Hause gehen."

Entschieden schüttelte er den Kopf.

„Ich gehe nirgendwohin."

„Es ist lieb von dir, dass du bei mir bleiben möchtest, aber du wirst vernünftig sein. Du hast seit Tagen nicht geschlafen."

„Wer behauptet das?"

„Antonia hat es mir zugeflüstert, als sie sich vorhin verabschiedet hat", verriet sie ihm, worauf er unwillkürlich lächelte.

„Deine Tochter kann es einfach nicht lassen, sich Sorgen um mich zu machen. Das ändert aber nichts an der Tatsache, dass ich mich taufrisch fühle. – Ich bleibe."

„Das tust du nicht", protestierte sie abermals. „Wie soll ich gesund werden, wenn ich fürchten muss, dass du dir meinetwegen zu viel zumutest? Glaubst du, ich sehe dir nicht an, wie erschöpft du bist?" Listig blitzte es in ihren braunen Augen auf. „Außerdem musst du mir was von zu Hause mitbringen."

„Hast du nicht Antonia gebeten, dir alles, was du hier in der Klinik brauchst, zu holen?"

„Ich habe aber vergessen, ihr zu sagen, dass sie mir die eingegangene Post mitbringen möchte."

„Was Wichtigeres ist dir so schnell nicht eingefallen? Anscheinend willst du mich unter allen Umständen loswerden."

„Gut kombiniert, Miss Moneypenny", neckte sie ihn. „Aber nur, damit du morgen ausgeruht an meinem Bett sitzt."

„Okay, du hast gewonnen", gab er mit einem theatralischen Seufzer nach und griff in seine Hosentasche. „Bevor ich gehe, habe ich aber noch etwas für dich." Er nahm Helens Hand und steckte ihr einen Ring an den Finger.

Erstaunt betrachtete sie das mit einem Diamanten besetzte Schmuckstück.

„Ist das ein Verlobungsring?"

„Gut kombiniert, James Bond."

„Wie lange trägst du den schon mit dir rum?"

„Ich glaube, es war vor zwei Tagen, als Antonia mich sehr resolut in ein Restaurant geschleppt hat. Da ich aber nicht nur etwas essen, sondern auch schlafen sollte, bestand sie darauf, mich zu deiner Wohnung zu fahren. Dort habe ich es allerdings nicht fertiggebracht, mich ohne dich ins Bett zu legen. Ich wusste, ich würde darin keine Ruhe finden. Deshalb habe ich mich mit einer Flasche Rotwein ins Wohnzimmer zurückgezogen. Irgendwann muss ich auf dem Sofa eingenickt sein ..." Die Erinnerung an diese Nacht jagte einen eiskalten Schauer über seinen Rücken. „Ich hatte einen schrecklichen Alptraum, so dass ich schweißgebadet und völlig durcheinander hochgeschreckt bin. Als ich hier in der Klinik ankam, habe ich David auf dem Flur getroffen. Der Junge hatte die ganze Nacht an deinem Bett gesessen und war auch ziemlich fertig, so dass wir versucht haben, uns gegenseitig Mut zu machen. Und dann hat er etwas gesagt, das mir nicht mehr aus dem Kopf ging."

„Verrätst du mir, was das war?"

„Seine Granny stünde immer zu ihrem Wort. Sie würde mich heiraten und mit mir in der Toskana leben. Darauf könne ich mich hundertprozentig verlassen."

„Der Junge kennt seine Granny recht genau", sagte sie gerührt. „Bist du nach seiner Prophezeiung etwa sofort losgesaust, um diesen wunderschönen Ring zu kaufen?"

„Zuerst war ich bei Leo." Knapp berichtete er von seinem Besuch bei seinem Sohn und der anschließenden Fahrt zu seinem Rechtsanwalt. „Von der Kanzlei aus wollte ich mir einen Wagen zurück zur Klinik nehmen", endete er. „Es sind nur wenige Meter bis zum nächsten Taxenstand. – Der befindet sich zufällig direkt vor einem Juweliergeschäft. Ich musste einfach reingehen und den schönsten Ring für dich aussuchen."

„Obwohl du nicht sicher sein konntest, ob ich je in der Lage sein würde, ihn zu tragen? Du bist ein verrückter alter Kauz."

„Vielleicht bin ich das", räumte er achselzuckend ein. „Allerdings war mir dieser kleine Ring eine große Hilfe, wenn mich die Verzweiflung zu überwältigen drohte. Dann habe ich in meine Tasche gefasst, um ihn zu spüren und dabei an Davids Worte gedacht. Das hat mich immer wieder aufgerichtet."

Obwohl es schon spät war, fuhr Pit vom Präsidium aus noch zu Franziska, um ihr in dieser schweren Zeit beizustehen. Da sie sein Läuten ignorierte, benutzte er den Wohnungsschlüssel. Verwundert registrierte er, dass aus keinem der Räume Lichtschein fiel. Er nahm an, dass sie noch in der Klinik war und schaltete die Wohnzimmerlampe ein. Im nächsten Moment sah er Franziska zusammengekauert in einer Sofaecke hocken.

„Warum sitzt du denn hier im Dunkeln?", fragte er im Näherkommen, erhielt aber keine Antwort. Ihre geröteten Augen ließen nur eine Erklärung zu. „Oh nein, nur das nicht ...", murmelte er betroffen, setzte sich zu ihr und zog sie tröstend in seine Arme. „Es tut mir furchtbar Leid, Liebling. Deine Mutter war eine beeindruckende Persönlichkeit. Ich habe sie zwar kaum gekannt, aber sehr gemocht."

Abrupt löste sie sich von ihm.

„Mam ist nicht tot!"

Irritiert forschte er in ihrem Gesicht.

„Warum hast du dann im Dunkeln gesessen und geweint?"

„Weil ich etwas Unverzeihliches getan habe! Ich habe Vincent beschuldigt, dass er Mam fast ins Grab gebracht hätte, dabei hätte ich sie fast umgebracht!"

„Du? – Das verstehe ich nicht."

Mit Tränen in den Augen berichtete sie, was in der Klinik passiert war. Dabei ging sie schonungslos mit sich ins Gericht.

„Wie konnte ich nur so verbohrt sein? Weder auf meine Schwester noch auf dich wollte ich hören!"

„Du hast es nur gut gemeint", sagte er beruhigend. „Es ist doch verständlich, dass du nicht nur tatenlos rumsitzen und auf ein Wunder warten konntest. Du wolltest irgendwas für deine Mutter tun ..."

„ ... aber es war das Falsche", vollendete sie niedergeschlagen. „Wäre Toni nicht so hartnäckig gewesen ..." Schluchzend schmiegte sie sich in seine Arme. „Sogar Leonard von Thalheim habe ich gestern noch heftige Vorhaltungen gemacht. Dabei hat er meinen Besuch in der U-Haft nur inszeniert, um Mam zu helfen. Er wusste, dass sie seinen Vater mehr als alle anderen braucht. Zwischen Mam und Vincent muss etwas ganz Besonderes sein."

„Ist er noch sehr böse auf dich?"

„Seltsamerweise war er das nie. Mir gegenüber wurde er nie wütend oder ausfallend. Ich glaube, dazu war er viel zu verzweifelt. Aber auch das wollte ich nicht bemerken."

Mit leiser Stimme erzählte sie, wie sehr Vincent sie durch seine Versöhnungsbereitschaft beschämt hatte. Auch ließ sie nicht aus, dass er sich ihrer Mutter gegenüber schützend vor sie gestellt hatte, um Helen jegliche Aufregung über das Verhalten ihrer Tochter zu ersparen.

„Das scheint nicht nur ein sympathischer, sondern auch ein verantwortungsbewusster Mann zu sein", urteilte Pit. „Möglicherweise ist sein Sohn ihm ähnlicher, als wir dachten."

„Wie meinst du das?"

„Vor einer Stunde haben wir die Laborergebnisse bekommen."

„Und?", fragte sie ungeduldig. „Was haben sie rausgefunden?"

„Nicht nur, dass die beiden Laken identisch sind, sondern auch das darauf gesicherte genetische Spurenmaterial. Wenn deine Schwester jetzt noch unter Eid aussagt, dass sie bei ihrer Abreise beide Laken auf Usedom zurückgelassen haben, kann nur der Einbrecher eines davon am Fundort der Leiche platziert haben. Das wiederum würde beweisen, dass Leonard von Thalheim nicht der Orchideenmörder sein kann."

„Was ist mit der winzigen Blutanhaftung des Opfers auf dem Laken vom Fundort?"

„Salomon wird behaupten, der wirkliche Killer hätte das Laken damit präpariert, um die Tat seinem Mandanten anzuhängen. – Und er wird damit durchkommen."

„Aber die Fülle von Indizien, die jedes Opfer mit Leonard von Thalheim in Verbindung bringen ...", überlegte Franziska. „ ... die kann man doch nicht ignorieren ..."

„Du weißt selbst, dass die nicht ausreichen, um ihn zwingend als Täter zu überführen. Ohne den DNA-Beweis wird uns der Haftrichter auslachen."

„Demnach müsste jeder Fundort manipuliert gewesen sein. Haben wir denn so schlampig ermittelt, Pit? Glaubst du, wir haben tatsächlich einen Unschuldigen verhaftet? Dann wird mich Leonard von Thalheim womöglich verklagen. Er wird mir persönliche Motive oder Rache unterstellen, weil er meiner Schwester wehgetan hat." Sekundenlang schloss sie die Augen. „Ich habe wirklich in jeder Hinsicht versagt."

„Wenn, dann haben wir beide Fehler gemacht", widersprach er. „Wir müssen jetzt erst mal den Haftprüfungstermin abwarten."

Kapitel 38

Die durch das Schlafzimmerfenster scheinende Sonne weckte Vincent. Herzhaft gähnend streckte er sich. Nachdem Angst und Verzweiflung von ihm genommen waren, hatte er beinah zehn Stunden tief und traumlos geschlafen. Sein erster Gedanke galt Helen, so dass er es kaum erwarten konnte, zu ihr in die Klinik zu fahren. Dennoch nahm er sich Zeit für die Morgentoilette. Sogar dem Frühstück widmete er sich mit gutem Appetit. Er schlüpfte gerade in einen leichten Blazer, um das Haus zu verlassen, als das Telefon läutete. Rasch lief er ins Arbeitszimmer und griff zum Hörer. Am anderen Ende der Leitung war eine Schwester des Krankenhauses, um ihm eine Botschaft zu übermitteln.

„Sie hat wörtlich gesagt: Richten Sie meinem Mann bitte aus, dass er erst gegen Mittag in die Klinik kommen möchte, weil am Vormittag mehrere Untersuchungen anstehen. Sie sollen einen gewissen Leo besuchen, um Entwarnung zu geben."

„Danke, Schwester", sagte Vincent mit einem Lächeln. „Richten Sie meiner Frau bitte wörtlich aus, dass der glückliche alte Kauz verstanden hat."

So fuhr Vincent statt in die Klinik zunächst zur Justizvollzugsanstalt. Im Besuchsraum wartete er geduldig auf seinen Sohn.

„Wie geht es Helen?", fragte Leo als er hereingeführt wurde, anstelle einer Begrüßung. „Gibt es irgendeine Veränderung?"

„Sie ist gestern aus dem Koma erwacht", sagte Vincent sichtbar erleichtert, worauf Leo seinen Vater impulsiv umarmte.

„Gott sei Dank! Seit deinem letzten Besuch habe ich aus Sorge kein Auge zugetan! Der Gedanke, dass ich nicht nur Antonia sehr verletzt habe, sondern womöglich auch für den Tod ihrer Mutter verantwortlich bin, war mir unerträglich. Ganz davon zu schweigen, was das für dich bedeutet hätte."

„Helen hat wohl geahnt, was in dir vorgeht", vermutete er
und nahm am Tisch Platz. „Sie wollte, dass ich dich so schnell wie möglich informiere."

„Demnach ist sie schon wieder gut beieinander", folgerte Leo und setzte sich seinem Vater gegenüber. „Durftest du sofort nach ihrem Erwachen zu ihr?"

Obwohl er sich bemühte, seinem Sohn die Ereignisse auf der Intensivstation so ruhig wie möglich zu schildern, bemerkte Leo, wie ergriffen sein Vater auch jetzt noch war.

„Daran erkennt man, welch tiefe Verbundenheit die Liebe bewirken kann", sagte Leo beeindruckt. „Ich wünschte ..." Mit einem resignierten Schulterzucken brach er ab. Sein Vater verstand ihn aber auch ohne Worte.

„Wenn du nicht um Antonia kämpfst, wirst du das für den Rest deines Lebens bereuen. So eine Frau findest du nie wieder."

„Glaubst du, ich weiß nicht, wie einzigartig sie ist? Ich hätte mich nie in sie verlieben dürfen. Jeder andere – nur nicht ich."

„Das ist nicht das Problem", widersprach Vincent. „Dass du dich in sie verliebt hast, das ist das Leben, mein Junge. Aber du hättest ihr die Wahrheit über dich sagen müssen – die ganze Wahrheit. Auch über Larissa und die Umstände, unter denen sie ums Leben kam. Darüber konntest du aber nicht sprechen, weil du dich immer noch schuldig an ihrem Tod fühlst."

„Vielleicht bin ich wirklich noch nicht darüber hinweg. Hätte ich mich damals anders verhalten ..." Aus müden Augen blickte er seinen Vater an. „Ich darf gar nicht daran denken, dass ich beinah auch an Helen schuldig geworden wäre."

„Dafür trage allein ich die Verantwortung", betonte Vincent mit Nachdruck. Ehe er seinem Sohn jedoch erklären konnte, wie Helen darüber dachte, betrat Leos Rechtsanwalt den Besuchsraum.

„Ich bringe fantastische Neuigkeiten", sagte Olaf und reichte zuerst Vincent die Hand. „Heute stand in der Zeitung, dass Helen aus dem Koma erwacht ist. Aber nicht, ob sie das alles schadlos überstanden hat!?"

„Bislang spricht alles dafür. Endgültige Klarheit darüber geben hoffentlich die heutigen Untersuchungen."

Verstehend nickte Olaf, bevor er Leo auf die Schulter klopfte.

„Letztlich wendet sich alles zum Guten. Auch für dich, mein Lieber. Helen hatte wieder mal den richtigen Riecher. Wo andere nach einem Haar in der Suppe suchen, stößt sie auf ein ganzes Toupet."

„Bedeutet das, du hast die Laborergebnisse, Olaf?"

Abermals nickte der Freund – diesmal triumphierend.

„Du bist endgültig aus dem Schneider, Leo. Es wurden auch geringe genetische Spuren von Antonia an dem Laken vom Fundort entdeckt. Spät, aber immerhin. Außerdem bin ich bereits im Besitz einer eidesstattlichen Erklärung von ihr, die besagt, dass sich die gesamte Bettwäsche bei eurer Abreise im Schlafzimmer des Hauses auf Usedom befunden hat."

„Dem Himmel sei Dank", murmelte Leo. „Wie geht es jetzt weiter?"

„Morgen hast du deinen Haftprüfungstermin. – Und dann bist du frei!"

„Sicher?", zweifelte Leo, der schon nicht mehr daran geglaubt hatte, dass dieser Alptraum jemals enden würde. „Vielleicht fällt der Staatsanwaltschaft was Neues ein, um mich als Killer zu überführen."

„Keine Chance", sagte Olaf im Brustton der Überzeugung. „Wir werden definitiv beweisen, dass sie sich total vergaloppiert haben."

Mit geschlossenen Augen lag Helen im Bett eines komfortablen Einzelzimmers der Klinik. Sie dachte über die Geschehnisse der letzten Tage und Wochen nach. Seit ihrer Pensionierung hatten sich die Ereignisse förmlich überschlagen. Die Reise in die Toskana hatte ihr Leben komplett verändert. Dort hatte sie etwas gefunden, nach dem sie nicht gesucht, was sie nicht einmal erhofft hatte. Bis dahin war es ihr immer gelungen, die Sehnsucht nach Zärtlichkeit und Geborgenheit zu verdrängen. Körperliche Nähe hingegen hatte sie niemals vermisst. Erst Vincent hatte sie gelehrt, wie wundervoll es sein konnte, ganz Frau zu sein. Dieser Mann besaß sehr viel Einfühlungsvermögen, ein enormes Verantwortungsbewusstsein und die Fähigkeit, tief und vorbehaltlos zu lieben. Trotz des Wissens, dass man ihn nicht zu ihr lassen würde, hatte er beinah rund um die Uhr in der Klinik ausgeharrt, um einen stillen Kampf zu führen: gegen Verzweiflung, Hoffnungslosigkeit und gegen den lauernden Tod. Was sie ebenso tief berührte, war seine Fähigkeit, mit ihr vorbehaltlos und vertrauensvoll darüber zu sprechen, was ihn in diesen endlos erscheinenden Stunden bewegt hatte. Ihm war gar nicht in den Sinn gekommen, ihr zu verheimlichen, was er aus Angst und Liebe durchgemacht hatte. Auch das erwies sich als völlig neue Erfahrung für sie. Ihr verstorbener Mann hatte ihr selten Einblick in seine Gefühlswelt gewährt. – Und sie hatte sich dem angepasst. Dennoch hätte sie ihre Ehe als jederzeit harmonisch bezeichnet. Erst jetzt wusste sie, wie viel Reichtum eine in jeder Hinsicht beglückende Partnerschaft tatsächlich hervorbringen konnte. Es erfüllte sie mit tiefer Dankbarkeit, im Herbst ihres Daseins noch etwas so Wundervolles erleben zu dürfen.

Als die Tür zu ihrem Krankenzimmer leise geöffnet wurde, blinzelte Helen nur, um zu sehen, wer den Raum betrat.

Jedes Geräusch vermeidend, näherte sich Vincent dem Bett. Helens geschlossene Lider ließen ihn vermuten, dass die Untersuchungen sie angestrengt hatten. Vorsichtig stellte er einen Stuhl ans Bett. Bevor er sich setzte, berührten seine Lippen Helens Stirn leicht wie Schmetterlingsflügel. Lächelnd schlug sie daraufhin die Augen auf.

„Hallo, mein Held. "

„Hallo, meine Schöne. Wie fühlst du dich heute?"

„Ausgezeichnet", sagte sie und setzte sich etwas auf. Sofort richtete er das Kissen in ihrem Rücken, damit sie sich bequem dagegen lehnen konnte. „Warst du bei Leo?"

„Ihm fiel ein Stein vom Herzen. Ich soll dich grüßen und dir einen dicken Kuss von ihm geben."

„Immer her damit."

Leise lächelnd beugte er sich zu ihr hinüber und hauchte einen

Kuss auf ihre Wange.

„Der ist von Leo", sagte er, bevor er sie zärtlich auf die Lippen küsste. „Und der ist von deinem Mann."

Bevor er sich zurücklehnen konnte, fasste Helen flink nach dem Revers seines Blazers und zog Vincent dicht zu sich heran. Ihr Kuss hätte inniger nicht sein können.

„Und der ist von deiner Frau. Ich war in meinem ganzen Leben noch nie so glücklich."

„Mir geht es genauso. Allerdings mit einer kleinen Einschränkung – solange ich nicht weiß, was deine heutigen Untersuchungen ergeben haben!?" Als sie nicht sofort antwortete, forschte er beunruhigt in ihrem Gesicht. „Bitte, sag mir die Wahrheit, Helen! Solltest du durch die Hirnblutung irgendeine bleibende Einschränkung haben, will ich das wissen! Wir werden zusammen damit fertig!"

„Es ist alles in Ordnung", beruhigte sie ihn mit zärtlichem Lächeln. „Es wurde nur diagnostiziert, dass ich mich ungewöhnlich schnell erhole." Verschwörerisch zwinkerte sie ihm zu. „Aus meiner Sicht gibt es dafür eine ganz einfache Erklärung: Ich habe mich daran gewöhnt, mich im Bett an meinen Liebsten zu kuscheln. Da das in einem Krankenhaus selbst Privatpatienten nicht gestattet ist, muss ich doch gesund werden, bevor irreparable Entzugserscheinungen auftreten."

„Ich werde dich bei deiner Genesung nach Kräften unterstützen", versprach er. „Meine Sehnsucht nach dir ist nämlich auch nicht zu unterschätzen."

Bei Antonias Eintreffen waren die Augen der beiden ineinander versunken. Dieser Anblick rührte sie immer wieder aufs Neue.

„Na, ihr zwei Turteltäubchen", sagte sie neckend, ehe sie ihre Mutter mit einem Kuss begrüßte. „Gut siehst du heute aus."

„So fühle ich mich auch. Unter der Aufsicht einer Schwester durfte ich vorhin sogar duschen und das schreckliche Leichenhemd gegen was Hübscheres tauschen. Das Mittagessen hat mir geschmeckt und die Zeitung habe ich auch schon gelesen."

„Übertreib es nicht gleich", ermahnte sie ihre Mutter und legte die Hand auf Vincents Schulter. „Du erscheinst mir auch viel ausgeruhter. Hast du in der letzten Nacht etwa geschlafen?"

„Wie ein Baby", gestand er verschmitzt. „Aber nur, weil du mich bei deiner Mutter verpetzt hast."

„Manchmal rede ich leider zu viel", meinte Antonia, während sie sich auf der anderen Seite auf die Bettkante setzte. „Das hätte ich mir längst abgewöhnen sollen."

Ohne die Worte ihrer Tochter zu kommentieren, wandte sich Helen an Vincent.

„Jetzt ist Antonias Mittagspause. Bist du so gut und organisierst einen Kaffee für sie?"

In der Annahme, dass Helen allein mit ihrer Tochter sprechen wollte, erhob er sich. Kaum hatte er den Raum verlassen, breitete Helen die Arme aus.

„Komm mal her." Herzlich drückte sie ihre Tochter an sich. „Danke, mein Kind."

„Wofür?"

„Du hast dich so liebevoll um Vincent gekümmert – obwohl du ihn kaum kanntest."

„David hat mir verraten, dass zwischen dir und Vincent eine ganz heiße Nummer läuft. Außerdem meinte dein Enkel, dass Vincent unter allen Umständen sein Großvater werden will. Also gehört er praktisch schon zur Familie."

„Ist es dir trotz allem nicht schwergefallen, ihm beizustehen? - Zumal er Leos Vater ist?"

„Dabei ging es um Wichtigeres, als um meine verletzten Gefühle. Ich konnte nicht tatenlos zusehen, wie dieser Mann an seinem Schmerz zerbricht. Er hat furchtbar gelitten, weil er dich liebt. Und ich denke, du empfindest genauso für ihn."

„Von ganzem Herzen", bekannte Helen offen, doch dann senkte sie verlegen den Blick. „Es ist das erste Mal in meinem Leben, dass ich das Zusammensein mit einem Mann in jeder Hinsicht wirklich genießen kann. Dein Vater war so ganz anders als Vincent. Nicht, dass du jetzt denkst ...“

„Du musst mir das nicht erklären, Mam“, sagte Antonia, die spürte, dass es ihrer Mutter nicht leicht fiel, darüber zu sprechen. „So was habe auch ich erst einmal erlebt. Wenn Herz, Kopf und Schoß auf wundervolle Weise zusammenpassen, hat man etwas Einzigartiges gefunden, das man festhalten muss.“ Lächelnd deutete sie auf die Hand ihrer Mutter. „Wie einig ihr euch seid, erkennt man daran, dass du seinen Ring trägst.“

„Wir werden dieses späte Glück mit beiden Händen festhalten.“ Der warme Blick ihrer Augen forschte im Gesicht ihrer Tochter. „Möchtest du nicht auch eines Tages den Ring des Mannes tragen, den du liebst, mein Kind?“

„Ich werde nie wieder lieben“, antwortete Antonia erstaunlich nüchtern. „Jedenfalls nicht so vorbehaltlos und umfassend wie ...“ Scheinbar gleichmütig zuckte sie die Schultern. „Vielleicht hat Franzi tatsächlich Recht, wenn sie behauptet, dass ich im Gegensatz zu ihr zu gefühlsbetont bin.“

„So ein Unsinn. Es gehört zu deinem liebenswerten Wesen, dass du auf die Stimme deines Herzens hörst. Emotionale Intelligenz wird in der heutigen Zeit immer seltener. Die musst du dir bewahren, denn sie ist ein kostbares Geschenk. Deine Schwester sieht die Dinge manchmal zu rational – auch wenn ihr Gefühl ihr etwas anders sagt. Wie euer Vater versucht sie zuerst, mit Logik weiterzukommen. Aber das funktioniert nicht immer. Man sollte viel öfter aus dem Bauch heraus handeln.“ Ein Lächeln erschien bei Vincents Eintreten auf ihren Zügen. „Bleib wie du bist, Antonia“, fügte sie leiser hinzu, während er mit einem Tablett in den Händen nähertrat.

„Roomservice!“, verkündete er und stellte es auf dem Tisch ab. Darauf befand sich eine Tasse, ein Teller mit zwei Stückchen Kuchen und ein kleines Kaffeekännchen. „Komm, setz dich her, Antonia“, bat er. „Jetzt kann ich mich endlich ein wenig für deine Fürsorge revanchieren.“

Amüsiert nahm sie an dem kleinen Tisch Platz, worauf Vincent den Kaffee einschenkte.

„Wenn ich mich recht erinnere, trinkst du ihn schwarz."

„Genau wie du", erwiderte sie und nahm den Kuchen in Augenschein. „Sieht aus wie frisch gebackener Apfelkuchen. Wo hast du den denn so schnell aufgetrieben?"

„Ich habe ausgezeichnete Verbindungen zum Pflegepersonal", verriet er ihr. Dabei wirkte er wie ein Lausbub, dem ein besonderer Streich gelungen war. „Eine der jungen Schwestern scheint eine Schwäche für mich alten Kauz zu haben."

Seine Worte entlockten Helen einen übertriebenen Seufzer.

„Ich wusste, dass ich schon bald Konkurrenz bekomme."

„Mit dir kann es keine andere Frau aufnehmen", widersprach er. „Und sei sie noch so jung und hübsch."

„Ach, das ist dir aber aufgefallen", neckte sie ihn. „Wahrscheinlich hast du sogar mit ihr geflirtet, damit sie ihren Apfelkuchen rausrückt."

„Tja ...", tat Vincent, als hätte er gar keine andere Wahl gehabt. „Manchmal muss man eben seinen Charme einsetzen, um von einem weiblichen Wesen etwas mehr als ein Lächeln zu bekommen. Auf diese Weise ist mir auch meine Traumfrau ins Netz gegangen."

„Und ich bin prompt darauf reingefallen", stöhnte Helen in scheinbarer Verzweiflung, so dass er sich rasch zu ihr setzte. „Bereust du es?"

„Tja ...", sagte nun sie, als sei das äußerst schwierig zu beantworten. „Darüber muss ich erst gründlich nachdenken."

„Das hat man nun davon, wenn man jederzeit die Wahrheit sagt", monierte er, wobei er Antonia einen Hilfe suchenden Blick zuwarf. Sie hob jedoch nur in einer Ich-halte-mich-daraus-Weise die Brauen und widmete sich ihrer unverhofften Mahlzeit. Kaum hatte sie den leckeren Kuchen verspeist, betrat nach kurzem Anklopfen ein Mann das Krankenzimmer. In den Händen hielt er ein üppiges buntes Blumengebinde, mit dem er sich etwas verlegen dem Bett näherte.

„Eigentlich wollte ich erst mit einem Blumenstrauß bewaffnet bei Ihnen aufkreuzen, wenn ich Franziska von meinen Qualitäten als Ehemann überzeugt habe", sagte er und legte Helen den Strauß in den Arm. „So richtig ist mir das leider noch nicht gelungen. Trotzdem hat mich heute die Freude darüber hergetrieben, dass Sie es offenbar doch noch erleben wollen, wie ich mich zum Narren mache, wenn ich bei Ihnen um die Hand Ihrer Tochter anhalte, Frau Dr. Bredow."

„Nehmen Sie es mir nicht übel, aber die Aussicht, Sie zum Schwiegersohn zu bekommen, hat meinen Wunsch, wieder aktiv am Leben teilzuhaben, nicht wirklich beeinflusst, Herr Kommissar", sagte Helen vergnügt. „Allerdings stimmen mich diese herrlichen Blumen Ihren Absichten gegenüber milde."

„Das erleichtert mich ungemein", erwiderte Pit schmunzelnd. „Hallo, Doc", begrüßte er Antonia, bevor er sich an Vincent wandte. „Herr von Thalheim, nicht wahr?" vermutete er und reichte dem Älteren die Hand. „Pit Gerlach", stellte er sich vor. „Wenn es so gut weiterläuft, gehöre ich auch bald zur Familie." Obwohl er diesen Namen im Zusammensang mit der Verhaftung seines Sohnes gehört hatte, ergriff Vincent die dargebotene Hand ohne Groll.

„Da meine Zukünftige Sie anscheinend für schwiegersohntauglich hält, wird Franziska die richtige Wahl getroffen haben. Sie ist eine patente Frau, die weiß, was sie will."

„Momentan stellt sie sich allerdings selbst infrage", erwiderte Pit offen. „Franziska quält sich mit heftigen Vorwürfen, dass sie in den letzten Tagen völlig falsch reagiert hätte. Das macht ihr schwer zu schaffen."

„Jeder Mensch geht mit einer solchen Ausnahmesituation anders um", sagte Vincent verständnisvoll. „Wichtig ist, was am Ende dabei rauskommt." Lächelnd deutete er zum Bett. „Gott sei Dank hat Helen das alles schadlos überstanden. Rhetorisch ist sie jedenfalls schon wieder in Bestform."

„Das ist mir nicht entgangen", schmunzelte Pit. Unauffällig führte er Vincent zum Fenster. „Wir müssen über den Unfall sprechen, Herr von Thalheim", sagte er dort mit gedämpfter Stimme. „Bislang haben wir nur die Aussage der beiden jungen

Männer, die hinter Ihnen fuhren. Antonia hatte mich gebeten, Sie erst zu befragen, wenn ihre Mutter aus dem Koma erwacht ist. Jetzt ist es an der Zeit, die Ermittlungen voranzutreiben. Können Sie noch heute zu mir ins Präsidium kommen?"

„Was gibt es da zu tuscheln?", fragte Helen, noch bevor er zustimmen konnte. „Was wollt ihr vor mir verheimlichen?"

„Damit möchte ich Sie zu diesem Zeitpunkt nicht behelligen", wich Pit aus. „Ihre Genesung ist jetzt vorrangig."

„Es handelt sich um den Unfall, nicht wahr!?", vermutete sie.

„Falls Sie einen Schuldigen suchen, sind Sie bei Herrn von Thalheim an der falschen Adresse."

„Das ist mir durchaus bewusst. Auch wenn der Polizei manchmal Ermittlungsfehler unterlaufen, bedeutet das nicht, dass wir völlig unfähig sind, Frau Dr. Bredow."

„Helen", korrigierte sie ihn amüsiert. „Wie wäre es mit einer Kostprobe Ihres kriminalistischen Talents, Herr Kommissar?"

„Pit", parierte er und trat an das Fußende des Bettes. „Mir hätte klar sein müssen, dass Sie den Dingen immer gleich auf den Grund gehen wollen."

Erwartungsvoll blitzte es in ihren Augen auf.

„Dann schießen Sie los, Pit."

Er wechselte einen schnellen Blick mit Antonia. Als sie unmerklich nickte, schaute er wieder Helen an.

„Nach den uns vorliegenden Zeugenaussagen handelte es sich keineswegs um einen Unfall, sondern eindeutig um einen Anschlag. Inzwischen gehe ich sogar davon aus, dass Ihre eigenmächtigen Nachforschungen der Grund sind, aus dem Sie jemand ausschalten wollte. Jemand, der in Ihnen eine immense Gefahr gewittert hat."

„Der Killer hat seine Deckung verlassen", warf Helen ein. „Er muss uns tatsächlich beobachtet haben. Unsere Reise nach Usedom hat ihn offenbar in Panik versetzt. Deshalb wollte er uns aus dem Weg schaffen."

„Möglich", räumte Pit ein. „Wobei Sie mit Ihrer kriminalistischen Erfahrung und Ihrem messerscharfen Verstand wahrscheinlich die größte Gefahr darstellten. Herrn von Thalheims Reaktion ist es zu verdanken, dass Sie beide mit dem Leben davongekommen sind. Trotzdem waren Sie sozusagen mattgesetzt, weil Sie im Koma lagen."

„Worauf wollen Sie hinaus?", fragte Vincent, der plötzlich ein beklemmendes Gefühl verspürte. Unwillkürlich setzte er sich wieder ans Bett und umschloss Helens Hand mit seiner Rechten, bevor er den Kommissar beunruhigt anblickte. „Glauben Sie, dass er es wieder versuchen wird?"

„Auszuschließen ist das nicht. Zumal Helen aus dem Koma erwacht ist. Falls sich rausstellen sollte, dass Ihre Theorie von dem mordenden Unbekannten, der die Fäden in der Hand hält stimmt, wird er sich womöglich an der Person rächen wollen, die seine genialen Pläne zunichte gemacht hat."

Auf Helens Gesicht erschien ein skeptischer Ausdruck.

„Ist das nicht ein bisschen weit hergeholt? Wie ich hörte, hat Leo morgen früh seinen Haftprüfungstermin. Danach wird er höchstwahrscheinlich frei sein. Der Killer täte gut daran, schleunigst zu verschwinden. Ihm müsste eigentlich klar sein, dass die Ermittlungen wieder aufgenommen werden und man dann vielleicht doch noch auf ihn stößt."

„Nicht unbedingt", schaltete sich Antonia ein, die bislang nur still zugehört hatte. „Der Killer muss sich enorm viel Mühe gegeben haben, damit Leo als sechsfacher Mörder überführt wird. Seinen Plan, Leo zu vernichten, muss er nun erst mal als fehlgeschlagen betrachten. Allerdings halte ich es für unwahrscheinlich, dass er aufgibt, wenn Leo morgen aus der U-Haft entlassen werden sollte. Niemand bringt eiskalt sechs Menschen um und zieht sich zurück, wenn nicht alles wunschgemäß verläuft. Er wird sich was Neues einfallen lassen."

„Genau das befürchte ich auch", pflichtete Pit ihr bei. „Sie haben seine Pläne zunichte gemacht, Helen. Möglicherweise nimmt er das nicht tatenlos hin. Deshalb wird ein Beamter hier vor Ihrer Tür Wache halten."

„Auf einen bloßen Verdacht hin wird Ihnen niemand Personenschutz für mich genehmigen."

„Das nehme ich auf meine Kappe. Im Übrigen habe ich den Kollegen vorhin schon mitgebracht. Er sitzt draußen auf dem Flur. Drei weitere Freiwillige werden sich alle sechs Stunden ablösen."

Man sah Vincent an, wie beeindruckt er war.

„Die Polizisten haben sich freiwillig gemeldet, um hier Wache zu schieben?"

„Justitia erfreut sich großer Beliebtheit unter den Kollegen", bestätigte der Kommissar. „Da verzichtet man gern auf ein bisschen Freizeit."

Helen gelang es nur unvollständig, ihre Rührung vor den Anwesenden zu verbergen.

„Das ist doch viel zu viel Aufwand nur für mich."

„Noch ist das meine Entscheidung", betonte Pit. „Wenn ich das nächste Mal mit Blumen bei Ihnen auftauche, sollte das nicht unbedingt auf dem Friedhof sein."

Kapitel 39

Schon am frühen Morgen saß Vincent an Helens Bett. Leo hatte seinem Vater durch Olaf Salomon mitteilen lassen, er möge bei ihr bleiben, anstatt vor Ort das Ergebnis der Haftprüfung abzuwarten. Nun kreisten Vincents Gedanken nicht nur um die mögliche Gefahr, in der Helen noch schweben könnte, sondern auch um die Frage, ob Leo tatsächlich frei käme.

„Sehr gesprächig bist du heute nicht", sagte Helen schließlich, da er ihre Hand schon eine Weile hielt und nachdenklich mit ihren Fingern spielte. „Worüber machst du dir Sorgen?"

Verlegen gab er ihre Hand frei.

„Olaf ist zwar sicher, dass er Leo heute frei bekommt, aber was ist, wenn er den Richter nicht überzeugen kann?"

„Bei Olafs Besuch gestern Abend bin ich noch mal Punkt für Punkt mit ihm durchgegangen. Da kann nichts schiefgehen."

„Möglicherweise reicht dem Richter aber nicht, was Olaf ihm vorlegt", wandte er ein. „Wie würde er dann entscheiden?"

„Der Richter kann einzelne Ermittlungen anordnen, die für eine künftige Entscheidung über die Aufrechterhaltung der Untersuchungshaft von Bedeutung sind. Nach Durchführung dieser Ermittlungen würde er eine erneute Haftprüfung vornehmen." Diesmal griff sie nach seiner Hand und umschloss sie. „Dazu wird es aber nicht kommen. Darauf solltest du vertrauen."

Am frühen Nachmittag wuchs Vincents Unruhe. Olaf hatte sich noch nicht gemeldet. Das konnte nur bedeuten, dass der Haftprüfungstermin nicht wie erhofft Leos Freilassung bewirkt hatte. Vincent ahnte, wie sich sein Sohn nun fühlen musste. Am liebsten wäre er sofort zur Justizvollzugsanstalt gefahren. Allerdings wollte er Helen trotz des Polizisten vor der Tür nicht allein lassen.

Sie war bald nach dem Mittagessen eingeschlafen. Ein Zeichen, dass sie noch viel Ruhe brauchte. Helen wirkte so schmal und schutzlos in dem großen Klinikbett. Vincent brachte es einfach nicht übers Herz, zu gehen. Sonst wäre sie nach dem Erwachen womöglich sehr beunruhigt über sein plötzliches Verschwinden. Hin und hergerissen betrachtete er ihr entspanntes Gesicht. Als hätte sie es gespürt, schlug sie die Augen auf.

„Bin ich etwa eingenickt?"

Es klang schuldbewusst, so dass er ihr über die Wange strich.

„Manchmal ist Schlaf die beste Medizin."

„Für mich bist du die beste Medizin", behauptete sie und richtete sich auf. Sogleich erhob er sich, stellte das Kopfteil des Bettes in Sitzposition und schüttelte das Kissen auf.

„Möchtest du was trinken, Helen? Wasser oder Kaffee? Ich kann dir auch einen Tee holen."

„Ich möchte nur kurz ins Bad", sagte sie, schlug die Decke zurück und schwang die Beine aus dem Bett.

Fürsorglich fasste er sie um die Taille und führte Helen zur Tür des kleinen Badezimmers. Geduldig wartete er dort, bis sie sich frischgemacht und frisiert hatte. Anschließend geleitete er sie zum Bett zurück und deckte sie zu.

„Danke, mein Lieber. Hast du schon von Olaf gehört?"

„Nein. - Ich fürchte, das ist gründlich schiefgegangen, sonst hätte er sich längst gemeldet."

„Muss mein Lieblingspessimist wieder mal das Schlimmste annehmen? Vergiss nicht, dass das Dreamteam gute Arbeit geleistet hat."

„Ach, Helen. Ich wünschte ..."

Das Klopfen an der Tür unterbrach ihn. Zuerst war nur ein üppiger Blumenstrauß zu sehen: roter Mohn, blaue Kornblumen sowie Margeriten und Gräser waren kunstvoll um nur eine große Sonnenblumenblüte gebunden. Nach wenigen Schritten ließ der Besucher den Strauß in seinen Händen etwas sinken und schaute mit schelmischem Lächeln darüber hinweg.

„Ich bringe Ihnen die Toskana, Helen."

Erleichtert sprang Vincent auf. Leo konnte gerade noch die Blumen zur Seite nehmen, bevor sein Vater ihn umarmte.

„Es ist vorbei, Paps", sagte er, löste sich von ihm und deutete auf den an der Tür stehenden Freund. „Olaf hat seine Sache ausgesprochen gut gemacht."

Während Vincent dem Rechtsanwalt die Hand gab, legte Leo die Blumen auf die Decke und setzte sich auf die Bettkante.

Helens Lächeln trieb ihm Tränen in die Augen.

„Ich bin so unsagbar froh, dass Sie ..."

„Du", korrigierte sie ihn mit sanfter Stimme. „Jetzt bleibt dir die Stiefmutter definitiv nicht mehr erspart."

„Dafür bin ich sehr dankbar", gestand er. „Es ist unverzeihlich, was Sie .... du meinetwegen durchmachen musstest."

„Wir sind beide noch mal davongekommen, Leo. Der Killer ist der einzig Schuldige an dem, was uns passiert ist. – Niemand sonst trägt die Verantwortung. Kannst du das akzeptieren?"

Dankbar leuchtete es in seinen Augen auf.

„Weiß mein Vater eigentlich, dass seine wundervollste Frau der Welt dieser Bezeichnung mehr als gerecht wird?"

„Du kannst ihn ja gelegentlich danach fragen", riet sie ihm.

„Vorher möchte ich aber wissen, was der Haftrichter gesagt

hat."

„Die Beweisaufnahme hat es nicht geschafft, sämtliche Zweifel an meiner Unschuld auszuräumen", versuchte Leo, die Worte des Haftrichters wiederzugeben. „Daher wurde das Verfahren gegen mich aufgehoben."

„Der Mann scheint aber lange mit sich gerungen zu haben", meinte Vincent. „Ich habe schon befürchtet, dass unser Material nicht ausgereicht hat, ihn zu überzeugen."

„Der Herr Oberstaatsanwalt hat versucht, alle möglichen Gegenargumente zu finden", berichtete Olaf. „Den Ermittlungsberichten von der Usedomer Polizei und den neuesten Laborergebnissen konnte er aber nichts entgegensetzen."

„Wir mussten trotzdem anschließend noch einmal ins Gefängnis", fügte Leo hinzu. „Um die Entlassungspapiere zu unterschreiben und meine Sachen zu holen."

„Das war aber noch nicht alles", übernahm wieder Olaf. „In den letzten zwei Stunden haben wir fast alle Blumengeschäfte und Gärtnereien der Stadt abgeklappert, weil Leo seiner künftigen Mama die Toskana ins Krankenhaus bringen wollte."

Leo bedachte den Freund mit einem vorwurfsvollen Blick.

„Steht mein Rechtsanwalt nicht unter Schweigepflicht?"

„Wie ich Helen kenne, hätte sie das sowieso rausgekriegt", konterte Olaf. „In einem solchen Fall rate ich meinen Mandanten gewöhnlich, sofort ein Geständnis abzulegen."

Leicht berührte Helen Leos Arm; ihre Augen strahlten.

„Das war ein ganz lieber Gedanke." Mit einer umfassenden Geste deutete sie auf die zahlreichen Blumen im Raum. „Seit sogar ich in der Zeitung gelesen habe, dass es mir besser geht, wurden mir all diese kunstvoll arrangierten Sträuße geschickt. Sie sind allesamt wunderschön, aber keine von diesen edlen Blumenzüchtungen strahlt so viel lebendige Natur aus wie die herrliche Komposition aus den Farben der Toskana. Damit hast du mir eine ganz besondere Freude gemacht."

„Genau das habe ich beabsichtigt", erwiderte Leo beinah zärtlich. „Mittlerweile glaube ich, dass eure Begegnung in der

Toskana vom Schicksal bestimmt war. Sie hat unser aller Leben beeinflusst." Jungenhaft zwinkerte er Helen zu. „Obwohl ich mich immer noch frage, wie es Paps dort gelingen konnte, dein Herz offenbar im Sturm zu erobern."

„Damit hätte auch ich nie gerechnet", ging Helen darauf ein. „Der einzige freie Platz in dem kleinen Café war an seinem Tisch – und mir taten nach einem Rundgang durch die Stadt die Füße weh. Normalerweise lasse ich mich nicht von wildfremden Männern ansprechen, aber die Aussicht, meinen schmerzenden Füßen sitzenderweise eine Erholung zu bescheren, war einfach zu verlockend. Nur deshalb nahm ich in Kauf, angebaggert zu werden."

„Demnach war ich das kleinere Übel", seufzte Vincent, wobei er Helen herausfordernd anschaute. „Ein fremder Mann war ich zu diesem Zeitpunkt tatsächlich noch für dich. Aber woher wusstest du eigentlich, dass ich auch wild bin?"

„Intuition?", schlug sie ihm amüsiert vor. „Wie ein Langweiler hast du jedenfalls ganz und gar nicht auf mich gewirkt."

Während sie sich weiterhin neckten, wurde die Tür geöffnet.

Ahnungslos trat Antonia ein, blieb aber wie festgewachsen stehen, als sie Leo am Bett ihrer Mutter sitzen sah.

„Ich komme später wieder", sagte sie geistesgegenwärtig und war im nächsten Augenblick nach draußen verschwunden. Am liebsten wäre Leo ihr sofort gefolgt, zwang sich aber, ruhig sitzen zu bleiben. Sein Krankenbesuch währte erst wenige Minuten, so dass es unhöflich wäre, so bald wieder zu gehen.

Helen las ihm seine Gedanken vom Gesicht ab.

„Nun lauf ihr schon nach", sagte sie mit aufmunterndem Lächeln. „Du liebst sie doch."

Nach einem Moment der Verblüffung beugte er sich zu ihr und küsste sie auf die Wange.

„Danke, Helen", sagte er im Aufstehen und eilte hinaus. Am Ende des Flurs sah er Antonia den Aufzug besteigen. Als Leo ihn erreichte, erkannte er an der elektronischen Anzeige, dass der Lift nach unten fuhr. Deshalb nahm er den zweiten Fahrstuhl und drückte die Taste für das Erdgeschoss. In der Klinikhalle orientierte er sich kurz, ehe er auf den Ausgang zu hastete. Antonia war bereits auf dem Weg quer über den Parkplatz zu ihrem Wagen. Mit langen Schritten setzte Leo ihr nach.

„Antonia!", vernahm sie plötzlich seine vertraute Stimme hinter sich. „Warte bitte!"
Innerlich aufstöhnend blieb sie stehen und drehte sich herum. Ihre Augen musterten ihn abweisend.
„Was willst du noch?"
„Wir müssen reden, Antonia. Wahrscheinlich bist du immer noch sauer auf mich, weil ich dir nicht alles von mir erzählt habe. Ich wollte dich nicht belügen, aber ich ..."
„Natürlich nicht", fiel sie ihm spöttisch ins Wort. „Das war nur ein sparsamer Umgang mit der Wahrheit." Ihr Blick wurde zu einem einzigen Vorwurf. „Wie lange wolltest du mich noch zum Narren halten? Bis du genug von mir gehabt hättest? Du hast mich nur benutzt und mit meinen Gefühlen gespielt!"
„Das ist nicht wahr!", widersprach er heftig. „Ich habe geschwiegen, weil ich Angst hatte, dich sonst zu verlieren!"
„Ach, hör doch auf!", erregte sie sich. „Du hast mich von Anfang an belogen, während ich dir alles aus meinem Leben erzählt habe!"
„Nicht alles. Du hast mit keinem Wort erwähnt, dass deine Schwester Staatsanwältin ist."
„Das wusstest du nicht?", fragte sie überrascht. „Du hast sie und Pit doch auf meiner Einweihungsparty kennengelernt. Habt ihr nicht auch über den Orchideenmörder gesprochen?"
„Mir hat aber niemand verraten, dass sie als leitende Staatsanwältin an den Ermittlungen beteiligt ist."
„Ich dachte, das hätte sie dir erzählt. Jedenfalls habe ich dir ihren Beruf nicht absichtlich verschwiegen. Wozu auch?"
„Akzeptiert", sagte Leo. „Wahrscheinlich hast du auch nur vergessen, mir zu erzählen, dass du die Leiterin des Instituts für

414

Rechtsmedizin bist."

„Ist es denn so wichtig, ob ich ein bisschen mehr Verantwortung als meine Kollegen trage? Dir fiel es doch schon schwer
genug zu glauben, dass eine Gerichtsmedizinerin einen einfachen Gärtner lieben kann." Bitter lachte sie auf. „Ich dumme
Gans war sogar so naiv darauf reinzufallen, wenn du dich deines Berufs wegen in Frage gestellt hast! Dabei wolltest du
mich nur testen! Du hast mir nie vertraut!"

„Das stimmt so nicht, Antonia. Lass mich dir bitte alles in
Ruhe erklären. Aber nicht hier auf dem Parkplatz. Wir könnten
heute   Abend   bei   mir   zusammen   essen   und   ..."
„Vergiss es!", schnitt sie ihm das Wort ab. „Bei unserer letzten
Begegnung hast du mir unmissverständlich an den Kopf geworfen, was du von mir hältst! Deshalb sollte es dich nicht
wundern, dass das kleine Miststück absolut keinen Wert auf
weiteren Kontakt mit dir legt!"

„Es tut mir wahnsinnig leid, was ich dir in meiner Enttäuschung vorgeworfen habe. Zuerst wollte ich einfach nicht
glauben, dass du etwas mit meiner Verhaftung zu tun haben
könntest, aber nach der DNA- Übereinstimmung schien plötzlich alles zusammenzupassen."

„Hättest du dir die Mühe gemacht, mich wirklich kennenzulernen ..." Mit einer müden Geste winkte sie ab. „Durch dein
mangelndes Vertrauen hatten wir ohnehin keine Chance. Es ist
endgültig vorbei. Geh zurück in dein wirkliches Leben."
Nach diesen Worten wandte sie sich um und stieg in ihren
Wagen. Ohne einen Blick zurück fuhr sie vom Parkplatz.

Elke Scholz stand hinter dem Anmeldetresen ihres eleganten
Salons in der hannoverschen City. Sie überflog die Termine der
nächsten Tage, um sich einen Überblick zu verschaffen. Sollte
es weiter so gut laufen, würde sie zu ihren vier Mitarbeiterin-
nen noch eine fünfte Kraft einstellen müssen ... Das Läuten der
Glocke an der Ladentür riss sie aus ihren Gedanken. Überrascht erkannte sie Antonia in der eintretenden Kundin. Elke

war lange genug mit ihr befreundet, um auf den ersten Blick zu erkennen, dass etwas nicht stimmte. Kurzerhand winkte sie ihre Auszubildende herbei und bat sie, den Anmeldebereich zu übernehmen. Dann legte sie den Arm um Antonias Schultern und führte sie nach hinten in den kleinen Aufenthaltsraum.

„Was ist passiert, Toni? Der Zustand deiner Mutter hat sich doch nicht etwa verschlechtert?"

„Im Gegenteil. Wenn es nach ihr ginge, würde sie die Klinik lieber heute als morgen verlassen."

„Das ist typisch Helen", meinte Elke erleichtert lächelnd, füllte zwei bunte Porzellanbecher mit Kaffee und reichte der Freundin einen davon. „Kaum dem Tod von der Schippe gesprungen – und schon wieder voller Tatendrang." Forschend musterte sie Antonia. „Bist du deshalb besorgt?"

Stumm schüttelte sie den Kopf.

„Leo ist wieder frei."

„Das kam vor einer halben Stunde im Radio. Anscheinend kennst du ihn tatsächlich besser als alle, die ihn für den Orchideenmörder gehalten haben. Eigentlich müsste dich das Wissen doch erleichtern, dass du definitiv nicht mit einem Killer zusammen warst." Mit einladender Geste deutete sie auf einen Stuhl. „Aber das tut es nicht, oder?"

„Das ist nicht das Problem. Als ich vorhin meine Mutter besuchen wollte, saß Leo an ihrem Bett. Zwar habe ich sofort auf dem Absatz kehrt gemacht, aber er ist mir gefolgt."

„Und? Was hat er gesagt?"

Mit wenigen nüchternen Worten schilderte sie der Freundin das Gespräch auf dem Klinikparkplatz.

„Akzeptiert er, dass du nichts mehr mit ihm zu tun haben willst?"

„Hat er eine andere Wahl?"

„Aber du fühlst dich schlecht dabei", mutmaßte Elke. „Du liebst ihn immer noch, Toni. Das ist dein Problem."

„Offen gestanden weiß ich nicht, ob und was ich noch für ihn empfinde. In den letzten Wochen ist so unglaublich viel pas-

416

siert: Leos Verhaftung, die Erkenntnis, dass unsere ganze Beziehung nur auf Lügen aufgebaut war; er hat mich beschimpft und beschuldigt, ihn in den Knast gebracht zu haben ... Dann der Anschlag auf Mam und Vincent, die Angst, als Mam im Koma lag ..."

„Franzi hat mir erzählt, wie rührend du dich um Leos Vater gekümmert hast. Ich fürchte, damit hast du dich, nach allem, was vorher geschehen ist, überfordert."

„Was hätte ich tun sollen? Vincent hatte sonst niemanden."

„Es ist großartig, dass du immer für andere da bist. Du musst aber auch mal an dich denken. Vielleicht solltest du diese ganzen Ereignisse erst mal sacken lassen und zur Ruhe kommen. Erst dann wird dir wahrscheinlich klar, ob du Leo und dir noch eine Chance geben kannst."

„Möglich ..." Traurig schweifte Antonbias Blick in die Ferne, bevor sie Elke fragend anschaute. „Könntest du mit einem Mann zusammen sein, der dir nicht vertraut? Der dich ständig an deiner Vorgängerin misst, weil er fürchtet, dass du dich irgendwann genauso skrupellos verhältst?"

„Schwer zu sagen. Du musst aber auch eure Zeit vor seiner Verhaftung berücksichtigen. Wann warst du das letzte Mal so unbeschwert und glücklich?"

„Keine Ahnung", erwiderte Antonia schulterzuckend. „Aber ich erinnere mich, dass Michael Jackson noch schwarz war."

„Also vor einer Ewigkeit", resümierte Elke, ohne eine Miene zu verziehen. „Denk darüber nach, ob du Leo verzeihen kannst und noch mal neu mit ihm anfangen willst. Bestimmt wird er lernen, dir zu vertrauen. Vermutlich geht das nicht von heute auf morgen, aber wenn du ihn liebst, wirst du ihm dabei helfen." Ernst schaute sie der Freundin in die Augen. „Lass dir Zeit, dir über deine Gefühle klar zu werden, Toni. Wenn du jetzt etwas überstürzt, bereust du es später vielleicht."

Im Wagen seiner Großmutter kam David am späten Nachmittag nach Hause. Schon beim Aussteigen sah er seine Mutter mit einer Gießkanne im Vorgarten.

„Hallo, Ma", begrüßte er sie gut gelaunt. „Nach Feierabend noch so fleißig?"

„Ich habe den Garten schon viel zu lange vernachlässigt. Die Blumen sind am Verdursten, aber für das Unkraut scheint jede Dürreperiode ein Wachstumsanreiz zu sein."

„Wie wäre es, wenn wir beide uns das Wochenende mit Gartenarbeit versüßen? Wir könnten auch mal grillen. – Und du machst dazu deinen weltberühmten Kartoffelsalat. Den habe ich in Amerika fast so sehr vermisst wie dich und Granny."

„Ach, David ...", murmelte Antonia, wobei ihr Tränen in die Augen stiegen. „Was würde ich bloß ohne dich machen? Ich bin so froh, dass du wieder zu Hause bist."

„Komm schon, Ma ..." Liebevoll schloss er sie in die Arme. „Alles wird gut."

Beide bemerkten nicht die dunkle Limousine, die sich im Schritttempo auf der Straße dem Haus näherte. Am Steuer des Mietwagens saß Leo. Durch die Seitenscheibe sah er das engumschlungene Paar im Vorgarten. Es war unschwer zu erkennen, dass der hochgewachsene Mann erheblich jünger als Antonia war. Hatte Olaf nicht erzählt, dass ihre Liebhaber nie älter als dreißig wären? Einer so attraktiven Frau bereitete es bestimmt keine Mühe, einen jüngeren Mann für sich zu interessieren. Auf einen Kerl, der sie belogen und gekränkt hatte, war sie mit Sicherheit nicht angewiesen. Antonia war nicht nur schön und klug, sondern auch stolz und selbstbewusst. Außerdem war sie fähig, mit großer Hingabe zu lieben. Die derbe Enttäuschung, die er ihr – wenn auch unabsichtlich – bereitet hatte, musste sie so tief getroffen haben, dass sie sich nun mit einem anderen tröstete. Leo wusste, dass er keine zweite Chance bekommen würde – und das tat verdammt weh. Genauso schmerzhaft war es, sie im Arm eines anderen Mannes zu sehen. Niedergeschlagen fuhr er die wenigen Meter auf sein Grundstück zu. Die vor dem Tor wartenden Journalisten veran-

418

lassten ihn, wieder zu beschleunigen. Am Ende der Straße bog er nach rechts in einen unbefestigten Waldweg ein. Nach einigen hundert Metern folgte er einem noch schmaleren Pfad bis auf die Rückseite seines weitläufigen Grundstücks. Dort stellte er den Mietwagen ab, entriegelte das Gartentor und verschwand ungesehen auf seinem Anwesen. Der Weg zur Villa führte am Gewächshaus vorbei. Auf das Schlimmste gefasst, warf Leo einen Blick hinein.

„Verdammte Bande!", murmelte er angesichts der herrschenden Verwüstung. Fassungslos unternahm er einen Rundgang. Halb verborgen unter Erde und verdorrten Blättern einer tropischen Pflanze entdeckte er eine weiße Blütenrispe. Mit beiden Händen zog er die Orchidee behutsam hervor und befreite sie vom Dreck. Erleichtert stellte er fest, dass auch die Wurzeln intakt waren. Nach einigem Suchen fand er einen unversehrten Tontopf und pflanzte die Orchidee hinein. Wie einen kostbaren Schatz trug er die Überlebenskünstlerin ins Haus und versorgte sie mit Wasser. Erst dann schaute er sich um. Keinem der Räume war anzumerken, dass die Spurensicherung erst kürzlich alles auf den Kopf gestellt hatte. Helen und Vincent hatten das Chaos restlos beseitigt. Dennoch verspürte er eine ungewohnte Beklemmung. In diesem Haus hatte er sich immer wohlgefühlt. Vor Monaten war es zu seiner Zuflucht geworden, zu einem schützenden Kokon. Unmöglich konnte er nur einen Steinwurf von Antonia entfernt weiterleben, als hätten sie einander nie gekannt. Er musste so bald wie möglich eine Entscheidung über seine Zukunft treffen. Vielleicht war es tatsächlich an der Zeit, in sein wirkliches Leben zurückzukehren, wie Antonia es ihm geraten hatte. Zwar würde er seine große Liebe nie vergessen können, aber sein Job würde ihn hoffentlich ablenken. Eine Flucht in den Beruf, der ihm im Grunde nichts mehr bedeutete, dem er damals mit seinem Umzug an den Deister den Rücken gekehrt hatte, blieb sein einziger Ausweg.

Unterdessen saß Antonia nachdenklich auf der Terrasse. Sie

hätte nie gedacht, dass es sie derart aufwühlen würde, Leo wiederzusehen. Er übte immer noch eine große Anziehung auf sie aus – und das ärgerte sie. Immerhin hatte sie sich vorgenommen, mit diesem Kapitel ihres Lebens endgültig abzuschließen. Ihre Gefühle hatten Leo, dem Gärtner gegolten. Leonard von Thalheim war nicht der Mann, den sie geliebt hatte. Für ihn war es leicht gewesen, die Rolle des einfachen Handwerkers zu spielen, ohne dabei auf seine gewohnten Annehmlichkeiten zu verzichten: das elegante Haus, die Luxuslimousine, das kleine Flugzeug. Vermutlich hatte er sich köstlich darüber amüsiert, wenn sie ihn ermahnt hatte, sich ihretwegen nicht in Unkosten zu stürzen. Mittlerweile war sie überzeugt davon, dass er nicht nur ihre moderne Therme bezahlt hatte, sondern auch die sündhaft teure Kaffeemaschine. Bei den vielen neuen Pflanzen auf ihrem Grundstück handelte es sich wahrscheinlich auch nicht um Ableger aus seinem Garten. Wahrscheinlich hatte er das alles, ohne mit der Wimper zu zucken, lässig mit seiner Kreditkarte bezahlt. Für ihn waren das Peanuts. Bestens dazu geeignet, eine naive Frau zu beeindrucken. – Und sie war wie ein unerfahrenes Schulmädchen darauf hereingefallen, hatte seinen Einfallsreichtum und seine Hilfsbereitschaft bewundert. Dabei hatte das alles nur dem Zweck gedient, eine willige Gespielin in sein Bett zu locken! Gedankenverloren schüttelte sie den Kopf. Obwohl Leo genau das bei ihrem Besuch in der U-Haft behauptet hatte, konnte sie nicht glauben, dass sie nur ein erotischer Zeitvertreib für ihn gewesen war. Sie hatte gespürt, dass seine Gefühle echt waren. Oder redete sie sich das nur ein, weil das Ende dann leichter zu ertragen war?

Antonia fuhr sich mit der Hand über die Stirn, als könne sie dadurch ihre Gedanken zum Schweigen bringen.

Vom Wohnzimmer aus beobachtete David diese mutlose Geste. Mit einem Glas in der Hand trat er auf die Terrasse.

„Ich habe dir einen Drink gemixt, Ma. Irgendwie scheinst du jetzt einen zu brauchen."

„Lieber nicht", lehnte sie ab. „Kein Alkohol vor acht Uhr."

„Irgendwo auf der Welt ist es immer nach acht Uhr", meinte er und drückte ihr das Glas in die Hand. „Trink. Dann wirst du dich gleich besser fühlen."

Seufzend stellte sie es auf den Tisch.

„Alkohol hilft mir auch nicht weiter."

„Warum sagst du mir nicht, was dich quält?", fragte er vorwurfsvoll, während er sich zu ihr setzte. „Bevor ich heute nach Hause kam, war ich bei Granny im Krankenhaus. Sie sagte, dass Leo sie gleich nach seiner Freilassung besucht hat. Du hättest ihn dort gesehen und wärst Hals über Kopf geflüchtet. Aber er ist dir nachgelaufen. – Hast du mit ihm gesprochen?"

„Ja!", gab sie zu. „Es ist alles gesagt!"

„Sicher? Wieso wirkst du dann so niedergeschlagen? Vielleicht sollte ich mal mit ihm sprechen? Ich wollte ihn sowieso zur Rede stellen. Am besten gehe ich zu ihm rüber und ..."

„Das wirst du nicht tun!" Ihre Stimme ließ alle Sanftmut und Geduld vermissen. „Diese Angelegenheit geht nur mich was an, David! Halt dich da raus!"

Er kannte die kleine steile Falte über ihrer Nasenwurzel und hielt es für besser, sich nicht zu widersetzen.

„Okay, ich beuge mich deiner Autorität, deiner mütterlichen", sagte er in scherzhaftem Ton. Wenigstens ein bisschen aufheitern wollte er seine Mutter. „Was ist eigentlich mit Abendessen? Erst behauptest du, froh zu sein, dass ich wieder hier bin – und dann lässt du deinen einzigen Sohn verhungern."

Seine Absicht durchschauend, erhob sie sich und streckte ihm die Hand entgegen.

„Na komm, mein Kleiner. Ich mache dir dein Fläschchen warm."

Kapitel 40

Leo wusste, dass sein Vater morgens zeitig zum Krankenhaus fuhr, um tagsüber bei Helen zu sein. Deshalb rief er ihn noch vor dem Frühstück auf dem Handy an.

„Ich bin es, Paps", gab er sich zu erkennen. „Hoffentlich habe ich dich nicht geweckt?"

„Ich sitze schon im Taxi zur Klinik. Gestern hatten wir kaum Gelegenheit, miteinander zu reden. Falls du heute noch einen Krankenbesuch planst, könnten wir das nachholen. Oder soll ich zu dir kommen?"

„Sei mir nicht böse, Paps, aber ich möchte mich eigentlich für ein paar Tage abmelden. Seit meiner Rückkehr belagern Journalisten das Haus. Außerdem klingelt ständig das Telefon. Ich fühle mich fast schon so eingeengt wie in der Zelle. Deshalb muss ich hier raus, um endlich wieder das Gefühl von Freiheit zu spüren."

„Das kann ich gut verstehen, mein Junge. Wohin willst du denn? Nach Usedom?"

„Ans Steinhuder Meer. Schon seit Wochen war nicht auf meinem Boot. Hoffentlich gelingt es mir, dort ein wenig Abstand zu gewinnen."

„Demnach hast du bei Antonia nichts erreicht?", vermutete er mitfühlend, worauf ein leises Stöhnen an sein Ohr wehte.

„Sie ist endgültig fertig mit mir, Paps. Auch deswegen bin ich gestern nicht noch mal zu euch gekommen. Entschuldige mich bitte bei Helen."

„Wird gemacht", versprach Vincent. „Melde dich, wenn du mich brauchst. Ich bin jederzeit für dich da."

„Danke, Paps."

An diesem Nachmittag blieb Antonia länger als gewöhnlich an ihrem Schreibtisch sitzen. Seit Helens Krankenhausaufenthalt war viel Papierkram liegengeblieben, der dringend aufgearbeitet werden musste. Mit einem Stapel Unterlagen saß sie vor dem Computer, aber sie kam nur schleppend voran. Ihre Gedanken schweiften immer wieder ab. Antonia hasste es, wenn private Probleme ihre Arbeit negativ beeinflussten. Dementsprechend ungehalten reagierte sie am Abend auf das Klopfen an der Tür.

„Ich bin heute nicht mehr zu sprechen!"

Trotz dieser klaren Ansage wurde die Tür spaltbreit geöffnet.

„Auch nicht für deine Schwester und ihren Lieblingsermittler?"

„Ihr habt mir gerade noch gefehlt", scherzte sie, beschrieb dabei aber eine einladende Geste. „Seid ihr beruflich hier, oder wollt ihr mich nur von der Arbeit abhalten?"

„Eigentlich wollen wir dich ganz feudal zum Essen einladen."

„Hat einer von euch eine Gehaltserhöhung bekommen?"

„Damit ist nach unserer Pleite wohl vorläufig nicht zu rechnen", sagte Franziska betreten. „Erst heute ist mir klargeworden, was ich tatsächlich angerichtet habe, Toni. Hätte ich die Absicht des anonymen Anrufers gleich durchschaut, wäre deine Beziehung zu Leo nicht den Bach runtergegangen. Mit seiner Verhaftung haben wir ein Fass aufgemacht, das wir kaum wieder zubekommen."

„Irgendwann hätte Leo mir gestehen müssen, wer er wirklich ist. Das hätte er nicht ewig vor mir geheimhalten können."

„Hätte er dir die Wahrheit gesagt, hättest du womöglich anders darauf reagiert", wandte Franziska ein. „Die ganze Situation wäre weniger kompliziert gewesen, so dass du ihm vielleicht längst verziehen hättest."

„Ich kann Unaufrichtigkeit nicht ausstehen", erwiderte Antonia hilflos. „So oder so."

„Hast du nicht vor seiner Verhaftung nur den Menschen in ihm gesehen?", gab Pit zu bedenken. „Einen Lügendetektortest hätte er zwar kaum bestanden, aber das hat doch nichts mit dem zu tun, was euch verbunden hat. Auch nach seiner Festnahme warst du von seiner Unschuld überzeugt, hast an ihn geglaubt. Denkst du nicht, dass du daran anknüpfen könntest?"

Irritiert wechselte Antonias Blick zwischen ihrer Schwester und dem Kommissar.

„Was soll das hier eigentlich werden? Wollt ihr mich unbedingt an den Mann bringen?"

„Wir haben dir alles kaputtgemacht", erklärte Pit sehr ernst. „Vorher warst du glücklich, hast gestrahlt und warst zu Scherzen aufgelegt. Jetzt ...“

„ ... bin ich hungrig“, fiel Antonia ihm ins Wort. „Ich werde euer schlechtes Gewissen ausnutzen und mich von euch zu einem opulenten Mahl einladen lassen. Damit ist die Sache für euch erledigt. Alles andere werde ich zu gegebener Zeit selbst entscheiden.“

„Okay.“ Franziska spürte, dass ihre Schwester mehr Zeit brauchte, um herauszufinden, ob sie Leo würde verzeihen können. „Bist du fertig, oder wartet noch eine Leiche auf dich?“

„Anders als bei euch laufen mir meine Kunden nicht weg“, spöttelte Antonia und erhob sich. „Wer ermittelt jetzt eigentlich im Falle des Orchideenmörders?“

„Seltsamerweise hat mir der Herr Oberstaatsanwalt den Fall nicht abgenommen“, sagte Pit grinsend. „Allerdings arbeitet unsere Soko nun unter seiner Regie. Nach dem Haftprüfungstermin war Lindholm mindestens auf hundertachtzig.“

Verstehend nickte Antonia.

„Am meisten macht ihm wahrscheinlich zu schaffen, dass ausgerechnet Mam das entscheidende Entlastungsmaterial für Leo zusammengetragen hat. Fast jeder in Justizkreisen wusste, dass Lindholm scharf auf sie ist. Plötzlich haben alle in der Zeitung von ihrer Verbindung zu Vincent gelesen. Außerdem hat sie besser recherchiert als Polizei und Staatsanwaltschaft zusammen. Das wird Lindholm als doppelte Niederlage empfinden. Vermutlich muss er sich nun so manche spöttische Bemerkung anhören.“

Schon bald holte Antonia ihren Hund beim Pförtner ab. Sie hatte Quincy am Morgen bei ihm gelassen, weil David den ganzen Tag an der Universität zu tun hatte. Vom Gerichtsmedizinischen Institut folgte Antonia ihrer Schwester und dem Kommissar in ihrem eigenen Wagen zu einem Edelitaliener. Im Restaurant gelang es ihr, sich bei ausgezeichnetem Essen und interessanten Gesprächen völlig zu entspannen.

Später verabschiedeten sie sich auf der Straße voneinander.

Während Franziska und Pit nach Hause fuhren, ging Antonia noch einige Schritte mit dem Hund. Erst als Quincy alle Geschäfte erledigt hatte, kehrten sie zu ihrem Wagen zurück.

„Rein mit dir!", sagte sie worauf der Vierbeiner auf den Rücksitz sprang. „David wartet bestimmt schon auf uns."

Bei leiser Musik aus dem Radio lenkte sie das Fahrzeug durch die Dunkelheit über die einsame Landstraße. Um diese späte Stunde waren kaum noch Autos unterwegs. Je näher sie dem Deister kam, umso nebeliger wurde es.

„Allmählich kündigt sich der Herbst an", murmelte sie – und trat abrupt auf die Bremse, als sie vor sich plötzlich einen schräg auf der Fahrbahn stehenden Wagen sah. Die linke Tür stand offen, so dass man eine über dem Steuer zusammengebrochene Gestalt erkannte.

„Da scheint jemand Hilfe zu brauchen", sagte sie und schaltete den Motor aus. „Du bleibst hier!", befahl sie Quincy, der aufgeregt auf der Rückbank tänzelte. „Ich bin gleich wieder da."

Das Bellen ihres Hundes ignorierte sie und stieg aus. Sie warf noch die Autotür zu und eilte zu dem fremden Wagen. Besorgt beugte sie sich zu dem zusammengesunkenen Fahrer.

„Kann ich Ihnen helfen? Ich bin Ärztin."

Da sie keine Antwort erhielt, nahm sie an, dass er bewusstlos war. Sie fasste beherzt nach seiner Schulter, um ihn in Sitzposition aufzurichten. Noch ehe sie erkannte, dass es sich um eine mannsgroße Puppe handelte, wurde sie nach hinten gerissen. Sie spürte, wie sie gegen einen harten Körper taumelte. Gleichzeitig presste ihr jemand ein süßlich riechendes Tuch auf Mund und Nase. Chloroform! schoss es ihr durch den Kopf. In Panik versuchte sie sich aus dem eisernen Griff zu befreien, aber ihre Arme ruderten nur ziellos durch die Luft, während ihre Beine nachgaben. Eine tiefe Dunkelheit umfing sie.

David war es gewohnt, dass ein Arbeitstag für seine Mutter häufig nicht nach acht Stunden endete. Zunächst hatte er mit dem Abendessen auf sie gewartet, sich dann aber allein an den Tisch gesetzt, als der Hunger übermächtig wurde. Seit sich Leo wieder auf freiem Fuß befand, hatte sich seine Mutter verändert. Er vermutete, dass sie versuchte, sich mit ihrer Arbeit von der ständigen Grübelei abzulenken.

In den nächsten zwei Stunden beschäftigte er sich mit juristischer Fachliteratur für sein Studium. Kurz nach elf Uhr wurde er allmählich unruhig. Seine Mutter hatte ihm versprochen anzurufen, sollte es einmal spät werden. Sie wusste, dass er sich sorgte, wenn sie nachts allein in der Dunkelheit auf der Landstraße unterwegs war. Wieso meldete sie sich nicht? Er wartete noch einige Minuten, bevor er nach seinem Handy griff. Nach mehrmaligem Läuten sprang die Mailbox an.

„Wo steckst du, Ma?", sprach er beunruhigt aufs Band. „Ruf mich bitte zurück, wenn du das hörst!"

Sie meldete sich nicht. Gegen Mitternacht vernahm er Motorengeräusche von der Straße her und lief zum Fenster. Draußen vor dem Haus hielt ein Streifenwagen mit eingeschaltetem Blaulicht. Beunruhigt sprintete er die Treppe hinunter und riss die Haustür auf. Vor ihm standen zwei Polizisten.

„Guten Abend", sagte einer der Männer. „Wohnt hier Antonia Bredow? Ist sie zu Hause?"

„Ich warte schon seit Stunden auf meine Mutter."

Die beiden Polizisten wechselten einen kurzen Blick der Verständigung.

„Dürfen wir reinkommen?"

„Sicher." Er führte die Männer ins Wohnzimmer. „Was ist passiert?", fragte er dort mit erzwungener Ruhe. „Wo ist meine Mutter?"

„Das wissen wir nicht", gab einer der Beamten ihm Auskunft. „Ein Ehepaar hat uns über ein herrenloses Fahrzeug auf der Landstraße informiert. Als wir dort eintrafen, befand sich nur ein aufgeregter Hund im Wagen. Die Scheinwerfer waren eingeschaltet und der Schlüssel steckte im Zündschloss. Laut den Papieren aus der Handtasche, die auf dem Beifahrersitz lag, ist der Wagen auf Dr. Antonia Bredow zugelassen. Wir haben die nähere Umgebung abgesucht, konnten Ihre Mutter aber nirgends finden."

„Allerdings haben wir im Straßengraben ein Tuch entdeckt", fügte der andere Polizist hinzu. „Dem Geruch nach war es mit Chloroform getränkt." Mitfühlend blickte er in die schreckensgeweiteten Augen des jungen Mannes. „Deshalb müssen wir davon ausgehen, dass Ihre Mutter gekidnappt wurde. Wir haben schon die Kollegen und die Spurensicherung informiert."

Im ersten Moment stand David wie gelähmt. Hinter seiner Stirn arbeitete es jedoch fieberhaft.

„Das kann nur der Orchideenmörder gewesen sein", brachte er kreidebleich geworden hervor. „Kommissar Gerlach hat nur daran gedacht, Granny zu schützen. Dabei hatte der Killer es auf meine Mutter abgesehen!" Mit zitternden Fingern zog er sein Handy aus der Hemdtasche. „Ich muss meine Tante anrufen. – Sie ist Staatsanwältin", fügte er erklärend hinzu. „Frau Dr. Pauli ist die Schwester meiner Mutter."

„Dann ist die Richterin Ihre Großmutter", folgerte einer der Polizisten, dem die Zusammenhänge allmählich klar wurden.

Leise sprach er mit seinem Kollegen, während David auf die gespeicherte Nummer seiner Tante zugriff.

„Franzi, hier ist David!", sagte er, als Franziska sich meldete. „Du musst sofort was unternehmen! Ma ist nicht nach Hause gekommen. Sie ist ..."

„Bitte beruhige dich, David", unterbrach sie ihren Neffen. „Wir haben sie heute zum Abendessen eingeladen. Sie wollte zwar vom Restaurant aus gleich nach Hause fahren, aber wahrscheinlich wurde sie noch mal ins Institut gerufen."

„Nein, sie wurde entführt!" Erregt schilderte er ihr die Umstände. „Ma ist blond und schön wie die anderen Opfer! Außerdem ist sie ein perfektes Mittel, nicht nur Granny, sondern auch Leo zu treffen!"

„Und mich", fügte Franziska erschaudernd hinzu. „Weil ich

unfähig war, Leos Schuld zu beweisen."

„Wir müssen was unternehmen!", sagte David eindringlich. „Der Killer hat die anderen Frauen brutal misshandelt, vergewaltigt und erdrosselt!"

„Ich fahre mit Pit sofort ins Präsidium, um die Fahndung einzuleiten", erwiderte sie mit fester Stimme, obwohl sie sich unendlich hilflos fühlte. „Anschließend kommen wir zu dir. Die beiden Beamten sollen vor Ort bleiben, bis wir eintreffen."

Allmählich tauchte Antonia aus dem schwarzen Loch der Bewusstlosigkeit. Noch bevor sie die Augen aufschlug, verspürte sie einen bohrenden Schmerz in ihrem Kopf. Ein Stöhnen brach über ihre Lippen, während sie die Lider hob. Dennoch blieb es stockfinster. Anscheinend hatte man ihr die Augen verbunden. Trotzdem wollte sie sich aufrichten. Mit Schrecken stellte sie fest, dass außerdem ihre Hand – und Fußgelenke gefesselt waren. Panik stieg in ihr hoch. Mit aller Kraft versuchte sie sich zu befreien, aber es war vergeblich. Die Fesseln schnitten in ihr Fleisch und gaben keinen Millimeter nach. Sie musste um Hilfe rufen, war ihr erster klarer Gedanke. Sie brachte jedoch nur ein heiseres Krächzen zustande. Ihr Mund und ihre Kehle waren völlig ausgetrocknet. Außerdem war ihr speiübel. Als Medizinerin war ihr klar, dass es sich um Nachwirkungen des Chloroforms handelte. Um sich zu beruhigen, atmete sie mehrmals tief durch. Danach gelang es ihr, sich die Ereignisse auf der Landstraße ins Gedächtnis zu rufen. Der vermeintliche Hilfebedürftige war eine Falle gewesen, um sie zu entführen! Aber hatte der Täter es tatsächlich auf sie abgesehen? Dann musste er ihren täglichen Heimweg genau kennen! Er musste sie schon länger beobachtet haben! Der Orchideenmörder! schoss es ihr durch den Kopf. Zuerst hatte er Leo observiert, später seinen Vater und ihre Mutter – und nun sie. Warum ausgerechnet sie? Wollte
er ein hohes Lösegeld erpressen, um endgültig von der Bildfläche verschwinden zu können? Dass ihre Familie keine Reich-

tümer besaß, hatte er bestimmt längst recherchiert. Glaubte er etwa, Leo würde sie freikaufen? So gut informiert, wie der Killer es stets war, sollte er eigentlich wissen, dass ihre Beziehung längst vorbei war. Oder ging es ihm gar nicht um Geld? Sollte es sich ausschließlich um Rache handeln? Wollte er sich durch ihre Entführung nun an all denen rächen, die seinen ursprünglichen Plan, Leo als Serienmörder für immer hinter Gitter zu bringen, vereitelt hatten? Würde er sie genauso bestialisch misshandeln, vergewaltigen und erdrosseln wie seine anderen Opfer?

Die Tatsache, dem Killer auf Gedeih und Verderb ausgeliefert zu sein, machte Antonia wütend. Sie hatte stets weitestgehend selbstbestimmt gelebt und gelernt, sich nicht unterkriegen zu lassen. Sollte der Killer ihren Tod geplant haben, würde sie es ihm nicht leicht machen! Sie würde bis zum letzten Atemzug kämpfen!

Kapitel 41

Das Läuten an der Tür veranlasste Vincent, sich rasch ein Handtuch um die Hüften zu schlingen, bevor er das Bad verließ. Verwundert darüber, dass schon morgens um sechs jemand zu einem Besuch aufgelegt war, lief er barfuß durch die Diele und warf einen Blick durch den Spion: Draußen stand Helens Enkel. Überrascht öffnete Vincent die Tür.

„David! Wo kommst du denn so zeitig her?"

„Tut mir Leid, dass ich dich schon so früh überfalle", sagte er mit der Brötchentüte in der einen und der Hundeleine in der anderen Hand. „Darf ich trotzdem reinkommen?"

„Selbstverständlich", sagte der Ältere und gab die Tür frei. „Nimm dir einen Kaffee. Er müsste inzwischen durchgelaufen sein. Ich ziehe mich rasch an."

David verschwand mit Quincy in der Küche, Vincent im Schlafzimmer. Als er fertig angekleidet wieder auftauchte, war der Frühstückstisch gedeckt.

„Das lasse ich mir gefallen", sagte er und setzte sich zu ihm. „Du bist aber nicht hier, weil deine Granny dir aufgetragen hat zu kontrollieren, ob ich mit leerem Magen zur Klinik fahre."

„Ich brauche jemanden zum Reden. Sonst drehe ich durch."

„Liebeskummer?", vermutete Vincent, aber Helens Enkel schüttelte den Kopf. Ausführlich berichtete er von den Ereignissen der vergangenen Nacht. Auch die Vermutung, dass es sich bei dem Kidnapper um den Orchideenmörder handelte, ließ er nicht aus.

„Die Spurensicherung hat nichts gefunden", fügte er mutlos hinzu. „Den Rest der Nacht war ich dann mit im Präsidium. Vorhin hat Franzi mich nach Hause geschickt, aber ich kann jetzt nicht allein sein."

„Das musst du auch nicht", sagte Vincent, dem man seine Betroffenheit immer noch ansah. „Wir sind jetzt eine Familie und stehen das zusammmen durch. – Obwohl ich mich allmählich frage, was noch alles passiert, bis man den Killer endlich fasst." Sekundenlang dachte er nach. „Vielleicht weiß Helen aus ihrer langjährigen Erfahrung als Richterin einen Rat."

„Franzi hat gesagt, dass Granny unter keinen Umständen davon erfahren darf. Es würde sie zu sehr aufregen. Sie braucht jetzt ihre ganze Kraft, um gesund zu werden."

Bedenklich wiegte Vincent den Kopf. Eine Weile war es still.

„Normalerweise würde ich Franziskas Entscheidung sofort zustimmen", sagte er schließlich. „Sollte diese Sache für deine Mutter allerdings nicht gut ausgehen ..." Abrupt brach er ab. „Entschuldige, David, daran sollten wir nicht einmal denken. Wir müssen der Polizei vertrauen."

„Das fällt mir schwer. Selbst nach sechs Morden sind sie ihm nicht auf die Spur gekommen." Aufmerksam blickte er sein Gegenüber an. „Was wolltest du eben sagen?"

„Nun ja ...", begann Vincent noch zögernd. „Sollte Antonia etwas zustoßen, wird Helen uns unser Schweigen kaum verzeihen. Sie wird uns bittere Vorwürfe machen, weil wir sie nicht über die Gefahr informiert haben, in der ihre Tochter geschwebt hat. Helen wird argumentieren, dass wir ihr von vorn herein die Möglichkeit genommen hätten, sich irgendwas einfallen zu lassen, um Antonia zu retten."

„Wahrscheinlich würde sie genauso reagieren", pflichtete David ihm bei. „Du scheinst Granny wirklich gut zu kennen."

„Im Grunde würde das jeder von uns ähnlich empfinden. Vielleicht sollten wir heute erst mal abwarten, was die Polizei rausfindet, bevor wir Helen informieren."

„Einverstanden. – Fahren wir zusammen zum Krankenhaus?"

Vincents skeptischer Blick suchte den vor dem Küchenschrank liegenden Hund.

„Und was machen wir mir Quincy? Ich fürchte, es wird schwierig, ihn in die Klinik zu schmuggeln."

„Wenn es dir recht ist, lassen wir ihn hier. Quincy kennt Grannys Wohnung. Für ihn ist das keine fremde Umgebung. Bevor wir fahren, gehe ich noch mal mit ihm Gassi."

„Zuerst sollten wir aber frühstücken", schlug Vincent vor. „Sonst wecken unsere knurrenden Mägen noch Helens Misstrauen. Sie wird sich sowieso wundern, dass du einen Krankenbesuch machst, anstatt in der Uni zu sein."

„Mir fällt schon eine Ausrede ein", sagte David und reichte ihm den Brötchenkorb.

Antonia wusste nicht, wie lange sie sich schon in der Gewalt des Verbrechers befand. Sie hatte jegliches Zeitgefühl verloren. Einmal hatte sie jemanden reinkommen gehört, aber so getan, als sei sie noch nicht wieder bei Bewusstsein. Seitdem lauschte sie angestrengt auf jedes Geräusch. Außer dem Wind war jedoch kaum etwas zu vernehmen. Allerdings spürte sie ein kontinuierliches leichtes Schwanken, das sie ans Segeln erinnerte, und war zu der Überzeugung gelangt, sich auf einem Boot zu befinden. Dennoch zweifelte sie daran, dass der Kidnapper mit einer betäubten Frau im Auto stundenlang bis an die Küste gefahren sei. Bestimmt hatte er ein Gewässer ausgekundschaftet, das nicht allzu weit entfernt von ihrem Entführungsort lag.

Immerhin musste er damit rechnen, dass man ihren verlassenen Wagen auf der Landstraße und somit ihr Verschwinden bald entdecken und die Fahndung nach ihr einleiten würde. In Gedanken ging Antonia alle ihr bekannten Seen in der Umgebung von Hannover durch. Der größte war zweifellos das Steinhuder Meer. Freunde von ihr hatten dort ein Boot liegen und sie schon häufiger zum Segeln eingeladen, so dass sie die Gegend kannte. Unwillkürlich wurde ihr klar, wie geschickt der Kidnapper das Versteck ausgewählt hatte. Inmitten der unzähligen Boote auf dem Wasser würde er kaum auffallen, geschweige denn Verdacht erregen. Hier würde garantiert niemand nach ihnen suchen. Diese Erkenntnis machte ihr in aller Deutlichkeit bewusst, wie aussichtslos ihre Lage tatsächlich war. Mit Hilfe von außen konnte sie nicht rechnen. Sie war ganz allein auf sich gestellt.

Nach einer Weile hörte sie näherkommende Schritte. Ein Schlüssel wurde im Schloss gedreht, die Tür geöffnet.

„Bist du endlich aufgewacht?", vernahm sie eine dumpf klingende Stimme, aber Antonia rührte sich nicht.

Unerwartet verspürte sie einen groben Stoß an der Schulter.

„Verarsch mich nicht! Ich weiß, wie lange das Zeug wirkt!"

„Okay, ich bin wach", gab sie zu, um ihn nicht zu weiteren Schlägen zu provozieren. „Wer sind Sie? Was wollen Sie?"

„So gefällst du mir schon besser. Wir spielen hier nach meinen Regeln! Kapiert?"

„Ich bin ja nicht blöd", rutschte es ihr heraus, wobei sie vergeblich versuchte, sich in eine bequemere Position zu bringen. Mit den auf dem Rücken gefesselten Händen und den zusammengebundenen Füßen war das fast unmöglich. – Zumal sie nichts sehen konnte. „Ich verlange eine Erklärung, weshalb Sie mich auf dieses Boot verschleppt haben."

„Das hast du also schon mitgekriegt", sagte er, und es klang zufrieden. „Bist ein kluges Mädchen."

„Sicher bin ich das", gab sie selbstbewusst zurück. „Deshalb möchte ich auch wissen, was das alles soll. Wieso haben Sie ausgerechnet mich entführt?"

„Vielleicht habe ich mich einfach nur einsam gefühlt? Erinnerst du dich noch an die Tage nach dem Usedom-Urlaub? Seitdem hatte ich keine Frau mehr. Ist das nicht schon verdammt lange her? Das habe ich genauso vermisst wie den Anblick deines schönen, nackten Körpers."

Leo! schoss es Antonia durch den Kopf. Im gleichen Moment hielt sie das für völlig absurd. Leo käme nie auf den Gedanken, ihr etwas Böses anzutun. Oder irrte sie sich? Sie kannte den wirklichen Leonard von Thalheim doch überhaupt nicht. Womöglich kam er nicht damit zurecht, dass sie ihn nicht mehr sehen wollte? Handelte es sich hier um die verletzte Eitelkeit eines Mannes, der es gewohnt war, immer alles zu bekommen, was sein Herz begehrte? – Unsinn, tadelte sie sich insgeheim. Dieser Kerl war nur darauf aus, sie zu verunsichern.

„Okay", sagte sie und trat entschlossen die Flucht nach vorn an. „Wenn du mich so sehr vermisst hast, warum bindest du mich dann nicht los? Von Angesicht zu Angesicht redet es sich leichter. Ich verspreche auch, mich kooperativ zu verhalten."

„Alles zu seiner Zeit, meine Liebe. Noch bestimme ich die Regeln. Damit du erkennst, dass ich kein Unmensch bin, nehme ich dir die Fesseln ab. Die Augenbinde entfernst du erst, wenn ich draußen bin. Wann immer ich reinkomme, legst du sie wieder an. Betrachte sie einfach als eine Art Lebensversicherung. – Verstanden?"

„Verstanden", bestätigte sie. „Trotzdem möchte ich wissen, was du mit mir vorhast."

„Alles zu seiner Zeit", wiederholte die dumpfe Stimme. „Nur so viel: Wir werden viel Spaß miteinander haben. – Zumal du dich kooperativ erweisen willst."

Plötzlich fühlte sie eine Hand, die begehrlich über ihre Brust strich, und musste sich zwingen, still liegen zu bleiben. „Dabei denke ich aber nicht an den üblichen langweiligen Blümchensex. Diesmal wird es erheblich sensationeller. Darauf kannst du dich verlassen."

Jetzt spürte sie ganz intensiv seine Nähe. Sein warmer Atem streifte ihre Wange, und sie nahm den vertrauten Duft eines herben Aftershaves wahr. Bevor sie sich erinnern konnte, woher sie ihn kannte, fasste der Entführer nach ihren Füßen.

„Halt still, damit ich die Kabelbinder durchschneiden kann!", verlangte er, so dass sie völlig reglos blieb.

Zuerst zerschnitt er ihre Fußfesseln, anschließend die Plastikbänder an den auf dem Rücken zusammengebundenen Händen. Automatisch bewegte sie ihre schmerzenden Arme.

„Vergiss nicht, die Augenbinde erst abzunehmen, wenn du allein bist", ermahnte er sie. „Und noch was: Schreien nützt dir überhaupt nichts. Wir befinden uns hier an einer sehr einsamen Stelle. Bei dem schlechten Wetter ist außer uns sowieso niemand auf dem Wasser."

Kaum hatte er das ausgesprochen, vernahm sie das Klappen der Tür. Dennoch entfernte sie die Augenbinde erst, als sie hörte, dass er abgeschlossen hatte. Sofort richtete sie sich auf und schaute sich um. Sie befand sich tatsächlich in einer engen Bootskabine. Das einzige Fenster, ein kleines Bullauge, war von außen abgedunkelt, so dass sie gezwungen war, sich im schwachen Licht einer Wandlampe zu orientieren. Die Einrichtung bestand nur aus einem Kojenbett und halbhohen Einbauschränken an der gegenüberliegenden Wand. Antonias Blick erfasste eine Flasche Mineralwasser und die Kekstüte auf dem Schrank. Hastig stand sie auf und bemerkte dabei, wie verspannt ihre Muskulatur durch das stundenlange Liegen war. Einige Lockerungsübungen brachten ihren schmerzenden Gliedern Linderung.

Mit zwei Schritten erreichte sie die Mineralwasserflasche. Während sie danach griff, wurde ihr bewusst, dass ihr Entführer vielleicht etwas hineingegeben hatte, um sie ruhigzustellen. Misstrauisch beäugte sie den Schraubverschluss. Zu ihrer Erleichterung war er unversehrt. Nun zögerte sie nicht mehr: Sie öffnete die Flasche, setzte sie an die Lippen und trank in gierigen Zügen. Erst beim Zuschrauben der Flasche fiel ihr auf, dass es sich um ihre bevorzugte Marke handelte. War das Zufall? Nein, gab sie sich selbst die Antwort, als sie die Kekstüte näher in Augenschein nahm. Nur wer sie gut kannte, wusste von ihrer Schwäche für eine ganz bestimmte Sorte von Mozartstäbchen. Sie hatte zwei Tüten davon in ihrem Reisegepäck nach Usedom gehabt, und Leo hatte sie damit geneckt, dass sie offenbar fürchtete, er ließe sie auf der Insel verhungern. Auch war Leo bekannt, welches Mineralwasser sie stets vorrätig hatte. War es möglich, dass er doch hinter ihrer Entführung steckte?

Helen saß im Morgenmantel am Tisch ihres Krankenzimmers und las wie zu Beginn eines jeden Tages die HAZ. Über die neuesten Nachrichten aus Politik und Wirtschaft hatte sie sich bereits informiert. Der sowohl spannende als auch humorvolle Fortsetzungsroman, in dem es um einen Nachbarschaftsstreit ging, hatte ihr zweimal ein herzhaftes Lachen entlockt. Nun blätterte sie weiter zum regionalen Teil der Ausgabe. Das Klopfen an der Tür unterbrach sie bei ihrer Lektüre.
„Ja bitte!?"
Auf seinem täglichen Rundgang betrat Professor Stratmann den Raum.
„Guten Morgen, Helen", sagte er im Näherkommen freundlich. „Wie geht es meiner Lieblingspatientin heute?"
Über den Rand ihrer Lesebrille hinweg schaute sie ihn herausfordernd an.
„Ausgezeichnet. – Solange du mich nicht wieder zu irgendwelchen Untersuchungen abholen willst. Ihr habt hier in den letzten Tagen mein Innerstes nach außen gekehrt. Allmählich müsst ihr doch wissen, dass ich völlig in Ordnung bin."
„Stimmt", gab er ihr Recht und deutete auf einen Stuhl. „Darf ich?" Als sie nickte, setzte er sich ihr gegenüber. „Trotzdem halte ich eine Reha für ratsam. Dein Körper braucht noch ein paar Wochen Ruhe."
„Bitte, fang nicht wieder damit an, Hans", entgegnete sie mit

abwehrend erhobenen Händen. „Wenn ihr mich hier endlich rauslasst, fahre ich mit Vincent in die Toskana. Dort kann ich mich wunderbar erholen. – Oder spricht etwas dagegen?"

„Nicht wirklich. Wie ich Herrn von Thalheim einschätze, wird er streng darüber wachen, dass du dich nicht überanstrengst." In seine Augen trat ein interessierter Ausdruck. „Darf ich dich was Persönliches fragen?"

„Nur zu", forderte sie ihn auf und zog die Lesebrille von der Nase. „Was möchtest du wissen?"

„Wir kennen uns jetzt seit ungefähr vierzig Jahren. Nach Richards Tod war es verständlicherweise nicht leicht für dich. Trotzdem – oder vielleicht eben deshalb – hast du noch mal ganz von vorn angefangen: Studium, Promotion, Richteramt, das alles hast du dir allein erarbeitet. Weder ein Mangel an Zeit noch an Gelegenheit war der Grund, aus dem du keine Partnerschaft mehr eingegangen bist. Mir schien es stets, als seiest du mit dir und deinem Leben völlig zufrieden. Umso mehr hat es mich gewundert, dass Antonia mir den Mann, der sich nach deiner Einlieferung partout nicht aus der Klinik vertreiben ließ, als deinen Lebensgefährten vorgestellt hat. Offen gestanden hätte ich nicht gedacht, dass ein Mann noch einmal eine Rolle in deinem Leben spielen würde."

„Damit habe auch ich nicht gerechnet", gestand sie freimütig. „Jahrelang habe ich mir eingeredet, rundherum zufrieden mit meinem Leben und mit meinem Beruf zu sein. Dabei hatte die Verdrängung bei mir nur besonders gut funktioniert. Das wurde mir aber erst bewusst, als ich Vincent kennenlernte. Sein rücksichtsvolles und aufmerksames Wesen, seine Fähigkeit, nicht nur wirklich zuhören, sondern auch Anteil nehmen zu können, machten mir deutlich klar, wie sehr ich diese Art von Zuwendung vermisst habe. Unsere Zuneigung ist in den letzten Wochen täglich gewachsen. Vincent ist ein Mann, der nicht nur die ganze Palette seiner Gefühle lebt; er spricht auch mit mir darüber, anstatt sie zu verstecken. Das ist eine ganz neue Erfahrung für mich." Ein entschuldigendes Lächeln huschte über ihr

Gesicht. „Es klingt sicher kitschig, aber ich habe das Gefühl, dass ich nur in die Toskana gefahren bin, um Vincent zu begegnen. Als hätten wir schon sehr lange aufeinander gewartet."

„Das Schicksal hält eben so manche Überraschung bereit", sagte Professor Stratmann ebenfalls lächelnd. „Ich freue mich für dich, Helen. Wie tief ihr miteinander verbunden seid, war deutlich erkennbar, als es ihm gelungen ist, dich aus dem Koma zu holen. Auch an deiner raschen Genesung hat dieser Mann keinen geringen Anteil. Ich wünschte, all meine Patienten hätten jemanden an ihrer Seite, der sie so selbstlos liebt. Das scheint mir noch die beste Therapie zu sein."

Ohne zu zögern nahm sie die Gelegenheit wahr.

„Heißt das, ich darf bald nach Hause, Hans?"

„Auf diese Frage habe ich schon gewartet", schmunzelte er und erhob sich. „Ein Weilchen musst du dich schon noch gedulden, meine Liebe."

„Wie lange?"

„Darüber reden wir Anfang nächster Woche", versprach er und wandte sich zur Tür. Draußen warteten schon die ersten Besucher. „Bitte, meine Herrschaften", sagte er und hielt ihnen die Tür auf, so dass Vincent und David eintraten.

Freudig überrascht erhob sich Helen und ging ihnen entgegen.

„Guten Morgen, Liebes", sagte Vincent weich, schloss sie in seine Arme und küsste sie innig. Auch David umarmte seine Großmutter und drückte sie fest an sich. Die Worte blieben ihm dabei in der Kehle stecken. Sanft löste sie sich von ihrem Enkel und schaute ihm forschend ins Gesicht.

„Stimmt was nicht, mein Junge?"

„Alles in Ordnung", versicherte er ihr rasch, wich aber ihrem Blick aus. „Ich freue mich einfach, wenn ich sehe, dass es dir gut geht, Granny."

„Und sonst? Solltest du um diese Zeit nicht in irgendeiner Vorlesung sitzen?"

„Mein Prof ist heute auf einem Symposium", schwindelte er.

437

„Deshalb habe ich Vincent begleitet." Er bemühte sich, seiner Großmutter scherzhaft zuzuzwinkern. „Oder wärst du lieber mit ihm allein?"

„Ich kann meine beiden Lieblingsmänner durchaus gleichzeitig verkraften", erwiderte sie diplomatisch, bevor sie sich wieder setzte.

In den nächsten zwei Stunden bemerkte sie, dass sie den überwiegenden Teil des Gesprächs bestritt. David blickte fast ununterbrochen gedankenverloren aus dem Fenster, und auch Vincent erwies sich als ungewöhnlich wortkarg. Die humorvolle Leichtigkeit, mit der sie sich in den letzten Tagen oft gegenseitig geneckt hatten, war verschwunden. Seit die beiden Männer im Krankenzimmer waren, hatten sie noch kein einziges Mal miteinander gelacht. Irgendetwas schien sowohl David als auch Vincent stark zu beschäftigen. Dadurch fühlte sie sich auf merkwürdige Weise ausgeschlossen. Unauffällig beobachtete sie die beiden, um herauszufinden, was dahintersteckte.

„Hast du eigentlich was von Leo gehört?"

Geistesabwesend schüttelte Vincent den Kopf.

„Er wird das Gefühl von Freiheit auf seinem Boot genießen."

„David, hat deine Mutter dir von ihrem Gespräch mit Leo erzählt?"

Stumm schüttelte der junge Mann den Kopf und starrte weiterhin aus dem Fenster. Dabei ballte er die Hände zu Fäusten.

„David!", ermahnte sie ihn energisch. „Kannst du mir wenigstens einmal eine vernünftige Antwort geben?"

Innerlich aufstöhnend riss er sich zusammen.

„Ma hat nur gesagt, dass es vorbei ist – und ich mich nicht einmischen soll."

„Wie hat sie die Begegnung mit Leo verkraftet?"

„Sie war ziemlich fertig."

„Beschäftigt dich das noch? Wirkst du deshalb so niedergeschlagen?"

„Nein."

„Wo liegt dann das Problem? Hast du Schwierigkeiten mit

438

deinem Studium?"

„Sicher nicht."

Ungeduldig schlug Helen mit der flachen Hand auf den Tisch, so dass beide Männer zusammenzuckten.

„Reizend, dass du mir so konsequent ausweichst!", warf sie ihrem Enkel vor. „Hast du kein Vertrauen mehr zu mir?"

„Nun lass den Jungen doch", schaltete sich Vincent ein. „Manchmal muss man etwas für sich behalten."

„Über das du bestens Bescheid weißt!", fuhr sie ihn an. „Für wie dumm haltet ihr mich eigentlich? Denkt ihr, ich merke nicht, dass hier was oberfaul ist?" Entschlossen erhob sie sich, trat ans Fenster auf der anderen Seite des Bettes und wandte ihnen den Rücken zu. „Ich möchte, dass ihr jetzt geht!"

Mit einem Seufzer stand auch Vincent auf und trat hinter sie.

„Das willst du doch nicht wirklich", vermutete er, hin und hergerissen zwischen dem Wunsch, sie zu schonen – und ihr die Wahrheit zu sagen. „Bitte, Helen ..."

„Was?", entfuhr es ihr, während sie temperamentvoll herumwirbelte. Ihre Augen blitzten. „Ihr seid doch gar nicht wirklich bei mir! Eure Gedanken kreisen seit Stunden um etwas, das ich nicht wissen soll! Allmählich komme ich mir vor wie ein schlechter Alleinunterhalter, dem man nur mit halbem Ohr zuhört! Darauf kann ich problemlos verzichten! Ich kann mich sehr gut allein beschäftigen!"

„Bitte, beruhige dich", sagte Vincent und streckte die Hand nach ihr aus. Helen wich jedoch vor ihm zurück. Diese Abwehrreaktion traf ihn wie ein Schlag ins Gesicht. Fassungslos starrte er sie an.

„Anscheinend kannst du dir nicht vorstellen, wie ich mich fühle, wenn du jetzt auch schon mit dieser Geheimniskrämerei anfängst, Vincent! Hast du vergessen, dass die Liebe zwischen Antonia und Leo daran zerbrochen ist? Willst du riskieren, dass es uns genauso ergeht?"

Noch bevor er zu einer Erwiderung fähig war, handelte David. Er konnte weder den Schmerz in den Augen seiner geliebten

Granny noch den gequälten Ausdruck auf Vincents Gesicht ertragen.

„Bitte, hört auf damit", sagte er eindringlich und trat zu ihnen. „Ich habe geahnt, dass das nicht funktioniert", wandte er sich an den Älteren. „Wir müssen es ihr sagen."

Stumm nickte Vincent nur, bevor er Helen mit ernstem Blick anschaute.

„Du solltest dich besser wieder setzen."

Demonstrativ verschränkte sie die Arme vor der Brust.

„Ich stehe lieber."

„Jetzt sei nicht so bockig, Granny! Wenn du wissen willst, was passiert ist, musst du dich hinsetzen!"

Der harsche Ton in Davids Stimme ließ sie die Stirn runzeln.

„Was soll das alles? Warum sagt ihr mir nicht einfach, worum es sich handelt?"

„Das wirst du gleich erfahren", prophezeite Vincent, hob sie auf seine Arme und trug seine leichte Last zum Bett. Behutsam setzte er sie auf der Matratze ab. Er selbst ließ sich auf der Bettkante nieder und griff nach Helens Hand. Er hob sie kurz an seine Lippen, ehe es sie mit seinen Fingern umschloss.

„Fang an, David", forderte er ihren Enkel auf. „Erzähl deiner Großmutter, was gestern Abend geschehen ist."

„Okay." Der junge Mann und setzte sich auf der anderen Seite zu seiner Großmutter.

Ohne ihn zu unterbrechen, hörte sich Helen seinen Bericht an. David sprach davon, wie er auf seine Mutter gewartet – und dass mitten in der Nacht die Polizei vor der Tür gestanden hatte. Dann berichtete er von der Entdeckung des Wagens auf der Landstraße.

„Antonia hatte einen Unfall?", fiel sie ihm mit schreckensgeweiteten Augen ins Wort. „Ist sie schwer verletzt? In welches Krankenhaus hat man sie gebracht? – So rede doch, David!"

„Ma hatte keinen Unfall", brach es verzweifelt aus ihm hervor. „Sie wurde entführt!"

„Entführt?", wiederholte sie entsetzt. „Das kann nicht sein.

440

Wer sollte ..." Unvermittelt hielt sie inne, als sie den besorgt–
wissenden Blick bemerkte, den David und Vincent tauschten.
„Der Orchideenmörder ...", flüsterte sie erschaudernd. „Ihr
denkt, dass sich Antonia in der Gewalt des Killers befindet!?"
„Leider müssen wir davon ausgehen", bestätigte Vincent, wobei er ihre Hand fester umschloss. „Oder glaubst du nach allem, was vorher passiert ist, an einen Zufall?"
„Das wäre wahrscheinlich unrealistisch", stöhnte sie, während
Tränen ihre Augen füllten. „Ich darf gar nicht daran denken,
was Antonia jetzt durchmacht. Dieser Sadist wird sie quälen
und ..." Aufschluchzend schlug sie die Hände vors Gesicht.
Voller Mitgefühl rückte Vincent näher und schloss sie tröstend
in die Arme.
„Ich wünschte, ich könnte die Zeit zurückdrehen. Erst habe ich
dich in die Sache reingezogen und beinah verloren. – Und nun
auch noch Antonia."
Sanft schob sie ihn ein wenig von sich.
„Du darfst dir keine Vorwürfe machen, Vincent. Der Killer
wusste doch schon vorher von Antonias Existenz, weil er Leo
beobachtet hat." Entschlossen straffte sie die Schultern. „Sollte
dieser Verbrecher meiner Tochter etwas antun, werde ich ihn
jagen! Ich werde nicht eher ruhen, bis er hinter Schloss und
Riegel sitzt! Und wenn es das letzte ist, was ich tue!"
„Ich werde ihn zur Strecke bringen!", widersprach David. „Du
musst erst mal ganz gesund werden, Granny. Deshalb hat Franzi auch gesagt, dass du auf keinen Fall davon erfahren darfst.
Nimm uns das bitte nicht übel."
Liebevoll strich sie ihrem Enkel über die Wange.
„Ihr wolltet mich schonen. Hätte ich das geahnt, wäre ich nicht
so heftig geworden. Es tut mir leid." Ihre Augen suchten Vin-
cents Blick. „Verzeih mir bitte."
„Ich liebe dich", sagte er zärtlich. „Mir war von Anfang an
nicht wohl bei dem Gedanken, dir diese schrecklichen Ereignisse zu verschweigen. Insgeheim habe ich gehofft, dass die
Polizei Antonia befreit hat, bevor du von der Entführung erfah-

ren musst. Diese ganze Aufregung ist deiner Genesung bestimmt nicht förderlich."

„Mein fürsorglicher Mann", erwiderte sie gerührt. „Trotzdem ist es gut, dass ich jetzt Bescheid weiß. – Ich möchte mit Franziska sprechen", fügte sie an ihren Enkel gewandt hinzu. „Ruf sie an. Sie soll so schnell wie möglich herkommen."

Franziska schaffte es erst am frühen Nachmittag in die Klinik. In der Begleitung ihres Lebensgefährten betrat sie das Krankenzimmer ihrer Mutter.

„Endlich!", begrüße Helen ihre Tochter und ließ sich von ihr umarmen. Dem Kommissar reichte sie die Hand. „Habt ihr schon was rausgefunden?"

„Die Ermittlungen laufen auf Hochtouren", berichtete Pit. „Wir haben jeden verfügbaren Beamten auf den Fall angesetzt."

„Mit welchem Resultat?"

„Der wichtigste Anhaltspunkt ist nach wie vor der schwarze Geländewagen, der bei dem Anschlag auf euch eingesetzt war", sagte Franziska. „Einer der jungen Männer, die hinter euch gefahren sind, hat sich einen Teil des Kennzeichens gemerkt. In mühevoller Kleinarbeit ist es uns gelungen, es zu vervollständigen. Bei dem Fahrzeug handelt es sich um einen Jeep. Er gehört einer Hildesheimer Mietwagenfirma."

„Hat man sich dort an den Kunden erinnert?", fragte Helen hoffnungsvoll. „Gibt es eine Beschreibung von ihm?"

„Fest steht, dass er den Wagen mit falschen Papieren gemietet hat", übernahm wieder Pit. „Nachdem der Mann vom Kundendienst ihn in unserem Fotoalbum nicht wiedererkannt hat, haben wir ein Phantombild erstellt. Es wird noch heute über die Medien verbreitet. Allerdings wird nur mitgeteilt, dass dieser Mann im Zusammenhang mit einem Verbrechen dringend als Zeuge gesucht wird. Die Info, dass es sich um eine Entführung handelt, haben wir vorläufig noch zurückgehalten. Trotzdem hoffen wir, dass sich schnell jemand meldet, der den Mann in den letzten Wochen gesehen hat."

442

„Sie gehen davon aus, dass der Fahrer des Mietwagens mit dem Kidnapper identisch ist", folgerte Vincent aus den Worten des Kommissars. „Sind Sie sicher?"

„Es ist der einzige Punkt an dem wir ansetzen können", gestand Pit. „Es scheint aber eine logische Schlussfolgerung zu sein, dass der Killer hinter jedem dieser Verbrechen steckt. Aus gutem Grund wird er auf Mitwisser verzichtet haben, die vielleicht irgendwann gegen ihn aussagen könnten. Wir halten ihn für einen Einzelgänger, der seine Taten präzise plant und ausführt. Soweit wir das beurteilen können, ist sein Motiv Rache oder abgrundtiefer Hass."

„Oder beides", warf Helen ein. „Er hat eine Menge kriminelle Energie aufgebracht, damit Leo als verurteilter Serienkiller den Rest seines Lebens hinter Gittern verbringt. Da ihm das trotz aller Mühe nicht gelungen ist, hat er nach einem anderen Weg gesucht, nicht nur Leo zu treffen, sondern alle, die seine Pläne vereitelt haben."

David, der bislang nur schweigend zugehört hatte, richtete seine Augen angsterfüllt auf seine Tante.

„Wie stehen die Chancen, dass Ma noch lebt?"

Zu keiner Antwort fähig, schluckte Franziska hart. Ihre Kehle war wie zugeschnürt.

„Nach dem derzeitigen Stand der Ermittlungen gehen wir davon aus, dass der Killer deine Mutter irgendwo gefangen hält", sagte Pit an ihrer Stelle. „Er hat überwiegend in Vollmondnächten gemordet. Erst in zwei Tagen ist der nächste Vollmond. Dadurch gewinnen wir etwas Zeit."

„Und wenn es euch bis dahin nicht gelingt, ihn zu schnappen? Außerdem wurden die Abstände zwischen den letzten Morden immer kürzer! Warum sollte er sich jetzt noch an seine anfängliche Strategie halten, nachdem sein Plan sowieso schon den Bach runtergegangen ist?" Entschlossen stieß er sich von der Wand ab. „Ich werde jedenfalls nicht tatenlos rumsitzen und abwarten, bis man meine Mutter irgendwo misshandelt und ermordet findet!"

Beunruhigt beugte Helen sich vor und hielt ihren Enkel am Arm fest.

„Was hast du vor, David?"

„Das gleiche, was auch du tun würdest, wenn du nicht hier in der Klinik liegen müsstest", sagte er, bevor er sich an seine Tante wandte. „Du musst mir sein Phantombild geben! In Grannys Unterlagen steht, welche Orte ich damit abklappern muss! Irgendwo finde ich jemanden, der ihn gesehen hat!"

„Glaubst du, darauf sind wir nicht auch schon gekommen?", fragte Pit ohne jeden Vorwurf. „Nach allem, was geschehen ist, kann ich verstehen, dass du nicht viel Vertrauen in die Polizeiarbeit setzt, aber völlig unfähig sind wir nun auch nicht. Meine Beamten sind schon zu jedem unterwegs, der irgendwie mit diesem Fall zu tun hat." Freundschaftlich legte er den Arm um seine Schultern. „Du weißt doch, wie der Killer auf Einmischung von außen reagiert. Wir dürfen ihn nicht zu einem weiteren Verbrechen herausfordern."

Obwohl es ihm schwer fiel, nickte David. Daraufhin dirigierte Pit ihn auf die andere Seite des Zimmers zum Fenster.

„Außerdem solltest du in der Nähe deiner Großmutter bleiben", fuhr er mit gedämpfter Stimme fort. „Sie braucht jetzt jede Unterstützung."

„Okay", gab David nach. „Wenn ich nur nicht so eine Scheißangst um meine Mutter hätte."

Während Pit ihm mitfühlend auf die Schulter klopfte, machte sich Franziskas Mobiltelefon durch leichtes Vibrieren in ihrer Hosentasche bemerkbar.

„Entschuldigt", bat sie und zog es hervor. „Ich habe es eingeschaltet gelassen, weil wir Tonis Handy nicht gefunden haben. Vielleicht hat sie es noch bei sich." Durch das Drücken einer Taste holte sie die Bildmitteilung auf das Display. „Oh, mein Gott ...", brachte sie kreidebleich geworden hervor. Sofort war Pit bei ihr und nahm ihr das kleine Telefon aus der Hand. Mit grimmiger Miene betrachtete er das Foto.

„Was ist?", fragte Helen alarmiert.

„Eh ..., das ist dienstlich", behauptete Pit geistesgegenwärtig, aber schon die Reaktion ihrer Tochter hatte ihr verraten, dass die Nachricht nur Antonia betreffen konnte.

„Ich möchte es sehen."

„Das ist wirklich nichts, das Sie ..."

„Pit!", fiel Helen ihm scharf ins Wort und streckte die Hand aus. „Zeigen Sie es mir!"

Widerstrebend reichte er ihr das Handy. Auf dem Foto war Antonia zu sehen: An Händen und Füßen gefesselt lag sie mit geschlossenen Augen auf einer Matratze. Bei diesem Anblick konnte Helen die Tränen nicht zurückhalten. Leise aufschluchzend gab sie das Telefon an Vincent weiter.

„Dieser verdammte Mistkerl!" brummte er hilflos und reichte es David.

Mit zusammengepressten Lippen starrte der junge Mann auf das Bild seiner reglos daliegenden Mutter.

„Wenn er dir auch nur ein Haar krümmt, bringe ich ihn um", flüsterte er beschwörend. „Das verspreche ich dir, Ma."

„Wir werden ihn fassen und bis ans Ende aller Tage wegsperren", prophezeite Pit und nahm ihm das Handy wieder ab. Per Knopfdruck ließ er sich die Rufnummer des Absenders der Bildmitteilung anzeigen. „Das Foto wurde nicht von Antonias Handy verschickt", stellte er fest. „Wir haben versucht, es zu orten, aber es muss ausgeschaltet sein", fügte er auf Helens fragenden Blick hinzu. „Der Killer scheint unvorsichtig zu werden, sonst hätte er beim Versenden seine Rufnummer unterdrückt. Wir fahren sofort ins Präsidium, um den Halter des Handys zu ermitteln. Außerdem werden unsere Spezialisten das Foto am Computer digital bearbeiten. Wenn wir Glück haben, finden wir irgendeinen Anhaltspunkt darauf."

Ruhelos wanderte Antonia in der kleinen Kabine umher. Seit Stunden zermarterte sie sich das Hirn darüber, wie sie den

Kidnapper davon überzeugen könnte, sie gehen zu lassen. Eines wurde ihr dabei deutlich klar: Sollte es sich bei ihm tatsächlich um den Killer handeln, würde er sein grausames Werk zu Ende führen. Sie dachte an ihre Familie, die bestimmt schon wusste, dass sie sich in der Gewalt des Verbrechers befand. Für David, der sie immer beschützen wollte, musste es die Hölle sein. Franziska würde wahrscheinlich versuchen, sich trotz der Angst um sie professionell zu verhalten. Und sie würde mit allen Mitteln verhindern, dass ihre Mutter von den Ereignissen erführe. Das hielt sie allerdings für vergebliche Liebesmüh. Den feinen Antennen ihrer Mutter entging so leicht nichts. Sie würde an dem Verhalten der anderen bemerken, dass etwas nicht stimmte und so lange bohren, bis man ihr die Wahrheit sagte. Vermutlich würde sie sich furchtbar aufregen, dachte Antonia besorgt. Das hätte womöglich einen gesundheitlichen Rückschlag zur Folge. Abrupt blieb sie stehen. Sie musste hier so schnell wie möglich raus! Sie durfte nicht zulassen, dass diese Bestie ihre ganze Familie zerstörte!

Fieberhaft überlegte sie, bevor sie entschlossen an die Tür trat.

„Hallo!", rief sie nach ihrem Entführer und trommelte mit den Fäusten dagegen. „Ich muss mal auf die Toilette!"

Nur wenige Augenblicke später hörte sie Schritte.

„Hast du die Augenbinde angelegt?"

„Moment!", rief sie zurück, hob das Tuch vom Boden auf und band es sich um. „Fertig!"

Sie vernahm den Schlüssel im Schloss und das Öffnen der Tür.

„Du hast das ganze Mineralwasser getrunken", stellte die dumpfe Stimme fest. „Geht es dir jetzt besser?"

„Einigermaßen", erwiderte sie und ließ sich von ihm am Arm hinausführen. Der Kidnapper brachte sie zu dem kleinen Bad, schob sie hinein und schloss die Tür von außen.

Mit einem Handgriff nahm Antonia die Augenbinde ab. Rasch benutzte sie die Toilette, bevor sie sich umschaute. Vor Stunden hatte er sie schon einmal ins Bad gelassen, aber ihr war vom Chloroform so übel gewesen, dass sie sich hatte übergeben müssen. Jetzt fühlte sie sich deutlich besser. Während sie Wasser ins Waschbecken laufen ließ, suchte sie nach irgendetwas, das sie notfalls als Waffe benutzen konnte. Aber es war vergeblich. Außer Toilettenpapier und Handtüchern fand sie nichts. Ihr Entführer hatte gründlich aufgeräumt, falls sie auf den Gedanken käme, nach einer Verteidigungsmöglichkeit zu suchen.

Resigniert blieb ihr Blick an der schmalen Fensterluke haften. Sie war zu hoch, um hinaussehen zu können. Um wenigstens eine Vorstellung davon zu bekommen, wo sie sich befand, kletterte sie auf den Toilettenrand. Draußen war es inzwischen aber so dunkel, dass sie nichts von der Umgebung erkennen konnte. Sie wollte gerade wieder heruntersteigen, als sie etwas leuchtend Rotes auf der Leiste über der Luke liegen sah. Sie musste sich weit nach vorn beugen und zusätzlich auf die Zehenspitzen stellen, um es zu erreichen. Mit den Fingernägeln angelte sie danach und hielt gleich darauf einen Schraubenzieher in der Hand. Er war nicht besonders groß, aber nun hatte sie zumindest etwas, mit dem sie sich zur Wehr setzen konnte. Sie schob den Schraubenzieher in den Hosenbund und ließ den Stoff ihrer Bluse darüber fallen. Rasch wusch sie sich noch die Hände und benetzte ihr Gesicht mit kaltem Wasser. Ein Blick in den Spiegel verriet ihr, wie blass und mitgenommen sie aussah. Mit einem Seufzer band sie sich das Tuch wieder vor die Augen.

„Ich bin fertig!", rief sie, worauf die Tür geöffnet wurde, und der Kidnapper sie zurück in die Kabine führte.

„Ich habe dir eine neue Flasche hingestellt", hörte sie die dumpfe Stimme sagen – und war im nächsten Moment wieder allein.

Unterdessen hatte David das Krankenhaus verlassen, um sich um Quincy zu kümmern. Mit der Erlaubnis seiner Großmutter wollte er in ihrer Wohnung auf dem Sofa übernachten.

Vincent blieb derweil noch bei Helen. Kurz nachdem David

gegangen war, rief Franziska an, um ihrer Mutter mitzuteilen, dass der Verbrecher die Frechheit besessen hatte, die Bildnachricht vom Handy seines sechsten Opfers zu versenden. Danach hatte er das Handy abgeschaltet, so dass es nicht zu orten sei. Nun blieb nur noch die Hoffnung, dass die Computerspezialisten eine Spur auf dem Foto entdecken würden.

Nach diesem Gespräch wirkte Helen noch deprimierter auf Vincent, so dass er sich große Sorgen um sie machte.

„Das ist alles meine Schuld", sagte sie plötzlich in die Stille hinein. „Ich hätte nicht wieder aus dem Koma erwachen dürfen. Damit wären die Rachegelüste des Killers befriedigt gewesen. Bestimmt hätte er dann keinen Gedanken daran verschwendet, Antonia zu entführen."

„So etwas darfst du nicht mal denken, Liebes!", beschwor er sie. „Keiner von uns trägt die Verantwortung für all diese schrecklichen Ereignisse! Das kranke Hirn eines skrupellosen Psychopathen hat sich diese grausamen Verbrechen ausgedacht! Sechs Morde, das Attentat auf uns, Antonias Entführung, das alles geht allein auf sein Konto!"

Mit einer müden Geste wischte sie sich über die Augen.

„In meinem ganzen Leben habe ich mich noch nie so hilflos gefühlt. Noch vor ein paar Tagen dachte ich, dass jetzt alles gut wird. Ich habe mich zunehmend erholt, Leo ist wieder frei ... Und nun ist Antonia diesem Wahnsinnigen auf Gedeih und Verderb ausgeliefert! Hört denn das nie auf?"

Vincent fühlte sich genauso hilflos. Wie sollte er sie unter diesen Umständen trösten können? Diesmal konnte er ihr nicht versprechen, dass sich alles zum Guten wenden würde. Sie wussten beide, welch grausames Schicksal drohend über Antonia schwebte. Er konnte Helen nur in die Arme nehmen und versuchen, ihr Halt zu geben.

„Sie ist meine Tochter ...", schluchzte sie an seiner Schulter. „Es tut so verdammt weh, dass ich absolut nichts machen kann, um ihr zu helfen ..." Tränenblind schaute sie ihn an. „Vielleicht fügt er ihr in diesem Moment furchtbare Schmerzen zu! Er hat all seine Opfer brutal misshandelt und vergewaltigt!"

„Nicht, Helen. Wir dürfen uns diese Grausamkeiten nicht vorstellen."

„Ich kann nicht anders. Ich habe die Obduktionsberichte gelesen."

Mit festem Griff umspannten seine Hände ihre Schultern, während er ihr beschwörend in die Augen schaute.

„Du musst versuchen, das aus dem Kopf zu bekommen! Ich weiß, wie schwer das ist, aber wir dürfen die Hoffnung nicht aufgeben! Antonia ist stark! Ihr ist bewusst, mit wem sie es zu tun hat – und was für sie auf dem Spiel steht! Deshalb wird sie ihren Verstand gebrauchen und den Kerl nicht provozieren! Sie wird versuchen, sein Vertrauen zu gewinnen! Dadurch gelingt es ihr vielleicht sogar, ihn zur Aufgabe zu bewegen!"

„Glaubst du das wirklich? Denkst du, dass ich meine Tochter lebend wiedersehen werde?"

„Ja", sagte er mit fester Stimme. Was hätte er auch sonst antworten sollen?

Zögernd nickte sie. – Obwohl sie wusste, dass es eine barmherzige Lüge war. Sie musste sich an die Hoffnung wie an einen Strohhalm klammern, um nicht völlig zu verzweifeln.

„Bleibst du heute Nacht bei mir? Ich habe schreckliche Angst."

„Nichts würde mich heute von hier fort bringen", versprach er und drückte sie sanft in die Kissen zurück. „Du musst dich ein wenig ausruhen, Liebes."

Kapitel 42

Während der Kommissar seine Leute zu einer Lagebesprechung zusammentrommelte, befand sich Franziska auf dem Weg zu den Computerspezialisten. Mit dem Verlassen des Aufzugs klingelte ihr Handy. Rasch zog es sie aus der Tasche und machte es per Tastendruckdruck gesprächsbereit.

„Pauli...!?"

„Ist Ihnen jetzt endlich klar, was Sie angerichtet haben?", vernahm sie eine schnarrende Stimme. „Sie hätten ihn niemals laufenlassen dürfen!"

Ruckartig blieb Franziska stehen.

„Wer sind Sie?"

„Jemand, der es gut mit Ihnen meint! Obwohl Sie den größten Fehler Ihres Lebens begangen haben! Dafür muss Ihre Schwester jetzt bezahlen!"

„Was wissen Sie über meine Schwester?"

„Der Killer hat sie sich geholt! Sie hätten ihn in seiner Zelle verrotten lassen sollen!"

„Falls Sie damit Herrn von Thalheim meinen, der hatte nicht nur für einen der Morde ein Alibi. Es gab noch mehr Entlastungsmaterial."

„Haben Sie nie daran gedacht, dass er einen Helfer haben könnte, den er fürstlich für seine Dienste entlohnt?", höhnte der Anrufer. „Ein Mann mit seiner Intelligenz sichert sich selbstverständlich ab!"

„Woher wollen Sie das wissen?"

„Ich beobachte diesen eiskalten Hund schon sehr lange. Wollen Sie ihn diesmal wieder davonkommen lassen? Selbst wenn er Ihre Schwester auf dem Gewissen hat?"

„Wenn Sie ihn beobachtet haben, müssen Sie doch wissen, wo er meine Schwester festhält", sagte Franziska geistesgegenwärtig. „Sagen Sie mir, wo ich sie finde!"

„Man wird sie schon sehr bald entdecken – nackt und mit einer Orchidee geschmückt", prophezeite der Mann, bevor er die Verbindung abrupt unterbrach. Sekundenlang stand Franziska wie erstarrt. Dann machte sie auf dem Absatz kehrt und stieg wieder in den Fahrstuhl.

Nach Antonias Zeitempfinden war es noch nicht lange her, seit sie im Bad gewesen war, als sie erneut die Schritte ihres Entführers hörte. Unwillkürlich spannten sich ihre Muskeln.

„Leg die Augenbinde an!", befahl der Kidnapper von draußen.

Während sie dieser Aufforderung nachkam, hoffte sie, dass sich nun vielleicht eine Gelegenheit zur Flucht ergäbe.

„Fertig!"

Sie blieb auf dem schmalen Bett sitzen und wartete auf sein Erscheinen.

„Was hältst du von einem ordentlichen Abendessen?", fragte er nach dem Hereinkommen.

„Viel", erwiderte sie vorsichtig. „Kein Mensch kann sich nur von Mozartstäbchen ernähren."

„Wäre dir Pasta recht?"

Sofort schrillten sämtliche Alarmglocken in ihrem Kopf.

„Du magst doch Pasta", fügte er hinzu, da sie nicht gleich antwortete. „Und nach dem Essen testen wir, wie kooperativ du dich tatsächlich verhältst."

Als sie immer noch entsetzt schwieg, schlug er ihr hart gegen den Oberarm, so dass sie nach hinten aufs Bett fiel.

„Ich rede mit dir! Willst du mich verärgern?"

„Nein", beeilte sie sich zu antworten, wobei sie sich wieder in Sitzposition aufrichtete.

„Na also, geht doch", sagte er zufrieden. „Wir werden bestimmt viel Spaß miteinander haben. Bei dir ist es doch genau so lange her wie bei mir – oder?"

„Ich weiß nicht ..."

„Du weißt es nicht?", brauste er auf. „Mit wem hast du es inzwischen getrieben? Mit dem Bürschlein, das neuerdings bei dir wohnt? Wer ist das überhaupt?"

Er wusste nicht, dass es sich um ihren Sohn handelte! überlegte sie. Sie würde ihm das ganz bestimmt nicht sagen, sonst würde sie David womöglich in Gefahr bringen.

„Das ist nur ein Student", erwiderte sie reaktionsschnell. „Er wohnt bei mir unter dem Dach zur Untermiete."

„Verdienst du so wenig?"

„Ich muss das Haus abbezahlen. – Außerdem kümmert sich der junge Mann um den Garten. Davon verstehe ich nicht viel."

„Belohnst du ihn auch mit Sex für die Gartenarbeit?", spottete er. „Vielleicht hast du den unerfahrenen Jungen ja mitten in der Küche verführt!? Das wäre schließlich nicht das erste Mal."

451

Wie konnte er davon wissen? fragte sie sich. Außer Leo und ihr wusste niemand, dass sie in der Nacht der Einweihungsparty in ihrer Küche...

„Ich mache den gleichen Fehler nicht zweimal", sagte sie mit fester Stimme. „Außerdem war mir in den letzten Wochen ganz sicher nicht nach einer Affäre zumute."

„Dann bist du genauso ausgehungert wie ich. Bevor wir diesen Appetit stillen, gönnen wir uns eine leckere Mahlzeit. Ich muss nur noch schnell die Zutaten besorgen. Wirst du dich so lange ruhig verhalten, oder muss ich dich fesseln und knebeln?"

„Bitte nicht", flehte sie. „Du hast gesagt, dass hier sowieso kein Mensch in der Nähe ist. Also kann ich meine Energie für etwas Sinnvolleres sparen."

„Für mich", meinte er, und sie hätte schwören können, dass er dabei grinste. „Ich bin sehr anspruchsvoll."

„Das bin ich auch", sagte sie, worauf er siegesgewiss lachte.

„Keine Sorge, ich werde dich zufriedenstellen." Sie vernahm das Öffnen der Tür. „Bis später, Baby. Es dauert nicht lange."

Kaum hatte er die Tür abgesperrt, riss sich Antonia die Augenbinde herunter. Auf Zehenspitzen schlich sie zur Tür. Dort verhielt sie ganz still und lauschte auf etwaige Geräusche. Schon bald vernahm sie das Aufheulen eines Motors. Das Brummen entfernte sich schnell – bis es nicht mehr zu hören war. Sie vermutete, dass ihr Entführer mit einem kleinen Boot weggefahren war, um die Zutaten für ihre Henkersmahlzeit zu besorgen. Wahrscheinlich blieb ihr nicht viel Zeit.

Hastig zog sie den kleinen Schraubenzieher aus dem Hosenbund und machte sich damit am Türschloss zu schaffen. So sehr sie sich jedoch bemühte, es ließ sich nicht öffnen.

„Das muss klappen", machte sie sich selbst Mut und schob die Spitze ihres Werkzeuges in der Höhe des Schlosses zwischen Tür und Rahmen. Der Schraubenzieher reichte aber nicht weit genug dazwischen, um die Tür aufzuhebeln. Sie brauchte etwas Hartes, um ihn tiefer voranzutreiben. In ihrer Kabine gab es aber nichts außer der Möblierung. Der Kidnapper schien alle Gebrauchsgegenstände entfernt zu haben. Ihr Blick fiel auf die Mineralwasserflasche. Ohne zu zögern griff sie danach und drehte sie herum. Mit dem Flaschenboden schlug sie vorsichtig gegen das Ende des Werkzeuggriffes, um zu prüfen, ob die Flasche zerbrechen würde. Da sie sich als stabil erwies, schlug sie mehrmals fest zu, so dass der Schraubenzieher fast bis zum Griff in der Spalte verschwand. Mit aller Kraft zog Antonia an der Türklinke, aber die Tür gab immer noch nicht nach.

„Verdammt, das muss funktionieren!", stieß sie hervor und schlug unbeherrscht mit dem Flaschenboden gegen den Griff des Schraubenziehers. Mit einem berstenden Geräusch zersplitterte das Holz – und die Tür sprang auf.

„Dem Himmel sei Dank ...". Rasch hob sie den heruntergefallenen Schraubenzieher auf und schlich aus der Kabine. Vor sich sah sie eine steile Treppe, die nach oben führte, lief darauf zu und erklomm Stufe für Stufe. Geschickt öffnete sie die geschlossenen Türklappen und kletterte ins Freie. Den leichten Regen bemerkte sie kaum. Sie wurde nur von dem Gedanken beherrscht, so schnell wie möglich von diesem Boot zu kommen. Sie tastete sich über das Deck und verharrte an der Reling, bis sich ihre Augen an die Dunkelheit gewöhnt hatten. Um sich zu orientieren, blickte sie sich nach allen Seiten um. Irgendwo in der Ferne erkannte sie kleine, sich bewegende Lichter und vermutete eine Straße. Ohne sich über die Entfernung im Klaren zu sein, holte sie noch einmal tief Luft und sprang von Bord.

Das kalte Wasser ließ ihren Atem stocken. Prustend tauchte sie wieder auf und begann in die Richtung der Lichter zu schwimmen. Schon bald schwanden ihre Kräfte. Dennoch mobilisierte sie ihre restliche Energie und kämpfte sich verbissen vorwärts. Endlich wurde das Wasser flacher. Mit letzter Kraft erreichte sie das Ufer.

Auf allen Vieren kroch sie die Böschung hinauf und blieb nach Atem schöpfend liegen. Sie gönnte sich aber nur eine kurze

Erholungspause, bevor sie sich wieder aufrappelte. Durch den leichten Regen lief sie weiter – bis sie plötzlich auf einer Straße stand. In der Ferne sah sie Scheinwerfer eines Fahrzeugs, die rasch näher kamen. Ohne lange zu überlegen trat sie auf die Fahrbahn und winkte mit beiden Armen. Mit unveränderter Geschwindigkeit näherte sich der Wagen. Als die Scheinwerferkegel sie erfassten, sprang sie zur Seite. Keine Sekunde zu früh, dann war der Wagen auch schon an ihr vorbei. Erst nach einigen Metern kam er mit quietschenden Reifen zum Stehen. Erleichtert lief sie auf das Auto zu. Als sie es erreichte, wurde die Fahrertür geöffnet. Hinter dem Steuer saß ein alter Mann, der sie aus erschrockenen Augen anstarrte.

„Es tut mir leid ...", stammelte er. „Ich habe Sie nicht gesehen. Sind Sie verletzt?"

„Mir ist nichts passiert", beruhigte sie ihn. „Es war mein Fehler: Ich hätte mich nicht mitten auf die Straße stellen dürfen."

„Hatten Sie eine Panne?", fragte er, immer noch besorgt. „Kann ich Sie irgendwohin mitnehmen?"

„Fahren Sie nach Hannover? Ich muss dringend in die MHH. Meine Mutter liegt dort."

„Steigen Sie ein", forderte er sie auf. „Ich bringe Sie hin."
„Danke."

Ehe er es sich anders überlegen konnte, umrundete sie den Wagen und öffnete die Beifahrertür. Angesichts der hellen Polster zögerte sie jedoch, einzusteigen.

„Ich mache Ihnen den ganzen Sitz nass."

„Kein Problem", winkte er ab. „Aber Sie werden sich in den feuchten Sachen eine Lungenentzündung holen. Nehmen Sie die Decke vom Rücksitz und wickeln Sie sich darin ein."

„Danke", wiederholte sie, angelte nach der Wolldecke und legte sie sich um. Mit einem Seufzer sank sie auf den Beifahrersitz und schloss die Tür.

„Gehe ich recht in der Annahme, dass wir es eilig haben?", fragte ihr Chauffeur und gab Gas. „Ich heiße übrigens Wilhelm Wagner. – Meine Freunde nennen mich Willi."

„Antonia", stellte sie sich vor. „Sind Sie immer so spät als rettender Engel unterwegs?"

„Normalerweise nur in Vollmondnächten", scherzte er. „Ich komme vom Geburtstag meines kleinen Bruders. Er hat seinen achtzigsten in Steinhude gefeiert. – Keine Sorge", fügte er hinzu. „Ich hatte nur ein Gläschen Sekt zum Anstoßen. Sonst hätte ich mich nicht mehr hinters Steuer gesetzt."

„Nicht jeder ist so vernünftig", bemerkte sie und zog die Decke enger um die Schultern.

„Sie frieren", stellte er mit einem kurzen Seitenblick fest und drehte die Heizung an. „Gleich wird Ihnen wärmer."

„Danke", sagte sie nun schon zum dritten Mal, worauf der alte Herr lächelnd den Kopf schüttelte.

„Nun lassen Sie es mal gut sein. Ich bin doch froh, dass ich Sie nicht angefahren habe. In den über sechzig Jahren, die ich schon den Führerschein besitze, hatte ich noch nie einen Unfall. Und ich fahre viel – besonders seit es mit dem Laufen nicht mehr so gut klappt. Mein Doktor wollte mir einen AOK-Shopper verschreiben, aber mit so einem Ding gehe ich nicht auf die Straße. Damit wirkt man ja uralt und gebrechlich."

Unwillkürlich musste Antonia lächeln. Interessiert betrachtete sie das Profil des Mannes neben sich genauer und stellte fest, dass er zwar nur noch wenig Haare, dafür aber umso mehr Fältchen hatte – hauptsächlich in den Augenwinkeln. Ein Zeichen, dass er Humor besaß und gern lachte.

„Sie hätten mich unter die Lupe nehmen sollen, bevor Sie zu mir in den Wagen gestiegen sind", sagte er. „Sollte ich mich nun als Schurke herausstellen, ist es definitiv zu spät."

„Nehmen Sie es mir nicht übel, Willi, aber ich glaube, als Bösewicht sind Sie eine Fehlbesetzung."

Um seinen Mund legte sich ein feines Lächeln, während er den Wagen beschleunigte.

„Ist das Menschenkenntnis? Oder wirke ich so harmlos?"

„Beides."

„Langsam werde ich wohl wirklich alt", klagte er. „Noch vor

ein paar Jahren hätte ich es als Beleidigung empfunden, von einer attraktiven Frau als harmlos bezeichnet zu werden. Seltsamerweise macht mir das heute gar nichts mehr aus. Ob das ein Zeichen von Reife ist?" Da Antonia nicht antwortete, blickte er entschuldigend zu ihr hinüber. „Verzeihen Sie, ich bin ein alter Schwätzer. Ihnen geht es nicht so gut, oder!?"

„Ich bin ziemlich fertig", bestätigte sie, wobei sie erleichtert feststellte, dass sie sich bereits auf dem Schnellweg befanden. Den hinter ihnen fahrenden Streifenwagen bemerkte jedoch ihr Chauffeur zuerst.

„Die haben mir gerade noch gefehlt", murmelte er. „Wenn man die Polizei braucht, ist sie nicht zu sehen. Aber kaum fährt man ein bisschen zu schnell, sind sie einem auf den Fersen."

Im nächsten Moment überholte der Streifenwagen auch schon. Der Beamte auf dem Beifahrersitz hielt eine Kelle aus dem Seitenfenster, die unmissverständlich zum Halten aufforderte.

Wilhelm Wagner blieb nichts anderes übrig, als abzubremsen. Auf dem Standstreifen kam er hinter dem Polizeiwagen zu stehen und kurbelte die Scheibe herunter. Zu ihm an die Fahrerseite trat ein uniformierter Beamter.

„Guten Abend! Ihre Papiere bitte: Führerschein und Zulassung."

„Bin ich etwa zu schnell gefahren?", fragte Willi, während er seine Brieftasche hervorzog.

„Auf dieser Strecke dürfen Sie maximal hundert fahren", belehrte ihn der Beamte. „Das ist nicht der Nürburgring."

„Das ist meine Schuld", schaltete sich Antonia ein. „Ich habe Herrn Wagner praktisch genötigt, so schnell zu fahren."

Der Polizist beugte sich vor und schaute in ihr Gesicht.

„Wer sind Sie?"

„Antonia Bredow."

Ein prüfender Blick traf die nasse Gestalt mit dem wirren Haar.

„Können Sie sich ausweisen?"

„Nein."

„Moment", bat er und ging mit den Papieren des Fahrers zum Streifenwagen zurück.

„Paul", wandte er sich dort an seinen älteren Kollegen. „Die Frau im Wagen behauptet, dass sie Antonia Bredow ist. Gib mir mal das Fahndungsfoto."

„Nicht nötig", erwiderte der Kollege und stieg aus. „Ich kenne die Gerichtsmedizinerin."

Zu zweit traten sie wieder zu dem angehaltenen Fahrzeug. Der ältere Beamte öffnete die Beifahrertür und warf einen Blick ins Fahrzeuginnere. Er erkannte Antonia trotz ihres erbärmlichen Zustands sofort wieder. Erst kürzlich hatte er sie bei einer Tatortsicherung in beruflicher Aktion erlebt.

„Frau Dr. Bredow!? Steigen Sie bitte aus." Zuvorkommend streckte er ihr die Hand entgegen und half ihr aus dem Fahrzeug. „Sind Sie in Ordnung?"

„Es geht schon. Sie wissen, wer ich bin?"

„Sie stehen auf der Liste vermisster Personen ganz oben", bestätigte er, bevor er zum Wagen deutete. „Hat dieser Mann was mit Ihrer Entführung zu tun?"

„Herr Wagner hat mich auf der Landstraße aufgelesen. Ich habe ihn gedrängt, mich so schnell wie möglich zur MHH zu fahren, weil ich dringend zu meiner Mutter muss."

„Der Richterin", fügte er verstehend hinzu, bevor er sich an seinen Kollegen wandte. „Sag dem Herrn, dass wir seinen Fahrgast übernehmen."

„Soll ich ihm ein Ticket schreiben?"

„Lass ihn mit einer mündlichen Verwarnung davonkommen." Behutsam fasste er Antonia am Arm. „Folgen Sie mir bitte."

„Danke für Ihre Hilfe!", rief sie dem alten Herrn zu und ließ sich zum Streifenwagen führen.

Mit Blaulicht und Martinshorn waren sie gleich darauf zur Klinik unterwegs.

Während der Fahrt griff der junge Beamte zum Funkgerät.

„Wagen 11 an Zentrale! Zentrale bitte kommen!"

„Hier Zentrale", meldete sich eine weibliche Stimme. „Was

gibt es, Wagen 11?"

„Ich könnt die Fahndung nach Antonia Bredow einstellen. Wir haben sie gefunden."

„Verdammt!", rutschte es der Beamtin in der Zentrale heraus. „Habt ihr die Fundstelle schon gesichert? Gebt mir eure genaue Position durch!"

„Frau Dr. Bredow lebt und ist wohlauf", sagte der junge Polizist. „Wir sind mit ihr zur MHH unterwegs. Informieren Sie Hauptkommissar Gerlach."

„... und meine Schwester, Staatsanwältin Dr. Pauli", bat Antonia vom Rücksitz aus, worauf er ihre Bitte weitergab.

Wenige Minuten später stoppte der Streifenwagen auf dem Gelände der Medizinischen Hochschule.

„Jetzt schaffe ich es allein", sagte Antonia und öffnete die hintere Wagentür. „Danke, meine Herren."

„Sollen wir Sie nicht besser begleiten?"

„Einer Ihrer Kollegen hält vor dem Zimmer meiner Mutter Wache", lehnte sie kopfschüttelnd ab. „Meine Schwester wird mit Kommissar Gerlach auch gleich eintreffen. Bitte verstehen Sie, dass so viel Aufregung nicht gut für meine Mutter ist."

„Okay", sagte der ältere Beamte nach kurzem Nachdenken. „Wir warten hier auf der Eintreffen der Kollegen."

„Danke."

Ohne sich eine Schwäche anmerken zu lassen, stieg Antonia aus und betrat das Krankenhaus. Auf dem Weg durch die Klinik trafen sie teils verwunderte, teils missbilligende Blicke, aber sie bemerkte nicht, wie viel Aufsehen ihr ramponiertes Äußeres erregte. Sie wollte nur so schnell wie möglich zu ihrer Mutter. Vor Helens Zimmer vertrat ihr jedoch der wachhaltende Polizist den Weg.

„Hier können Sie nicht rein."

„Ich bin Antonia Bredow", sagte sie beherrscht. „Lassen Sie mich durch!"

Erst auf den zweiten Blick erkannte der Mann die Tochter der

Richterin. Er hatte sie nur einmal hier gesehen: adrett gekleidet und ordentlich frisiert. Nun wirkte sie wie eine nasse Katze.

„Tut mir leid", entschuldigte er sich und gab den Weg frei.

Fast geräuschlos drückte Antonia die Klinke herunter und schlüpfte in den Raum. Vincent war schon durch die Stimmen auf dem Flur aufmerksam geworden. Bei Antonias Anblick fiel ihm ein Stein vom Herzen.

„Gott sei Dank ...", murmelte er, ging ihr entgegen und schloss sie in die Arme. Diese schlichte Geste ließ ihre Fassung augenblicklich zusammenbrechen. Stumm weinte sie an seiner Schulter. Plötzlich löste sie sich jedoch von ihm und schaute besorgt zum Bett. Helen lag mit geschlossenen Augen völlig reglos in den Kissen.

„Was ist mit Mam?", fragte sie ängstlich. „Sie hat durch diese ganze Aufregung doch nicht etwa einen Rückschlag erlitten?"

„Kein Grund zur Sorge", verneinte er mit sanfter Stimme und legte den Arm um ihre Schulter. „Helen hat keine Ruhe gefunden, seit sie von deiner Entführung erfahren hat. Vorhin hat der Professor ihr eine Beruhigungsspritze gegeben. Kurz danach ist sie eingeschlafen."

„Ach, Mam ...", flüsterte Antonia und lehnte sich an Vincent. „Ich wusste, dass ihr es nicht vor ihr geheimhalten konntet."

„Sie hat gespürt, dass etwas nicht stimmt. Es war ..."

Alarmiert unterbrach er sich, als Helens Schlaf plötzlich sehr unruhig wurde. Sie warf den Kopf zur Seite und stöhnte leise.

„Nein ..., nicht meine Tochter...", murmelte sie schwer atmend. „Nimm mich! Ich bin alt ..., mein Leben gelebt ..."

Sofort setzte sich Vincent zu ihr und beugte sich über sie.

„Helen", sprach er sie leise an. „Jetzt wird wirklich alles gut."

„Nein!", stieß sie erregt hervor – und erwachte durch ihren eigenen Schrei. Aus schreckensgeweiteten Augen starrte sie Vincent an. „Er wird sie niemals gehen lassen!"

„Beruhige   dich,   Helen.   Antonia   ist   ..."

„Bitte nicht", fiel sie ihm kraftlos ins Wort. „Sag jetzt nichts."

459

Resigniert schloss sie die Augen.

„Mam!?"

Abrupt wandte Helen den Kopf in die Richtung, aus der die vertraute Stimme kam. Sie sah Antonia und sprang fast im gleichen Augenblick aus dem Bett. Mutter und Tochter flogen sich förmlich in die Arme und hielten einander umklammert.

„Es tut mir so leid, Mam. Ich bin auf den ältesten Trick der Welt reingefallen."

„Schscht ..." Liebevoll umrahmte sie das Gesicht ihrer Tochter mit den Händen. „Du hast dir nichts vorzuwerfen, mein Kind. Ich bin so glücklich, dass ich dich wiederhabe." Das Gesicht von tiefer Sorge überschattet, löste sie sich von ihr. „Was hat der Kerl mit dir gemacht? Hat er dir sehr wehgetan?"

„Nicht wirklich", versuchte sie, ihre Mutter zu beruhigen. „Er hat ... mir nichts ... getan ..." Jetzt, da alle Anspannung von ihr abgefallen war, schlug die enorme Erschöpfung ungehindert zu: Antonia schwankte plötzlich. Hätte Vincent sie nicht reaktionsschnell aufgefangen, wäre sie gestürzt. Er hob sie auf seine Arme und trug sie zum Bett. Während er sie dort niederlegte, klingelte Helen schon nach einer Schwester. Nur wenig später befand sich Antonia in einem Untersuchungsraum.

Unterdessen waren auch Franziska und Pit eingetroffen. Sie warteten in Helens Zimmer darauf, zu Antonia zu dürfen.

Nach den umfangreichen Untersuchungen trat ein Arzt an das Bett der neuen Patientin.

„Sind Sie wach, Frau Kollegin?"

Träge schlug sie die Augen auf. Sie hatte alles über sich ergehen lassen, ohne wirklich etwas wahrzunehmen.

„Ich bin Dr. Menke", stellte er sich vor. „Wie fühlen Sie sich?"

„Müde", gestand sie. „Ich möchte nur noch schlafen. Oder sind Sie noch nicht fertig?"

„Alle Untersuchungen sind abgeschlossen", erklärte der grauhaarige Mediziner. „Sie beide haben die Strapazen relativ unbeschadet überstanden."

460

„Beide?", wiederholte sie irritiert, doch dann glaubte sie, zu verstehen. „Sie meinen meine Mutter und mich."

„Nein, ich spreche von Ihnen und Ihrem Kind." Mit ernster Miene setzte er sich zu ihr. „Sie sind schwanger, Frau Kollegin. Wussten Sie das nicht!?"

„Schwanger?", wiederholte sie ungläubig, „Das ist unmöglich. Ich verhüte mit der Spirale."

„Sie sind nicht die erste Frau, die trotzdem schwanger geworden ist", entgegnete er sachlich. „Als Ärztin ist Ihnen sicher bekannt, dass es laut Pearl-Index auch bei der Verwendung der Spirale eine, wenn auch geringe Versagerquote gibt."

„Ja", murmelte sie, zweifelte aber dennoch an seiner Diagnose. Nur allmählich begriff sie, was die Eröffnung des Arztes bedeutete. „Ich bin wirklich schwanger? Irrtum ausgeschlossen?"

„Sie sind etwa im zweiten Monat. Die Spirale haben wir übrigens sicherheitshalber gleich entfernt." Nachdenklich blickte er sie an. „Eigentlich müsste Ihre Menstruation schon länger ausgeblieben sein."

„Die ist bei mir immer ziemlich unregelmäßig. Und dann die Aufregungen in der letzten Zeit ..."

„Darüber haben Sie nicht bemerkt, wie lange Ihre letzte Menstruation schon zurückliegt", fügte er hinzu. Mit väterlichem Lächeln beugte er sich etwas vor. „Freuen Sie sich über den unverhofften Nachwuchs?"

„Ich weiß es nicht", erwiderte sie hilflos. „Darüber muss ich erst nachdenken. Das kommt alles so plötzlich." Ihr bittender Blick richtete sich auf den Mann im weißen Kittel. „Die Ermittlungsbeamten wollen sicher einen Bericht von Ihnen, Herr Kollege. Sie dürfen denen nicht erzählen, dass ich schwanger bin. Das ist meine ganz persönliche Angelegenheit."

„Die zweifelsohne unter meine Schweigepflicht fällt", vollendete er verständnisvoll. „Sie können sich darauf verlassen, dass niemand davon erfährt, Frau Bredow."

„Danke, Herr Kollege."

Schon bald sprach der Arzt mit der Staatsanwältin und dem

Kommissar. Als Verletzungen des Entführungsopfers gab er Fesselungsspuren und Hautabschürfungen an Hand – und Fußgelenken sowie ein größeres Hämatom an der rechten Schulter an. Hinzu käme ein starker Erschöpfungszustand, so dass die Patientin absolute Ruhe benötige, um sich von den psychischen und physischen Strapazen zu erholen. Dennoch gestattete der Arzt den Ermittlern eine kurze Befragung.

Von grenzenloser Erleichterung erfüllt schloss Franziska ihre Schwester in die Arme.
Nach kurzem Zögern zog auch Pit sie an seine breite Brust.
„Du hast uns einen ordentlichen Schrecken eingejagt, Doc."
„Soll nicht wieder vorkommen", entgegnete sie mit einem Anflug von Humor. „Macht es kurz. Was wollt ihr wissen?"
In den nächsten Minuten beantwortete sie die Fragen knapp und präzise, während der Kommissar sich Notizen machte.
„Schade, dass du ihn nicht gesehen hast", sagte Franziska abschließend. „Dadurch können wir nicht beweisen, dass er mit dem Mann, der den Geländewagen gemietet hat, identisch ist."
Eindringlich blickte sie ihre Schwester an. „Oder ist dir sonst irgendwas aufgefallen? Das Steinhuder Meer ist relativ groß, und die Anzahl der Boote darauf bestimmt beträchtlich. Hast du vielleicht intensive Gerüche wahrgenommen? Oder signifikante Geräusche gehört? Autoverkehr beispielsweise oder etwas, das auf die Nähe einer Eisenbahnlinie hindeutet? Kirchenglocken oder Ähnliches?"
Angestrengt dachte Antonia mit geschlossenen Augen nach.
„Der Regen ... eigentlich habe ich nur den Regen gehört ... Außerdem seine Schritte, bevor er hereinkam ... Und Gerüche? Ich erinnere mich nur an sein Aftershave ..."
Unvermittelt schlug sie die Augen auf. Ihr entsetzter Blick richtete sich auf Franziska. „Mein Gott, er hat gerochen wie ... Leo!"
„Bist du ganz sicher?"
„Ich weiß, das ist total verrückt, aber ... Er hat das gleiche

Aftershave wie Leo benutzt: Acqua di Giò von Armani."

„Du kennst sogar die Marke, Doc?"

„Als wir auf Usedom waren, stand es im Bad auf der Ablage über dem Waschbecken. Trotzdem muss das Zufall sein."

„Genauso ein Zufall wie dein Lieblingsmineralwasser und die Mozartstäbchen?", zweifelte Franziska im Hinblick auf den erst vor wenigen Stunden erhaltenen anonymen Anruf. Zuerst hatte sie gedacht, dieser Mann wolle Leo unter allen Umständen belasten – obwohl er selbst der Killer war. Nun fragte sie sich die, ob der Anrufer möglicherweise doch die Wahrheit gesagt hatte. Handelte es sich bei Leonard von Thalheim tatsächlich um einen skrupellosen, gerissenen Mörder, wie der Mann behauptet hatte? War Antonias Entführung die Rache dafür, dass sie sich von ihm getrennt hatte? Schon einmal hatte eine Frau seine Erwartungen enttäuscht – und es nicht überlebt. In den Akten war zwar von einem Unfall die Rede, aber vielleicht hatte er auch damals seine Finger im Spiel gehabt...

„Antonia, hat der Entführer irgendwas gesagt – und sei es ganz nebenbei – was außer dir und Leo niemand wissen kann?"

„Du glaubst doch nicht wirklich ...?"

„Antworte mir bitte", forderte Franziska sie auf. „Hat er etwas erwähnt, von dem sonst keiner weiß?"

„Ja ...", bekannte sie leise und senkte den Blick. „Wo wir uns das erste Mal ... geliebt haben ..."

„Hätte er das erraten können?", wollte Pit wissen. „Oder handelte es sich einfach um eine logische Schlussfolgerung?"

„Nein!" Aufstöhnend legte sie sich zurück. „Es war ... ein ziemlich unkonventioneller Ort ..." Einen Moment lang dachte sie nach. „Aber der Entführer wusste nicht, wer der junge Mann ist, der bei mir wohnt. Leo hatte ich von David erzählt."

„Hast du Leo auch ein Foto von David gezeigt?"

Kopfschütteln.

„Dann weiß Leo ebenfalls nicht, dass David dein Sohn ist."

Mit einer müden Geste strich sich Antonia über die Stirn.

„Bitte, lasst mich jetzt in Ruhe. Ich bin völlig durcheinander."

„Okay, Schluss für heute", sagte Pit verständnisvoll und deutete auf das Kleiderbündel, das auf einem Stuhl lag. „Deine Sachen nehmen wir mit. Vielleicht findet unser Labor irgendwelche Fascrn daran, die uns weiterhelfen."

„Der Schraubenzieher", sagte Antonia. „Bevor ich von Bord gesprungen bin, habe ich ihn in die Hosentasche gesteckt. Vielleicht sind außer meinen noch andere Fingerspuren daran."

„Wir lassen das überprüfen", versprach Pit, zog einen zusammengefalteten Plastikbeutel aus der Tasche und legte die Kleidungsstücke hinein.

„Mam hat darauf bestanden, dass sie dir ein Bett zu ihr ins Zimmer stellen", sagte Franziska noch. „Ich konnte sie aber davon überzeugen, dass du im Nebenzimmer besser aufgehoben bist. Sonst würdet ihr beide keine Ruhe finden. Ist dir das recht, Toni?"

Wortlos nickte ihre Schwester und schloss die Augen. Sie nahm kaum noch wahr, dass man sie im Bett über den Flur schob. Im Zimmer neben dem ihrer Mutter fiel sie sofort in einen tiefen Schlaf.

Unterdessen traf auch David in der Klinik ein. Vincent führte ihn zu seiner Mutter. Während er sich an ihr Bett setzte, kehrte Vincent zu Helen zurück. Obwohl die Gefahr vorüber war, blieb er wie versprochen bei ihr und wachte über ihren Schlaf.

Kapitel 43

Gegen Morgen öffnete Vincent die Tür zum Nebenzimmer und bedeutete David durch eine Geste, herauszukommen. Auf dem Flur drückte er dem jungen Mann einen Becher Kaffee in die Hand. Auch die mittlerweile zwei neben den Zimmern sitzenden Polizisten hatte er mit den heißen Getränken versorgt.

„Danke, Vincent", sagte David, als sie nebeneinander auf den Stühlen im Flur saßen. „Nicht nur für den Kaffee. Ohne dich hättc Granny das alles nicht durchstehen können."

„Deine Großmutter ist stärker als du denkst, mein Junge."

„Eure Liebe verleiht ihr Stärke. Granny weiß, dass du immer

für sie da bist."

„So sollte es in einer Partnerschaft sein: ein wechselseitiges Geben und Nehmen."

„Bislang dachte ich immer, dass man sehr lange zusammen sein muss, um zu spüren, was der andere braucht, was gut für ihn ist. Bei dir und Granny scheint das irgendwie von Anfang an da gewesen zu sein. Es ist, als würdet ihr schon immer zusammengehören." Vorsichtig nippte er an dem heißen Kaffee. „Ich wünschte, Ma hätte auch jemanden, der ihr in jeder noch so schweren Situation beisteht. Ein Sohn ist wohl nicht immer der richtige Ansprechpartner."

„Du meinst, als Mutter scheut man sich, Manches dem eigenen Kind gegenüber preiszugeben – um es nicht zu belasten, oder weil man seine Verletzbarkeit nicht offenbaren möchte."

Nachdenklich nickte David.

„Mit Leo war Ma glücklich. Das hat sie mir selbst gesagt. Wieso hat er das bloß versemmelt? Jetzt wird es wieder Jahre dauern, bis sie einem Mann vertraut."

„Die beiden sollten sich mal in Ruhe aussprechen. Einander zuhören, schonungslos offen über ihre Gefühle reden. Vielleicht ergibt sich in der Toskana eine Gelegenheit dazu."

„Wenn ihr heiratet", kombinierte David. „Dann können sie sich nicht aus dem Weg gehen. Jedenfalls bin ich davon überzeugt, dass Ma ihn noch liebt." Unsicher blickte er den Älteren an. „Leo liebt meine Mutter doch wirklich!?"

„Er hat keine mehr geliebt. Das Wissen, dass er sie durch sein Schweigen verloren hat, macht ihm sehr zu schaffen."

„Dann müssen wir zwei uns eben was einfallen lassen, um die beiden wieder zusammenzubringen", meinte David mit Lausbubenlächeln. „Vorausgesetzt, ich werde überhaupt zur Hochzeit eingeladen."

„Hältst du es etwa für möglich, dass deine Granny mir in Abwesenheit ihres Lieblingsenkels ihr Jawort gibt?"

„Unwahrscheinlich", grinste David. „Als einziger Mann in der Familie muss ich Granny schließlich zum Altar führen."

Schon gegen acht Uhr trafen Franziska und Pit wieder in der Klinik ein. Da Antonia noch schlief, betraten sie das Zimmer ihrer Mutter.

„Was gibt es Neues?", fragte Helen nach der Begrüßung. „Habt ihr schon eine Spur?"

„Wir arbeiten daran", erklärte Pit vage. „Momentan gehen wir verschiedenen Hinweisen nach." Seine Augen richteten sich auf den am Bett sitzenden Mann. „Wissen Sie, wo sich Ihr Sohn zurzeit aufhält, Herr von Thalheim?"

„Das ist nicht Ihr Ernst", antwortete Helen an seiner Stelle. „Sie schnüffeln schon wieder am falschen Baum, Pit."

„Ich möchte ihm nur ein paar Fragen stellen", sagte der Kommissar beschwichtigend. „Vielleicht kennt er den Mann auf der Phantomzeichnung. Das würde uns eine Menge Zeit ersparen."

„Mein Sohn ist auf seinem Boot", erklärte Vincent, worauf Franziska und Pit unmerklich einen schnellen Blick wechselten. „Auf dem Steinhuder Meer."

„Hat das Boot einen Namen?"

„Neptun."

„Okay", sagte Pit, während Franziska eine Sporttasche vor dem Schrank abstellte.

„Ich habe Antonia was zum Anziehen von mir mitgebracht", wandte sie sich an ihre Mutter. „Wie ich sie kenne, will sie so schnell wie möglich hier raus."

„Das fürchte ich auch. Danke, dass du daran gedacht hast."

„Wir müssen gehen", drängte Pit zur Eile. „Sowie es was Neues gibt, melden wir uns."

Von der Klinik aus fuhren die Staatsanwältin und der Kommissar direkt zum Steinhuder Meer. Unterdessen ermittelten die Kollegen im Präsidium den Liegeplatz des Bootes von Leonard von Thalheim und gaben den genauen Standort per Funk durch. Je näher sie dem Yachtclub kamen, umso unsicherer fühlte sich Franziska.

„Hoffentlich machen wir uns nicht wieder zum Narren."

„Es ist unsere Pflicht, ihn zu überprüfen", erinnerte Pit sie. „Die Aussage deiner Schwester ist zumindest ein Indiz dafür, dass er etwas mit ihrer Entführung zu tun haben könnte. Die Tatsache, dass sein Boot ausgerechnet auf dem Steinhuder Meer liegt, werte ich als weiteres Belastungsmoment."

„Womöglich hat der Killer aber wieder alles so arrangiert, dass wir an Leo als Tatverdächtigen nicht vorbeikommen."

„Sollte er eine reine Weste haben, wird sich das herausstellen."

In Steinhude fuhr Pit bis in die Nähe der Bootsliegeplätze. Nach kurzem Suchen entdeckten die beiden Ermittler die weiße Segelyacht. Über einen Steg gelangten sie an Bord der Neptun. Auf dem Boot war alles still. Kein Geräusch war zu hören. Hatte der Besitzer es verlassen, nachdem Antonia die Flucht geglückt war?"

Wortlos gab Pit seiner Begleiterin ein Zeichen, ihm unter Deck zu folgen. Über einige Stufen gelangten sie nach unten in eine behagliche Kabine mit Sitzgelegenheiten und integrierter Küchenecke. Auf dem Tisch vor den Polstern stand eine fast leere Whiskyflasche.

„Da scheint sich jemand einen hinter die Binde gekippt zu haben", sagte Pit mit gedämpfter Stimme, während Franziska unbefangen die Töpfe auf den Herdplatten inspizierte.

„Nudeln", stellte sie alarmiert fest. „Und eine helle Soße."

Um keine Spuren zu verwischen, reichte Pit ihr vorsorglich ein Paar Einweghandschuhe, bevor er selbst welche überstreifte. Franziska öffnete mehrere Schränke und sichtete den Inhalt. Im Schrank neben der Spüle entdeckte sie außer verschiedenen Konserven und anderen Vorräten einige Mineralwasserflaschen. Durch eine Geste machte sie Pit darauf aufmerksam.

„Das ist Tonis Marke."

„Sieht nicht gut aus für unseren Freund", meinte Pit, wobei er sämtliche Polster der Sitzgruppe anhob und darunter schaute. Schnell wurde ihm klar, dass sie sich zu einer Schlafgelegenheit umbauen ließ. Darunter befand sich eine Art Bettkasten. Der Kommissar tastete den Stauraum mit einer Hand ab, stieß in der hintersten Ecke auf ein kleines Holzkästchen und zog es hervor. Mit zwei Schritten war Franziska bei ihm.

„Mach es auf", flüsterte sie gespannt.

Vorsichtig hob Pit den Deckel an.

„Also doch ...", murmelte er, als er das ungewöhnliche, aus Gelb-, Weiß- und Rotgold geflochtene Armband sah. „Das gehört eindeutig deiner Schwester."

„Am Abend ihrer Entführung hat sie es noch getragen", erinnerte sie sich. „Als wir zusammmen Essen waren, habe ich es an ihrem Handgelenk gesehen."

„Und was sagt uns das?", fragte er und nahm ein kleines Fläschchen aus der Kiste. „Chloroform", las er die Aufschrift. Außerdem befand sich noch ein rotes Handy in dem Kästchen. „Das ist aber nicht Antonias", überlegte er. „Soweit ich weiß, hat sie ein silbernes Klapphandy."

Bestätigend nickte Franziska und schob das kleine Telefon in der Kiste etwas beiseite, weil es auf etwas zu liegen schien. Zum Vorschein kam ein kleiner Spielstein aus Holz mit einem aufgedruckten Buchstaben.

„Ein M ...", murmelte sie erschaudernd. „Wieso glaube ich plötzlich, dass der Buchstabe erst bei ... Antonias Leiche gefunden werden sollte?"

„Weil das vermutlich den Tatsachen entspricht", brummte Pit. „Auch diesmal passt alles zusammen. Sämtliche Indizien sprechen gegen ihn."

„Trotzdem habe ich ein mulmiges Gefühl. Sollten wir uns wieder irren ..."

Ein Geräusch von der Tür her ließ sie verstummen. Unerwartet tauchte der Bootsbesitzer auf: Sein einziges Kleidungsstück bestand aus schwarzen Boxershorts.

„Was tun Sie hier?", fragte Leo verschlafen und fuhr sich mit der Hand durch sein zerzaustes Haar. „Wollen Sie mir wieder einen Mord unterjubeln?"

„Vorläufig sollen Sie uns nur ein paar Fragen beantworten", erwiderte Pit ungerührt. „Wo waren Sie gestern Abend?"

„Hier auf dem Boot", gab Leo ihm Auskunft. „Wieso?"

„Den ganzen Abend?"

„Irgendwann war ich einkaufen", räumte er ein und deutete auf den Tisch. „Mein Whiskyvorrat war aufgebraucht." Argwöhnisch kniff er die Augen zusammen. „Was wollen Sie mir diesmal anhängen?"

„Darüber reden wir im Präsidium", erklärte Pit. „Wir müssen Sie bitten, uns zu begleiten."

„Nicht schon wieder", stöhnte Leo. „Vorher will ich wissen, was Sie mir vorwerfen!?"

„Erst mal nur Kidnapping."

„Kidnapping?", wiederholte er verblüfft. „Mal was anderes. Wen soll ich denn entführt haben?"

„Antonia Bredow. – Sie wurde vorgestern entführt und auf einem Boot wie diesem hier festgehalten."

„Und wieder mal komme nur ich als Täter infrage? Das ist lächerlich! Aus welchem Grund sollte ich Antonia entführen?"

„Verschmähte Liebe?", schlug Pit vor. „Verletzte Eitelkeit? Rache für Zurückweisung?"

„So ein Schwachsinn! Sie haben absolut nichts gegen mich in der Hand!"

„Irrtum", klärte Pit ihn auf. „Alle Indizien sprechen gegen Sie! – Jetzt machen Sie bitte keine Schwierigkeiten!"

„Mir bleibt wohl auch diesmal keine Wahl", sagte er scheinbar einsichtig. „Darf ich mich wenigstens anziehen?"

„Meinetwegen", gestattete Pit, begleitete ihn zur Schlafkabine und warf einen Blick in den Raum. Das einzige Fenster bestand aus einem Bullauge: zu klein für einen Mann von Leos Statur, um auf diesem Wege zu verschwinden. Demnach gab es keine Fluchtmöglichkeit. „Beeilen Sie sich!", forderte er den Verdächtigen auf und zog sich auf den schmalen Gang zurück.

Barfuß verschwand Leo in der Schlafkabine und warf die Tür

hinter sich zu. In Windeseile kleidete er sich an, bevor er geräuschlos die Tür von innen verriegelte. Er steckte Brieftasche, Handy und Wagenschlüssel ein, stieg auf das Bett und öffnete die in der Vertäfelung kaum sichtbare Deckenluke. Kraftvoll zog er sich hoch und schlich ungesehen aufs Deck. Über den Holzsteg erreichte er den Parkplatz und bestieg den schwarzen Mietwagen.

Unterdessen klopfte Pit an die Tür der Schlafkabine.
„Sind Sie fertig?", fragte er ungeduldig. „Wir haben nicht ewig Zeit!" Als er keine Antwort erhielt, drückte er die Klinke herunter. „Verdammt!", fluchte er angesichts der verriegelten Tür. „Herr von Thalheim! Öffnen Sie sofort!"
„Was ist?", fragte Franziska hinter ihm.
„Er hat sich eingeschlossen."
Beunruhigt kam Franziska näher.
„Falls er fürchtet, dass sein Spiel endgültig aus ist, tut er sich vielleicht was an!"
Ohne zu antworten, trat er einige Schritte zurück. Mit der Schulter warf er sich gegen die Tür. Krachend flog sie auf und gegen die Wand. Mit einem Blick erfasste er die offenstehende Dachluke.
„Er ist getürmt!", rief er Franziska im Vorbeilaufen zu und stürmte an Deck. Verärgert blickte er sich nach allen Seiten um: von seinem Tatverdächtigen keine Spur. Wütend über sich selbst zog er sein Handy aus der Tasche und leitete die Fahndung nach Leonard von Thalheim ein.

Leo jagte den schweren Mercedes mit hoher Geschwindigkeit über die Landstraße in Richtung Deister. Dabei überlegte er fieberhaft, was er nun tun sollte. Auf keinen Fall würde er sich noch einmal unschuldig einsperren lassen! Aber wo sollte er hin? Nach Hause fahren kam nicht infrage. Dort würden sie ihn zuerst suchen. Nach der ausführlichen Berichterstattung in der Presse konnte er sich auch nicht in einem Hotel verstecken.

Man würde ihn wahrscheinlich sofort erkennen. Was gab es sonst noch für Möglichkeiten? Seinen Vater und Helen durfte er nicht noch einmal in diese Sache hineinziehen. Auch seinen Freund Olaf Salomon konnte er nicht bitten, ihn zu beherbergen. Einen flüchtigen Tatverdächtigen aufzunehmen, würde den Rechtsanwalt womöglich seine Zulassung kosten. Antonia schloss Leo von vornherein aus, da er beschuldigt wurde, sie entführt zu haben. Außerdem war er bestimmt der letzte Mensch, dem sie jetzt noch helfen würde.

Unvermittelt wurde ihm klar, dass ihm seine selbstgewählte Isolation nun zum Verhängnis werden konnte. Absichtlich hatte er im letzten Jahr keine neuen Freundschaften geschlossen. Dadurch gab es nun niemanden, an den er sich wenden konnte. Allerdings durfte er auch nicht stundenlang ziellos durch die Gegend fahren. Gewiss dauerte es nicht lange, bis die Polizei die Mietwagenfirma ausfindig machen und die Fahndung nach dem Fahrzeug einleiten würde.

Bei nächster Gelegenheit bog er von der Landstraße in einen Waldweg ein. Während der nun langsameren Fahrt erinnerte er sich an einen Mann, von dem sein Vater gesagt hatte, er sei sehr zuvorkommend gewesen und hätte ihnen bei der Wahrheitsfindung schnell geholfen, weil er von seiner Unschuld überzeugt war. Erst als sich der Weg tiefer durch den Wald schlängelte, stoppte er und zog sein Handy aus der Tasche. Rasch blätterte er in seinem elektronischen Telefonbuch und griff auf die Nummer des Werkstattbesitzers zu. Nach nur zweimaligem Läuten kam die Verbindung zustande.

„Kreutzer!?"

„Hallo, Uwe. Hier spricht Leo."

„Leo!" Es klang erfreut. „Ich habe schon gehört, dass sie dich endlich freigelassen haben! Muss verdammt hart gewesen sein, unschuldig hinter Gittern zu sitzen."

„Das kann man wohl sagen. Leider ist die Sache noch nicht ausgestanden. Diesmal wollen sie mir Kidnapping anhängen."

„Die spinnen doch!", entfuhr es Uwe Kreutzer. „Aber wenn die

Polizei dich mal auf dem Schirm hat, lassen die wohl nicht locker. Kann ich irgendwas für dich tun?"

„Ich muss ein paar Tage untertauchen, bis sie rausgefunden haben, wer wirklich dahintersteckt."

„Und jetzt weißt du nicht, wohin", kombinierte Uwe. „Ich lasse mir was einfallen."

„Es ist ziemlich eilig. Wahrscheinlich fahnden sie schon nach dem Wagen. Mein Handy werde ich auch ausschalten müssen, damit man mich nicht orten kann."

„Okay", sagte Uwe kurz entschlossen. „Wo bist du jetzt?"

Knapp gab Leo ihm seinen Standort durch.

„Bleib wo du bist. Ich hole dich ab."

„Danke, Uwe."

Mit einem leisen Stöhnen schlug Antonia die Augen auf. Sie brauchte einen Moment, um zu begreifen, wo sie sich befand. Langsam wandte sie den Kopf – und blickte direkt in die Augen ihres Sohnes.

„David ..." Ein flüchtiges Lächeln huschte über ihr Gesicht, bevor sie sich etwas aufrichtete. „Es tut gut, dich zu sehen. Bist du schon lange hier?"

„Seit Vincent mich gestern Abend angerufen hat." Erleichtert schloss er seine Mutter in die Arme. „Ich hatte solche Angst, dass ich dich nie wiedersehe", brach es aus ihm heraus. „Immer wieder habe ich mir ausgemalt, wie dieser Verbrecher dich quält. Es war schon so schrecklich, als Granny im Koma lag, aber der Gedanke, dass du dem Killer hilflos ausgeliefert bist, hat mich fast umgebracht."

„Ich weiß ...", flüsterte Antonia. Überwältigt hielt sie ihren Sohn fest an sich gedrückt. „Bitte verzeih mir, dass ich so dumm war, diesem Kerl in die Falle zu gehen."

„Du bist Ärztin", sagte er, wobei er sich etwas von seiner Mutter löste. „Dieser miese Killer wusste genau, dass du nicht einfach weiterfährst, wenn jemand Hilfe braucht."

„Ich hätte auf Quincy hören sollen", warf sie sich selbst vor.

472

„Erst jetzt wird mir klar, dass er so aufgeregt gebellt hat, weil er mich vor der Gefahr warnen wollte. Instinktiv muss er gespürt haben ..." Besorgt blickte sie ihren Sohn an. „Der Kidnapper hat ihm doch nichts getan!?"

„Es geht ihm gut", beruhigte er sie. „Bevor ich gestern Abend in die Klinik kam, habe ich ihn zu Elke gebracht."

„Bei ihr ist er in den besten Händen", sagte sie erleichtert und legte sich zurück. „Warst du schon bei deiner Großmutter? Wie geht es ihr nach all den Aufregungen?"

„Für Granny war das genauso hart wie für mich, aber Vincent hat auf sie aufgepasst. Auch er war die ganze Nacht hier."

„Auf Vincent ist Verlass", sagte Antonia lächelnd. „Etwas Besseres als dieser Mann hätte deiner Großmutter gar nicht passieren können."

„Ich mag ihn auch. Zwar hätte ich nie damit gerechnet, überhaupt noch mal einen Großvater zu bekommen, aber nun kann ich mir gar nicht mehr vorstellen, dass Vincent nicht schon immer zur Familie gehört hat." Scheinbar gleichmütig zuckte er die Schultern. „Sein Sohn zählt ja auch bald dazu. Was ist er dann eigentlich für mich?"

„So was wie ein Onkel", erwiderte Antonia völlig emotionslos.

„Außerdem ist er nach der Hochzeit dein Stiefbruder. Wie findest du das, Ma?"

„Meine Begeisterung hält sich in Grenzen", sagte die knapp und schlug die Decke zurück. „Jetzt möchte ich erst mal ins Bad – und dann nach Hause." Während sie die Beine aus dem Bett schwang, wurde ihr bewusst, dass ihre Kleidung bei der Spurensicherung lag. „Kannst du inzwischen deine Großmutter fragen, ob sie was zum Anziehen für mich hat? In diesem Leichenhemd kann ich mich kaum auf die Straße wagen."

„Franzi hat dir was von sich mitgebracht", sagte er und deutete auf die Sporttasche, die Vincent ihm übergeben hatte. „Sie wusste, dass du es hier nicht lange im Bett aushältst."

Uwe Kreutzer holte Leo mit seinem Motorrad ab. Der Automechanikermeister war am Deister aufgewachsen. Dadurch kann-te er den Wald wie seine Westentasche. Auf Schleichwegen lenkte er die Harley mit Leo auf dem Sozius bis in die Nähe seines Elternhauses. Auf der Rückseite des Grundstücks tauch-te er aus dem Gehölz und fuhr die schwere Maschine über einen Feldweg bis in die Scheune. Erleichtert nahm Leo den Helm ab und zog die geliehene Lederjacke aus. Beides legte er auf den Sattel, bevor er sich interessiert umschaute.

„Keine Sorge; hier bist du sicher", sagte Uwe und legte seinen Helm zu dem anderen. „Lass uns rein gehen."

Von außen wirkte das Haus schlicht und grau; der kleine Vor-garten gepflegt.

„Wohnst du allein hier?"

„Mit meiner Mutter."

„Das geht nicht, Uwe", sagte Leo, wobei er die Hand auf seine Schulter legte. „Ich bin dir sehr dankbar für deine Hilfe, aber ich kann nicht auch noch deine Mutter mit meinen Problemen belasten. Sollte rauskommen, wo ich mich versteckte, wird man euch ..."

„Vergiss es", unterbrach Uwe ihn bestimmt und steckte den Schüssel ins Schloss. „Du bleibst hier." Energisch schob er Leo in den Flur. „Mama!", rief er dort. „Ich habe einen Gast mitge-bracht!"

Aus dem Wohnzimmer trat eine alte Dame. Ihr Haar war so weiß wie die Schürze, die sie trug. Das schmale Gesicht durch-zogen unzählige Fältchen, die sich vertieften, als sie Leo lä-chelnd die Hand entgegenstreckte.

„Elfriede Kreutzer", stellte sie sich vor, wobei ihre wachen Augen ihn ungeniert musterten. „Ich kenne Sie aus der Zei-tung! Sie sind doch ..." Vorwurfsvoll blickte sie ihren Sohn an. „Uwe, warum hast du mir nicht gesagt, dass du Herrn von Thalheim mitbringen willst?"

„Entschuldigen Sie bitte, Frau Kreutzer", kam Leo ihrem Sohn zuvor. „Hätte ich vorher gewusst, dass Uwe nicht allein lebt, hätte ich nicht zugelassen, dass er mich hierher bringt." Sekundenlang schloss er resigniert die Augen. „Es tut mir leid", murmelte er noch und wandte sich zum Gehen.

„Haben Sie etwas gegen Mütter im allgemeinen?", vernahm er ihre Stimme in seinem Rücken. „Oder liegt es an mir?"

„Weder noch", erwiderte er mit der Klinke in der Hand. „Ich möchte Ihnen keine Unannehmlichkeiten bereiten."

„Anscheinend haben Sie meine Reaktion missverstanden, Herr von Thalheim", sagte sie und hakte ihn kurzerhand unter. „Hätte mein Sohn mir erzählt, wen er mit nach Hause bringt, wäre zumindest der Kaffeetisch gedeckt", fügte sie hinzu und führte ihn ins Wohnzimmer. „Von Uwe weiß ich, dass Sie ihm mal sehr geholfen haben. Wir haben auch über Ihre Verhaftung gesprochen. Uwe war immer von Ihrer Unschuld überzeugt. – Zu Recht, wie wir nun wissen."

„Trotzdem ist die Polizei jetzt wieder hinter mir her. Deshalb sollte ich besser gehen."

„Wohin willst du denn?", schaltete sich Uwe ein. „Du hast selbst gesagt, dass du niemanden hast, an den du dich wenden könntest. Wenn du nicht hierbleibst, werden sie dich ratzfatz kriegen! Dann wirst du wieder unschuldig hinter Gittern landen! Willst du das riskieren?"

„Nein, das will er nicht", sagte seine Mutter, als Leo nur gequält aufstöhnte, und dirigierte ihn zu einem Sessel. „Sie setzen sich jetzt, und ich koche uns erst mal einen starken Kaffee." Zweifelnd schaute sie ihn an. „Haben Sie heute überhaupt schon was in den Magen bekommen?"

„Nicht wirklich, aber ..."

„Kein aber", fiel sie ihm resolut ins Wort. „Sie bekommen gleich ein ordentliches Frühstück. Und dann erzählen Sie mir, weshalb die Polizei Sie schon wieder einsperren will." Im Hinausgehen wandte sie sich an ihren Sohn. „Sieh zu, dass du in deine Werkstatt kommst. Die Arbeit macht sich nicht von allein."

„Jawohl, Chef!", grinste Uwe und tippte sich an eine imaginäre

Mütze. „Nun bleibt dir gar nichts anderes übrig, Leo", sagte er, immer noch lachend. „Wen meine Mutter mit einem Frühstück verwöhnt, der hat bei ihr einen Stein im Brett. Sie wird nicht zulassen, dass sie dich noch mal einsperren."

„Das befürchte ich auch", schmunzelte Leo. „Wie hätte ich denn ahnen können, dass du eine so patente Mutter hast?"

Um die gleiche Zeit saß Antonia mit David im Zimmer ihrer Mutter. Helen stellte ihr viele Fragen über die Entführung und ihre Gefangenschaft, weil sie hoffte, sie würde leichter über das schreckliche Erlebnis hinwegkommen, wenn sie sich damit auseinandersetzte.

Gegen Mittag fanden sich die Staatsanwältin und der Kommissar noch einmal im Krankenhaus ein.

„Gut, dass du noch da bist, Toni", sprach Franziska ihre Schwester an. „Wie fühlst du dich?"

„Besser", behauptete Antonia. „Habt ihr das Boot gefunden, auf dem ich festgehalten wurde?"

„Es sieht so aus. Die Spusi nimmt es gerade unter die Lupe. Jetzt müssen wir erst mal die Ergebnisse abwarten."

„Konnte mein Sohn Ihnen mit der Phantomskizze weiterhelfen?", wandte sich Vincent an Pit. „Kennt er den Mann?"

„Leider konnte ich ihn nicht danach fragen."

„Warum nicht? War Leo nicht auf seinem Boot?"

„Auf den ersten Blick wirkte die Neptun tatsächlich verlassen", gab Pit ihm zögernd Auskunft. „Deshalb sind wir an Bord gegangen und haben uns umgesehen."

„Und? Was haben Sie Belastendes gefunden?"

Die Verblüffung stand dem Kommissar deutlich ins Gesicht geschrieben.

„Woher wissen Sie ...?"

„Ich muss nur Franziska anschauen, um zu sehen, dass es sich um etwas Unangenehmes handelt. – Was ist es?"

Nach einem Moment des Schweigens blickte die Staatsanwältin ihre Schwester an.

„Dieses Armband: Wann hast du es das letzte Mal getragen?"

„Am Tag der Entführung." Erst jetzt wurde ihr bewusst, dass sie es bislang noch gar nicht vermisst hatte. „Ich hätte es Leo schon bei unserer letzten Begegnung zurückgeben sollen", sagte sie mehr zu sich selbst, bevor sie wieder Franziska anblickte. „Habt ihr es gefunden?"

„Nicht nur das Armband. Außerdem ein Fläschchen Chloroform, einen Scrabblebuchstaben und ein rotes Handy. Das alles lag gut versteckt im Stauraum unter den Sitzpolstern."

„Auf Leos Boot?", folgerte Antonia entsetzt. „Wollt ihr etwa behaupten, dass er mich entführt hat?"

„Alle Indizien sprechen gegen ihn", sagte Pit bedauernd. „Offenbar hat er sich nach deiner Flucht mit Whisky zugeschüttet. Er ist völlig verkatert nur in Unterhosen aufgetaucht."

„Wir haben ihn gebeten, uns ins Präsidium zu begleiten", übernahm wieder Franziska. „Zwar hat Pit die Schlafkabine überprüft, bevor er Leo erlaubt hat, sich anzuziehen, aber wir konnten nicht ahnen, dass es in der Decke einen getarnten Ausstieg gibt, durch den er uns entwischen könnte." Ihr Blick traf den fassungslosen Vater ihres Tatverdächtigen. „Wir mussten Ihren Sohn zur Fahndung ausschreiben, Vincent."

„Das darf doch nicht wahr sein!", erregte er sich. „Und ich Idiot habe Ihnen auch noch gesagt, wo er sich aufhält!"

Auch Antonia schüttelte bestürzt den Kopf.

„Ich kann das nicht glauben! Leo soll mir das alles angetan haben? Das ist absurd!"

„Leider ist es das nicht, Doc", widersprach Pit. „Du wurdest auf einem Boot festgehalten", zählte er auf. „Der Entführer wusste Dinge, von denen außer dir nur Leo Kenntnis hatte. Wir haben dein Armband bei ihm gefunden, das Chloroform und den Scrabblebuchstaben. Außerdem stand auf dem Herd ein Nudelgericht und im Schrank Mineralwasser deiner bevorzugten Marke. Das Schloss an der Tür der zweiten Schlafkabine war nur notdürftig repariert." In einer mitfühlenden Geste legte er die Hand auf ihre Schulter. „Von allergrößter Beweiskraft ist das sichergestellte Handy. Nachweislich gehörte es dem letzten Opfer des Orchideenmörders. Von genau diesem Handy wurde das Entführungsfoto von dir auf Franziskas Telefon gesendet."

„Hinzu kommt Leos Flucht", fügte Franziska an. „Die könnte man fast als Geständnis werten."

„Ich an seiner Stelle wäre auch abgehauen, wenn ich wüsste, dass ich noch mal unschuldig eingesperrt werden soll", bemerkte David. „Das ist reiner Selbsterhaltungstrieb."

Während Vincent zustimmend nickte, fiel Franziska das ungewöhnlich passive Verhalten ihrer Mutter auf.

„Warum sagst du nichts dazu, Mam?"

„Hältst du das für nötig? Du kennst meinen Standpunkt, wenn alles so lückenlos zusammenpasst."

„Aber diesmal ist die Beweislage viel eindeutiger!"

„War das nicht zu erwarten? Immerhin war es wahrscheinlich die letzte Chance, Leo doch noch als Killer hinzustellen."

„Okay", sagte Franziska, und zwang sich zur Ruhe. „Lass hören, Mam: Wie lautet deine Version der Ereignisse?"

„Der Killer hat Leo seit seiner Entlassung beobachtet. Dadurch wusste er, dass Leo auf seinem Boot am Steinhuder Meer ist. Also hat er sich dort ein Boot gemietet: wahrscheinlich ein gleiches oder ähnliches Modell. Dann hat der Verbrecher Antonia entführt und dorthin gebracht. Als nächstes hat er ihr, als sie noch ohne Bewusstsein war, das Armband abgenommen." Nachdenklich blickte sie in die Runde. „Anschließend hat er das Foto von ihr gemacht, und es vom Handy seines letzten Opfers verschickt, weil er zu diesem Zeitpunkt bereits plante, Leo das Telefon unterzuschieben – genau wie das Chloroform und den Scrabblestein." Fragend hob sie die Brauen. „Um welchen Buchstaben handelt es sich eigentlich?"

„Um ein M", gab Pit ihr Auskunft. „Wir müssen noch überprüfen, wie es zu den bisherigen Buchstaben passt und ob sich nun ein sinnvolles Wort bilden lässt."

Verstehend nickte Helen.

„Wie ich den Killer einschätze, wollte er, dass Antonia glaubt, er sei Leo. Deshalb hat er das gleiche Aftershave benutzt. – Was übrigens auch dafür spricht, dass er Leo gut kennt."

„So weit, so gut", gestand Franziska ihrer Mutter zu. „Woher konnte er aber Details wissen, die definitiv nur Toni und Leo bekannt waren?"

„Ich nehme an, dass es sich dabei um recht intime Dinge handelt", wandte sie sich an Antonia, die prompt verlegen die Lider senkte. „Könnte er das ... beispielsweise durch ein Fenster beobachtet haben?"

„Möglich", räumte Antonia ein. Die Vorstellung, der Killer könnte durch das Küchenfenster mit angesehen haben, wie sie und Leo leidenschaftlich übereinander hergefallen waren, trieb ihr die Schamesröte in die Wangen. „Wenn er Leo tatsächlich ständig im Visier hatte ..." Gedankenverloren blickte sie vor sich hin. „Seltsamerweise habe ich mich immer vom Hochsitz am Waldrand beobachtet gefühlt. Wahrscheinlich kann man von dort aus nicht nur in mein Schlafzimmerfenster gucken ..."

„Okay", sagte Franziska abermals. „Was ist mit dem Mineralwasser und den Mozartstäbchen, Mam?"

„Achtest du im Supermarkt auf andere Kunden?", fragte sie ohne zu zögern. „Würde es dir auffallen, wenn sich jemand im Vorbeigehen oder an der Kasse dafür interessiert, was du in deinen Einkaufswagen gelegt hast?"

„Vermutlich nicht", musste ihre Tochter zugeben. „Aber wie hätte der angebliche Killer die Beweismittel so schnell auf Leos Boot bringen können, ohne dass der ihn bemerkt?"

„Hat dein Sherlock Holmes vorhin nicht gesagt, Leo hätte sich gestern Abend mit einem Freund in flüssiger Form beschäftigt? Ab einem gewissen Alkoholpegel schläft man so tief, dass man sicher nicht mitbekommt, wenn sich jemand einschleicht, um Beweismittel zu verstecken. – Oder der Killer hat einfach abgewartet, bis Leo sein Boot für kurze Zeit verlassen hat."

„Um einzukaufen", murmelte Pit. „Leo hat sogar zugegeben, abends zum Einkaufen von Bord gegangen zu sein. Dabei könnte es sich allerdings auch um eine Schutzbehauptung handeln."

„Das lässt sich bestimmt leicht nachprüfen", glaubte Helen.
„Genau wie die Frage, ob Leos Boot gestern den ganzen Tag
über am Steg festgemacht war. Der ständige Regen war sicherlich kein ideales Segelwetter. Trotzdem wurde Antonia auf
einem Boot festgehalten, das sich irgendwo auf dem Wasser
befunden haben muss, so dass sie nach dem Sprung über Bord
bis zur Erschöpfung schwimmen musste, um das Ufer zu erreichen." Ihre Augen schweiften durch den Raum, blieben an
ihrer Tochter haften, die geistesabwesend den Kopf schüttelte.
„Antonia", sagte sie mit sanfter Stimme. „Was ist mit dir? Ist
dir noch etwas Wichtiges eingefallen?"
Sie blickte ihre Mutter an, während sie überlegte, ob sie ihre
Vermutung aussprechen sollte.
„Es klingt vielleicht verrückt, aber..." Unmerklich straffte sie
die Schultern. „Mam, hältst du es für möglich, dass er mich
entkommen lassen wollte?"
Diese Frage versetzte alle Anwesenden in Erstaunen.
„Was spräche nach deiner Meinung dafür?", erkundigte sich
Helen. „Hast du irgendeinen Anhaltspunkt?"
„Die Augenbinde", sagte sie nach kurzem Zögern. „Ich musste
sie immer anlegen, bevor er hereinkam. Er sagte, dass ich sie
als eine Art Lebensversicherung betrachten soll. Hätte er mich
töten wollen, wäre das völlig unnötig gewesen. Im Nachhinein
glaube ich, dass ich sie tragen musste, damit ich ihn nach meiner Flucht nicht identifizieren kann."
„Das würde meine Theorie sogar noch untermauern", überlegte
Helen. „Er hat geplant, dass du ihm entkommst, damit du Leo
zusätzlich belastest."
„Alle Gegenstände, die als Waffe infrage gekommen wären,
hatte er aus der Kabine entfernt", fuhr Antonia fort. „Wäre er
dann tatsächlich so unvorsichtig gewesen, den Schraubenzieher
im Bad zu übersehen? Oder hat er den absichtlich dorthin gelegt, damit ich ihn finde? Dazu kommt noch sein Einkauf fürs
Abendessen", fügte sie lebhaft an. „Hätte er nicht wissen müs-

sen, dass ich zu fliehen versuche, wenn er mich allein auf dem Boot lässt? Es sei denn, es gehörte zu seinem Plan, dass ich seine Abwesenheit zur Flucht nutze."

„Das klingt ziemlich weit hergeholt", behauptete Pit. „Vorerst sollten wir uns an die Fakten halten." Eindringlich schaute er Vincent an. „Sollte sich Ihr Sohn bei Ihnen melden, raten Sie ihm bitte dringend, sich zu stellen."

„Ist das nicht ein bisschen viel verlangt? Ich werde ganz sicher nicht dazu beitragen, dass Sie ihn noch mal unschuldig hinter Gitter bringen."

„Aber wir brauchen seine Aussage, um Licht in das Dunkel zu bringen! Das ist auch in seinem Interesse!"

„Keine Chance!", beharrte Vincent. „Sie sollten bei Ihren Ermittlungen bedenken, dass wir genug Material zusammengetragen haben, um Leo zu entlasten. Außerdem hat er für einen der Morde ein hieb – und stichfestes Alibi. Daran ändert auch Ihr neuester Fund nichts. Suchen Sie lieber nach dem wirklichen Orchideenmörder."

„Wir werden Ihren Sohn auch ohne Ihre Hilfe aufspüren", war Pit überzeugt. „Lass uns ins Präsidium fahren", wandte er sich an Franziska. „Vielleicht liegen schon erste Ergebnisse der Spurensicherung vor."

Kurz nach Franziska und Pit verabschiedeten sich auch Antonia und David. Kaum hatten sie den Raum verlassen, griff Vincent zum Telefon an Helens Bett und wählte die Mobilfunknummer seines Sohnes. Es meldete sich jedoch nur die Mailbox.

„Leo, hier spricht dein Vater. Bitte melde dich dringend bei mir." Rasch nahm Helen ihm den Hörer aus der Hand.

„... aber nicht über dein Handy", sprach sie aufs Band. „Man könnte dich sonst orten."

„Daran habe ich nicht gedacht", sagte Vincent, als sie den Hörer zurücklegte. „Ich fürchte, dass wir diesmal nichts für Leo tun können."

„Warum so pessimistisch, Miss Moneypenny?", fragte sie und griff nach der Morgenausgabe der HAZ. Nach kurzem Blättern fand sie die Seite mit dem Phantombild. Dabei bemerkte sie nicht, wie beunruhigt Vincent sie anschaute.

„Das lasse ich auf keinen Fall zu!", sagte er nachdrücklich. „James Bond wird nicht noch mal aktiviert!"

„Wie könnte sich eine alte Frau in einem Krankenbett in die Ermittlungen einschalten?", fragte sie mit Leidensmiene. „Die ganze Stadt weiß schließlich, wie erholungsbedürftig ich bin." Argwöhnisch setzte er sich zu ihr.

„Du protestierst noch nicht mal? Irgendwas führst du doch im Schilde."

„Wenn mein Mann mir das Ermitteln verbietet, werde ich mich selbstverständlich fügen. Aber ein wenig denken werde ich hoffentlich noch dürfen. – Zumal ich mir immer auch einen Sohn gewünscht habe. Es würde mich schrecklich deprimieren, wenn er wieder eingesperrt würde. Wäre es nicht furchtbar für dich, eine Frau zu haben, die nur lustlos rumsitzt und sich ..."

„Hör schon auf", unterbrach er sie lächelnd. „Meinetwegen können deine grauen Zellen auf Hochtouren arbeiten." Sein nun ernster Blick heftete sich auf ihre Augen. „Versprich mir, dass du nichts tust, das dich in Gefahr bringen könnte."

„Versprochen", sagte sie gehorsam. „Wir können unseren Lebensabend aber erst wirklich genießen, wenn Leo nicht mehr verdächtigt wird und der Killer gefasst ist."

„Also gut, James Bond", sagte er mit zustimmendem Nicken. „Was schlägst du vor?"

„Wir sind uns doch einig darüber, dass der Killer Leo gut kennen muss. Deshalb liegt es nahe, ihn in seinem Freundeskreis zu suchen."

„Klingt plausibel."

„Wie gut kennst du seine Freunde, Vincent?"

„Außer zu Olaf hatte ich eigentlich nie näheren Kontakt zu seinen Freunden", überlegte er. „Da ich seit acht Jahren in der Toskana lebe, bin ich sowieso nicht auf dem Laufenden, was seinen weltweiten Freundeskreis betrifft. Meistens besucht Leo mich in Italien. Manchmal haben wir uns auch bei ihm in München oder zuletzt hier am Deister getroffen."

„Was ist mit Familienfesten oder Geburtstagsfeiern?"

„Zu solchen Anlässen treffen wir uns meist im kleinen Kreis. - Unser letztes großes Fest war Leos Hochzeitsfeier vor beinah fünf Jahren", fügte er nachdenklich hinzu.

Einer Eingebung folgend, nahm er die aufgeschlagene Zeitung von der Bettdecke und studierte die Phantomzeichnung.

Helen störte ihn nicht dabei. Sie lehnte sich bequem zurück und wartete geduldig.

„Irgendwie kommt mir dieser Mann bekannt vor", sagte er schließlich. Mit geschlossenen Augen rief er sich das Gesicht des Geländewagenfahrers ins Gedächtnis. „Kurz vor dem Unfall konnte ich einen Blick auf diesen Verbrecher werfen ... Er trug eine dunkle Baseballkappe ... und grinste teuflisch ..."

Resigniert schüttelte er den Kopf. „Es ist sinnlos: Ich erinnere mich nicht, wo ich diesen Mann schon mal gesehen habe."

So leicht gab Helen nicht auf.

„Leos Hochzeitsfeier. – Du hast dir das Phantombild angeschaut, nachdem du die Hochzeit erwähnt hast. Könnte es sein, dass du unbewusst einen Zusammenhang hergestellt hast?"

„Keine Ahnung", gestand er achselzuckend. „Die Feier ist schon so lange her. Leo hatte ein ganzes Hotel am Starnberger See gemietet. Gäste aus aller Herren Länder waren eingeladen. Dazu noch die Familie und Freunde seiner Frau. Die meisten Leute habe ich nur ein einziges Mal gesehen."

„Nehmen wir mal an, dass auch der Mann auf der Feier war", sponn sie den Faden weiter. „Existiert die Gästeliste noch?"

„Unwahrscheinlich", vermutete er kopfschüttelnd. „Nach dem Ende dieser unseligen Ehe wird Leo sie kaum aufbewahrt haben. Er wollte das alles nur noch vergessen."

„Verständlich, aber schade. Dadurch haben wir absolut nichts, das uns auf die Spur des Killers bringen könnte."

„Warum so pessimistisch, James Bond? Vielleicht hat Miss Moneypenny noch einen Geistesblitz?"

„Den könnten wir jetzt dringend gebrauchen. Was hast du denn noch in petto?"

„Eine Foto –CD", antwortete er mit leisem Triumph. „Von Leos Hochzeitsfeier."

„Du bist ein Genie!", rief Helen begeistert aus. „Die könnte uns weiterhelfen. Allerdings hast du die CD bestimmt nicht ständig im Gepäck. Wie sollen wir sie hierher bekommen?"

„Da gibt es nur zwei Möglichkeiten: Ich rufe Luigi an und bitte ihn, danach zu suchen, und uns die Bilder per Mail zu schicken. Sollte er sie nicht finden, muss ich in die Toskana fliegen. – Obwohl ich dich nur sehr ungern allein lassen würde."

„Du weißt anscheinend nicht genau, wo die CD geblieben ist."

„Nach dem Ende seiner Ehe war Leo ein paar Tage bei mir auf Piccolo Mondo. Als er die CD in meinem Arbeitszimmer in einem Regal stehen sah, hat er sie in den Papierkorb geworfen. Das war wie eine symbolische Handlung: so als wolle er die Erinnerung dadurch für immer auslöschen. Leider funktioniert so was nicht. Man nimmt seine Erinnerungen immer mit – egal wohin man geht." Ein leiser Seufzer entschlüpfte ihm, als er daran dachte, in welcher Verfassung Leo damals gewesen war. „Jedenfalls weiß ich gar nicht mehr, aus welchem Grund ich die CD später wieder aus dem Papierkorb gefischt und in irgendeiner Schublade versenkt habe."

„Weil sie einen wichtigen Teil im Leben deines Sohnes dokumentiert", meinte Helen, nahm einen Stift aus der Nachtischschublade und notierte ihre Emailadresse auf dem Rand der Zeitung. „Ruf Luigi an. Er wird die CD sicher finden."

„Das hoffe ich auch", sagte er und griff zum Telefon. In einem sehr gewandt klingenden Italienisch sprach er minutenlang mit seinem Verwalter.

„Alles in Ordnung zu Hause?", fragte Helen, als er das Gespräch beendet hatte. „Wahrscheinlich war Luigi nicht begeistert, dass du noch nicht zurückkommst."

„Er hat mir versichert, dass er mich noch eine Weile entbehren kann. Die Pferde sind alle gesund, und wir können in diesem Jahr mit einem edlen Tropfen rechnen. Unsere Reben sind von sehr guter Qualität. Entscheidend für die Güte des Jahrgangs ist allerdings das Wetter in den nächsten vier Wochen." Lächelnd setzte er sich wieder zu ihr. „Außerdem soll ich dir Luigis beste Genesungswünsche ausrichten. Er freut sich schon darauf, dass ich dich bald für immer mitbringe."

„Hat er kein Problem damit, wenn demnächst eine Frau eure Männerwirtschaft aufmischt?"

„Seit du unsere Pferde so waghalsig vor dem Gewittersturm gerettet hast, verehrt er dich fast wie eine Heilige. Wäre ich nicht sein Boss, müsste ich wahrscheinlich nach unserer Rückkehr damit rechnen, dass er nachts unter deinem Fenster romantische Liebeslieder singt."

In ihren Augen blitzte es amüsiert auf.

„So ein feuriger Italiener fehlt mir noch in meiner Sammlung." Herausfordernd zog er sie an sich.

„Bin ich dir nicht temperamentvoll genug?"

„Bislang konnte ich mich nicht über meinen alten Kauz beklagen", erwiderte sie dicht an seinem Gesicht. „Allerdings ist es schon mindestens fünf Stunden her, seit er mich das letzte Mal geküsst hat."

„Du hättest ihm längst einen Beschwerdebrief schreiben sollen", murmelte er, bevor sein Mund ihre Lippen eroberte.

Vom ersten Augenblick an hatte Leo sich im Hause Kreutzer nicht nur sicher, sondern auch wohlgefühlt. Bei einem reichhaltigen Frühstück hatte die Dame des Hauses ihren Gast mit einem Augenzwinkern gebeten, sie Elli zu nennen, da sie nun so etwas wie Komplizen seien.

Später standen die alte Dame und der von ihr als sympathisch empfundene Mann zusammen in der Küche und putzten die verschiedenen frischen Gemüsesorten für eine Minestrone.

Nach und nach gelang es der erfahrenen Frau, seine Lebensgeschichte bis hin zu den jüngsten Ereignissen aus Leo herauszulocken. Dabei bemerkte er selbst, wie gut es ihm tat, sich einmal alles von der Seele zu reden.

„Diese junge Frau", sagte Elfriede nachdenklich. „Antonia ... Könnte sie nicht für Sie aussagen, Leo? Sie muss doch wissen, wie der Mann aussah, der sie entführt hat."

„Leider weiß ich keine Einzelheiten über die Entführung. Allerdings kann ich mir vorstellen, dass der Kidnapper maskiert war, damit Antonia ihn nicht erkennt."

„In den Nachrichten haben sie vorhin auch nur davon gesprochen, dass ihr in einem unbewachten Moment die Flucht geglückt ist", überlegte sie, wobei sie die geschälten Wurzeln in dünne Stifte schnitt. „Hoffentlich hat sie wenigstens jetzt jemanden, der auf sie aufpasst."

„Darüber habe auch ich schon nachgedacht. Wenn der Killer der Entführer war, könnte er es wieder versuchen. Am liebsten würde ich einen Bodyguard für Antonia engagieren."

Mit wissendem Lächeln schaute die alte Dame ihn an.

„Sie lieben sie noch, Leo."

„Das werde ich wohl immer tun. Durch Antonia hatte ich wieder Freude am Leben. Durch sie war ich wieder fähig, meine Gefühle zuzulassen. Trotzdem wäre es besser gewesen, wir wären uns nie begegnet. Ich habe sie enttäuscht und tief gekränkt. Meinetwegen hat der Killer den Anschlag auf Helen und meinen Vater verübt. Dadurch hätte sie beinah ihre Mutter verloren. Hätte ich mich nicht in Antonia verliebt, wäre sie nicht entführt worden." Mit einem gequälten Stöhnen schüttelte er den Kopf. „Ich darf mir gar nicht vorstellen, was dieser miese Kerl vielleicht mit ihr gemacht hat ..."

„Im Radio wurde doch gesagt, dass sie nur leicht verletzt ist."

„Aber das ist ihr nur meinetwegen zugestoßen! Dafür muss sie mich hassen!"

„Von Frauen verstehen Sie wohl nicht viel", vermutete Elfriede in nachsichtigem Ton. „Nach allem, was Sie mir von Ihrer Antonia erzählt haben, besitzt sie genug Format, Sie nicht für die Verbrechen dieses Wahnsinnigen verantwortlich zu machen. Ihr wird klar sein, dass Ihnen hier jemand ganz übel mitspielt."

„Möglich", räumte er zögernd ein. „Trotzdem habe ich den wichtigsten Menschen in meinem Leben verloren."

Nachdem sie Quincy bei Elke abgeholt hatten, war David mit seiner Mutter nach Hause gefahren. Der junge Mann fühlte sich mit der Situation überfordert und hilflos, überspielte das aber geschickt. Auch Antonia ließ sich nicht anmerken, wie erschöpft sie immer noch war. Allerdings verriet es ihre angespannte Körperhaltung. Deshalb bestand David nach dem von ihm zubereiteten Mittagessen darauf, dass sie sich hinlegte.

Die jüngsten Ermittlungsergebnisse ließen sie aber nicht zur Ruhe kommen. Aufgewühlt wanderte sie in ihrem Schlafzimmer vor dem Fenster auf und ab. Obwohl wieder alles gegen Leo sprach, konnte sie nicht glauben, dass er sie entführt haben könnte. Die Vermutungen ihrer Mutter erschienen ihr viel plausibler. Außerdem bezeugte das gefundene Handy, dass der Kidnapper mit dem Killer identisch sein musste. Schon nach Leos Verhaftung hatte sie keine Zweifel an seiner Unschuld gehabt. Seine Freilassung hatte dann sogar Skeptiker davon überzeugt, dass er nicht der Killer sein konnte. Unwillkürlich fragte sie sich, aus welchem Grund er für Franziska und Pit trotzdem wieder tatverdächtig war. Wussten die beiden mehr, als sie preisgegeben hatten? Sonst müsste ihnen doch klar sein, dass ihre Entführung ein sorgfältig geplanter Schachzug des wirklichen Killers gewesen war.

Gedankenverloren setzte sie sich auf die Bettkante und griff nach der großen Muschel, legte sie aber gleich wieder zurück und zog die Nachttischschublade auf. Dort verwahrte sie all die liebevollen Nachrichten, die Leo ihr auf kleinen Kärtchen geschrieben hatte. Obgleich sie diesen Lebensabschnitt als längst beendet betrachtete, hatte sie es bislang noch nicht fertiggebracht, diese Relikte einer glücklichen Beziehung zu vernichten. Bis vor kurzem noch waren sie beinah das einzige, was ihr von dieser Liebe geblieben war. Nun wusste sie jedoch, dass sie ein Baby erwartete - Leos Kind. Unter anderen Umständen hätte sie sich über diesen Verkehrsunfall gefreut. Jetzt musste sie gründlich darüber nachdenken, ob sie dieses Kind überhaupt wollte. Ob sie es verantworten konnte, noch einmal ein Baby zu bekommen, das ohne Vater aufwachsen musste...

Auch an diesem Abend kamen Franziska und Pit noch einmal in die Klinik, um Helen und Vincent über den Stand der Ermittlungen zu informieren.

„Die Fahndung nach Ihrem Sohn ist bislang ergebnislos verlaufen, Herr von Thalheim. Allerdings liegen uns jetzt die Erkenntnisse der Spurensicherung vor: In der zweiten Schlafkabine hat jemand erst kürzlich gründlich saubergemacht. Es fanden sich keine Fingerspuren von Antonia, dafür aber unzählige von Ihrem Sohn."

„Daraus ist zu schließen, dass Antonia gar nicht auf diesem Boot war", folgerte Helen. „Das Türschloss war manipuliert, und das Belastungsmaterial wurde nur aus einem Grund dorthin verbracht: um ihn doch noch zum Killer zu stempeln." Verständnislos schüttelte sie den Kopf. „Mir ist unbegreiflich, wie ihr noch mal auf diese Masche reinfallen konntet."

„Bei dieser Fülle von Indizien haben wir gar keine andere Wahl, als Leonard von Thalheim als Hauptverdächtigen anzusehen", behauptete der Kommissar. „Zumal Antonia ausgesagt hat, dass sie vorher nie auf seinem Boot war, ihre Fingerabdrücke aber auf einer leeren Mineralwasserflasche aus der Bordküche gesichert wurden."

„Wie kann man nur so verblendet sein? Was ist mit dem Kerl auf dem Phantombild? Wenn ihr Leo für den Killer haltet, wer hat dann den Anschlag auf Vincent und mich verübt? Immerhin saß Leo zu diesem Zeitpunkt in einer Zelle."

„Möglicherweise hat er einen Helfer", erwiderte Franziska. „Jemanden, der die Drecksarbeit für ihn erledigt."

488

Abermals schüttelte Helen den Kopf.

„Das alles hier bringt uns nicht weiter. Ihr solltet eine Nacht darüber schlafen. Wenn ihr ausgeruht seid, könnt ihr hoffentlich wieder logisch denken."

„Okay", sagte Franziska, ohne die spöttische Bemerkung ihrer Mutter zu kommentieren. „Dann kommen wir morgen wieder."

„Sie sollten besser nach dem wahren Schuldigen suchen", riet Vincent ihr. „Helen wird morgen sowieso entlassen."

„Ist das nicht noch zu früh?", fragte Franziska besorgt. „Was sagt denn der Professor dazu?"

„Hans ist wahrscheinlich erleichtert, eine ungeduldige Patientin weniger zu haben", meinte Helen lächelnd. „Aus medizinischer Sicht besteht jedenfalls kein Grund, mich länger hierzubehalten. Vincent holt mich morgen Vormittag ab."

Auf dem Weg zum Lift legte Pit den Arm um Franziskas Schultern.

„Was ist? Du wirkst so nachdenklich."

„Jetzt hält uns meine Mutter für völlig inkompetent."

„Eine ähnliche Reaktion haben wir doch von ihr erwartet. Wir müssen das jetzt konsequent durchziehen, Franziska. Hätten wir die beiden aufgeklärt, hätten wir auch dem Rest deiner Familie reinen Wein einschenken müssen. Allen voran Antonia, die immerhin hauptsächlich von dem Fall betroffen ist. Falls Leo sich bei einem von ihnen meldet, könnten sie sich verplappern. Er darf nicht erfahren, dass die Fahndung nach ihm nur dem Zweck dient, den Killer in Sicherheit zu wiegen. Sonst wird Leo womöglich seine Deckung verlassen und dadurch doch noch gefasst. Wir können ihn aber nicht noch mal verhaften, da er nachweislich für einen der Morde ein Alibi hat. Auch ist so gut wie ausgeschlossen, dass er sich freiwillig von uns aus dem Verkehr ziehen lassen wird, um uns zu helfen. Er traut uns verständlicherweise nicht. Deshalb ist es besser, wir behalten unsere Strategie bei."

„Solange auch die Medien glauben, dass wir nur nach Leo

fahnden, fühlt der Killer sich hoffentlich sicher und bleibt in der Nähe. Er darf sich auf keinen Fall in die Enge getrieben fühlen, sonst setzt er sich womöglich ins Ausland ab. Dann schnappen wir ihn nie."

„Diesmal kriegen wir ihn", sagte er zuversichtlich. „Das sind wir auch deiner Schwester schuldig."

Kapitel 44

Während Antonia am nächsten Morgen wieder ihren Dienst im Institut aufnahm, holte Vincent ihre Mutter aus der Klinik ab.

In ihrer Wohnung trug er den kleinen Koffer gleich ins Schlafzimmer und stellte ihn vor dem Schrank ab. Als er sich herumdrehte, stand Helen hinter ihm.

„Endlich wieder zu Hause", sagte sie, und es klang erleichtert. „Nur wir beide."

„Aber ich war doch die meiste Zeit bei dir in der Klinik."

„Dafür bin ich dir auch sehr dankbar – auch für die Anteilnahme der Besucher, die sich praktisch die Klinke in die Hand gegeben haben." Leicht wie eine Feder berührte sie seine Wange. „Seit ich aus dem Koma erwacht bin, sehne ich mich schon danach, dir ganz nah zu sein."

„Wie nah?"

„Ich wünsche mir, in deinen Armen zu liegen, um mit jeder Faser zu spüren, dass ich lebe."

Um seinen Mund zeichnete sich ein sinnliches Lächeln.

„Jetzt, gleich oder sofort?"

„Sobald wie möglich", sagte sie, nahm seine Hand und zog ihn zum Bett. „Aber ich möchte dich nicht drängen."

„Geh ruhig davon aus, dass ich völlig ausgehungert nach deiner Berührung bin."

„Dann sollten wir keine Zeit verlieren", erwiderte sie mit verheißungsvollem Lächeln. Ohne ihn aus den Augen zu lassen, öffnete sie die Knöpfe ihrer Bluse.

Später lagen sie entspannt und dicht aneinandergeschmiegt unter der leichten Decke. Es war sehr still. Nur ihre sich all-

490

mählich beruhigenden Atemzüge waren zu hören.

„Helen?", sagte er schließlich leise. „Alles in Ordnung?"

„In mir sind so überwältigende Gefühle. Ich hatte Angst, dass ich trotz meiner Sehnsucht nach dir vielleicht nicht mehr auf die gleiche Weise empfinden kann wie vor dem Unfall. Aber es war, als hätte ich dich noch viel intensiver gespürt."

„Anscheinend haben wir das ähnlich erlebt", sagte er mit sanfter, beruhigt klingender Stimme. „Dich zu lieben, dich zu spüren, deine Wärme und deine totale Hingabe ... Das alles hat mich bis in den letzten Winkel aufgewühlt."

Unwillkürlich schmiegte sie sich dichter an ihn.

„Ist es nicht wundervoll, dass unsere Empfindungen so sehr im Einklang sind? Noch vor kurzem hätte ich mir gar nicht vorstellen können, dass so etwas überhaupt möglich ist."

„Das Schicksal scheint uns außerordentlich wohl gesonnen zu sein. Es hat uns nicht nur zueinander geführt, sondern auch ein so starkes Band zwischen uns geknüpft, das allen Krisen standgehalten hat. Manches Paar, das jahrzehntelang zusammen ist, erlebt diese enge Verbundenheit nicht, wie sie in so kurzer Zeit zwischen uns gewachsen ist. Das empfinde ich als ein sehr kostbares Geschenk." Liebevoll küsste er sie auf die Schläfe. „Du bist die Erfüllung all meiner Träume und Sehnsüchte."

„Wirklich genießen können wir unser gemeinsames Leben aber erst, wenn die ganze Familie zur Ruhe gekommen ist." Ihr ernster Blick suchte seine Augen. „Ich sorge mich um Leo. Ihm muss doch schrecklich zumute sein, schon wieder ungerechtfertigt verdächtigt zu werden. Außerdem hat er hier niemanden, den er um Hilfe bitten kann."

„Aber er hat uns beide", sagte Vincent und richtete sich etwas auf. „Lass uns nachschauen, ob Luigi uns schon eine E-Mail geschickt hat."

Nachdem sie sich etwas frischgemacht hatten, saßen sie im Arbeitszimmer am Computer. Im elektronischen Postfach befanden sich zahlreiche Nachrichten. Darunter war auch eine aus der Toskana. Durch mehrere Maus-Klicks holte Helen die

Bilddateien auf den Monitor. Gemeinsam betrachteten sie die Fotos der Hochzeitsfeier. Vincent gab dazu einige Erklärungen ab. Auf einer der ersten Aufnahmen war Leo mit seiner Braut zu sehen. Sie besaß üppiges aschblondes Haar; ausdrucksvolle grüne Augen beherrschten ein ebenmäßiges Gesicht.

„Deine Schwiegertochter ist eine bildschöne Frau", stellte Helen sachlich fest. „Allerdings scheint sie ein völlig anderer Typ als Antonia zu sein."

„Selbst auf Fotos erkennt man, dass ihr die warme Ausstrahlung deiner Tochter fehlte. Larissa hatte so gar nichts Herzliches in ihrem Wesen. Vielleicht hat aber gerade diese kühle Erotik einen besonderen Reiz auf Leo ausgeübt."

„Ein Vulkan unter dem Eis? Das kann sehr herausfordernd auf Männer wirken."

„Im Grunde war Larissa eine Blenderin. Hinter ihrer perfekten Fassade hat sie immer ihre eigenen Ziele verfolgt – skrupellos und ohne Rücksicht auf Leo. Leider hat er das nie bemerkt."

„Im Gegensatz zu dir", vermutete sie. „Hätte sie deine Vorbehalte nicht spüren müssen?"

„Natürlich hat sie meine Zurückhaltung registriert. Sie war es nicht gewohnt, dass sich jemand von ihrem Äußeren unbeeindruckt zeigte und sich nicht von ihr vereinnahmen ließ. Allerdings muss ihr klar gewesen sein, dass es ihr niemals gelingen konnte, einen Keil zwischen Leo und mich zu treiben. Deshalb hat sie versucht, mich mit ihren weiblichen Reizen zu ködern."

„Das ist nicht dein Ernst", erwiderte Helen befremdet. „Deine Schwiegertochter wollte dich verführen?"

„Wahrscheinlich dachte sie, dass der Alte froh sein kann, wenn er überhaupt noch mal eine Frau in den Armen halten darf."

„So ein Unsinn! Du bist ein attraktiver Mann in den besten Jahren! Das ist ihr mit Sicherheit nicht entgangen!"

„Mag sein", räumte Vincent leise lächelnd ein. „Trotzdem verhält man sich seinem Schwiegervater gegenüber nicht so unmissverständlich."

„Möchtest du mir davon erzählen? Oder ist es dir unangenehm, darüber zu sprechen?"

„Vor dir habe ich keine Geheimnisse", betonte er. „Etwa ein halbes Jahr nach der Hochzeit wollte ich nach München fliegen, um mir eine Zuchtstute anzusehen. Als Leo bei einem Telefonat von meinen Plänen hörte, hat er bedauert, dass er ausgerechnet an dem Tag mehrere wichtige Termine hat. Deshalb bat er mich, zum Frühstück zu kommen, damit wir uns wenigstens kurz sehen könnten."

„ ... aber er hat dich versetzt", ahnte sie, worauf er nickte.

„Eigentlich wollte er am Abend zuvor aus London zurück sein, aber er wurde aufgehalten. Davon wusste ich allerdings nichts, als ich am nächsten Morgen pünktlich vor seiner Tür stand. Meine Schwiegertochter öffnete mir in einem durchscheinenden Morgenmantel mit nichts darunter. Ehe ich diesen Anblick überhaupt verdaut hatte, ist sie mir schon um den Hals gefallen. Zuerst war ich mit der Situation reichlich überfordert."

„Das kann ich mir lebhaft vorstellen. Was ist dann passiert?"

„Ich habe Larissa nach Leo gefragt, und sie erklärte mir, er käme erst mit der Mittagsmaschine. Dadurch hätten wir beide Gelegenheit, uns endlich besser kennenzulernen. Dabei hat sie sich in so eindeutiger Absicht an mich geschmiegt, dass ich mich fast gewaltsam von ihr lösen musste."

„Das ist an Unverfrorenheit kaum zu überbieten", sagte sie missbilligend. „Hast du sie zur Rede gestellt?"

„Sicher, aber sie war um keine Ausrede verlegen. Angeblich hätte Leo mir absagen wollen, so dass sie gar nicht mit meinem Erscheinen gerechnet hätte und deshalb noch nicht angezogen war. Sie konnte überhaupt nicht verstehen, dass ich ihre freundliche Begrüßung so missdeutet hätte."

„Was für eine durchtriebene Person. – Hast du mit Leo darüber gesprochen?"

„Kurz nachdem ich gegangen war, hat er mich angerufen, um sich zu vergewissern, ob Larissa mir rechtzeitig abgesagt hätte. Vielleicht hätte ich das nicht tun sollen, aber ich habe es nicht übers Herz gebracht, ihm die Wahrheit über seine Frau zu erzählen. Wahrscheinlich hätte er es ohnehin für ein Missverständnis gehalten, zumal Larissa garantiert alles abgestritten oder gar behauptet hätte, ich hätte versucht, Leos Abwesenheit zu nutzen, um mich an sie ranzumachen." Mit der Hand fuhr er sich durch sein widerspenstiges weißes Haar. „Nach dem unerfreulichen Ende dieser Ehe habe ich mich gefragt, ob nicht alles anders gekommen wäre, wenn ich Leo damals die Augen geöffnet hätte. Aber vielleicht hatte ich zu diesem Zeitpunkt unbewusst sogar Angst davor, dass er Larissa mehr glaubt und ihr zuliebe mit mir brechen würde."

„Hinterher fragt man sich immer, ob man die richtige Entscheidung getroffen hat", sagte Helen verständnisvoll. „Allerdings bezweifle ich, dass Leo fähig gewesen wäre, sich von dir abzuwenden – egal was deine Schwiegertochter über dich gesagt hätte. Er kennt und liebt seinen Vater."

„Auch Larissa hat er geliebt", wandte er ein. „Sie war seine Frau." Ein bitterer Zug legte sich um seinen Mund. „Trotzdem hatte sie im Laufe der Jahre zahlreiche Liebhaber. Anscheinend brauchte sie diese Art von Bestätigung. Ihr Verhalten war gewissenlos und egoistisch. Wäre Leo nicht einen Tag früher als erwartet aus New York zurückgekommen, hätte er seine Frau nicht in flagranti erwischt."

„Im eigenen Ehebett? Das ist nicht nur geschmacklos, sondern auch abgebrüht. Zwar kenne ich deine Schwiegertochter nicht, aber sie scheint tatsächlich keine Skrupel zu haben."

„Sie war hinterhältig und eigennützig", sagte Vincent emotionslos. „Das wurde ihr letztlich zum Verhängnis."

„Du meinst, weil sie ihre Ehe aufs Spiel gesetzt und Leo sich von ihr getrennt hat?"

„Larissa hätte seine Entscheidung, einen Schlussstrich unter diese Ehe zu ziehen, mit Anstand akzeptieren sollen, anstatt ihn immer wieder umstimmen zu wollen. Dann würde sie sich auch heute noch bester Gesundheit erfreuen."

„Ist ihr was passiert?"

„Sie ist tot."

494

„Was hatte Leo damit zu tun?"

„Nichts. Oder sehr viel. – Je nachdem, wie man es betrachtet."

„Was willst du damit sagen?"

„Larissa konnte sich nicht damit abfinden, dass Leo zu Hause ausgezogen war und die Scheidung wollte. - Verständlich, da ihr absolut nichts geblieben wäre."

„Demnach existierte ein Ehevertrag?"

„Olaf und mir war es vor der Hochzeit gelungen, Leo davon zu überzeugen, einen Ehevertrag abzuschließen. Nach der Scheidung hätte Larissa ohne einen Cent dagestanden. Nur aus diesem Grund wollte sie eine zweite Chance, hat ihn mit Anrufen bombardiert und ihm ihre Liebe geschworen. Er war aber zu enttäuscht und verletzt für eine Versöhnung. Eines Tages hat sie Leo abgepasst, als er von Verhandlungen aus einer Bank kam. Wie schon so oft hat sie ihn bekniet, noch mal von vorn anzufangen, aber er hat sie einfach stehen lassen und ist zu seinem Wagen gegangen. Larissa war außer sich und hat hinter ihm her geschimpft. Als er auch darauf nicht reagierte, ist sie ihm wutentbrannt nachgelaufen – direkt vor einen Lastwagen. Sie war auf der Stelle tot."

„Tragisch", kommentierte Helen, wobei ihr Mitgefühl eher Leo galt. „Das muss ein Schock für ihn gewesen sein. Vermutlich waren diese Ereignisse der Hauptgrund, aus dem er sein bisheriges Leben hinter sich gelassen hat. Wie ich ihn einschätze, hat er sich auch mit Selbstvorwürfen gequält."

„Seine Schuldgefühle haben ihm sehr zu schaffen gemacht. Außerdem hat Larissas Familie darauf bestanden, sich um die Beisetzung zu kümmern und ihm verboten, an der Trauerfeier teilzunehmen. Deshalb ist er zu mir in die Toskana gekommen." In Erinnerung an Leos damalige Verfassung, atmete er tief durch. „Der Junge war völlig verändert. So durcheinander habe ich ihn noch nie erlebt. Stundenlang hat er oben im Weinberg gesessen und gegrübelt. In dieser Zeit habe ich mir große Sorgen um ihn gemacht."

„ ... aber du konntest nichts tun, als zu versuchen, ihm seine

Schuldgefühle auszureden", fügte sie voller Anteilnahme für Leo hinzu. „Erst jetzt wird mir klar, wie schwer es ihm tatsächlich gefallen sein muss, noch mal einer Frau uneingeschränkt zu vertrauen."

„Dazu hat noch etwas anderes beigetragen", gestand er, entschlossen seine Ausführungen zu Ende zu bringen. „Als Leo wieder zu Hause war, wollte er Larissas persönliche Sachen zusammenpacken, um sie ihrer Familie zukommen zu lassen. Dabei ist er auf Unterlagen gestoßen, die ihm buchstäblich den Rest gegeben haben: Larissa hatte ein Dreivierteljahr nach ihrer Hochzeit einen Schwangerschaftsabbruch."

„Sie hat Leos Kind abgetrieben?", sagte sie fassungslos, aber Vincent schüttelte den Kopf.

„Es war nicht von Leo."

„Woher weißt du das?"

„Seinerzeit war Leo für zwei Monate in Brasilien, um irgendeinem Konzern auf die Beine zu helfen. Kurz bevor er zurückkam, hat Larissa die Abtreibung durchführen lassen – in der fünften Schwangerschaftswoche. Leo konnte unmöglich der Vater dieses Kindes sein."

„Eigentlich sollte mich das nicht wundern, nachdem sie bald nach der Hochzeit versucht hat, ihren Schwiegervater zu verführen. Für Leo muss das aber ein harter Schlag gewesen sein. Hast du nicht gesagt, dass er immer von einer Familie und Kindern geträumt hat?"

„Jedes Mal, wenn er das zur Sprache gebracht hat, sagte Larissa, dass sie sich noch nicht reif genug dafür fühlte", erwiderte er sarkastisch. „Dabei wollte sie überhaupt keine Kinder! Wahrscheinlich fürchtete sie um ihre Figur oder um ihren ausschweifenden Lebenswandel, wenn sie durch ein Kind ans Haus gefesselt wäre. Oder glaubst du, sonst hätte sie sich in ihrem zweiten Ehejahr heimlich sterilisieren lassen?"

Entgeistert schaute Helen ihn an.

„Das hat Leo auch erst nach ihrem Tod erfahren?"

„Ihre Unterlagen haben sich als wahre Fundgrube erwiesen!",

entfuhr es ihm mit unterdrückter Wut. „Fotos, die sie mit ihren Liebhabern zeigten, Kontoauszüge, die belegten, dass sie im Laufe ihrer Ehe mehr als zweihunderttausend Euro beiseite geschafft hatte! Immerhin musste sie vorsorgen, falls der gehörnte Ehemann Wind von ihren Liebschaften bekommt!"

„Wie kann ein Mensch einem anderen das alles antun?"

„Für Leo war die Erkenntnis, dass Larissa ihn so schamlos hintergangen hat, der Auslöser, alles infrage zu stellen: sich selbst, sein Leben ... Dennoch plagten ihn immer noch Schuldgefühle. Hätte er Larissa angehört, wäre sie noch am Leben. Außerdem fragte er sich, ob er sie womöglich vernachlässigt hatte, weil er so viel unterwegs war. Hatte er sie dadurch von einer Affäre zur nächsten getrieben?"

„Warum hat sie ihn nicht begleitet, wenn er im Ausland zu tun hatte?"

„Angeblich konnte sie das Fliegen nicht vertragen. Allerdings hat Leo stets mit ihr über seine Aufträge gesprochen. Kein einziges Mal hat sie ihn gebeten, einen Job nicht anzunehmen. Selbst wenn er dadurch wochenlang von zu Hause fort musste. Für sie war es ja auch ideal: finanziell unabhängig und der Ehemann weit genug weg, um allabendlich auf die Piste gehen zu können, wie man heute so schön sagt."

„Auf diese Weise kann man doch keine erfüllte Ehe führen."

„Das war auch meine Sorge", stimmte er ihr zu. „Als ich Leo mal darauf angesprochen habe, meinte er, dass Larissa diese kurzen Trennungen keineswegs als Belastung für ihre Ehe empfände. Im Gegenteil: Für sie sei es ungeheuer spannend und immer wieder aufregend, sich aufs Neue zu entdecken. Wenn erst ein Kind käme, wollte er beruflich kürzertreten, vielleicht sogar pausieren, um für seine Familie da zu sein. Auf mich hat er dabei keinen glücklichen Eindruck gemacht."

„Mit seiner Gutmütigkeit hat er sich nur nach ihren Wünschen gerichtet."

„Das trifft es auf den Punkt. Leo wollte, dass diese Ehe funktioniert und war bereit, alles dafür zu tun. Wie hätte er auch ahnen können, dass seine Frau ihn nur wegen seines Vermögens geheiratet hat? Für ein sorgenfreies Leben hätte sie vermutlich alles aufs Spiel gesetzt. Ich wünschte, er wäre dieser Heuchlerin nie begegnet. Er verdient eine liebevolle, warmherzige Frau - eine Frau wie deine Antonia. Inzwischen glaube ich, dass die beiden ohne seine Vorgeschichte sehr glücklich geworden wären."

„Falls du immer noch die Absicht hast, dich in der Toskana auf das Abenteuer Ehe mit mir einzulassen, wäre diese Feier eine gute Möglichkeit für eine Aussprache zwischen Antonia und Leo. Ich glaube, dass beider Gefühle noch längst nicht der Vergangenheit angehören. Bevor wir auf ein Happyend für unsere Kinder hoffen dürfen, müssen wir aber die Voraussetzung dafür schaffen. Lass uns die restlichen Fotos anschauen."

„Moment. - Habe ich da eben einen Zweifel an meinen ehrbaren Absichten herausgehört?"

„Das halte ich für ausgeschlossen. Eigentlich müsstest du wissen, dass ich dir regelrecht verfallen bin."

„Damit kann ich leben", schmunzelte er und drückte ihr einen schnellen Kuss auf die Wange. „Und jetzt an die Arbeit!"

Nachdem sie sich eine ganze Reihe von Aufnahmen angesehen hatten, stutzte Vincent plötzlich.

„Geh bitte noch mal zum letzten Bild zurück."

Sofort kam Helen dieser Aufforderung nach, worauf er dieses Foto abermals eingehend betrachtete.

„Kannst du das etwas vergrößern?"

Ein Maus-Klick auf die Lupe änderte das Format.

„Der Mann in dem hellen Anzug links neben Olaf und mir könnte es sein", sagte er nachdenklich. „Jedenfalls glaube ich, dass er Ähnlichkeit mit dem Kerl von der Landstraße hat."

Ohne ein Wort erhob sich Helen und ging hinaus. Die Zeitungsseite mit dem Phantombild in der Hand kehrte sie zurück. Gemeinsam verglichen sie die abgebildeten Männer.

„Die Frisur stimmt nicht", stellte er fest. „Aber sonst ..."

„ ... sieht er ihm durchaus ähnlich", fügte sie hinzu und deutete auf den Monitor. „Wahrscheinlich hat er sich die langen Haare in den letzten Jahren abgeschnitten. Oder er trägt sie erst so kurz geschoren, seit er als Killer unterwegs ist." Ihr fragender Blick richtete sich auf Vincents Gesicht. „Erinnerst du dich, wer dieser Mann ist?"

Ratlos zuckte er die Schultern.

„Außer dem Brautpaar und Olaf kannte ich niemanden. Zwar habe ich mit dem einen oder anderen ein paar Worte gewechselt, aber bei so vielen Gästen konnte ich mir unmöglich alle Namen oder Gesichter merken." Theatralisch verdrehte er die Augen. „Immerhin bin ich ein alter Mann."

„Obwohl die Fotos fünf Jahre alt sind, siehst du darauf genauso aus wie heute. Übrigens steht dir der dunkle Anzug ausgezeichnet. Du wirkst wie ein seriöser Geschäftsmann."

„Als alter Bauer fühle ich mich wohler", gestand er, bevor er noch einmal den langhaarigen Gast betrachtete. „Ich überlege, ob Olaf uns weiterhelfen könnte, aber auch für ihn waren das alles Fremde. Mittlerweile lebt er schon seit zwölf Jahren in Hannover. Dadurch kennt er die anderen Freunde von Leo nicht. Außerdem könnte der Typ zu Larissas Umfeld gehören."

„Deshalb könnte nur Leo uns sagen, wer er ist", vollendete sie. „Leider wissen wir aber nicht, wo er sich versteckt."

„Viele Möglichkeiten hat er wahrscheinlich nicht. Sich mit uns in Verbindung zu setzen, wäre auch zu riskant. Außerdem wird er alles vermeiden, einen von uns noch mal in diese Sache reinzuziehen."

„So beurteile ich das auch", sagte sie und erhob sich. „Jetzt kümmere ich mich erst mal um unser Mittagessen."

„Das wirst du schön bleiben lassen", bestimmte er und stand ebenfalls auf. Liebevoll legte er den Arm um ihre Schultern und führte sie zum Sofa. „Ich habe dem Professor versprochen, dass du dich schonst. Deshalb wirst du dich jetzt hinlegen und mir die Küche überlassen."

„Aber ich ..."

„Keine Widerrede!", sagte er streng und drückte sie sanft auf das Polster. Ihren erneuten Protest ignorierte er, hob ihre Beine auf das Sofa und streifte die Pumps von ihren Füßen. Sogar eine flauschige Decke breitete er über sie aus.

Diese Fürsorge rührte sie.

„Vielleicht solltest du dir ein Schwesternhäubchen aufsetzen, mein Lieber."

„Zuerst binde ich mir eine Schürze um", lachte er. „Bis das Mittagessen fertig ist, bleibst du liegen. – Verstanden?"

„Okay, ich bin ganz brav", versprach sie und schloss die Augen.

Da er am Morgen schon eingekauft hatte, bevor er zur Klinik gefahren war, lagen alle Zutaten für eine schmackhafte Mahlzeit im Kühlschrank. Um Helen nicht zu stören, schloss er die Küchentür.

Innerhalb der nächsten halben Stunde bereitete er zarte Lachssteaks, frische grüne Bohnen und Pellkartöffelchen zu. Nachdem er noch den Tisch gedeckt hatte, betrat er das Arbeitszimmer. Bei Helens Anblick schüttelte er den Kopf: Sie saß im Schneidersitz auf dem Sofa; neben sich einen aufgeschlagenen Aktenordner und schien ins Grübeln verfallen zu sein wie ein Beduine in der Mittagssonne der Sahara.

„Solltest du dich nicht ausruhen?" Da sie nicht reagierte, trat er näher. „Helen!?"

Seine Stimme holte sie in die Realität zurück.

„Entschuldige, ich war in Gedanken. – Ist das Essen schon fertig?"

Wortlos nickte er und ging in die Küche voraus. Obwohl Helen ihm gleich folgte, blieb er während des Essens so stumm wie der Fisch auf seinem Teller. Selbst ihr Lob über seine Kochkünste kommentierte er nicht.

„Es tut mir leid", sagte sie schließlich. „Manchmal gelingt es mir einfach nicht, meine Gedanken zum Schweigen zu bringen. Bei dir scheine ich das allerdings problemlos zu schaffen."

Er bedachte sie mit einem langen Blick.

„Ich möchte nur sicherstellen, dass du dir nicht gleich wieder zu viel zumutest."

Über den Tisch hinweg griff sie nach seiner Hand.

„Das tue ich ganz bestimmt nicht. Nach dem langen Klinikaufenthalt fühle ich mich gut ausgeruht. Deshalb muss ich mich nicht ständig hinlegen. Mach dir bitte nicht so viele Sorgen um mich. Sollte ich eine Erholungspause brauchen, erfährst du es als erster."

„Wahrscheinlich gehe ich dir mit meiner Fürsorge gehörig auf die Nerven."

„Bisher hat sich noch niemand so rührend um mich gekümmert. Das genieße ich sehr."

„Wirklich?"

„Gibt es etwas Schöneres, als zu wissen, dass der Mensch, den du liebst, immer für dich da ist?"

„Ein überzeugendes Argument", sagte er mit warmem Lächeln. „Dann räume ich jetzt die Küche auf und du ..."

„Ich gehe rasch zu meiner Nachbarin", kam sie ihm zuvor. „Seit meiner Rückkehr aus der Toskana habe ich sie nur einmal kurz auf der Treppe getroffen. Es ist an der Zeit, mich dafür zu bedanken, dass sie meine Pflanzen während meiner Abwesenheit so gut gepflegt hat."

„Muss das unbedingt heute sein?"

„Sie bekommt noch eine Kleinigkeit für ihre Mühe von mir."

Mit einem kleinen Päckchen in der Hand stieg sie bald die Treppe hinauf. Auf ihr Läuten öffnete eine junge Frau mit kurzem dunklem Haar.

„Hallo, Kathy."

„Frau Bredow!", rief sie freudig aus, wobei sie Helen stürmisch umarmte. „Tut das gut, Sie zu sehen!" Etwas verlegen trat sie einen Schritt zurück. „Wir haben in der Zeitung gelesen, was passiert ist. Auch meine Eltern waren sehr besorgt. Ich wollte Sie besuchen, aber meine Mutter meinte, dass Sie noch viel Ruhe brauchen." Sie beschrieb eine einladende Geste. „Kommen Sie bitte rein. Ich habe gerade Tee gekocht. Trinken Sie eine Tasse mit?"

„Gern."

Kathy führte sie ins Wohnzimmer und holte noch eine zweite Tasse herbei, bevor sie das aromatische Getränk einschenkte.

„Seit wann sind Sie wieder zu Hause?"

„Heute Morgen wurde ich entlassen." Sie reichte ihr das kleine Päckchen. „Jetzt möchte ich mich endlich dafür bedanken, dass Sie meine Blumen so gut versorgt haben."

„Für mich?", fragte die junge Frau überrascht. „Das wäre doch nicht nötig gewesen."

„Ein kleines Mitbringsel aus der Toskana", winkte Helen ab. „Hoffentlich habe ich Ihren Geschmack getroffen."

Erwartungsvoll öffnete sie das Geschenk: auf dunkelblauem Samt lagen filigran gearbeitete silberne Ohrringe.

„Die sind wunderschön", freute sich Kathy. „Vielen Dank."

„Ich habe zu danken", sagte Helen lächelnd. „Offen gestanden bin ich noch aus einem anderen Grund hier. Vielleicht können Sie mir helfen."

„Ich Ihnen?", wunderte sie sich. „Worum geht es denn?"

„Bestimmt haben Sie auch gelesen, dass ich mit Herrn von Thalheim unterwegs war, als wir den Unfall hatten!?"

„Er wohnt zurzeit bei Ihnen, oder? Vor ein paar Tagen habe ich ihn mit Ihrer Tochter kommen sehen. Ist er Ihr Freund?"

„Er ist die Liebe meines Lebens", erwiderte Helen offen. „Wir haben Entlastungsmaterial für seinen Sohn zusammengetragen. Dabei muss uns der wirkliche Killer beobachtet haben. Um uns auszuschalten, hat er uns von der Straße abgedrängt."

„Hoffentlich erwischen sie diesen miesen Kerl bald", sagte Kathy erschaudernd. „Unter seinen Opfern waren doch auch Studentinnen, die wie ich nebenbei gejobbt haben. Da hat man, wenn man abends allein nach Hause geht, schon ein mulmiges Gefühl."

„Diesem Verbrecher muss so schnell wie möglich das Hand-

502

werk gelegt werden", stimmte Helen ihr zu und hob die Teetasse an die Lippen. Nach einem wohltuenden Schluck schaute sie die junge Frau aus ernsten Augen an. „Leider kann ich nicht ausschließen, dass dieser Kerl sich nach meiner Entlassung nicht wieder an meine Fersen heftet. Ich müsste aber heute noch etwas Dringendes erledigen. Damit ich nicht zu erkennen bin, möchte ich mein Äußeres verändern. Dazu brauche ich Ihre Hilfe, Kathy. Sie studieren doch Modedesign. Haben Sie nicht eine Idee?"

„Im Hinblick auf Ihre Kleidung brauchen Sie jedenfalls keine Nachhilfe. Ich habe schon häufiger bemerkt, dass Sie in Punkto Stil und Geschmack eine sichere Hand haben. Manche Frauen laufen ja ab einem gewissen Alter im Omalook rum, aber das würde auch überhaupt nicht zu Ihnen passen." Sekundenlang dachte sie nach. „Was halten Sie von einer etwas flippigen Studentin? Bei Ihrer Figur mit dem richtigen Outfit: kurzer Rock, sexy Oberteil, High Heels ..., dazu die passenden Accessoires, das richtige Makeup ..."

„Glauben Sie wirklich, das funktioniert? Immerhin habe ich mein Verfallsdatum längst überschritten."

„Sieht Ihr Freund das genauso? Der hat sich doch nicht in Sie verliebt, weil sie alt und klapprig sind, sondern weil Sie spitzenmäßig aussehen und eine tolle Ausstrahlung haben."

„Tja, dann ...", erwiderte Helen amüsiert. „Aber woher bekomme ich die verjüngenden Klamotten?"

„Von mir. _ Allerdings nur unter einer Bedingung ..."

„Die da wäre?"

„Vor einiger Zeit haben Sie plötzlich angefangen mich zu siezen", sagte sie geradeheraus. „Das klingt so förmlich. Sie kannten Sie mich schließlich schon als Kindergartenzwerg."

„Jetzt sind Sie aber erwachsen."

„Na ja, so halbwegs", meinte sie verschmitzt lächelnd. „Jedenfalls würde ich mich darüber freuen, wenn Sie mich ab sofort wieder duzen."

„Kein Problem", bekam sie zur Antwort. „Ich heiße übrigens

Helen."

„So war das doch nicht gemeint", brachte Kathy erschrocken hervor. „Ich kann unmöglich ..."

„Warum nicht? Wir kennen uns schließlich schon, seit ich als Studentin in dieses Haus gezogen bin. Und da du jetzt wieder eine Studentin aus mir machen möchtest, sind wir sozusagen Kommilitoninnen. Normalerweise duzen die sich doch."

„Auch wieder wahr", sagte Kathy vergnügt. „Dann sollten wir aber ganz schnell an deiner Verwandlung arbeiten."

Unterdessen fragte sich Vincent eine Etage tiefer, wo Helen so lange blieb. Inzwischen hatte er den Tisch abgeräumt und den Geschirrspüler gefüllt. Mit der HAZ setzte er sich ins Wohnzimmer und blätterte in der Hoffnung darin, eine Meldung über den Stand der Ermittlungen im Falle des Orchideenmörders zu finden. Er entdeckte aber nur ein Foto seines Sohnes, unter dem geschrieben stand, er würde dringend als Zeuge im Zusammenhang mit einem Verbrechen gesucht. Hinweise auf seinen Aufenthaltsort nähme jede Polizeidienststelle entgegen.

„Von wegen Zeuge ...", murmelte Vincent grimmig. Für ihn stand außer Frage, dass Leo abermals als Hauptverdächtiger galt. Sollte es ihm nicht gelingen, unsichtbar zu bleiben, würde er vermutlich wieder hinter Gittern landen.

Das Läuten der Türglocke beendete seine hoffnungslosen Überlegungen. In der Annahme, es sei Helen, öffnete er die Tür. Draußen standen jedoch zwei hübsche junge Frauen.

„Hi", sagte die Dunkelhaarige. „Ist Tante Helen zu Hause?"

„Im Moment leider nicht.– Darf ich fragen, wer Sie sind?"

„Ihre Nichten", behauptete die Blonde mit etwas heiserer Stimme, ohne ihr Kaugummikauen zu unterbrechen. Ihr Haar war mit viel Gel gestylt und stand nach allen Seiten ab. Außerdem trug sie eine große dunkle Sonnenbrille.

„Können wir auf sie warten? Wir wollten Tante Helen im Krankenhaus besuchen, aber die haben gesagt, dass sie heute entlassen wurde."

Ihm blieb nichts anderes übrig, als die Tür freizugeben.

„Bitte", sagte er knapp und ließ die beiden eintreten. Im Flur blickte er ihnen nach, wie sie zielstrebig auf das Wohnzimmer zusteuerten. Dabei bemerkte er, dass der enge Rock der Blonden kaum mehr war, als ein breiter Gürtel. Was sie sich bei ihren wohlgeformten langen Beinen durchaus leisten konnte. Die andere junge Frau trug knallenge Jeans, die wie eine zweite Haut wirkten.

Ehe er den beiden im Wohnzimmer Platz anbieten konnte, hatten sie schon die Sessel besetzt. Deshalb ließ er sich auf dem Sofa nieder.

„Wer sind Sie eigentlich?", fragte die Kaugummikauende und beugte sich so weit vor, dass ihr aufsehenerregendes Pushup-Dekolleté in sein Blickfeld geriet. Ihre Augen konnte er hinter der dunklen Sonnenbrille nicht sehen. „Ihr Liebhaber?"

„Wenn Sie es genau wissen wollen: ja. Außerdem bin ich ihr Lebensgefährte. Wir werden bald heiraten."

„Geil!", fand die Schwarzhaarige. „Einen Liebhaber hätte ich Tante Helen gar nicht zugetraut. Eigentlich ist sie doch schon viel zu alt dafür."

„Helen ist überhaupt nicht alt!", widersprach er. „Sie ist eine tolle, außergewöhnliche Frau!" Seine Miene blieb gleichbleibend freundlich, obwohl ihn das mittlerweile einige Mühe kostete. „Von welcher Seite der Familie sind Sie mit ihr verwandt?", fragte er mit mäßigem Interesse. „Helen hat Sie noch gar nicht erwähnt."

„Echt nicht?", wunderte sich die Schwarzhaarige. „Also, ich bin ihre Nichte Kathy", erklärte sie, bevor sie auf die Blondine deutete. „Und das ist Helenchen."

Das beantwortete noch nicht seine Frage. Abwartend blickte er von einer zur anderen. Die Dunkle betrachtete scheinbar interessiert ihre Fingernägel; die Blonde kaute unaufhörlich auf ihrem Kaugummi, brachte eine große rosa Blase zum Vorschein, die mit einem Knall zerplatzte, bevor alles wieder zwischen ihren roten Lippen verschwand.

„Haben Sie vielleicht Hunger?", erkundigte er sich mit leisem Spott, worauf sie den Kopf schüttelte, so dass ihre langen Ohrringe leise klimperten.

„Lassen Sie mal", nuschelte sie. „Vorhin gab es Lachssteak mit grünen Bohnen."

Zuerst erstaunten ihn diese Worte. Er ließ sich nicht anmerken, dass ihm allmählich ein Licht aufging. Unauffällig rückte er näher an die Blondine heran.

„Sie tragen denselben Namen wie Ihre Tante. Haben Sie auch das gleiche leidenschaftliche Temperament?"

Hell lachte Helen auf und zog die Sonnenbrille von der Nase.

„Du hast aber lange gebraucht, mein Lieber."

„Deine Aufmachung ist ja auch bestens dazu geeignet, jedes logisches Denken im Keim zu ersticken. Wie ich dich kenne, dient deine Verkleidung aber nicht nur dem Zweck, mich an der Nase rumzuführen", vermutete er, wobei seine Augen einen besorgten Ausdruck annahmen. „Was hast du vor, Helen?"

„Ich spiele das Spiel aller Spiele."

„Welches ist das?"

„Katz und Maus."

„Mit wem?"

„Möglicherweise mit dem Orchideenmörder", erklärte sie und sprach rasch weiter, bevor er etwas einwenden konnte. „In dieser Aufmachung kann ich das Haus verlassen, ohne dass ich befürchten muss, von ihm verfolgt zu werden. Falls er uns tatsächlich wieder beobachtet, wird er mich nicht erkennen, wenn ich nachher mit Kathy wegfahre."

„Verrätst du mir, wohin du willst?"

„Ich habe so eine Ahnung, wo Leo sich aufhalten könnte", gestand sie und erhob sich. „Vorher muss ich noch die Fotos ausdrucken. Leistest du Kathy bitte solange Gesellschaft?"

Fasziniert blickte er ihr nach, wie sie mit wiegenden Hüften den Raum verließ.

„Helen ist echt eine tolle Frau", sagte Kathy bewundernd.

„Nach allem, was passiert ist, würde jede andere die Finger von der Sache lassen. Aber Helen lässt Ihren Sohn nicht hängen. Das finde ich unglaublich mutig."

„Und was ist mit Ihnen? Haben Sie keine Angst, nun auch in diese Angelegenheit verwickelt zu werden?"

„Das würde Helen gar nicht zulassen, Herr von Thalheim. Sie hat mir nur so viel erzählt, wie ich wissen muss, damit ich ihr zu einem glaubhaften Outfit verhelfe." Ihr triumphierendes Lächeln bewirkte, dass Vincent sich etwas entspannte. „Wenn sogar der Mann ihres Lebens sie nicht auf Anhieb erkennt, wird uns jeder die harmlosen Studentinnen abnehmen."

„Harmlos? Helen braucht für ihre Aufmachung einen Waffenschein!"

„Sie sieht richtig sexy aus, nicht? Da kann ich nur hoffen, dass ich auch noch so eine tadellose Figur habe, wenn ich über sechzig bin." In ihren grünen Augen blitzte es anerkennend auf. „Haben Sie mal einen Blick auf ihre Beine geworfen? Die sind echt sensationell."

„Das habe ich schon vorher gewusst", sagte er mit feinem Lächeln, wurde aber gleich wieder ernst. „Trotzdem ist mir ein bisschen mulmig zumute. Hat sie Ihnen gesagt, wo genau sie hin möchte?"

„Nein, das hat sie nicht", antwortete Helen im Hereinkommen. „Wenn ich zurück bin, erzähle ich dir alles."

Entschlossen erhob er sich.

„Ich komme mit."

„Das geht nicht. Falls er da draußen irgendwo lauert, erkennt er dich sofort. Dann hätte ich mir diese ganze Studentennummer sparen können. Wenn der Killer uns folgt, ist er außerdem intelligent genug, um eins und eins zusammenzuzählen. Du weißt doch, wie gern er der Staatsanwaltschaft auf die Sprünge hilft. Er wird Franziska anrufen und ihr sagen, wo sie Leo festnehmen kann." Liebevoll strich sie ihm über die Wange. „Diesmal muss ich das allein durchziehen."

„Das gefällt mir nicht."

„Mir kann doch gar nichts passieren", beruhigte sie ihn. „Sogar du hast mich nicht erkannt."

„Okay", gab er widerstrebend nach und umfing sie mit seinen Armen. „Versprich mir, dass du gut auf dich aufpasst, Liebes."

„Gegen Abend bekommst du mich wohlbehalten zurück."

Nach einem langen Blick in ihre von kräftig getuschten Wimpern umrahmten Augen küsste er Helen innig.

„Sag Leo ... Na, du weißt schon."

„Ich richte es ihm aus", nickte sie, bevor sie sich an die junge Frau wandte. „Komm, Kathy. Bringen wir es hinter uns."

Die dunkle Limousine parkte auf der gegenüberliegenden Straßenseite. Im Wagen saßen zwei von Leo engagierte Privatdetektive, die den Auftrag hatten, Helen und Vincent nicht aus den Augen zu lassen. Derweil folgten zwei Kollegen aus der gleichen Agentur Antonia auf Schritt und Tritt.

Seit Stunden hatte sich vor Helens Haus nichts Außergewöhnliches ereignet. Plötzlich öffnete sich die Haustür und zwei junge Frauen traten ins Freie. Unwillkürlich stieß einer der Detektive einen anerkennenden Pfiff aus.

„Schade, dass wir nicht den Auftrag haben, zwei so heiße Girls zu schützen", bedauerte er grinsend. „Die Blonde ist genau das, was mir der Doktor verordnet hat! Schau dir diese Beine an!"

„Nicht übel", meinte sein Kollege. „Die kleine Schwarze ist aber genauso knackig. Wieso läuft uns so was Sensationelles nicht mal nach Feierabend über den Weg?"

„An Feierabend ist noch lange nicht zu denken", meinte der andere. „Durch die Girls haben wir aber wenigstens ein bisschen Abwechslung zu dem bislang eintönigen Programm. Wahrscheinlich sitzen die beiden Alten jetzt gemütlich bei Kaffee und Kuchen zusammen. Die gehen heute bestimmt nicht mehr aus dem Haus."

Interessiert beobachteten sie, wie die beiden Frauen ein Stück die Straße hinunter schlenderten, in einen leuchtend grünen Käfer stiegen und davonfuhren.

Nachdem Helen die Nachbarstochter vor dem Haus ihres Freundes abgesetzt hatte, fuhr sie in Richtung Deister. In ihrer Tasche steckten einige ausgedruckte Fotos, die Phantomzeichnung und ein Zettel mit der Privatadresse eines Mannes, die sie sich aus dem Internet beschafft hatte.

Nach einigem Suchen fand sie das betreffende Haus und stellte den in die Jahre gekommenen Wagen am Straßenrand ab. Auf ihr Läuten hin öffnete eine alte Dame die Tür.

„Ja, bitte!?"

„Frau Kreutzer? Ich möchte zu Herrn von Thalheim."

„Den gibt es hier nicht", behauptete Elfriede, ohne eine Miene zu verziehen. „Wahrscheinlich haben Sie sich in der Hausnummer geirrt."

„Das glaube ich kaum", erwiderte Helen selbstsicher. „Sagen Sie Herrn von Thalheim bitte, dass ich ihn sprechen muss."

Unmerklich wechselte Elfriede einen schnellen Blick mit dem hinter der Tür stehenden Leo. Zwar konnte er die Besucherin nicht sehen, ihre Stimme kam ihm jedoch bekannt vor. Deshalb nickte er zustimmend.

„Kommen Sie meinetwegen rein", sagte Elfriede zu der für ihren Geschmack zu aufgedonnerten Frau und gab den Weg frei. „Gehen Sie gerade durch ins Wohnzimmer."

Während sie die Tür schloss, durchquerte Helen auf ihren hohen Absätzen die Diele. Stirnrunzelnd schaute Leo der attraktiven Gestalt in dem kurzen engen Rock nach. Augenblicklich wurde ihm bewusst, dass er sich geirrt hatte. Dennoch war er entschlossen herauszufinden, wer sie war und woher sie wusste, wo er sich versteckt hielt. Mit langen Schritten folgte er ihr in den Wohnraum, blieb aber in der Nähe der Tür stehen. In Sekundenschnelle musterte er die vermeintliche Fremde und wunderte sich darüber, dass sie hier im Haus eine dunkle Sonnenbrille trug.

„Sind Sie von der Presse?", fragte er, und es klang abweisend. „Woher wissen Sie, wo ich mich aufhalte? Wer hat Sie geschickt?"

„Niemand", erwiderte Helen nur, worauf Leo ungeduldig nähertrat und sie scharf fixierte.

„Wer sind Sie?"

„James Bond in geheimer Mission", antwortete sie und zog die Sonnenbrille von der Nase. Verschmitzt lächelnd erwiderte sie Leos verblüfften Blick.

„Helen!" Unsagbar erleichtert schloss er sie in die Arme und drückte sie an seine breite Brust. Als er sie wieder freigab, musterte er sie anerkennend.

„Du siehst umwerfend aus! Bist du sicher, dass du dich schon im Pensionsalter befindest?"

„Hundertprozentig", lachte sie. „Was du siehst, ist nur eine Mogelpackung, um eventuelle Verfolger zu täuschen."

Auf seinen fragenden Blick erklärte sie ihm, warum sie in diesem ungewöhnlichen Outfit steckte.

Zwar wurde Leo bewusst, dass sie durch ihre clevere Tarnung sicherlich auch ihren Aufpassern entwischt war, dennoch konnte er nicht umhin, ihren Einfallsreichtum zu bewundern. Die Frage nach Antonia brannte auf seinen Lippen, aber er wagte nicht, sich zu erkundigen, wie sie die Entführung überstanden hatte, weil er sich vor dem Wissen fürchtete, was sie seinetwegen hatte erleiden müssen. Er quälte sich ohnehin schon mit heftigen Schuldgefühlen.

„Woher weißt du eigentlich von meinem Versteck?", besann er sich deshalb auf das Nächstliegende. „Ich war überzeugt davon, dass mich hier niemand findet."

„Du hast mal gesagt, dass du außer zu Olaf und Antonia zu niemandem näheren Kontakt gehabt hättest. Weder in dein Haus noch in ein Hotel konntest du gehen. Außerdem musstest du damit rechnen, dass man nach deinem Wagen fahndet. Deshalb musstest du ihn so schnell wie möglich loswerden. Flughäfen und Bahnhöfe werden bei intensiver Fahndung überwacht." Leicht zuckte sie die Schultern. „Was bleibt dann noch? Jemand, der dir einen Gefallen schuldet und der von deiner Unschuld überzeugt ist. Mir ist außer dem netten Werk stattbesitzer niemand eingefallen."

„Du bist einfach unglaublich", gestand er ihr zu, doch dann schaute er sie beunruhigt an. „Warum bist du nicht mehr im Krankenhaus? Hast du dich etwa meinetwegen vorzeitig ent ..."

„Keine Sorge", unterbrach sie ihn. „Ich wurde heute Morgen offiziell als gesund entlassen. Ich soll mich nur noch ein wenig schonen. Dein Vater achtet sehr streng darauf, dass ich mir nicht zu viel zumute."

„Trotzdem hat er dich allein hierher fahren lassen? Weshalb ist er nicht mitgekommen?"

„Weil es sehr schwierig gewesen wäre, sein Äußeres so zu verändern, dass man ihn nicht erkannt hätte", erklärte sie, während er sie zu einem Sessel führte. „Deswegen musste Miss Moneypenny notgedrungen zu Hause bleiben. Ich soll dir aber ausrichten, dass er dich liebt und an dich glaubt. Wir werden dich auch weiterhin nach Kräften unterstützen."

„Ihr müsst euch da raushalten!", sagte er eindringlich. „Dieser Verbrecher gibt nicht eher Ruhe, bis er mich vernichtet hat! Du weißt, dass er dabei über Leichen geht! Ihr dürft euch nicht noch mal in Gefahr bringen!"

„Er wird nicht merken, dass wir noch mitmischen", beruhigte sie ihn. „Außerdem kannst du dich nicht ewig verstecken."

„Vielleicht sollte ich mich stellen", brachte er resigniert hervor. „Meine Flucht muss doch wie ein Schuldgeständnis wirken. Dabei wollte ich nur um jeden Preis verhindern, wieder unschuldig eingesperrt zu werden. Noch mal stehe ich das nicht durch!"

„Musst du auch nicht", entgegnete sie zu seiner Verwunderung. „Wir werden die Polizei auf die Fährte des wirklichen Täters setzen. Aber dazu brauchen wir deine Hilfe."

Müde schüttelte er den Kopf.

„Was kann ich schon tun?"

„Das werden wir gleich feststellen", meinte sie, zog die Fotos aus der Tasche und breitete sie auf dem Tisch aus. Mit Erstaunen stellte Leo fest, dass es sich um Aufnahmen seiner Hochzeitsfeier handelte.

„Woher hast du diese Bilder? Ich dachte, die existieren gar nicht mehr."

„Wir sind davon ausgegangen, dass der Täter dich gut kennen muss, vielleicht sogar zu deinem Freundeskreis zählt", berichtete sie, bevor sie von ihren weiteren Schlussfolgerungen und Vincents Rettung der Foto-CD sprach. „Auf den Bildern hat dein Vater einen Mann entdeckt, der nicht nur Ähnlichkeit mit dem Kerl hat, der uns durch den Anschlag loswerden wollte, sondern auch mit der Phantomzeichnung. Hoffentlich kannst du ihn identifizieren."

Verstehend nickte er.

„Um wen handelt es sich?"

Mit dem Zeigefinger tippte sie auf den Gast im hellen Anzug.

„Wer ist dieser Mann, Leo?"

„Das ist mein Schwager", gab er ihr stirnrunzelnd Auskunft. „Der Bruder meiner ... Larissas Bruder."

„Name?"

„Roman Mendel", antwortete er automatisch, wobei er auf das Foto starrte. „Glaubt ihr wirklich ...?"

„Hast du noch Kontakt zu ihm?"

„Nein ..."

„Wie war euer Verhältnis zueinander?"

„Unterkühlt", gestand er. „Im Grunde hat er nie akzeptiert, dass Larissa mich geheiratet hat. Roman hat seine Schwester abgöttisch geliebt. In seinen Augen war ich nicht gut genug für sie." Um seinen Mund grub sich ein bitterer Zug. „Es hat ihn allerdings nicht gestört, dass sie ihn von meinem Geld immer großzügig unterstützt hat."

„Womit verdient er seinen Lebensunterhalt?"

„Wovon lebt ein exzentrischer, unverstandener Künstler, dessen Werke niemand will? Eine geregelte Arbeit war dem Herrn zu mühsam. Meistens ist er erst mittags aufgestanden und hat ein bisschen auf einer Leinwand rumgekleckst. Die Abende verbrachte er in der Hoffnung auf Inspiration vorzugsweise in irgendwelchen Bars."

„Hat deine Frau nicht versucht, positiv auf ihn einzuwirken?"

„Larissa war der Meinung, Roman sei noch auf dem Weg der Selbstfindung. Er bräuchte Zeit, sein Talent zu entfalten. Leider war davon nicht allzu viel vorhanden."

„Obwohl er dich nicht leiden konnte, war er finanziell abhängig von dir", resümierte Helen. „Wie hat er auf den Tod seiner Schwester reagiert?"

„Er hat mir die Schuld an dem Unfall gegeben. Einmal ist er total ausgerastet, hat mich beschimpft und bedroht."

Sofort wurde Helen hellhörig.

„Womit hat er dir gedroht?"

„Was man in einem so hochgradig erregten Zustand eben sagt: Er würde mich fertigmachen, mich für Larissas Tod tausendmal büßen lassen." Die plötzliche Erkenntnis ließ ihn fassungslos den Kopf schütteln. „Damals habe ich ihn nicht ernst genommen, seine Worte seiner Aufgeregtheit und Trauer zugeschrieben ..."

Nachdenklich nickte sie. Mit einem Mal schien alles zusammenzupassen.

„Traust du ihm diese Gräueltaten zu, Leo? Verfügt er über die nötige Intelligenz für einen bis ins kleinste Detail geplanten Rachefeldzug gegen dich?"

„Ein geschickter Stratege war er schon immer. Auch hat er seine Mitmenschen gern manipuliert. Allerdings fällt es mir schwer, mir vorzustellen, dass ein Mensch überhaupt so sehr von Hass zerfressen sein kann, dass er skrupellos mordet, um einen anderen zu vernichten."

„Geht man davon aus, dass er seine über alles geliebte Schwester verloren hat, und dadurch vermutlich seinen größten Halt – auch in finanzieller Hinsicht – erscheint mir dieser abgrundtiefe Hass durchaus nicht abwegig. Für deinen Schwager trägst du die Schuld an seiner ganzen Misere. Alles in ihm schreit nach Rache. Und er will diese Rache auskosten. Deshalb hat er nicht den einfachen Weg gewählt, beispielsweise: dich zu verprügeln oder umzubringen. Er will, dass du für den Rest deines Lebens leidest. – So wie er leidet. Wahrscheinlich ist er geradezu besessen von dem Gedanken, dich für immer hinter Gittern verschwinden zu lassen. Damit wäre auch dein Leben beendet. – Nur dass du sozusagen bei vollem Bewusstsein lebendig begraben wärst."

„So ein Verhalten ist doch total krank", brachte Leo erschaudernd hervor. „Trotzdem erscheint mir das alles plötzlich erschreckend logisch." Sein Blick konzentrierte sich auf ihre braunen Augen. „Ist Paps wirklich sicher, dass es sich bei Roman um den Kerl von der Landstraße handelt?"

Ohne zu antworten, zog sie die zusammengefaltete Zeitungsseite aus der Tasche und zeigte ihm die Phantomskizze. Auch ihm fiel die Ähnlichkeit mit seinem Schwager sofort auf.

„Anscheinend hat Paps sich nicht getäuscht." Seine Augen richteten sich wieder auf Helen. „Allerdings können wir nicht nachweisen, dass Roman hinter all diesen Verbrechen steckt. Dagegen sind die Beweise für meine Schuld erdrückend." Deprimiert fuhr er sich mit der Hand durch sein von grauen Strähnen durchzogenes Haar. „Kaum hatte ich nach meiner Haftentlassung aufgeatmet, bricht jetzt wieder alles um mich herum zusammen. Ich darf gar nicht daran denken, dass all diese jungen Frauen meinetwegen sterben mussten. Das gleiche Schicksal hatte er für dich und Paps geplant. - Und erst Antonia ...", fügte er gequält hinzu. „Wie geht es ihr, Helen? Was hat diese Bestie ihr angetan?"

„Sie hat die Entführung relativ schadlos überstanden", versuchte sie, ihn zu beruhigen, aber mit dieser Antwort gab er sich nicht zufrieden.

„Bitte, sag mir die Wahrheit! In den Nachrichten haben sie von Verletzungen gesprochen! Was hat er mit ihr gemacht?"

So sachlich wie möglich schilderte sie ihm, auf welche Weise Antonia entführt worden war, was sie während ihrer Gefangenschaft auf dem Boot durchstanden hatte, und wie ihr die Flucht gelingen konnte.

„Er hat sie geschlagen ...", flüsterte Leo entsetzt. Dabei stöhnte er, als würde er ihren Schmerz spüren. „Das alles ist ihr meinetwegen zugestoßen. Ich habe nur Kummer und Leid in ihr Leben gebracht. Dafür muss sie mich verachten."

„Hattet ihr nicht auch eine schöne Zeit miteinander?", erinnerte sie ihn mit sanfter Stimme. „Ihr seid doch glücklich gewesen."

„Aber ich habe alles zerstört. Das erste Mal in meinem Leben hat wirklich alles gestimmt. Die Zeit mit Antonia war wie ein wunderschöner Traum. Vorher hatte ich noch nie das Gefühl, mit einem Menschen so tief verbunden zu sein. Trotzdem war ich zu feige, Antonia die Wahrheit über mich zu sagen. Insgeheim habe ich mir sogar gewünscht, für immer der einfache Gärtner zu bleiben, dem diese wundervolle Frau ihre Liebe geschenkt hat. Gleichzeitig wusste ich, dass ich ihr meine wahre Identität nicht länger verheimlichen durfte. Aber ich hatte Angst vor ihrer Reaktion. Angst davor, das Wichtigste in meinem Leben zu verlieren." Resigniert senkte er den Kopf. „Erfahrungen sind Erinnerungen, die man teuer bezahlen muss."

Unterdessen wartete Vincent ungeduldig auf Helens Rückkehr. Als es an der Tür läutete, lief er erleichtert in die Diele und öffnete.

„Antonia ..."

„Komme ich ungelegen?", interpretierte sie seine ernste Miene. „Ich wollte nach Feierabend nur kurz nach Mam sehen."

„Entschuldige", bat er, um ein Lächeln bemüht und beschrieb eine einladende Geste. „Schön, dich zu sehen."

Skeptisch trat sie an ihm vorbei ein. Irgendetwas schien ihn zu beunruhigen. Während sie ins Wohnzimmer ging, überlegte sie, ob es die Sorge um seinen Sohn sein könnte.

„Wo ist Mam?", fragte sie dann jedoch, da Helen nicht wie erwartet anwesend war. „Hat sie sich schon hingelegt?"

„Deine Mutter ist zu Leo gefahren."

„Er hat sich bei euch gemeldet?"

„Nein, aber sie glaubt zu wissen, wo er sich aufhält." Knapp berichtete er, was sie herausgefunden hatten. „Nur Leo kann uns sagen, wer dieser Mann ist", schloss er. „Dann hat dieser Spuk hoffentlich bald ein Ende." Sein Blick nahm einen väterlichen Ausdruck an. „Wie fühlst du dich? Ist es dir gelungen, etwas Abstand zu diesem furchtbaren Erlebnis zu gewinnen?"

„Seit ich davon überzeugt bin, dass er mich nur entführt hat, damit ich Leo später schwer belaste, kann ich besser damit umgehen, diesem Wahnsinnigen hilflos ausgeliefert gewesen zu sein." Um von ihren Problemen abzulenken, nahm sie einen der auf dem Tisch liegenden Scrabblesteinen. „Anscheinend war Miss Moneypenny während James Bonds Abwesenheit auch nicht untätig."

„An Helens Spürnase reiche ich bei weitem nicht heran", gab er ohne weiteres zu. Flink sortierte er einige Spielsteine aus dem Häufchen und schob sie Antonia zu: N,S,E,I,E,S. „Diese Buchstaben wurden bei den sechs Opfern gefunden", erklärte er, bevor er noch einen siebten Stein dazulegte. „Das M wurde auf Leos Boot entdeckt."

„Aber diese sieben Buchstaben ergeben noch kein sinnvolles Wort. Deshalb müssen wir wohl mit weiteren Opfern rechnen."

„Auf den ersten Blick scheint es so. Dann wäre dem Täter allerdings ein gravierender Fehler unterlaufen."

„Worauf willst du hinaus?"

„Gehen wir davon aus, er hat geplant, dich entkommen zu lassen, damit du Leo belastest. Als Beweis für seine Schuld hat er ihm das Armband, das Chloroform, das Handy und den Buchstaben untergeschoben. Der Killer rechnet fest damit, dass die Polizei Leo endgültig aus dem Verkehr ziehen muss. Da die Fahndung nach ihm auf Hochtouren läuft, scheint dieser Plan aufzugehen."

„Und wenn nicht?", warf sie ein. „Wenn sich Mams These bestätigt und Leo als Täter ausgeschlossen wird?"

„Dann wäre noch ein Mord völlig unlogisch", behauptete er. „Der Killer kann sich leicht ausrechnen, dass Leo so klug ist, schnellstens von hier zu verschwinden. Er kennt ihn gut genug, um ihn nicht für so dumm zu halten, noch mal zu riskieren, unter Tatverdacht zu geraten. Deshalb bin ich davon überzeugt, dass es weder einen weiteren Mord noch einen weiteren Buchstaben geben wird. Deine Entführung war nach meiner Einschätzung ein letzter verzweifelter Versuch, Leo doch noch hinter Gitter zu bringen. Sozusagen der einzige Trumpf, den dieser Verbrecher noch spielen konnte."

„Alle Achtung", sagte sie anerkennend. „Das würde aber bedeuten, dass diese sieben Buchstaben einen Sinn ergeben müssen."

Als Vincent nur zustimmend nickte, begann sie die Spielsteine vor sich hin und herzuschieben. Sie versuchte verschiedene Buchstabenkombinationen, bevor sie schließlich aufgab.

„Vielleicht stehen diese Buchstaben gar nicht für ein Wort", überlegte sie. „Was ist mit den kleinen Zahlen auf den Steinen? Auf dem M ist eine drei, auf den anderen jeweils eine eins. Möglicherweise irgendeine Kombination aus den Zahlen und Buchstaben?"

„Die Zahlen haben keine Bedeutung. Aber diese Buchstaben ergeben eine Botschaft: das Motiv des Killers."

Mit dem Zeigefinger schob er die vor Antonia liegenden Spielsteine in die richtige Reihenfolge.

„Nemesis", las sie, bevor sie Vincent verblüfft anschaute. „Ist das nicht eine Rachegöttin?"

„Die griechische Göttin der ausgleichenden Gerechtigkeit – oder der vergeltenden, strafenden Gerechtigkeit", bestätigte er. „Diese Bezeichnung habe ich vorhin noch mal im Internet recherchiert."

„Also geht es dem Verbrecher wie vermutet um Rache. Aber für was will er sich an Leo rächen?"

„Wenn er diesen Gast auf dem Foto identifiziert, kann er uns sicher auch sagen, warum dieser Mann ihn so sehr hasst, dass er über Leichen geht, um ihn zu vernichten."

„Warten wir auf Mam", schlug Antonia vor. „Vielleicht weiß

sie inzwischen schon mehr."

Als es kurz darauf an der Tür klingelte, erhob sie sich.

„Das wird David sein. Wir wollten uns hier treffen, um nachher zusammen nach Hause zu fahren."

Vor der Tür stand aber nicht ihr Sohn, sondern ihre Schwester mit dem Kommissar.

„Du bist auch hier, Toni?", wunderte sich Franziska. „Wir dachten schon, Mam hätte uns her zitiert, um uns für unsere schlechte Ermittlungsarbeit zu tadeln."

„Wann habt ihr mit ihr gesprochen?"

„Vor etwa einer halben Stunde hat sie angerufen", antwortete Pit. „Helen sagte, dass sie uns dringend sprechen muss."

„Dann wird sie bestimmt gleich kommen", vermutete Antonia, während sie den Wohnraum betraten. Kaum hatten sie Platz genommen, läutete es erneut. Diesmal ging Vincent öffnen.

„Endlich!", sagte er erleichtert. „Wo warst du solange, Helen? Ich habe mir schon Sorgen gemacht."

„Frauen in meinem Alter gehen nicht mehr verloren", erwiderte sie und küsste ihn sanft auf die Lippen. „Ist meine Tochter schon da?"

„Deine beiden Töchter – außerdem dein Schwiegersohn in spe."

„Sehr gut", sagte sie zufrieden. „Ich soll dich von Leo grüßen. Später erzähle ich dir, wo er ist. Jetzt müssen wir erst mal den Polizeiapparat in Gang bringen." Gespannt auf die Wirkung ihres Outfits trat sie ein. „Guten Abend, meine Lieben."

Drei Augenpaare musterten sie mit einer Mischung aus Verblüffung und Faszination.

„Was?", sagte Helen, als sei diese Reaktion völlig unangemessen. „Warum starrt ihr mich so an?"

„Wer ist dieses umwerfende Geschöpf?", wandte sich Pit mit breitem Grinsen an Franziska. „Wieso hast du mir verschwiegen, dass ihr zwei noch eine hinreißende kleine Schwester habt?"

„Weil ich befürchtet habe, dass du mich ihretwegen sofort fallen lässt", erwiderte sie schlagfertig, bevor sie wieder ihre Mutter anblickte. „Untersteh dich, meinem Sherlock Holmes schöne Augen zu machen! Sonst sind wir geschiedene Leute!"
„Es bliebe doch in der Familie", neckte Helen ihre Tochter vergnügt. „Trotzdem kannst du unbesorgt sein: Mein Herz gehört einem alten Kauz aus der Toskana. – Und alles andere, worauf ich euch heute ausnahmsweise einen großzügigen Blick gewähre, auch."

Mit einem amüsierten Lächeln nahm sie in einem Sessel Platz und schlug die Beine dekorativ übereinander. Ausführlich berichtete sie dann, was Vincent und sie nach ihrer Entlassung aus der Klinik herausgefunden hatten. Auch erklärte sie den Grund für ihre ungewöhnliche Aufmachung.
„Du weißt, wo Leo sich versteckt?", schlussfolgerte Franziska aus den Ausführungen ihrer Mutter. „Warum hast du uns nicht sofort darüber informiert, Mam?"
„Erstens war das nur eine Vermutung. Und zweitens kannst du nicht von mir erwarten, dass ich Leo in den Rücken falle, nur weil ihr euch auf ihn eingeschossen habt."
„So ist das nicht", versetzte Franziska. „Glaubst du, wir fahnden zum Spaß nach ihm?"
„Lass es gut sein", bat Pit. „Es ist an der Zeit, die Karten offen auf den Tisch zu legen."
„Also gut", sagte Franziska. „Wer weiß, auf welche verrückten Ideen meine Mutter sonst noch kommt, um ihrem Schützling zu helfen."
„Auch das wollten wir verhindern", wandte sich Pit an Helen. „Wir hatten gehofft, Sie würden nach Ihrer Entlassung nicht gleich wieder losziehen und Detektiv spielen. Das war einer der Gründe, aus denen Sie glauben sollten, für uns käme nur Leonard von Thalheim als Täter infrage."
„Sie ziehen noch eine andere Möglichkeit in Erwägung?" War das Erstaunen oder Spott in ihren Augen? „Sie verblüffen

mich, Herr Kommissar."

„Einmal ist es dem Killer gelungen, uns zu manipulieren", fuhr er fort, ohne ihre Bemerkung zu kommentieren. „Auch wenn wir seitdem nicht den besten Ruf genießen, unterläuft uns so ein Fehler kein zweites Mal. Selbstverständlich haben wir Herrn von Thalheims Angaben sofort überprüft. Sein Bootsnachbar hat bestätigt, dass die Neptun seit zwei Tagen, also im Entführungszeitraum, ununterbrochen am Steg lag. Laut Aussage des Kioskbesitzers war unser Verdächtiger tatsächlich an jenem Abend gegen zweiundzwanzig Uhr bei ihm, um eine Flasche Whisky zu kaufen. Die beiden haben sich dann noch ein Weilchen unterhalten."

„Diese Gelegenheit nutzte mein Entführer, um das Belastungsmaterial auf Leos Boot zu verstecken", folgerte Antonia. „Wieso habt ihr Leo trotzdem zur Fahndung ausgeschrieben?"

„Aus mehreren Gründen", erklärte Franziska. „Uns war sehr schnell klar, dass der Killer uns erneut manipulieren wollte. Wenn wir offiziell nach Leo fahnden, glaubt der Kerl, der sich anscheinend für oberschlau hält, dass wir auf seinen Plan reingefallen sind und wähnt sich in Sicherheit. Er sieht keine Veranlassung, sich aus dem Staub zu machen."

„Außerdem haben wir uns durch einen Fahndungserfolg Hilfe von Herrn von Thalheim erhofft.", fügte Pit hinzu. „Immerhin ist es auch in seinem Interesse, dass wir diesen Verbrecher endlich dingfest machen."

„Wenn ich das richtig verstehe, haben Sie inoffiziell nach dem Mann auf dem Phantombild gefahndet", sagte Helen. „Mit Erfolg?"

„Auf die Veröffentlichung der Phantomskizze hin haben wir einige Hinweise aus der Bevölkerung erhalten, die uns aber leider nicht weiterbrachten", gab Franziska ihrer Mutter Auskunft. „Deshalb ist es von äußerster Wichtigkeit, dass du uns verrätst, wo Leo sich aufhält. Vielleicht erkennt er den Mann wieder."

Bevor sie darauf antwortete, griff Helen nach ihrer neben dem

Sessel stehenden Umhängetasche und zog die Fotos heraus.

„Vincent hat den Kerl von der Landstraße auf einigen von Leos Hochzeitsfotos wiedererkannt", erklärte sie und legte die Bilder auf den Tisch. „Auf dem ersten Foto ist er am besten zu sehen. Der Gast links in dem hellen Anzug ist euer Mann."

„Sicher?", fragte Pit, worauf Helen die Phantomzeichnung daneben legte. Sowohl der Kommissar als auch Franziska verglichen die beiden Gesichter.

„Wenn man die langen Haare wegdenkt, besteht tatsächlich eine relativ große Ähnlichkeit", befand die Staatsanwältin, ehe sie ihre Mutter erwartungsvoll anschaute. „Hast du auch einen Namen für uns?"

„Roman Mendel."

Ohne etwas auszulassen, berichtete sie, was sie von Vincent über seine ehemalige Schwiegertochter und von Leo über dessen Ex-Schwager erfahren hatte. Dabei warf sie häufiger einen Blick zu Antonia hinüber, die den Worten ihrer Mutter fassungslos folgte.

„Leo hat mir auch die letzte ihm bekannte Adresse von Roman Mendel notiert", schloss Helen und übergab den Zettel an den Kommissar. „Nun seid ihr an der Reihe."

„Wir werden uns mit den Kollegen in München in Verbindung setzen", sagte Pit und zog sein Handy aus der Tasche. „Vielleicht können die uns weiterhelfen. Ich rufe gleich im Präsidium an und veranlasse alles Nötige."

„Vorher solltest du dir noch anhören, was Vincent rausgefunden hat", riet Antonia ihm, worauf sich aller Augen auf Helens Lebensgefährten richteten.

„Um nicht tatenlos rumzusitzen, während Helen in diesem für Männer beinah schon gesundheitsgefährdenden Outfit unterwegs war, habe ich mich mit den Scrabblebuchstaben beschäftigt", ergriff er das Wort. Mit wenigen Sätzen sprach er von seinen Überlegungen hinsichtlich der Anzahl der Buchstaben.

„Sie haben entdeckt, welche Botschaft dahintersteckt?", fragte Franziska beeindruckt. „Uns ist es nur mithilfe eines Computers gelungen, das Rätsel zu lösen."

„Demnach wissen Sie es längst", erwiderte er, und es klang fast ein wenig enttäuscht.

„Aber ich bin noch völlig ahnungslos", wandte sich Helen an ihn. „Was bedeuten diese Buchstaben?"

„Richtig zusammengesetzt ergeben sie das Wort: Nemesis."

„Die griechische Göttin der Rache", sagte sie verstehend. „Rache haben wir ja schon länger als Motiv vermutet. Durch Leos Angaben über seinen Ex-Schwager wurde dieser Verdacht noch erhärtet. Nun geben uns die Scrabblesteine Gewissheit."

„Obwohl der Killer eigentlich Leo dieses Motiv unterstellen wollte", meinte Vincent. „Es sollte so aussehen, als hätte er die bedauernswerten Opfer gequält und getötet, um sich dafür zu rächen, was seine Frau ihm angetan hat."

„Dieser Schuss ist aber eindeutig nach hinten losgegangen", sagte Pit und erhob sich. Um seine Kollegen im Präsidium ungestört zu unterrichten, ging er zum Telefonieren in die Diele. Während er die nächsten Ermittlungsschritte besprach, läutete es an der Wohnungstür. Ohne das Telefonat zu unterbrechen, öffnete der Kommissar und bedeutete Helens Enkel durch eine Geste, einzutreten.

Noch in der Diele ließ David den Hund von der Leine, der wie ein Blitz ins Wohnzimmer flitzte, um sein Frauchen zu begrüßen. Aufgeregt mit dem Schwanz wedelnd stürmte er zu ihr.

„Da bist du ja, du Stromer", sagte Antonia lächelnd und streichelte sein weiches Fell. „Hast du mich vermisst?"

„Seit wir das Haus betreten haben, war Quincy kaum noch zu halten", sagte David im Hereinkommen. „Der Bursche wusste genau, dass sein geliebtes Frauchen hier ist." Erstaunt darüber, dass außer seiner Großmutter offenbar die ganze Sippe anwesend war, blieb er stehen. „Familienrat oder Krisensitzung?" Seine Augen blieben an der Blondine haften, die ihm abgewandt an dem großen Esstisch stand und Gläser mit Mineralwasser füllte. Gedankenverloren schweifte sein bewundernder

Blick über die attraktive Gestalt, blieb an den langen Beinen haften.

„David!", tadelte Antonia ihren Sohn in scheinbarer Strenge. „So was tut man nicht."

„Was?" Irritiert schaute er seine Mutter an, vergrub dann aber die Hände mit Lausbubenmiene in den Hosentaschen. „Willst du mich nicht vorstellen, Ma?"

„Nein."

„Warum nicht?"

Seine Augen wanderten von Franziska über Vincent zu seiner Mutter zurück. Weshalb schauten ihn alle so merkwürdig an?

„Was läuft hier eigentlich?", fragte er verständnislos. „Und wo ist Granny?"

Absichtlich drehte Helen sich nicht herum. Stattdessen lauschte sie belustigt dem Gespräch in ihrem Rücken.

„Auf die Dauer war es Vincent zu anstrengend mit einer Frau, die ständig James Bond spielen muss", sagte Franziska vollkommen ernst, bevor sie mit dem Kopf in Richtung des Eichentisches deutete. „Deshalb hat er sie gegen etwas Unkomplizierteres eingetauscht."

Mit einer wenig respektvollen Geste tippte sich David an die Stirn. Die gleichbleibend ernsten Gesichter verunsicherten ihn jedoch.

„Spinnt ihr jetzt total?" Sein Blick schien Vincent förmlich zu durchbohren, so dass der Ältere schuldbewusst den Kopf senkte. „Was soll das, Vincent? Du hast versprochen, dass du Granny niemals wehtust!"

„Jetzt reicht es", sagte Helen und wandte sich um. „Lass dich bloß nicht ins Bockshorn jagen, David, nur weil deine Großmutter heute ausnahmsweise als Bond-Girl unterwegs war."

„Das glaub ich jetzt nicht", brachte ihr Enkel staunend hervor. „Zwar wusste ich schon immer, dass meine Granny sensationell ist, aber dass sie so ein scharfer Feger ..."

„David!", mahnte Antonia ihren Sohn erneut. „Ein braver Enkel starrt seine Großmutter nicht so unverschämt an!"

„So einen schnuckeligen Anblick kriege ich doch nie wieder geboten", grinste er, wobei er sich an Vincent wandte. „Das nächste Mal erwarte ich deine Unterstützung, wenn mich diese reizenden Schwestern wieder mal aufs Glatteis führen wollen. Schließlich müssen wir Männer zusammenhalten."

„Die Versuchung war einfach zu groß", schmunzelte Vincent. „Selbst ein alter Kauz ist nicht gegen jede Anfechtung immun."

„Ein junger Wilder auch nicht", meinte David vergnügt. „Insgeheim hatte ich schon überlegt, ob ich vielleicht Chancen bei einer so heißen Braut habe. Am Ende hätte ich noch meine eigene Großmutter angebaggert."

„Das hätte ich garantiert zu verhindern gewusst", teilte Vincent ihm kopfschüttelnd mit. „Das ist immer noch mein Mädchen."

Auch der Kommissar kam wieder dazu, allerdings nur, um sich zu verabschieden. Da er ins Präsidium fahren wollte, schloss Franziska sich ihm an. Helen begleitete die beiden in die Diele.

„Halten Sie uns weiterhin auf dem Laufenden, Pit?"

„Versprochen." Nach kurzem Zögern drückte er Helen einen zarten Kuss auf die Wange. „Danke für Ihre Hilfe ... Schwiegermama."

„Darüber verhandeln wir erst, wenn Sie mit den angekündigten Blumen bei mir auftauchen", erwiderte sie und umarmte ihre Tochter. „Tut mir leid, dass ich euch unterstellt habe ..."

„Schon gut, Mam", unterbrach Franziska sie. „Das haben wir doch in Kauf genommen, um unsere wahren Ermittlungen geheimzuhalten. Dabei hätte ich eigentlich damit rechnen müssen, dass du uns immer einen Schritt voraus bist."

„Ohne Leos Hilfe wäre auch ich nicht weitergekommen."

„Aber du hast Leo gefunden. Wie ist dir das gelungen?"

„Mit ein bisschen Logik und sehr viel Glück", erwiderte Helen geheimnisvoll. „Wenn das alles vorbei ist, verrate ich es dir."

„Okay, James Bond", sagte Franziska lächelnd. „Sowie es was Neues gibt, melden wir uns."

Nachdem sie die Tür hinter den beiden geschlossen hatte, ging Helen zunächst in ihr Schlafzimmer. Dort tauschte sie das sexy Outfit gegen Jeans und Shirt, legte den Modeschmuck ab und bürstete das Gel aus ihrem Haar. Obwohl ihr das Versteckspiel Spaß gemacht hatte, fühlte sie sich nun erst wieder richtig wohl in ihrer Haut.

„Jetzt habe ich Hunger", sagte sie, als sie den Wohnraum betrat. „Haben wir etwas zu essen im Haus, Vincent? Oder herrscht im Kühlschrank gähnende Leere?"

„Ich habe gestern noch eingekauft. Auch bei deinem Freund Janis bin ich gewesen. Er lässt dich übrigens herzlich grüßen."

„Wunderbar. – Ihr bleibt doch zum Abendessen?", wandte sie sich an ihre Tochter. „Hilfst du mir, Antonia?"

Obwohl sie sich müde und abgespannt fühlte, folgte sie ihrer Mutter protestlos in die Küche.

„Was soll ich tun, Mam?"

„Nichts", lautete die unerwartete Antwort. „Setz dich einfach. Ich fürchte, in den letzten Tagen war das alles ein bisschen viel für dich. Du hättest nicht gleich wieder arbeiten sollen. Das muss dich doch maßlos überfordern."

„Ach, Mam ... Arbeit ist zwar kein Therapieersatz, aber manchmal hilft sie, den Tag zu überstehen."

Während sie einige Speisen aus dem Kühlschrank nahm, warf Helen ihrer Tochter einen kurzen, besorgten Blick zu.

„Da Leo nicht mehr unter Verdacht steht, werden wir wahrscheinlich in den nächsten Tagen in die Toskana fliegen. Nimm dir eine Auszeit und begleite uns, Antonia. Auf Piccolo Mondo kannst du dich von den Strapazen erholen."

„Dort würde ich nur rumsitzen und grübeln", erwiderte sie kopfschüttelnd. „Ich brauche etwas zu tun. Nach allem, was passiert ist, habe ich das Gefühl, dass ich mein Leben neu ordnen muss. Vielleicht sollte ich das Angebot aus Schweden annehmen und noch mal ganz von vorn anfangen."

„Davonlaufen war noch nie deine Art, schwierige Situationen zu meistern", behauptete Helen und stellte Teller auf ein Tablett. „Vor allem kannst du nicht vor deinen Gefühlen weglaufen. Sie werden dich selbst bis ans Ende der Welt begleiten. Außerdem bist du ein Familienmensch. Allein in einem fremden Land, ohne vertraute Personen, ohne deine Freunde wärst du unglücklich und einsam. Das darfst du dir nicht antun."

Als Antonia gedankenverloren schwieg, setzte sich Helen zu ihr und legte die Hand auf ihren Arm.

„Das, was du vorhin über Leos Ehe und das skrupellose Verhalten seiner Frau gehört hast, macht dir zusätzlich zu schaffen, nicht wahr?" sagte sie mit sanfter Stimme. „Was empfindest du bei dem Wissen, was sie Leo angetan hat?"

„Mitgefühl", gestand Antonia leise. „Es tut mir so Leid für Leo, dass diese Frau nur egoistisch an sich gedacht hat, anstatt ihn so zu lieben, wie er es verdient. Wie kann man nur so kaltherzig und grausam sein?" Unsicher blickte sie ihrer Mutter in die Augen. „Es fällt mir schwer, ein solches Verhalten zu begreifen, Mam. Allerdings verstehe ich auch nicht, wieso er ihr falsches Spiel nicht durchschaut hat."

„Es gibt Frauen, die spielen ihre Rolle mehr als perfekt, wenn sie es sich in den Kopf gesetzt haben, einen Mann zu erobern. Larissa war eine sehr schöne Frau, die wahrscheinlich mit vollem Körpereinsatz gearbeitet hat, um Leo einzufangen. Als wir heute darüber gesprochen haben, sagte er, rückblickend hätte sie ihn so geschickt manipuliert, dass er niemals an ihrer Glaubwürdigkeit gezweifelt hätte."

„Leo ist zu gutmütig und hilfsbereit, und diese Frau hat das gewissenlos ausgenutzt", sagte Antonia nüchtern. „Irgendwie kann ich jetzt besser verstehen, dass es ihm schwer gefallen ist, noch mal zu vertrauen. Auch seine manchmal so spürbar gewesene Unsicherheit erklärt sich wohl durch diese negativen Erfahrungen. Insgeheim hat er vermutlich alles, was ich gesagt oder getan habe, mit dem Verhalten seiner Frau verglichen. Verständlicherweise ist er vorsichtig geworden. Aber kann ein solches Misstrauen überhaupt Liebe hervorbringen? Wirkliche Liebe, die gegen alle Anfechtungen und Zweifel immun ist? –

Nein", gab sie selbst die Antwort. „Sonst hätte Leo trotz aller noch so überzeugend scheinenden Beweise niemals an mir gezweifelt. Das bezeugt, dass er mich immer nur an seiner Frau gemessen hat, ohne sich die Mühe zu machen, mich wirklich kennenzulernen, mich zu verstehen. Alles, was ich ihm von mir erzählt habe, meine Art zu leben, sogar meine Liebe hat nicht ausgereicht, sein Vertrauen zu gewinnen. Für ihn war unsere Beziehung nichts weiter als ... ein Zeitvertreib."

„Urteilst du nicht zu hart über ihn?", fragte Helen vorsichtig. „Die Tatsache, dass es dir überhaupt gelungen ist, seine Schutzmauer einzureißen, ist doch ein Zeichen seiner Gefühle für dich. Durch dich hat Leo wieder gelernt, Stück für Stück zu vertrauen. Jeden Tag eures Zusammenseins ein bisschen mehr. Wäre nicht seine Verhaftung dazwischengekommen, hätte er dir selbst alles offenbart." Eindringlich schaute sie ihrer Tochter in die Augen. „Dieser Mann liebt dich! Du musst dir darüber klar werden, ob du noch das gleiche für ihn empfindest!"

„Im Moment kann ich meine Gefühle einfach nicht einordnen, Mam!", erwiderte Antonia beinah verzweifelt. „Wenn ich in den letzten Tagen an ihn gedacht habe, war ich nicht mehr so wütend oder enttäuscht wie nach seiner Festnahme, sondern nur noch traurig." Stoisch schüttelte sie den Kopf. „Wahrscheinlich bringt es sowieso nichts, an etwas anknüpfen zu wollen, das schon vorher keine Zukunft hatte."

„Du bist noch verletzt", schloss sie aus den Worten ihrer Tochter. „Hör nur auf deine eigenen Wünsche und Bedürfnisse, und sei dabei ehrlich zu dir selbst. Auf diese Weise habe auch ich mein Glück gefunden."

„Du hast doch nie daran gezweifelt, ob Vincent dich liebt."

„Ich war total unsicher, was er für mich empfindet", widersprach Helen. „Nach meiner Rückkehr aus der Toskana war auch ich enttäuscht, fühlte mich benutzt. Trotzdem habe ich Vincent hier aufgenommen, als er mich um Hilfe gebeten hat. Einige Tage herrschte eine sehr kühle, unerträglich distanzierte Atmosphäre zwischen uns. Obwohl ich davon überzeugt war, dass ich ihm nicht das bedeuten kann, was ich mir ersehnt hatte, habe ich ihm eines Nachts gestanden, was ich für ihn empfinde. Erst dadurch fasste er den Mut von seinen Gefühlen zu sprechen, weil er befürchtet hatte, mich vor meiner Abreise zu sehr verletzt zu haben." Liebevoll strich sie ihrer Tochter über die Wange. „So schwer es einem manchmal auch fällt, man muss miteinander reden und sich dabei in die Augen schauen. Man darf keine neuen Gräben ziehen, sondern man muss Brücken bauen und sich darauf entgegenkommen. Nur so kann man rausfinden, was der andere denkt und fühlt. Sonst verschenkt man womöglich die Chance, miteinander glücklich zu werden."

Später, Antonia lag längst in ihrem Bett, dachte sie noch über die Worte ihrer Mutter nach. Sie wusste, dass sie eine Entscheidung treffen musste – und das fiel ihr unsagbar schwer. Es ging nun nicht mehr allein um sie, sondern auch um das Baby, das sie erwartete. Nie hatte sie einen Gedanken daran verschwendet, nie hatte sie damit gerechnet, noch einmal ein Kind zu haben. Ihre wenigen Partnerschaften in den vergangenen Jahren waren stets zerbrochen, lange bevor sie einen Kinderwunsch wecken konnten. Leo hatte zwar davon gesprochen, aber in dieser frühen Phase ihrer Beziehung war sie noch nicht bereit gewesen, ernsthaft darüber nachzudenken. Inzwischen war auch dieses Glück wie eine Seifenblase zerplatzt, so dass ein Kind im Grunde überhaupt nicht in ihren Lebensablauf passte. Eine alleinerziehende, berufstätige Mutter ließ sich mit den Bedürfnissen eines Säuglings kaum vereinbaren. Schon nach Davids Geburt hatte sie permanent ihr Gewissen geplagt, nicht immer für den Jungen da sein zu können, obwohl ihre Eltern sie nach Kräften unterstützt hatten. Inzwischen hatte sie einen verantwortungsvollen Beruf, der sie gelegentlich bis spät in die Nacht hinein forderte. Ihr war nur zu bewusst, dass sie manchmal noch nicht einmal genug Zeit für ihren Hund aufbringen konnte. Wie sollte das mit einem hilflosen Baby funktionieren, das die ungeteilte Aufmerksamkeit seiner Mutter brauchte? - Außerdem einen Vater, eine richtige Familie, in der es sich geborgen fühlen konnte. Unwillkürlich dachte Antonia an Leo. Für sie bestand kein Zweifel daran, dass er seinem Kind ein wundervoller Vater sein würde. Aber sollte sie nur aus diesem Grund einen Kompromiss eingehen? Mit einem Mann, dem es nicht gelungen war, ihr zu vertrauen? Der alles mit sich selbst ausmachte? Von dem sie nicht einmal wusste, ob er sie wirklich liebte? Das waren gewiss keine idealen Voraussetzungen, um gemeinsam ein Kind großzuziehen. Auf so etwas konnte sie sich nicht einlassen. Genauso wenig würde sie ihn um finanzielle Unterstützung bitten. Sie wollte sein Geld nicht. Bislang hatte sie sich ihren Lebensunterhalt immer selbst verdient. Allerdings war ihr klar, dass sie einen Säugling nicht mit ins Institut nehmen konnte. Der Gedanke an eine Tagesmutter behagte ihr gar nicht. Diese Art von Betreuung würde sie ohnehin nur finanzieren können, wenn sie weiterhin Vollzeit arbeitete. Damit würde sie ihrem Kind jedoch eine Mutter zumuten, die es kaum zu Gesicht bekäme. Unter diesen Umständen hielt sie es für verantwortungslos, ein Kind in die Welt zu setzen. Seit sie von der Schwangerschaft erfahren hatte, dachte sie das erste Mal an Abtreibung. Im gleichen Moment wusste sie jedoch, dass sie es sich niemals verzeihen würde, dieses Kind getötet zu haben. - Aber hatte sie überhaupt eine Wahl?

Kapitel 45

Gleich nach dem Frühstück rief Vincent im Hause Kreutzer an, um Leo über die neue Richtung der Ermittlungen zu informieren. Lange sprachen Vater und Sohn über die Umstände, die dazu geführt hatten, dass Roman Mendels Gedanken offenbar nur noch von Rache beherrscht wurden. Dabei wurde deutlich, wie verantwortlich Leo sich fühlte: für den Tod unschuldiger junger Frauen und für alles, was Helen und Antonia zugestoßen war. Zwar versuchte Vincent, ihm diese Schuldgefühle auszureden, jedoch nur mit mäßigem Erfolg.

Dafür gelang es Leo, seinen Vater davon zu überzeugen, in die Toskana zurückzukehren. Nicht nur, weil die Weinlese bevorstand, sondern auch Helens Gesundheit wegen. Er selbst würde die Gastfreundschaft der Kreutzers in Absprache mit der Dame des Hauses noch so lange in Anspruch nehmen, bis er sich wieder gefahrlos in der Öffentlichkeit zeigen konnte.

Da Helen das Arbeitszimmer verlassen hatte, um Vincent ein ungestörtes Gespräch mit seinem Sohn zu ermöglichen, begab er sich nach dem Telefonat auf die Suche nach ihr. Sie saß am Wohnzimmertisch über der neuesten Ausgabe der Tageszeitung. Ohne ein Wort setzte er sich zu ihr, so dass sie aufblickte. Über den Rand ihrer Lesebrille schaute sie ihn fragend an.

„Was hat Leo gesagt?"

„Vorläufig bleibt er unsichtbar ..."

„ ... aber?"

„Er möchte, dass wir in die Toskana fliegen. Zuerst habe ich das für verfrüht gehalten, aber er hat mich davon überzeugt, dass er als Verdächtiger endgültig nicht mehr infrage kommt."

„Außerdem will er wenigstens uns aus der Schusslinie haben", vermutete sie. „Leo ist immer noch besorgt um unsere Sicherheit, solange der Killer frei rumläuft."

„Stimmt", bestätigte Vincent. „Allerdings hat er für den Notfall Vorsorge getroffen, wie er mir verraten hat."

Ein verstehendes Lächeln huschte über ihr Gesicht.

„Demnach hat er die beiden Aufpasser engagiert!"

„Du hast sie bemerkt? Wann?"

„Da ich das Haus heute zum Brötchenholen als ganz normale alte Frau verlassen habe, fand ich es schon etwas ungewöhnlich, dass mir zwei junge Männer gefolgt sind. Erst klebten sie bis zum Bäcker an meinen Fersen, dann bis zum Zeitungskiosk und zurück nach Hause. Ich habe mir schon gedacht, dass entweder dein Sohn hinter diesen Schatten steckt oder Franziska und Pit."

„Auch für Antonia hat Leo Bodyguards engagiert. Allerdings

530

möchte er nicht, dass sie davon erfährt." Hintergründig lächelnd schaute er ihr in die Augen. „Übrigens soll ich aufpassen, dass du deinen Beschützern nicht wieder in irgendeiner abenteuerlichen Verkleidung entwischst. Deine Aufmachung gestern hat ihn stark beeindruckt. Er meinte, so viel Sexappeal sollte ab einem gewissen Alter eigentlich verboten sein."

„Da sieht man wieder mal, wie leicht Männer zu beeindrucken sind. Bisher habe ich das wohl völlig falsch angefangen."

„Die Kombination aus deiner bezaubernden Erscheinung und deinem messerscharfen Verstand ergibt die faszinierende Wirkung, die du auf deine Mitmenschen ausübst. Dabei ist es unwichtig, was du trägst. In jener Gewitternacht, als die Pferde endlich im Stall waren, hast du in meiner viel zu großen Jacke nass wie eine Katze so unwiderstehlich auf mich gewirkt, dass ich am liebsten gleich im Heu über dich hergefallen wäre."

„Warum sagst du das erst jetzt? Das wäre bestimmt ein erinnerungswürdiges Erlebnis gewesen."

„Das könnte man jederzeit nachholen."

„Dazu müssten wir aber in der Toskana sein."

„Wann wollen wir fliegen?"

„Willst du das wirklich, Vincent?", vergewisserte sie sich. „Falls du lieber noch in Leos Nähe bleiben möchtest ...?"

„Er hat mir klargemacht, dass er nun ohne James Bond und Miss Moneypenny zurechtkommt. Außerdem sind wir auf Piccolo Mondo nicht aus der Welt." Behutsam zog er ihr die Lesebrille von der Nase. „Oder bekommst du plötzlich kalte Füße, mit einem alten Bauern auf einem einsamen Landgut zu leben?"

„Der wird mich schon wärmen, wenn es nötig ist", scherzte sie und wuselte im Aufstehen blitzschnell durch seinen widerspenstigen Haarschopf. „Was sitzt du hier noch rum? Schau doch mal im Internet nach, wann wir einen Flug bekommen. Inzwischen packe ich schon das Nötigste zusammen."

Am Dienstagvormittag trafen Helen und Vincent in einem Taxi

auf Piccolo Mondo ein. Luigi ließ alles stehen und liegen, um die beiden zu begrüßen.

„Buongiorno, padrone!", rief der Verwalter temperamentvoll aus, gab Vincent die Hand und klopfte ihm mit der anderen auf die Schulter. Als er sich an Helen wandte, wurde sein Blick weich. „Benvenuta, Signora Bredow! Come sta?"

„Sto bene, grazie", erwiderte sie lächelnd und reichte ihm die Hand. „Es ist schön, wieder hier zu sein."

„Sie jetzte bleibe auf Piccolo Mondo?", fragte er erwartungsvoll. „Für immer?"

Mit strahlenden Augen nickte sie.

„Für immer."

„Magnifico!", freute er sich. „Nixe gut, Mann immer lebe allein."

„Giusto", stimmte Vincent ihm zu, bevor er Luigi über die laufenden Arbeiten auf dem Gut befragte. Mit dem schnellen Italienisch der beiden Männer war Helen erheblich überfordert.

„Hast du alles verstanden?", fragte Vincent, als sie das Haus betraten.

„Dafür reicht mein Touristen-Italienisch leider nicht aus", gab sie zu. „Als erstes werde ich wohl meine Sprachkenntnisse auf Vordermann bringen müssen."

„In erster Linie sollst du dich erholen."

„Ich brauche aber eine Herausforderung."

„Bin ich dir nicht Herausforderung genug?"

„Das verrate ich dir vielleicht in einer schwachen Stunde. Erzählst du mir trotzdem, was Luigi auf dem Herzen hatte?"

„Es handelt sich um seine Schwester", erklärte er, während er sie auf die Terrasse führte. „Normalerweise kommt Paola zweimal in der Woche und erledigt alle anfallenden Arbeiten im Haus. – Bei deinem ersten Besuch hast du sie doch kennengelernt."

„Ja, ich erinnere mich. - Was ist mit ihr?"

„Luigi hat ihr erzählt, dass wir heiraten. Nun fürchtet sie, dass sie nicht mehr gebraucht wird."

„Was hast du ihm gesagt?"

„Dass wir keinesfalls auf Paola verzichten können, weil meine Frau gar keine Zeit hat, sich um die Hausarbeit zu kümmern."

In ihre Augen trat ein vorwurfsvoller Ausdruck.

„Erwartest du etwa, dass ich den ganzen Tag die Hände in den Schoß lege und mich bedienen lasse? Du weißt genau, dass ich dafür nicht geschaffen bin. – Und fang jetzt bloß nicht wieder davon an, wie schonungsbedürftig ich angeblich bin. Mir geht es ausgezeichnet und ..."

„Das ist nicht zu übersehen", fiel er ihr ins Wort und legte den Arm um ihre Schultern. „Ich habe Luigi klargemacht, dass ich dich immer in meiner Nähe haben möchte. Eine Frau, die sich nur um das Haus kümmert, habe ich nie vermisst. Was ich brauche, ist eine Partnerin, die mein Leben mit mir teilt, Anteil an dem hat, was mir wichtig ist."

„Bedeutet das, ich darf dir bei den Pferden helfen? Und du bringst mir alles über den Weinanbau bei?"

Lächelnd nickte er.

„Das hier ist jetzt auch dein Zuhause, Helen. Wir werden zusammen Pferde züchten, einen Spitzenwein anbauen, aber vor allem einen glücklichen Lebensabend genießen."

Zufrieden schmiegte sie sich an.

„Das klingt wundervoll, mein Lieber."

„Dann wird Paola nicht arbeitslos?"

„Bei deiner Zukunftsplanung werde ich wirklich kaum Zeit für die Arbeit in so einem großen Haus finden", sagte sie mit scheinbarem Bedauern. „Wie sollten wir unter diesen Umständen ohne Paola zurechtkommen?"

„Eine kluge Entscheidung", schmunzelte Vincent. „Luigi hat unser Gepäck bestimmt schon nach oben gebracht. Möchtest du gleich auspacken?"

„Zuerst möchte ich nach Morning Star sehen", bat Helen. „Bestimmt ist er schon ein ganzes Stück gewachsen."

Kapitel 46

Anfang der nächsten Woche fuhr abermals ein Taxi in den Hof des Landgutes. Vincent, der gerade auf dem Weg in den Weinberg war, machte auf dem Absatz kehrt, als er sah, wer dort aus dem Wagen stieg. Wenige Augenblicke später lagen sich Vater und Sohn in den Armen.

„Tut das gut, hier zu sein", sagte Leo, während er sich suchend umschaute. „Wo ist Helen?"

Mit dem ausgestreckten Arm deutete Vincent in die Richtung, aus der sich eine Reiterin in scharfem Galopp näherte.

„Soll sie sich nicht noch schonen, Paps?"

„Helen reitet wie der Teufel und findet das auch noch erholsam. Dieser Temperamentsbolzen ist nicht leicht zu bändigen."

Sie sahen, wie sie bei den Ställen aus dem Sattel sprang, die Zügel an einen Stallburschen übergab und eilig auf den Hof zustrebte. Lächelnd und mit geröteten Wangen blieb sie bei den Männern stehen.

„Wen haben wir denn da?", scherzte sie, als würde sie Leo so glatt rasiert nicht sofort erkennen. „Wo hast du denn deinen Bart gelassen?"

„In einem anderen Leben", erwiderte er und schloss sie in die Arme. „Darf ich trotzdem ein Weilchen bei euch bleiben?"

„So lange du willst", sagte sie. „Schön, dich bei uns zu haben."

Mit seinem Gepäck betraten sie das Haus und stellten es vorläufig neben der Treppe ab.

„Ich habe dir etwas mitgebracht, Helen", sagte Leo und zog ein Töpfchen leuchtendblaues Haargel aus der Reisetasche. „Falls du wieder mal Supergirl spielen möchtest."

„Das war ein einmaliges Gastspiel", erwiderte sie scheinbar bedauernd. „Dummerweise musste ich deinem Vater versprechen, mich künftig nur noch so zurechtzumachen, dass ich keinesfalls fremde Männerblicke auf mich ziehe."

„Das wird dir nicht gelingen.– Selbst dann nicht, wenn du dich in einen Kartoffelsack hüllen würdest."

„So was hängt zum Glück noch nicht in meinem Schrank. Trotzdem werde ich mich rasch umziehen."

In ihren hohen Reitstiefeln lief sie leichtfüßig die Treppe hinauf. Auch Leo beschloss, sich ein wenig frischzumachen und trug das Reisegepäck in sein Zimmer.

Später trafen sie auf der sonnenbeschienen Terrasse wieder zusammen. Bei einem Glas frisch gepressten Orangensaft erzählte Leo, aus welchem Grund er unerwartet in die Toskana gekommen war.

„Mir war noch einiges über Roman eingefallen: beispielsweise, dass er regelmäßig ein verschreibungspflichtiges Migränemedikament einnimmt. Deshalb habe ich bei der Staatsanwaltschaft angerufen. Vielleicht kann man ihm über eine Apotheke auf die Spur kommen. Außerdem hat Roman panische Angst vorm Fliegen."

„Apropos Fliegen", sagte Helen nachdenklich. „Musstest du nicht befürchten, auf dem Flug in die Toskana von anderen Fluggästen erkannt zu werden?"

„Ich bin in meinem eigenen Flieger hergekommen. Deine Tochter und der Kommissar haben mich in einer Nacht –und Nebelaktion bei den Kreutzers abgeholt und zum Flughafen gebracht. Zum Schein hatten sie vorher eine weitere Hausdurchsuchung auf meinem Anwesen durchgeführt, um mein Reisegepäck zu holen."

„Wie zuvorkommend", bemerkte Vincent. „Anscheinend habt ihr zu einem unbefangenen Umgang miteinander gefunden."

„Warum auch nicht? Die beiden haben nur ihren Job gemacht. Außerdem sprachen alle Beweise gegen mich. Sie hatten gar keine andere Wahl, als mich für den Orchideenmörder zu halten. Wie könnte ich ihnen das übel nehmen? Diesen Alptraum der letzten Wochen würde ich am liebsten aus meinem Gedächtnis streichen." Um seinen Mund legte sich ein harter, fast bitterer Zug. „Aus dem gleichen Grund bin ich damals an den Deister gezogen: um zu vergessen. Geld, Umsätze, Börsenkurse – das alles interessierte mich nicht mehr. Ich habe das Hamsterrad verlassen, in dem ich jahrelang herumgerannt bin, um wieder zu mir selbst zu finden. Wie kann mir das jetzt noch gelingen, nachdem meinetwegen so viel Schreckliches geschehen ist?"

„Dafür bist du nicht verantwortlich", sagte Helen nachdrücklich. „Deshalb darfst du dich nicht mit Selbstvorwürfen quälen, Leo! Du musst jetzt nach vorn schauen und an deine Zukunft denken. Wir werden dich weiterhin nach Kräften unterstützen."

„Ach, Helen...", Ein beinah zärtlicher Ausdruck trat in seine dunklen Augen. „Schon jetzt kann ich nicht wiedergutmachen, was du für mich getan hast. – Und was du meinetwegen erlitten hast. Ich möchte dir gern eine Freude bereiten. Gibt es nicht irgendeinen Wunsch, den ich dir erfüllen könnte?"

Lächelnd schüttelte sie den Kopf.

„Schau dich um. Hier habe ich alles, was ich brauche: den Mann, den ich liebe, dazu noch eine herrliche Umgebung ..."

„Aber vielleicht gibt es etwas, das du dir schon lange wünschst? Eine Kreuzfahrt, eine Reise um die Welt ... Von irgendwas träumt doch jeder Mensch."

„Es gäbe tatsächlich etwas ...", gestand sie gedankenverloren. „Allerdings ..."

„Egal, was es ist", fiel Leo ihr ins Wort. „Betrachte diesen Wunsch bitte schon jetzt als erfüllt. – Versprochen!" Gespannt beugte er sich etwas vor. „Um was handelt es sich?"

„Ich wünsche mir, dass du noch mal mit Antonia sprichst", sagte sie sehr ernst. „Ein offenes Gespräch zwischen zwei Menschen, die sich einmal sehr geliebt haben."

„Das würde nichts bringen", murmelte er, aber so rasch gab sie nicht auf.

„Davon abgesehen, dass du es ein Leben lang bereuen würdest, nicht um deine Liebe gekämpft zu haben, hast du mir versprochen, mir jeden Wunsch zu erfüllen."

„Bislang hast du stets zu deinem Wort gestanden", erinnerte Vincent seinen Sohn. „Es würde mich doch sehr wundern, wenn du plötzlich ..."

„Schon gut, Paps", kapitulierte er. „Zwar habe ich in den letzten Tagen ständig versucht, Antonia telefonisch zu erreichen, aber sie ist nicht ans Telefon gegangen. Im Institut hat sie sich verleugnen lassen. Trotzdem werde ich mein Versprechen selbstverständlich einhalten. Auf eurer Hochzeit wird sie mich anhören müssen. Habt ihr schon einen Termin?"

„In zwei Wochen", teilte sein Vater ihm mit. „Dann wird die ganze Familie hier zusammenkommen."

Kapitel 47

Da Antonia Bereitschaftsdienst hatte, wurde sie im Morgengrauen zu einer Leichenschau angefordert. Der Fundort, ein Brunnen in der hannoverschen Innenstadt, war bei ihrem Eintreffen bereits abgesperrt. Zuvorkommend hob ein junger Polizist das rotweiße Trassierband an, so dass die Gerichtsmedizinerin passieren konnte. Sie führte gerade die erste Leichenschau durch, als Hauptkommissar Gerlach eintraf.

„Morgen, Doc", begrüßte er sie, bevor er herzhaft gähnte. „Was haben wir?"

„Weiblich, schätzungsweise Mitte bis Ende zwanzig", sagte sie, ohne aufzusehen. „Schaum aus Nase und Mund; wahrscheinlich ertrunken." Mit den behandschuhten Händen griff sie nach dem leblosen Arm. „Die Totenflecken sind noch nicht fixiert. Da die Bewegung des Wassers keinen Einfluss darauf hat, ist sie weniger als zwei Stunden tot."

„Äußere Verletzungen?"

„Nein." Geschmeidig kam sie auf die Beine. „Alles weitere nach der Obduktion."

„Wirst du sie durchführen?"

„Einer meiner Kollegen wird das übernehmen", verneinte sie. „Ich habe schon sechsunddreißig Stunden Dienst hinter mir."

Kopfschüttelnd musterte er sie.

„Warum tust du dir das an?"

„Weil das mein Job ist", erwiderte sie und gab den Männern

mit der Zinkwanne ein Zeichen. Ohne eine weitere Erklärung marschierte sie zu ihrem Wagen zurück. Dort schlüpfte sie aus dem weißen Overall. Als sie sich herumdrehte, stand der Kommissar hinter ihr. Ungeduldig blickte sie ihn an, sagte aber kein Wort.

Mit einem Schmunzeln vergrub er die Hände in den Hosentaschen.

„Is was, Doc? "

„Was willst du noch?"

„Mit dir frühstücken."

„Warum?"

„Wir müssen reden."

„Worüber?"

„Nun mach es mir nicht so schwer. Lass dich von deinem zukünftigen Schwager zum Frühstück einladen."

„Meinetwegen", gab sie nach. „Wo?"

„Nicht weit von hier. Wir können zu Fuß gehen."

Bald erreichten sie ein großes Hotel. Nachdem sie sich an dem reichhaltigen Buffet bedient hatten, nahmen sie an einem Fenstertisch Platz. Amüsiert beobachtete Pit, wie Antonia abwechselnd Rührei mit Schinken und Müsli aß. Zwischendurch biss sie in ihr Lachsbrötchen.

„Eine etwas seltsame Zusammenstellung. Hoffentlich bekommt dir das."

„Wird das jetzt ein Vortrag über gesunde Ernährung? Oder hast du mich nur hierher geschleppt, weil meine Schwester wieder mal in Sorge ist, dass ich nicht genug esse?"

„Das hat einen anderen Grund", erwiderte er ungewohnt ernst. „Seit deine Mutter mit Vincent in der Toskana ist, bekommt man dich weder zu Gesicht noch ans Telefon. Selbst euer wöchentliches Fitnesstraining lässt du regelmäßig ausfallen."

„Im Institut gibt es viel zu tun."

„Glaubst du, es bringt dich weiter, wenn du dich mit Arbeit zuschüttest? Ich habe mit unserem Psychologen gesprochen.

Nach seiner Meinung ...“

„Wie kommst du dazu?“, fiel sie ihm empört ins Wort. „Du kannst nicht einfach über meinen Kopf hinweg über mich ...“

„Ohne deinen Namen zu nennen“, beruhigte er sie. „Jedenfalls weiß ich von Dr. Born, was es bedeutet, Opfer einer Entführung geworden zu sein. Du hast so ungefähr das Schlimmste erlebt, was einem Menschen widerfahren kann: hilflos eingesperrt, einem Fremden total ausgeliefert zu sein, Verzweiflung, Hoffnungslosigkeit, Todesangst ...“ Eindringlich schaute er ihr in die Augen. „Du kannst nach so einem traumatischen Erlebnis nicht einfach zur Tagesordnung übergehen, sonst wirst du daran zerbrechen!“ Er griff in seine Sakkotasche und zog ein kleines Kärtchen heraus, das er ihr über den Tisch zuschob. „Bitte, sprich mit Dr. Born über deine Erlebnisse.“

„Ihr macht euch zu viele Gedanken um mich“, sagte sie dankbar. „Das ist aber völlig unnötig.“

„Nein, das ist es nicht“, widersprach er nachdrücklich. „Man sorgt sich immer um die Menschen, die einem nahe stehen. Warum willst du dir nicht helfen lassen?“

„Pit“, entgegnete sie ruhig. „Deine Besorgnis ist wirklich rührend. Allerdings scheinst du zu vergessen, dass ich Ärztin bin. Denkst du, ich weiß nicht, dass es fast unmöglich ist, diese Erlebnisse allein zu verarbeiten? Ein Studienfreund von mir ist Psychologe. Inzwischen habe ich zwei Sitzungen bei ihm hinter mir. So was nimmt nun mal Zeit in Anspruch. Deshalb habe ich mein Fitnesstraining sozusagen auf eine Couch verlegt.“

„Das freut mich zu hören.“ Er war sichtlich erleichtert. „Warum hast du uns nichts davon gesagt?“

„Ihr erzählt mir doch auch nicht alles. Oder verrätst du mir, ob ihr schon Fortschritte bei der Fahndung nach dem Orchideenmörder gemacht habt?“

„Durch Leos Hilfe sind wir wenigstens ein Stück weitergekommen“, berichtete er, bevor er von den Migränetabletten des Killers sprach. „Inzwischen haben wir die betreffende Apotheke ausfindig gemacht. Sie wird rund um die Uhr observiert. Mit etwas Glück schnappen wir ihn, wenn er wieder Medikamente braucht. Vorsichtshalber haben wir aber auch sämtliche Apotheken der Stadt informiert."

Nachdenklich setzte Antonia die Kaffeetasse an die Lippen.

„Mich wundert, dass Leo sich bei euch gemeldet hat", sagte sie, als sie wieder nach ihrem Brötchen griff. „Hat er keine Angst, dass ihr ihn noch mal zum Sündenbock macht?"

„Wir haben uns gründlich ausgesprochen. Leo weiß, dass er nichts mehr zu befürchten hat. Um ihm das Versteckspiel zu ersparen, haben wir ihm sogar außer Landes geholfen. Vorher war ich mit Franziska in seinem Haus. Dort haben wir die Sachen geholt, die er mitnehmen wollte: Kleidung, seinen Laptop und das silbergerahmte Foto aus seinem Schlafzimmer." Mit stoischer Gelassenheit bestrich er ein Roggenbrötchen mit Butter. „Übrigens eine sehr schöne Aufnahme von dir in den Dünen, das Meer im Hintergrund ... War das auf Usedom?"

Wortlos zuckte Antonia nur die Schultern. Das genügte ihm aber nicht.

„Eigentlich merkwürdig, dass er ausgerechnet dieses Foto haben wollte. Immerhin seid ihr seit Wochen nicht mehr zusammen. Nach dem Scheitern einer Beziehung sollte man einen sauberen Schlussstrich ziehen. Die Altlasten über Bord werfen, um sich neuen Perspektiven öffnen zu können. Ein Mann, wie er es ist, hat bestimmt keine Schwierigkeiten, bald wieder eine Partnerin zu finden. Vielleicht wird er ..."

„Jetzt hör schon auf!", unterbrach sie ihn unwillig. „Was du auch damit bezweckst, es funktioniert nicht."

„Warum nicht?"

„Glaubst du, ich habe nicht genug Probleme? Eine komplizierte Beziehung ist das, was ich am allerwenigsten brauche."

„Willst du etwa behaupten, dass du ihn nicht mehr liebst?"

„Liebe allein genügt nicht, Pit. Das habe ich leider erkennen müssen. Ich kann mir das nicht noch mal antun." Sekundenlang hielt sie inne. „Bisher sind all meine Beziehungen den Bach runter gegangen, aber mich hat vorher noch niemand von Anfang an belogen und getäuscht. Diese Beziehung war eine einzige große Lüge. Möglicherweise lag es sogar an mir, dass Leo nicht den Mut aufgebracht hat, mir die Wahrheit zu sagen. Vielleicht bin ich zu anspruchsvoll – oder einfach nur zu naiv. Warum habe ich das nicht durchschaut? Ein Gärtner, der sich in diesem luxuriösen Haus bewegt, als wäre es sein Eigentum. Der in einer Nobelkarosse herumfährt, eine Fluglizenz besitzt und über den Flieger seines großzügigen Chefs frei verfügen kann. Ein Gärtner, der für diesen eher schlichten Beruf viel zu klug und gebildet ist. Hätte ich nicht bemerken müssen, dass das nicht zusammenpasst?"

„Du hast dir nichts vorzuwerfen. Leos Geschichte klang mit all seinen Erklärungen stimmig. Inzwischen kennst du aber auch die Gründe, die ihn veranlasst haben, bei seiner ersten Version seiner Lebensumstände zu bleiben. Kannst du dir nicht vorstellen, dass er wirklich einfach Angst hatte, dich zu verlieren, wenn du die Wahrheit erfährst? Gleichzeitig wusste er, dass es genau darauf hinauslaufen würde, wenn er weiter schweigt. Das muss ein schwerer Konflikt für ihn gewesen sein." Aufmerksam forschte er in ihrem Gesicht nach einer Regung, sah den Ausdruck von Trauer und Resignation. „Es geht immer ohne den anderen, Antonia. Aber um welchen Preis?"

„So ist eben das Leben", meinte sie, bevor sie das Thema wechselte. „Kommst du eigentlich zur Hochzeit des Jahres?"

„Hast du etwa daran gezweifelt?", ging er bereitwillig auf ihr Ablenkungsmanöver ein. „Wir wollen schon am Freitag fliegen. Soll ich auch Tickets für dich und David bestellen?"

„Nicht nötig. Wir fahren mit der guten alten Eisenbahn. Immerhin möchte Quincy auch dabei sein, wenn James Bond und Miss Moneypenny vor den Traualtar treten. Mein Hund soll nicht in eine Transportbox eingesperrt werden."

Kapitel 48

Bei strahlendem Sonnenschein und noch milden Temperaturen traf Antonia mit Sohn und Hund in einem Taxi auf Piccolo

Mondo ein. Von seinem Lieblingsplatz am Rande des Weinberges beobachtete Leo ihre Ankunft. Es schien ihm, als sei Antonia schmaler geworden, und er schrieb das den Ereignissen der vergangenen Wochen zu. In den letzten Tagen hatte er im Internet recherchiert, welche Auswirkungen derart traumatische Erlebnisse auf einen Menschen haben konnten. Unter anderem hatte er von der Möglichkeit auftretender Essstörungen gelesen. Das beunruhigte ihn ebenso sehr wie die Tatsache, dass er in Antonias Begleiter den jungen Mann erkannte, mit dem er sie schon einmal in inniger Umarmung vor ihrem Haus gesehen hatte. Bedeutete er ihr inzwischen so viel, oder hatte sie ihn nur mitgebracht, um zu demonstrieren, wie wenig Interesse sie daran hatte, an etwas Vergangenes anzuknüpfen? Während Leo in dumpfes Grübeln verfiel, konnte David es kaum erwarten, ihn kennenzulernen.

„Ist Leo auch da?", raunte er Vincent zu, als seine Mutter mit Helen sprach.

„Oben im Weinberg", gab Vincent ebenso leise zurück und deutete mit dem Kopf in diese Richtung.

„So schön habe ich es mir hier nicht vorgestellt", sagte David für alle gut hörbar. „Darf ich mich ein bisschen umsehen?"

„Fühl dich zu Hause."

„Danke." Rasch blickte er sich nach dem Hund um, der mit der Nase am Boden im Innenhof herumschnüffelte. „Komm, Quincy! Wir erkunden zusammen die Umgebung!"

Mit dem Vierbeiner an seiner Seite schlenderte er vom Hof. Als sie den Weinberg erreichten, nahm Quincy wie erhofft eine Witterung auf und stürmte voraus. Er führte David geradewegs zu Leo, der in die Hocke ging, um den freudig mit dem Schwanz wedelnden Hund zu begrüßen. Mit unverbindlicher Miene blieb David bei ihnen stehen.

„Quincy scheint Sie zu mögen."

„Wir sind alte Freunde", erwiderte Leo, wobei er sich zu seiner vollen Größe aufrichtete. Mit einem schnellen Blick musterte er den jungen Mann. „Sie sind mit Antonia gekommen", stellte er so sachlich wie möglich fest. „Ihr scheint viel an Ihnen zu liegen, sonst hätte sie Sie kaum zur Hochzeit ihrer Mutter mitgenommen."

„Das will ich doch hoffen", sagte David, dem augenblicklich klar wurde, dass Leo nicht wusste, wer er war. Hielt er ihn am Ende für einen Konkurrenten? „Zwischen uns ist etwas ganz Besonderes", fügte er hinzu, worauf Leos Züge sich umschatteten. „Aber selbst wenn wir uns nicht so gut verstehen würden, hätte mich das nicht davon abgehalten, sie zur Hochzeit meiner Großmutter zu begleiten."

Leos Gesichtsausdruck wechselte von Verblüffung zu unverkennbarer Erleichterung.

„Sie sind Antonias Sohn?"

Wie zur Bestätigung streckte der Jüngere ihm die Hand hin. „David."

Mit festem Druck umschloss Leo die dargebotene Rechte.

„Ich bin Leo", sagte er, wobei er seine Hand schon wieder zurückzog. „Wahrscheinlich hat Ihre Mutter Ihnen erzählt, wie sehr ich ihr wehgetan habe!?"

„Ich weiß über alles Bescheid." Unwillkürlich ballte er die Hände zu Fäusten. „Als ich aus Amerika zurückkam, war Ma völlig neben der Spur."

„Dann haben Sie jetzt sicher das Bedürfnis, mir eine reinzuhauen. Nur zu; ich hab es verdient."

„Wie ich meine Granny kenne, würde sie es mir nie verzeihen, hätte ihr Stiefsohn auf den Hochzeitsfotos ein Veilchen", lehnte David das verlockende Angebot ab. „Eigentlich möchte ich nur eine ehrliche Antwort von Ihnen."

„Auf welche Frage?"

„Haben Sie wirklich etwas für meine Mutter empfunden, oder haben Sie Ma nur benutzt?"

„In meinem ganzen Leben hat mir noch keine Frau so viel bedeutet wie Antonia", versicherte Leo ihm. „Aber ich Idiot habe es gründlich vermasselt. Dabei wollte ich ihr unter keinen

Umständen wehtun. Andererseits wusste ich, dass genau das passieren würde, wenn ich ihr die Wahrheit sage. Deshalb sah ich keinen anderen Ausweg, als weiter zu schweigen."

„Dadurch haben Sie ihr den Boden unter den Füßen weggerissen", sagte David, aber es klang erstaunlicherweise nicht vorwurfsvoll. „Meine Mutter ist immer sehr offen und direkt. Unaufrichtigkeit kann sie nicht ausstehen. Mir gegenüber hat sie versucht, sich nicht anmerken zu lassen, wie tief Ihr Verhalten sie getroffen hat. Aber als ich sie nachts weinen hörte, wusste ich, wie sehr sie leidet. In solchen Momenten hätte ich Ihnen am liebsten den Hals umgedreht."

„Ich hasse mich selbst am meisten dafür, was ich Antonia angetan habe. – Und für das, was sie meinetwegen durchmachen musste." Der gequälte Ausdruck in Leos Augen verriet David, dass er es ehrlich meinte. „Ungewollt habe ich so viel Schuld auf mich geladen. Die werde ich wohl bis an mein Ende mit mir rumschleppen."

„Warum versuchen Sie nicht, Ihre Fehler wieder gutzumachen?"

„Antonia empfindet doch nur noch Verachtung für mich."

„Was empfinden Sie denn noch für meine Mutter? Oder haben Sie längst damit abgeschlossen?"

„Ich liebe sie mehr als mein Leben!", stieß er verzweifelt hervor. „Ohne sie fühle ich mich wie eine Pflanze ohne Licht! Mit fehlt ihre Wärme, ihr Lachen, ihre Nähe ..." Aufstöhnend hielt er inne. „Tut mir leid, David. Wahrscheinlich können Sie gar nicht verstehen, wie es in mir aussieht. Normalerweise spreche ich auch nicht mehr darüber."

„Das sollten Sie aber", versetzte er so ernst, dass Leo erstaunt den Kopf hob. „Allerdings sollten Sie mit meiner Mutter darüber reden. Für sie waren die Wochen mit Ihnen die glücklichsten ihres Lebens. Als sie mir das nach meiner Rückkehr sagte, konnte ich das zuerst tatsächlich nicht verstehen. Inzwischen ist aber so viel passiert, dass ich das alles jetzt mit anderen Augen sehe. Während Granny im Koma lag, hat Vincent mir sehr deutlich gemacht, wie stark Liebe sein kann, wie viel Kraft und Magie in ihr steckt. Man muss sie zulassen, sie befreien - auch wenn sie zentnerweise mit enttäuschten Gefühlen zugeschüttet ist!"

Beeindruckt von der Reife des jungen Mannes blickte Leo ihm in die Augen.

„Antonia hat mal gesagt, wie stolz sie auf ihren Sohn ist. Trotzdem hätte ich erwartet, dass Sie mich hassen, weil Ihre Mutter meinetwegen so viel durchmachen musste."

„Ich möchte, dass Ma glücklich ist", erwiderte David achselzuckend. „Anscheinend hat sie vergessen, dass sie das nur mit Ihnen sein kann." Auf sein Gesicht schlich sich ein lausbübischer Ausdruck. „Zwar sind Sie wegen Ihrer vielen Kohle völlig ungeeignet für eine Frau, die reiche Männer zum Abgewöhnen findet, aber sonst scheinen Sie okay zu sein. Sonst hätten Sie bei meiner Mutter nie eine Chance gehabt."

„Danke, David", sagte Leo schlicht und eilte im Laufschritt davon. Auf direktem Weg lief er ins Haus. Als hätte sie auf ihn gewartet, erschien Helen in der Küchentür.

„Sie ist auf der Terrasse", sagte sie nur, worauf er den Wohnraum durchquerte. An der weitgeöffneten Glastür verhielt er sekundenlang. Antonia stand an der gemauerten Brüstung und nahm das herrliche Panorama der toskanischen Landschaft in sich auf.

„Du hast wirklich das große Los gezogen, Mam", sagte sie, als sie hinter sich Schritte vernahm. „Du hast einen wundervollen Mann, der dich von ganzem Herzen liebt, lebst mit ihm auf diesem traumhaften Fleckchen Erde ... So ein vollkommenes Glück habe ich mir auch immer gewünscht." Das Ausbleiben einer Antwort veranlasste sie, sich herumzudrehen. „Leo ...", flüsterte sie beinah erschrocken. Ihm so plötzlich gegenüberzustehen, ließ sie um Fassung ringen.

Ohne ein Wort umfing er sie überwältigt mit seinen Armen. Zu keiner Reaktion fähig, schloss Antonia aufgewühlt die Augen. Nur einen Moment lang hielt Leo sie an sich gedrückt, während sie beide von den unterschiedlichsten Emotionen durchflutet wurden. Dann besann er sich jedoch und trat einen Schritt zurück.

„Verzeih, aber das musste einfach sein. Es erleichtert mich unsagbar, dass du das alles relativ unbeschadet überstanden hast." Sein Blick streichelte sie mit trauriger Zärtlichkeit. „Wie geht es dir, Antonia?"

„Danke, ich kann nicht klagen", sagte sie mit mühsam gebändigter Stimme, die ihren inneren Aufruhr verriet. Seine Umarmung hatte sich so vertraut angefühlt. Das verwirrte sie, weil sie sich seit Wochen einredete, diesen Mann nicht zu kennen. Das war nicht mehr Leo, der Gärtner, sondern Leonard von Thalheim, ein millionenschweres Finanzgenie. Sogar sein Äußeres hatte sich durch die Rasur verändert. Er sah gut erholt aus, was die Vermutung nahe legte, dass er sich in den letzten Tagen viel an der frischen Luft aufgehalten hatte. Das konnte allerdings nicht über den resignierten Ausdruck in seinen Augen hinwegtäuschen.

„Können wir miteinander reden, Antonia?"

Abwehrend hob sie die Hände.

„Was soll das jetzt noch bringen?"

„Ich weiß, ich habe vieles falsch gemacht aus Liebe zu dir. Wahrscheinlich kannst du mir mein Schweigen nicht verzeihen. – Und noch weniger alles andere, was dir meinetwegen zugestoßen ist. Trotzdem hast du meinem Vater in der für ihn wohl schwersten Zeit seines Lebens beigestanden. Dafür möchte ich dir danken."

„Nicht nötig", winkte sie ab. „Für jeden anderen hätte ich das auch getan. Außerdem mag ich deinen Vater. Vincent ist ein großartiger Mensch."

„Im Gegensatz zu mir, nicht wahr!? Paps würde der Frau, die er über alles liebt, nie wehtun. Absolut nichts könnte ihn dazu verleiten, diese wundervolle Verbundenheit zwischen ihnen zu gefährden."

„Das ist eben wahre Liebe", konnte sie sich nicht verkneifen zu bemerken. „Entschuldige mich; ich muss noch auspacken."

Damit ließ sie ihn stehen und flüchtete ins Haus. An der Treppe traf sie auf ihre Mutter. Helen genügte ein Blick, um zu erkennen, dass dieses Gespräch nicht wie erhofft verlaufen war.
„Warum bist du so unversöhnlich, mein Kind?"
„Wie kann ich an etwas anknüpfen, das auf Lügen aufgebaut war?", erwiderte sie mit erzwungener Ruhe. „Zumal wir nur wenige Wochen zusammen waren."
„Liebe hat nichts mit Zeit zu tun, Antonia. Manchmal ist sie sehr schnell vorhanden, dennoch sind es Gefühle für die Ewigkeit. Es wäre unverzeihlich, sie zu verdrängen."
„Ich weiß", stimmte sie unerwartet zu. „Vielleicht stehe ich mir momentan selbst im Weg. Das alles ist einfach noch zu frisch."
Verständnisvoll nickte Helen.
„Wenn du eine Entscheidung triffst, musst du auch mit den Konsequenzen leben. Deshalb darfst du nichts überstürzen. Prüfe mit dem Verstand, aber entscheide mit dem Herzen. Sonst wirst du es irgendwann bereuen."

Im Laufe des Nachmittags trafen auch Franziska und Pit mit Olaf und Elke ein. Nach der herzlichen Begrüßung musterte Franziska ihre Mutter mit forschendem Blick.
„Du siehst fabelhaft aus, Mam. Fühlst du dich auch so?"
„Noch viel besser", antwortete Helen mit strahlendem Lächeln.
„Manchmal glaube ich, dass ich mich in einem märchenhaften Traum befinde. Ich spüre das Glück bis in die Fingerspitzen. So wunderschön kann die Realität gar nicht sein."
Liebevoll legte Vincent den Arm um ihre Schultern und drückte sie an sich. Sie tauschten einen innigen Blick, bevor Helen sich wieder an ihre Tochter wandte.
„Obwohl ich mich im Ruhestand befinde, fühle ich mich so lebendig wie nie zuvor. Das verdanke ich nur Vincent." Verschmitzt zwinkerte sie Franziska zu. „Falls dir dein netter Bulle demnächst eine ganz bestimmte Frage stellt, solltest du daran

547

denken, dass von deiner Antwort nicht nur eine günstigere Steuerklasse abhängt."

„Dieser Rat kommt leider zu spät", sagte Franziska scheinbar bedauernd. „Am letzten Sonntag habe ich in einem schwachen Moment ja gesagt."

Ein Lächeln unterdrückend, richtete Helen ihre Augen vorwurfsvoll auf den Kommissar.

„Und wo sind die Blumen, mit denen Sie mich überreden wollten, Sie als Gefährten meiner Tochter zu akzeptieren?"

„Un momento", bat er und nahm einen üppigen Strauß aus dem Kofferraum des Mietwagens. Mit triumphierendem Lächeln legte er ihr die Blumen in den Arm. „Bitte sehr, liebe Schwiegermama! Ein lückenloser Lebenslauf wird nachgeliefert."

„Danke, nicht nötig", lachte Helen. „Wenn ihr zwei euch einig seid, will ich euch meinen Segen nicht verwehren."

Nachdem sich die Gäste in ihren Unterkünften eingerichtet hatten, trafen sie zum Abendessen wieder zusammen. Der große Tisch im Esszimmer war für neun Personen mit italienischen Spezialitäten gedeckt. Dazu gab es einen exklusiven Vino rosso aus eigenem Anbau.

„Bei dieser Gelegenheit möchte ich mich noch einmal bedanken, dass ich hier sein darf", sagte Elke und hob ihr Glas. „Wenn man selbst niemanden mehr hat, ist es ein besonders schönes Gefühl, bei dieser Familienfeier dabei sein zu dürfen."

„Du gehörst doch dazu, Elke", erwiderte Helen mit warmem Lächeln. Nun griff auch sie nach ihrem Weinglas. „Wir sind jetzt eine große Familie. Deshalb sollten wir alle uns ab sofort duzen."

Als sie darauf angestoßen hatten, widmeten sie sich den einladend auf Platten arrangierten Köstlichkeiten der Toskana. Leo, der an der Stirnseite des Tisches saß, warf hin und wieder einen Blick zu Antonia hinüber. Erleichtert stellte er fest, dass sie nicht unter Appetitmangel zu leiden schien. Allerdings war unschwer zu erkennen, dass sie es vermied, ihn anzusehen.

Scheinbar unbefangen plauderte sie beim Essen mit Elke.

Unterdessen bemerkte Helen den ungebetenen Gast an der Tür zuerst. Alle Farbe wich aus ihrem Gesicht, während sie unbewusst nach Vincents Arm tastete und ihre Finger haltsuchend in seinen Ärmel grub.

Verwundert wandte Vincent den Kopf. Seine Augen folgten Helens erschrockenem Blick auf den Eindringling. Roman Mendel! schoss es ihm durch den Kopf, noch bevor er die Pistole in der Hand des Killers wahrnahm. Sein unverfrorenes Auftauchen trieb Vincent die Zornesröte in die Stirn. Impulsiv sprang er auf.

„Verlassen Sie sofort mein Haus!", herrschte er den Mann an, so dass auch die anderen auf ihn aufmerksam wurden. Entgeistert starrten sie den schwarzgekleideten Mann an.

„Reg dich ab, Alter", sagte Mendel gelassen, wobei er einige Schritte näherkam. „Setz dich wieder hin!", fügte er scharf hinzu und unterstrich seinen Befehl, indem er den Lauf der Waffe auf Vincent richtete.

Rasch fasste Helen nach seinem Arm und zog Vincent auf seinen Stuhl zurück.

Niemand der Anwesenden bemerkte, dass Antonia das Käsemesser, mit dem sie sich eben ein Stück Gorgonzola abschneiden wollte, unter dem Tisch verschwinden ließ.

„Was willst du?", sprach Leo seinen ehemaligen Schwager mit erzwungener Ruhe an und stand langsam auf. „Ich weiß, dass du meinetwegen hier bist. Lass uns das draußen klären. Die anderen haben nichts damit zu tun."

„Das könnte dir so passen!", höhnte Mendel. Mit der Pistole bedeutete er ihm, sich wieder zu setzen. „So einfach kommst du mir nicht davon! Du hast mir das Liebste genommen!" Hasserfüllt fixierte er den Witwer seiner Schwester. „Genau das gleiche werde ich jetzt mit dir machen!"

„Haben Sie noch nicht genug angerichtet?", wandte sich Pit an den Killer. Insgeheim ärgerte er sich darüber, dass es wegen der Sicherheitsvorschriften am Flughafen unmöglich gewesen war, seine Dienstwaffe mitzunehmen. „Was immer Sie vorhaben, Sie werden damit nicht durchkommen. Deshalb sollten ...“

„Halt die Klappe!“, fuhr Mendel ihn an. „Sonst bist du der erste, der sich eine Kugel einfängt!“

„Du willst mich, Roman“, versuchte Leo, seine Aufmerksamkeit wieder auf sich zu ziehen. „Also los, worauf wartest du? Drück ab!“

„Hätte ich das gewollt, wärst du schon längst tot!“, spottete der Killer. „Ich will dich leiden sehen – so wie ich leiden musste! Sag mir, wer dir von allen hier am meisten bedeutet!?“

Leo zwang sich, nicht zu Antonia hinüberzusehen. Augenblicklich wurde ihm klar, würde er jetzt einen Namen nennen, käme das einem Todesurteil gleich. Dieser Wahnsinnige hatte nicht die geringsten Skrupel, ein Menschenleben auszulöschen.

„Hast du vergessen, dass ich zu aufrichtigen Gefühlen gar nicht fähig bin?“, sagte er äußerlich ruhig. „Ich bin durch und durch Egoist. In erster Linie liegt mir mein Wohl am Herzen. Deshalb solltest du mich erschießen. Das hättest du schon längst tun sollen, anstatt unschuldige junge Frauen zu töten.“

„Ich will einen Namen!“, stieß Mendel hart hervor. Mit zwei Schritten war er hinter Antonia und hielt ihr die Waffe an den Kopf. „Bist du es, an der ihm immer noch am meisten liegt?“

Während Leo sich regelrecht zwingen musste, sitzen zu bleiben, blickte Antonia dem Killer direkt in die Augen.

„Zwischen Leo und mir war nichts als eine belanglose Affäre“, behauptete sie mit beherrscht klingender Stimme. „Schon auf dem Boot habe ich dir gesagt, dass ich den gleichen Fehler nicht zweimal begehe. Diese Episode ist lange vorbei. – Ich lasse mich nicht gern täuschen und benutzen“, fügte sie einer Eingebung folgend hinzu. „Weder von ihm noch von dir.“

„Warum so nachtragend?“, lästerte er. „Du hast die Sache doch heil überstanden. Aber ich glaube dir sogar, dass du mit diesem verlogenen Mistkerl nichts mehr zu tun haben willst. Du bist eine starke Frau – wie meine Schwester. Deshalb könntest du diejenige sein, die ihm immer noch am meisten bedeutet.“

„Genauso gut könnte ich das sein", schaltete sich Helen unerwartet ein, um ihn von ihrer Tochter abzulenken. Mutig stand sie auf und ging auf den Orchideenmörder zu. „Ich war es, die Ihre Pläne vereitelt hat. Ohne meine Ermittlungen wäre Ihr Plan aufgegangen. Mir verdankt Leo seine Freiheit. Ist es da nicht logisch, dass ich ihm am nächsten stehe?"

Für einen Moment war Mendel sprachlos. Man sah ihm an, dass er über Helens Worte nachdachte. Diese Gelegenheit nutzte Vincent. Er würde Helens Opfer zu verhindern wissen! Hastig erhob er sich und trat zu den beiden.

„Setz dich wieder", raunte er Helen eindringlich zu und schob sie energisch beiseite. „Es liegt wohl auf der Hand, dass ich die Person bin, nach der Sie suchen", wandte er sich an den Killer. „Ich bin Leos Vater! Außerdem war ich derjenige, der diese privaten Ermittlungen in Gang gebracht hat, um meinen Sohn zu entlasten! Niemals hätte ich es zugelassen, dass ein dahergelaufener Irrer sein Leben zerstört!"

„Ich bin kein Irrer!", fuhr Mendel ihn aufgebracht an. „Ich habe alles bis ins kleinste Detail geplant! Ohne deine Einmischung hätte es keinen Zweifel an Leos Schuld gegeben!"

„Dafür haben Sie sich zu viele Fehler geleistet", forderte Vincent ihn heraus. „Sie halten sich für ein Genie, dabei sind Sie ein erbärmlicher Versager!"

„Das bin ich nicht!", schrie Mendel außer sich und hob die Waffe. In seiner Erregung drückte er einfach ab. Obwohl Vincent geistesgegenwärtig zur Seite sprang, traf die Kugel seinen linken Arm. In Sekundenschnelle färbte sich sein Hemdsärmel blutrot.

„Ihr rührt euch nicht von der Stelle!", befahl der Killer, als Helen schon wieder aufgestanden war. Mit der Hand hielt Olaf sie zurück.

„Tu, was er verlangt", sagte er nachdrücklich. „Sonst richtet er ein Blutbad an."

Während sie sich widerstrebend auf den Stuhl sinken ließ, suchten ihre Augen Vincents Gesicht. Unter Schmerzen nickte er ihr beruhigend zu. Das konnte aber nicht darüber hinwegtäuschen, dass die stark blutende Wunde an seinen Kräften zehrte.

Ohne zu überlegen sprang Antonia auf, riss eine blütenweiße Serviette vom Tisch und stürzte zu Vincent, der leise stöhnend an der Wand lehnte. Mit bebenden Fingern faltete sie die Serviette auseinander und band sie über der Schusswunde fest um seinen Oberarm.

„Lass das!", fuhr Mendel sie wütend an. „Dadurch entgeht er seiner gerechten Strafe auch nicht! Er muss sterben!"

Aufgebracht wirbelte sie herum.

„Was bildest du dir eigentlich ein? Dass du hier Herr über Leben und Tod spielen kannst? Wie erbärmlich muss ein Mensch sein, der so von Rache zerfressen ist, dass er die Realität verdrängt? Du weißt ganz genau, dass deine Schwester beileibe nicht der Engel war, als den du sie glorifizierst! Du belügst dich selbst!"

Gequält verzog der Killer das Gesicht, wobei er unkontrolliert mit der Pistole herumfuchtelte.

„Hör auf damit!"

„Ich bin noch lange nicht fertig!", schleuderte Antonia ihm erregt entgegen. „Glaub nur nicht, dass ich mich von dir noch mal in Todesangst versetzen lasse! Du wirst meine Familie nicht zerstören!" Mit einer blitzschnellen Bewegung zog sie das Käsemesser aus dem Ärmel ihrer Bluse und rammte es dem Verbrecher mit aller Kraft in die rechte Schulter.

Total überrascht von dem Angriff riss Mendel die Augen auf und starrte auf das Messer. Seine Finger lösten sich vom Griff der Pistole, die Waffe krachte auf die Holzdielen. Fast gleichzeitig stürmte Pit auf ihn zu, packte den Killer und riss ihn zu Boden. Auch David war aufgesprungen und hatte sich die Pistole gegriffen. Aus zusammengekniffenen Augen richtete er die Waffe auf den Killer.

„Er ist es nicht wert", sagte Leo neben ihm und streckte die Hand aus.

Nur einen Sekundenbruchteil zögerte David, bevor er ihm

kommentarlos die Pistole übergab. Es war endgültig vorbei.

Angelockt durch den Schuss kam nun auch Luigi mit Quincy an seiner Seite hereingelaufen. Zutiefst erschrocken registrierte der Verwalter den blutigen Arm seines Chefs.

„Rufen Sie die Polizei, Luigi!", rief Helen ihm zu, wobei sie Vincent fürsorglich zu einem Stuhl führte. „Und einen Krankenwagen!"

Sofort lief der Mann hinaus zum Telefon.

Bis zum Eintreffen der Polizei bewachten die Männer den blicklos vor sich hinstarrenden Verbrecher. Derweil kümmerten sich die Frauen um den angeschossenen Vincent. Nachdem Antonia seine Wunde mit einem Verband aus dem von Luigi herbeigeholten Erste- Hilfe- Kasten versorgt hatte, kümmerte sie sich wie selbstverständlich auch um die Verletzung des Orchideenmörders.

Wenig später waren Polizei und Krankenwagen vor Ort. Luigi fungierte als Dolmetscher und übersetzte den von Pit geschilderten Sachverhalt. Der deutsche Kommissar erklärte sich bereit, die italienischen Kollegen mit dem Gefangenen zu begleiten, um für weitere Auskünfte zur Verfügung zu stehen.

Unterdessen erklärte der Notarzt, die Kugel in Vincents Arm müsse so schnell wie möglich operativ entfernt werden.

„Ich fahre mit in die Klinik", beschloss Helen, worauf Vincent den Kopf schüttelte.

„Das ist nicht nötig. Wir haben das Haus voller Gäste."

„Leo wird sich um alles kümmern", erwiderte sie nach einem stummen Blickaustausch mit seinem Sohn. „Ich werde nicht von deiner Seite weichen."

Wenig später rollten die Fahrzeuge vom Hof.

„Was für ein Abend", sagte Elke, als sie in den Wohnraum zurückkehrten. „Das hätte noch viel schlimmer enden können."

„Versetzt man sich in diesen Verbrecher hinein, kann man davon ausgehen, dass er nicht einfach wieder verschwunden wäre, nachdem er einen aus unserer Runde erschossen hätte", überlegte Franziska. „Immerhin wäre das ein Mord vor acht Zeugen gewesen."

Entsetzt blickte Elke die Freundin an.

„Du meinst, er hätte uns alle erschossen?"

„Möglicherweise. Nur Antonias Mut haben wir es zu verdanken, dass wir so glimpflich davongekommen sind."

Sie sah ihre Schwester allein auf der Terrasse stehen, blieb aber bei Elke, da David gerade zu seiner Mutter trat.

„Ma!? Alles in Ordnung?"

Langsam drehte sich Antonia zu ihm herum. In ihren Augen glänzte es verdächtig feucht. Stumm nickte sie nur, worauf er sie in die Arme schloss.

„Ich hatte eine Heidenangst, als du den Kerl plötzlich angeschrien hast! Der hat ja auch sofort geschossen, als Vincent ihn provoziert hatte!"

„Tut mir Leid, David, aber ich konnte nicht anders", sagte seine Mutter mit zittriger Stimme. „Dieser skrupellose Killer hat unser Leben schon viel zu lange bestimmt. Das musste endlich aufhören!"

„Ich weiß ...", flüsterte er. „Eigentlich hatte ich mir vorgenommen, dich zu beschützen, aber ich war wie gelähmt, als du plötzlich auf ihn losgegangen bist. Du hast dich selbst in Lebensgefahr gebracht, um uns alle vor ihm zu schützen."

Hilflos hob Antonia die Schultern.

„Ich hätte es selbst nicht für möglich gehalten, einen anderen absichtlich zu verletzen. Aber als er praktisch gedroht hat, Vincent zu erschießen, ist es mit mir durchgegangen."

„Das war sehr riskant, aber auch sehr mutig", sagte Franziska von der Terrassentür her. „Wie fühlst du dich jetzt, Toni?"

Einen Moment lang horchte sie in sich hinein.

„Erleichtert", sagte sie schließlich. „Und müde. Bitte nehmt es mir nicht übel, aber ich möchte mich nun zurückziehen."

Mit einem kurzen Seitenblick auf Leo durchmaß sie den

Wohnraum. Bislang hatte er kein Wort zu ihrer gefährlichen Aktion gesagt. Auch jetzt blickte er ihr nur gedankenverloren nach.

Vincent hatte im Krankenhaus auf einer Plexusanästhesie bestanden, so dass bei der Entfernung der Kugel nur sein linker Arm betäubt wurde. Dadurch erlebte er die Operation bei vollem Bewusstsein. Bereits eine halbe Stunde später durfte Helen wieder zu ihm. Da er zu schlafen schien, setzte sie sich still an sein Bett und nahm seine Hand.

„Es tut mir so leid ...", flüsterte sie den Tränen nahe. „Dieser Abend hat alles verändert ..."

Unvermittelt schlug Vincent die Augen auf.

„Was meinst du damit?"

Sie wich seinem Blick aus und legte seine Hand auf die Bettdecke zurück.

„Wir müssen die Hochzeit absagen."

„Das kommt überhaupt nicht infrage!", widersprach er mit Nachdruck. „Dem Doktor habe ich schon erklärt, dass ich allenfalls über Nacht bleibe. Übermorgen wird geheiratet."

„Wie kannst du das noch wollen? Dieser Kerl hätte dich meinetwegen beinah umgebracht!"

Hastig setzte er sich etwas auf.

„Er hat auf mich geschossen, weil ich ihn provoziert habe!"

„Das hast du aber nur getan, um ihn von mir abzulenken. Ich bin schuld, dass du ..."

„Helen!", fiel er ihr eindringlich ins Wort. „Glaubst du, dass ich nicht wusste, was du vorhattest? Du wolltest dich opfern, um Antonia zu schützen! Aus dem gleichen Grund hat Leo versucht, diesen Verbrecher davon zu überzeugen, dass nur er als grenzenloser Egoist eine Kugel verdient! Wärst du mir nicht zuvorgekommen, hätte ich mich schon eher eingemischt! Oder denkst du, ich hätte zugelassen, dass er einen von euch erschießt? Wäre Antonia nicht dazwischen gegangen ..."

„ ... hätte Mendel noch mal auf dich geschossen", vollendete sie mit tränenverhangenem Blick. „Sie hat dich gerettet – wahrscheinlich sogar uns alle. Sollte er diesen Überfall genauso sorgfältig durchdacht haben wie die Morde, hätte er keine Zeugen am Leben gelassen."

„Davon muss man wohl ausgehen", stimmte er ihr zu. Sehr behutsam griff er nach ihren im Schoss verkrampften Händen. „Der heutige Abend hat gezeigt, dass wir als Familie zusammengewachsen sind, in der sich einer schützend vor den anderen stellt." In seinen Augen lag eine Wärme, die Helen tief berührte. „Lass uns wie geplant übermorgen heiraten. Ich liebe dich mehr als mein Leben."

Rasch wechselte sie vom Stuhl auf die Bettkante, um Vincent umarmen zu können. Er bemerkte ihr Zittern und schaute ihr fragend in die Augen.

„Ich hätte es nicht ertragen, dich zu verlieren", flüsterte sie und schmiegte sich an ihn. „Ich brauche dich so sehr."

„Wir brauchen einander. Das Schicksal hat es auch diesmal gut mit uns gemeint. Nun kann uns nichts mehr trennen." Um sie aufzumuntern, zwinkerte er ihr schelmisch zu. „Habe ich dir eigentlich schon verraten, wie sehr ich mich auf unsere Hochzeitsnacht freue? Ich habe sogar schon etwas ganz Besonderes geplant, um dich zu ..."

„Vergiss es, mein Lieber", unterbrach sie ihn kopfschüttelnd. „Du bist verletzt und musst dich schonen." Seine offensichtliche Enttäuschung entlockte ihr ein Lächeln. „Allerdings spricht nichts dagegen, wenn ich in dieser einzigartigen Nacht die Regie übernähme."

„Das klingt mehr als verlockend. Ich kann es kaum erwarten."

„Bis dahin musst du dich von der Operation erholen!", sagte sie streng. „Deshalb solltest du jetzt schlafen."

„Dein Wunsch ist mir Befehl", erwiderte er und legte sich zurück. „Nimm dir ein Taxi nach Hause und sag Leo bitte, dass es mir gut geht."

„Denkst du etwa, dass ich dich allein lasse?", fragte sie vorwurfsvoll. „Selbstverständlich wache ich hier bei dir."

„Das musst du wirklich nicht, Helen. Nach diesem aufregenden Abend brauchst du Ruhe."

„Ich bleibe! Nachdem du fast rund um die Uhr bei mir in der Klinik geblieben bist, werde ich das ja wohl eine Nacht durchhalten."

Dankbar schaute er in ihre entschlossen blickenden Augen

„Ich weiß das zu schätzen, Liebes. Es besteht aber absolut kein Grund zur Sorge um mich. Wir brauchen beide unseren Schlaf. Fahr bitte nach Hause. Schon Antonias wegen. Auch für sie sind die jüngsten Ereignisse nicht so leicht zu verdauen. Sie braucht dich jetzt wahrscheinlich mehr als ich."

„Vielleicht hast du recht", gab sie widerstrebend nach. „Ruf mich morgen aber an, damit ich dich abholen kann." Zärtlich küsste sie ihn auf die Lippen. „Schlaf gut, mein Held."

Nachdem die Gäste sich zurückgezogen hatten, verließ Leo noch einmal das Haus. Sogleich sprang Quincy auf und folgte ihm hinaus. Abwartend blieb das Tier neben ihm stehen.

„Kannst du auch nicht schlafen?", sprach er den Hund an, wobei sein Blick die Fassade des Haupthauses streifte. Er wusste, welches Gästezimmer Antonia bezogen hatte, und sah noch Licht hinter dem Fenster. „Dein Frauchen findet auch keine Ruhe." Er lehnte sich gegen den Stamm der mächtigen Kastanie und schaute sehnsüchtig hinauf. Leo wollte für Antonia da sein, sie in den Arm nehmen, ihr Geborgenheit schenken, aber er wusste, dass sie ihn wahrscheinlich noch nicht einmal in ihr Zimmer lassen würde.

„Komm, Quincy", sagte er nach einer Weile zu dem in der Nähe schnüffelnden Hund. „Wir kochen ihr einen Schlummertrunk. Vielleicht finden wir auch für dich noch was Leckeres in der Küche."

An Leos Seite trottete das Tier ins Haus zurück.

Nur wenig später fuhr ein Taxi in den Hof des Landguts. Rasch nahm Leo den Topf mit der Milch vom Herd und eilte hinaus. Helen stieg gerade aus dem Wagen.

„Kannst du die Fahrt bezahlen?", bat sie. „Ich habe kein Geld dabei."

Wortlos zog er einige Scheine aus der Tasche und reichte sie dem Fahrer durch die geöffnete Seitenscheibe.

„Wie geht es Paps?", wandte er sich dann besorgt an Helen.

„Die Operation ist gut verlaufen. Dein Vater schläft jetzt. Ich wollte bei ihm in der Klinik bleiben, aber er hat darauf bestanden, dass ich nach Hause fahre."

Erleichtert legte er den Arm um ihre Schultern.

„Ich wünschte, ich hätte das alles verhindern können. Wäre ich überzeugender gewesen ..."

„Du darfst die Schuld nicht wieder bei dir suchen, Leo! Dieser Alptraum ist endgültig vorbei. Wir müssen jetzt nach vorn schauen." Ihre Brauen hoben sich fragend. „Wie wird Antonia damit fertig?"

„Kurz nachdem ihr gefahren seid, hat sie sich zurückgezogen. Allerdings scheint sie nicht zur Ruhe zu kommen. Eben habe ich eine heiße Milch mit Honig für sie gekocht, aber ich glaube, es ist besser, wenn du sie ihr bringst."

„Ich wollte ohnehin noch nach ihr sehen."

Mit einem kleinen Tablett in den Händen stand sie bald vor der Tür ihrer Tochter. Sie klopfte nur kurz an, bevor sie die Klinke herunterdrückte.

„Antonia?", sagte sie leise, um die anderen im Haus nicht zu wecken. „Darf ich dich einen Moment stören?"

„Komm nur, Mam", forderte ihre am Fenster stehende Tochter sie auf. „Hat dich der fürsorgliche Vincent nach Hause geschickt, damit du schläfst, anstatt die ganze Nacht in der Klinik zu sitzen?"

„Anscheinend kennst du meinen Mann schon gut", sagte sie und stellte das Tablett auf dem Nachtschränkchen ab. „Heiße Milch mit Honig", erklärte sie. „Leo ist genauso fürsorglich wie sein Vater."

Ein tiefer Seufzer löste sich von Antonias Lippen, dann straffte

558

sie jedoch die Schultern.

„Hat Vincent die Operation gut überstanden?"

„Wahrscheinlich besser, als du diesen Abend", vermutete Helen, griff nach ihrer Hand und zog ihre Tochter neben sich auf die Bettkante. „Dir ist sicherlich klar, was du riskiert hast."

„Zuerst war ich nur wütend darüber, dass mein Leben noch mal von diesem Kerl abhing", gestand sie. „Mir war unerträglich, ihm schon wieder hilflos ausgeliefert zu sein. Aber erst, als er auf Vincent geschossen hatte, wurde mir schlagartig klar, dass dieser Wahnsinnige fähig war, einen nach dem anderen von uns zu töten. – Bis auf Leo, der das alles mit ansehen und daran zerbrechen sollte." Mit einer hilflosen Geste strich sie sich über die Stirn. „Danach habe ich nur noch instinktiv reagiert."

„Du hast ihn völlig aus der Fassung gebracht und ihn genau im richtigen Moment angegriffen. Ohne deinen Mut ..."

„Bitte nicht, Mam", wehrte Antonia ab. „Mir ist klar, wie gefährlich das war, aber ich konnte einfach nicht anders. Mit Mut hatte das nichts zu tun." Ihre Augen nahmen einen vorwurfsvollen Ausdruck an. „Im Gegensatz zu deiner Aktion. Du hast dich diesem Verbrecher ganz bewusst als Zielscheibe angeboten! Was hast du dir nur dabei gedacht?"

„Ich schätze, das Muttertier wollte seine Jungen beschützen", sagte Helen achselzuckend. „Ich bin eine alte Frau, der größte Teil meiner Zeit liegt hinter mir. Für mich zählen nicht die Jahre im Leben, sondern das Leben in den Jahren. Die wenigen Wochen mit Vincent waren so randvoll damit gefüllt. Es ist schon Ewigkeiten her, seit ich auf diese Weise empfunden habe." Leicht schüttelte sie den Kopf. „Nein, ich habe noch nie so empfunden." Um Verständnis bittend schaute sie ihre Tochter an. „Auch ihr erlebt gerade das Wunder der Liebe: Franziska mit Pit... und auch du wirst noch erkennen, dass du dein Glück an Leos Seite findest. Ich konnte nicht zulassen, dass dieser Wahnsinnige eure Zukunft zerstört."

„Abgesehen von uns, was wäre aus Vincent geworden, hätte Mendel dich erschossen?"

„Mit der Zeit wäre er darüber hinweggekommen."

„Mam!", tadelte sie ihre Mutter fassungslos. „Diesem Mann bedeutest du alles! Ich habe ihn erlebt, als du im Koma gelegen hast! Ohne einen Funken Hoffnung hätte er das nicht durchgestanden! Aber etwas so Endgültiges wie der Tod würde ihm allen Lebensmut nehmen! Das muss ihm bewusst gewesen sein, als er sich schützend vor dich gestellt und Mendel provoziert hat! Vincent würde eher sterben, als zu riskieren, dich zu verlieren!"

Den Tränen nahe nickte Helen.

„Vincent ist ein ganz besonderer Mensch. Seine Liebe ist das wertvollste Geschenk, das ich je erhalten habe."

Nachdem Helen ihre Tochter alleingelassen hatte, schlüpfte Antonia in eine leichte Jacke und verließ leise ihr Zimmer. Sie brauchte noch ein wenig frische Luft, um den Kopf freizubekommen. Vom Fuße der Treppe aus blickte Quincy seinem Frauchen erwartungsvoll entgegen.

„Du willst mich wohl begleiten", kommentierte sie mit gedämpfter Stimme sein aufgeregtes Schwanzwedeln. „Okay, dann komm."

Vorsichtig öffnete sie die schwere Eichentür. Trotzdem konnte sie ein leises Knarren des Holzes nicht verhindern. Jedes weitere Geräusch vermeidend, schlüpfte sie mit Quincy ins Freie und zog die Tür nur bis auf einen Spalt hinter sich zu.

Da der Hund am frühen Abend mit Luigi auf dem Gelände unterwegs gewesen war, schien er genau zu wissen, wohin der späte Spaziergang führen sollte. So folgte Antonia ihm über den Hof bis zu den Pferdeställen. Sie ahnte nicht, dass das kluge Tier längst eine Witterung aufgenommen hatte, als es wie ein geölter Blitz in einem der Ställe verschwand.

„Quincy!", rief Antonia ihm leise nach. „Komm sofort zurück!" Zur Bekräftigung ihrer Worte pfiff sie nach ihm, aber er ließ sich dadurch nicht anlocken. Natürlich wusste Antonia von Vincents Pferdezucht und befürchtete, ihr Hund könne die wertvollen Tiere womöglich erschrecken. „Quincy!", rief sie noch einmal, während sie den warmen Stall betrat. Nach wenigen Schritten sah sie, aus welchem Grund ihr Vierbeiner nicht auf sie hörte: Auf einem Strohballen saß Leo; Quincy hatte die Vorderpfoten auf seine Schenkel gestellt und ließ sich ausgiebig kraulen. „Hierher, Quincy!", befahl sie, wobei sie Leo einen bedauernden Blick zuwarf. „Entschuldige, wir wollten dich nicht stören."

Behutsam schob er den Hund beiseite und erhob sich.

„Wir sollten endlich miteinander reden, Antonia."

„Vielleicht hast du recht", stimmte sie unerwartet zu. „Aber nicht über das, was heute Abend passiert ist."

„Wichtiger ist, was mit uns passiert ist", sagte er im Näherkommen. Alles in ihm schrie nach ihr, aber er wagte es nicht, sie zu berühren. „Du kannst mir weder verzeihen, dass ich dich belogen und gekränkt habe, noch dass du meinetwegen beinah deine Mutter verloren hättest. Deshalb verhältst du dich immer noch so abweisend." Als sie nichts dazu sagte, schaute er ihr eindringlich in die Augen. „Durch diese Hochzeit wird es uns kaum gelingen, uns für den Rest unseres Lebens aus dem Weg zu gehen. Jetzt kennst du meine Geschichte. - Und auch, warum ich geschwiegen habe. Du musst doch wissen ..."

„Ich weiß nur, dass ich dich eigentlich gar nicht kenne", fiel sie ihm ins Wort. „Deine Frau hat dich benutzt und betrogen. Anstatt daraus zu lernen, hast du das gleiche mit mir getan."

„Benutzt habe ich dich nie! Außerdem habe ich dir die Wahrheit über mich nicht aus niederen Motiven verschwiegen, sondern aus Angst, dich zu verlieren. Das musst du mir glauben!"

„Es ist noch nicht lange her, da habe ich dir alles geglaubt. Und wohin hat mich das geführt?"

„Bitte, verzeih mir!", bat er inständig. „Lass uns von nun an offen miteinander umgehen."

„Ich war immer aufrichtig zu dir!" Einen Moment hielt sie inne. Sie wusste, dass sie es nicht ewig vor ihm geheim halten konnte. Wie er damit umgehen würde, war sein Problem. „Reden wir also offen", sagte sie und straffte ihre Gestalt. „Es geht hier nicht mehr nur um mich und um meine verletzten Gefühle, Leo: Als ich nach der Entführung im Krankenhaus war, hat ein Arzt festgestellt, dass ich trotz Verhütung schwanger bin. Deshalb musste ich eine Entscheidung treffen, die ..."

„Du hast es wegmachen lassen!" vermutete er anklagend, wobei ein hoffnungsloser Ausdruck in seine Augen trat. „Du wolltest um keinen Preis ein Kind von mir!"

„Bislang habe ich noch daran gezweifelt, ob ich mich richtig entschieden habe", erwiderte sie hart. „Anscheinend hat sich absolut nichts geändert: Du misst mich immer noch an deiner Frau! Für dich gibt es gar keine andere Möglichkeit, als dass ich egoistisch nur an mich gedacht habe!" Tief holte sie Luft, um sich zu beruhigen. „Es wird dich wundern, aber so einfach habe ich es mir nicht gemacht. Für mich gab es mehrere Alternativen. Eine davon war tatsächlich, ob ich das Kind von einem Mann bekommen soll, der mir nie vertraut, mich aber immer wieder belogen hat. Ein Kind, das mich stets an die größte Niederlage meines Lebens erinnern wird."

Er blickte sie so voller Trauer an, dass sie ungewollt Mitgefühl für ihn empfand.

„Ich wusste es ...", brachte er niedergeschlagen hervor. „Du hättest es nicht ertragen, mein Kind in den Armen zu halten."

„Lass mich bitte ausreden." Es tat ihr immer noch weh, wie gering er sie einschätzte. „Bei meinen Überlegungen musste ich auch mein Alter und meine Lebensumstände berücksichtigen. Mit einem Säugling könnte ich nicht mehr den ganzen Tag - geschweige denn bis spät in die Nacht hinein - arbeiten. Allerdings würde mein Gehalt bei Teilzeitarbeit nicht ausreichen, ein Kind zu ernähren. Deshalb bezog ich eine Tagesmutter in meine Überlegungen mit ein. Aber sollte mein Kind die meiste Zeit bei einer praktisch Fremden verbringen? Andererseits hätte sich meine Mutter bestimmt auch diesmal sofort bereit erklärt, ihr Enkelkind zu betreuen. Damit hätte ich sie aber in einen schweren Konflikt gebracht, weil sie Vincent heiraten und mit ihm hier in der Toskana leben wollte. Deshalb durfte ich sie nicht mit meinem Problem belasten. Ich musste diese Entscheidung ganz allein fällen, ohne ..."

„Du musst gar nichts mehr sagen", unterbrach er sie äußerlich gefasst. Antonia sah seine traurigen Augen, was sie umso tiefer berührte, als sie auch ein verstecktes Verständnis für ihre vermeintliche Entscheidung darin las. „Mir wird allmählich klar, dass du nicht anders handeln konntest. Trotzdem tut das verdammt weh."

„Ich bin noch nicht fertig, Leo. Um eine Entscheidung zu treffen, habe ich sogar daran gedacht, das Angebot aus Schweden anzunehmen. Ich hätte in Stockholm arbeiten und das Kind dort bekommen können, so dass vorerst niemand davon erfahren hätte: weder meine Familie, meine Freunde – und am allerwenigsten du. Aber auch diese Alternative hätte nichts daran geändert, dass ich fremde Hilfe hätte in Anspruch nehmen müssen. Deshalb habe ich mich nach langem Nachdenken dafür entschieden, mein vertrautes Umfeld nicht zu verlassen. Dort ist mein Zuhause, dort lebt meine Schwester, und dort habe ich Freunde, auf die ich jederzeit zählen kann." Ihr Blick schweifte durch den Stall, kam wieder auf Leo zur Ruhe. „Ein kleines Häuschen mit Garten ist bestimmt nicht die schlechteste Umgebung, ein Kind aufwachsen zu lassen."

„Du hast es gar nicht abgetrieben?", folgerte er sichtlich überwältigt. Tränen unsagbarer Erleichterung schossen ihm in die Augen, aber er schämte sich deswegen nicht. „Du willst unser Kind wirklich bekommen, Antonia?"

„Ich bin Ärztin. Glaubst du, ich hätte es übers Herz gebracht, das Leben in mir zu töten? Trotzdem musste ich sämtliche Möglichkeiten und Konsequenzen abwägen, um eine verantwortungsvolle Entscheidung zu fällen." Fest blickte sie ihm in die Augen. „Ja, ich werde dieses Kind bekommen. Ich habe weder die Absicht, es über seinen Vater zu belügen noch dich von ihm fernzuhalten. Wir werden eine großzügige Besuchsregelung vereinbaren, so dass du es jederzeit sehen kannst, wenn es deine Zeit erlaubt. Ansonsten hast du keinerlei Verpflichtungen oder Mitspracherechte. Gewöhn dich besser gleich an diesen Gedanken." Als sei damit alles gesagt, wandte sie sich um und ließ Leo stehen. Er brauchte nur einen Moment, um ihre Worte zu verdauen.

„Warte, Antonia!" Rasch hielt er sie am Arm fest, um sie am Verlassen des Stalles zu hindern. „Ich kann verstehen, dass du mich in deinem Leben nicht mehr haben willst", gab er widerstrebend zu. „Aus Angst, noch einmal enttäuscht zu werden, habe ich zu viel falsch gemacht. Trotzdem sollst du wissen, wie dankbar ich dir bin. Dankbar für die Zeit, die ich mit dir verbringen durfte. Dankbar für deine Liebe, die ich Idiot irgendwann in den Schmutz gezogen habe. Vor allem aber dankbar dafür, dass du unserem Kind das Leben schenken wirst." Sekundenlang schloss er die Augen. „Schon bald nachdem wir einander so nah waren, habe ich mir gewünscht, mit dir eine Familie zu gründen. Heute weiß ich, dass ich nie wieder so umfassend empfinden kann wie für dich. Dennoch muss ich versuchen zu akzeptieren, dass trotz der widrigen Umstände allein ich die Schuld an diesem Scherbenhaufen trage, vor dem ich nun stehe." Sein Blick richtete sich flehend auf ihr ernstes Gesicht. „Ich verspreche dir, mich nicht in dein Leben oder in die Erziehung unseres Kindes einzumischen, aber bitte lass mich wenigstens für unseren Nachwuchs sorgen."

„Wir brauchen dein Geld nicht! Zwar weiß ich noch nicht genau wie, aber wir werden es auch ohne deine finanzielle Hilfe schaffen!"

„Daran zweifle ich keine Sekunde. Du bist eine ungemein starke Frau, die konsequent ihren Weg geht." Wie unter Schmerzen stöhnte er auf. „Kannst du nicht verstehen, dass ich wenigstens dazu beitragen möchte, dass ihr es leichter habt? Ich kann nicht untätig zusehen ..." Angesichts ihrer ablehnenden Miene sprach er nicht weiter. Plötzlich wirkte er unendlich müde. „Ich werde damit leben müssen, dass ich dich verloren habe. Wahrscheinlich ist es besser, wenn ich für immer verschwinde. Ein Kind kann gut auf einen Vater verzichten, der immer wieder von der Vergangenheit eingeholt wird. Der unfähig ist, die Liebe seines Lebens festzuhalten. Womöglich würde ich auch unserem Kind eines Tages wehtun. Das muss ich unter allen Umständen verhindern. Deshalb bleibt mir keine Wahl. Es wird auch in deinem Interesse sein, wenn ich den Job in Japan übernehme. Ich habe ein gutes Angebot von einem Konzern, der durch Missmanagement Millionen Verluste eingefahren hat. Dort werde ich gebraucht." Resigniert senkte er den Kopf. Aber nicht schnell genug, als dass Antonia nicht hätte erkennen können, wie viel Qual ihm diese Entscheidung bereitete. „Leb wohl ...", murmelte er noch, bevor er fluchtartig den Stall verließ.

Nun war sie es, die ihm entgeistert nachblickte, als er, ohne sich noch einmal umzusehen, mit langen Schritten in der Dunkelheit verschwand.

Wie versteinert stand Antonia da. Leo wollte auf sein Kind verzichten, es niemals kennenlernen, obwohl er sich nichts sehnlicher wünschte? Und wie er sie bei diesen Worten angesehen hatte! Diesen verzweifelten Blick würde sie nie vergessen! Wenn sie Leo jetzt nicht aufhielt, würde er daran zugrunde gehen.

In diesem Augenblick erlaubte sie sich, wieder auf ihre Gefühle zu hören. Plötzlich wurde ihr bewusst, dass sie diesen Mann liebte, es immer getan hatte. Trotz aller Zweifel, trotz aller Enttäuschung. Würde sie ihn jetzt nicht gehen lassen, würde sie ihrer beider Leben zerstören.

„Komm, Quincy!"

Entschlossen lief sie im Licht des Vollmonds über den Hof ins Haus, brachte den Hund zu seiner Decke in der Diele und eilte die Treppe hinauf. Da Helen ihre Tochter bald nach ihrer Ankunft mit den Räumlichkeiten vertraut gemacht hatte, wusste Antonia, welches Leos Zimmer war. Nach kurzem Zögern trat sie ohne anzuklopfen ein und schloss die Tür von innen. Leo warf nur einen raschen Blick über seine Schulter, während er achtlos Kleidungsstücke in eine Reisetasche warf.

„So funktioniert das nicht", sagte sie und trat vor den Schrank, um ihn am weiterpacken zu hindern. „Du kannst jetzt nicht einfach nach Japan verschwinden."

„Vorläufig ziehe ich in den Gasthof unten im Ort. Nach der Hochzeit bist du mich für immer los."

„Weißt du nicht, was du deinem Vater damit antust, nachdem er wochenlang für deine Freilassung gekämpft und sogar sein Leben für dich riskiert hat?"

„Paps hat in Helen eine wundervolle Frau, die immer für ihn da sein wird", entgegnete er, ohne sie anzusehen. „Ich habe ihn noch nie so glücklich gesehen. Er braucht mich nicht. Niemand aus der Familie braucht einen Versager wie mich."

„Dein Kind braucht dich. Was soll ich ihm sagen, wenn es eines Tages nach seinem Vater fragt?"

„Sag ihm, sein Vater hätte zu spät – viel zu spät – erkannt, dass nicht jede Frau egoistisch und berechnend ist. Erzähl ihm ruhig, dass ich dich belogen, beschimpft und grundlos verdächtigt habe."

„Das werde ich nicht tun", sagte sie zu seiner Überraschung. „Der Vater meines Kindes ist ein Mann, der so gemein betrogen und ausgenutzt wurde, dass es ihm schwer fiel, noch einmal uneingeschränkt zu vertrauen. Außerdem ist er ein hilfsbereiter und liebevoller Mann, der aus Angst, noch mal einen Fehler zu machen, ans andere Ende der Welt flüchten will. – Obwohl er weiß, dass er den Rest seines Lebens darunter leiden wird." Mit großem Ernst schaute sie ihm in die Augen. „Wir alle würden darunter leiden."

„Wäre es für dich nicht leichter, mich nie wiederzusehen?", fragte er in banger Erwartung. „Täte es dir nicht jedes Mal weh, wenn ich unser Kind besuchen würde?"

„Das täte mir sogar sehr weh", gestand sie. „Eine Frau möchte den Vater ihres Kindes an ihrer Seite haben. Sie möchte die großen und kleinen Alltagssorgen mit ihm teilen. Sie möchte sich nicht nach ihm sehnen müssen." Ganz dicht trat sie vor ihn hin. „Sie möchte ihre Liebe leben."

Um Fassung ringend blickte er sie an.

„Ist das wirklich wahr?", fragte er mit bebender Stimme. „Seit Wochen hasse ich mich dafür, was ich dir angetan habe. Ich dachte, dass du mich verachtest."

„Ich habe nie aufgehört, dich zu lieben, Leo", gestand sie. „Allerdings habe ich versucht, meine Gefühle zu verdrängen und mir eingeredet, dass ich problemlos ohne einen Mann leben kann, der mir nicht vertraut. Man kann sich aber nur eine Weile selbst belügen. Irgendwann erkennt man, dass man vor seinem Schicksal nicht davonlaufen kann."

„Antonia ...", flüsterte er ergriffen, während er die Hände nach ihr ausstreckte und sie behutsam an sich zog. Plötzlich fühlte er sich wie von einer Zentnerlast befreit. „Ich habe dich so sehr vermisst."

Tränenblind löste sie sich etwas von ihm, bemerkte, dass es auch in seinen Augen feucht schimmerte.

„Sollen wir jetzt zusammen heulen, oder möchtest du mich stattdessen endlich küssen?"

Überwältigt senkte er den Mund auf ihre Lippen. Sein Kuss war von einer verzweifelten Leidenschaft erfüllt. Schließlich war es Antonia, die sich sanft, aber bestimmt von ihm löste.

„Es ist spät ...", sagte sie und wandte sich zur Tür.

„Bitte, geh nicht!", flehte er mit belegter Stimme, die seinen inneren Aufruhr widerspiegelte. „Bleib heute Nacht bei mir." Unsicher trat er einen Schritt auf sie zu. „Ich möchte dich nicht drängen oder zu etwas überreden, zu dem du noch nicht bereit bist. Wahrscheinlich brauchst du Zeit, meine Nähe wieder zuzulassen. Ich möchte nur ganz still neben dir liegen und fühlen, dass du da bist."

„Denkst du etwa, dass ich mich jetzt allein in das einsame Bett im Gästezimmer legen möchte? Ich wollte nur die Festbeleuchtung ausschalten."

Sie streckte die Hand aus und löschte die Deckenlampe. Nun schien nur noch das helle Mondlicht ins Zimmer. Ohne Scheu streifte Antonia ihre Kleider ab, ließ sie achtlos zu Boden fallen. Wie die Natur sie schuf, schlüpfte sie unter die leichte Bettdecke.

„Was ist?", fragte sie, als Leo sich nicht von der Stelle rührte.

„Es fällt mir immer noch schwer zu glauben, dass du es noch mal mit mir versuchen willst. Das ist so überwältigend. Ich habe Angst, dass ich das alles nur träume."

„Diese Entwicklung ist für mich genauso überraschend. Erst als du gesagt hast, dass du für immer aus meinem Leben verschwinden willst, wurde mir klar, was ich tief in mir die ganze Zeit gespürt habe, aber nicht wahrhaben wollte. Ich habe diese Gefühle wieder zugelassen. Und plötzlich wurde mir bewusst, dass ich dir längst verziehen habe – und wie sehr ich mich nach dir sehne."

„Auch mir ist es nie gelungen, meine Gefühle für dich zum Schweigen zu bringen."

Hastig entkleidete er sich und legte sich zu ihr. Dabei war er sorgsam darauf bedacht, Antonia nicht zu nahe zu kommen. Er wusste, eine Berührung genügte, aber er hatte versprochen, sie nicht zu bedrängen. Allerdings kostete es ihn die größte Mühe, sich davon abzuhalten, sie einfach in seine Arme zu nehmen.

Antonia war zunächst irritiert über den Abstand, den er zu ihr hielt. Dann schrieb sie es seinem rücksichtsvollen Wesen zu und rückte näher. Als sie den Kopf an seine Brust legte, bemerkte sie die Kette mit dem kleinen Bernstein an seinem Hals.

„Du trägst den Anhänger noch?"

„Wie hätte ich mich von ihm trennen können?", sagte er, bemüht ihre aufregende Nähe zu ignorieren. „Er war das einzige, das mir von meiner großen Liebe geblieben war."

„Mit dem Armband empfand ich es ähnlich. Ich habe es einfach nicht fertiggebracht, es abzulegen. Auf dem Boot hat es mir dann der Killer weggenommen. Nun liegt es bei den anderen Beweisstücken bei der Polizei."

„Ich kaufe dir ein neues."

„Das möchte ich nicht."

„Ich bin nicht mehr der mittellose Gärtner", erinnerte er sie, weil er fürchtete, sein Vermögen könne immer noch zwischen ihnen stehen. „Ich kann es mir leisten, dir etwas zu schenken."

„Trotzdem möchte ich kein anderes Armband. Nach dem Prozess bekomme ich es zurück. So lange kann ich warten."

Zärtlich strich sie über seine Haut, während sie seinen vertrauten Duft einatmete.

„Am liebsten würde ich dich jetzt verführen, aber ich möchte dich nicht langweilen. Immerhin bist du sensationelleren Sex gewöhnt als das, was ich dir geben könnte."

„Hast du mir diesen Unsinn etwa geglaubt?", fragte er betreten.

„Olaf hatte als erster den Verdacht, dass du mich in diese aussichtslose Lage gebracht haben könntest. Für mich war das unvorstellbar. Nach dem positiven DNA-Abgleich ist es ihm dann gelungen, mich zu überzeugen. Es schien keine andere Möglichkeit zu geben. Fingerabdrücke von mir hätte auch eine andere Person durch einen von mir angefassten Gegenstand bei der Leiche platzieren können. Aber ein Laken mit Spermaspuren? Du warst die einzige Frau, mit der ich seit der Trennung von Larissa geschlafen habe. Deshalb schien es logisch, dass nur du mich ans Messer geliefert haben konntest. Ich war so bitter enttäuscht, dass ich mich bei deinem Besuch dazu hinreißen ließ, all das Wundervolle zwischen uns herabzuwürdigen." Liebevoll schaute er ihr im Schein des Mondlichts in die Augen. „Vom ersten Augenblick an war es einzigartig mit dir, Antonia. In jeder Hinsicht. Für mich war es immer so perfekt, als wären wir füreinander geschaffen."

„Trotzdem sind wir uns nur zufällig über den Weg gelaufen. Hätte ich das Häuschen am Deister nicht gekauft ..."

„Ich bin dem Zufall sehr dankbar, dass er uns zusammengebracht hat."

„Was wäre wohl passiert, hätte es bei unserem Kennenlernen schon einen Mann in meinem Leben gegeben?"

„Den hättest du logischerweise sofort in die Wüste geschickt."

„Ach ja? Glaubst du wirklich, dass ich ihn gegen einen Mann eingetauscht hätte, den es völlig kalt lässt, wenn ich mich in eindeutiger Absicht an ihn schmiege?"

„Vielleicht solltest du mal unter der Bettdecke nachschauen, wie es tatsächlich um ihn steht!?"

Langsam glitt ihre Hand von seiner Brust tiefer.

„Oh!", rief Antonia freudig überrascht aus, als sie seinen Zustand ertastete. „Was hat denn das zu bedeuten?"

„Das ist ein Bekenntnis, dass ich dich liebe, dass ich mich nach dir sehe, und dass ich mich nicht mehr beherrschen kann..."

Stürmisch eroberte sein Mund ihre Lippen. Ihre Körper strebten zueinander, hielten sich umschlungen und vereinigten sich im uralten Rhythmus aller Liebenden...

Kapitel 49

Als Antonia am Morgen herunterkam, war Helen bereits in der Küche beschäftigt.

„Guten Morgen, Mam. Du bist aber früh auf den Beinen."

„Genau wie du", stellte ihre Mutter fest, wobei sie Antonia mit leiser Sorge musterte. „Konntest du nicht schlafen?"

„Ich habe lange nicht mehr so gut geschlafen", beruhigte ihre Tochter sie. „Und du?"

„Vincent hat mir gefehlt", gab Helen zu. „Außerdem haben wir das Haus voller Gäste. Deshalb habe ich schon den Frühstückstisch gedeckt." Unternehmungslustig schaute sie ihre Tochter an. „Bevor die anderen runterkommen, könnten wir zwei zusammen ausreiten."

„Besser nicht, Mam. Ich gehe lieber mit Quincy spazieren."

„Ach, komm schon. Das bringt dich auf andere Gedanken."

„Ich kann wirklich nicht, Mam ..."

Besorgt blieb Helen vor ihrer Tochter stehen.

„Warum nicht? Was ist los mit dir?"

„Es ist weil ..." Leicht hob sie die Schultern. „Eigentlich wollte ich das noch für mich behalten: Ich bin schwanger."

„Was?" Von Helens Gesicht war deutlich abzulesen, wie scho-

570

ckiert sie war. „Mein armes Kind", sagte sie voller Mitgefühl und zog Antonia an sich. „Dieser Mistkerl hat dich also doch vergewaltigt! Warum hast du nicht längst mit mir darüber gesprochen? Ein so schreckliches Erlebnis kannst du nicht in dir verschließen! Das muss dich doch furchtbar quälen!"

„Bitte, reg dich nicht auf", bat Antonia, wobei sie sich sanft von ihrer Mutter löste. „Er hat mich nicht vergewaltigt." Zart wischte sie mit den Fingerspitzen die Tränenspuren von Helens Wangen. „Das Kind ist von Leo."

„Wirklich?", fragte sie erleichtert. „Weiß er davon?" „Seit gestern."

„Aber du hast entschieden, auch dieses Kind allein großzuziehen", vermutete Helen. „Weißt du denn immer noch nicht, wie sehr dieser Mann dich liebt? Kannst du nicht über deinen Schatten springen und ihm verzeihen? Du warst doch glücklich mit ihm! Auch dem Kind zuliebe solltest du deine Entscheidung noch mal überdenken! Leo wäre bestimmt ein wundervoller Vater, der ..."

„Mam! Ich bin schon gesprungen."

Irritiert hob Helen die Brauen.

„Wie jetzt?"

„Über meinen Schatten", erklärte Antonia geduldig. „Gestern Nacht habe ich mich mit Leo ausgesprochen."

Ein strahlendes Lächeln blühte im Gesicht ihrer Mutter auf.

„Ihr habt euch wirklich versöhnt?"

„Sag jetzt nicht, dass dir ein praktisches Hochzeitsgeschenk lieber gewesen wäre."

„Mit Sicherheit nicht!" Temperamentvoll küsste sie ihre Tochter auf die Wange. „Ich freue mich für euch! Sag mir, dass du glücklich bist!"

„Mindestens so glücklich, wie du es mit deinem Mann bist."

„Was ist denn mit euch passiert?", fragte Franziska im Hereinkommen. „Ihr zwei strahlt ja aus allen Knopflöchern."

„Wir haben auch allen Grund dazu", erklärte Helen immer noch lächelnd. „Gibt es etwas Schöneres, als mit dem Men-

schen zusammen zu sein, den man von ganzem Herzen liebt?"
Vielsagend blinzelte sie Franziska zu. „Außerdem werde ich
noch mal Großmutter!"

„Woher weißt du das schon wieder?", fragte ihre Tochter sichtlich erstaunt. „Kannst du hellsehen? Oder hat Pit etwa nicht
dichtgehalten?"

Wie auf Kommando tauschten Helen und Antonia einen ver-
stehenden Blick – dann prusteten sie auch schon los.

„Was ist daran so komisch?", wollte Franziska mit unbewegter
Miene wissen. „Denkt ihr, dass ich zu alt für ein Kind bin?"

„Immerhin bist du ein Jahr jünger als ich", meinte Antonia und
taxierte sie abschätzend. „Deshalb musst du deiner großen
Schwester aber nicht in jedem Punkt nacheifern."

Ungläubig weiteten sich Franziskas Augen.

„Bedeutet das etwa, dass du auch schwanger bist?"

„Was dein Pit kann, kann mein Leo schon lange."

„Dein Leo?", wiederholte Franziska in scheinbarem Erstaunen.
„Haben wir zwischen gestern und heute was verpasst?"

„Staatsanwaltschaft und Polizei erfahren doch immer erst, dass
etwas passiert ist, wenn es bereits passiert ist", lautete Antonias
schlagfertige Antwort. „Ihr habt buchstäblich das Beste verschlafen."

„Wer sagt, dass wir geschlafen haben? Euch scheint der romantische Vollmond doch auch zu etwas Aufregenderem inspiriert
zu haben." Unvermittelt wurde sie ernst. „Es ist schön, dass du
endlich wieder glücklich bist, Toni. Dein Leo hat nicht nur
Geld, sondern auch Charakter. Mit dieser seltenen Kombination wurdest du bislang noch nicht konfrontiert. Aber ich bin
sicher, dass ihr beide es diesmal schafft."

Obwohl Antonia sich schon zeitig aus seinem Zimmer geschlichen hatte, war Leo bester Stimmung, als er aus dem Bad kam.
Antonia hatte ihm verziehen! Und sie vertraute ihm wieder! Er
würde alles dafür tun, sie nie mehr zu enttäuschen. Nachdem
sie sich in der letzten Nacht geliebt hatten, waren sie viel zu

aufgewühlt gewesen, um einschlafen zu können. Lange hatten sie noch über alles gesprochen, was sie bewegte. – Offen und ohne Vorbehalte. Das hatte sie einander noch nähergebracht.

Leise vor sich hinsummend kleidete er sich an. Als er seine Armbanduhr von Nachtkästchen nahm, entdeckte er ein Bild, das an der silbergerahmten Aufnahme von Antonia lehnte. Obwohl er das erste Mal Vater würde, erkannte er, dass es sich um ein Ultraschallfoto handelte. Behutsam griff er danach und setzte sich damit auf die Bettkante. Überwältigt betrachtete er das winzige Wesen. Ein warmes Gefühl durchströmte ihn.

„Mein Kind ...“, murmelte er fasziniert. Plötzlich besann er sich jedoch und verließ mit der Aufnahme in der Hand sein Zimmer. Auf dem Flur begegnete ihm Pit, aber Leo nahm ihn gar nicht wahr.

„Morgen, Leo!“, sagte der Kommissar laut und deutlich, worauf er abrupt stehen blieb.

„Sorry“, entschuldigte er sich, wobei ein breites Lächeln auf seinem Gesicht erschien. „Ich schwebe gerade in höheren Gefilden. So glücklich war ich noch nie!“

„Dir ist es endlich gelungen, Antonia zu überzeugen, dass ihr zusammengehört?“, folgerte Pit scharfsinnig. „Gratuliere!“

„Danke. Wir werden so schnell wie möglich heiraten.“

„Habt ihr es plötzlich so eilig?“

„Eiliger als ihr“, strahlte Leo und zeigte ihm voller Stolz das Foto. „Was sagst du nun? Wir sind schwanger!“

Pit warf nur einen kurzen Blick auf das Bild.

„Und wenn schon ...“, brummte er gleichmütig, holte seine Brieftasche hervor und zeigte ihm triumphierend ein ähnliches Foto. „Wir sind auch schwanger!“

Lachend klopften sie sich gegenseitig auf die Schulter.

„Das ist ja toll!“, meinte Leo. „Wie hast du denn das geschafft, Schwager?“

„Wahrscheinlich auf die gleiche Weise wie du, Schwager!“, grinste Pit. „Wann ist es denn bei euch soweit?“

„Keine Ahnung. Aber das werde ich sofort rausfinden!“

Auf der Suche nach Antonia stürmte er die Treppe hinunter.

Zuerst warf er einen Blick in die Küche.

„Guten Morgen, meine Damen", sagte er fröhlich, trat zu Helen und drückte ihr einen Kuss auf die Wange. „Ich habe mein Versprechen eingelöst!"

„Wirklich?", tat sie skeptisch. „Macht es dir was aus, diese Behauptung zu beweisen?"

Theatralisch stöhnte er auf.

„Ihr Juristen macht es einem wirklich nicht leicht!" Mit einer Hand griff er nach Antonia und zog sie an sich. „Deine Mam verlangt einen unumstößlichen Beweis für die Ereignisse der letzten Nacht."

„Nur zu", forderte sie ihn amüsiert auf. „Beweise ihr, dass sie wieder mal das richtige Gespür hatte. Oder hat sie dich etwa nicht bearbeitet, dass du mich zur Vernunft bringen sollst?"

„Ich kann nicht behaupten, dass sie dabei ungeschickt vorgegangen ist. Übrigens mit der Unterstützung meines Vaters."

„Die beiden scheinen sich mit Franzi und Pit erstaunlich einig gewesen zu sein. Auch die beiden haben mir ständig ins Gewissen geredet."

„Nun hört schon auf, das zu kommentieren!", forderte Franziska ungeduldig. „Wir wollen endlich Taten sehen!"

„Jawohl, Frau Staatsanwältin!", sagte Leo und legte den Mund auf Antonias Lippen. Selbstvergessen küssten sie sich mitten in der Küche.

„Okay, das genügt jetzt", meinte Franziska, da die beiden sich offenbar nicht voneinander lösen mochten. „Ihr müsst es nicht gleich übertreiben."

„Von Nachholbedarf hast du wohl noch nie etwas gehört", tadelte Antonia ihre Schwester, während Leo sich wieder an Helen wandte.

„Zufrieden, Schwiegermama?"

„Sehr. - Ihr seid ein schönes Paar."

Hastig löste sich Pit vom Türrahmen und legte den Arm um Franziskas Schultern.

„Und was ist mit uns, Schwiegermama?"

Mit skeptischem Gesichtsausdruck musterte Helen die beiden.

„Ihr habt mir bislang zwar noch nicht so viel geboten, aber das wird schon noch."

„Dann müssen wir wohl ein bisschen Überzeugungsarbeit leisten", kommentierte Franziska, schlang die Arme um Pits Nacken und küsste ihn leidenschaftlich.

„Habe ich es nicht gesagt?", raunte Antonia ihrer Mutter zu. „Meine kleine Schwester muss mir immer nacheifern."

„Das hat auch Vorteile", meinte Helen trocken. „Jetzt weiß ich meine beiden Mädchen in guten Händen und kann mich unbesorgt meinem eigenen Liebesleben mit meinem alten Kauz widmen."

„Apropos Paps", sagte Leo mit bittendem Blick. „Erlaubst du, dass ich ihn nachher von der Klinik abhole, Helen?"

Obwohl sie das gern selbst getan hätte, nickte sie verständnisvoll, um ihm ein ungestörtes Gespräch mit seinem Vater zu ermöglichen.

Am frühen Nachmittag fuhr Leo zum Krankenhaus. Vincent wartete schon fertig angekleidet in seinem Zimmer. Bereits am Morgen hatte sein Verwalter ihm auf Helens Bitte hin frische Wäsche gebracht, so dass er nicht in einem blutverschmierten Hemd heimkommen musste.

„Hallo, Paps", begrüßte Leo seinen Vater, der den linken Arm in einer Schlinge trug. „Hoffentlich bist du nicht enttäuscht, dass ich dich abhole. Wie fühlst du dich? Hast du noch Schmerzen?"

„Es geht mir gut", erwiderte Vincent, wobei er seinen Sohn aus ernsten Augen musterte. „Bist du hier, weil du mein gestriges Verhalten missbilligst? Aus deiner Sicht war es sicher leichtfertig, diesen Verbrecher zu provozieren. Versteh bitte, dass ich etwas unternehmen musste! Was wäre ich für ein Vater, würde ich tatenlos zusehen, wie ein skrupelloser Gangster das Leben meines Sohnes zerstört!?"

„Hast du gar nicht daran gedacht, was du Helen damit antust? Es hätte ihr das Herz gebrochen, dich zu verlieren!"

„Mir ist klar, was das für Helen bedeutet hätte, aber sie hätte auch verstanden, dass ich handeln musste. Zumal auch sie sich ohne zu zögern opfern wollte. Auch das musste ich unter allen Umständen verhindern."

„Ihr beide tut wirklich alles, um die, die ihr liebt, zu beschützen."

„Eltern müssen zu ihrer Verantwortung stehen", sagte Vincent lapidar. „Irgendwann wirst du hoffentlich selbst eine Familie gründen. Dann wirst du das genauso empfinden."

„Das tue ich schon jetzt, Paps. Du wirst dein ersehntes Enkelkind bekommen."

„Dazu brauchst du erst mal eine Frau. Viel mehr noch als einen Enkel hätte ich mir gewünscht, dass du um die Liebe deines Lebens kämpfst, mein Junge. Stünde es in meiner Macht, würde ich alles tun, um dir und Antonia zu einem Neubeginn zu verhelfen. Vielleicht sollte ich noch mal mit ihr reden."

„Das ist nicht nötig. In der letzten Nacht hat mein Leben eine entscheidende Wende genommen: Antonia hat mir verziehen."

„Dem Himmel sei Dank!", brachte Vincent erleichtert hervor. „Das ist ein guter Anfang – und die Chance, Antonia wieder für dich zu gewinnen. Sei behutsam und vor allem immer offen, Leo. Du musst lernen, ihr uneingeschränkt zu vertrauen. Eines Tages wird sie hoffentlich ...".

„Paps! Wir haben uns nicht nur ausgesprochen, sondern auch versöhnt! Trotz allem, was passiert ist, liebt Antonia mich! Ist das nicht wundervoll?"

Mit ernster Miene nickte Vincent.

„Helen und ich, wir haben immer vermutet, dass Antonia noch sehr viel für dich empfindet. Wenn man einmal wahrhaftig geliebt hat, braucht es Zeit, hinter der Enttäuschung das warme Licht der Liebe wieder durchscheinen zu lassen. Jetzt steht eurem Glück nichts mehr im Wege."

„Nichts und niemand kann uns nun noch trennen", fügte Leo

hinzu, bevor er die Hände auf die Schultern seines Vaters legte. „Paps, du musst jetzt stark sein: In absehbarer Zeit bekommst du nicht nur eine Schwiegertochter, sondern auch einen Enkel, für den du eine Schaukel bauen musst. Als Architekt fällt es dir bestimmt nicht schwer, etwas Solides für dein Enkelkind zu entwerfen."

„Das tue ich mit Begeisterung", freute sich Vincent. „Jetzt wird mir auch klar, weshalb Antonia es sich so schwer gemacht hat. Wie ich sie kenne, musste sie sich ihrer Gefühle für dich erst vollkommen sicher sein. Nur des Kindes wegen hätte sie sich bestimmt nicht mit dir versöhnt. Du bekommst eine starke Frau mit sehr viel Format, meine Junge."

„Von wem sie das wohl hat?"

„Der Apfel fällt nicht weit vom Pferd", sagte Vincent mit feinem Lächeln. „Lass uns nach Hause fahren. Ich habe Sehnsucht nach meiner Frau."

Auf Piccolo Mondo wurde Vincent erleichtert, aber behutsam von Helen in die Arme geschlossen.

„Ich habe dich vermisst, mein Held", flüsterte sie an seinem Ohr. „Wie fühlst du dich?"

„Ausgezeichnet", antwortete er wahrheitsgetreu. Zart küsste er Helen auf die Lippen. „Sei unbesorgt, Liebes." Mit warm blickenden Augen schaute er Antonia an. „Ich bin noch gar nicht dazu gekommen, dir zu danken. Ohne deinen heroischen Einsatz würde es morgen keine Hochzeit geben."

„Irgendwie musste ich doch dafür sorgen, dass Mam wieder unter die Haube kommt", scherzte Antonia. „Belassen wir es bitte dabei."

„Wie du möchtest", sagte er voller Verständnis. „Wenn man den Gerüchten glauben darf, werde ich nicht nur Ehemann, sondern bald auch Schwiegervater. Es macht mich sehr glücklich, dass du wieder mit Leo zusammengefunden hast. Wie ich hörte, bekomme ich außer David demnächst sogar einen zweiten Enkel."

„Kannst du eventuell drei Enkelkinder verkraften?", wollte Antonia lächelnd wissen. „Franziska und Pit haben auch erfolgreich an der Nachwuchsfrage gearbeitet."

„Das ist doch wundervoll! Eine große Familie bringt Leben ins Haus! Fröhliches Kinderlachen fehlt hier schon viel zu lange! Wir werden für die Kleinen ein Kinderzimmer einrichten, und im Garten baue ich eine Schaukel und einen Sandkasten."

„Erst mal wirst du dich ausruhen", bremste Helen seinen Tatendrang und dirigierte Vincent zu einem Sessel. „Du hast morgen einen anstrengenden Tag vor dir."

„So schlimm wird das schon nicht werden. Außer ja zu sagen, habe ich doch nichts zu tun. – Und das fällt mir ausgesprochen leicht."

Später beantwortete Pit zahlreiche Fragen über das weitere Vorgehen der Polizei im Falle des Orchideenmörders. Man hatte den Verbrecher in eine Zelle gesperrt und einen herbeigerufenen Arzt die von Antonia zugefügte Stichwunde versorgen lassen. Nach einem Gespräch mit der Staatsanwaltschaft in Deutschland wurde beschlossen, dass der meistgesuchte Killer des Landes sobald wie möglich in die Heimat ausgeliefert werden sollte, um ihm dort den Prozess zu machen.

Kapitel 50

Der strahlende Sonnenschein von einem wolkenlosen Himmel war zwar nicht wie die gesamte Hochzeitsfeier von Leo organisiert worden, aber zumindest fest von ihm eingeplant gewesen. Im Hof standen am Morgen drei blumengeschmückte Kutschen bereit.

Da Vincent seine Zukünftige vor der Trauung nicht sehen durfte, weil Leo meinte, das brächte Unglück, hatte er den ursprünglich von Antonia bezogenen Raum als Brautzimmer deklariert.

Elke ließ es sich nicht nehmen, die weibliche Hauptperson zu frisieren. Später war sie Helen auch beim Ankleiden behilflich.

Das lange cremefarbene Kleid mit dem perlenbesetzten Oberteil war schmal geschnitten und schien wie für sie gemacht. Der von Leo ausgewählte Brautstrauß in den Farben der Toskana bildete einen reizvollen Kontrast dazu. Erst als die Kutsche mit Vincent und seinem Trauzeugen Leo vom Hof rollte, durfte Helen das Zimmer verlassen.

„Wow!", rief David begeistert aus, als seine Großmutter die Treppe herunterschritt. „Du siehst umwerfend aus, Granny!"

„Genau das habe ich bezweckt. Sonst macht Vincent vielleicht im letzten Moment einen Rückzieher."

„Rechnen würde ich damit nicht", meinte Olaf charmant. „Er wird kaum riskieren, dass ein anderer sofort für ihn einspringen würde."

„Einen anderen will ich aber nicht", ging sie darauf ein. „Den oder keinen!"

„Dann lasst uns zur Kirche aufbrechen", schlug Antonia vor, die ein langes lachsfarbenes Kleid trug. „Sonst erfahren wir nie, ob Vincent womöglich schon das Weite gesucht hat."

Währenddessen betraten Vincent und Leo die kleine Kirche. Erstaunt registrierte der Bräutigam, dass alle Bänke besetzt waren. Noch mehr wunderte er sich jedoch über die vielen bekannten Gesichter. Fragend schaute er seinen Sohn an, aber Leo zuckte nur schmunzelnd die Schultern.

„Ihr habt gesagt, dass die Zeit zu knapp ist, um eure Freunde aus Deutschland einzuladen", flüsterte er seinem Vater dann aber doch zu. „Deshalb habe ich dir dein Adressbuch geklaut und mich ans Telefon gehängt. Eine Liste von Helens Freunden hat mir Franziska gemailt. Am Wochenende habe ich alle einfliegen lassen und in einem Hotel in Florenz untergebracht."

„Auf eine so liebe Idee kannst auch nur du kommen", erwiderte Vincent gerührt. „Danke, Leo."

„Schon gut, Paps."

Seite an Seite schritten sie an den blumenverzierten Bankreihen vorbei zum Altar. Dort warteten sie auf die Ankunft der Braut.

Am Arm ihres Enkels betrat Helen bald die kleine Kirche. Auch sie zeigte sich erstaunt über die Anwesenheit ihrer engsten Freunde, überspielte das jedoch mit einem strahlenden Lächeln, während sie sich an ihnen vorbei zum Altar führen ließ. Ein bewundernder Ausdruck lag in Vincent Augen, als David ihm seine Großmutter anvertraute.

Der deutsche Pastor begann seine Predigt mit einigen einleitenden Worten, bevor er von der Kraft der Liebe sprach. Von der Liebe, die zwei Menschen zusammenführt. Von der Liebe, die stetig wächst. Von der Liebe, die Hoffnung weckt. Von der Liebe, die manchmal sogar stärker sein konnte, als der Tod ...

Es klang wie ihre eigene Geschichte und bewegte Helen und Vincent so tief, dass sie sich die ganze Zeit über wie Kinder bei den Händen hielten.

Nach diesen sehr persönlichen Ausführungen deutete der Mann der Kirche zur Empore hinauf. Plötzlich erklang von dort oben die Stimme eines Sängers:

Com' è cominiciata io non saprei
la storia infinita con te
che sei diventata la mia lei
di tutta una vita per me...

„Das ist das Lied, mit dem Vincent Mam aus dem Koma geholt hat", flüsterte Antonia an Leos Ohr. „Wovon handelt es eigentlich?"

„Dieses Lied ist eine Liebeserklärung an eine einzigartige Frau", gab Leo ebenso leise zurück. „Für Helen und Paps hat es aber eine noch tiefere Bedeutung."

„Das hast du wundervoll arrangiert", wisperte sie, worauf er lächelnd ihre Hand drückte.

Als sich das Paar bald das Ja-Wort gab, standen nicht nur Antonia und Franziska Tränen in den Augen.

Nach einem innigen Kuss schritt das Brautpaar an den Beifall klatschenden Gästen vorbei aus der Kirche. Dort wartete bereits ein Fotograf, um das Ereignis für die Nachwelt festzuhalten. Gemeinsam fuhr die Hochzeitsgesellschaft auf den Landsitz zurück. Bei ihrem Eintreffen spielten die von Leo engagierten Musiker den Dean - Martin - Song That's amore.

Es wurde eine ausgelassene Feier mit Musik und Tanz, einem reichhaltigen Buffet und erlesenen Weinen aus eigenem Anbau.

Erst spät in der Nacht verabschiedeten sich die letzten Gäste. Arm in Arm ging das Ehepaar von Thalheim hinauf zu seinem Schlafzimmer.

„Am liebsten würde ich dich über die Schwelle tragen", sagte Vincent an der Tür, aber Helen schüttelte kategorisch den Kopf.

„Das kommt überhaupt nicht infrage!", bestimmte sie und legte die Hand auf die Klinke. „Du hast deinen verletzten Arm heute überhaupt nicht geschont. Wahrscheinlich hast du sogar Schmerzen. Spätestens nach der Trauung hätte ich darauf bestehen sollen, dass du ihn wieder in der Schlinge trägst."

„Mein Arm ist so gut wie neu", widersprach er, während Helen ahnungslos die Tür öffnete. Angesichts der romantischen Dekoration trat sie aber nicht ein. Staunend nahm sie diesen Anblick von der Tür her in sich auf: Überall im Raum standen silberne Leuchter mit brennenden Kerzen. An der Wand über dem breiten Bett war ein großes aus tiefroten Rosen geformtes Herz befestigt. Ein Kübel mit Champagner auf Eis befand sich neben langstieligen Gläsern auf dem Nachtschränkchen. Unzählige auf dem Bett verstreute rote Rosenblütenblätter rundeten das fantasievolle Arrangement ab.

„Das ist überwältigend", flüsterte sie. „Leo hat wirklich an alles gedacht."

„Bist du sehr enttäuscht, dass nur dein alter Kauz für eine unvergessliche Hochzeitsnacht verantwortlich sein wollte?", fragte Vincent leise hinter ihr, fasste sie blitzschnell um die Taille und hob sie auf seine Arme. Ehe sie protestieren konnte, trug er seine leichte Last über die Schwelle. Noch während er Helen leidenschaftlich küsste, versetzte er der Tür mit dem Fuß einen Stoß, so dass sie ins Schloss fiel.

Zwei Zimmer weiter lagen Antonia und Leo schon dicht beieinander im Bett.

„Das war eine wunderschöne Hochzeit", sagte sie lächelnd. „Bis hin zur Auswahl der Musik hast du alles perfekt organisiert. In dir scheinen ungeahnte Talente zu schlummern."

Behutsam legte er die Hand auf ihren noch schlanken Leib und strich zärtlich darüber.

„Wenn unser Kind erst geboren ist, werde ich unsere kleine Familie organisieren", versprach er. „Wie ich meine unabhängigkeitsliebende Frau kenne, wird sie irgendwann zumindest halbtags wieder arbeiten wollen. Deshalb bleibe ich daheim, schmeiße den Haushalt und versorge unseren Nachwuchs."

„Das würdest du wirklich tun? Hast du nicht mal behauptet, dass du als Hausmann Migräne bekommen würdest?"

„Im Zeitalter des Internets kann ich auch von zu Hause aus noch ein bisschen mitmischen. Wenigstens mein Taschengeld muss ich verdienen, damit ich nicht auch noch finanziell völlig abhängig von dir bin."

„Ausgerechnet du mit deiner Platin – Card. Du hast es doch gar nicht nötig, Geld zu verdienen."

„Irrtum", korrigierte er sie mit ernster Miene. „Ich habe beschlossen, mit dem überwiegenden Teil meines Vermögens eine Stiftung zu gründen, die Opfer und Hinterbliebene von Verbrechen unterstützt."

Diese Ankündigung versetzte Antonia in Erstaunen.

„Hast du dir das auch gründlich überlegt, Leo? Nur weil ich eine Aversion gegen so viel Geld habe, musst du dich nicht davon trennen. Immerhin hast du dir das alles hart erarbeitet."

„Ich brauche kein großes Vermögen, um mit dir glücklich zu sein", sagte er mit fester Stimme. „Außerdem ist diese Stiftung etwas Sinnvolles, mit dem ich vielleicht ein wenig wiedergutmachen kann, was andere meinetwegen erleiden mussten."

Eindringlich blickte sie ihm im Schein der Nachttischlampe in die Augen.

„Was passiert ist, war nicht deine Schuld, Leo! Du trägst nicht die Verantwortung dafür!"

„Davon habt ihr alle mich in den letzten Tagen restlos überzeugt", sagte er sanft. „Trotzdem werde ich diese Stiftung gründen. Ich möchte einfach dazu beitragen, anderen zu helfen, die nicht so viel Glück hatten wie ich. – Falls du damit einverstanden bist!?"

„Es ist dein Geld. Damit kannst du tun und lassen, was du willst. Wie könnte ich was dagegen haben, wenn du es in eine gute Sache investieren willst?" Hingebungsvoll schmiegte sie sich an ihn. „Ich war immer zufrieden mit dem, was ich habe. Außerdem ist es schön, sich gemeinsam etwas aufzubauen. Ich kann auf vieles verzichten – nur nicht auf dich."

„Mir ergeht es genauso", flüsterte er an ihrem Haar. „Du und unser Baby, ihr seid von nun an der Reichtum in meinem Leben. Mehr brauche ich nicht."

Autorin:

Claudia Rimkus wurde 1956 als Offizierstochter in Hannover geboren, wo sie noch heute lebt und arbeitet. Mit ihrer Heimatstadt ist sie eng verbunden. Deshalb ist die Leinemetropole oft Schauplatz ihrer Geschichten. Ihre Werke sind immer mit Humor gewürzt. Wenn sie nicht schreibt, ist sie gern mit der Kamera unterwegs. Ihre Fotos haben schon mehrere Preise gewonnen. Eine Auswahl davon gibt es hier:
http://www.flickr.com/photos/37116665@N04/

Veröffentlichungen:
„(K) Ein Job wie jeder andere" (2004/2005) und „Engel der Nacht" (2007/2008) als Fortsetzungsromane in der Hannoverschen Allgemeinen Zeitung.
„Bis dass der Tod uns scheidet" Krimikurzgeschichte veröffentlicht 2009 im Swb-Verlag, mehrere E-Books.

Taschenbücher:
Im Netz des Wahnsinns
Geraubtes Leben
Mondlicht auf kalter Haut

Printed in Poland
by Amazon Fulfillment
Poland Sp. z o.o., Wrocław

57540695R00329